Sandra Brown
Die Zeugin

Autorin

Sandra Brown arbeitete als Schauspielerin und TV-Journalistin, bevor sie mit ihrem Roman »Trügerischer Spiegel« auf Anhieb einen großen Erfolg landete. Inzwischen ist sie eine der erfolgreichsten internationalen Autorinnen, die mit jedem ihrer Bücher die Spitzenplätze der »New York Times«-Bestsellerliste erreicht! Ihr endgültiger Durchbruch als Thrillerautorin gelang Sandra Brown mit dem Roman »Die Zeugin«, der auch in Deutschland zum Bestseller wurde. Seither konnte sie mit vielen weiteren Romanen ihre Leser und Leserinnen weltweit begeistern. Sandra Brown lebt mit ihrer Familie abwechselnd in Texas und South Carolina.

Von Sandra Brown bereits erschienen (Auswahl)

Dein Tod ist nah · Vertrau ihm nicht · Blinder Zorn · Sein eisiges Herz · Eisnacht

Sandra Brown

Die Zeugin

Thriller

Deutsch von Christoph Göhler

blanvalet

Die Originalausgabe erschien 1995 unter dem Titel *The Witness*
bei Warner Books, New York.

Der Verlag behält sich die Verwertung des urheberrechtlich
geschützten Inhalts dieses Werkes für Zwecke des Text- und
Data Minings nach § 44 b UrhG ausdrücklich vor.
Jegliche unbefugte Nutzung ist hiermit ausgeschlossen.

Penguin Random House Verlagsgruppe FSC® N001967

Vollständige Neuausgabe
Copyright der Originalausgabe © 1995
by Sandra Brown Management, Ltd.
Copyright der deutschsprachigen Ausgabe © 1996
by Blanvalet in der Penguin Random House Verlagsgruppe GmbH,
Neumarkter Straße 28, 81673 München
Redaktion: Petra Lingsminat
Umschlaggestaltung: © www.buerosued.de
Umschlagmotiv: © Ildiko Neer / Trevillion Images;
mauritius images (Derek Potts / Alamy / Alamy Stock Photos;
LauraClayBallard / Stockimo / Alamy / Alamy Stock Photos);
www.buerosued.de
BSt · Herstellung: DiMo
Satz, Druck und Bindung: GGP Media GmbH, Pößneck
Printed in Germany
ISBN 978-3-7341-1295-9

www.blanvalet.de

Raffe mich nicht hin mit den Gottlosen
und mit den Übeltätern,
die freundlich reden mit ihrem Nächsten
und haben Böses im Herzen.

Psalm 28.3

Prolog

Der Säugling nuckelte an der Brust seiner Mutter.

»Er strahlt wirklich Lebensfreude aus«, meinte die Schwester. »Irgendwie sieht man es einem Baby einfach an, ob es zufrieden ist oder nicht. Ich meine, das hier ist es.«

Kendall konnte sich nur ein schwaches Lächeln abringen. Sie brachte kaum einen zusammenhängenden Gedanken zustande, von einer richtigen Unterhaltung ganz zu schweigen. Immer noch versuchte sie, die Erkenntnis zu verdauen, dass sie und ihr Kind den Unfall überlebt hatten.

Ein dünner gelber Vorhang schirmte im Untersuchungszimmer der Krankenhaus-Notaufnahme die Patienten notdürftig vom Gang ab. Neben den weißen Metallkästen mit den Verbänden, Spritzen und Schienen befand sich ein Edelstahlwaschbecken. Kendall saß auf dem gepolsterten Untersuchungstisch in der Mitte der Kabine und wiegte ihren Sohn in den Armen.

»Wie alt ist er?«, fragte die Krankenschwester.

»Drei Monate.«

»Erst drei Monate? Das ist aber ein kräftiges Kerlchen!«

»Er macht sich prächtig.«

»Wie heißt er noch mal?«

»Kevin.«

Die Krankenschwester lächelte die beiden an und schüttelte dann staunend und voller Ehrfurcht den Kopf. »Ein Wunder, dass Ihnen nichts passiert ist. Eine schreckliche Situation, meine Liebe. Sind Sie nicht durchgedreht vor Angst?«

Der Unfall war zu schnell passiert, als dass Kendall dem Geschehen hätte folgen können. Es hatte so gegossen, dass der Wagen praktisch schon aufgeprallt war, ehe man den umgestürzten Baum gesehen hatte. Viel zu spät hatte die Beifahrerin auf dem Vordersitz aufgeschrien, der Fahrer das Steuer herumgerissen und die Bremse durchgetreten.

Sowie die Reifen den Halt auf dem nassen Pflaster verloren, begann sich der Wagen um 180 Grad zu drehen, wurde erst von der Straße und dann über das weiche, schmale Bankett geschleudert, um schließlich die viel zu schwache Leitplanke niederzureißen. Alles nahm seinen unabänderlichen Lauf.

Kendall hörte wieder den Lärm, mit dem der Wagen die überwucherte Böschung hinunterstürzte. Äste kratzten die Lackierung auf, schälten die Gummileisten ab und schlugen die Radkappen weg. Die Fenster barsten. Felsen und Baumstümpfe verbeulten die Karosserie. Merkwürdigerweise gab im Wagen niemand einen Laut von sich. Wahrscheinlich hatte das Entsetzen ihnen die Sprache verschlagen.

Obwohl sie den unvermeidlichen letzten Aufprall lange kommen sah, überraschte es sie, mit welcher Wucht der Wagen bei seinem Absturz auf die massive Fichte prallte.

Dem Gesetz der Schwerkraft folgend, hoben sich die Hinterräder steil an. Als das Fahrzeug endgültig zu Boden krachte, schlug es dumpf und massig wie ein tödlich verwundeter Büffel auf und gab dann einen pfeifenden Todesseufzer von sich.

Kendall hatte mit angelegtem Dreipunktgurt hinten gesessen und überlebt. Obwohl der Wagen obendrein gefährlich schief an dem abschüssigen Hang klemmte, schaffte sie es, mit Kevin in den Armen aus dem Wrack zu klettern.

»Das Gelände da draußen ist ziemlich unwegsam«, bemerkte die Krankenschwester. »Wie, um alles in der Welt, sind Sie aus dieser Schlucht rausgekommen?«

Das war nicht leicht gewesen.

Sie hatte gewusst, dass es schwierig werden würde, sich zur Straße hochzuhangeln, aber hatte unterschätzt, wie viel Kraft sie der Aufstieg kosten würde. Kevin in ihren Armen zu halten, hatte das Ganze doppelt erschwert.

Das Gelände schenkte ihr nichts, das böswillige Wetter genauso wenig. Der Boden war nur noch schlammiger Morast. Darüber breitete sich ein verfilzter Pflanzenteppich, durch den sich immer wieder scharfkantige Felsen bohrten. Der Regen peitschte fast waagerecht durch die Luft und hatte sie in wenigen Minuten bis auf die Haut durchnässt.

Noch bevor sie ein Drittel des Weges geschafft hatte, begannen die Muskeln in Armen, Beinen und im Rücken zu ermatten und vor Überanstrengung zu brennen. Die ungeschützte Haut wurde durchbohrt, zerkratzt, aufgerissen, blau geschlagen, wund gepeitscht. Mehr als einmal meinte sie, es nie zu schaffen, und hätte am liebsten aufgegeben, um sich hinzulegen und zu schlafen, bis die Natur ihr Leben und das ihres Kindes forderte.

Aber der Überlebensinstinkt war stärker als diese verlockende Unterwerfung, deshalb kämpfte sie weiter. Schlingpflanzen und Felsen als Halt und Fußstützen nutzend, zog sie sich hoch, bis sie endlich die Straße erreichte, wo sie in der Hoffnung auf Hilfe dahinwankte.

Sie war am Rande des Deliriums, als sich zwei Scheinwerfer durch den Regenschleier bohrten. Erleichterung und Erschöpfung überwältigten sie. Statt dem Auto entgegenzulaufen, sank sie auf dem Mittelstreifen der schmalen Landstraße zusammen und wartete darauf, dass das Auto vor ihr hielt.

Ihre Retterin war eine schwatzhafte Frau, unterwegs zu einer Mittwochabendpredigt. Sie setzte Kendall beim nächstbesten Haus ab und meldete den Unfall. Zu ihrem Erstaunen erfuhr Kendall später, dass sie nur eine Meile von der

Unfallstelle entfernt gewesen war, als die Frau sie aufgelesen hatte. Ihr war es eher wie zehn vorgekommen.

Ein Krankenwagen brachte sie und Kevin ins nächste Ortskrankenhaus, wo man sie gründlich untersuchte. Kevin war unverletzt. Sie hatte ihn gerade gestillt, als der Wagen über den Abhang geschossen war. Instinktiv hatte Kendall ihn an ihre Brust gepresst und sich vorgebeugt, ehe der Schultergurt einrastete und sie zurückhielt. Ihr Körper hatte ihn geschützt.

Zahllose Schnitte und Kratzer schmerzten sie zwar, waren aber harmlos. Die Glassplitter wurden ihr einzeln aus den Armen gezogen, ein unangenehmer und zeitaufwendiger Vorgang, der aber nicht der Rede wert war, wenn man bedachte, was ihr alles hätte zustoßen können. Ihre Wunden wurden desinfiziert; das angebotene Schmerzmittel lehnte sie ab, weil sie ihr Kind noch stillte.

Außerdem musste sie sich jetzt, nachdem sie gerettet und ihre Wunden versorgt waren, einen Fluchtplan zurechtlegen. Beruhigungsmittel würden sie am Nachdenken hindern. Sie brauchte einen klaren Kopf, um ihr erneutes Verschwinden zu planen.

»Ist es okay, wenn der Hilfssheriff jetzt reinkommt?«

»Sheriff?«, wiederholte Kendall. Die Frage der Krankenschwester riss sie aus ihren Gedanken.

»Er möchte schon mit Ihnen reden, seit man Sie hergebracht hat, um den offiziellen Kram mit Ihnen zu klären.«

»Ach so. Natürlich, soll ruhig reinkommen!«

Kevin hatte sich sattgetrunken und schlief friedlich. Kendall zog das Krankenhaushemd zu, das man ihr gegeben hatte, nachdem man ihr die nassen, schmutzigen, blutigen Sachen ausgezogen und sie eine heiße Dusche genommen hatte.

Auf ein Zeichen der Krankenschwester hin trat der örtliche Gesetzeshüter mit einem Begrüßungsnicken durch den

Vorhang. »Wie geht's Ihnen, Madam? Alles okay?« Er nahm höflich die Mütze ab und sah sie ernst an.

»Es ist alles in Ordnung, glaube ich.« Sie räusperte sich und versuchte, überzeugender zu klingen. »Wir sind wohlauf.«

»Ich schätze, Sie haben ganz schön Glück gehabt, am Leben und heil und ganz zu sein, Madam.«

»Da gebe ich Ihnen recht.«

»Der Unfallhergang ist völlig klar, mit dem umgestürzten Baum mitten auf der Straße und so weiter. Der Blitz hat ihn erwischt und genau über der Wurzel gefällt. Hier gießt's schon seit Tagen, der Regen hört wohl nie mehr auf. Alles ist überflutet. Wundert mich nicht, dass der Bingham Creek Ihren Wagen gleich fortgerissen hat.«

Von dem verbeulten Auto waren es nicht mal mehr als zehn Meter bis zum Fluss gewesen. Nachdem sie aus dem Wrack gekrochen war, hatte sie sich in den Schlamm gehockt und den Fluss ängstlich und fasziniert zugleich angestarrt. Das schlammige Wasser reichte hoch über die Uferlinie und riss Treibgut aller Art mit sich. Es zerrte an den Bäumen, die das normalerweise liebliche Ufer säumten.

Sie schauderte bei dem Gedanken, was geschehen wäre, wenn ihr Wagen sofort nach dem Aufprall auf den Baum noch ein paar Meter weiter geschlittert wäre. Entsetzt musste sie mitansehen, wie er nach einer Weile abwärts rutschte und von dem tosenden Fluss verschlungen wurde.

Er schwamm kurz auf den Wellen und trieb schaukelnd in die Mitte der reißenden Fluten, ehe er plötzlich nach vorn abtauchte. Sekunden später war nur noch eine weißschäumende Oberfläche zu erblicken. Abgesehen von den Kerben auf dem Stamm der umgestürzten Fichte und den tiefen, parallelen Furchen, die die Reifen gepflügt hatten, hatte der Unfall keine Spuren in der Landschaft hinterlassen.

»Ein Wunder, dass Sie's alle noch rausgeschafft haben und keiner ertrunken ist«, sagte der Deputy soeben.

»Nicht alle«, korrigierte ihn Kendall mit rauer Stimme. »Auf dem Beifahrersitz saß noch jemand. Sie ist mit dem Wagen untergegangen.«

Die Erwähnung eines Unfallopfers nahm der unumgänglichen Befragung des Deputys plötzlich jede Routine. Er zog die Stirn in Falten. »Wie? Eine Beifahrerin?«

Kendalls Selbstbeherrschung fiel in sich zusammen, und sie begann in einer verzögerten Reaktion auf das entsetzliche Erlebnis zu weinen. »Es tut mir leid.«

Die Schwester reichte ihr eine Schachtel Kleenex und drückte ihr die Schulter. »Schon in Ordnung, Schätzchen. Wer so tapfer war, darf weinen, so viel er will.«

»Wir wussten nicht, dass außer Ihnen, Ihrem Baby und dem Fahrer noch jemand im Auto war«, erklärte der Deputy aus Rücksicht auf ihre emotionale Verfassung leise.

Kendall schnäuzte sich. »Sie saß auf dem Beifahrersitz und war schon tot, als der Wagen unterging. Wahrscheinlich ist sie gleich beim Aufprall gestorben.«

Nachdem sie Kevin auf mögliche Verletzungen untersucht und gemerkt hatte, wie schnell der Fluss stieg, hatte sich Kendall verzagt und mit einer instinktiven Ahnung, was sie dort erwarten würde, zur Beifahrerseite vorgearbeitet. Diese Seite war mit voller Wucht aufgeprallt, die Tür eingedellt und die Scheibe herausgeschlagen.

Kendall erkannte auf den ersten Blick, dass die Frau auf dem Sitz tot war. Ihr früher hübsches Gesicht war eine unkenntliche Masse aus zersplitterten Gesichtsknochen und zerrissenem Gewebe. Das Armaturenbrett und ein Wirrwarr von Motorteilen hatten sich in ihre Brust gebohrt. Der Kopf baumelte wie losgerissen auf ihrer Brust.

Ohne sich von dem Blut und Schleim abschrecken zu lassen, der alles überzog, langte Kendall durch das Fenster und legte ihre Finger in der Nähe der Schlagader auf den Hals. Sie spürte keinen Puls.

»Ich wollte erst versuchen, uns andere zu retten«, setzte sie dem Deputy auseinander, nachdem sie ihm die Szene beschrieben hatte. »Ich wünschte, ich hätte sie noch rausholen können, aber ich wusste ja, dass sie schon tot war, deshalb …«

»Unter den gegebenen Umständen haben Sie völlig korrekt gehandelt, Madam. Sie haben die Lebenden gerettet. An Ihrer Entscheidung ist nichts auszusetzen.« Er machte eine Kopfbewegung zu dem schlafenden Baby hin. »Sie haben wesentlich mehr getan, als irgendwer von Ihnen verlangen konnte. Wie haben Sie den Fahrer rausgeholt?«

Nachdem sie festgestellt hatte, dass die Frau tot war, hatte Kendall Kevin auf der Erde abgelegt und sein Gesicht mit einem Zipfel seiner Decke zugedeckt. So lag er zwar unbequem, war aber fürs Erste in Sicherheit. Dann stolperte sie zur anderen Wagenseite. Der Kopf des Fahrers hing über dem Lenkrad. Kendall nahm all ihren Mut zusammen, sprach ihn an und berührte ihn an der Schulter.

Ihr stand noch vor Augen, wie sie ihn sacht gerüttelt hatte und wie erschrocken sie war, als er daraufhin in den Sitz zurückfiel. Sie zuckte zusammen, als Blut aus seinem schlaffen Mundwinkel sickerte. Über seiner rechten Schläfe klaffte ein tiefer Schnitt; im Übrigen sah sie keine Verletzungen. Seine Augen waren geschlossen, und die Lider bewegten sich nicht, daher konnte sie nicht erkennen, ob er tot war. Sie fasste in den Wagen und legte die Hand auf seine Brust.

Sein Herz schlug noch.

Dann ruckte der Wagen ohne Vorwarnung über den unebenen Boden, rutschte ein paar Meter abwärts und schleifte sie dabei mit. Ihr Arm war immer noch im Wagen und wurde dabei fast ausgerenkt.

Das Auto kam allmählich und schwankend zum Halten, doch sie wusste, dass es nur eine Frage der Zeit war, bis es von dem reißenden Wasser verschlungen würde, das schon an die Reifen schlug. Der schwere, feuchte Boden gab bereits unter dem Gewicht des Fahrzeugs nach. Ihr blieb keine Zeit, die Lage zu analysieren oder eventuelle Alternativen abzuwägen oder in Betracht zu ziehen, wie gern sie ihn losgeworden wäre.

Sie hatte allen Grund, ihn zu fürchten und zu hassen. Aber sie wollte nicht, dass er starb. Bestimmt nicht. Ein Leben, jedes Leben, verdiente, gerettet zu werden.

Und so begann sie, befeuert von einem ungeheuren Adrenalinschub, mit bloßen Händen den Schlamm wegzuschaufeln und die widerspenstigen Schlingpflanzen auszureißen, die sie daran hinderten, die Fahrertür zu öffnen.

Als es ihr schließlich gelang, sie aufzuzerren, sank im selben Moment sein Leib in ihre offenen Arme. Sein blutiger Kopf fiel auf ihre Schulter. Unter dem leblosen Körper sackte sie in die Knie.

Sie schlang die Arme um seine Brust und rückte ihn vom Lenkrad weg. Es war ein Kampf. Mehrmals verlor sie den Halt in dem glitschigen Schlamm und landete schmerzhaft auf dem Hinterteil. Aber jedes Mal rappelte sie sich wieder hoch, bohrte die Hacken in den Boden und zerrte ihn mit aller Gewalt weiter aus dem Wrack. Seine Füße polterten gerade über das Trittbrett als der Wagen sich aus seiner labilen Verankerung löste und in den Fluss rutschte.

Kendall schilderte die Ereignisse wahrheitsgetreu, allerdings ohne ihre Gedanken dabei zu offenbaren. Als sie zum Schluss kam, hatte der Deputy quasi Habachtstellung eingenommen, als wolle er vor ihr salutieren. »Madam, dafür kriegen Sie wahrscheinlich 'nen Orden oder so.«

»Das bezweifle ich entschieden«, murmelte sie.

Er zog ein kleines Spiralnotizbuch und einen Kugelschreiber aus seiner Hemdtasche. »Name?«

Sie gab vor, ihn nicht zu verstehen, um Zeit zu gewinnen. »Verzeihung?«

»Ihr Name?«

Die Angestellten des kleinen Krankenhauses hatten sie freundlicherweise aufgenommen, ohne sie lange mit Formularen oder Fragebögen zu behelligen. In einem Großstadtkrankenhaus wäre eine so vertrauensselige, formlose Aufnahme unvorstellbar gewesen. Aber hier auf dem Land, in Georgia, legte man noch größeren Wert auf Mitgefühl als auf das Einsammeln von Versicherungsnachweisen.

Jetzt allerdings wurde Kendall vollkommen unvorbereitet und unnachsichtig mit der Wirklichkeit konfrontiert. Sie hatte sich noch nicht überlegt, was zu tun war, wie viel sie verraten und wie es weitergehen sollte.

Sie hatte keine Skrupel, die Wahrheit ein bisschen zurechtzubiegen. Das tat sie schon, seit sie denken konnte. Und zwar oft. Aber die Polizei anzulügen, war kein Kinderspiel. So weit war sie noch nie gegangen.

Sie rieb sich die Schläfen und überlegte, ob sie sich nicht doch ein Schmerzmittel geben lassen sollte, um das Dröhnen in ihrem Kopf zu dämpfen. »Mein Name?«, wiederholte sie ausweichend, während sie insgeheim um eine brillante Eingebung flehte. »Oder der Name der Toten?«

»Fangen wir mit Ihrem Namen an.«

Sie hielt eine Sekunde den Atem an, dann sagte sie leise: »Kendall.«

»K-e-n-d-a-l-l? Ist das so richtig?«, fragte er, während er den Namen in sein Notizbuch schrieb.

Sie nickte.

»Also, Mrs. Kendall. Hieß die Verstorbene auch so?«

»Nein, Kendall ist …«

Bevor sie den Deputy über seinen Irrtum aufklären konnte, wurde der Vorhang so energisch zur Seite gerissen, dass die Metallringe auf der ungeölten Schiene kreischten. Der diensttuende Arzt marschierte herein.

Kendalls Herz setzte einen Schlag lang aus. Ängstlich hauchte sie: »Wie geht es ihm?«

Der Arzt grinste. »Er lebt, und das hat er Ihnen zu verdanken.«

»Ist er schon wieder bei Bewusstsein? Hat er irgendwas von sich gegeben? Was hat er Ihnen gesagt?«

»Wollen Sie nicht selbst nach ihm sehen?«

»Ich … ich denke schon.«

»He, Doc, Moment mal. Ich muss ihr noch ein paar Fragen stellen«, beschwerte sich der Deputy. »Jede Menge wichtiger Papierkram, wenn Sie verstehen.«

»Kann das nicht warten? Sie ist mit den Nerven am Ende, und ich kann ihr kein Beruhigungsmittel geben, weil sie noch stillt.«

Der Deputy warf einen Blick auf das schlafende Baby, dann auf ihren Busen. Er lief rot an wie ein Puter. »Also, es kann wohl wirklich noch warten. Aber irgendwann müssen wir es hinter uns bringen.«

»Klar doch«, stimmte der Arzt zu.

Die Krankenschwester nahm Kendall das Baby ab, ohne dass Kevin dabei aufwachte. »Ich suche dem kleinen Goldschatz ein Bettchen auf der Säuglingsstation. Machen Sie sich seinetwegen keine Sorgen. Gehen Sie ruhig mit dem Doktor!«

Der Deputy fummelte an seiner Hutkrempe herum und trat von einem Fuß auf den anderen. »Ich warte so lange hier draußen. Und wann immer Sie bereit sind, Ma'am, äh, hier weiterzumachen …«

»Sie können ja inzwischen einen Kaffee trinken gehen«, vertröstete ihn der Mann im weißen Mantel.

Er war jung und dynamisch und Kendalls Einschätzung nach ungeheuer von sich eingenommen. Die Tinte auf seinem Diplom war wahrscheinlich noch feucht, aber es bereitete ihm offensichtlich Vergnügen, seine begrenzte Autorität walten zu lassen. Ohne den Deputy eines weiteren Blickes zu würdigen, begleitete er Kendall den Gang hinunter.

»Er hat eine Tibiafraktur – gemeinhin als Schienbeinbruch bekannt«, erläuterte er. »Der Bruch weist keine Komplikationen auf, wir brauchen also nicht zu operieren, sondern nur einen Gips. Damit hat er großes Glück gehabt. Ihrer Beschreibung des Wagens nach zu urteilen …«

»Die Motorhaube war wie ein Papierfächer zusammengeschoben. Eigentlich hätte ihm das Lenkrad die Brust zerquetschen müssen.«

»Genau. Ich hatte mit Rippenbrüchen, inneren Blutungen oder Organverletzungen gerechnet, aber für all das gibt es keine Anhaltspunkte. Sein Zustand stabilisiert sich. Das ist die gute Nachricht.

Die schlechte Nachricht ist, dass er einen ziemlichen Schlag auf den Kopf erwischt hat. Die Röntgenaufnahmen lassen nur einen Haarriss im Schädelknochen erkennen, aber um die Wunde zu schließen, waren ein Dutzend Stiche nötig. Das sieht im Moment nicht besonders hübsch aus, aber im Lauf der Zeit wächst Haar über die Sache. Die Narbe wird ihn nicht allzu sehr entstellen«, meinte er lächelnd.

»Er hat ziemlich stark geblutet.«

»Wir haben ihm sicherheitshalber eine Blutkonserve verabreicht. Dann ist da noch eine Gehirnerschütterung, aber die wird nach ein paar Tagen Bettruhe überwunden sein. Mit seinem gebrochenen Bein braucht er allerdings mindestens einen Monat lang Krücken. Ihm wird kaum etwas anderes übrig bleiben, als im Bett zu liegen, zu faulenzen und sich zu erholen. Da wären wir.« Er schob sie auf ein Zimmer zu.

»Erst vor ein paar Minuten ist er wieder zu sich gekommen, deshalb sieht er noch so benommen aus.«

Der Arzt trat vor ihr in den abgedunkelten Raum. Sie blieb einen Moment auf der Schwelle stehen und ließ ihre Blicke schweifen. An einer Wand hing ein schauderhaftes Ölbild, das Christi Himmelfahrt zeigte; gegenüber prangte ein Poster mit Vorsichtsmaßnahmen gegen Aids. Es war ein privates Zweibettzimmer, aber er lag hier allein.

Sein eingegipster Unterschenkel ragte hoch über ein Kissen hinaus. Man hatte ihm ein Krankenhaushemd angezogen, das ihm knapp bis zu den Beinen reichte. Braun und kräftig und kein bisschen kränklich hoben sie sich von den weißen Laken ab.

Eine Schwester maß gerade den Blutdruck. Die dunklen Brauen lagen zerfurcht unter dem breiten Gazeverband um seinen Kopf. Sein Haar war von Blut und Desinfektionsmitteln verklebt. Eine furchterregende Ansammlung blauer Flecken färbte seine Arme. Schwellungen, Quetschungen und Prellungen entstellten sein Gesicht, aber das senkrechte Grübchen in seinem Kinn und der feste, leicht schiefe Mund, in dem ein Thermometer steckte, waren unverkennbar.

Flott schritt der Arzt ans Bett und las den Blutdruck ab, den die Krankenschwester auf dem Krankenblatt des Patienten eingetragen hatte. »Sein Zustand bessert sich laufend.« Er murmelte noch einmal zustimmend, als ihm die Schwester seine Temperatur mitteilte.

Obwohl Kendall immer noch unschlüssig in der Nähe der Tür verharrte, fing sein Blick sie sofort ein. Er leuchtete aus seinen Augen, die aufgrund der Schmerzen und des Blutverlusts tief und dunkel in den Höhlen lagen. Aber er war fest und durchdringend wie zuvor.

Schon als sie ihm zum allerersten Mal in die Augen gesehen hatte, hatte sie seine Intensität gespürt und bewundert.

Ein bisschen hatte sie ihn sogar gefürchtet und fürchtete ihn immer noch. Irgendwie besaß er eine geradezu unheimliche Begabung, sie auf höchst beunruhigende Weise zu durchschauen.

Gleich bei ihrer ersten Begegnung war er ihr auf die Schliche gekommen. Er erkannte eine Lügnerin auf den ersten Blick.

Sie hoffte, dass sein hellseherisches Talent ihm nun verriet, wie leid es ihr tat, dass er verletzt worden war. Allein ihretwegen war es zu dem Unfall gekommen. Er war gefahren, aber sie trug die Schuld an seinem Zustand und seinen Qualen. Die Erkenntnis erfüllte sie mit Gewissensbissen, sie war bestimmt die Letzte, die er an seinem Leidenslager sehen wollte.

Die Schwester interpretierte ihr Zögern falsch und winkte ihr freundlich zu. »Es geht ihm schon wieder einigermaßen. Sie können näher kommen.«

Kendall kämpfte ihre Vorbehalte nieder, trat ans Bett und schenkte dem Patienten ein missglücktes Lächeln. »Hallo. Wie geht's?«

Seine Augen richteten sich ein paar Sekunden, ohne zu blinzeln, auf sie. Dann sah er erst den Arzt, dann die Krankenschwester an, bevor sein Blick wieder auf Kendall fiel. Schließlich fragte er mit matter, heiserer Stimme: »Wer sind Sie?«

Der Arzt beugte sich über seinen Patienten. »Sie erkennen sie nicht?«

»Nein. Sollte ich sie denn erkennen? Wo bin ich? Wer bin ich?«

Der Arzt starrte seinen Patienten sprachlos an. Die Krankenschwester stand wie vom Blitz getroffen daneben; in ihrer Hand baumelte der Schlauch des Blutdruckmessgeräts. Kendall wirkte fassungslos, spürte aber, wie die Gefühle in ihr brodelten. Sie überlegte fieberhaft, was diese plötzliche Wendung für Folgen hätte und ob sie wohl einen Vorteil daraus ziehen könnte.

Am schnellsten erholte sich der Arzt. Mit aufgesetzter Courage, die von seinem halbherzigen Lächeln Lügen gestraft wurde, erklärte er: »Tja, es sieht so aus, als hätte die Gehirnerschütterung bei unserem Patienten zu einer Amnesie geführt. Das geschieht öfter. Bestimmt ist der Gedächtnisverlust nur vorübergehend. Kein Grund zur Sorge. In ein, zwei Tagen lachen Sie darüber.«

Er wandte sich an Kendall. »Fürs erste sind Sie seine einzige Informationsquelle. Bitte sagen Sie uns – und ihm – doch, wer er ist.«

Sie zögerte, bis sich die Sekunden unangenehm dehnten, der Arzt und die Krankenschwester starrten sie erwartungsvoll an. Der Mann im Krankenbett schien ihre Antwort gleichzeitig zu erhoffen und zu fürchten. Seine Augen verengten sich misstrauisch, aber Kendall erkannte, dass er sich, wie durch ein Wunder, an nichts erinnerte. An nichts!

Das war ein Geschenk des Himmels, ein unfassbar großer Glücksfall. Er war beinahe zu groß, zu überwältigend und in seinen Folgen zu unabsehbar, um ihn so unvorbereitet nutzen zu können. Aber eines wusste sie mit Sicherheit: Sie wäre verrückt, wenn sie die Gelegenheit nicht beim Schopf packte.

Erstaunlich gelassen verkündete sie: »Er ist mein Mann.«

1. Kapitel

»Kraft meines mir von Gott, dem Allmächtigen, und dem Staat South Carolina verliehenen Amtes erkläre ich euch hiermit zu Mann und Frau. Matthew, Sie dürfen die Braut jetzt küssen.«

Die Hochzeitsgäste klatschten, als Matt Burnwood Kendall Deaton innig umarmte. Gelächter brach aus, als der Kuss sich in die Länge zog, bis er überhaupt nicht mehr keusch wirkte. Matt schien gar nicht aufhören zu wollen.

»Damit müssen wir noch warten«, flüsterte Kendall unter seinen Lippen. »Leider.«

Matt sah sie gequält an, drehte sich aber als pflichtbewusster Gastgeber zu den Hunderten von Gästen um, die im Sonntagsstaat erschienen waren, um der Trauung beizuwohnen.

»Meine Damen und Herren«, verkündete der Pfarrer, »ich darf Ihnen, zum allerersten Mal, Mr. und Mrs. Matthew Burnwood vorstellen!«

Arm in Arm standen Kendall und Matt strahlend ihren Gästen gegenüber. Matts Vater saß allein in der vordersten Bank. Er erhob sich und kam mit ausgebreiteten Armen auf Kendall zu.

»Jetzt gehörst du zu uns«, sagte er und drückte sie an sich. »Gott hat dich uns gesandt. Wir brauchen eine Frau in der Familie. Wenn Laurelann noch am Leben wäre, würde sie dich lieben, Kendall. Genau wie ich.«

Kendall küsste Gibb Burnwood auf die rotfleckige Wange. »Danke, Gibb. Das hast du schön gesagt.«

Laurelann Burnwood war bereits in Matts Kindheit verstorben, aber er und Gibb sprachen von ihr, als wäre sie erst gestern beerdigt worden. Der Witwer gab mit seinem weißen Bürstenhaarschnitt und seinem schlanken, kräftigen Körper eine eindrucksvolle Erscheinung ab. Viele alleinstehende und geschiedene Frauen hatten ihre Netze nach Gibb ausgeworfen, aber ihr Werben blieb unerhört. Er habe die Liebe seines Lebens gehabt, pflegte er zu sagen. Er brauche keine zweite.

Matt legte einen Arm um die breiten Schultern seines Vaters und den anderen um Kendall. »Wir haben einander gefunden. Jetzt sind wir eine richtige Familie.«

»Ich wünschte nur, Großmutter hätte dabei sein können«, murmelte Kendall bekümmert.

Matt schenkte ihr ein mitfühlendes Lächeln. »Schade, dass sie sich der Reise von Tennessee hierher nicht gewachsen fühlte.«

»Das wäre zu anstrengend für sie gewesen. Aber in Gedanken ist sie bestimmt bei uns.«

»Fangt bloß nicht an, hier Trübsal zu blasen«, mischte sich Gibb ein. »Die Leute sind schließlich zum Essen, Trinken und Feiern gekommen. Dieser Tag ist ein Fest, genießt ihn.«

Gibb hatte keine Ausgaben gescheut, um sicherzustellen, dass man noch jahrelang über ihre Hochzeit reden würde. Kendall war schockiert über die Summen, die er verschleuderte. Kurz nachdem sie Matthews Antrag angenommen hatte, hatte sie vorgeschlagen, in aller Stille, vielleicht im Arbeitszimmer eines Pfarrers, zu heiraten.

Davon wollte Gibb nichts wissen.

Er hielt nichts von der Tradition, dass die Familie der Braut die Hochzeit auszurichten hätte, und bestand darauf, den Empfang selbst zu geben. Kendall hatte sich geziert, aber Gibb hatte mit seiner entwaffnenden, einnehmenden Art all ihre Einwände zerstreut.

»Nimm's ihm nicht übel«, hatte Matt beschwichtigt, als sie ihm ihre Bestürzung darüber gestand, dass Gibb offenbar die gesamte Planung der Hochzeit zu übernehmen gedachte. »Dad will einfach eine Party schmeißen, wie Prosper sie noch nie gesehen hat. Da weder du noch deine Großmutter die Mittel dazu aufbringen können, wird er die Rechnung liebend gern begleichen. Ich bin sein einziges Kind, eine solche Gelegenheit bietet sich kein zweites Mal. Also gönnen wir ihm doch das Vergnügen und lassen ihn alles arrangieren.«

Schon bald wurde Kendall von der allgemeinen Aufregung angesteckt. Ihr Hochzeitskleid suchte sie selbst aus, aber alles andere dirigierte Gibb, der sie allerdings klugerweise vor jeder wichtigeren Entscheidung nach ihrer Meinung fragte.

Seine akribische Planung zahlte sich aus, denn das Haus und der Rasen davor boten heute einen grandiosen Anblick. Matt und sie hatten ihr Ehegelübde unter einem mit Gardenien, weißen Lilien und weißen Rosen geschmückten Spalierbogen abgelegt. In einem großen Zelt stand ein exquisites Büfett mit Salaten, kleinen Gerichten und Häppchen für jeden Geschmack bereit.

Die Hochzeitstorte war ein kühnes, mehrstöckiges Kunstwerk, der cremige Guss mit Sträußchen frischer Rosenknospen verziert. Es gab auch einen Bräutigamskuchen aus Schokolade, der mit fast tennisballgroßen kandierten Erdbeeren garniert war. In Eiswannen kühlten Magnumflaschen voll Champagner. Und die Gäste schienen fest entschlossen, ihn bis zum letzten Tropfen auszutrinken.

Trotz dieses Pomps herrschte eine ausgesprochen familiäre Atmosphäre, und unter den schattigen Bäumen spielten Kinder. Nachdem die Braut und der Bräutigam mit einem Hochzeitswalzer den Tanz eröffnet hatten, drängten immer mehr Paare auf das extra errichtete Podium, bis schließlich kaum einer noch auf seinem Stuhl saß.

Da fand eine Märchenhochzeit statt. Und selbst Rumpelstilzchen war gekommen.

Kendall, die nichts von den Animositäten ahnte, hätte nicht glücklicher sein können. Matt hielt sie im Arm und wirbelte sie über das Parkett. Sein schlanker, großer Körper schien wie geschaffen, einen Smoking zu tragen. Sein ebenmäßiges, siegesgewohntes Gesicht und das glatte Haar verliehen ihm die aristokratische Ausstrahlung eines Raubritters.

»Du wirkst immer so elegant und unnahbar. Wie der große Gatsby«, hatte ihn Kendall einmal geneckt.

Sie hätte sich am liebsten nur in seinen Armen gewiegt, aber die Gäste wetteiferten bereits um einen Tanz mit der Braut. Einer von ihnen war Richter H.W. Fargo. Sie musste sich ein Stöhnen verkneifen, als Matt sie dem Richter überließ, der auf dem spiegelnden Parkett ebenso wenig Fingerspitzengefühl bewies wie im Gerichtssaal.

»Ich habe ja anfangs an Ihren Fähigkeiten gezweifelt«, bemerkte Richter Fargo, während er sie so täppisch herumriss, dass er ihr beinahe ein Schleudertrauma beibrachte. »Als mir zu Ohren kam, dass man eine Frau zur Pflichtverteidigerin unseres Countys ernennen würde, hatte ich ernsthafte Bedenken, ob Sie dem Job gewachsen wären.«

»Wirklich?« fragte sie kühl.

Fargo war also nicht nur ein miserabler Tänzer und erbärmlicher Richter, sondern obendrein ein Sexist, dachte Kendall. Seit ihrem ersten Auftritt in seinem Gerichtssaal hatte er nie einen Hehl aus seinen »Bedenken« gemacht.

»Worauf gründen sich denn Ihre Befürchtungen?« Sie gab sich Mühe, ihr freundliches Lächeln nicht entgleisen zu lassen.

»Prosper ist ein konservativer Ort, ein konservatives County«, holte er aus. »Und die Menschen sind stolz darauf. Bei uns wird alles so gehalten wie schon seit Generationen.

Wir ändern uns nur langsam, und wir mögen es nicht, wenn man uns dazu zwingt. Eine Anwältin ist für uns etwas Neues.«

»Sie sind also der Ansicht, dass die Frauen zu Hause bei Kindern, Küche und Putzkübel bleiben sollten? Dass sie keinen Beruf erlernen sollten?«

Er wehrte ab: »So würde ich es nicht ausdrücken.«

»Nein, natürlich nicht.«

Ein so freimütiges Bekenntnis hätte ihn allerlei Stimmen kosten können. Was er in der Öffentlichkeit von sich gab, hatte er normalerweise vorkalkuliert. Richter H. W. Fargo war ein leidenschaftlicher Politiker, leider leistete er als Richter wesentlich weniger.

»Ich sage nur, dass Prosper ein netter, sauberer Ort ist. Probleme wie in anderen Städten gibt es hier nicht. Wir ersticken verderbliche Entwicklungen schon im Keim. Und wir – damit meine ich mich und andere Vertreter der Öffentlichkeit – beabsichtigen, unser Niveau beizubehalten.«

»Halten Sie mich etwa für eine verderbliche Entwicklung, Herr Richter?«

»Aber nein, aber nein.«

»Es ist mein Beruf, all jenen Rechtsbeistand zu leisten, die keinen Anwalt bezahlen können. Die Verfassung gewährt jedem Bürger der Vereinigten Staaten das Recht auf Verteidigung vor Gericht.«

»Ich weiß, was die Verfassung gewährt«, giftete er zurück.

Kendall lächelte, um ihrem Affront die Schärfe zu nehmen. »Ich muss mir das manchmal selbst ins Gedächtnis rufen. Meine Arbeit bringt mich ständig mit einer Seite unserer Gesellschaft in Kontakt, die wir alle gern verleugnen würden. Aber solange es Kriminelle gibt, brauchen wir jemanden, der sie vor Gericht vertritt. Ich versuche jedem Fall nach bestem Vermögen gerecht zu werden, so abstoßend mein Mandant auch sein mag.«

»Niemand zweifelt an Ihren Fähigkeiten. Trotz dieser hässlichen Sache damals in Tennessee ...« Er brach ab und senkte scheinheilig den Blick. »Aber warum sollten wir ausgerechnet heute davon anfangen?«

Warum wohl? Der Richter hatte sie mit voller Absicht an diese alte Geschichte erinnert. Dass er sie für dumm genug hielt zu glauben, die Bemerkung sei ihm versehentlich herausgerutscht, ärgerte Kendall besonders.

»Sie leisten gute Arbeit, sehr gute Arbeit«, meinte er wohlwollend. »Auch wenn ich zugeben muss, dass ich mich erst daran gewöhnen musste, mit einer Frau über Rechtsfragen zu diskutieren.« Sein Lachen klang wie eine Gewehrsalve. »Wissen Sie, bis Sie zu Ihrem Vorstellungsgespräch erschienen, dachten wir, Sie seien ein Mann.«

»Mein Name wirkt vielleicht irreführend.«

Der Vorstand der Anwaltskammer in Prosper County hatte beschlossen, einen Pflichtverteidiger zu bestellen, um die Kammermitglieder von der lästigen Pflicht zu befreien, Bedürftige vor Gericht zu vertreten. Solche Fälle kosteten oft viel Zeit und verursachten erhebliche Einnahmeausfälle, selbst wenn sie den Anwälten reihum zugewiesen wurden.

Die Mitglieder des Vorstands hatten ihren Augen nicht getraut, als Kendall statt in Anzug und Krawatte in hochhackigen Pumps und einem Kostüm vor ihnen erschien. Der Lebenslauf war so eindrucksvoll gewesen, dass die Anwaltskammer positiv auf die Bewerbung reagiert hatte und sie beinahe unbesehen eingestellt hätte. Das Bewerbungsgespräch hatte man eigentlich nur der Form halber angesetzt.

Und nun war eine Frau auf dem Problemposten gelandet. Kendall wusste, dass sie auf eine Mauer von Vorurteilen und Männerkumpanei treffen würde, deshalb hatte sie ihre Argumente sorgfältig einstudiert. Ihre Rede zielte darauf ab, die

Vorurteile ihrer Gesprächspartner zu widerlegen und ihre Ängste zu beschwichtigen, ohne sie dabei zu kränken.

Den Job wollte sie um jeden Preis haben. Sie war dafür qualifiziert, und da ihre Zukunft vom Ausgang dieses Bewerbungsgesprächs abhing, hatte sie alles auf eine Karte gesetzt.

Offenbar war ihr Auftreten gut bewertet worden, denn das Komitee hatte ihr die Stelle angeboten. Der eine dunkle Fleck auf ihrer beruflichen Weste war bei der Entscheidung längst nicht so ins Gewicht gefallen wie ihr Geschlecht. Vielleicht hatte man dazu geneigt, eben wegen ihrer Weiblichkeit Milde walten zu lassen. Gut, es gab einen Makel in ihrer Laufbahn, aber den konnte man verzeihen, denn schließlich war sie bloß eine Frau.

Was der Vorstand glaubte und was ihn zu seiner Entscheidung bewogen hatte, war Kendall gleichgültig. In den acht Monaten, die sie inzwischen in Prosper lebte, hatte sie ihre Fähigkeiten unter Beweis gestellt. Sie hatte schwer geschuftet, um sich die Anerkennung ihrer Standesgenossen und der Öffentlichkeit zu verdienen. Ihre Gegner hüllten sich in beschämtes Schweigen.

Sogar der Herausgeber der Zeitung am Ort, der nach Bekanntwerden ihrer Ernennung in einem Leitartikel gefragt hatte, ob eine Frau wohl einen so schwierigen Job bewältigen könne, hatte seine Meinung gründlich geändert.

Dieser Kavalier tauchte jetzt hinter ihr auf, schlang seine Arme um ihre Taille und küsste sie in den Nacken. »Richter, Sie haben lang genug die hübscheste Frau auf der ganzen Party in Beschlag genommen.«

Fargo lachte. »Da spricht ein wahrer Bräutigam.«

»Danke, dass du mich gerettet hast«, seufzte Kendall, als Matt mit ihr davonwalzte. Sie ließ die Wange an den Aufschlag seiner Smokingjacke sinken und schloss die Augen. »Schlimm genug, dass ich mich im Gericht mit diesem rassistischen, rückständigen Robenheini rumschlagen muss. Es geht weit über meine Pflichten als Anwältin und Gastgeberin hinaus, auf meiner Hochzeit mit ihm zu tanzen.«

»Sei nett«, tadelte er sie.

»Das war ich auch. Ehrlich, ich war so charmant, dass mir fast übel wurde.«

»Der Richter kann eine echte Plage sein, aber er ist ein alter Freund von Dad.«

Matt hatte recht. Außerdem würde sie Richter Fargo nicht die Genugtuung gönnen, sich von ihm ihre Hochzeit vermiesen zu lassen. Sie lächelte Matt an. »Ich liebe dich. Wie lange habe ich dir das schon nicht mehr gesagt?«

»Eine Ewigkeit. Seit mindestens zehn Minuten.«

Sie kuschelten sich zärtlich aneinander, als eine Stimme wie eine rostige Gießkanne sie auseinanderfahren ließ: »Also, ehrlich, das ist mal 'ne Fete!«

Kendall drehte den Kopf und sah ihre Trauzeugin in den Armen des örtlichen Apothekers vorbeidonnern. Der verhuschte, schüchterne Mann schien gar nicht begreifen zu können, wie er in die Arme einer so lebhaften und üppig ausgestatteten Frau gelangt war.

»Na, Ricki Sue«, rief Kendall ihr zu, »amüsierst du dich?«

»Bin ich vielleicht ein Kind von Traurigkeit?«

Ricki Sue Robbs massive Bienenkorbfrisur hüpfte im Takt der Musik auf und ab. Ihr schweißnasses Gesicht leuchtete über dem Dekollete ihres hellblauen Gewandes. Es war Kendall nicht leichtgefallen, ein Kleid für die Brautjungfern zu finden, das auch ihrer Freundin stand. Ricki Sues Gesicht war blass und ungleichmäßig mit rostroten Sommersprossen gesprenkelt. Ihr Haar hatte die Farbe frisch gepressten Karottensafts, aber statt die leuchtende Masse zu möglichst unauffälligen Frisuren zu disziplinieren, türmte Rickie Sue sie zu den ausgefeiltesten Kreationen auf.

Weil sie unentwegt vergnügt schmunzelte, war die breite Lücke zwischen ihren Vorderzähnen ständig zu sehen. Auf ihren vollen Lippen glänzte feuerwehrroter Lippenstift – angesichts der Haarfarbe eine tollkühne Wahl.

Mit einer Stimme, die es an Anmut mit einer Kavallerietrompete aufnehmen konnte, trötete sie: »Du hast mir zwar verraten, dass dein Zukünftiger recht hübsch aussieht, aber du hast nichts davon gesagt, dass er noch dazu stinkreich ist.«

Kendall spürte, wie Matt schockiert erstarrte. Dabei wollte Ricki Sue ihn keineswegs beleidigen. Im Gegenteil, sie glaubte, ihm ein Kompliment zu machen. Aber in Prosper sprach man in feinen Kreisen nicht über Geld. Wenigstens nicht offen.

Nachdem Ricki Sue und der benommene Apotheker außer Hörweite getanzt waren, meinte Kendall: »Es wäre nett von dir, wenn du sie einmal auffordern würdest, Matt.«

Er verzog das Gesicht. »Ich habe Angst, sie könnte mich zu Tode treten.«

»Matt, bitte.«

»Tut mir leid.«

»Wirklich? Beim Abendessen gestern hast du mir gegenüber nur zu deutlich gezeigt, dass du Ricki Sue vom ersten Moment an nicht leiden konntest. Ich hoffe nur, dass ihr das nicht aufgefallen ist – ich jedenfalls habe es gemerkt.«

»Du hast sie mir ganz anders beschrieben.«

»Ich habe dir gesagt, dass sie meine beste Freundin ist. Das müsste als Beschreibung genügen.«

Nachdem sich Großmutters Gesundheit so verschlechtert hatte, dass sie nicht an der Hochzeit teilnehmen konnte, war Ricki Sue Kendalls einziger Gast. Kendall hatte gehofft, dass Matt sich schon allein deswegen bemühen würde, liebenswürdig mit ihr umzugehen. Statt dessen hatte ihn und Gibb

Ricki Sues lautstarke Fröhlichkeit sichtlich abgestoßen. Ihr herzhaftes Lachen, das tief aus ihrem Busen zu steigen schien, war den beiden Männern richtig peinlich gewesen.

»Ich gebe ja zu, dass Ricki Sue keine aristokratische Südstaatendame ist.«

Matt schnaubte angesichts dieser Untertreibung. »Sie ist ungehobelt, Kendall. Gewöhnlich. Ich dachte, sie wäre so wie du. Weiblich und sympathisch und schön.«

»Sie hat ein schönes Wesen.«

Ricki Sue arbeitete am Empfang von Bristol und Mathers, jener Anwaltskanzlei, bei der auch Kendall früher beschäftigt gewesen war. Als sich die beiden Frauen zum ersten Mal begegneten, hatte sich Kendall von Ricki Sues ungeschliffener Fassade täuschen lassen.

Allmählich jedoch lernte sie die empfindsame Frau kennen und lieben, die sich unter dem etwas grellen Äußeren verbarg. Ricki Sue war keineswegs ein Trampel, sondern ausgesprochen praktisch, tolerant und vertrauenswürdig. Vor allem vertrauenswürdig.

»Bestimmt hat sie ein goldenes Herz«, gestand Matt widerwillig zu. »Und vielleicht kann sie nichts dafür, dass sie so fett ist. Aber sie geht auch ran wie eine Dampfwalze.«

Kendall zuckte zusammen, weil er ihre Freundin als fett bezeichnete, wo eine andere Umschreibung durchaus möglich gewesen wäre. Im Grunde hätte er sich diesen herablassenden Ton überhaupt verkneifen können.

»Wenn du ihr auch nur eine winzige Chance geben würdest …«

Er legte ihr den Finger auf die Lippen. »Müssen wir uns an unserem Hochzeitstag vor all unseren Gästen über eine solche Bagatelle streiten?«

Sie hätte einwenden können, dass sein unhöfliches Benehmen ihrer Freundin gegenüber keineswegs eine Bagatelle war, musste ihm aber recht geben, dass dies heute nicht passte. Außerdem hielt sie von einigen seiner Freunde ebenfalls nicht allzu viel.

»Schon gut, schließen wir Waffenstillstand«, erklärte sie sich bereit. »Aber falls ich mich doch mit dir streiten wollte, dann über die vielen Frauen hier, die mich ständig anstarren. Wenn Blicke töten könnten, wäre ich bestimmt schon zerfetzt.«

»Wo? Wer?« Er sah sich witternd um, als hielte er Ausschau nach Rachegöttinnen.

»Das werde ich dir gerade verraten«, knurrte sie und packte ihn besitzergreifend am Revers. »Aber nur aus Neugier, wie viele Herzen hast du eigentlich gebrochen, als du mich geheiratet hast?«

»Wen interessiert das?«

»Im Ernst, Matt.«

»Im Ernst?« Er runzelte die Stirn. »Ehrlich, ich bin einer der wenigen Junggesellen in Prosper, der weder in der Pubertät noch total vergreist ist. Wenn du also ab und zu ein langes Gesicht in der Menge siehst, dann deshalb. Die nicht mehr ganz so jungen heiratsfähigen Damen der Stadt sind im statistischen Vergleich der Wahrscheinlichkeit von Eheschließung und Blitzschlag wieder ein Stückchen näher an den Blitz herangerückt.«

Seine Ironie erfüllte ihren Zweck – sie musste lachen. »Wie dem auch sei, ich bin jedenfalls froh, dass du mit dem Heiraten auf mich gewartet hast.«

Er hörte zu tanzen auf, schloss sie in seine Arme, zog ihren Kopf zurück und küsste sie auf den Mund. »Ich auch.«

In Brautkleid und Schleier war es nicht leicht, unauffällig zu verschwinden, aber eine halbe Stunde später gelang es Kendall, unbemerkt ins Haus zu schlüpfen.

Sie mochte Gibbs Haus nicht, am wenigsten den protzigen Wohnbereich mit den dunklen, holzgetäfelten Wänden, die einen stilgerechten Hintergrund für seine Jagd- und Fischereitrophäen abgaben.

Für Kendall, die diesen Sportarten nicht das geringste abgewinnen konnte, sah ein auf Walnussholz montierter Fisch so erbärmlich aus wie der nächste. Wenn sie in die blinden Augen der Hirsche, Elche und anderer Tiere sah, empfand sie vor allem Mitleid und Ekel. Während Kendall durch das Wohnzimmer ging, warf sie einen beklommenen Blick auf den Kopf eines grimmigen, alten Keilers, der für alle Zeiten die Hauer blecken musste.

Jagen und Fischen waren Gibbs Leben. Sein Laden für Jagd-und Fischereibedarf lag an Prospers Hauptstraße. Das Geschäft florierte hier in den Ausläufern der Blue Ridges im Nordwesten South Carolinas, nicht zuletzt dank eines anhänglichen Kundenstammes. Seine Getreuen fuhren viele Meilen, um ihr Geld an seiner Kasse abzuliefern.

Gibb war ein guter Verkäufer. Die Hobbyjäger und -fischer gaben viel auf seinen Rat und zückten bereitwillig ihre Visa-Cards, um all die Geräte, Feldstecher oder Köder zu erwerben, die er ihnen für einen erfolgreichen Ausflug empfahl. Oft kehrten sie mit ihrer Beute oder ihrem Fang zurück und schleiften die Kadaver geradewegs in seinen Laden, um sich dann über ihre Heldentaten mit Waffe, Falle oder Angel auszulassen.

Gibb geizte nicht mit Lob und brüstete sich nie mit den Ratschlägen, die er seiner »Gemeinde« gab. Man bewunderte ihn als Waidmann und als Mensch. Wer nicht von sich behaupten konnte, sein Freund zu sein, strebte danach, es zu werden.

Die Toilettentür war verriegelt. Kendall klopfte vorsichtig an.

»Moment noch.«

»Ricki Sue?«

»Bist du da draußen?«

Ricki Sue zog die Tür von innen auf. Sie wischte sich eben mit einem feuchten Handtuch das schweißnasse Dekolleté. »Ich schwitze einfach tierisch. Komm rein.«

Kendall raffte ihren Schleier zusammen, trat zu Ricki Sue in die Toilette und zog die Tür hinter sich zu. Es war zwar eng, doch sie genoss es, einen Moment mit ihrer Freundin allein zu sein.

»Wie ist dein Motelzimmer?« Es gab nur wenige Motels in Prosper. Kendall hatte das beste verfügbare Zimmer für Ricki Sue reservieren lassen, trotzdem war die Unterkunft fast spartanisch.

»Ich habe schon schlechter geschlafen. Und schlechter gevögelt«, antwortete sie und zwinkerte Kendall im Spiegel zu. »Ach, übrigens – bumst dein hübscher Hengst so gut, wie er aussieht?«

»Aus dem Nähkästchen zu plaudern ist nicht meine Art«, erwiderte Kendall. Sie lächelte scheu.

»Damit bescheißt du dich nur selbst, weil dir eine Menge Spaß entgeht.«

Bei Bristol und Mathers hatte Ricki Sue die Anwälte regelmäßig mit ihren Bettgeschichten erfreut. Einen um den anderen Morgen hatte sie bei der Kaffeerunde der unendlichen Seifenoper ihres Lebens eine neue Episode hinzugefügt. Manche ihrer Geschichten klangen einfach zu fantastisch, um noch glaubwürdig zu sein. Erstaunlicherweise war jedoch jede einzelne davon wahr.

»Ich mache mir Sorgen um dich, Ricki Sue. Es ist gefährlich, so oft den Partner zu wechseln.«

»Ich passe schon auf. Hab' ich immer.«

»Das tust du bestimmt, trotzdem …«

»Spar dir deine Moralpredigt, Süße. Ich versuche nur, das Beste aus dem zu machen, was Gott mir mitgegeben hat. Wenn man so aussieht wie ich, muss man die Männer nehmen, wie sie kommen. Ich kenne keinen, der sich in so was wie mich unsterblich verlieben würde.« Sie breitete die Arme aus. »Also, statt mir immer wieder das Herz brechen zu lassen oder als ewiges Mauerblümchen dahinzuwelken und schließlich als alte Jungfer zu vertrocknen, habe ich mich vor Jahren dazu entschlossen, einfach entgegenkommend zu sein.

Ich gebe ihnen, was sie wollen, und gebe es ihnen wirklich gut, das kannst du mir glauben. Wenn das Licht ausgeht und alle nackt sind, dann interessiert es niemanden, ob du wie eine Märchenprinzessin oder ein Warzenschwein aussiehst, solange du ein hübsches, warmes Fleckchen hast, wo sie ihn hineinstecken können. Im Dunkeln fühlt sich alles gut an, Kleine.«

»Eine traurige und zynische Lebenseinstellung.«

»Sie hat sich bewährt.«

»Aber woher willst du wissen, dass eines Tages nicht doch noch der Richtige in dein Leben tritt?«

Ricki Sues Lachen klang wie ein Nebelhorn. »Eher erwische ich den Hauptgewinn im Lotto.« Ihr Lächeln erlosch. Plötzlich wirkte sie in sich gekehrt. »Nicht, dass du einen falschen Eindruck bekommst: Ich würde mein Leben auf der Stelle gegen deines tauschen. Ich hätte zu gern einen Mann, einen Haufen freche Kinder, das ganze Tamtam.

Aber nachdem das mehr als unwahrscheinlich ist, sehe ich nicht ein, warum ich mich nicht amüsieren soll. Ich bin dankbar für Zuneigung in jeder Form. Natürlich tuscheln die Leute hinter meinem Rücken. ›Wie kann sie sich nur so von den Männern ausnutzen lassen?‹ In Wahrheit nutze ich sie aus. Denn leider ...« – sie hielt inne und musterte Kendall begehrlich, aber freundlich von Kopf bis Fuß – »sind nicht alle Frauen gleich. Ich sehe aus wie ein Walross nach einer missglückten Henna-Tönung, während du aussiehst wie... wie du.«

»Hör auf, dich so herunterzumachen. Außerdem dachte ich, du magst mich vor allem wegen meiner Klugheit«, zog Kendall sie auf.

»O ja, schlau bist du auch. So schlau, dass du mir ehrlich gesagt einen Heidenrespekt einjagst. Und du hast mehr Mumm als jeder andere, der mir bisher begegnet ist, und mir sind schon ein paar ziemlich zähe Hombres begegnet.«

Sie hielt inne und sah Kendall aufmerksam an. »Es freut mich, dass es hier so gut für dich läuft, Kleine. Du hast eine Menge riskiert. Und das tust du immer noch.«

»Bis zu einem gewissen Grad, ja.« Die junge Anwältin nickte. »Aber ich mache mir keine Sorgen. Es ist schon zu viel Zeit vergangen. Wenn es schiefgelaufen wäre, dann hätte längst alles auffliegen müssen.«

»Ich weiß nicht.« Ricki Sue klang nicht überzeugt. »Ich glaube immer noch, dass du total verrückt bist. Und wenn ich es noch mal tun müsste, würde ich dir noch mal davon abraten. Weiß Matt davon?«

Kendall schüttelte den Kopf.

»Solltest du es ihm nicht erzählen?«

»Weswegen?«

»Weil er dein Mann ist. Herrgott noch mal!«

»Was sollte das an seinen Gefühlen für mich ändern?«

Ricki Sue sann einen Augenblick nach. »Was meint deine Oma dazu?«

»Sie ist deiner Meinung«, gab sie widerstrebend zu. »Sie hat mir zugeredet, die Karten auf den Tisch zu legen.«

Da ihre Eltern gestorben waren, als Kendall fünf Jahre zählte, war Elvie Hancock die einzige Bezugsperson, an die

Kendall sich erinnern konnte. Sie hatte das kleine Mädchen mit fester Hand, aber liebevoll erzogen. In den meisten wichtigen Fragen stimmte Kendall mit ihr überein. Sie gab viel auf das Urteilsvermögen und die Altersweisheit ihrer Großmutter.

Aber was die Frage betraf, ob völlige Aufrichtigkeit Matt gegenüber nötig sei, vertraten sie verschiedene Standpunkte. Kendall war überzeugt, dass sie sich tadellos verhielt. Leise erklärte sie: »Ihr beide müsst mir in dieser Sache vertrauen, Ricki Sue.«

»Also gut, Kleine. Aber sag nicht, ich hätte dich nicht gewarnt, wenn eines Tages eine Leiche aus deinem Keller gerannt kommt und dich in den Hintern beißt.«

Kendall musste über Ricki Sues drastische Metapher lachen. Sie beugte sich vor und umarmte ihre Freundin. »Du fehlst mir. Versprich mir, dass du mich oft besuchen kommst.«

Ricki legte das Handtuch mit übertriebener Sorgfalt zusammen. »Das wäre wahrscheinlich keine gute Idee.«

Kendalls Lächeln erstarb. »Warum nicht?«

»Weil dein Mann und sein Papa keinen Hehl daraus machen, was sie von mir halten. Nein, du brauchst dich nicht zu entschuldigen«, kam sie Kendalls Einspruch zuvor. »Mir ist es scheißegal, was sie von mir denken. Sie erinnern mich zu sehr an meine eigenen selbstgerechten Eltern, als dass mir etwas an ihrer Meinung liegen würde. Ach, Mist. Ich wollte sie nicht schlecht machen, es ist bloß ...« Ihre stark geschminkten Augen flehten Kendall um Verständnis an. »Ich will nicht, dass es meinetwegen Probleme gibt.«

Kendall wusste genau, was ihre Freundin meinte, und sie rechnete Ricki Sue diese Selbstlosigkeit hoch an. »Du und Großmutter, ihr beide fehlt mir mehr, als ich gedacht hätte, Ricki Sue. Tennessee ist so ewig weit weg, ich brauche eine Freundin.«

»Dann such dir eine.«

»Ich habe schon meine Fühler ausgestreckt, aber bisher ohne Erfolg; die Frauen hier sind höflich, aber distanziert. Vielleicht nehmen sie mir übel, dass ich einfach so in ihre Stadt geplatzt bin und ihnen Matt weggeschnappt habe. Oder vielleicht stören sie sich an meinem Beruf. Sie leben ein vollkommen anderes Leben als ich. Außerdem könnte dich sowieso niemand als meine beste Freundin ersetzen. Bitte, schreib mich nicht ab.«

»Ich schreibe dich, weiß Gott, nicht ab. Habe selber nicht allzu viele Freunde. Aber betrachten wir die Sache einmal nüchtern.« Sie drückte mit beiden Händen Kendalls Schultern. »Abgesehen von mir ist deine Großmutter das Letzte, was dich mit Sheridan, Tennessee, verbindet. Wenn sie stirbt, dann musst du dieser Stadt ein für alle Mal den Rücken kehren, Kendall. Du musst alle Bande lösen, mich eingeschlossen, darfst dein Glück nicht überstrapazieren.«

Kendall wusste, wie vernünftig der Rat ihrer Freundin war, und wiegte nachdenklich den Kopf. »Großmutter hat nicht mehr lange zu leben. Ich wünschte, sie wäre zusammen mit mir hergekommen, aber sie wollte nicht mehr umziehen. Dass ich nicht bei ihr bin, bricht mir das Herz. Du weißt, wie wichtig sie mir ist.«

»Und umgekehrt. Sie liebt dich. Sie hat immer dein Bestes gewollt. Wenn du glücklich bist, wird auch sie glücklich sterben. Mehr kannst du ihr nicht wünschen.«

Kendall musste Ricki recht geben. Ihr schnürte es die Kehle zu. »Tu mir den Gefallen und kümmere dich um sie, Ricki Sue.«

»Ich rufe sie täglich an und besuche sie mindestens zweimal die Woche, wie versprochen.« Sie nahm Kendalls Hand und drückte sie aufmunternd. »Und jetzt lass mich zurück zur Party und zu dem überwältigenden Büfett. Vielleicht

kann ich diesen Pillendreher zu einem weiteren Tänzchen be-
schwatzen. Irgendwie ist er süß, findest du nicht?«

»Er ist verheiratet.«

»Ach ja? Die haben Ricki Sues berühmte liebevolle Zu-
wendung oft am allernötigsten.« Sie tätschelte ihre ausladen-
den Brüste.

»Schäm dich!«

»Tut mir leid, das Wort ist mir fremd.« Mit einem kehligen
Lachen schob sie Kendall beiseite und öffnete die Tür. »Ich
lass dich jetzt allein. Obwohl ich zu gern dableiben und zusehen würde, wie du das anstellst.«

»Was denn?«

»In einem Hochzeitskleid zu pinkeln.«

2. Kapitel

»Wäre das alles, Miss?«

Die Frage riss Kendall aus dem Tagtraum, in dem sie noch einmal ihre Hochzeit durchlebt hatte. Sie erinnerte sich bis in die letzte Einzelheit an damals, aber empfand keinerlei Verbindung mehr dazu, als wäre all das einem anderen Menschen oder in einem anderen Leben geschehen.

»Ja, danke«, antwortete sie dem Kassierer.

Trotz des grauenhaften Wetters drängelten sich die Kunden im Supermarkt. In den Gängen stauten sich Einkaufswagen mit allem Erdenklichen, von Rollschuhen bis zum Nudelholz.

»Einhundertzweiundvierzig siebenundsiebzig. Bar, Scheck oder Karte?«

»Bar.«

Der junge Mann hatte sie nicht weiter beachtet. Sie war einfach eine von Hunderten Kunden, die an diesem Tag an der Kasse warteten. Falls es später zu einer Befragung käme, würde er sich bestimmt nicht an sie erinnern, sie nicht beschreiben können. Sie suchte die Anonymität.

Als sie vergangene Nacht endlich in das Bett des Gemeindekrankenhauses von Stephensville sank, war sie müder gewesen als jemals zuvor in ihrem Leben. Ihr ganzer Leib schmerzte und pochte nach dem Unfall. Während des mühsamen Aufstiegs aus der Schlucht hatte sie sich noch mehr Schnitte und Kratzer zugezogen, die sich im Lauf der Nacht immer störender bemerkbar machten.

Sie hatte sich verzweifelt nach Vergessen gesehnt, aber statt dessen kein Auge zugetan.

Wer sind Sie? Wer bin ich?

Er ist mein Mann.

Die Sätze hallten in ihrem Kopf. Mit müden, brennenden Augen starrte sie von ihrem Kissen aus zur schallisolierten Zimmerdecke hoch, wiederholte diese Sätze unentwegt und fragte sich, ob es nun genial oder wahnsinnig gewesen war, sie auszusprechen. Jetzt konnte sie sie nicht mehr zurücknehmen, und selbst wenn es möglich gewesen wäre, hätte sie es nicht getan.

Seine Amnesie war nur vorübergehender Art. Deshalb musste sie die Situation nutzen, solange er sich an nichts erinnerte. Sie hoffte, auf diese Weise Zeit zu gewinnen, um Kevin und sich selbst zu retten. Schließlich galten ihre Unternehmungen allesamt und ausschließlich Kevin. Um das Baby zu schützen, würde sie jede Chance nutzen, und sei sie noch so winzig.

Als man ihm eröffnet hatte, dass er unter Gedächtnisverlust leide, hatte er einen mittleren Aufstand veranstaltet. Er brauche vor allem Ruhe und Entspannung, um zu genesen, hatte ihm der Arzt erklärt. Ohnehin müsse er kürzertreten, damit sein Bein heilen konnte, warum also genoss er nicht den unerwarteten Zwangsurlaub? Je mehr er sich unter Druck setze, sein Gedächtnis wiederzufinden, desto langsamer werde es zurückkehren. Ein Gehirn unter Stress könne höchst eigensinnig und unkooperativ reagieren. Ständig wurde er ermahnt, einfach loszulassen.

Aber es wollte ihm nicht gelingen, nicht einmal dann, als auf den Vorschlag des Arztes hin Kendall Kevin in sein Zimmer trug. Der Anblick des Kindes hatte ihn nur noch mehr aufgeregt, und er hatte sich erst wieder beruhigt, als eine Krankenschwester das Baby wegbrachte.

Der Arzt hatte sich bemüht, ihr Mut zu machen, wobei er allerdings längst nicht mehr so selbstsicher wirkte. »Ich würde empfehlen, ihn die Nacht über allein zu lassen. Amnesie kann tückisch sein. Wahrscheinlich wird er sich an alles erinnern, wenn er morgen früh aufwacht.«

Sobald es hell wurde, hatte sie die Schwesternkleidung angezogen, die man ihr geliehen hatte, und huschte voller Bangen in sein Zimmer: Nichts hatte sich getan.

Als sie eintrat, zog er sich verlegen die Decke über die Hüften. Die Schwester hatte ihn eben fertig gewaschen, was ihm offensichtlich peinlich war. Sie sammelte ihre Utensilien ein und ließ die beiden allein.

Kendall machte eine unsichere Geste. »Fühlst du dich besser nach dem Waschen?«

»Ein bisschen. Aber es war grässlich.«

»Männer sind meistens miserable Patienten.« Sie lächelte ihn fragend an und trat ans Bett. »Kann ich irgendwas für dich tun?«

»Nein, ist schon gut so. Euch ist nichts passiert? Dir und dem Kind?«

»Kevin und ich sind wie durch ein Wunder ohne einen schlimmeren Kratzer davongekommen.«

Er nickte. »Gut.«

Kendall merkte, dass ihn schon dieses kurze Gespräch anstrengte. »Ich muss ein paar Sachen erledigen. Wenn du was brauchst, dann ruf einfach die Schwestern. Sie scheinen recht nett zu sein.«

Er nickte wieder, diesmal ohne etwas zu sagen.

Sie wollte schon gehen, drehte sich aber auf eine Eingebung hin noch einmal um, beugte sich über ihn und küsste ihn auf die Stirn. Sofort schlug er die Augen wieder auf. Sein Blick war so bohrend, dass Kendall nur ein Flüstern hervorbrachte. »Ruh dich aus. Ich schaue später wieder herein.«

Hastig eilte sie davon und sprach draußen eine Schwester

an. »Ich muss ein paar Dinge besorgen. Gibt es hier irgendwo ein Taxi?«

Lachend zog die Schwester ein Bund mit Autoschlüsseln aus der Tasche. »Vergessen Sie das mit dem Taxi, hier gibt es keins. Bis drei Uhr können Sie meinen Wagen haben, dann endet diese Schicht. Nehmen Sie auch meinen Regenmantel.«

»Vielen, vielen Dank.« Die unerwartete Großzügigkeit kam ihr sehr gelegen. »Kevin braucht dringend neue Sachen, und ich kann schließlich nicht ewig in einer Schwesternuniform herumlaufen. Ich muss dringend einkaufen.«

Die Schwester beschrieb ihr den Weg zum Supermarkt und meinte dann taktvoll: »Verzeihen Sie mir die indiskrete Frage, aber haben Sie überhaupt Geld, da doch all Ihre Sachen einschließlich Ihrer Papiere mit dem Auto untergegangen sind?«

»Zum Glück hatte ich ein bisschen in meiner Jackentasche«, erklärte sie der Schwester, die nicht ahnen konnte, wie viel Geld Kendall tatsächlich bei sich trug. Es war keineswegs nur »ein bisschen«. Kendall hatte eisern gespart, weil eine Katastrophe irgendwann eintreffen musste! Von dem, was in ihrer Tasche steckte, konnten sie und ihr Kind eine ganze Weile leben. »Es ist zwar nass, aber gültig. Um Kevin und mir ein paar Sachen zu kaufen und uns beiden ein Zimmer zu suchen, reicht es.«

»In diesem Kaff gibt es ein einziges, mieses Motel. In dem sollten Sie Ihr Geld wirklich nicht lassen. Solange Sie ein Bett brauchen, können Sie hier im Krankenhaus bleiben.«

»Das ist sehr nett von Ihnen.«

»Nicht der Rede wert. Außerdem wollen Sie doch bestimmt hier sein, wenn Ihr Mann sein Gedächtnis wiederfindet. Tag oder Nacht.« Tröstend legte sie die Hand auf Kendalls Arm. »Das ist ganz schön belastend für einen allein.

Können Sie wirklich niemanden anrufen, der Ihnen zur Seite steht? Ihre Familie vielleicht?«

»Niemanden. Wir haben kaum Verwandtschaft. Übrigens wollte ich Ihnen und den anderen dafür danken, dass Sie einverstanden waren, die Tote in Gegenwart meines Mannes nicht zu erwähnen. Er ist schon verwirrt und aufgewühlt genug. Ich möchte es nicht noch verschlimmern.«

Sogar der Deputy teilte die Auffassung, dass man dem Kranken den Todesfall nicht sofort mitzuteilen brauchte. Der Beamte war an diesem Morgen ins Krankenhaus zurückgekehrt, um Kendall zu berichten, was es Neues hinsichtlich des Wagens gab. Taucher hatten den Fluss abgesucht, hatte er erzählt, aber nichts finden können. Die Strömung musste das Wrack weit von der Unfallstelle weggetrieben haben.

Er hatte dauernd den Kopf geschüttelt und erklärt, dass sich unmöglich sagen ließe, wann und wo es wieder auftauchen würde. »Der Bingham Creek fließt größtenteils durch total unberührte Wildnis mit so nassem Boden, dass wir kein schweres Gerät einsetzen können. Da der Regen wohl kaum demnächst aufhört, werden wir erst in ein paar Tagen weitersuchen können.«

In ein paar Tagen.

Sie hatten keine Ausweise bei sich. Fürs Erste war das Autowrack mitsamt Inhalt unauffindbar. Niemand kannte ihren Aufenthaltsort. Sein Gedächtnis war verschüttet, sie hatte Zeit.

Wenn sie die Nerven behielt und es geschickt anstellte, konnte sie einen ordentlichen Vorsprung für sich herausholen. Versagte sie, würde das schreckliche Konsequenzen haben. Aber war sie jemals vor Taten zurückgeschreckt, wenn die Situation es erforderte? Die Lage war auch ausweglos gewesen, als sie nach Prosper zog.

Und noch auswegloser geworden, so dass sie fliehen musste.

»Miss?«

Kendall schüttelte die Gedanken ab. »Verzeihung. Haben Sie etwas gesagt?«

»Ist noch was?« Der Kassierer sah sie verwundert an. Dabei wollte sie auf gar keinen Fall, dass er sich später an die Frau in der Schwesternkleidung erinnerte, die so weggetreten gewirkt hatte.

»Nein, nichts. Danke.«

Hastig raffte sie ihre Einkäufe zusammen und verschwand durch den Kassengang zum Ausgang, wo die Kunden darauf warteten, dass der Regen nachließ.

Kendall blieb nicht stehen. Sie zog den Kopf zwischen die Schultern und stürzte sich in den Wolkenbruch. Kurz darauf fuhr sie mit dem geborgten Wagen zur nächsten Tankstelle und kaufte sich eine Lokalzeitung. Eilig überflog sie die Seiten und ging dann zu dem Münztelefon an der Seitenwand des Tankstellengebäudes.

»Hallo? Ich rufe wegen Ihrer Annonce an. Haben Sie den Wagen schon verkauft?«

»Seine Verletzungen sind also nicht so gravierend?«

»Ein gebrochenes rechtes Schienbein und eine Kopfwunde. Sonst fehlt ihm nichts.«

Kendall hatte den Arzt vor dem Krankenzimmer im Korridor abgefangen. Er trug Straßenkleidung und hatte Eau de Cologne für eine ganze Kompanie benutzt. Es eilte ihm offensichtlich, seine Schicht zu beenden und sich in den Samstagabend zu stürzen, aber Kendalls Fragen duldeten keinen Aufschub. Ihr verstörter Blick sagte ihm, dass ihr diese Auskunft nicht genügte. Er atmete mit einem tiefen Seufzer aus.

»Beides ist kein Kleinkram, aber auch keine Katastrophe. Wenn Ihr Mann sein Bein nicht belastet, sollte es in etwa sechs Wochen geheilt sein. Er durfte heute schon aufstehen, um die Krücken auszuprobieren. Wettrennen wird er freilich nicht gewinnen, aber wenigstens kann er sich bewegen.

Die Fäden ziehen wir in einer Woche bis zehn Tagen. Seine Schädelhaut wird eine Weile recht empfindlich sein, und vermutlich bleibt eine Narbe zurück, aber keine, die ihn wirklich entstellen würde. Er wird so gut aussehen wie zuvor.«

»Das sagten Sie bereits.« Kendall blieb reserviert, ohne auf sein vielsagendes Lächeln zu reagieren. »Die meisten Sorgen mache ich mir wegen der Amnesie.«

»Die ist nach einem Schlag auf den Kopf und einer Gehirnerschütterung nicht ungewöhnlich.«

»Aber normalerweise fehlen einem nur ein paar Minuten vor dem Unfall und die Ereignisse kurz danach, habe ich recht?«

»Das Wort normalerweise sollte man in der Medizin nie verwenden.«

»Trotzdem kommt es nicht oft vor, dass das Gedächtnis komplett ausfällt, oder?«

»Nicht oft, ja«, gab er widerwillig zu.

Am Nachmittag hatte sie alles gelesen, was in der kleinen Krankenhausbücherei über alle nur möglichen Formen von Amnesie verfügbar war. Was sie daraus entnommen hatte, stimmte mit der Einschätzung des Arztes überein. Dennoch war sie nicht zufrieden. Sie musste alle Eventualitäten berücksichtigen, so unwahrscheinlich sie auch sein mochten.

»Wie steht es mit anterograder Amnesie?«

»Machen Sie sich nicht unnötig verrückt!«

»Ich möchte es trotzdem wissen.«

Er verschränkte die Arme vor der Brust und nahm eine Bringen-wir-es-hinter-uns-Haltung an.

Ohne sich von seiner Ungeduld in ihrer Ruhe beirren zu lassen, hakte Kendall nach: »Wenn ich richtig über anterograde Amnesie informiert bin, ist mein Mann zur Zeit möglicherweise nicht in der Lage, Informationen in seinem Gehirn zu speichern. Also, selbst wenn er sich schließlich an alles erinnert, was vor dem Unfall geschehen ist, wird er sich vielleicht an nichts von dem erinnern, was jetzt zwischen dem Unfall und dem Zeitpunkt passiert, an dem sein Gedächtnis zurückkehrt. Er würde alles Übrige wieder wissen, aber diese Zeitspanne wäre ausgelöscht.«

»Grundsätzlich haben Sie das richtig verstanden. Aber wie ich bereits sagte, sollten Sie sich darüber nicht den Kopf zerbrechen. Ich glaube nicht, dass das eintrifft.«

»Aber es könnte…«

»Trotzdem sollten Sie das nicht so pessimistisch sehen, okay?«

»Braucht er einen weiteren Schlag auf den Kopf, damit er sein Gedächtnis wiederfindet?«

»So was gibt es nur im Kino«, witzelte er. »In der Regel verläuft die Genesung weniger dramatisch. Sein Gedächtnis kehrt vielleicht in Bruchstücken und ganz allmählich zurück. Oder alles ist auf einen Schlag wieder da.«

»Oder es bleibt für immer verloren?«

»Das ist ausgesprochen unwahrscheinlich. Es sei denn, Ihrem Mann könnte aus irgendeinem Grund daran gelegen sein, sein Gedächtnis permanent zu blockieren.« Er hob die Brauen.

Kendall ignorierte seine kaum verhohlene Neugier, doch sie wusste, dass sie ihm Anlass gegeben hatte, sich über das Thema auszubreiten, und dass er der Versuchung nicht widerstehen konnte, sein Wissen vor ihr zu demonstrieren.

»Sehen Sie, sein Unterbewusstsein könnte seine Kopfverletzung als günstigen Vorwand nutzen, etwas zu vergessen, an das er sich nicht erinnern möchte – etwas, mit dem er nur schwer oder gar nicht zu Rande kommt.« Er sah sie forschend an. »Gibt es einen Grund, warum sich sein Unterbewusstsein möglicherweise durch eine Amnesie schützen will?«

»Haben Sie auch einen Doktor in Psychologie?« Ihre Stimme klang zuckersüß, aber ihr Blick verriet, was sie von seiner Frage hielt. Er lief vor Entrüstung rot an. »Was mich zur nächsten Frage bringt«, fuhr sie fort, ehe er ihre Bemerkung kontern konnte. »Sollten wir nicht einen Spezialisten hinzuziehen? Vielleicht einen Neurologen aus einem größeren Krankenhaus?«

»Das ist bereits geschehen.«

»Ach so?« Diese Antwort überraschte sie.

»Ich habe in einem Krankenhaus in Atlanta angerufen«, erläuterte der Arzt, »mich mit dem dortigen Neurologen verbinden lassen, ihm das Krankenblatt Ihres Mannes gefaxt und ihm seinen Zustand und die Reflexe beschrieben. Ich habe ihm erklärt, dass erstens unsere Aufnahmen keine Gehirnblutungen erkennen lassen, zweitens keine Lähmungs- oder Taubheitserscheinungen in den äußeren Gliedmaßen des Patienten aufgetreten sind, drittens wir keine Auffälligkeiten beim Sprechen, keine Beeinträchtigungen des Blickfeldes und keine geistigen Fehlleistungen feststellen können – alles Symptome, die auf eine ernsthafte Gehirnschädigung hindeuten würden.«

Selbstgefällig schloss er: »Der Neurologe meinte, für ihn klinge das so, als hätte der Patient eins aufs Dach bekommen, so dass ihm eine Sicherung im Gedächtnis durchgebrannt sei. Seine Diagnose stimmte haargenau mit meiner überein.«

Kendall war erleichtert. Sie hatte zwar vor, von seiner Amnesie zu profitieren, aber sie wünschte ihm keinen bleibenden Schaden.

Wann er sein Gedächtnis wiederfinden würde, blieb allerdings weiterhin völlig offen. Vielleicht jetzt bald, vielleicht erst nächstes Jahr. Wie viel Zeit blieb ihr noch?

Sie musste davon ausgehen, dass es nicht allzu viel war, und dementsprechend handeln.

Sie lächelte den Arzt an. »Danke, dass Sie sich die Mühe gemacht haben, meine Fragen zu beantworten. Verzeihen Sie, dass ich Sie aufgehalten habe. Haben Sie heute abend was vor?«

Nachdem sie erfahren hatte, was sie wissen musste, wollte sie ihn jetzt ablenken. Am besten tat sie das, indem sie seinem Ego schmeichelte und das Gespräch auf ihn selbst brachte. Diese Taktik wandte sie oft bei Geschworenen an, wenn sie Beweise zerstreuen wollte, die ihrem Mandanten schaden konnten.

»Essen und Tanz in der Elk's Lodge«, verriet er ihr.

»Klingt toll. Lassen Sie sich von mir nicht länger aufhalten.«

Er wünschte ihr einen guten Abend und strebte dem Hauptportal zu. Kendall wartete, bis er außer Sichtweite war, dann schlüpfte sie in das Zimmer des Kranken. Die Tür war nur angelehnt gewesen.

Über dem Bett brannte eine schwache Nachtlampe mit einem Metallschirm, deren Licht von seinem Gesicht weg und zur Decke hinauf gerichtet war. Sie sah nicht, dass seine Augen offen standen, deshalb zuckte sie zusammen, als er sie ansprach.

»Ich bin wach und möchte mit dir reden.«

3. Kapitel

Ihre Slipper quietschten auf den PVC-Fliesen, als sie an sein Bett trat. Er lag vollkommen reglos da und beobachtete schweigend und aufmerksam, wie sie sich näherte.

»Ich dachte, du würdest schlafen«, sagte sie. »Kevin gibt gerade Ruhe, deshalb wollte ich kurz nach dir sehen. Ich habe gehört, du hast heute abend Suppe gegessen. Dass du wieder Appetit hast, ist ein gutes Zeichen, stimmt's?« Sie hob die Arme und vollführte eine saubere Pirouette. »Wie gefallen dir meine neuen Sachen? Toll, oder? Das ist jetzt der letzte Schrei.«

Da ihr fröhliches Geplauder keinerlei Wirkung zeigte, ließ sie Arme und Mundwinkel wieder sinken. An seiner Stelle würde sie es auch nicht ertragen, wenn jemand sie mit banalen Sprüchen und lahmen Witzen aufzumuntern versuchte. Er hatte Schmerzen und fühlte sich erniedrigt, weil er so hilflos und abhängig war. Wahrscheinlich hatte er sogar Angst – Angst, dass sein Gedächtnis nie zurückkehren würde, Angst vor dem, was er über sich erfahren würde, wenn es zurückkehrte.

»Es tut mir leid, was dir passiert ist«, erklärte sie aufrichtig. »Es muss wirklich grauenvoll sein, nicht mehr zu wissen, wer man ist oder woher man kommt, was man vorhat, tut, denkt und fühlt.« Sie hielt inne, um ihren Worten Gewicht zu verleihen. »Aber dein Gedächtnis wird zurückkommen.«

Er legte die Hand an die Stirn, presste einen Daumen an eine Schläfe und den Mittelfinger an die andere, als wollte er die Vergangenheit aus seiner Hirnschale pressen. »Ich kann mich an nichts erinnern. Rein gar nichts.« Er senkte die Hand und sah sie ausdruckslos an. »Wo sind wir hier eigentlich?«

»Der Ort heißt Stephensville. Wir sind in Georgia.«

Er wiederholte die Namen, als wolle er sie auf der Zunge kosten. »Leben wir in Georgia?«

Sie schüttelte den Kopf. »Wir waren auf der Durchreise nach South Carolina.«

»Ich bin gefahren«, sagte er. »Ich habe offenbar überreagiert, als ich einem umgestürzten Baum ausweichen wollte. Die Straße war glatt. Unser Auto kam ins Schleudern, stürzte in eine Schlucht, rammte einen Baum und versank dann in einem reißenden Fluss.«

Kendalls Mund war wie ausgetrocknet. »Das weißt du alles noch?«

»Nein, tue ich nicht. Der Sheriff hat es mir erzählt.«

»Sheriff?«

Er registrierte sofort das erschrockene Beben in ihrer Stimme und sah sie neugierig an. »Der Sheriff. Ein Deputy. Er kam heute vorbei, stellte sich vor und hat mir ein paar Fragen gestellt.«

»Warum?«

»Wahrscheinlich, weil er sie beantwortet haben wollte.«

»Ich hatte ihm doch schon alles berichtet.«

Er sah sie lange schweigend und nachdenklich an, bevor er schließlich zögernd entgegnete: »Offenbar glaubte er, du hättest ihn angelogen.«

»Das habe ich nicht!«

»Jesus.« Er verzog gequält das Gesicht und legte wieder die Hand an die Stirn.

Kendall bereute ihren Ausbruch augenblicklich. »Verzeih mir, ich wollte nicht schreien. Hast du Schmerzen? Soll ich die Schwester holen?«

»Nein.« Er kniff die Augen zu und ächzte. »Es geht schon wieder.«

Weil sie sich für ihre aufbrausende Reaktion schämte und Wiedergutmachung leisten wollte, füllte Kendall sein Wasserglas aus der beschlagenen Plastikkaraffe auf. Sie schob ihre Hand zwischen das Kissen und seine Haare, und hob vorsichtig seinen Kopf an. Als er das Glas an seinen Lippen fühlte, trank er ein paar Schlucke durch den biegsamen Plastikschlauch. »Genug?«, fragte sie, als er seinen Kopf wegdrehte.

Er nickte. Sie legte seinen Kopf sanft auf dem Kissen ab und stellte das Glas auf das Rolltischchen neben dem Bett zurück. »Danke.« Er seufzte. »Diese Kopfschmerzen machen mich noch wahnsinnig.«

»In ein, zwei Tagen wird es besser.«

»Ja.« Er klang nicht überzeugt.

»Ich weiß, dass es weh tut, aber du kannst froh sein, dass dir nicht mehr passiert ist. Der Arzt hier hat einen Neurologen in Atlanta konsultiert.«

»Ich habe euch durch die Tür reden hören.«

»Dann solltest du eigentlich guter Dinge sein. Dein Gedächtnis kann jeden Augenblick anfangen zu funktionieren.«

»Oder es könnte noch eine Weile auf sich warten lassen. Was dir anscheinend lieber wäre.«

Mit dieser Bemerkung hatte sie nicht gerechnet, deshalb wusste sie im ersten Moment nicht, was sie darauf sagen sollte. »Ich weiß nicht, was … Wie meinst du das?«

»Wäre es dir nicht lieber, wenn ich mein Gedächtnis eher später als früher wiederfände?«

»Warum sollte ich das wollen?«

»Ich habe nicht die leiseste Ahnung.«

Kendall hielt es für klüger zu schweigen.

Nach ein paar Sekunden machte er eine Kopfbewegung in Richtung Gang, wo sie mit dem Arzt über seinen Zustand gesprochen hatte. »Du hast dich über das Thema schlau gemacht. Es klang, als wolltest du auf alles gefasst sein, was auch immer passieren könnte. Ich habe mich gefragt, warum dich das so brennend interessiert.«

»Ich wollte wissen, was dir – was uns – bevorsteht. Ist das nicht ganz natürlich?«

»Ich weiß nicht. Ist es das?«

»Für mich schon. Ich möchte immer genau wissen, woran ich bin. Ich bereite mich lieber auf das Schlimmste vor, damit ich es besser verkrafte, falls es eintreten sollte. Das kommt, weil ich so früh Waise geworden bin. Ich habe mich immer ein bisschen vor Überraschungen gefürchtet.«

Plötzlich merkte sie, dass sie ihm zu viel mitteilte, und verstummte.

»Warum redest du nicht weiter?«, fragte er. »Es fing gerade an, spannend zu werden.«

»Ich will dich nicht mit zu vielen Nebensachen verwirren.« Sie grinste und hoffte, dass er die Bemerkung als Scherz auffassen und das Thema damit auf sich beruhen lassen würde. »Tut dir dein Bein eigentlich weh?«

»Nicht besonders. Es ist einfach lästig. Die Wunden und Prellungen sind viel schlimmer.«

Sein rechter Arm lag schlaff über seinem Schoß. Vom Handgelenk bis zum Bizeps, der unter dem weiten Ärmel des Krankenhaushemds verschwand, war die Haut lila angelaufen. »Das hier sieht besonders schlimm aus.« Sie strich über die blauen Flecken und ließ dann ihre Hand auf seinem muskulösen Arm liegen. Irgendetwas trieb sie dazu, ihn zu berühren.

Sein Blick fiel auf ihre linke Hand. Er fiel vor allem auf den Ehering an ihrem Ringfinger und bewirkte, dass sie die Wärme seiner Haut auf ihrer eigenen noch intensiver spürte. Es war nicht fair, ihn zu berühren, und ganz bestimmt nicht richtig, so viel dabei zu empfinden. Trotzdem weigerte sie sich, ihre Hand zurückzuziehen.

Er drehte langsam den Kopf und sah sie an. Während er methodisch und gründlich ihr Gesicht studierte, herrschte vollkommene Stille. Lange, viel zu lange wanderten seine verschatteten Augen über ihr Gesicht, und die ganze Zeit hielt Kendall den Atem an. Sein Blick glitt über ihr welliges, dunkelblondes Haar bis zu den Schultern.

Mit klopfendem Herzen fragte sie: »Und – erkennst du mich?«

Er sah ihr ins Gesicht, und sie fragte sich, ob er sich wohl an das ungewöhnliche Grau ihrer Augen erinnerte, das die meisten Menschen faszinierend und lügende Zeugen höchst irritierend fanden. Als sein Blick auf ihren Mund fiel, kribbelte es plötzlich in ihrer Magengrube, als wäre sie in einem schnellen Lift gefahren. Nein, eher als hätte man sie bei etwas Verbotenem erwischt.

Jetzt wollte sie ihre Hand wegnehmen, aber er packte zu und hielt sie fest. Er drehte den schmalen Goldreif an ihrem Finger. »Kein besonders exquisiter Ehering.«

Das stimmte. Sie hatte ihn am selben Tag im Supermarkt gekauft. »Ich wollte nichts Ausgefallenes.«

»Konnte ich mir nichts Wertvolleres leisten?«

»Geld spielte dabei keine Rolle.«

Er drehte den Ring immerfort um ihren Finger. »Ich kann mich nicht erinnern, wie ich ihn dir übergestreift habe.« Überrascht sah er sie an. »Ich kann mich nicht an dich erinnern. Bist du sicher, dass wir verheiratet sind?«

Sie lachte gekünstelt. »In der Beziehung würde ich mich schwerlich irren.«

»Nein, aber du könntest mich anlügen.«

Ihr Herz begann zu flattern. Trotz der Amnesie durchschaute er sie immer noch. »Warum sollte ich dich anlügen?«

»Keine Ahnung. Tust du es?«

»Das ist doch lächerlich.« Wieder versuchte sie, ihre Hand zurückzuziehen, aber er hielt sie mit erstaunlicher Kraft fest.

»Mir will das einfach nicht in den Kopf.«

»Was?«

»Du. Das Kind. Alles.« Er wurde langsam wütend.

»Warum glaubst du mir nicht?«

»Weil ich mich nicht an dich erinnern kann.«

»Aber du kannst dich an überhaupt nichts erinnern!«

»Manches vergisst man nicht.« Seine Stimme wurde lauter. »Und ich wette, ich würde nie vergessen, wie wir miteinander geschlafen haben.«

Das Deckenlicht flammte auf und blendete sie beide.

»Fehlt hier etwas?«

»Schalten Sie das verdammte Licht aus!«, brüllte er. Seine Hand schoss hoch, um seine Augen vor der grellen blauweißen Beleuchtung abzuschirmen.

»Schalten Sie es aus«, befahl auch Kendall der Krankenschwester. »Sehen Sie nicht, dass ihn das Licht blendet und seine Kopfschmerzen verstärkt?«

Die Schwester knipste die Lampe wieder aus. Ein paar Sekunden lang sprach niemand. Seine Worte hallten immer noch in Kendalls Kopf. Schließlich wandte sie sich an die Schwester, weil sie ihm nicht in die Augen zu sehen vermochte. »Verzeihen Sie, dass ich Sie so angefahren habe. Und dass ich Ihren Patienten so aufgeregt habe. Dieser Gedächtnisverlust belastet uns beide.«

»Dann würde ich für heute abend Schluss machen. Der Arzt meint, wir sollten nichts erzwingen.« Sie hob das Tablett mit den Medikamenten an, das sie in ihrer Hand hielt. »Ich wollte ihm nur seine Gutenachtspritze geben.«

Als Kendall ihren Blick wieder hob, klebte ein Lächeln auf ihrem Gesicht. »Je mehr du es forcieren willst, desto störrischer wird dein Gedächtnis. Schlaf gut. Wir sehen uns morgen früh.«

Sie legte ihm flüchtig die Hand auf die Schulter und floh, ehe er ihr ansehen konnte, dass sie log.

Sie wartete drei lange Stunden, ehe sie ihren Plan in die Tat umsetzte.

Kevin schlief friedlich in seiner Wiege, die Knie unter die Brust gezogen und den Windelpopo in die Höhe gestreckt. Hin und wieder gab er ein leises, wohliges Schmatzen von sich. Im Lauf der vergangenen Monate hatte sich ihr Gehör darauf eingestellt.

Sie war viel zu übernächtigt, um zu schlafen oder sich auch nur auf ihrer Liege auszustrecken. Wenn der müde Körper über den wachen Geist siegte und sie versehentlich in Schlummer sank, würde sie sich damit unwiderruflich um ihre Chance bringen.

Zum x-ten Mal sah sie auf ihre Armbanduhr. Null Uhr fünfzehn. Noch eine Viertelstunde, beschloss sie. Nicht, dass sie einen starren Zeitplan gehabt hätte. Sie war darauf trainiert, flexibel auf neue Gegebenheiten zu reagieren. Aber je mehr Meilen sie vor Tagesanbruch zwischen sich und Stephensville brachte, desto besser.

Auf Zehenspitzen schlich sie ans Fenster, hob leise die Jalousie und warf einen Blick durch die nasse Scheibe. Es regnete immer noch, gleichmäßig und ohne Aussicht auf ein Ende. Die Fahrt würde anstrengend werden, aber bis jetzt hatte das schlechte Wetter ihr Glück beschert. Andernfalls hätten sie nicht die Umleitung genommen. Und wenn sie die nicht genommen hätten, wäre es nicht zu dem Unfall gekommen. Wenn es nicht zu dem Unfall gekommen wäre, wären sie inzwischen schon in Prosper. Das Wetter war ihr zum Verbündeten geworden. Sie würde sich jetzt nicht darüber beschweren.

Vom Fenster aus konnte sie ihr Auto stehen sehen – jenseits der Straße, auf halbem Weg zur nächsten Kreuzung, auf dem Parkplatz eines Waschsalons, der rund um die Uhr geöffnet war.

»Die Reifen haben erst ein paar tausend Meilen drauf«, hatte ihr der Mann versichert, der den Wagen verkaufte, und dabei mit der Spitze seines Arbeitsstiefels gegen den linken Vorderreifen getreten. »Die Kiste sieht nicht besonders aus, läuft aber tadellos.«

Sie hatte keine Zeit, wählerisch zu sein. Außerdem war das die einzige Kleinanzeige gewesen, in der ein Auto aus Privatbesitz in Stephensville zum Verkauf stand.

»Ich gebe Ihnen tausend Dollar dafür.«

»Verkaufspreis ist zwölfhundert.«

»Tausend.« Kendall hatte zehn Hundertdollarscheine aus ihrer Tasche genommen und sie ihm hingehalten.

Er spuckte einen zähen Schwall Kautabak in den Schlamm, kratzte sich nachdenklich an den Koteletten, sah auf das Geld und fällte schließlich eine Entscheidung. »Warten Sie hier. Bin gleich wieder da. Die Papiere sind im Haus.«

Sie ließ ihn bis zum Waschsalon hinterherfahren, während sie den Wagen der Schwester in Richtung Krankenhaus steuerte. »Ich werde ihn fürs Erste hier parken«, erklärte sie dem Mann, als er ihr die beiden Schlüssel überreichte. »Mein Mann und ich holen ihn später ab. Jetzt bringe ich Sie heim. Tut mir leid, dass ich Ihnen so viele Umstände mache.«

Was für Umstände sie ihm auch gemacht hatte, sie wurden durch die tausend Dollar in seiner Tasche mehr als aufgewogen. Natürlich wollte er wissen, wie sie hieß, wo sie lebte, was ihr Mann arbeitete. Er hatte unentwegt Fragen gestellt, und Kendall hatte ihm höflich ins Gesicht gelogen.

»Du bist die geborene Lügnerin«, hatte Ricki Sue ihr einst

auseinandergesetzt. »Deshalb bist du auch eine so gute Anwältin.«

Als Kendall daran dachte, musste sie traurig lächeln. Sie hatten in Großmutters Küche aus einer Fertigmischung Kekse gebacken. Kendall sah so deutlich ihre Gesichter vor sich und hörte ihre Stimmen, als stünden die beiden Frauen in ihrem Krankenzimmer. »Vorsichtig, Ricki Sue. Mit solchen Bemerkungen spornst du sie nur an«, hatte Großmutter gewarnt. »Und zum Schwindeln braucht sie, weiß Gott, keinen Ansporn mehr.«

»Ich schwindle nicht!«, hatte Kendall protestiert.

»Und das ist die allergrößte Schwindelei«, hatte Großmutter, einen teigverklebten Kochlöffel schwingend, widersprochen. »Wie oft hat man mich deinetwegen in die Schule bestellt, um irgendwelche wilden Geschichten aufzuklären, die du deinen Klassenkameradinnen erzählt hast! Sie hat sich ständig irgendwas ausgedacht«, erläuterte sie Ricki Sue über die Schulter.

»Manchmal habe ich die Wahrheit ein bisschen ausgeschmückt, um sie interessanter zu gestalten.« Kendall schniefte hoheitsvoll. »Ich würde das nicht als Schwindeln bezeichnen.«

»Ich auch nicht«, hatte Ricki Sue ungerührt festgestellt und sich eine Handvoll Schokoladenstreusel in den Mund geworfen. »Das bezeichnet man als Lügen.«

Bei der Erinnerung an die beiden Frauen, die ihr so fehlten, bildete sich ein Kloß in Kendalls Kehle. Wenn sie weiter der Vergangenheit nachhing, würde der Kummer sie einkreisen. Und sie durfte auf keinen Fall noch mehr Zeit verlieren. Sie musste handeln, ehe dieser Mann, der in ihr zu lesen schien wie in einem Buch, seine Erinnerung wiederfand.

Sie warf einen Blick auf ihre Armbanduhr – ein Uhr. Es war höchste Zeit.

Sie schlich auf Zehenspitzen zur Tür, öffnete sie behutsam und spähte in den Korridor. Zwei Krankenschwestern teilten sich die Nachtschicht. Eine war in ein Buch versunken; die andere telefonierte gerade.

Vorhin hatte sich Kendall schon einmal aus dem Haus geschlichen und ihre wenigen Habseligkeiten im Auto verstaut, so dass sie jetzt nur noch das Baby hinausbringen musste.

Sie trat wieder an die Wiege, schob die Hände unter den Babybauch und drehte Kevin behutsam auf den Rücken. Er verzog missmutig das Mäulchen, wachte aber nicht auf, nicht mal, als sie ihn aufnahm und an ihre Brust drückte.

»Braver Junge«, flüsterte sie. »Du weißt, dass deine Mami dich lieb hat, nicht wahr? Und dass ich alles – alles – tun würde, um dich zu beschützen.«

Sie schlich sich aus dem Zimmer. Nach dem stundenlangen Warten im Dunkeln blendete sie das Licht auf dem Gang. Sie vergeudete ein paar kostbare Sekunden, bis sich ihre Augen an die Helligkeit gewöhnt hatten, dann tastete sie sich leise an der Wand entlang.

Wenn sie bis zum nächsten Quergang kam, ohne entdeckt zu werden, hatte sie es so gut wie geschafft. Aber auf den ersten zehn Metern befand sie sich im Blickfeld der Krankenschwestern. Sie hatte sich schon eine Erklärung zurechtgelegt, falls eine von beiden sie aus dem Augenwinkel bemerken sollte: Kevin habe Blähungen und könne nicht schlafen. Sie habe beschlossen, ihn ein bisschen spazieren zu tragen.

Man würde ihr zweifellos glauben, aber ihr Plan wäre damit gescheitert. Sie würde es in der nächsten Nacht noch einmal probieren müssen. Jede Stunde zählte; morgen war es vielleicht schon zu spät. Sie musste noch heute verschwinden.

Also konzentrierte sie sich darauf, so leise und schnell wie möglich vorwärtszukommen. Die Augen fest auf die beiden

Schwestern gerichtet, schätzte sie den Abstand zur nächsten Ecke ab. Wie weit noch? Vier Schritte? Fünf?

Kevin machte ein Bäuerchen.

In Kendalls Ohren klang es wie ein Kanonenschlag. Sie erstarrte, und das Herz klopfte ihr im Hals. Aber offenbar hatte außer ihr niemand etwas gehört. Die eine Krankenschwester las immer noch, die andere erwärmte sich offenbar mehr und mehr für ihr Thema:

»Also hab' ich zu ihm gesagt, wenn er sowieso dreimal in der Woche zum Bowling geht, was kümmert es ihn dann, wenn ich ein paar Nachtschichten schiebe? Da sagt er zu mir: ›Das ist was anderes.‹ Und ich sage: ›Da hast du verdammt recht. Mit deinem Bowling verdienst du keinen müden Cent.‹«

Kendall wartete die weitere Schilderung dieses Ehezwistes nicht ab. Sobald sie die Ecke erreicht hatte, verschwand sie mit einem Seitenschritt im Quergang. Sie hatte es geschafft!

Dicht an die Wand gepresst, schloss sie die Augen, atmete tief durch und zählte langsam bis dreißig. Als sie sicher war, dass sie die Krankenschwestern nicht aufgeschreckt hatte, schlug sie die Augen auf.

Dafür hatte sie ihn aufgeschreckt.

4. Kapitel

Er presste ihr die Hand auf den Mund.

Nicht, dass das nötig gewesen wäre. Sie war zu perplex, um zu schreien. Außerdem hätte sie sowieso nicht geschrien. In der Nacht, als sie aus Prosper geflohen war, hatte sie viel schrecklichere Dinge erlebt, und damals hatte sie auch nicht geschrien.

Trotzdem war sie fassungslos. Er schien sich aus der Wand geschält zu haben. Wie hatte er sich ihr so nähern können, ohne ihre Aufmerksamkeit zu erregen?

In seiner geschwächten Verfassung hätte er ihr eigentlich keine Angst machen sollen. Er lehnte schwer auf seinen beiden Krücken. Sein Teint war aschgrau; den Lippen fehlte praktisch jede Farbe. Ihm war anzusehen, dass er schrecklich litt.

Aber sein Blick strahlte keine Spur von Schwäche aus. Seine Augen glühten sie aus ihren tiefen Höhlen an. Kendalls Herz begann zu rasen.

Sie schüttelte langsam und energisch den Kopf, um ihm begreiflich zu machen, dass sie keinen Laut von sich geben würde. Langsam senkte er seine Hand.

Die Krankenschwester am Telefon hatte nicht eine Sekunde in ihrem Klagelied innegehalten, die andere Schwester nicht einmal den Blick von ihrem Roman gehoben. Nichts deutete darauf hin, dass eine von beiden irgendetwas beunruhigt hätte.

Er trug ein Paar grüne Operationshosen, das rechte Hosenbein hatte er aufgetrennt, damit sein Gips durchpasste. Der Riss war so ausgefranst, dass man meinen konnte, er hätte den Stoff mit den Zähnen aufgerissen. Zuzutrauen wäre ihm das durchaus. Er sah abgezehrt aus, aber sein Kinn war entschlossen vorgereckt. Alles nur Erdenkliche hätte er auf sich genommen, um aus dem Bett und in die Kleider zu gelangen.

Kendall gab ihm ein Zeichen, ihr zu seinem Zimmer zu folgen. Er sah sie misstrauisch an, hielt sie aber nicht auf, als sie auf Zehenspitzen über den Gang schlich. Wie der Arzt schon gesagt hatte, kam er ganz gut mit seinen Krücken zurecht. Die Gummispitzen machten nur ein minimales Geräusch, wenn er sie auf die Fliesen setzte.

Sie gingen an seinem Zimmer vorbei und weiter auf den Ausgang zu, wo der Gang vor einer Metalltür endete. Über dem Absperrriegel warnten rote Druckbuchstaben, dass dies nur ein Notausgang sei und mit dem Öffnen der Tür Alarm ausgelöst werde.

Kendall legte die Hand auf den Riegel. Er hob die rechte Krücke so schnell und behände an, dass ein menschliches Auge der Bewegung kaum folgen konnte, und hielt sie ihr quer vor die Brust.

Sie sah ihn an und formte lautlos die Worte: »Es ist okay. Vertrau mir.«

Er gab ebenso lautlos zurück: »Nie im Leben.«

Sie redete mit Gesten und übertriebener Mimik auf ihn ein und überzeugte ihn schließlich, dass nichts weiter passieren würde, wenn sie die Tür öffnete. Er sah sie scharf und warnend an und ließ schließlich die Krücke sinken.

Sie schob den Riegel beiseite. Das Schloss öffnete sich mit einem metallischen Klicken, aber ohne Alarm auszulösen. Sie lehnte sich gegen die Tür und stemmte sie auf.

Lauschend hielt sie inne, aber außer dem dichten Regen, der in die Pfützen auf der kleinen Rasenfläche im Hof und auf dem Betonweg von der Tür zur Straße trommelte, war draußen nichts zu hören.

Kendall öffnete ihm die Tür und ließ ihn an sich vorbeihumpeln. Dann drückte sie wieder die Klinke, bis ihr ein Schnappen verriet, dass das Schloss eingerastet war.

Erst jetzt sprach sie ihn an, wenn auch nur flüsternd. »Du wirst klatschnass.«

»Ich werde schon nicht schmelzen.«

»Warum wartest du nicht hier, bis ich …«

»Ganz bestimmt nicht.«

»Glaubst du wirklich, ich würde abhauen und dich alleine zurücklassen?«

Er schenkte ihr einen müden Blick. »Spar dir das, okay? Gehen wir.«

»Also gut, hier lang.«

»Ich weiß. Der dunkelblaue Cougar beim Waschsalon.«

Er hantelte sich den Gehweg entlang, als würde ihm der Regen nicht das Geringste ausmachen. Kendall drückte Kevin an ihre Brust, überzeugte sich davon, dass die Decke sein Gesicht abschirmte, und folgte dem Mann mit den Krücken.

Als sie den Cougar endlich erreicht hatten, bibberte er vor Kälte, Schmerzen und Schwäche. Hastig schloss Kendall ihm die Beifahrertür auf, dann lief sie zur Fahrerseite. Bei einem zweiten Besuch im Supermarkt hatte sie einen Babysitz gekauft. Sie schnallte Kevin hinein und tauschte die feuchte Flanelldecke gegen eine trockene aus. Der Kleine maunzte ein paarmal vor sich hin, wachte aber nicht auf. Es würden noch einige Stunden vergehen, bis Kevin wieder Hunger bekam. Ihre Flucht hatte sie auf seine Stillzeiten abgestimmt.

Sie rutschte hinter das Steuer und legte den Gurt an, dann schob sie den Schlüssel ins Zündschloss. Der Wagen sprang sofort an.

»Ein guter Kauf. Ich habe dich von meinem Fenster aus beobachtet«, erklärte er, als sie ihn fragend ansah. »Wer war der Alte im Overall? Ein Freund?«

»Ein Fremder. Er hatte eine Anzeige aufgegeben.«

»So was habe ich mir schon gedacht. Woher hast du gewusst, dass der Alarm nicht losgehen würde, wenn du die Tür zum Notausgang öffnest?«

»Der Hausmeister ist heute morgen durch diese Tür raus. Später habe ich sie ausprobiert. Kein Alarm. Ich habe mich einfach darauf verlassen, dass sie nicht an einen Zeitschalter angeschlossen ist.«

»Aber du hättest eine Ausrede gewusst, falls es Alarm gegeben hätte, nicht wahr? Bist du nicht die Frau, die immer auf das Schlimmste gefasst ist?«

»Du brauchst nicht gleich fies zu werden.«

»Warum nicht? Warum sollte ich höflich zu einer Frau sein, die behauptet, mit mir verheiratet zu sein, und sich dann heimlich aus dem Staub machen will?«

»Ich wollte nicht ohne dich weg. Ich war gerade auf dem Weg zu deinem Zimmer als …«

»Vergiss es.« Seine Stimme klang trocken und rau wie Sandpapier. »Du wolltest dich mitten in der Nacht davonschleichen und hattest keineswegs vor, mich mitzunehmen. Du weißt das. Ich weiß es.« Er hielt inne. »Ich habe zu starke Kopfschmerzen, um mich deswegen zu streiten. Also lassen wir's…«

Er hatte sich verausgabt. Sein Oberkörper sackte unter der Anstrengung der langen Rede zusammen. Mit einer schwachen Geste bedeutete er ihr loszufahren.

»Ist dir kalt?«, fragte sie.

»Nein.«

»Du bist klatschnass.«

»Aber mir ist nicht kalt.«

»Gut.«

In Stephensville gab es, abgesehen von ein paar Geschäften und einer Bank an der Kreuzung der beiden Hauptstraßen, so gut wie keinen Ortskern. Bis auf das Sheriffbüro war alles dunkel. Um nicht daran vorbeifahren zu müssen, bog sie einen Block vorher ab.

»Weißt du, wohin du fährst?«, fragte er.

»Warum schläfst du nicht ein bisschen?«

»Weil ich dir nicht traue. Vielleicht schmeißt du mich an der nächsten Straßenecke aus dem Auto, wenn ich einnicke.«

»Wenn ich gewollt hätte, dass du stirbst, hätte ich dich nicht aus dem Wrack gewuchtet. Das wäre ganz einfach gewesen!«

Er versank in mürrisches Schweigen, das mehrere Meilen anhielt.

Kendall glaubte schließlich, er habe ihren Rat beherzigt und sei eingeschlafen, aber als sie zu ihm hinübersah, stellte sie fest, dass er sie mit dem bohrenden Blick eines Heckenschützen beobachtete, der sein Ziel ins Visier genommen hat.

»Du hast mich herausgezogen?«

»Ja.«

»Warum?«

Sie musste lachen. »Ich hielt das einfach für ein Gebot der Menschlichkeit.«

»Warum rettest du mir das Leben, um mich dann in irgendeinem Hinterwäldlerkrankenhaus sitzenzulassen, wo ich ganz auf mich allein gestellt bin und niemand mir helfen kann?«

»Ich wollte dich nicht sitzenlassen.«

»Das ist gelogen.«

Sie seufzte müde. »Nach unserem Gespräch in deinem Zimmer heute abend wurde mir klar, dass du von diesem Arzt genauso wenig hältst wie ich. Deshalb erachtete ich es für das Beste, dich in ein anderes Krankenhaus zu bringen und eine zweite Meinung einzuholen.

Und weil ich mich nicht in einen Papierkrieg verwickeln lassen wollte – und ich mich außerdem nicht mit ihnen anlegen wollte, denn schließlich waren sie äußerst großzügig und nett zu Kevin und mir – hatte ich mir vorgenommen, dich rauszuschleusen.«

»Was hättest du getan, wenn sie mir Beruhigungsmittel gegeben hätten?«

»Das wäre mir nur recht gewesen. Du hättest mir nicht widersprechen können.« Sie sah ihn von der Seite an. »Hat dir die Schwester keine Spritze gegeben, nachdem ich dein Zimmer verlassen hatte?«

»Sie wollte schon. Ich habe jedoch auf einer Pille bestanden und die nicht runtergeschluckt. Auch ich bin eben gern auf alles vorbereitet. Mein Instinkt hat mir gesagt, dass du irgendwas im Schilde führst. Und für den Fall wollte ich wach bleiben.«

Kendall sah auf die grüne Hose, die nass an seiner Haut klebte. »Du hast die Sachen aus der Wäschekammer gestohlen?«

»Besser als mit nacktem Hintern durchs Land zu reisen. Sind wir auf dem Weg nach South Carolina?«

»Nein, nach Tennessee.«

»Wieso das denn? Was wollen wir in Tennessee?«

»Wenn ich dir das sagen würde, würdest du mir nicht glauben, also lass dich überraschen.«

»Was haben wir angestellt?«

»Verzeihung?«

»Offensichtlich sind wir doch auf der Flucht. Was für ein Verbrechen haben wir begangen?«

»Wie, um alles in der Welt, kommst du auf diese Idee?«

»Das ergibt jedenfalls mehr Sinn als der Quatsch, mit dem du mich abspeisen willst.«

»Was genau glaubst du nicht?«

»Gar nichts glaube ich dir. Dass wir ein Paar mit einem Kind sind. Und dass du mich bei diesem Ausflug hier mitnehmen wolltest. Ich glaube dir kein Wort. Du bist eine ziemlich clevere Lügnerin. Leugnen hat keinen Zweck, und frag mich nicht, woher ich das weiß. Es ist eben so. Du saugst dir das alles aus den Fingern.«

»Das stimmt nicht.«

Sie protestierte aus Entrüstung wie auch aus Angst. Sein Instinkt war ungemein scharf, und er schien sich bedingungslos darauf zu verlassen. Mit Ausnahme ihrer Großmutter hatte noch niemand sie so durchschaut. Unter anderen Umständen hätte sie seinen Scharfblick bewundert, aber jetzt konnte er sich als tödlich erweisen.

Sie musste die schwierige Rolle der liebenden Gemahlin spielen, ohne ihn noch misstrauischer werden zu lassen. Schließlich handelte es sich um eine vorübergehende Situation. Sicher konnte sie ihn noch ein bisschen hinhalten.

Beide verstummten. Im Wagen waren nur noch das hypnotisierende Sirren der Reifen auf dem nassen Asphalt und der schnelle Takt der Scheibenwischer zu hören.

Kendall beneidete Kevin um seinen friedlichen Schlummer und um seine Freiheit von jeder Verantwortung. Sie hätte alles dafür gegeben, sich ausruhen zu dürfen, die Augen zu schließen und sich vom Schlaf übermannen zu lassen. Aber das stand ja nicht im Entferntesten zur Debatte. Sie würde erst wieder freier atmen können, wenn die Distanz zum Büro des neugierigen Sheriffs beträchtlich war.

Sie sammelte ihre schwindenden Kräfte, fasste das Lenkrad fester und beschleunigte auf ein erlaubtes, sicheres, aber meilenfressendes Tempo.

Es dünkte ihn, als stünde er allein in einem dunklen, endlosen Tunnel und höre eine Lokomotive, die auf ihn zuraste.

Er konnte sie nicht sehen, konnte nicht davonlaufen, konnte nichts tun, als sich auf den Aufprall vorzubereiten. Das Schlimmste war die Angst vor dem Unausweichlichen. Am liebsten hätte er den Zusammenstoß sofort hinter sich gebracht, bevor das ununterbrochene Brüllen in seinem Kopf ihm noch die Augäpfel aus den Höhlen presste.

Er fühlte sich nicht wohl in seinem Körper. Seine Glieder waren verkrampft und steif, aber noch bevor er die reißenden Muskeln zu bewegen versuchte, wusste er schon, dass er sie nicht strecken konnte. Sein Hintern war vom langen unbewegten Sitzen taub, und er hatte Nackenschmerzen vom Schlafen mit abgeknicktem Kopf. Seine Kleider waren nass. Er hatte Hunger und musste pinkeln.

Vor allem aber hatte er wieder den Traum gehabt.

Und weil er in seinem Albtraum gefangen war, konnte er nicht dem Babygeschrei entkommen, das noch deutlicher und lauter geklungen hatte als sonst und ihn aus dem Tiefschlaf rüttelte. Jetzt versuchte sein Bewusstsein erfolglos, ihn ganz aufwachen zu lassen. Sosehr er diesen immer wiederkehrenden Traum auch fürchtete – er war wenigstens besser, als wach zu sein.

Warum?

Dann erinnerte er sich.

Er erinnerte sich, dass er sich an nichts erinnerte.

Er hatte eine Amnesie, die von einer psychischen Schwäche ausgelöst worden sein musste. Selbst dieser Schlauberger mit Stethoskop hatte einen psychischen Defekt geahnt.

Die Vorstellung, dass er selbst für diesen unerträglichen Zustand verantwortlich war, frustrierte und ärgerte ihn. Bestimmt konnte er sich an alles erinnern, wenn er es nur wirklich versuchte.

Er suchte die dunklen Winkel seines Geistes nach einem winzigen Lichtblick ab. Nach irgendwas. Egal, was. Einem

Hinweis. Einer Andeutung. Irgendeiner Information über sich selbst, auch wenn es nur ein kleiner Funken wäre.

Totale Finsternis. Nicht mal ein schwacher Widerschein. Das Leben, das er vor seinem Erwachen im Krankenhaus geführt hatte, war ihm verschlossen und lichtundurchlässig wie ein schwarzes Loch.

Schließlich schlug er die Augen auf, um den bohrenden Fragen zu entkommen, auf die er keine Antworten wusste. Es war Tag, aber die Sonne nicht zu sehen. Regentropfen klatschten an die Windschutzscheibe und sammelten sich zu zackigen Rinnsalen, die über das Glas glitten.

Sein Kopf lehnte am Seitenfenster. Das Glas fühlte sich angenehm kühl an. Er fürchtete sich vor jeder Bewegung, bewegte sich aber doch, indem er behutsam den Kopf hob. Die Kopfschmerzen waren nicht mehr ganz so schlimm wie gestern, aber immer noch rekordverdächtig.

»Guten Morgen.«

Er wandte sich ihrer Stimme zu.

Was er sah, ließ ihn erstarren.

5. Kapitel

Sie stillte das Baby.

Der Sitz war fast in Liegeposition gekippt. Ihr Kopf lag auf der Kopfstütze. Sie hatte ihr Haar nicht gekämmt, seit sie gestern Abend durch den Regen gelaufen war, so dass es zu einem verfilzten blonden Gestrüpp getrocknet war. Unter ihren Augen lagen dunkle Ringe. Sie wirkte aufgelöst, aber aus ihrem Gesicht sprach eine so uneingeschränkte Lebensbejahung, dass sie einfach schön anzusehen war.

Sie wünschte ihm nochmals einen guten Morgen. Er murmelte eine Antwort, wobei er beklommen und erfolglos versuchte wegzuschauen.

Es war nicht so, dass sie sich irgendwie zur Schau gestellt hätte. Sie hatte eine Babydecke über ihre Schulter gelegt, um ihre Brust abzudecken. Nirgendwo stach ihm nacktes Fleisch ins Auge. Das Baby war nur an den Bewegungen unter der Decke zu erahnen. Aber trotzdem wirkte sie wie ein Sinnbild mütterlichen Glücks.

Warum brach ihm also der kalte Schweiß auf der Stirn aus? Was, zum Teufel, war eigentlich mit ihm los?

Er fühlte sich elend. Sein Puls raste, und er hatte Platzangst, als hätte man ihm Watte in die Luftröhre gesteckt und als wäre jeder krampfhafte Atemzug vielleicht sein letzter.

Das Bild stieß ihn ab und faszinierte ihn zugleich; er wollte so schnell und so weit wie möglich von ihr und dem Kind fort und konnte doch den Blick nicht abwenden. Der Frieden, der Mutter und Kind wie eine Aura umgab – und den er nie gespürt hatte, da war er todsicher –, besaß Magnetkraft. Die

Seelenruhe, die sie ausstrahlte, schien ihm unfasslich und zog ihn auf unwiderstehliche Weise an.

Doch vielleicht, überlegte er, angeekelt von sich selbst, bannte ihn ja bloß reine Lüsternheit. Was bedeutete, dass er ein perverser Kranker war, der sich an stillenden Müttern aufgeilte.

Er kniff die Augen zu und rieb sich die Nasenwurzel, bis ihm die Tränen in die Augen schossen. Vielleicht hatte er den Unfall überhaupt nicht überlebt. Vielleicht war er gestorben, und das Krankenhaus war das Fegefeuer gewesen, eine Zwischenstation auf dem Weg in die Hölle.

Denn das hier war sie eindeutig.

»Wie geht es dir?«

Bevor er antworten konnte, musste er den bitteren Speichel in seinem Mund hinunterschlucken. »Als hätte ich alle Kater der Welt auf einmal.«

»Das tut mir leid. Wir wollten dich nicht wecken. Den Windelwechsel hast du jedenfalls verschlafen.«

»Wobei mir einfällt ...«

»Dort drüben.«

Er schaute durch das regennasse Fenster in die Richtung, in die sie genickt hatte. Sie hatte auf einem Rastplatz angehalten; außer ihrem gab es kein anderes Auto. Das Picknickgelände war unkrautüberwuchert. Aus den rostzerfressenen Abfalleimern quoll durchnässter Müll. Die ganze Lokalität sah trostlos aus.

»Die Toiletten sind leider nicht besonders sauber«, meinte Kendall. »Die Damentoilette war es jedenfalls nicht – ziemlich widerwärtig, aber mir blieb nichts anderes übrig.«

»Mir auch nicht.« Er fasste nach der Klinke. »Bist du noch da, wenn ich wieder rauskomme?«

Sie ging nicht auf die spitze Bemerkung ein. »Wenn du warten kannst, bis Kevin fertig getrunken hat, helfe ich dir.«

Die Babyfaust, die unter der Decke hervorschaute, hatte sich in ihre Bluse gekrallt. Die winzigen Finger öffneten und schlossen sich, öffneten und schlossen sich. »Vielen Dank«, entgegnete er mürrisch. »Aber das schaffe ich schon allein.«

Es waren nur ein paar Meter vom Auto zu dem Betonhäuschen. Er urinierte in die fleckige Rinne und trat dann an das Waschbecken, wo rostiges Wasser aus dem Hahn tropfte. Er wusch sich die Hände. Zum Abtrocknen gab es nichts, aber das war ihm egal. Bis er es zum Auto geschafft hatte, waren seine Hände sowieso wieder nass. Es gab auch keinen Spiegel, was ihn ebenso wenig störte. Bestimmt sah er aus wie der letzte Überlebende eines langen, grausamen Krieges. Jedenfalls fühlte er sich so.

Als er ins Auto stieg, lag das Baby schon wieder in seinem Sitz. »Nach ungefähr fünf Meilen kommt eine Stadt«, teilte sie ihm mit, während sie den Motor anließ. »Ich dachte, dort könnten wir Kaffee trinken. Und dann sollten wir den nächsten Neurologen anrufen.«

Der Ausflug zur Toilette hatte seine geringen Kraftreserven völlig aufgezehrt. »Kaffee klingt gut«, antwortete er, so heiter er konnte, um sich seine Schwäche nicht anmerken zu lassen. »Aber von Ärzten habe ich vorerst die Nase voll.«

Ihre großen grauen Augen sahen ihn ungläubig an. Augen wie Nebel. Ein Nebel, in dem er sich leicht verirren könnte, wenn er nicht aufpasste. »Ich brauche nicht zum Arzt«, erklärte er.

»Spinnst du? Dein Zustand ist eine einzige Katastrophe.«

»Ich habe eine Gehirnerschütterung. Wenn ich mir in den nächsten Tagen nicht allzu viel zumute, habe ich mich bald wieder erholt. Und das gebrochene Bein wird mit der Zeit von selbst heilen. Wozu sollten wir also zu einem weiteren Arzt gehen und ihm gutes Geld dafür zahlen, dass er uns das gleiche Lied noch mal vorsingt?«

»Du hast ständig Schmerzen. Du brauchst wenigstens stärkere Schmerzmittel.«

»Ich bleibe bei Aspirin.«

»Und was ist mit deiner Amnesie? Du solltest mit einem Spezialisten darüber sprechen.«

»Während ich mit diesem Spezialisten spreche, setzt du dich ab.«

»Das werde ich nicht.«

»Pass auf, ich weiß nicht, wer du bist oder was es mit dieser Sache auf sich hat, aber bis ich das herausgefunden habe, lasse ich dich nicht aus den Augen. Ich werde nicht noch mal riskieren, sitzengelassen zu werden.« Er zeigte auf das Lenkrad. »Fahren wir. Ich kann einen Kaffee vertragen.«

Der nächste Ort war ein kleiner, landwirtschaftlich geprägter Flecken und praktisch ein Klon von Stephensville. Sie drosselte ihr Tempo auf die vorgeschriebene Höchstgeschwindigkeit.

»Da drüben.« Er deutete auf ein Café, das zwischen einem Textilwarengeschäft und dem Postamt klemmte. Ein paar Kleintransporter parkten an dem bröckeligen Bordstein, aber an allen Parkuhren war die Zeit abgelaufen. Hier schienen sich die Einheimischen zum Kaffee und Tratsch zu treffen, selbst an einem verregneten Sonntagmorgen.

»Hast du Hunger?« fragte sie.

»Ja.«

»Ich hole uns was zum Mitnehmen, dann brauchst du nicht auszusteigen. Pass auf das Baby auf.«

Das Baby. Er warf einen ängstlichen Blick auf den Rücksitz. Gut. Das Kind schlief. Solange es schlief, war alles gut.

Aber was, wenn es nicht mehr schlief? Wenn es aufwachte und zu schreien begann? Schon der Gedanke jagte ihm eine Gänsehaut über den Rücken, ohne dass er gewusst hätte, warum.

Sein Atem beruhigte sich erst wieder, als sie wenige Minuten später zurückkam, zwei Styroporbecher und eine weiße Papiertüte in den Händen. Er hob den Deckel von dem Becher, den sie ihm reichte, und der verführerische Duft von frischem Kaffee erfüllte das Wageninnere.

»Ah.« Er nippte, verzog das Gesicht und sah sie verdutzt an. »Warum hast du keinen Zucker reingetan?«

Ihr stockte der Atem; ihr Mund blieb offenstehen, aber sie brachte keinen Ton heraus. Sie sah ihm starr in die Augen, dann entspannte sie sich, runzelte die Stirn und setzte eine Schämdich-Miene auf. »Seit wann trinkst du deinen Kaffee mit Zucker?«

Ohne den Blickkontakt zu unterbrechen, nippte er wieder an seinem Becher. Er hatte das unbestimmte Gefühl, seinen Kaffee tatsächlich am liebsten schwarz und ohne Zucker zu trinken. Es sollte eine Falle für sie sein, aber sie war zu schlau, um ihm auf den Leim zu gehen.

»Du bist gut«, räumte er zögernd ein. »Du bist verdammt gut.«

»Ich habe keine Ahnung, wovon du sprichst.«

Er schnaubte und öffnete die Tüte. »Was gibt's zum Frühstück?«

Er hatte zwei der weichen Brötchen mit Schweinsbratwürsten verschlungen, bevor er merkte, dass sie aus ihrem die Fleischeinlage entfernt hatte. »Hast du meine Würste vielleicht vergiftet?«

»Jetzt hör endlich auf«, stöhnte sie.

»Also, was ist dann damit?«

»Nichts vermutlich«, antwortete sie und biss in ihr leeres Brötchen. »Aber ich esse kein Schweinefleisch mehr.«

»Nicht mehr? Das heißt, früher hast du welches gegessen. Warum hast du damit aufgehört?«

»Gibt es nichts Wichtigeres zu besprechen?« Sie leckte

sich die fettigen Krümel von den Fingerspitzen. »Du solltest deine Entscheidung noch einmal überdenken und zu einem Arzt gehen.«

»Nein. Nein«, wiederholte er energisch, als er merkte, dass sie ihm widersprechen wollte. »Alles, was ich brauche, sind ein paar trockene Sachen und Aspirin.«

»Okay. Also gut. Schließlich ist es dein Kopf.«

»Ich würde gern wissen, wie ich heiße.«

»Was?« Sie erstarrte und sah ihn alarmiert an, ohne auch nur einmal zu blinzeln.

»Im Krankenhaus waren alle eifrig darauf bedacht, mich nicht mit Namen anzusprechen«, sagte er. »Nicht mal dieser Deputy nannte mich beim Namen, als er mich vernahm.«

»Eine Anordnung des Arztes. Er wollte nicht, dass wir dich aufregen und verwirren.«

»Wie heiße ich?«

»John.«

»John«, er probierte den Namen an wie ein neues Hemd. Er passte nicht schlecht. Aber auch nicht besonders gut. »Und du?«

»Kendall.«

Die Namen sagten ihm nichts. Rein gar nichts. Er sah sie misstrauisch an.

Fast zu unschuldig fragte sie ihn: »Und – klingelt irgendwas?«

»Nein. Weil ich fast sicher bin, dass du lügst.«

Sie würdigte ihn keines Kommentars. Statt dessen ließ sie den Wagen an und fuhr über eine Stunde, bis sie in einen Ort kamen, in dem sonntags ein Laden geöffnet hatte. »Sag mir, was du alles brauchst«, forderte sie ihn auf, nachdem sie den Wagen geparkt hatte.

Sie notierte sich die Toilettenartikel, die er aufzählte. »Und ein paar Anziehsachen«, ergänzte er.

»Irgendwas Bestimmtes?«

»Einfach Anziehsachen. Und eine Zeitung bitte.«

»Eine Zeitung?« Sie zögerte einen Augenblick, nickte dann und wollte die Tür öffnen. »Es wird etwas dauern. Ich muss mir nämlich auch einiges kaufen.«

Bevor sie ausgestiegen war, fragte er: »Wie willst du eigentlich bezahlen?«

»Bar.«

»Woher hast du das Geld?«

»Das habe ich mir verdient«, antwortete sie kurz und öffnete die Fahrertür.

Er hielt sie nochmals zurück. »Warte. Du brauchst meine Kleidergröße.«

Sie beugte sich über ihren Sitz und drückte ihm das Knie. »Du Witzbold, die weiß ich doch.«

Ein elektrischer Schlag durchzuckte ihn bei dieser spontanen und vertraulichen Berührung.

Während er beobachtete, wie sie zum Eingang des Supermarkts ging, fragte er sich zum tausendsten Mal: Wer ist diese Frau, und wie steht sie zu mir?

Fünf Minuten später begann das Baby zu quengeln. Anfangs kümmerte er sich nicht weiter darum, aber als das Greinen lauter wurde, drehte er sich um und sah das Kind an, das, soweit er erkennen konnte, keinen Grund zum Schreien hatte.

Er gab sich alle Mühe, nicht hinzuhören, aber das Geschrei steigerte sich, bis ihm die Ohren gellten. Er begann zu schwitzen. Schweiß perlte ihm auf der Stirn, rollte aus seinen Achselhöhlen über seine Rippen. Sein Inneres kam ihm vor wie ein Hochofen, aber er wollte auf keinen Fall ein Fenster öffnen, weil das weinende Kind Aufmerksamkeit erregt hätte.

Herrgott, wo steckt sie nur? Warum braucht sie so verdammt lange?

Sie hörte ihr Baby weinen, lange bevor sie beim Auto war, begann zu laufen und riss die Fahrertür beim Öffnen halb aus den Angeln.

»Was ist mit Kevin? Was ist passiert?«

Sie warf ihm die Einkäufe in den Schoß und klappte die Rückenlehne vor. Sekunden später lag der Kleine in ihren Armen, und sie redete tröstend auf ihn ein.

»Warum hast du nichts unternommen?«, wollte sie wissen. »Warum hast du ihn einfach brüllen lassen?«

»Ich wusste nicht, was ich tun sollte. Ich weiß doch gar nichts über Babys.«

»Das solltest du aber, meinst du nicht?« Sie drückte das Kind fester an ihre Schulter, während sie ihm sanft auf den Rücken klopfte.

»Schon gut, schon gut, mein Herz. Es ist alles in Ordnung. Mami ist wieder da.« Sie legte Kevin in ihren linken Arm, drückte ihn an ihren Körper und zog den Saum ihrer Bluse aus dem Hosenbund.

Er erhaschte einen Blick auf eine milchvolle Brust und eine steife Brustwarze, bevor sich der Mund des Babys darüber schloss.

Sie warf ihm einen wütenden Blick zu, weil er gar nicht aufhören konnte, auf das saugende Kind zu starren. »Stimmt etwas nicht?«

Etwas stimmte nicht, ganz recht, aber er hatte keine Ahnung, was. Er wandte sich ab und sah aus dem Fenster. Wenn sie seine Frau war, wie sie behauptete, warum hatte er dann ein so schlechtes Gewissen und solches Herzklopfen, wenn er ihre Brust sah? Wenn sie die Mutter seines Kindes – seines Sohnes – war, warum bereitete ihm dann der bloße Gedanke an Mutterschaft solches Unbehagen?

Mein Gott, was war er eigentlich für ein Mensch? Was war nur mit ihm los?

Die beunruhigenden Fragen wollten seinen Kopf bersten lassen. Er schloss die Augen und versuchte die widersprüchliche Attraktivität auszublenden, die die Frau auf dem Fahrersitz ausstrahlte.

6. Kapitel

Er stellte sich noch schlafend, als sie längst wieder unterwegs waren. Sie fuhr schweigend dahin und fragte ihn nicht einmal nach seiner Meinung, bevor sie wieder hielt. Während des Tankens ging er auf die Toilette. Diesmal gab es einen Spiegel. Genau, wie er sich gedacht hatte: Sein Kopf hätte einem Monster gehören können. Er spielte mit dem Gedanken, sich zu rasieren, entschied sich aber dagegen. Es würde nicht viel helfen. Außerdem wollte er ihr keine Zeit lassen, sich ohne ihn auf die Socken zu machen.

Als er die Toilette verließ, sah er, dass sie von drei Rowdies belästigt wurde. Sie hatten sie am Süßigkeitenautomaten eingekreist und versperrten ihr den Weg. An beiden Händen baumelten Tüten mit Lebensmitteln und Getränkedosen.

»Das ist nicht komisch, Jungs«, erklärte sie gereizt, während sie sich an dem größten der drei vorbeiquetschen wollte.

»Finde ich schon«, widersprach er. »Du nicht auch, Joe?«

»Genau, echt komisch«, bestätigte Joe mit stupidem Grinsen.

»Wir wollen uns doch nur ein bisschen unterhalten«, meinte der Dritte.

»Also, sag uns deinen Namen, Blondie.«

»Du bist nicht von hier, oder, Süße?«

»Nein«, gab Kendall eisig zurück. »Und nachdem ich euch begegnet bin, bin ich verdammt froh darüber. Also, lasst mich jetzt vorbei, sonst …«

»Sonst was?«, fragte Joe und streckte ihr seine gehässige Fratze entgegen.

»Sonst stampf' ich euch zu Brei.«

Von den vier Gesichtern, die ihn ansahen, war Kendalls eindeutig das erstaunteste. Ohne sich um die Jugendlichen zu kümmern, die zwischen ihnen standen, flehte sie ihn an: »Tu nichts. Bitte. Ich werde schon allein damit fertig.«

»Klar«, sagte einer der drei. »Sie wird schon mit uns fertig.« Er legte die Hand auf den Schritt seiner Hose. »Und ich wette, sie macht ihre Sache verdammt gut.«

Joe und der andere Junge hielten den zweideutigen Kommentar ihres Freundes für unglaublich witzig. Sie prusteten los.

»Du kannst doch kaum stehen«, japste einer und deutete mit dem Finger auf ihn.

»Ja, Mann. War sie das?«

»Du willst uns was tun? Das glaube ich kaum.«

»Mit welchem Bein willst du uns denn zu Brei stampfen, du Krüppel?«, höhnte Joe.

Ihr Lachen erstarb abrupt, als er seine rechte Krücke hochschwang und sie gegen Joes Schienbeine peitschte. Der Junge ging mit einem heiseren Aufschrei in die Knie. Die beiden anderen starrten ihn erschrocken an.

»Lasst sie durch«, befahl er ruhig.

Sie gaben Kendall den Weg frei. Joe wälzte sich immer noch am Boden, winselnd und seine schmerzenden Beine umklammernd. Kendall trat um ihn herum und strebte eilig zum Wagen.

»Lernt erst mal anständige Manieren«, sagte er, dann stieg auch er ins Auto.

Sie fuhr sofort los. Es tat ihm wohl, dass er sich nützlich hatte erweisen können. Deshalb war er völlig fassungslos, als sie plötzlich auf ihn losging.

»Das war fantastisch. Einfach fantastisch. Vielen, vielen Dank. Du hast mir gerade noch gefehlt – ein Ritter auf

Krücken, der mich aus einem harmlosen Flirt rettet. Ich wäre schon mit ihnen fertiggeworden. Aber nein, du musst dazwischenplatzen und dich unauslöschlich in ihr Gedächtnis eingraben!«

»Du bist mir böse?«

»Ja, und wie! Warum musstest du dich einmischen? Warum kümmerst du dich um Sachen, die dich nichts angehen?«

»Wenn meine Frau von drei Männern belästigt wird, dann geht mich das sehr wohl etwas an. Oder etwa nicht?« Ihr Kampfgeist erlosch. Jetzt wirkte sie nervös und wütend auf sich selbst, weil sie die Beherrschung verloren hatte. »Du wolltest nicht, dass es zu einer Szene kommt, stimmt's? Weil du nicht willst, dass man sich an uns erinnert, falls sich jemand nach uns erkundigen sollte. Gut, dass ich die behalten habe.« Er hielt die OP-Galoschen hoch, die er bis vor kurzem getragen hatte. »Die hinterlassen keine Spuren.«

Sie schluckte den Köder nicht, sah weiter auf die Straße; aber sie seufzte und schob sich das Haar zurück. »Es tut mir leid. Danke, dass du mich verteidigt hast. Passen dir die Klamotten?«

»Ja«, antwortete er und sah auf seine neuen Shorts und das T-Shirt hinunter. Erst jetzt wurde ihm klar, dass sie tatsächlich seine Größe gewusst hatte.

Sie fuhren auf einem schmalen Highway, der durch dichte Wälder führte. Die überfluteten Felder und das Hochwasser unter den Brücken erinnerten ihn an ihren Unfall.

Seine Amnesie war ihr wertvollster Trumpf, weil er dadurch völlig im Dunkeln tappte. Sie war seine einzige Informationsquelle und konnte das Blaue vom Himmel herunterschwätzen; er musste ihr glauben, weil er ihr keine Lüge nachweisen konnte. Er hatte keine Möglichkeit herauszufinden, was wirklich vor sich ging.

»Du hast vergessen, mir eine Zeitung zu kaufen«, bemerkte er. »Aus Versehen?«

»Nein, es gab keine mehr. Ich habe in mehreren Automaten nachgeschaut. Alle waren ausverkauft.«

Vielleicht sagte sie damit ausnahmsweise die Wahrheit, dachte er. Die Automaten an der Tankstelle waren ebenfalls leer gewesen, wie er zugeben musste. Er hatte gehofft, eine Schlagzeile oder auch nur eine kleine Meldung würde sein Erinnerungsvermögen wieder in Gang setzen.

Andererseits war ihm nicht wohl bei der Vorstellung, er könnte etwas über einen gesuchten Verbrecher lesen und merken, dass es sich dabei um ihn selbst handelte. Hatte er vor dem Unfall irgendetwas angestellt?

Sein Instinkt sagte ihm, dass sein Ansehen auf dem Spiel stand. Aber welches Ansehen? Das berufliche? Das als Ehemann? Das wohl nicht, denn er glaubte keine Sekunde, dass sie verheiratet waren. Er würde es wissen – irgendwie würde er es einfach wissen –, wenn sie miteinander geschlafen hätten.

Diese Brüste, die so wohlgeformt und sexy waren, obwohl sie zur Zeit ein Kind ernährten, konnte ein Mann einfach nicht vergessen. Die Form ihres Hinterns war ihm ebenfalls nicht entgangen. Sie hatte faszinierende Augen und strubbeliges Haar, das ein Eigenleben zu führen schien.

Sie war nicht im klassischen Sinne hübsch, aber schon von seinem Krankenbett aus war ihm ihr wollüstiger Mund aufgefallen. Er war voll und provokativ, ein Mund, für den man gern tausend Dollar die Nacht bezahlte.

Als er vorhin beobachtet hatte, wie sie sich die fettigen Brotkrümel von den Fingern leckte, war er zu dem Schluss gekommen, dass seine Diagnose stimmte. So krank war er nämlich nicht.

Sie sprach ganz eindeutig seine männlich konditionierten Reflexe an. Auf die Reize, die sie ausstrahlte, hatte er reagiert wie ein ganz normaler, gesunder Mann. Er würde seinen Kopf darauf verwetten, dass seine Reaktion nicht auf intimere Kenntnisse oder größere Vertrautheit zurückzuführen war.

Da ihm die Richtung nicht behagte, die seine Gedanken genommen hatten, schaltete er das Radio ein, in der Hoffnung, irgendwo Nachrichten herzubekommen. »Es ist kaputt«, ließ sie sich vernehmen.

»Wie praktisch für dich«, gab er zurück. »Wie weit ist es noch? Wo, zum Kuckuck, fahren wir überhaupt hin? Und untersteh dich, ›Tennessee‹ zu antworten.«

Das tat sie auch nicht. Sie sagte: »Wir fahren zu Großmutters Haus.«

»Großmutters Haus«, wiederholte er beißend.

»Ganz recht.«

»Deine Großmutter oder meine? Habe ich eine Großmutter?«

Er sah ein Stereotyp vor sich – graues Haar in einem festen Knoten, ein mildes Lächeln, Ermahnungen, die Jacke zuzuknöpfen, auch wenn es draußen sommerlich warm war, der Geruch nach Lavendelseife und Küchenkräutern. An dem Konzept gab es nichts zu bezweifeln, aber er konnte sich nicht vorstellen, wie es war, von so einem Menschen verhätschelt zu werden. Oder von überhaupt jemandem verhätschelt zu werden.

»Meine Großmutter«, antwortete sie.

»Hast du ihr Bescheid gesagt, dass wir kommen?«

»Sie wird nicht da sein.« Plötzlich wurde ihre Stimme rau. »Sie ist vor vier Monaten gestorben. Nur ein paar Wochen vor Kevins Geburt.«

Das musste er erst verdauen. »Warst du bei ihr?«

»Nein. Ich war … woanders. Und zu schwanger, um zu ihrer Beerdigung zu kommen.«

»Ihr beide standet euch nahe?«

»Sehr nahe. Wir hatten eine ganz außergewöhnliche Beziehung.« Da ihn das offenbar interessierte, redete sie weiter. »Meine Eltern starben bei einem Unfall, als ich fünf Jahre alt war. Großmutter wurde mein Vormund. Mein Großvater lebte auch nicht mehr, deshalb waren wir nur zu zweit und uns besonders zugetan.«

»Habe ich sie gekannt? War ich schon mal in ihrem Haus?«

Sie schüttelte den Kopf.

»Wie weit ist es noch?«

Seufzend ruderte sie mit den Schultern. »Bitte hör auf, mich ständig danach zu fragen. Deswegen kommen wir auch nicht schneller an. Ich möchte vor Einbruch der Nacht dort sein, und die Zeit würde viel einfacher vergehen, wenn du schliefest. Du brauchst Ruhe.«

Er hatte drei Aspirin genommen, die seine Kopfschmerzen gedämpft und insgesamt seine Nerven beruhigt hatten, aber trotzdem fühlte er sich, als hätte ihn jemand mit einem Fleischklopfer bearbeitet. Deshalb ließ er den Kopf an die Lehne sinken, um seine Augen einen Moment auszuruhen.

Als er Stunden später aufwachte, wurde es bereits dunkel, und sie hatten ihr Ziel erreicht.

Das Haus stand am Ende einer von Weinstöcken und Geißblattsträuchern gesäumten Auffahrt. Der Regen hatte nachgelassen, darum kurbelte Kendall das Seitenfenster herunter, als sie sich dem Eingang näherten, und atmete tief die würzigen Gerüche, den süßen Duft des Sommers ein. Kindheitserinnerungen wurden wach. Vor Sehnsucht nach ihrer Großmutter wurde ihr die Brust eng.

Unter den Bäumen des anschließenden Waldes war es schon dunkel. Glühwürmchen zwinkerten ihr aus dem schattigen Unterholz zu. Fast glaubte sie zu hören, wie Großmutters Stimme sie herbeirief, sich diese funkelnden Girlanden anzusehen.

Das Haus war ein Fachwerkbau mit Winkeldach, das eine breite Veranda überwölbte. Die Wände hätten einen frischen Anstrich vertragen können, und der Garten brauchte Pflege, aber im übrigen hatte sich seit ihrem letzten Besuch erstaunlich wenig verändert.

Abgesehen davon, dass ihre Großmutter nicht da war und auch nie wieder zurückkommen würde.

Kies knirschte unter den Reifen, als sie den Wagen zum Stehen brachte. Er wachte auf, gähnte, streckte sich und versuchte, sich im Zwielicht zu orientieren.

Kendall ließ Kevin fürs Erste in seinem Babysitz weiterschlafen, öffnete die Tür und stieg aus. Sie lief die Stufen zur Veranda hoch und stellte sich dann auf die Zehenspitzen, um nach dem Schlüssel zu tasten, der wie gewohnt über dem Türstock lag.

Sie bekam ihn zu fassen und schob ihn ins Schloss. Die Tür schwang auf. Sie schickte ein stilles Stoßgebet zum Himmel und streckte die Hand nach dem Lichtschalter aus. Als die Lampe anging, seufzte sie erleichtert. Ricki Sue hatte die Stromrechnungen weiterbezahlt.

Beherzt ging sie die Räume ab. Die Möbel waren mit Laken abgedeckt, und es roch muffig nach lange unbewohnten Zimmern, aber das Haus war ohne großen Aufwand bewohnbar zu machen – wenigstens so lange, wie Kevin und sie hierbleiben würden.

Sie kehrte ins Wohnzimmer zurück. Er war ihr ins Haus gefolgt und begutachtete jetzt, auf seine Krücken gestützt, die unbekannte Umgebung.

»Gefällt's dir?«

Er zuckte nur mit den Schultern.

»Es sieht im Moment nicht besonders aus, aber ich werde es schon hinkriegen.«

Der Satz löste eine Erinnerung aus, deren Lebendigkeit sie erschütterte.

Fast genau die gleichen Worte hatte sie auch in ihrer Hochzeitsnacht gebraucht.

7. Kapitel

Matt zog die Haustür auf. »Was für eine Hochzeit! Mir tut vom vielen Lachen das Gesicht weh.« Als er merkte, dass Kendall ihm nicht gleich gefolgt war, drehte er sich erstaunt zu ihr um. »Was ist denn?«

»Vielleicht hältst du mich jetzt für hoffnungslos romantisch, aber ich habe immer davon geträumt, dass mich mein Bräutigam über die Schwelle tragen würde.«

»Allerdings bist du hoffnungslos romantisch.« Er hob sie lächelnd auf seine Arme. »Aber das ist nur eine von den vielen Eigenschaften, die ich an dir liebe.« Und er trug sie hinein. Kendall schlang die Arme um seinen Hals und stahl ihm einen langen, innigen Kuss, an den sie sich bestimmt bis an ihr Lebensende erinnern würde – ihr erster Kuss im eigenen Haus.

Das Haus hatte Gibb ihnen zur Hochzeit geschenkt – und zwar voll eingerichtet, ohne Hypotheken, bis auf den letzten Cent bezahlt. Kendall war fassungslos angesichts dieser Großzügigkeit, aber wie es seinem Wesen entsprach, hatte Gibb nichts von ihren überschwänglichen Dankesbekundungen hören wollen. Er hatte dem Bauleiter zugesetzt, damit alles rechtzeitig fertig würde, und hatte keinerlei Entschuldigungen gelten lassen. Vor drei Tagen war der letzte Nagel eingeschlagen und das Haus bezugsfertig geworden.

Jetzt setzte Matt sie in der großen Diele ab. »Hast du was dagegen, wenn wir dich davon befreien?«, fragte er, wobei seine Finger an ihrem Brautschleier nestelten.

»Nicht das Geringste.«

Mit ihrer Hilfe löste er den Schleier aus ihrem Haar; dann zog er sie in einer besitzergreifenden Geste, bei der ihr das Herz überging, an sich und küsste sie noch einmal. Als er sie schließlich freigab, war sie völlig außer Atem und selig.

Sie breitete die Arme aus, drehte sich im Kreis und ließ ihr neues Heim in seiner ganzen Schönheit auf sich wirken, von dem Lichtfenster in der Decke über ihr bis zu dem gemaserten Parkett des Fußbodens.

Es war ein Fachwerkbau, der sich gut in die ländliche Szenerie mit den Blue Ridge Mountains im Hintergrund einfügte. Die Zimmer waren hell und gemütlich eingerichtet, das ganze Haus roch nach neuem Holz und frischer Farbe.

Für Kendall hatte dieser Augenblick eine ganz besondere Bedeutung. Dies war ihr zukünftiges Heim und würde es hoffentlich bis an ihr Lebensende bleiben. Hier würden sie und Matt ihre Kinder großziehen. In diesem Haus würden sie leben und gemeinsam alt werden – ein bescheidenes Privileg, das ihren jungen Eltern verwehrt worden war. Kendalls Glück sollte diesen Verlust mehr als aufwiegen.

Sie schlang die Arme um die Brust. »Wie gut es uns geht!«

Matt hatte sein Smokingjackett abgelegt, stand mit den Händen in den Hosentaschen hinter ihr und inspizierte die Einzelheiten. An den Möbeln hingen die Werksetiketten, noch fehlte eine persönliche Note. »Das wirkt alles ein bisschen steril, findest du nicht?«

»Es ist noch nicht unser Heim«, bestätigte sie. »Wir werden ihm unseren Stempel aufdrücken, damit es mehr ist als ein hübsches Haus. Ich weiß, dass es nicht nach etwas Besonderem aussieht, aber das werde ich schon hinkriegen. Am liebsten möchte ich auf der Stelle damit anfangen.«

Ihre eigenen Worte bewegten sie so sehr, dass sie die Hände auf die Bügelfalten seines Smokinghemdes legte und sich an ihn schmiegte. »Ach, Matt, ich freue mich so, hier zu leben.«

Er schloss sie in die Arme. »Ich komme sicher auch ganz gut zurecht«, neckte er sie. Er gab ihr einen kurzen, festen Kuss. »Aber ich bin am Verhungern. Dad meinte, im Kühlschrank wäre was zu essen.«

Er ließ sie los und nahm Kurs auf die Küche. Kendall holte ihn ein, als er soeben eine Champagnerflasche aus dem überdimensionalen Kühlschrank zog. »Ich mache sie auf und schenke uns ein. Du kannst solange die Glückwunschkarte lesen. Mein Gott, als Dad sagte, es wäre was zum Essen da, hat er eindeutig untertrieben. Mit dem Zeug hier können wir einen Supermarkt eröffnen.«

Er schubste die Karte über den Küchentisch. Kendall fing sie auf und las vor: »Ich bin stolz auf euch beide. Alles Liebe, Dad. P. S. Gekühlte Gläser stehen im Eisfach.«

»Wenn wir beschlossen hätten, unsere Flitterwochen auf dem Mars zu verbringen, hätte er wahrscheinlich auch das arrangiert.«

Matt hörte kurz auf, an dem Korken herumzudrehen, und sah sie mit einem traurigen Lächeln an. »Es tut mir so leid, Kendall. Schlechtes Timing.«

»Ich weiß«, beruhigte sie ihn leise.

Matts Chefredakteur war ganz unerwartet gestorben. Mr. Gregorys Tod hatte eine Lücke in Matts Leben gerissen, in privater wie in beruflicher Hinsicht. Matt hatte bislang noch keinen geeigneten Nachfolger für den Posten gefunden. Bis dahin musste er die Stellung halten, auch wenn er lieber in die Flitterwochen gefahren wäre. Natürlich hatte Kendall Verständnis für seine Lage.

Zwar musste sie auf ihre Hochzeitsreise verzichten, konnte sich jedoch trotzdem nicht beklagen – schließlich lebte sie hier wie im Paradies. Ihr Ehemann war genau so, wie sie ihn sich immer erträumt hatte. Gibb konnte als Musterbeispiel eines Schwiegervaters gelten und hatte sie ohne Bedenken oder Vorbehalte in seine Familie aufgenommen. Jahrelang war Matt sein Eigentum gewesen. Jetzt musste er ihn mit ihr teilen, und er tat das widerstandslos.

Während sie Champagner tranken und sich Sandwiches mit Schinken belegten, plauderten sie über die Zeremonie und die anschließende Feier. Matt hatte Bärenhunger, aber Kendall war immer noch zu aufgeregt, um essen zu können.

Sie knabberte gedankenverloren an der Kruste ihres Brotes und schaute aus dem Fenster, als sie unvermittelt erklärte: »Ich möchte nur die vordere Hälfte des Gartens anlegen und die hintere Hälfte wild lassen. Vogelhäuschen möchte ich dort aufhängen. Und die Eichhörnchen habe ich im Nu gezähmt. Hoffentlich gibt es hier auch Waschbären.«

»Die machen nichts als Unordnung.«

»Unsere nicht, sie werden sich ordentlich benehmen, weil sie regelmäßig etwas zu essen bekommen und deshalb nicht auf Streifzug gehen müssen. Und Hirsche«, setzte sie eifrig hinzu, ohne sich an seinem Stöhnen zu stören. »Vielleicht kommen die Hirsche sogar bis an unser Haus.«

»Kendall, wenn in unserem Garten Hirsche herumlaufen, werden unsere Freunde die nächste Jagdsaison in unserem Wohnzimmer eröffnen.«

»Ach, sag doch nicht so was! Und komm bloß nicht auf die Idee, irgendwo ausgestopfte Tierköpfe an die Wand zu hängen.«

»Ich weiß wirklich nicht, was du gegen das Jagen hast. Dad und ich lieben diesen Sport, und wir sind beileibe nicht die Einzigen.«

»Also, ich verstehe nicht, wie es jemandem Spaß machen kann, unschuldige Tier zu erlegen.«

»Du bist ein Softie.«

»Wahrscheinlich.« Sie lächelte wehmütig. »Einmal haben Großmutter und ich im Sommer einem Kitz das Leben gerettet. Wir entdeckten es an unserem Lieblingsplatz neben dem Wasserfall. Im Grunde handelt es sich dabei nur um ein dünnes Rinnsal, aber als Kind war ich ungeheuer beeindruckt. Und dann steht dort noch dieses längst vergessene Denkmal aus dem Bürgerkrieg. Wenn wir Picknick machten, was mindestens einmal die Woche vorkam, habe ich immer auf der rostigen alten Kanone geturnt.

Jedenfalls fanden wir dieses Kitz im Wald. Es hatte sich ein Bein gebrochen. Wir trugen es zu zweit zum Auto und fuhren damit heim. Wir schienten ihm das Bein und pflegten es, bis es wieder so gesund war, dass es in den Wald zurückkehren konnte.«

»Wo es in der nächsten Jagdsaison leichte Beute wurde.«

»Matt!«

»Verzeih mir.« Er beugte sich über den Tisch und streichelte ihr über die Wange. »Wie kann ich das bloß wiedergutmachen?«

Sie fing seine Hand ein, küsste ihn in die Handfläche und begann dann, an dem fleischigen Ballen unter dem Daumen zu knabbern. »Feiern wir Hochzeit«, flüsterte sie verführerisch.

Das Bett war bereits aufgedeckt, Vasen voller Blumen standen auf den Nachttischen und Kommoden. Zweifellos Gibbs Werk. Und auch die Erkenntnis, dass ihr Schwiegervater in die Privatsphäre ihres Schlafzimmers eingedrungen war, vermochte Kendalls Begierde keineswegs abzuschwächen.

Als sie schließlich einander gegenüberstanden, lachend an den unzähligen Knöpfen ihres Brautkleids herumfummelten, kaum ihre Ungeduld zügeln konnten und ihre Erregung dadurch nur noch steigerten, war sie froh, dass sie noch nie mit Matt intim gewesen war.

Während er um sie geworben hatte und ihre Verlobungszeit hindurch, hatte Matt kein einziges Mal mit ihr geschlafen. Eine derartige Enthaltsamkeit war schon fast schlagzeilenverdächtig. Wie viele Paare warteten heute schon noch bis zu ihrer Hochzeitsnacht, bevor sie miteinander ins Bett gingen? Diese Sitte war inzwischen so gut wie ausgestorben.

Sie war nicht mehr unberührt und er auch nicht, aber da er offenbar einem Ehrenkodex anhing, der es ihm nicht erlaubte, mit der Frau zu schlafen, die er sich zu seiner Gemahlin erwählt hatte, hatte er sich wie ein perfekter Gentleman Zurückhaltung auferlegt. Somit erhob er Kendall weit über all die anderen Frauen, mit denen er schon zusammen gewesen war.

Es war eine altmodische Tradition, die Hand in Hand mit jener Doppelmoral ging, unter der die Frauen jahrhundertelang zu leiden hatten. Aber irgendwie hatte Kendall seine selbstgewählte Distanz bezaubernd und schrecklich romantisch gefunden.

Oft hatte sie sich gewünscht, er würde seinen Vorsätzen untreu werden, wenn sie sich, sexuell erregt und frustriert zugleich, an ihrer Wohnungstür verabschiedet hatten. Sie hatte ihn sogar dazu ermuntert, aber ohne Erfolg.

Jetzt wanderten seine Hände über ihre Haut und erkundeten wissbegierig ihren Körper, und sie fand, dass es sich durchaus gelohnt hatte, auf diesen Augenblick zu warten, wo ihre Hochzeitskleidung zu ihren Füßen lag und es ebenso neu für sie beide war, einander nackt zu sehen, wie verheiratet zu sein.

»Du wirst bestimmt genau die Frau Gemahlin, die ich mir gewünscht habe«, raunte er und küsste ihren Busen. »Da bin ich mir ganz sicher.«

»Das verspreche ich dir.«

Nach dem Aufwachen brauchte Kendall ein paar Sekunden, ehe ihr einfiel, warum sie sich so euphorisch fühlte. Während sie ihre Umgebung in Augenschein nahm, wurde ihr Lächeln immer strahlender. Fast hätte sie vor Zufriedenheit geschnurrt.

Dies war der Morgen nach ihrer Hochzeitsnacht, und es war ihr zumute wie der glücklichsten Frau der Welt. Ihr Mann war ein zärtlicher und bedachtsamer Liebhaber. Sie hatten sich geliebt, bis sie beide erschöpft eingeschlafen waren.

Matt bezeichnete sich gern als Frühaufsteher, den es nicht lange im Bett hielte. Doch die Sonnenstrahlen, die durch das Fenster fielen, deuteten darauf hin, dass es schon spät am Vormittag war. Bei dem Gedanken, dass sie ihn gestern Abend ziemlich beansprucht haben musste, rekelte sie sich selbstzufrieden.

Vorsichtig drehte sie sich um, um ihn nicht aufzuwecken. Eine Weile wollte sie einfach nur seinen Anblick genießen, ohne dass er es merkte. Er schlief auf dem Rücken, mit leicht geöffnetem Mund, und sein Brustkorb hob und senkte sich rhythmisch. Die Decke war ihm bis zur Taille gerutscht.

Als sie an die intimen Stunden gestern nacht dachte, erwachte ihre Leidenschaft von neuem. Begierde züngelte in ihr auf, ließ ihr Blut schneller fließen, ihren Atem kürzer gehen und brachte jenen dumpfen, köstlichen, bittersüßen Schmerz in ihren Unterleib zurück. Gestern Abend hatte Matt sie wie eine verehrte Braut geliebt. Heute morgen wollte sie wie eine Frau geliebt werden.

Sie schob die Hand unter die Decke und flüsterte: »Guten Morgen.«

Er grunzte.

Ihre Hand schloss sich um seinen schlaffen Penis. »Ich sagte ›guten Morgen‹.«

Er lächelte, brummte etwas Unverständliches und schlug dann die Augen auf. »Kendall.«

»Wie schön, dass du dich an mich erinnerst. Du klingst überrascht.«

»Das bin ich auch. Sonst weckt mich ein Wecker.«

»Du kannst ihn wegschmeißen. Gewöhn dich lieber an das hier.«

»Warum nicht? Müssen wir uns irgendwas einteilen?« Sie massierte sein Glied, während ihr Mund knabbernd und küssend über seine Brust und seinen Bauch wanderte.

»Kendall.«

Sie schlug die Decke zurück und biss ihn liebevoll unterhalb seines Nabels in die Haut.

»Kendall, Dad ist da.«

»Hmm?«

»Dad.« Er schob sie weg, stand auf und trat ans Fenster. »Ich habe seinen Pick-up in der Auffahrt gehört.«

Kendall war kaum aus ihrem erotischen Rausch erwacht, als es an der Haustür klopfte. Matt fischte ein Paar Jeans aus seinem Schrank. Beim Anziehen sagte er: »Du solltest allmählich aufstehen und dir was überziehen.«

Baff setzte sie sich auf und sah zu, wie er aus dem Zimmer eilte.

»Ich komme, Dad«, hörte sie ihn im Flur rufen. Dann wurde die Haustür geöffnet: »Guten Morgen.«

»Störe ich?«

»Natürlich nicht. Ich wollte gerade Kaffee machen. Komm rein.«

Die beiden Männer gingen in die Küche. Kendall lauschte den Stimmen, bis sie nichts mehr verstehen konnte, dann zog sie die Knie an die Brust, ließ die Stirn darauf sinken und versuchte, ihren Frust und ihre Enttäuschung niederzukämpfen.

Als deutlich wurde, dass Matt nicht die Absicht hatte, ins Bett zurückzukehren, stand sie auf und ging duschen.

Zehn Minuten später gesellte sie sich zu den beiden in der Küche. Gibb briet in einer Pfanne Speck. »Ah, hier kommt die Braut!«, sang er, als er sie erblickte.

Er ging um den Tisch herum und schloss sie liebevoll in die Arme. Dann hielt er sie auf Armeslänge von sich und sah ihr fragend in die Augen. »Es macht dir doch nichts aus, dass ich rübergekommen bin und euch beim Frühstück helfe, oder?«

Sollte das ein Witz sein? Natürlich machte es ihr etwas aus. Wenn sie schon auf die Flitterwochen verzichten musste, dann wollte sie die Zeit wenigstens allein mit Matt verbringen.

Aber Gibb strahlte sie so arglos an, dass sie es nicht übers Herz brachte, ihm die Wahrheit zu sagen. Unsicher lächelnd antwortete sie: »Natürlich nicht, Gibb.«

Sie löste sich aus seiner Umarmung und trat an die Kaffeemaschine. Offenbar hatte sie ihm nicht verheimlichen können, wie enttäuscht sie war, denn ihrer leidenschaftslosen Begrüßung folgte ein betretenes Schweigen.

»Vielleicht war das doch keine so gute Idee.« Gibb band sich die Schürze ab.

»Sei nicht albern, Dad«, wandte Matt ein. »Kendall braucht in der Früh einfach ein bisschen Anlaufzeit. Sie hat mich gewarnt, dass sie ein Morgenmuffel ist. Stimmt's, Liebling?«

Sie lächelte reumütig. »Eine Unart, die ich leider nicht abstreiten kann, Gibb. Nach dem Aufwachen fühle ich mich immer wie ein Bär nach dem Winterschlaf.«

»Hoffentlich bist du auch genauso hungrig.« Er legte die Schürze wieder an und widmete sich der brutzelnden Pfanne auf dem Ofen. »Magst du Waffeln? Ich bereite den Teig selbst, und zwar nach einem Geheimrezept.«

»Was für ein Geheimrezept?«

Er zwinkerte ihr zu: »Nachdem du jetzt zur Familie gehörst, kann ich es dir wohl anvertrauen. Ich tue Vanille rein. Ein Teelöffel Vanille im Teig macht einen Riesenunterschied.«

»Danke für den Tipp.«

Matt stand auf und bot ihr einen Stuhl an. Er küsste ihr in einer galanten Geste die Hand und verkündete: »Bitte setzen Sie sich doch, Mrs. Burnwood. Das Frühstück wird gleich serviert.«

Sie setzte sich und bemerkte erst jetzt die Pakete auf dem Tisch. »Noch mehr Geschenke? Das ist doch nicht möglich. Wir haben schon so viele bekommen.«

»Dad hat sie mitgebracht.«

»Die Leute haben sie bei mir abgegeben. Warum macht ihr sie nicht auf, während ich mich um das Frühstück kümmere?«

Sie und Matt teilten die Geschenke untereinander auf und fingen an auszupacken. Sie bekamen eine Waterford-Bonbonschale, zwei silberne Kerzenständer, ein lackiertes Tablett. Das letzte Geschenk überreichte Matt ihr.

»Bitte sehr.«

»Roscoe Calloway hat es heute morgen gebracht«, erklärte Gibb.

»Ach, das ist aber nett!« rief Kendall aus. Roscoe war der Hausmeister im Gerichtsgebäude, dreißig Jahre lang eine feste Institution. Seit sie dort als Pflichtverteidigerin arbeitete, hatten Kendall und er Freundschaft geschlossen. Sie wickelte das Geschenk aus, und es erschien ein Bilderrahmen. »Alles Gute«, las sie die beiliegende Karte vor. »Roscoe und Henrietta Calloway.« Ihr Lächeln wich einem nachdenklichen Stirnrunzeln. »Ich kann mich gar nicht entsinnen, sie auf der Hochzeit gesehen zu haben. Warum sind sie wohl nicht gekommen?«

»Ich habe dir davon abgeraten, sie einzuladen«, rief Matt ihr leise ins Gedächtnis.

»Aber ich habe es trotzdem getan«, widersprach sie. »Roscoe ist immer so nett zu mir, stellt mir oft eine frische Rose auf den Schreibtisch oder erweist mir andere kleine Aufmerksamkeiten. Er hat sich so gefreut, als wir uns verlobten. Weißt du, dass er sehr viel von dir hält, Matt? Von dir auch, Gibb!«

»Roscoe ist ein ganz Braver.«

Gibb wandte sich vom Herd ab, um ihr einen Teller zu bringen. Die Waffel war perfekt – dick und goldbraun und mit einem schmelzenden Butterstück in der Mitte versehen.

Aber Gibbs Kommentar hatte ihr den Appetit verdorben.

»›Ein ganz Braver‹?«, wiederholte sie. Sie hoffte, dass Gibb das nicht so meinte, wie sie befürchtete.

»Roscoe wusste, dass er und seine Frau bei eurer Hochzeit … einfach fehl am Platze gewesen wären«, erläuterte ihr Schwiegervater.

Sie sah ihren Mann an, der zustimmend nickte. »Sie wären die einzigen Farbigen gewesen, Kendall.«

»Bestimmt hat sich Roscoe über deine Einladung gefreut, auch wenn er sie nicht annehmen konnte. Er weiß, wo er hingehört, auch wenn du das noch nicht überblickst.« Gibb drückte ihr aufmunternd die Schulter. »Aber das wirst du schon noch lernen.«

8. Kapitel

Nach der stundenlangen Fahrt war Kendall wie tot. Aber bevor sie an Schlaf denken durfte, musste sie noch ein paar Dinge erledigen. Als Erstes brauchte Kevin ein Bettchen für die Nacht.

In einer Rumpelkammer entdeckte sie ein altes Laufställchen, das einst einer Labradorhündin als Kreißsaal gedient hatte. Reinigungsmittel waren in dem Schrank, in dem Großmutter sie seit jeher aufbewahrt hatte. Kendall schrubbte den Laufstall, bis er sauber genug glänzte, um Kevin als Bett zu dienen.

»Gibt es irgendwo was zu essen?«

Er lehnte schwer auf seinen Krücken und sah eingefallen aus vor Erschöpfung. Sie hatte ihm gleich nach ihrer Ankunft vorgeschlagen, sich ins Bett zu legen, aber er hatte ihren Rat verschmäht. Statt dessen war er ihr wie ein Bluthund durchs Haus gefolgt.

»Du machst mich ganz verrückt«, hatte sie ihn angekeift und war herumgefahren. Er hatte so dicht hinter ihr gestanden, dass sie fast mit ihm zusammengeprallt wäre. »Wenn du dich schon nicht hinlegen willst, dann setz dich wenigstens irgendwo, und lauf mir nicht ständig nach.«

»Damit du durch die Hintertür abhauen kannst?«

Sie hatte resigniert geseufzt. »Selbst wenn ich das vorhätte – was nicht der Fall ist –, dann wäre ich zu müde, um nur noch eine Meile weiter zu fahren. Also entspann dich, okay?«

Er hatte sich nicht wirklich entspannt, aber sich auch nicht mehr ganz so hartnäckig an ihre Fersen geheftet. Jetzt erst beantwortete sie seine Frage: »Ich seh' mal nach, ob ich was Essbares finde.«

In der Vorratskammer fand sie kaum etwas – eine Dose Gartenbohnen und ein Glas Pfirsiche. »Nicht gerade Haute Cuisine«, kommentierte sie die Auswahl.

»Schon recht«, sagte er. »Im Moment ist alles besser als nichts.«

»Morgen kaufe ich Lebensmittel. Bis dahin funktioniert dann der Kühlschrank.«

Sie teilten sich das Essen und die Crackers, die sie aus dem Automaten gezogen hatte, bevor die jungen Helden ihr auf den Leib gerückt waren. Weil er eingegriffen hatte, würde man sich an den Vorfall erinnern – besonders der Junge, der morgen mit blau angelaufenen Schienbeinen aufwachte. Das stimmte sie misslaunig.

Andererseits hatte sein beherzter Auftritt sie überrascht und ihr gefallen. Offenbar war sein Beschützerinstinkt recht ausgeprägt und durch den Gedächtnisverlust nicht beeinträchtigt worden. Sie hatte seine Hilfe nicht herbeigewünscht, aber insgeheim räumte sie ein, dass sie sich geschmeichelt fühlte.

Trotz seines elenden Zustands hatte er sie bedingungslos verteidigt; diese Willenskraft bewunderte sie: Als er annahm, dass jemand ihm sein Territorium streitig machen wollte, hatte er sich ziemlich gut geschlagen.

Kendall hielt nichts von Machos. Im Gegenteil, Gockelgehabe stieß sie ab. Deshalb schämte sie sich beinahe, dass sie es so genossen hatte, von diesem Mann gerettet zu werden, dessen physische Kräfte sie gleichermaßen beeindruckten wie die seines Willens.

»Ich kann mich nicht mehr erinnern. Kochst du gut?«, fragte er und riss sie damit aus ihren verwirrenden Gedanken.

»Eher mittelmäßig, aber wir werden schon nicht verhungern.«

»Das klingt, als hättest du vor, eine Weile hierzubleiben.«

»Ich finde, wir sollten hierbleiben, bis du dein Gedächtnis wiedergefunden hast. Hier ist es friedlich und ruhig – ideal, um gesund zu werden.«

»Was ist mit meinem Job?«

Sie stand auf und sammelte hastig die schmutzigen Teller ein. Die ersten trug sie zur Spüle, doch als sie an den Tisch zurückkehrte, um den Rest zu holen, erschreckte er sie, indem er seine Hand in den Bund ihrer Jeans hakte und sie festhielt. Seine Knöchel gruben sich in ihren Bauch, und zu ihrem Erstaunen fand sie das Gefühl gar nicht so unangenehm.

»Ich hatte doch einen Job, nicht wahr?«

»Natürlich.«

»Was für einen?«

»Wenn ich dir das sage, dann flippst du bloß aus. Du bist ein Alpha-Typ – die halten sich für unersetzlich. Sofort wieder zu arbeiten ist natürlich unmöglich. Glaub mir, dein Job läuft dir nicht davon, bis du dich erholt hast. Ich habe schon Bescheid gegeben, sie sind ganz meiner Meinung.«

»Wann hast du Bescheid gegeben? Das Telefon hier ist gekappt.«

Er hatte es also überprüft. Vor dem Unfall war er schließlich auch auf Draht gewesen. Wie hatte sie nur glauben können, eine Amnesie würde seinen Scharfsinn beeinträchtigen? Sie versuchte, sich ihr Unbehagen nicht anmerken zu lassen, als sie ihm Auskunft gab. »Ich habe angerufen, als du noch im Krankenhaus warst.«

»Wieso hat sich niemand bei mir gemeldet oder mir eine Karte geschickt? Ich finde das ziemlich seltsam. Im Klartext: Unglaublich.«

»Der Arzt hatte jeden Besuch verboten. Er sagte, da du dich an niemanden erinnern kannst, würde es dich nur frustrieren, wenn irgendwelche Fremden an deinem Bett vorbeidefilierten. Wohlmeinende Freunde würden dir eher schaden als helfen. Und wir waren nicht lang genug dort, dass du Post empfangen konntest.«

Er sah sie weiter mit unverhohlener Skepsis an.

»Ich habe mich um alles gekümmert. Ehrenwort«, betonte sie. »Deine Karriere steht nicht auf dem Spiel.«

»Es ist also eine Karriere, nicht bloß ein Job?«

»So könnte man es ausdrücken.«

»Gib mir wenigstens einen Hinweis. Schuster, Schneider, Leineweber?«

»Du erinnerst dich an den Vers?«

Sein schiefes Grinsen verrutschte. »Offenbar«, rätselte er. »Wieso kann ich mich an Kinderreime erinnern, aber nicht an dich?« Sein Blick heftete sich auf ihren Busen.

Die körperliche Nähe machte Kendall so nervös, dass sie seine Hand aus ihrem Hosenbund zog. »Kevin weint.«

Das Babygeschrei aus dem anderen Zimmer brachte das Verhör zum ersehnten Ende. Sie konnte verstehen, dass er neugierig war, aber je weniger sie über ihr Leben vor dem Unfall sprachen, desto sicherer war sie. Jedes beliebige, scheinbar harmlose Wort konnte sein Gedächtnis wiederkehren lassen.

Die Unterbrechung hatte sie zugleich aus jener eigenartig intimen Situation befreit, die Kendall stärker aufwühlte, als ihr lieb war. Sie musste ihn in dem Glauben lassen, mit ihr verheiratet zu sein, ohne selbst die Grenze zu überschreiten.

Nachdem sie Kevin gestillt hatte, badete sie ihn und wiegte ihn dann in dem Schaukelstuhl im Wohnzimmer in Schlaf, wobei sie ihm Lieder vorsang, die sie von ihrer Großmutter gelernt hatte.

Er saß auf dem Sofa an der Wand gegenüber, das verletzte Bein auf einen Hocker gelagert. Das Licht der Lampe auf dem Beistelltisch ließ seine Augen im Dunkeln, aber Kendall brauchte sie nicht zu sehen, um zu wissen, dass sein Blick, ruhig und wachsam wie der eines Falken, auf sie gerichtet war.

»Was ist mit meiner Familie?«, fragte er unvermittelt.

»Deine Mutter ist schon lange tot.«

Er ließ sich das durch den Kopf gehen; dann sagte er: »Wahrscheinlich kann ich schlecht um jemanden trauern, an den ich mich nicht mal erinnere. Habe ich Geschwister?«

Sie schüttelte den Kopf.

»Was ist mit meinem Vater? Auch tot?«

»Nein. Aber ihr beide habt euch gezankt.«

»Weswegen?«

»Schon vor dem Unfall hast du dich jedes Mal aufgeregt, wenn das Gespräch auf diese Geschichte kam. Ich halte es für besser, die Sache einstweilen auf sich beruhen zu lassen.«

»Weiß er überhaupt von dem Unfall?«

»Ich dachte, du hättest wahrscheinlich nicht gewollt, dass ich es ihm sage, deshalb habe ich ihn nicht angerufen.«

»Wir haben uns so zerstritten, dass es meinem Vater gleichgültig ist, ob ich tot oder lebendig bin?«

»Natürlich wäre es ihm nicht gleichgültig, ob du tot oder lebendig bist, aber du würdest nicht wollen, dass er von dem Unfall erfährt. Entschuldige. Ich muss Kevin hinlegen.« Sie bemühte sich, es nicht wie eine Flucht wirken zu lassen.

Den Laufstall hatte sie im kleineren Zimmer aufgestellt. Behutsam legte sie das Baby hinein. Augenblicklich zog Kevin die Knie unter die Brust und reckte den Popo in die Luft.

»Wie kann er so bloß schlafen?«

Erst als sie seine Stimme direkt hinter sich vernahm, begriff sie, dass er ihr gefolgt war. »Viele Babys schlafen so.«

»Sieht nicht besonders bequem aus.«

»Wahrscheinlich muss man drei Monate alt sein, um es bequem zu finden.«

»War die Schwangerschaft schwierig?«

»In den ersten Monaten hatte ich Probleme. Danach ging es leichter.«

»Was für Probleme?«

»Die üblichen. Morgendliche Übelkeit. Müdigkeit. Depressionen.«

»Wieso hattest du Depressionen?«

»Ich hatte nicht wirklich Depressionen. Ich musste einfach ab und zu weinen.«

»Weswegen musstest du weinen?«

»Bitte. Ich bin am Ende. Kann diese Inquisition nicht warten?« Sie wollte sich an ihm vorbeischlängeln, doch er versperrte ihr mit seiner Krücke den Weg.

»Ich habe es allmählich satt, dass du ständig mit dieser verdammten Krücke rumfuchtelst, als wäre sie ein Schlagbaum«, fauchte sie ihn an.

»Und ich habe deine ewigen Ausflüchte satt. Ich will eine Antwort: Wieso hattest du während der Schwangerschaft Depressionen? Wolltest du kein Kind?«

Sie hatte nicht mehr die Kraft, ihren Zorn aufrechtzuerhalten, und sagte resigniert: »Die hormonellen Veränderungen im ersten Drittel der Schwangerschaft verursachen manchmal Pessimismus. Und doch war Kevin ein Wunschkind.«

»Für mich auch?«

Sie sahen sich an, bis sie nach ein paar Sekunden ruhig die Krücke beiseiteschob. »Ich nehme jetzt ein Bad.«

Sie schaltete das Licht aus. Aber kaum war es erloschen, strichen zwei Scheinwerfer über die Hausfront und strahlten direkt ins Zimmer.

»O Gott!« Kendall fuhr herum, stolperte zum Fenster, presste sich an die Wand. Ihr Herz raste. In panischer Angst beobachtete sie, wie der Wagen langsam ausrollte.

Das Auto blieb ruhig am Ende der Auffahrt stehen, die Lichtkegel wie Suchscheinwerfer auf das Haus gerichtet. In der diesigen, verregneten Luft sah es wie ein Ungeheuer aus, groß und gefährlich, und das Brummen des Motors ähnelte einem drohenden Knurren.

Er kam humpelnd und knarzend näher, so dass sie zischte: »Sie dürfen dich nicht sehen! Weg vom Fenster.«

Er erstarrte. Keiner von beiden bewegte sich. Kendall wagte nicht mal zu atmen, bis das Auto rückwärts aus der Ausfahrt fuhr und verschwand. Vor Erleichterung wäre sie fast zusammengesunken. Als sie die Sprache wiedergefunden hatte, verlieh sie ihrer Stimme möglichste Ungezwungenheit: »Da ist wohl jemand falsch abgebogen.«

Sie drehte sich um und sah ihn in der offenen Tür stehen, eine Silhouette vor dem Licht aus dem Gang. Er wirkte groß und besorgniserregend. Als sie an ihm vorbeiwollte, schaltete er mit einer schnellen Bewegung das Deckenlicht ein, drehte ihr Gesicht nach oben und sah sie scharf an.

»Was bedeutet dieser ganze Mist?«

»Nichts.«

»Nichts? Du bist leichenblass und fast in Ohnmacht gefallen, als du das Auto entdecktest. Wieso? Wer ist hinter uns her? Wer ist hinter dir her?«

Den Blick gesenkt, antwortete sie: »Ich habe einfach keinen Besuch erwartet, sonst nichts.«

»Na klar. Vielleicht habe ich mein Gedächtnis verloren, aber ich bin kein Vollidiot, also behandle mich nicht wie einen.« Er hielt ihr Kinn immer noch fest und zwang sie, ihm ins Gesicht zu sehen. »Du bist auf der Flucht, richtig? Vor wem? Will dir jemand was antun? Oder deinem Baby?« Sein

Blick fiel auf das Ställchen, in dem Kevin schlief. »Unserem Baby?«

»Niemand wird uns etwas antun, solange wir zusammen sind.« Das war nicht nur so dahingesagt. Irgendwie spürte sie, dass er sie, obwohl er ihr misstraute und trotz seiner unerklärlichen Abneigung Kevin gegenüber, bis zum letzten Atemzug verteidigen würde. Daher könnte es schwer werden, ihn zu verlassen.

Sie war nicht so dumm, sich auf den Schutz eines anderen Menschen zu verlassen. Sie kam durchaus allein zurecht, war schließlich lange genug mit allem fertiggeworden. Dennoch fühlte sie sich in seiner Gegenwart geborgen, obwohl dieses Sicherheitsgefühl in Anbetracht seiner körperlichen Verfassung wahrscheinlich trog. Es konnte sie teuer – schrecklich teuer – zu stehen kommen, wenn sie sich davon einlullen ließ.

Sie löste sich aus seinem Griff. »Ich gehe jetzt baden. Sag mir Bescheid, wenn Kevin mich braucht.« Diesmal hielt er sie nicht zurück.

Sie füllte die altmodische Wanne bis zum Rand und ließ sich in das warme, tröstliche Wasser sinken. Als sie eine Viertelstunde später wieder zu ihm ins Wohnzimmer kam, trug sie nichts als ein Handtuch, das sie von den Achseln bis zu den Schenkeln umhüllte. Das nasse Haar hatte sie sich aus dem saubergeschrubbten Gesicht gekämmt.

Er stand an der offenen Haustür, mit dem Rücken zu ihr, und starrte in die Dunkelheit, in den ewig gleichen Regen. Als er ihre nackten Füße auf dem Holzboden hörte, drehte er sich um.

»Ich bin fertig«, erklärte sie unnötigerweise.

Als sie ins Schlafzimmer gehen wollte, sagte er: »Warte.« Er kam durch das Zimmer gehumpelt und blieb viel zu dicht vor ihr stehen.

Kendall zuckte zusammen, als er seine Hand auf ihre Brust legte. Er zog fragend die Brauen hoch, zögerte und legte dann einen Finger auf ihre feuchte Haut. »Tut das weh?«

Sie verstand erst, als sie seinem Blick folgte und den hässlichen blauen Bluterguss sah, der vom Hals aus in einem breiten diagonalen Streifen über ihre Brust verlief.

»Der Sicherheitsgurt«, erklärte sie. »Kein schöner Anblick, wie? Aber wenn ich mich nicht angeschnallt hätte, würde ich noch viel grässlicher aussehen.«

Er lächelte flüchtig, bedauernd. »Stimmt. Dann würdest du aussehen wie ich.«

»So schlecht siehst du gar nicht aus.« Ihre Blicke trafen sich; einen Moment sahen sie sich schweigend an. Dann musste Kendall schlucken. »Ich meine damit, dass die Schwellung in deinem Gesicht schon einigermaßen zurückgegangen ist.«

Er nickte gedankenverloren, weil ihn bereits wieder der blaue Fleck über ihrer Brust beschäftigte. »Wie weit runter geht er?«

Plötzlich überflutete Hitze ihren ganzen Leib. Sie war verlegen, und als seine Frau hatte sie keinerlei Grund dazu. Sie sah ihm fest in die Augen, legte die Hände an den Knoten zwischen ihren Brüsten und öffnete langsam das Handtuch. Sie schlug beide Enden zurück, hielt sie von ihrem Körper weg und gestattete ihm einen ungehinderten Blick.

Noch nie hatte sie sich so nackt, so bloßgestellt gefühlt. Seine Augen wanderten über ihren Körper, begutachteten nicht nur den auffallenden Bluterguss, sondern schienen sich jede Wölbung, jede Kurve, jeden Zentimeter ihrer Haut einzuverleiben. Sie ertrug seinen Blick so standhaft wie möglich, doch als sie das Handtuch wieder schließen wollte, hielt er sie zurück.

»Was ist das?«

Er berührte sie weit unterhalb des Nabels. Ihr Körper reagierte so prompt und so sinnlich auf seine Berührung, dass ihr der Atem stockte. Ihr Bauch bebte, aber sie zuckte nicht zurück, als seine Finger sacht die dünne, rosa Narbe entlangfuhren, die quer über ihrem Schamhaar verlief. Er zeichnete sie von einem Ende zum anderen nach und nahm seine Hand auch danach nicht weg.

»Die Narbe von meinem Kaiserschnitt«, hauchte sie außer Atem.

»Hmm. Warum zitterst du?«

»Weil sie immer noch empfindlich ist. Vor allem seit dem Unfall.« Tatsächlich hatte der Beckengurt über ihrem Schoß einen zweiten Bluterguss verursacht, der sich von einem Beckenknochen zum anderen erstreckte. Er strich mit der Hand darüber.

Abrupt schlug sie das Handtuch zu und hielt es fest zusammen. Er zog seine Hand darunter hervor. Sie wäre am liebsten weggelaufen, ermahnte sich aber, sich wie eine Ehefrau zu verhalten.

»Die Badewanne ist sehr tief«, sagte sie. »Selbst ohne Gips am Bein kommt man nicht leicht rein und raus. Ich schlage vor, dass ich dich mit dem Schwamm am Waschbecken wasche.«

Er erwog das kurz, schüttelte dann brüsk den Kopf. »Danke, ich schaffe es allein.«

»Bestimmt?«

Er sah kurz auf ihren Körper und wandte dann schnell den Blick ab. »Ja, bestimmt.« Er humpelte an ihr vorbei und machte die Badezimmertür hinter sich zu.

Kendall sank gegen den Türrahmen. Erst nach ein paar Minuten hatte sie ihr inneres Gleichgewicht wiedergefunden. Es würde wesentlich schwieriger werden, als sie gedacht hatte. Er war zu scharfsinnig, aber sie konnte gar nicht mehr anders als lügen, und zwar so gut, dass sie ihre Lügen allmählich selbst glaubte. Jetzt hatte sich ihr verlässlichstes Fluchtmittel in eine gefährliche Falle verwandelt. Sie musste ihn loswerden.

Aber erst musste sie diese Nacht hinter sich bringen.

In der Schlafzimmerkommode fand sie ein sommerliches Nachthemd, das sie bei einem früheren Besuch hiergelassen hatte. Sie machte ihm das Bett und hatte eben die Kissen aufgeschüttelt, als sie hörte, wie sich die Badezimmertür öffnete; langsam kam er über den Gang.

Er trug nichts außer einem Paar Boxershorts, das sie am Morgen für ihn gekauft hatte. Das Haar auf seiner Brust war feucht. Er roch nach Seife, Zahnpasta, Mundwasser und ließ sich auf dem Bett nieder; jede Bewegung verriet, wie müde er war. Seine Gebärden wirkten, als wäre er dreißig Jahre älter, mit einem kränklich-grauen Gesicht.

»Leg dich hin«, sagte sie sanft. »Ich schiebe ein Kissen unter dein Bein.«

Sie half ihm, sich hinzulegen; er stieß einen langen, erleichterten Seufzer aus und schloss völlig erledigt die Augen. Sie hatte sich schon beinahe an die Blutergüsse und Abschürfungen, die eingesunkenen Augen und Wangenhöhlen gewöhnt. Aber jetzt sprangen ihr diese Hinweise auf seine Schmerzen überdeutlich ins Auge, und sie wurde von Mitleid ergriffen.

Sie schaltete die Nachttischlampe aus, damit ihn das Licht nicht blendete. »Hast du ein Aspirin genommen?«

»Mehrere.«

»Hoffentlich helfen sie dir durchzuschlafen.«

»Es wird schon gehen.«

»Also, dann sehen wir uns morgen früh. Gute Nacht.«

Seine Augen flogen auf. »Wohin gehst du?«

Sie wies zur Tür. »Ich werde auf dem Sofa im Wohnzimmer schlafen. Sonst komme ich in der Nacht noch versehentlich an dein Bein.«

Er sah sie lange und eindringlich an.

»Aber wenn du das Risiko eingehen willst«, hörte sie sich sagen, »würde ich natürlich lieber bei dir schlafen.«

Ohne ein weiteres Wort rutschte er zur Seite. Der Kraftaufwand war ihm anzumerken. Sein Atem ging flach und schnell, und seine Haut fühlte sich klamm unter ihren Fingern an, als sie neben ihm unter die Decke schlüpfte.

»Ist alles in Ordnung?«, fragte sie besorgt.

»Es geht schon. Ich bin müde.«

»Schlaf gut.«

Sie hielt es für angebracht, sich über ihn zu beugen und einen sanften, keuschen Kuss auf seine Wange zu hauchen. Statt ihn zu besänftigen, schien der Kuss allerdings einen Kurzschluss auszulösen.

»Das kannst du doch bestimmt besser.« Er packte sie am Hinterkopf und hielt sie fest, während er sie küsste. Dieser Kuss war weder sanft noch keusch. Geschickt, sexy, herrisch und besitzergreifend setzte er seine Zunge ein.

Er wusste genau, was er da tat, denn obwohl sie sich dagegen wehrte, züngelten unbeschreibliche Empfindungen in ihr auf. Das verblüffte sie. Und der Kuss zeigte nicht nur bei ihr Wirkung. Als sich seine Lippen von ihren lösten, hielt er ihren Kopf weiter fest und versuchte, die Tiefen ihrer Augen zu ergründen.

Sie sah Aufruhr, Unentschlossenheit, Verwirrung in seinem Blick. »Jesus«, sagte er leise.

Plötzlich ließ er sie los, als würde er sich die Finger an ihr verbrennen. Er schloss die Augen und schlief auf der Stelle ein. Oder tat wenigstens so.

Kendall lag stocksteif neben ihm. Sie hatte Angst, sich zu bewegen oder auch nur zu atmen, weil sie auf keinen Fall das empfindliche Gleichgewicht stören wollte, das momentan zu herrschen schien.

Mein Gott, worauf hatte sie sich da nur eingelassen? Ursprünglich hatte der Plan, ihn als ihren Ehemann auszugeben, so elegant und unkompliziert ausgesehen. Im Krankenhaus hatte auch alles geklappt. Allerdings hatte sie nicht vorhergesehen, dass er sich wirklich wie ein Ehemann benehmen und von ihr die Gemahlinnenrolle verlangen würde. Obwohl sie das hätte bedenken müssen, schließlich war er ein waschechter Mann, und sie erzählte ihm ständig, dass sie seine Frau sei. Unter den Umständen, die sie heraufbeschworen hatte, verhielt er sich im Grunde normaler als sie.

Noch dazu musste sie sich zu ihrer Verblüffung eingestehen, dass sie es gar nicht so schrecklich fand, seine Frau zu spielen. Sein Gesicht und sein Körper waren zwar vorübergehend lädiert, aber sie hielt es für gewiss, dass sich alle anwesenden Frauen verstohlen nach ihm umdrehten, sobald er einen Raum betrat. Seine distanzierte Art, wohl ein Teil seines herben Charakters, wirkte anziehend wie ein Magnet. Er vergeudete nicht viele Worte. Wie er bei dem Vorfall am Nachmittag mit den Jugendlichen bewiesen hatte, hatte er völlig zu Recht ein unerschütterliches Selbstbewusstsein. Er suchte keinen Streit, aber wenn er tatsächlich in einen verwickelt wurde, drückte er sich nicht.

Das Grübchen in seinem Kinn war ausgesprochen sexy. Jede Frau hätte sich zu ihm hingezogen gefühlt.

Sie hatte nicht berücksichtigt, dass sie einander tatsächlich attraktiv finden könnten, als sie angegeben hatte, ein Paar zu sein. Jetzt hatte sich ihre Strategie gegen sie gekehrt. Sie hatte sich selbst in ein Minenfeld manövriert. Ein falscher Schritt, und alles flog auf.

Sie war versucht, Kevin aus seinem Bettchen zu holen und zum Auto zu rennen, bevor alles noch schlimmer wurde, bevor sie am Ende gar nicht mehr wegwollte.

Aber ihr Körper brauchte Ruhe. Ihr fehlte einfach die Energie, aus dem Bett zu steigen. Wohin sollte sie auch gehen? Wo war sie so sicher wie hier?

Erst viel später schlief sie ein, dicht neben ihm, immer noch seinen Kuss auf den Lippen spürend und voller Angst, er könnte morgen früh erwachen und sein Gedächtnis wiedergefunden haben – denn dann hätte sie all diese Plagen völlig umsonst auf sich genommen.

9. Kapitel

Die Landung des Helikopters löste in Stephensville einigen Wirbel aus.

Dass er die Aufschrift »FBI« trug, erregte noch mehr Aufsehen. In der Südstaatengemeinde war nichts so Dramatisches mehr vorgefallen, seit sich eine Unterweltgröße von lokalem Renommee im Puff seiner Freundin verschanzt und sich einen wilden und tödlichen Schusswechsel mit einem Einsatzkommando geliefert hatte. Nur die Alten erinnerten sich noch daran.

Der Sonderbeauftragte Jim Pepperdyne kümmerte sich nicht weiter um die glotzenden Gaffer, als er aus dem Hubschrauber stieg, der auf dem Schulgelände der Realschule aufgesetzt hatte. Einen Rattenschwanz untergebener Mitarbeiter hinter sich herziehend, die rennen mussten, um mit ihm Schritt zu halten, marschierte er über den Sportplatz, den Gehweg hinunter, überquerte die Straße und betrat das Krankenhaus, in dem die Gesuchten zuletzt gesehen worden waren.

Dem von anderen Beamten bereits ausgiebig verhörten Personal war mitgeteilt worden, dass nun der Chef persönlich im Anmarsch sei. Die Angestellten hatten sich im Wartebereich versammelt, als Pepperdyne Einzug hielt.

Trotz der stundenlangen, zermürbenden Vernehmungen hatte das Vorauskommando nichts von Bedeutung ermitteln können. Es gab nicht einen einzigen Hinweis darauf, was aus dem Mann, der Frau und ihrem Kind geworden war. Die drei hatten keinerlei Spur hinterlassen, als seien sie im Sack des Weihnachtsmanns verschwunden.

Jim Pepperdyne glaubte nicht an den Weihnachtsmann. Er glaubte auch nicht an Außerirdische, die Geiseln in ihren Raumschiffen ins All katapultierten und mit ihnen spazieren flogen. Dagegen glaubte er sehr wohl an das Schlechte im Menschen. Im Laufe seiner Karriere war er wahrlich oft genug damit konfrontiert worden.

Der Mann mittleren Alters, der jetzt im Sturmschritt auf das Krankenhauspersonal zueilte, war nicht gerade ein Hüne. Seine Taille wirkte weich, und sein Haar lichtete sich in einem äußerst verdrießlichen Tempo. Dennoch bewirkte die Autorität, die er ausstrahlte, dass man es sich zweimal überlegte, ihm in die Quere zu geraten.

Die Krankenhausmitarbeiter mussten eine beinahe verächtliche Musterung über sich ergehen lassen. Pepperdyne war ein Verfechter der Einschüchterungstaktik, doch sein Zorn und seine Besorgnis waren keineswegs gespielt. Und er würde zornig und besorgt bleiben, bis er die Menschen gefunden hatte, die ihm und sämtlichen Polizeikräften in mehreren Staaten entwischt waren.

Man hatte sie schon seit sechsunddreißig Stunden vermisst – sechsunddreißig hektische Stunden für Pepperdyne –, ehe ein Einsatzleiter im Sheriffbüro dieses gottverlassenen Kaffs die in der Vermisstenmeldung beschriebenen Personen endlich mit einem Autounfall in Verbindung brachte, der sich in der Gegend ereignet hatte.

Vor dem Anruf dieses Mannes hatte Pepperdyne noch nie von einem Ort namens Stephensville, Georgia, gehört, doch von diesem Moment an bildete er den Nabel seiner Welt. Umgehend schickte er ein Vorabteam von mehreren Beamten los, die ihn später anriefen und bestätigten, dass die Beschreibung der Vermissten mit jener der Unfallopfer übereinstimmte.

Noch mehr Beamte waren ausgesandt worden, um jeden zu vernehmen, der irgendwie mit den drei Überlebenden zu tun gehabt hatte. Bis dato hatten die Vernehmungen nichts, rein gar nichts zutage gefördert.

Das Autowrack war drei Meilen von der Unfallstelle flussabwärts geborgen worden. Die Tote war eindeutig identifiziert. Pepperdyne wartete immer noch auf den offiziellen Bescheid des Leichenbeschauers über die Todesursache.

Jetzt nahm der Sonderbeauftragte, die Füße leicht gespreizt und fest auf dem Boden, die schweigsame Menge ins Visier. Er vergeudete keine Zeit damit, sich vorzustellen. »Wer hatte an dem Abend Dienst, als sie hergebracht wurden?« Ein paar Hände hoben sich. Er zeigte auf eine Krankenschwester. »Wie ist das abgelaufen? Beschreiben Sie mir alles ganz genau.«

Sie schilderte die Ereignisse knapp, aber präzise: »Ihr und dem Baby war nichts passiert. Sie waren geschockt, aber im Grunde unverletzt. Ihr Mann hingegen musste behandelt werden.« Mit einer Kopfbewegung zu den anderen Beamten hin: »Das haben wir denen schon hundertmal erzählt.«

Pepperdyne ging nicht auf ihre Beschwerde ein. »War er bei Bewusstsein?«

»Nein.«

»Hat er etwas gesagt? Oder gemurmelt?«

»Nein.«

»Trug er eine Waffe?«

Sie schüttelte den Kopf.

»Sind Sie sicher?«

»Ich habe ihm selbst die Kleider vom Leib geschnitten«, erwiderte sie pikiert. »Er trug keine Waffe.«

»Irgendeinen Ausweis?«

»Nein. Sie hat uns später erklärt, das sei alles im Wagen geblieben.«

»Mit ›sie‹ meinen Sie …?«

»Mrs. Kendall.«

Pepperdyne warf einen Blick über die Schulter auf einen anderen Beamten, der mit den Achseln zuckte, wie um auszudrücken: »Ich habe es Ihnen ja gleich gesagt.«

Offensichtlich gereizt, wandte sich Pepperdyne wieder der Krankenschwester zu. »Ihr Nachname ist Burnwood. Kendall Burnwood. Hat sie diesen Namen je erwähnt?«

»Nein. Auf den Einlieferungsformularen hat sie John und Mary Kendall eingetragen«, antwortete die Schwester.

»Ich habe die Formulare gesehen.« Ein weiterer Beamter zückte Fotokopien und drückte sie Pepperdyne in die Hand. »Sie hat alles ausgefüllt, aber nichts davon wahrheitsgemäß. Namen, Adressen, Sozialversicherungsnummern, alles falsch, alles frei erfunden. Fand es hier niemand eigenartig, dass sie Bargeld bei sich hatte, aber keinerlei Papiere?«

Stumme, abweisende Blicke antworteten ihm.

Schließlich meldete sich eine andere Mitarbeiterin zu Wort. »Mir ist egal, wie sie heißt, jedenfalls war sie sehr nett. Und sehr ehrlich. Sie hätte einfach so verschwinden können, ohne uns einen Cent zu zahlen. Sie hätte kein Geld in ihrem Zimmer zu lassen brauchen, aber sie hat es so hingelegt, dass man es ganz bestimmt findet, und die Summe reichte leicht für ihre Rechnung und die ihres Mannes. Sie ist eine wunderbare Mutter, sie hat sich große Sorgen um das Gedächtnis ihres Mannes gemacht.«

»Sie hat sich nur Sorgen gemacht, weil sie befürchtet, dass er sein Gedächtnis wiederfindet.« Pepperdyne sah den Arzt an. »Wann wird das sein?«

»Das kann jederzeit geschehen. Oder nie.«

»Tolle Antwort«, murmelte der Sonderbeauftragte griesgrämig. »Kann ihm die Gehirnerschütterung irgendwie gefährlich werden?«

»Nicht, wenn er sich schont, wie ich ihm geraten habe.«

»Was ist mit seinem Bein?«

»Es war ein sauberer Bruch. Er wird in ein paar Monaten komplett verheilt sein.«

Die nonchalante Art des Arztes ließ Pepperdynes Blutdruck steigen. »Sie lassen einen Mann mit einer Kopfverletzung und einem gebrochenen Bein so ohne Weiteres aus Ihrem Krankenhaus davonlaufen?«

»Wir hatten ja keine Ahnung, dass sie ihn mitten in der Nacht rausschmuggeln würde.«

»Finden Sie das normal? Schleichen sich Ihre Patienten öfter nachts fort, Doktor? Kam Ihnen das nicht merkwürdig vor? Warum haben Sie ihr Verschwinden nicht sofort dem Sheriff gemeldet, als Sie es am folgenden Morgen bemerkten?«

»Der Deputy hatte sie mehrmals verhört und offenbar nichts an ihrer Geschichte auszusetzen. Er hatte sie nicht unter Arrest gestellt oder so. Was haben sie überhaupt auf dem Kerbholz? Wieso stellen Ihre Beamten ihretwegen den ganzen Ort auf den Kopf?«

»Hier laufen Ermittlungen«, fertigte Pepperdyne ihn ab.

Wenn die Medien ihre dicken Nasen in diesen Fall steckten, dann saß er wirklich in der Tinte. Er wollte diese Leute so weit einschüchtern, dass sie ihm absolut alles erzählten, was sie wussten, aber er wollte sie auf keinen Fall darauf hinweisen, dass sich hier ein Drama abspielte, für das jeder Nachrichtenchef sein linkes Ei geben würde. Bislang war es ihm gelungen, die ganze Sache geheimzuhalten. Je mehr Zeit er rausschinden konnte, bevor die Öffentlichkeit davon erfuhr, desto besser.

»Wie sind sie aus dem Ort verschwunden?«, fragte er in den Raum hinein.

Er war fast sicher, dass sie nicht mehr in Stephensville waren. Pepperdyne hatte den Ort aus der Luft gesehen, deshalb bezweifelte er, dass Mrs. Burnwood – so schlau und gewitzt sie auch sein mochte – hier auf lange Sicht einen Amnesiekranken und ein kleines Kind verstecken konnte. Viel Unterschlupf gab es nicht. Außerdem hatten seine Beamten die Fotos der Vermissten überall in der Stadt herumgereicht. Niemand hatte auch nur eine Haarspitze von ihnen gesehen.

»Irgendwelche Vorschläge, wie sie untergetaucht sein könnten? Hat jemand von Ihnen Mrs. Burnwood in einem Auto gesehen?«

»Ich habe ihr meins geliehen«, meldete sich eine Krankenschwester. »Aber nur für ein paar Stunden. Sie ist damit zum Supermarkt gefahren und hat Kleider für sich und das Baby gekauft.«

»Haben Sie hinterher den Kilometerstand überprüft?«

»Den Kilometerstand?«, wiederholte sie, als hörte sie das Wort zum ersten Mal.

Noch eine Sackgasse. Der Polizeibericht war bereits auf gestohlene Fahrzeuge hin überprüft worden. Es gab im Ort nur eine einzige Werkstatt, die gebrauchte Autos verkaufte. Zwar rosteten ein paar Fahrzeuge auf dem Parkplatz vor sich hin, aber verkauft hatte man das letzte vor sechs Monaten.

»Es gibt keine Busverbindung von hier. Keinen Flugplatz. Keine Schiffe, keine Züge. Wie, zum Henker, konnte sie aus der Stadt verschwinden?« Pepperdynes Stimme brachte die Fensterscheiben zum Klirren, ihm jedoch keine Antwort, nicht mal eine Idee ein.

Mit einer resignierten Geste schloss er: »Vielen Dank für Ihre Hilfe.«

Während sie auf den wartenden Hubschrauber zueilten, fragte einer seiner Leute: »Sir, wie sind sie hier weggekommen?«

Pepperdyne duckte sich unter die kreisenden Rotoren und brüllte zornig: »Nachdem wir alle anderen Möglichkeiten ausgeschlossen haben, werden ihnen wohl Flügel gewachsen sein.«

10. Kapitel

»Wie heißt er? Verzeihung? Sagten Sie ›Crook‹?« Den Telefonhörer zwischen Schulter und Wange geklemmt, kritzelte Kendall den Namen auf einen Notizblock. »In flagranti erwischt? Oje. Trotzdem, vielen Dank«, murmelte sie.

Es klopfte an ihrer Bürotür. Sie schaute auf, erblickte Matt und winkte ihn zu sich.

»Störe ich?«, flüsterte er kaum hörbar.

Sie beantworte die heuchlerische Frage mit einer Grimasse. Ins Telefon sagte sie: »Okay, sobald ich hier fertig bin, komme ich runter und rede mit ihm. Jetzt habe ich gerade Besuch. Bis dann.«

Sie legte auf und kämmte sich das Haar mit allen zehn Fingern zurück. Dann schenkte sie ihrem Mann ein strahlendes Lächeln und sagte: »Du kommst mir halbwegs normal vor. Ich hoffe, du bist es auch, denn bis jetzt war jeder, dem ich heute begegnet bin, völlig unzurechnungsfähig.«

Matt lachte leise und ließ sich auf der Schreibtischecke nieder. »Die Footballsaison hat angefangen. Am Freitag ist das Heimspiel. Da sind hier alle ein bisschen verrückt.«

»Ein bisschen verrückt? Wohl eher total durchgeknallt. Daneben. Bekloppt.«

»Ahne ich da schon ein ›zum Beispiel…‹?«

»Mal sehen. Draußen im Gang haben sich vorhin zwei Nachbarn ein Brüllduell geliefert. Der deutsche Schäferhund des einen hat den Garten des anderen als Toilette zweckentfremdet, kurz bevor dessen Tochter dort mit ihren Freundinnen das Cheerleader-Training abhielt. Und als dann die menschliche Pyramide umkippte ... Na ja, du kannst es dir ausmalen, keine schöne Bescherung. Er klagt. Dann fragte mich ein Untersuchungshäftling, dem bewaffneter Raub vorgeworfen wird, ob ich ihn wenigstens für die Spieldauer aus dem Gefängnis holen könnte, sein zehnjähriges Klassentreffen findet nämlich da statt.«

Matt musste lachen. »Ich hab's dir ja gesagt.«

»Ohne dass Football etwas damit zu tun hätte, haben unser geschätzter Ankläger und ich uns durch die Leitung angebrüllt. Wir streiten darüber, ob die frühere Haftstrafe meines Mandanten wegen Körperverletzung mitangerechnet werden darf. Ich habe Dabney als Einmann-Lynchmob bezeichnet. Er hat mich als gefühlsduselige Liberale, Lesbe, Salonkommunistin und Yankee-Freundin beschimpft und dann aufgehängt. Seither geht er nicht mehr ans Telefon.«

Matt hatte ihr voller Mitgefühl zugehört. »Dabney schmollt gerne, aber er ist nicht nachtragend.«

Kendall kreuzte in schöner Regelmäßigkeit mit dem Ankläger die Klingen. Ihre Meinungsverschiedenheiten lagen in der Natur der Sache. So wie Kendall es sah, leistete sie keine gute Arbeit, wenn Dabney Gorn einmal nicht wütend auf sie war.

Aber Gorn nahm die beruflichen Auseinandersetzungen oft persönlich, was Kendall die Sache doppelt erschwerte: Schließlich war er eine angesehene Persönlichkeit im Ort. Bei den vergangenen vier Wahlen hatte niemand gegen ihn kandidieren wollen, und bei den dreien zuvor hatte er jeweils mit überwältigender Mehrheit gewonnen. Er war ein hochangesehener, führender Bürger der Stadt, stand für Recht und Gesetz, für Wahrheit und Gerechtigkeit und für den American Way. Folglich zählte jeder, der sich gegen ihn stellte, automatisch zu den bösen Buben – oder Mädchen.

Darüber hinaus war er eng mit den Burnwoods befreundet. Kendall wählte ihre Worte bedachtsam aus, wenn sie in

Matts und Gibbs Gesellschaft über ihn redete. Deshalb verriet sie Matt nicht, dass sie Dabney Gorn für einen aufgeblasenen, gewissenlosen Winkeladvokaten hielt, dem es weniger um Gerechtigkeit als vielmehr darum ging, sein Amt zu behalten.

Vereint mit Richter Fargo, dessen Ansichten sich bedauerlicherweise mit denen Gorns aufs Haar deckten, war der Ankläger ein gewaltiger Gegner. Weil Kendall aber nicht wie eine paranoide Heulsuse klingen wollte, behielt sie auch diese Einschätzung für sich.

»Alles in allem«, schloss sie, »war heute der ganze Tag ein Flop.« Sie faltete die Hände, ließ sie auf die Schreibtischkante sinken und schenkte ihrem Mann ihre gesamte Aufmerksamkeit. »Und was kann ich für dich tun, mein hübscher Verleger?«

»Zuerst mal könntest du mir einen Kuss geben.«

»Ich glaube, das bringe ich noch zuwege.«

Beide beugten sich über den Schreibtisch und küssten sich. Beim Zurücklehnen leckte sie sich die Lippen. »Danke, das habe ich gebraucht.«

»Es ist die Footballsaison«, wiederholte Matt. »Alle sind auf hundertachtzig.«

»War das auch schon so, als du noch gespielt hast?«

»Machst du Witze? Was Dad betrifft, kommt Football direkt nach der Jagd. Wenn er mir nicht gerade das Schießen beigebracht hat, dann hat er mit mir Pässewerfen geübt.«

Gibb hatte Kendall mit Anekdoten über Matts Heldentaten auf dem Footballplatz überhäuft. Wenn er davon erzählte, leuchteten seine Augen wie die eines frisch Bekehrten im Zelt eines Wanderpredigers. Kendall konnte sich nicht vorstellen, dass Gibb so viel Energie in seinen Sohn investiert hätte, wenn Matt sich entschlossen hätte, im High-School-Orchester Querflöte zu spielen.

Ihr Schwiegervater verachtete alles, was er für »weibisch« hielt. Künstlerische Aktivitäten waren ausschließlich etwas für »Damen« und »Schwule«, wozu jeder Mann zählte, der etwas mit klassischer Musik, Ballett oder dem Theater anfangen konnte. Gibbs Männlichkeitswahn war bisweilen so grotesk, dass Kendall am liebsten laut losgeprustet hätte. Oder sich vor Ekel geschüttelt.

Manchmal wollte sie laut schreien, wenn sie Gibbs ultrakonservative Ansichten über sich ergehen lassen musste. Ihre Großmutter hatte sie in dem Glauben erzogen, dass man andere Menschen und ihre exzentrischen Eigenarten tolerieren und respektieren sollte. Dass unterschiedliche Lebensweisen sogar interessant oder stimulierend sein könnten.

Elvie Hancocks liberale Auffassungen waren in Sheridan, Tennessee, nicht immer populär gewesen. Dennoch hatte sie zu ihrer Überzeugung gestanden und sie an ihre Enkelin weitergegeben. Kendall vermutete, dass das mit ein Grund war, weshalb sie persönlich sich dazu entschlossen hatte, für die Benachteiligten einzutreten und Pflichtverteidigerin zu werden. Dazu kamen noch die Ungerechtigkeiten, die sie in den heiligen Hallen von Bristol und Mathers mitbekommen hatte.

»Wer war am Apparat?«, fragte Matt jetzt. »Oder kannst du darüber nicht sprechen?«

»Ganz unter uns?«

»Absolut.«

»Ein Junge wurde heute nachmittag beim Klauen erwischt. Er heißt Crook.«

»Der jüngste? Billy Joe?«

»Du kennst ihn?«, fragte sie überrascht.

»Ich kenne seine Familie. Die Zwillinge, Henry und Luther, sind ein Jahr älter als ich. Zwischen ihnen und Billy Joe kommen noch ein paar Brüder und Schwestern. Ihr Vater führte den Schrottplatz am Stadtrand. Wo dieser Berg von verrostetem Metall liegt ...«

Sie nickte, weil ihr klar war, welchen Schandfleck er damit meinte. »Du hast ›führte‹ gesagt – in der Vergangenheitsform.«

»Er starb vor ein paar Jahren. Mrs. Crook hat es nicht leicht, das Geschäft am Laufen zu halten.«

»Warum das?«

»Der gute alte Crook wartete nicht einfach ab, bis irgendwelche Schrottwagen sein Lager vergrößerten. Oft haben die Kunden von ihm zurückgekauft, was kurz zuvor aus ihren Autos entwendet worden war. Es hieß allgemein, dass der Alte das Geschäft dadurch belebte, dass er die Jungs zum Klauen schickte.«

»Versucht Mrs. Crook es mit einer anständigeren Methode?«

»Vielleicht, aber ich bezweifle das. Wahrscheinlich ist sie nicht ehrlich, sondern einfach nicht gerissen genug, um den Laden in Schwung zu halten.«

»Hmm. Du willst also andeuten, dass Billy Joe eine alte Familientradition weiterführt?«

»Du bist vielleicht ein Spaßvogel!«

»Nicht wirklich. Danke für die Informationen über die Crooks, aber wir müssen das Gespräch hiermit wohl beenden, wenn ich nicht gegen mein Berufsethos verstoßen will.«

»Ich verstehe.«

Er versuchte nie, mehr Informationen aus ihr herauszupressen, als sie unter Berücksichtigung ihrer Schweigepflicht freiwillig preisgab. Da er die Lokalzeitung herausgab und alle vierzehn Tage eine Kolumne darin verfasste, war sie strikt darauf bedacht, nicht mit ihm über ihre Fälle zu sprechen. Nicht, weil sie Zweifel an seiner Integrität hatte, sondern um ihre eigene zu wahren.

»Was führt dich zu mir?«, fragte sie.

»Ich wollte dir sagen, dass ich heute abend nicht zu Hause bin.«

»Ach, Matt!«

Er hob beide Hände, um ihren Protest abzuwehren. »Es tut mir leid. Ich kann nicht anders.«

»Das ist das zweite Mal innerhalb von vier Tagen. Was ist denn jetzt schon wieder?«

»Leonard Wiley hat Dad und mich gefragt, ob wir heute abend mit ihm auf Waschbärenjagd gehen. Er hat einen neuen Hund, auf den er sehr stolz ist und den er uns vorführen möchte. Dad hat ihm in meinem Namen zugesagt.«

»Sag ihm, dass du heute abend nicht kannst, weil wir schon was vorhaben.«

»Wir haben heute aber nichts vor.«

»Sag ihm, dass du mir versprochen hast, mit mir zu Hause zu bleiben und vor der Glotze zu lümmeln.«

»Das habe ich dir nicht versprochen.«

»Das weiß er doch nicht!«

»Aber ich.«

»Mein Gott!«, rief sie aus. »Hast du noch nie jemanden angeschwindelt?«

»Nicht meinen Vater.«

»Dann sag ihm die Wahrheit. Sag ihm, dass ich das prämenstruelle Syndrom hab', dass ich zur Furie werde, weil du so oft abends weg bist, und dass ich gedroht habe, dich zu kastrieren, wenn du mich heute abend allein lässt.« Sie schoss aus ihrem Stuhl hoch, einen Brieföffner in der Hand.

Lachend wehrte er den kriegerischen Stoß ab, den sie in Richtung seines Hosenschritts führte. »Ich wusste, dass du enttäuscht sein würdest.«

»Ich bin nicht enttäuscht. Ich bin stinksauer.«

Sein Lächeln erstarb. »Musst du so reden?«

Mit seinem Tadel brachte er sie nur noch mehr in Rage. »Nein, das muss ich nicht, Matt. Aber ich fühle mich wesentlich besser, wenn ich es tue. Nach drei Monaten Ehe zieht es mein Gemahl vor, seine Abende in Gesellschaft eines Waschbären-Jagdhundes statt mit mir zu verbringen. Ich finde, das gibt mir das Recht, vulgär zu werden.«

Sie drehte ihm den Rücken zu und ging an das Regal, wo sich die Bücher und Lederbände mit den amerikanischen Bundesgesetzen und den Staatsgesetzen von South Carolina stapelten. In einem Fach stand der Bilderrahmen von Roscoe. Sie hatte ein Hochzeitsbild in den Rahmen gesteckt und ihn so in ihrem Büro aufgestellt, dass er dem Hausmeister jedes Mal ins Auge fallen musste, wenn er zum Saubermachen hereinkam.

Als er das erste Mal sein Geschenk an einem so prominenten Platz entdeckt hatte, war seine schmale Brust vor Stolz geschwollen. Seine Freude hatte den Tadel mehr als ausgeglichen, den sie sich von Gibb und Matt dafür eingehandelt hatte, dass sie sich ihren Wünschen nicht gebeugt und ihn zur Hochzeit eingeladen hatte.

»Mir will nicht in den Kopf, was an einem neuen Jagdhund so wichtig sein soll.«

»Mir ist er auch nicht wichtig«, antwortete Matt geduldig. »Sondern Leonard. Ich kann ihn nicht kränken.«

Sie drehte sich um und sah ihn an. »Aber mich schon.«

»Das möchte ich nicht.«

»Du tust es aber.«

»Ich tue nur eines«, erklärte er gepresst. »Ich versuche, es allen recht zu machen, und allmählich wird das ziemlich anstrengend.«

Offenbar nagte dieses Problem schon länger an ihm. Sie hatte unabsichtlich den Finger auf eine offene Wunde gelegt, und jetzt sprudelte es nur so aus ihm heraus.

»Ich weiß nicht, was schlimmer ist, Kendall. Dein verletzter Blick, wenn ich mich deinen Wünschen nicht beuge, oder der Spott meiner Freunde, wenn ich es tue.«

Das saß. »Vielleicht hättest du dir vor der Hochzeit überlegen sollen, dass ein verheirateter Mann nicht mehr so oft mit seinen Freunden zusammen sein kann.«

»Ich wollte doch heiraten, ich wollte dich. Aber du musst auch verstehen, dass …«

»… sie die älteren Rechte haben. Vor allem Gibb.«

Er trat näher und legte ihr die Hände auf die Schultern. »Genauso ist es. Nach Moms Tod war ich sein Ein und Alles. Wir haben beinahe dreißig Jahre zusammengelebt. Nur wir beide. Jetzt, da ich aus dem Haus bin, ist er einsam.«

»Einsam?« Sie traute ihren Ohren nicht. »Ich könnte dir auf der Stelle ein Dutzend Frauen nennen, die ihm hinterherhecheln und nur zu gern seine Gesellschaft genießen würden. Wenn er jede Einladung annehmen würde, könnte er das ganze Jahr über allabendlich eine neue Küche probieren. Er hat so viele Freunde, dass er sich unmöglich mit allen treffen kann. Warum musst ausgerechnet du immer den Hofnarren für ihn abgeben?«

»Weil er mein Vater ist und ich ihn liebe. Er liebt mich. Und er liebt dich«, beteuerte er. »Wirklich – hat er dir gegenüber jemals etwas Gehässiges oder Gemeines gesagt oder getan? Hat er nicht alles bedacht, damit du dich hier heimisch fühlst?«

Sie senkte den Blick und atmete tief ein. »Richtig, Matt, das hat er. Trotzdem …«

Er legte seinen Finger auf ihre Lippen. »Wir wollen uns nicht streiten, Kendall. Ich hasse es, wenn wir uns streiten.«

Sie dagegen hasste es, dass er jedes Mal seine Argumente vortrug und dann sofort versuchte, Frieden zu schließen, ohne ihr eine Gelegenheit zu lassen, ihre vorzubringen. Aber jeder Jurastudent wusste, dass es besser war, sich nur auf die wichtigsten Streitpunkte zu konzentrieren. Hier konnte sie tatsächlich nachgeben. Es war nicht so, dass er irgendwelche Pläne ihrerseits durchkreuzte, wenn er heute abend nicht zu Hause war.

Doch genau diese Abende ohne gesellschaftliche Verpflichtungen liebte sie besonders: wenn sie daheim blieben, zusammen fernsahen, eine Schüssel Popcorn aßen. Sich liebten. Sie fühlte sich ausgeschlossen, wenn er sich mit seinen Männerfreunden traf, vor allem da sie an diesen Freizeitaktivitäten weder teilnehmen noch das geringste Interesse dafür aufbringen konnte.

Aber es war immer noch besser, allein gelassen zu werden, als dass sie zu den Frauen seiner Freunde abgeschoben wurde, während die Männer sich draußen vergnügten.

Sie hatte versucht, Freundinnen zu gewinnen, aber all ihre Versuche waren mehr oder weniger fehlgeschlagen. Die anderen Frauen gingen unwillkürlich auf Abstand zu der Anwältin. Und dann war da jenes undefinierbare Etwas, das sie ausgrenzte. Sie konnte nicht sagen, was es war, aber sie spürte es ganz deutlich. Es mochte vielleicht überempfindlich klingen, aber sie hatte fast den Eindruck, als wären alle außer ihr in eine Art Geheimnis eingeweiht. Wahrscheinlich rührte ihr Gefühl, ein Fremdkörper zu sein, daher, dass sie im Unterschied zu den meisten anderen nicht in der Ortsgemeinschaft verwurzelt war.

Wie auch immer, sie passte nicht ins Bild. Möglicherweise ließ sie an Matt ja nur ihren Frust aus und maß diesen Dingen viel zu große Bedeutung bei, weil er so viele Freunde hatte und sie keinen einzigen. Vielleicht war es ihr peinlich, dass man sie immer noch nicht in diese festgefügte Gesellschaft aufgenommen hatte. Ihre Außenseiterrolle machte sie neidisch und eifersüchtig auf den allseits beliebten Matt.

Wie man es auch drehte, sie erfüllte ein trauriges Klischee – eine Frischvermählte, die ihrem Mann seinen Freundeskreis nicht gönnte.

»Hoffentlich spürt dieser blöde Köter keinen einzigen Waschbären auf«, grummelte sie.

Matt fasste das genau so auf, wie es gedacht war – als Kapitulationserklärung –, und hauchte ihr einen Kuss auf die Nasenspitze. »Es wird wahrscheinlich nicht allzu spät werden, aber zu warten wäre trotzdem falsch.«

»Ich werde warten.« Er küsste sie noch mal und machte sich dann auf den Weg zur Tür. »Passt bloß mit diesen Waffen und Gewehren auf!«, rief sie ihm nach.

»Selbstverständlich.«

Danach blieb sie lange sitzen und ließ sich ihr Gespräch noch einmal durch den Kopf gehen. Matt hatte ein paar bedenkenswerte Argumente vorgebracht. Vor allem hatte sie ihn vor die unzumutbare Wahl gestellt, sich zwischen seinem Vater und ihr zu entscheiden, die er beide liebte und denen er es beiden recht machen wollte. Das war ein Fehler.

Sie würde nie einen Keil zwischen ihren Mann und seinen Vater treiben können, und das wollte sie auch nicht. Ihr gefiel die Vorstellung, ein Teil ihrer Familie zu sein. Statt sich über ihre Freizeitaktivitäten zu beklagen und sich ausgeschlosssen zu fühlen, sollte sie lieber Interesse daran zeigen und mitmachen. Matt wäre begeistert, genau wie Gibb, der immer wieder anmerkte, dass er sich wünschte, sie würde ihre Welt ganz und gar akzeptieren.

Sobald sie diesen Entschluss gefasst hatte, fühlte sie sich besser. Wenn ihr die gegenwärtige Situation nicht gefiel, dann musste sie eben etwas daran ändern. Was auch erforderlich wäre – sie würde es tun.

Denn sie wollte nicht einfach nur eine gute Ehe. Ihre Ehe sollte fantastisch sein.

Billy Joe Crook war groß und schlaksig mit kaum ausgepräg-
ten Schultern, Taille und Hüften. Dürre Knochen bohrten
sich durch den Stoff seiner Kleider. Sein blasses, strähniges
Haar ließ sich nur durch abruptes Kopfwerfen aus den Augen
halten, was er in so kurzen Intervallen wiederholte, dass es
wie nervöses Zucken wirkte.

»Im Polizeibericht steht, dass du die CDs unter deinem
Hemd gehabt hast, als man dich festhielt.«

Er schniefte Schleim aus der Nasenhöhle hoch und
schluckte. »Ich hab' sie bezahlen wollen.«

»Vor dem Laden?«

»Ich war grad' auf dem Weg zu meinem Auto, weil ich
Geld holen wollte, als dieses Arschloch mich von hinten
packt und anfängt, auf mir rumzutrommeln, wie wenn ich ein
Schwerverbrecher wär' oder was.«

»So, so«, sagte Kendall, die seine Unschuldsbeteuerungen
kein bisschen beeindruckten. »Bist du schon einmal beim
Klauen erwischt worden?«

Finster starrte er sie an, doch Kendall ließ sich nicht einschüchtern, so unheimlich dieser Blick auch war. Schließlich wandte er die Augen ab, sah zur Decke hoch, blickte
an ihr vorbei auf den Wachposten an der Tür und fixierte
dann mehrere Punkte im Raum, bevor er sie wieder ansah.
»Nein.«

»Lüg nicht, Billy Joe«, warnte sie ihn. »Ich finde die Wahrheit sowieso raus. Und selbst wenn sie unangenehm ist,
würde ich sie lieber von dir als aus Mr. Gorns Büro erfahren.
Hat man dich schon mal verhaftet?«

»Ich bin nicht verhaftet worden.«

»Aber da war was?«

Er tat den Vorfall mit einem Feixen ab. »Vor ein paar Jahren. Im Piggly Wiggly.«

Kendall lehnte sich abwartend zurück.

»Also, dieses Mädchen an der Kasse hat gesagt, dass ich 'nen Comic gestohlen hätte.« Gelangweilt zog er die dürren Schultern hoch. »Die Schlampe hat gelogen.«

»Du hast den Comic nicht genommen?«

»Klar hab' ich ihn aus dem Regal genommen. Aber ich wollte bloß damit aufs Klo, damit ich beim Kacken was zum Lesen hab'. Da macht diese blöde Kuh ein Riesengeschrei und ruft den Manager. Er hat mich aus dem Laden geschmissen und mir gesagt, ich brauch'nicht wiederzukommen. Als würd' mir so was einfallen. Mein Geld kriegen die bestimmt nicht mehr, das hab' ich denen auch gesagt.«

»Das hat sie sicherlich hart getroffen.«

»Hey, Schlampe, auf welcher Seite stehen Sie eigentlich?«, brüllte er und sprang von seinem Stuhl auf. »Und wieso krieg' ich überhaupt ein Weib als Rechtsanwalt?«

Kendall schoss so schnell hoch, dass ihr Stuhl nach hinten kippte und klappernd zu Boden fiel. Der Wachmann an der Tür eilte herein, aber sie hielt ihn mit erhobener Hand und einem Kopfschütteln vom Eingreifen ab. Er befolgte ihren Wunsch und blieb auf Abstand, aber schien bereit, sich augenblicklich auf Billy Joe Crook zu stürzen, sollte die Situation es erfordern.

Kendall spießte ihren anmaßenden Mandanten mit ihrem Blick auf und erklärte ihm gefährlich leise: »Wenn du mich noch einmal so nennst, dann schlag ich dir die fauligen Zähne aus, kapiert? Und an deiner Stelle würde ich hurra schreien, wenn mich eine Anwältin vertritt. Glaubst du vielleicht, eine Frau würde sich dazu herablassen, neben jemand so Widerwärtigem wie dir zu sitzen und ihn vor Gericht zu vertreten, wenn sie nicht hundertzehnprozentig davon überzeugt wäre, dass die Anklage falsch ist?«

Sie ließ ihm Zeit, darüber nachzudenken. Er rutschte auf seinem Stuhl herum und knabberte an seinem Zeigefingernagel, der schon bis zum Mond abgekaut war. Plötzlich entdeckte sie eine Spur von Unsicherheit unter seiner Überheblichkeit.

»Okay, okay«, sagte er schließlich. »Kein Grund, sich gleich ins Höschen zu machen. Ich hab's nicht so gemeint.«

»Natürlich hast du es so gemeint.« Gelassen hob sie ihren Stuhl auf und setzte sich wieder hin. »Es ist mir egal, was du von mir persönlich hältst, Billy Joe. Ich werde dafür bezahlt, dich zu vertreten. Wie gut oder wie schlecht ich das tue, ist meine Sache. Ganz egal, wie deine Verhandlung ausgeht, ich bekomme nächsten Freitag meinen Gehaltsscheck. Haben wir uns verstanden?«

Er hatte verstanden. Er schüttelte sich das Haar aus den Augen und erklärte kleinlaut: »Ich will nicht ins Gefängnis.«

»Also gut. Dann lass uns darüber sprechen, welche Optionen wir haben.«

»Auf schuldig plädieren? Sie meinen, er soll sagen, er hat's getan? Sie sind ja total bescheuert, Lady!«

Unhöfliches Benehmen schien bei den Crooks in der Familie zu liegen. Wie das an schmutziges Stroh erinnernde Haar und die praktisch farblosen Augen. Billy Joes ältere Brüder waren groß und grobknochig, allerdings nicht ganz so schlaksig wie er. Mit zunehmendem Alter hatten sich die Ecken ein wenig gerundet.

Henry und Luther Crook hatten ihr aufgelauert, als sie das Gerichtsgebäude verlassen wollte. Auch sie verliehen wortgewaltig ihrem Missfallen darüber Ausdruck, dass eine Frau ihren kleinen Bruder vertreten sollte. Ohne auf ihre Proteste einzugehen, erklärte sie ihnen, zu welcher Verteidigungsstrategie sie ihrem Mandanten geraten hatte.

»Ich bin keineswegs bescheuert«, erwiderte sie ruhig, »sondern der Meinung, Billy Joe sollte sich schuldig bekennen.«

»Sich schuldig bekennen«, wiederholte Henry höhnisch. »Sie sind mir ja 'ne schöne Anwältin. Also, das können Sie vergessen. Wir nehmen uns jemand anderen. Jemand, der sich auskennt.«

»Fein. Ich werde diesen Fall liebend gern jedem Kollegen übergeben, den Sie beauftragen oder den das Gericht benennt. Aber es ist mein Job, solche Fälle schnell über die Bühne zu bringen. Bevor ein anderer Anwalt sich damit beschäftigt, können Wochen vergehen. Wie schnell möchten Sie die Sache denn geklärt haben?«

Das gab Henry und Luther zu denken. Henry sah Luther niedergeschlagen an und sagte: »Es bringt Mama fast um, dass ihr Kleiner im Knast sitzt.«

»Hören Sie mich erst mal an, dann können Sie sich die Sache ja noch einmal überlegen«, schlug Kendall vor. »Billy Joe ist erst sechzehn. Er fällt unter das Jugendstrafrecht. Das ist sein erstes Vergehen. Den Vorfall im Piggly Wiggly können wir vergessen. Er wurde nicht verhaftet oder dafür angeklagt, und selbst wenn, dürfte sich das im Urteil nicht niederschlagen.«

»Hä?«

Henrys Ellbogen bohrte sich in Luthers Rippen. »Halt den Mund und lass sie reden.«

Da Henry offenbar der Intelligentere von beiden war – was keinen großen Unterschied bedeutete –, richtete sie ihre Worte jetzt vor allem an ihn.

»Ich glaube, wenn Billy Joe vor dem Jugendgericht erscheint und zugibt, dass es ein Fehler war, mit den CDs aus dem Laden zu gehen, bevor er dafür bezahlt hatte – obwohl er durchaus vorhatte, sie zu bezahlen –, dann kommt er wahrscheinlich mit einer Verwarnung davon und wird auf Bewährung gesetzt.«

»Was heißt das?«

»Dass er nicht ins Gefängnis muss und auch nicht zur R&E nach Columbia geschickt wird.« Als Reception and Evaluation wurde eine Zeitspanne von fünfundvierzig Tagen bezeichnet, während der jugendliche Straftäter inhaftiert und von der Jugendstrafbehörde beobachtet wurden. Danach fällte der zuständige Richter entsprechend dem Befund und den Empfehlungen der Behörde sein Urteil.

»Was bedeutet Bewährung?«

»Das bedeutet, dass Billy Joe während einer bestimmten Zeit, sagen wir einem Jahr, keine weiteren Fehler begehen darf. Man wird ihn genau überwachen. Während seiner Bewährung sollte er besser keine Scherereien verursachen.«

»Und wenn doch?«

»Dann sitzt er wirklich in der Tinte.«

Henry kratzte sich gedankenverloren in der Achsel, während er sich den Bescheid durch den Kopf gehen ließ. »Was ist die andere Möglichkeit?«

»Die Alternative ist, auf nicht schuldig zu plädieren. Dann kommt es zur Verhandlung, die mit einer strengeren Bewährungsfrist oder einer definitiven R&E enden könnte. Ich persönlich neige in Billy Joes Fall zu der Ansicht, dass der Richter ein Reuebekenntnis honorieren würde.«

Damit erntete sie nur verständnislose Blicke, deshalb formulierte sie ihre Antwort um. »Der Richter wird eher zu Billy Joes Gunsten urteilen, wenn Billy Joe sagt, dass er es bedauert und dass er es nie wieder tun wird. Ehrlich gesagt, hat die Aussicht auf eine Bewährung Ihrem Bruder zugesagt. Er hat mir versprochen, wenn er diesmal mit einem blauen Auge davonkommt, wird er sich in Zukunft anständig benehmen. Das ist alles. Wozu haben Sie sich entschlossen?«

Die Zwillinge zogen sich zurück und flüsterten kurz miteinander. »Also gut«, erklärte Henry für sie beide, als sie wieder vor ihr standen. »Wir sind damit einverstanden. Mit dem, was Sie uns raten.«

»Wunderbar. Aber ich möchte eines klarstellen: Indem er auf schuldig plädiert, gibt Billy Joe zu, eine Straftat begangen zu haben. Er ist damit vorbestraft. Und es gibt keine Garantie dafür, dass sein Reuebekenntnis das Herz des Richters erweichen wird. Ein Risiko bleibt. Meiner Meinung nach allerdings ein sehr kleines.«

Sie stimmten ihr eifrig nickend zu und erklärten, wie froh Mama sein würde, wenn sie ihr erzählten, dass Billy Joe nicht ins Gefängnis müsse.

»Natürlich wird sie ihm gehörig den Arsch versohlen, wenn er nach Haus kommt, weil er ihr so viel Kummer gemacht hat.«

Mama, dachte Kendall, war offenbar ein wahrer Schatz. »Ich schlage vor, Sie kaufen Billy Joe vor seinem Gerichtstermin einen neuen Anzug«, riet sie den Brüdern. »Und Waschsachen.« Dann ergänzte sie, um auch ganz bestimmt verstanden zu werden: »Ich möchte, dass er aussieht wie bei seiner eigenen Hochzeit.«

Luther sagte: »Wo Sie schon von Hochzeit reden, Sie sind doch Matt Burnwoods Frau, oder?«

»Ganz recht.«

»Der alte Matt hat sich also 'n Mädel aus der Stadt gekrallt.«

»Eigentlich nicht«, antwortete Kendall, während sie durch die Tür ins Freie traten. »Ich bin im Osten Tennessees aufgewachsen, in einem Ort namens Sheridan, der noch kleiner ist als Prosper.«

»Aber Sie benehmen sich wie 'ne Stadtpflanze«, meinte Luther. »Sind auch so angezogen«, stellte er mit einem Blick auf ihr Kostüm fest. »Komisch, dass Matt Sie genommen hat. Ich hätt' immer gedacht, er …«

Wieder bekam er den Ellbogen seines Bruders in die Magengrube. »Luther muss ständig quasseln«, entschuldigte sich Henry. »Wir sollten jetzt heim und Mama die gute Nachricht überbringen.« Er schob seinen Bruder auf ein verbeultes Auto zu, das an einer Parkuhr stand.

Erleichtert sah Kendall sie abfahren. Die beiden gaben ihr das Gefühl, duschen zu müssen.

»Thunfisch is im Sonderangebot, drei Dosen 'n Dollar.«

Der Penner auf den Stufen vor dem Gerichtsgebäude war ihr ein vertrauter Anblick. Er las laut aus der neuesten Ausgabe von Matts Zeitung vor. Seine Wangen und sein Kinn bedeckte zwar ein struppiger, graugesprenkelter Bart, doch er war nicht alt, wahrscheinlich nicht viel älter als Matt.

»Abend, Bama«, sagte sie lächelnd.

»Abend, Frau Anwältin.«

»Wie geht's?«

»Kann nicht klagen.«

Roscoe hatte ihr die Geschichte des Mannes erzählt. »Eines Tages ist er einfach so aufgetaucht, ein paar Monate bevor Sie in die Stadt kamen. Nennt sich Bama, wie Alabama. Seither sitzt er jeden Tag auf den Stufen vorm Gericht, bei jedem Wetter, ob's warm ist oder kalt, und liest die Zeitung von vorn bis hinten durch. Ganz nett, der Bursche. Stört niemanden. Jedenfalls nicht besonders.

Ein paarmal haben sie ihn weggescheucht, aber jedes Mal war er am nächsten Tag wieder da. Was für eine Schande, so ein Leben führen zu müssen, finden Sie nicht?« Der Hausmeister hatte den Kopf geschüttelt angesichts der unbekannten Schicksalsschläge Bamas, so dass er nun von Almosen leben musste und von allen verachtet wurde.

Jetzt holte Kendall eine Dollarnote aus ihrer Handtasche und steckte sie in die Brusttasche seines speckigen Sakkos. »Kauf dir ein paar Dosen, Bama.«

»Herzlichen Dank, Frau Anwältin.«

»Schönen Abend noch.«

»Abend.«

Es war ein langer Tag gewesen. Jede einzelne Minute hatte ihre Nerven in die Mangel genommen. Sie versuchte, auf Matt zu warten, wie sie es versprochen hatte, aber gegen Mitternacht wurde sie so müde, dass sie sich schließlich geschlagen gab und allein zu Bett ging.

11. Kapitel

»Euer Ehren!«

»Ruhe!« Richter H. W. Fargo donnerte mit dem Hammer auf das Pult. »Wenn Sie die Ausbrüche Ihres Mandanten und seiner Kumpane im Zuschauerraum nicht augenblicklich unterbinden, dann verurteile ich Sie wegen Missachtung des Gerichts, Frau Anwältin!«

»Euer Ehren, bitte gestatten Sie mir eine Bemerkung!«, rief Kendall vom Tisch der Verteidigung aus, während sie gleichzeitig versuchte, Billy Joe Crook zu bremsen. Sobald er das Urteil des Richters vernommen hatte, hatte er begonnen, unflätige Beleidigungen zu brüllen.

»Ihr Mandant hat sich schuldig bekannt, und ich habe angeordnet, dass er zur R & E nach Columbia geschickt wird. Was gibt es da noch zu bereden?«

»Verzeihen Sie die Erregung meines Mandanten, Euer Ehren. Aber unter den gegebenen Umständen halte ich seinen Ausbruch für gerechtfertigt.«

Fargo beugte sich vor und lächelte sie kaltschnäuzig an. »Wie bitte?«

»Ja, Euer Ehren.«

»Euren Ehren, leck mich!«, höhnte Billy Joe. »Sie sind voller Scheiße, Richter. Genau wie sie. Und alle in diesem beschissenen Gericht.«

Kendall umklammerte seinen dünnen Arm so fest, dass er aufheulte. »Setz dich hin und halt deine miese Klappe. Überlass mir das Reden.«

»Warum denn?«, zischte er und riss sich los. »Ich hab'

gemacht, was Sie mir geraten haben, und jetzt geh' ich dafür in den Knast. So gut wie in den Knast jedenfalls. Ich lass' mich doch nicht von so 'nem Psychoheini untersuchen!«

Sein Haar, das er für seinen Auftritt vor Gericht mit Gel gebändigt hatte, löste sich wieder. Er zuckte mit dem Kopf, um es aus den Augen zu werfen, und funkelte Kendall an, die seinen Blick genauso aufgebracht erwiderte. Billy Joe gab sich als Erster geschlagen. »Scheiße.« Er ließ sich wieder auf seinen Stuhl fallen. »Ich werd' abhauen, verfluchte Scheiße. Da können Sie Ihren Arsch drauf verwetten.«

Hinter der Absperrung knurrten Henry und Luther wie wütende Kampfhunde an einer kurzen, fast durchgewetzten Leine. Mrs. Crook schleuderte Beleidigungen in ihre Richtung. Kendall kam sich vor wie in einem Albtraum.

Aus dem Augenwinkel konnte sie sehen, dass Dabney Gorn vom Tisch der Anklage aus hämisch grinste. Er labte sich nicht nur an ihrer Niederlage, sondern auch an ihrem Unvermögen, den Mandanten unter Kontrolle zu halten.

Warum hatte Gorn diesen unbedeutenden Fall eigentlich nicht an einen seiner Assistenten delegiert? Er erschien nur selten persönlich im Gerichtssaal. Meist beschränkte er sich darauf, die anstehenden Fälle weiterzugeben, und verbrachte den größten Teil des Arbeitstages im Café gegenüber, wo er Eistee trank und mit jedem plauderte, der dort vorbeikam.

Kendall spürte, dass aller Augen im Saal auf sie gerichtet waren, als sie sich wieder an den Richter wandte. Auch Matt war vorbeigekommen, um ihr Mut zu machen. Sie wünschte, er hätte es nicht getan. »Euer Ehren, in einem solchen Fall eine R & E anzuordnen, ist lächerlich. Der Wert des gestohlenen Gutes beläuft sich auf weniger als hundert Dollar. Ich verstehe nicht, welche Gründe Sie bewogen ...«

»Der Grund, dass Ihr Mandant ein Dieb ist, Madam. Er hat das selbst zugegeben. Wenn Sie möchten, kann ich den Gerichtsschreiber bitten, die entsprechende Aussage noch mal vorzulesen.«

»Danke, Euer Ehren, das wird nicht nötig sein. Ich weiß, dass mein Mandant seine Schuld gestanden hat. Mr. Crook gibt zu, sich falsch verhalten zu haben, allerdings geben wir keineswegs zu, dass er einen Diebstahl begehen wollte, wie es das Gericht andeutet. Es handelt sich hierbei um das erste Vergehen meines Mandanten.«

»Das erste, das aktenkundig wurde«, verbesserte Fargo ironisch.

»Und nichts sonst sollte hier zu Buche schlagen«, schoss Kendall zurück. »Müssen wir etwa annehmen, dass dieses Gericht gegen meinen Mandanten voreingenommen ist?«

Fargo lief rot an. »Sie haben überhaupt nichts anzunehmen.« Er wedelte drohend mit dem Hammer in ihre Richtung. »Sie bewegen sich auf gefährlich dünnem Eis, Frau Anwältin. Wäre das alles?«

»Nein, ich möchte ins Protokoll aufgenommen haben, dass ich dieses Urteil für ungerecht und ungerechtfertigt halte. Billy Joe Crook hat seine Tat bereut, und da dies sein erstes Vergehen ist, bin ich der Meinung, dass eine Bewährungsfrist viel eher dem üblichen Standard entspräche.«

»Ich versuche eben, den üblichen Standard zu erhöhen. Ihr Mandant wird hiermit der Jugendstrafbehörde übergeben. Das endgültige Urteil wird sich auf deren Bericht stützen.« Er ließ den Hammer herabdonnern. »Die Verhandlung ist geschlossen.«

Als die Gerichtsdiener zu Billy Joe traten, um ihm Handschellen anzulegen, wehrte er sich so verzweifelt, dass man ihn gewaltsam ergreifen musste. Das war das Startzeichen für seine Brüder. Beide flankten über die Absperrung.

»Bitte, Luther, Henry, Sie machen alles nur noch schlimmer!«

Aber die Crooks hörten nicht auf sie. Und sie ließen sich von ihr auch nicht aufhalten. Einer stieß sie beiseite. Sie fiel rückwärts und schlug mit der Hüfte an die Tischkante. Als sie sich mühsam wieder hochrappelte, sah sie, wie der kreischende und um sich tretende Billy Joe durch den Seitenausgang hinausbefördert wurde. Luther und Henry folgten ihm auf den Fersen.

Plötzlich rannte noch jemand an Kendall vorbei. Es war Matt. Er hatte die beiden Zwillinge eingeholt, noch ehe sie die Tür erreichten. Luther wurde von hinten gepackt und an die Wand geschleudert. Als Henry seinem Bruder zu Hilfe kommen wollte, ging Matt in Kampfstellung. Seine Miene war so unheilverkündend, dass Henrys Blutdurst augenblicklich versiegte.

»Ihr habt beide gehört, was der Richter gesagt hat«, schnaubte Matt. »Die Verhandlung ist geschlossen. Billy Joe ist unterwegs in den Knast.«

»Das hat er ihr zu verdanken.« Luther schickte einen giftigen Blick zu Kendall hinüber. »Es geht ja gar nicht um dich, Matt. Es geht um deine Frau. Ihr haben wir es zu verdanken, dass unser kleiner Bruder jetzt eingelocht wird.«

»Euer kleiner Bruder hat es sich selbst zu verdanken, dass er in den Knast kommt, weil er diese CDs klauen wollte. Abgesehen davon, schlitze ich euch die Kehle auf, wenn ihr meiner Frau auch nur ein Haar krümmt.«

»Matt, bitte.« Kendall humpelte auf sie zu.

Der Zwischenfall hatte Zuschauer angelockt. In den Türen zum Gerichtssaal drängelten sich die Angestellten, die der Lärm aus ihren Büros gelockt hatte. Kendall wollte nicht, dass noch mehr Menschen Zeugen ihrer Niederlage wurden. Wenn sich herumsprach, dass ihr Mann ihr zu Hilfe gekommen war, würde ihre Glaubwürdigkeit darunter leiden und die Menschen den Respekt vor ihr verlieren, den sie sich so mühsam erarbeitet hatte. Außerdem würde sie ihren Gegnern damit einen weiteren Beweis für deren Auffassung liefern, dass eine Frau einen so schweren Job nicht meistern kann.

Sie legte die Hand auf Matts Arm und sah ihn flehend an. »Das hier ist meine Arena. Ich kann für mich selbst einstehen.« Sie merkte, dass ihm das nicht gefiel und er ihr widersprechen wollte. »Überlass das mir, Matt. Bitte.«

Er warf den Brüdern einen letzten, warnenden Blick zu und trat beiseite.

Kendall baute sich vor ihnen auf. »Wenn Sie sich recht erinnern, habe ich Sie darauf hingewiesen, dass es ein Risiko bleibt, wenn er sich schuldig bekennt.« Sie schüttelte traurig den Kopf. »Glauben Sie mir, ich bin genauso entsetzt und enttäuscht wie Sie.«

»Wer's glaubt …«

Kendall drehte sich zu der neuen Stimme um, die so weich und anschmiegsam war wie Stahlwolle.

Im Gegensatz zu ihren hageren Nachkommen war Mrs. Crook eine füllige Erscheinung, deren massiger Rumpf aber eher aus Muskeln denn aus Fett zu bestehen schien. Sie trug ein formloses, schlecht sitzendes bedrucktes Baumwollkleid und Filzpantoffeln an den breiten, knorrigen Füßen. Das Leben hatte viele Falten in ihr ledriges Gesicht gekerbt. Ihre dünnen Lippen lagen zwischen tiefen Furchen, als hätte sie jahrzehntelang den Mund zusammengekniffen.

»Es tut mir aufrichtig leid, Mrs. Crook«, sagte Kendall. »Der Fall hat sich nicht so entwickelt, wie ich erwartet habe.«

»Ihretwegen muss mein Baby jetzt ins Gefängnis.«

»Nur vorübergehend. Billy Joe hat sich nie zuvor etwas Schlimmes zuschulden kommen lassen. Man wird bestimmt eine Bewährungsfrist empfehlen. Der Richter braucht sich zwar nicht nach dieser Empfehlung zu richten, doch ich bin sicher, dass er es tun wird.«

»So, wie Sie heute sicher waren?«, fragte sie höhnisch. Sie kniff hasserfüllt die Augen zusammen. »Es wird Ihnen noch leidtun, dass Sie uns aufs Kreuz legen wollten.«

Sie sah an Kendall vorbei und gab ihren Söhnen ein Zeichen. Gehorsam stellten sich die beiden Männer neben sie, dann zogen die drei ohne ein weiteres Wort über den Mittelgang zum Ausgang ab. Die Zuschauermenge teilte sich, um sie durchzulassen.

Zunehmend mutlos sah Kendall ihnen nach; heute morgen hatte sie sich Feinde gemacht. Menschen wie die Crooks vergaßen selten.

Und sie verziehen niemals.

Burnwoods Sportartikelhandlung hatte noch zwanzig Minuten geöffnet, als Dabney Gorn hereinschlenderte. Gibb hob sein Kinn zu einem knappen Gruß, blieb aber bei dem Angler, dem er eben einen Satz Blinker verkaufte.

Nach Abschluss des einträglichen Handels geleitete Gibb seinen Kunden zur Tür, schloss hinter dem Mann ab und hängte das »Geschlossen«-Schild ins Fenster. Er schaltete das Licht aus, während er durch den Laden ging, und gesellte sich dann zu seinem Besucher, der es sich im Hinterzimmer gemütlich gemacht hatte.

Der Ankläger blätterte in einem Waffenkatalog und spuckte zwischendurch Tabaksaft in die riesige Kaffeekanne, die zu diesem Zweck im Hinterzimmer stand. »Das war vielleicht ein Schwätzer. Der hat dir fast ein Ohr abgequasselt, was?«

»Es hat sich gelohnt. Er hat ordentlich eingekauft.« Gibb ließ sich in dem eingedellten Sessel gegenüber jenem nieder, in dem Gorn lümmelte. Er drehte den Deckel einer Flasche Diät-Limonade ab. »Was zu trinken?«

»Hatte schon eine, danke.« Gorn rülpste, spuckte noch mal, setzte sich dann auf und rieb sich die Handflächen.

»Gibb, du hast gehört, was heute nachmittag im Gericht passiert ist?«

»Matt hat mich angerufen. Er war ganz außer sich. Und zu Recht, wenn es stimmt, dass sich meine Schwiegertochter wegen des kleinen Crook mit allen angelegt hat.«

Der Ankläger gab Gibb eine wort- und schlaggetreue Schilderung des Vorfalls. Mit besorgter Miene schloss er: »Ich weiß, dass sie jetzt zu deiner Familie gehört, aber das tut sie erst seit Kurzem. Wir dagegen kennen uns schon ewig.«

Schweigend gedachten die beiden Männer des besonderen Bands, das sie zusammenschmiedete. Es war stärker als alle Blutsbande und dauerhafter als das Leben selbst.

»Was ist los, Dabney? Du weißt, dass du offen mit mir sprechen kannst.«

»Ich mache mir Sorgen wegen des Mädchens«, sagte er.

Gibb ging es genauso, aber das wollte er nicht zugeben, bevor er Gorns Ausführungen angehört hatte. Als einflussreiche Persönlichkeit wusste er, dass es besser war, die eigenen Ansichten für sich zu behalten und zuzuhören. Er offenbarte seine Meinung erst, wenn er wusste, was die anderen um ihn herum dachten.

»Wieso das, Dabney?«

»Glaubst du, sie wird jemals eine von uns werden, Gibb? Wirklich eine von uns?« Er rutschte in seinem Sessel herum und verharrte schließlich auf der äußersten Kante, als wollte er ganz sichergehen, dass dieses Gespräch vertraulich blieb.

»Prosper braucht einen Pflichtverteidiger, der oder die ... unsere Ansichten teilt, wenn du verstehst«, fuhr Gorn fort. »Wir haben gedacht, wir würden spielend mit der Dame fertigwerden, und haben nicht damit gerechnet, dass sie sich nach dieser Sache in Tennessee so zieren würde. Wenn du dich entsinnst, haben wir uns vor allem deshalb für sie entschieden.«

Er spie erneut Schleim in die Kaffeekanne und wischte sich den Mund mit dem Handrücken ab. »Sie ist zäher, als wir erwartet haben, und steht zu ihren Überzeugungen. Leider hat sie mehr Skrupel als wünschenswert. Sie widersetzt sich uns zu oft. Ein paar von uns glauben allmählich, dass wir einen Fehler begangen haben.«

Kendalls Prinzipientreue, wie auch ihr Eigensinn, hatten Gibb ebenfalls überrascht. Er hatte sie für wesentlich fügsamer und schüchterner gehalten. Trotzdem war er überzeugt, dass sie sich nach einiger Zeit anpassen würde. Es würde nur länger dauern, als sie erwartet hatten. Das erklärte er auch Gorn.

Aber damit konnte er die Zweifel seines alten Freundes nicht ausräumen. »Sie passt nicht zu unseren Frauen.«

»Noch nicht, aber das wird sich schon noch ändern. Überlasst sie nur Matt und mir. Erst neulich hat er mir erzählt, dass sie sich ein bisschen ausgegrenzt fühlt. Vielleicht löst sich dieses Problem von selbst, wenn wir sie mehr miteinbeziehen.«

Dabney Gorn konnte seine Verblüffung nicht verhehlen. »Hältst du das für klug?«

Gibb lachte kurz. »Entspann dich, ich bin kein Idiot. Sie wird in nichts Wichtiges eingeweiht, bis wir sicher sein können, dass sich ihre Ansichten völlig mit unseren decken.«

»Und du glaubst wirklich, dass das irgendwann der Fall sein wird?«

»Ja«, antwortete Gibb, ohne zu zögern. »Sie ist immer noch voll mit der liberalen Jauche, die man ihr von Kindheit an eingetrichtert hat. Aber ihre Oma wird nicht ewig leben. Wenn sie erst mal tot ist, wird sich Kendall immer mehr von ihrem Einfluss befreien.«

»Und wenn nicht?«

»Sie wird es«, widersprach Gibb scharf. Dann setzte er ein breites Lächeln auf und sagte freundlicher: »Aber solche Veränderungen kann man nicht herbeizwingen, Dabney. Wir müssen langsam vorgehen. Man kann diesem Mädchen nicht zu viel auf einmal zumuten. Dazu ist sie zu widerspenstig.« Er ballte die offene Hand zur Faust, und seine Augen begannen zu leuchten. »Aber denk nur, wie sie uns nutzen kann, wenn sie erst mal ganz zu uns gehört. Vertrau mir. Ich weiß genau, wie man mit ihr umgehen muss.«

Er stand auf und zog seinen Freund aus dem Sessel. »Und wenn du jetzt nicht verschwindest, dann komme ich zu spät. Sie hat mich zum Abendessen eingeladen.«

An der Tür drehte sich Gorn noch einmal um. Er wirkte immer noch besorgt, aber jetzt aus einem anderen Grund. »Hoffentlich machst du keinen Fehler, Gibb. Ich verlasse mich auf dich – so wie alle Brüder. Wie schon immer.«

»Dann müssen sich die Brüder keine Sorgen machen, oder?«

»Es war eine äußerst galante Geste, Matt, aber ich musste mich selbst durchsetzen.« Kendall fasste über den Esstisch, nahm seine Hand und drückte sie fest.

Er erwiderte ihr versöhnliches Lächeln nicht. »Du hast mich vor aller Welt lächerlich gemacht.«

»Ich bitte dich!«

»Oder etwa nicht? Ich wurde öffentlich gedemütigt.«

Sie wandte sich an Gibb und verteidigte sich: »Es war ganz anders.«

»Jedenfalls klingt es so, als hättet ihr beide einigen Wirbel verursacht.«

»Es war längst nicht so sensationell, wie Matt es hinstellt.«

»Dabney fand es ebenfalls ungewöhnlich.«

»Dabney? Du hast mit ihm darüber gesprochen?«

Gibb nickte. »Er kam heute nachmittag zu mir in den Laden und erzählte mir seine Version der Geschichte.«

»In der ich bestimmt die Schurkin spiele.« Empört schob Kendall ihren Stuhl zurück und stand vom Tisch auf. Eigentlich hatte sie Matt, den sie mitten in seinen Beschützerstolz getroffen hatte, mit der Einladung an Gibb zum Hamburger-Essen besänftigen wollen.

Statt dessen hatte sie sich selbst an die Wand manövriert. Jetzt musste sie es mit zweien aufnehmen. Gibb hatte noch kein Wort der Kritik fallen lassen, aber sie konnte seinem Gesicht ansehen, dass er ihr Verhalten missbilligte.

»Wir hätten noch wesentlich mehr Wirbel verursacht, wenn sich Matt mit den Crooks geprügelt hätte.« An ihren Mann gewandt, ergänzte sie: »Ich wollte dich nicht lächerlich machen, Matt, sondern eine Katastrophe verhindern.«

Er schmollte weiter.

Gibb sagte: »Ich kann nicht behaupten, dass ich begeistert war, als ich hörte, dass sich mein Sohn und meine Schwiegertochter mit weißem Abschaum wie den Crooks in die Haare geraten, aus welchem Grund auch immer.«

»Es sind Kendalls Freunde, nicht meine«, warf Matt ein.

Kendall stützte die Arme auf das Büfett und zählte langsam bis zehn. Als sie die Fassung wiedergefunden hatte, dass sie reden konnte, erklärte sie: »Es sind nicht meine Freunde, Matt. Billy Joe war mein Mandant. Gemäß der Verfassung der Vereinigten Staaten hat jeder, selbst Billy Joe Crook, Anspruch auf einen Rechtsbeistand. Wenn mich nicht alles täuscht, gilt unsere Verfassung auch in Prosper. Allerdings gehören meine Mandanten selten zur Crème de la Crème …«

»Mir gefällt das jedenfalls nicht, dass du jeden Tag mit solchen Leuten Umgang hast.«

»Das gehört zu meiner Arbeit!«

Gibb mischte sich ein. »Ich glaube, das Problem beruht vor allem auf Kendalls Interessenkonflikt. Kendall, du hast gemeinsam mit den Crooks gegen deinen eigenen Ehemann Partei ergriffen, und alle haben zugeschaut.«

Sie starrte ihn an, weil sie einfach nicht glauben konnte, dass er das ernst meinte, doch offensichtlich war es so. »Ihr macht aus einer Mücke einen Elefanten. Alle beide.«

»Wahrscheinlich hast du recht«, gestand Gibb ihr zu. »Ich würde gerne vermeiden, dass es jemals wieder zu einem solchen Missverständnis kommt. Und ich glaube, ich weiß auch, wie. Bitte.«

Er deutete auf Kendalls leeren Stuhl. Widerstrebend kehrte sie auf ihren Platz zurück. Genau wie Matt ließ Gibb ihr keine Gelegenheit, ihren Standpunkt zu vertreten, sondern wiegelte ihre Einwände sofort ab.

»Ich trage schon eine ganze Weile so eine Idee mit mir herum«, begann Gibb. »Jetzt scheint mir der geeignete Zeitpunkt gekommen, sie mit euch zu besprechen. Kendall, hast du jemals daran gedacht, wieder einer privaten Kanzlei anzugehören?«

»Nein.«

»Vielleicht solltest du das aber …«

»Ich will nicht wieder in einer dieser Firmen voller rivalisierender Halsabschneider landen, die es für wichtiger halten, Karriere zu machen, als den Mandanten zu ihrem Recht zu verhelfen.«

»Und wenn es keine Halsabschneider wären?«, fragte Gibb. »Und es keine Rivalitäten gäbe? Was würdest du davon halten, wenn ich dir eine eigene Kanzlei eröffnen würde? Bis der Laden läuft, würde ich für alle Kosten aufkommen.«

Damit hatte sie nicht gerechnet, und einen Moment war sie zu perplex, um überhaupt etwas zu sagen. Ihr Instinkt riet ihr, höflich und diplomatisch abzulehnen, deshalb erklärte sie, als sie die Sprache wiedergefunden hatte: »Das ist ein äußerst großzügiges Angebot, Gibb. Vielen Dank. Aber ich würde dir dein Geld nie zurückzahlen können. Ich würde nicht mal genug Mandanten haben, um mich über Wasser zu halten.«

»Ich habe volles Vertrauen zu dir.«

Kendall hob selbstbewusst den Kopf: »Aber die Leute hier haben kein Vertrauen. Ich würde die in Prosper vorherrschende Gesinnung nicht unbedingt als fortschrittlich bezeichnen. Habe ich recht?« Sie lächelte bedauernd. »Die Crooks hätten Billy Joe bestimmt nicht von mir verteidigen lassen, wenn sie die Wahl gehabt hätten. Wer von den Leuten hier wird mich, eine Frau, mit der Vertretung ihrer Rechte beauftragen?«

»Du brauchtest nicht viele Mandanten«, wandte Gibb ein.

Zum ersten Mal an diesem Abend schien auch Matt aufzuleben. »Stimmt, Liebling. Wir könnten dir ein paar Aufträge zuschanzen.«

»Das möchte ich nicht, Matt. Damit würde ich mich doch selbst zur Lachnummer degradieren – Gibbs Schwiegertochter, Matts Frau, die sich jeden Morgen herausputzt und die Anwältin spielt.« Sie schüttelte entschieden den Kopf. »Danke sehr, aber danke nein.«

»Die Entscheidung liegt natürlich bei dir.« Gibb seufzte enttäuscht. »Ich finde allerdings, dass du dein Talent im öffentlichen Dienst vergeudest.«

Er konnte nicht wissen, wie sehr er sie mit dieser Bemerkung traf.

»Dass ich es vergeude, Gibb? Das glaube ich nicht. Du musst wissen, der tägliche Sexismus und der Konkurrenzkampf bei Bristol und Mathers waren nur ein Grund für meine Kündigung.

Bis heute habe ich diese Geschichte niemandem außer Ricki Sue und Großmutter erzählt, aber damit ihr besser verstehen könnt, warum ich mich um das Amt der Pflichtverteidigerin beworben habe, sollt auch ihr sie erfahren.«

146

Sie stand auf und ging während des Redens auf und ab. »Eine Frau kam zu Bristol und Mathers und bat mich um Hilfe. Sie hatte Aids. Ihr Mann hatte sie mit dem Virus infiziert und dann sie und ihre drei Kinder verlassen. Ihre Gesundheit verschlechterte sich rapide. Als sie den Unterhalt für die Familie nicht mehr aufbringen konnte, übernahm der Staat die Vormundschaft für die Kleinen und steckte sie in ein Heim.

Nach sechs Monaten wollte die Frau ihre Kinder endlich wiedersehen, aber ihre Gesuche wurden allesamt abgelehnt. In ihrer Verzweiflung drang sie mit einer Pistole in das Fürsorgeamt ein und verlangte, dass man sie zu ihren Kindern ließ. Sie wurde verhaftet. Die Pistole war nicht mal geladen, aber das ließ man nicht gelten.

Sie brachte die geforderte Kaution auf und wurde entlassen. Weil sie mit dem zugewiesenen Pflichtverteidiger nicht zufrieden war, kam sie zu mir. Ja, sie hatte sich strafbar gemacht, aber unter den gegebenen Umständen war ihre Verzweiflung absolut verständlich. So, wie ich es sah, lagen in diesem Fall Recht und Gerechtigkeit im Widerstreit. Hier ging es um eine Frau, die lediglich ein letztes Mal ihre Kinder sehen wollte, bevor sie starb. Ich erklärte mich bereit, sie zu vertreten.«

Mühsam kämpfte sie die Wut nieder, die jedes Mal wieder aufloderte, sobald sie sich daran erinnerte, wie sie in den Konferenzraum der Kanzlei gebeten worden war. »Man war entsetzt. Die Frau war am Tatort verhaftet worden. Wie konnte ich mir allen Ernstes Hoffnungen auf einen Freispruch machen? Und wollte die Firma tatsächlich Aids-Patienten vertreten? Die unterschwellige Antwort lautete: Nein.

Außerdem war damit kein Geld zu verdienen, und das gab den Ausschlag. Die Frau verfügte nur über geringe Mittel, und die Kanzlei berechnete einen stolzen Stundensatz. Wie sollten Bristol und Mathers florieren, wenn man freiwillig Sozialhilfeempfänger vertrat? Wenn die Firma auch nur einen solchen Fall übernahm, würde sich das herumsprechen, und die Anwälte würden von Almosenempfängern überrannt werden. Man befahl mir strikt, die Sache fallen zu lassen.

Hätte ich damals genug Mumm gehabt, hätte ich auf der Stelle gekündigt. Aber ich brauchte den Job, und Bristol und Mathers war die angesehenste Kanzlei in Sheridan. Deshalb blieb ich dort, bis ich von diesem Job in South Carolina hörte. Ich hoffte, dass ich hier für Gerechtigkeit kämpfen könnte, ohne mich ständig fragen zu müssen, wie viel Profit meiner Kanzlei dadurch entging. Ich respektiere das Gesetz. Und ich stehe zu der altmodischen, traditionellen Überzeugung, dass es für alle Menschen und nicht nur für Rechtsgelehrte gilt.

Übrigens starb die Frau, bevor ihr Fall vor Gericht kam. Sie starb, ohne ihre Kinder noch einmal sehen zu dürfen. Deshalb nehme ich es mir so zu Herzen, wenn ich einen Fall verliere. Es ist, als hätte ich sie wiederum verraten.«

Nach kurzem Schweigen meinte Gibb leise: »Eine traurige Geschichte, Kendall. Aber du darfst nicht glauben, dass du versagt hast, nur weil der Richter Billy Joe nach Columbia geschickt hat.«

»Unter den gegebenen Umständen war das unnötig. Das steht in keinem Verhältnis zu seinem Vergehen.«

»Nun, ich bin bloß ein schlichter Sportartikelhändler, kann mir nicht anmaßen zu erklären, wie H. W. zu dieser Entscheidung gelangt ist«, schränkte Gibb ein. »Er ist auch nur ein Mensch. Natürlich bist du enttäuscht, aber sein Urteil sagt nicht das Geringste über deine Fähigkeiten aus. Du hast dein Bestes gegeben. Mehr kann niemand von dir erwarten.«

Das tat ihr gut. Sie lächelte tapfer. »Danke, dass du zu mir hältst, Gibb.«

»Dad ist ein Magier, wenn es darum geht, die Dinge in den richtigen Blickwinkel zu rücken. Er hat immer recht.«

Kendall stellte sich hinter Matts Stuhl und legte ihm die Hände auf die Schultern. »Ich brauche einen Freund. Wollen wir wieder Freunde sein?«

Er legte den Kopf in den Nacken. »Was meinst du?«

Sie beugte sich über ihn und küsste ihn auf die Stirn. »Danke, dass du mich retten wolltest. Ich wusste gar nicht, dass du so schneidig und tapfer sein kannst. Es tut mir leid, wenn du den Eindruck hattest, ich wüsste deinen heldenhaften Einsatz nicht zu schätzen.«

»Schon verziehen.« Sie küssten sich, dann legte er ihre Hände über seiner Brust zusammen und hielt sie fest. »Dad, sollen wir ihr von der Überraschung erzählen, die wir uns für dieses Wochenende ausgedacht haben?«

»Überraschung?« Sie stürzte sich auf diese Ankündigung.

Es war ein grauenhafter Tag gewesen. Morgen würde es nicht viel besser werden, weil sich bis dahin die Nachricht ihrer Niederlage herumgesprochen hatte. Alle Welt würde darüber reden. Bama, der Vagabund, hatte es schon gewusst, als sie an diesem Nachmittag aus dem Gerichtsgebäude gekommen war.

»Wirklich schade, Frau Anwältin«, hatte er gesagt. »Aber nächstes Mal gewinnen Sie.« Sein erhobener Daumen munterte sie nur wenig auf. Im Gegenteil, seine Armseligkeit hatte sie nur noch mehr deprimiert.

Tief im Herzen wusste sie, dass sie ihr Bestes gegeben hatte, trotzdem belastete sie eine solche Niederlage. Wenn sie verlor, hatte sie immer das Gefühl, all die Menschen zu enttäuschen, die ihr vertrauten – ihre Mandanten, deren Familien, ihre Großmutter, sogar ihre toten Eltern.

Die Niederlage heute war besonders bitter gewesen, aber sie lag hinter ihr. Sie würde sich den Fall Crook eine Lehre sein lassen und sich mit neuer Kraft auf den nächsten stürzen. Sie würde härter arbeiten. Geschickter vorgehen. Sie war fest entschlossen weiterzumachen.

Langsam begann sich ihre Stimmung aufzuhellen. Die Vorstellung von einem entspannten Wochenende bezauberte sie. »Was habt ihr beide geplant?«, fragte sie.

»Matt hat mir erzählt, dass du ihm in letzter Zeit zusetzt, weil du uns begleiten möchtest.«

»Als zusetzen würde ich das nicht bezeichnen«, zierte sie sich.

»Wie wär's mit piesacken, bearbeiten oder beknien?«

Sie versetzte Matt aus Spaß einen Schubs in die Magengrube, woraufhin er übertrieben aufstöhnte.

Gibb schien froh, dass die familiäre Harmonie wiederhergestellt war, und lächelte sie nachsichtig an. »Sollen wir es dir jetzt verraten oder nicht?«

Kendall setzte eine todernste Miene auf. »Jetzt oder nie!«

»Am Samstag ist Vollmond.«

Sie sah ein Diner im Kerzenschein in einer gemütlichen Pension in den Bergen, vielleicht auch eine Mondscheinfahrt auf dem See vor sich.

»Vollmond im November kann nur eines bedeuten«, verkündete Matt und spannte sie damit noch mehr auf die Folter.

»Was denn?«, hauchte sie atemlos.

»Schlachtfest!«

12. Kapitel

Gibb traf bereits vor der Morgendämmerung ein und drängte zum Aufbruch. Kendall wurde in die eisige Frühluft hinausgescheucht. Der Atem dampfte in dicken Wolken vor ihren Gesichtern, als sie zu Gibbs Pick-up marschierten und in die Kabine kletterten. Sie bibberte in ihrem Mantel und klemmte sich die behandschuhten Hände unter die Achseln, um sie warm zu halten.

Matt drückte sie an sich. »Kalt?«

»Ein bisschen. Aber mir wird schon warm werden.« Sie war auf eigenen Wunsch hier, sie hatte dabei sein wollen. Daher würde sie sich nicht beklagen.

»Bevor es Kühlgeräte gab, konnte man die Schweine nur bei Temperaturen um den Gefrierpunkt schlachten«, erläuterte Gibb, während er den Pick-up die Auffahrt hinuntersteuerte. »Sonst wäre das Fleisch schlecht geworden.«

»Das klingt vernünftig.«

»Darum wurde das Schlachten zu einer Herbsttradition. Wir mästen die Schweine den ganzen Sommer über mit Mais.«

»Wir?«

»Nicht wir selbst«, schränkte Matt ein. »Wir haben einen Bauern, der sie für uns mästet.«

»Ich verstehe.«

»Der Schinken an unserem Hochzeitsabend stammte von einem unserer Schweine«, verkündete Matt stolz.

Sie grinste schief: »Ich hatte ja keine Ahnung, dass ich einen Freund der Familie verspeise.«

Er und Gibb lachten. Matt sagte: »Hast du vielleicht geglaubt, das Fleisch wird in den Vakuumpäckchen gezüchtet, die man im Supermarkt kauft?«

»Die Vorstellung ist mir jedenfalls angenehmer.«

»Bist du sicher, dass du kein Stadtmädchen bist?«

Seine Bemerkung erinnerte sie an das, was die Crooks zu ihr gesagt hatten, und rief ihr wieder ins Gedächtnis, dass Billy Joe heute nach Columbia überstellt werden sollte. Er war jetzt schon ein Hitzkopf und Unruhestifter mit einem gehörigen Minderwertigkeitskomplex. Zudem hatte er keinen Zweifel daran gelassen, dass er sich nicht analysieren lassen wollte. Sie befürchtete, dass die R & E in seinem Fall verheerende Konsequenzen haben würde. Eine düstere Vorahnung überkam sie.

Matt drückte sie fester an sich, weil er glaubte, sie zittere vor Kälte.

Die Lichtung lag in einer abgelegenen, dichtbewaldeten Gegend und war nur über einen holprigen, schmalen Waldweg zu erreichen, der von der Straße abzweigte. Als sie eintrafen, hatten sich bereits mehrere Dutzend Familien dort versammelt.

Die Atmosphäre erinnerte an ein Volksfest. Die klare Luft roch nach dem Rauch der vielen Lagerfeuer, über denen in riesigen Kesseln Wasser kochte.

Kinder spielten zwischen den Bäumen Fangen. Die Teenager hatten sich in einer dichten Traube um das Heck eines Pick-ups geschart. Sie lärmten und lachten.

Die Burnwoods wurden lautstark begrüßt, als sie aus Gibbs Truck stiegen. Jemand streckte Kendall einen Henkelbecher hin. Sie nippte glücklich an dem heißen Kaffee und wollte sich eben dafür bedanken, als sie die Kadaver sah.

Die Schweine waren einzeln mit dem Kopf nach unten an den Fußsehnen aufgehängt worden, durch die man eine dünne Stange gezogen hatte. Jede Stange ruhte auf zwei gegabelten Pfosten.

Es waren so viele, dass sie gar nicht den Versuch unternahm, sie zu zählen. Und doch konnte sie den Blick nicht von dem Schreckensbild abwenden.

»Kendall? Liebes?«

Matt klang besorgt. Er legte ihr die Hand auf die Wange und drehte ihr Gesicht in seine Richtung. Er hatte schwarze Gummihandschuhe übergestreift, die sich kalt und fremd auf ihrer Haut anfühlten. Außerdem trug er einen Overall, eine lange Gummischürze und kniehohe Gummistiefel.

Der Boden unter seinen Füßen war fast blank. Die paar Grashalme, die hier noch wuchsen, waren niedergetrampelt worden. In dem Dreck zeichneten sich, wie auf dem Overall ihres Mannes, zahllose rostbraune Flecken ab.

Sie deutete darauf und fragte ängstlich: »Ist das Blut?«

»Hier nehmen wir gewöhnlich unsere Jagdbeute aus.«

Sie schluckte mühsam.

»Du siehst blass aus, Kendall. Ist alles in Ordnung?«

»Mir ist ein bisschen flau.«

»Darf ich hoffen, dass es sich um morgendliche Übelkeit handelt?«

»Leider nein«, antwortete sie bedrückt.

Sie war darüber genauso enttäuscht wie er. Er wünschte sich sehnlichst ein Kind und hatte ihr deshalb alle nur erdenkliche Unterstützung zugesagt, ob Haushälterin oder Kindermädchen, obwohl er überzeugt war, dass sie ihren Beruf und die Mutterschaft ohne große Probleme unter einen Hut bringen könnte.

Sie verwendete keine Verhütungsmittel, aber zu ihrer Enttäuschung hatte ihr monatlicher Zyklus die Regelmäßigkeit des Mondes.

Der Gedanke an den Mond ließ sie in die Gegenwart zurückkehren.

»Ich hätte nicht gedacht, dass sie so hilflos und … nackt

aussehen«, beendete sie ihren Satz kleinlaut und deutete auf die Kadaver hinter ihr.

»Anfangs sehen sie auch nicht so aus.« Matt versuchte erfolglos, seine Erheiterung zu verbergen. »Sie werden hierhergebracht und getötet, normalerweise durch einen Kopfschuss. Die Schlagader wird angestochen, und sie bluten aus. Dann wird die Haut mit kochendem Wasser überbrüht, und man kann die Borsten abschaben. Das braucht viel Zeit, deshalb erledigen das sonst ein paar bezahlte Hilfskräfte. Meistens Leute aus den Bergen. Dafür, dass sie die Schmutzarbeit tun, erhalten sie ein paar Dollar, die Reste und die Köpfe.«

Kendalls Knie wurden weich. »Die Köpfe?«

»Sie kochen sie und machen Sülze daraus – Schweinskopfsülze.«

»Matt!«

Sie drehten sich beide um und sahen Gibb neben zwei der baumelnden Kadaver stehen. Er war ähnlich ausstaffiert wie sein Sohn und winkte ihn zu sich.

»Ich komme, Dad.« Matt sah Kendall zweifelnd an. »Und dir fehlt wirklich nichts?«

»Es geht schon. Ich habe bloß noch nie gesehen ...«

»Kendall, das ist nicht so gruselig, wie du tust. Sogar die Kinder schauen gern dabei zu.«

»Nein, es ist wirklich aufregend.« Er und Gibb hatten geglaubt, ihr eine große Freude zu machen. Sie wollte nicht undankbar erscheinen. »Wahrscheinlich muss ich mich einfach erst daran gewöhnen.«

»Matthew!«

»Komme schon, Dad!«

Matt gab ihr einen kurzen Kuss und eilte zu seinem Vater. Kendall atmete durch den Mund, um gegen die Übelkeit anzukämpfen. Sie konzentrierte sich darauf, tief ein- und ganz langsam wieder auszuatmen. Die Luft war hier dünner als unten im Ort. Sie brauchte nur ein bisschen Sauerstoff, sonst nichts.

Matt drehte sich zu ihr um. Sie raffte sich zu einem schüchternen Winken und halbwegs munteren Grinsen auf. Während Gibb einen der Kadaver festhielt, zog Matt die Messerklinge durch den Hals des Schweins und durchtrennte Muskeln und Gewebe, bis der Kopf nur noch an der Wirbelsäule hing. Dann reichte er das Messer seinem Vater zurück, packte den Kopf mit beiden Händen und drehte ihn ruckartig ab.

Als sich der Kopf löste, fiel Kendall in Ohnmacht.

Sie spürte die spöttischen Blicke der ganzen Gemeinde, als sie dem Kirchendiener zur dritten Bank von vorn folgte, wo sie, Matt und Gibb jeden Sonntagmorgen saßen.

Sobald sie sich niedergelassen hatte, schlug sie ihr Gesangbuch auf und gab vor, darin zu lesen, um sich nicht dem mitleidigen Lächeln der Männer und den verächtlichen Blicken der Frauen stellen zu müssen, die sie bestimmt alle für ein zartbesaitetes Mimöschen hielten.

Am liebsten hätte sie laut losgebrüllt: »Ich falle sonst nie in Ohnmacht!«

Natürlich tat sie nichts dergleichen, aber Matt spürte ihre Verkrampftheit doch. Er beugte sich zu ihr hinüber und flüsterte: »Entspann dich, Kendall.«

»Ich kann nicht. Alle wissen, was gestern früh passiert ist.«

Auf der Ladefläche von Gibbs Pick-up war sie wieder zu Bewusstsein gekommen, umringt von besorgten Menschen, die ihr die Wange tätschelten, die Handgelenke massierten und sich über ihre empfindliche Konstitution ausließen. Sie wäre am liebsten im Boden versunken.

»Du machst dir zu viel daraus«, wies Matt sie zurecht. »Selbst wenn sich herumgesprochen hätte, dass du in Ohnmacht gefallen bist – na und?«

»Es ist mir peinlich!«

»Das braucht es dir nicht zu sein. Du hast wie eine richtige Frau auf diese neue Erfahrung reagiert. Außerdem hast du mir dadurch Gelegenheit gegeben, die Sache von neulich wettzumachen. Ich habe dich wie ein tapferer Ritter zum Wagen getragen und mich um dich gekümmert.« Er lächelte. »So hilflos siehst du wirklich niedlich aus!«

Sie hätte einwenden können, dass das Adjektiv niedlich bei einer offiziellen Strafverteidigerin nicht gerade vertrauenerweckend klang, aber sie wollte keinen Streit vom Zaun brechen. Sein liebevoller Blick erinnerte sie an ihre Hochzeit, und ihr wurde warm ums Herz. Als sie zum Bittgebet aufstanden, hakte sie ihren Arm bei ihm ein.

Nachdem sie das Singen, die Mitteilungen aus der Gemeinde und das Opfergebet hinter sich gebracht hatten, setzte sich die Gemeinde zur Predigt. Kendall hatte Matt gebeten, den Gottesdienst heute schwänzen zu dürfen, und nicht nur, weil inzwischen der ganze Ort von dem gestrigen Vorfall wusste. Die Burnwoods waren seit Jahren Mitglieder dieser unabhängigen protestantischen Kirche, doch sie nahm nur widerwillig am Gottesdienst teil, denn der Prediger war ihr zutiefst unsympathisch.

Brother Bob Whitaker war ein passabler Hirte, ein einigermaßen fürsorglicher Seelsorger für seine große Gemeinde – bis er auf die Kanzel stieg. Dort verwandelte er sich in einen eifernden, wütenden Verkünder von Höllenqualen und Fegefeuer. Doch nicht mal das störte Kendall übermäßig. Durch die vielen Fernsehprediger war die Öffentlichkeit gegen Brandreden wider die Sünde abgestumpft.

Was sie wirklich störte, war der ständige Verweis des Priesters auf das unerbittliche Gericht Gottes. Er zitierte so oft »Auge um Auge, Zahn um Zahn«, dass sie sich schon fragte, ob das die einzige Bibelstelle war, die er auswendig konnte. Von Gnade oder Vergebung sprach er nie; dafür umso öfter über Bestrafung und Vergeltung. Sein Gott war ein blutdürstiger Rächer, kein liebevoller, vergebender Schöpfer.

Auch wenn sie auf Matts Drängen schließlich doch mitgekommen war, konnte niemand sie zum Zuhören zwingen. Darum blendete sie Bruder Bob aus ihren Gedanken aus, sobald er zu seiner Hetzrede wider die Missetaten angesetzt hatte, und konzentrierte sich auf andere Dinge.

Sie war gerade dabei, im Geiste die nächste Woche zu planen, als ihr Blick sich zufällig mit dem einer Frau traf, die eine Reihe hinter ihr auf der anderen Seite des Mittelganges saß. Sie sah einfach atemberaubend aus. Kendall nahm an, dass der Mann neben ihr der Ehemann war, aber er – nein, jeder – musste neben ihr verblassen.

Es handelte sich nicht um eine Schönheit im klassischen Sinn, aber sie zog unwillkürlich alle Blicke auf sich. Ihr auf dem Kopf zusammengefasstes kastanienbraunes Haar fiel in weichen Wellen über die Schultern. Die großen Augen, Nase und Mund fügten sich harmonisch zu einem provozierenden, leicht schmollenden Gesicht zusammen.

Doch Kendall wurde weniger von ihrem faszinierenden Äußeren als vielmehr von dem glühenden Blick gebannt, mit dem die Frau sie musterte. Kendall musste den Kopf schräg zur Seite drehen, um sie sehen zu können. Sie hatte fast das Gefühl, als hätte sie die Frau nicht zufällig erblickt, sondern wäre von der magnetischen Kraft ihres hasserfüllten Blickes angezogen worden.

Matt stupste sie. »Was schaust du denn?«

Hastig drehte sie sich wieder nach vorn. »Ach, nichts.«

Er fasste ihre Hand und ließ sie bis zum Ende der Predigt nicht mehr los. Kendall war versucht, sich umzudrehen und nachzusehen, ob die Frau sie immer noch anstarrte, aber aus einem unbestimmten Grund fürchtete sie sich davor, sich umzublicken.

Als sie nach dem Segen durch den Mittelgang zum Ausgang wanderten, fiel sie Kendall wieder auf. »Matt, wer ist die Frau?« Kendall nickte in ihre Richtung. »Die in dem grünen Kleid.«

Bevor er ihr antworten konnte, wurde er abgelenkt. »Hey, Matt.« Der Vorsitzende des Schulverwaltungsrates gesellte sich zu ihnen und schüttelte Matt die Hand. Dann sah er Kendall an und zwinkerte ihr übertrieben zu. »Und, gab's heute Schinken zum Frühstück?« Er lachte scheppernd. »Hättet ihr Lust, diese Woche irgendwann zum Abendessen vorbeizukommen? Wir könnten zusammen ein paar Koteletts grillen.«

Matt und Gibb hatten ihr prophezeit, dass man sie gnadenlos und möglicherweise jahrelang damit aufziehen würde, dass sie beim Schweineschlachten in Ohnmacht gefallen war. So ein Vorfall konnte einen das Leben hindurch verfolgen.

Draußen hatte sich mindestens die Hälfte der Gemeinde zu einem Schwätzchen versammelt. Kendall fiel einer Frau in die Hände, deren Tochter mit dem Gedanken spielte, Juristin zu werden. Die beiden baten sie um ihre Meinung, auf welche Universität das Mädchen gehen sollte. Während Kendall ihre Fragen beantwortete, hielt sie nach der Frau in dem grünen Kleid Ausschau.

Ihr fiel auf, dass Gibb und Matt sich zu ein paar anderen Männern gesellt hatten, die sie größtenteils vom Namen her kannte. Sie hatten sich von den Übrigen abgesondert. Wahrscheinlich wegen des Rauchens, folgerte Kendall, da sich manche von ihnen Zigaretten zwischen die Finger geklemmt hatten.

»Ich weiß einfach nicht, ob wir es uns leisten können, sie auf eine Universität in einem anderen Bundesstaat zu schicken«, kommentierte die Frau einen Vorschlag Kendalls. »Vielleicht könnte sie ja …«

»Entschuldigen Sie, dass ich unterbreche«, fiel Kendall ihr ins Wort. »Sehen Sie das Paar, das da auf der anderen Straßenseite ins Auto steigt? Die Frau in dem grünen Kleid. Kennen Sie sie?«

Die Frau schirmte die Augen vor der Sonne ab und sah in die Richtung, in die Kendall deutete. »Ach, das sind Mr. und Mrs. Lynam.« Sie schniefte verächtlich. »Sie kommen nur sehr unregelmäßig zum Gottesdienst. Dabei hätten es die beiden besonders nötig, jeden Sonntag hier zu sein, wenn Sie mich fragen.«

Kendall interessierte sich nicht für Klatsch. Sie hatte nur wissen wollen, ob ihr der Name der Frau irgendwie vertraut vorkam, was aber nicht der Fall war. Trotzdem hatte der feindselige Blick der Frau keinen Zweifel daran gelassen, dass sie Kendall nicht leiden konnte. Warum?

»Verzeihen Sie, aber ich hätte da noch eine Frage. Ist Mrs. Lynam zufällig mit den Crooks verwandt?«

»Um Himmels willen, nein! Wie kommen Sie denn darauf?«

Zum Glück kehrte Matt in diesem Augenblick zu ihr zurück. »Hallo, Mrs. Gardner, hallo, Amy«, begrüßte er die beiden. »Können wir gehen, Schätzchen? Dad lädt uns zum Lunch in den Country Club ein. Und wenn wir uns nicht beeilen, haben die Baptisten alle guten Tische besetzt. Sie entschuldigen uns, meine Damen?« Er strahlte Mutter und Tochter mit einem entwaffnenden Lächeln an, verbeugte sich und geleitete Kendall zum Parkplatz.

Unterwegs deutete Kendall auf die Gruppe, aus der sich nun auch Gibb löste. »Das sieht ja aus wie eine Verschwörung. Um was geht es denn?«

»Wieso fragst du?«

Sie hatte die Frage ganz unschuldig und fast ironisch gestellt, deshalb überraschte sie seine ruppige Gegenfrage. »Nur so, Matt. Ich war einfach neugierig.«

Ein Lächeln breitete sich über sein verzerrtes Gesicht. »Das ist der Kirchenvorstand. Für morgen Abend ist ein Treffen des Kirchenvorstands anberaumt, auf dem der Kirchenetat verabschiedet werden soll.«

»Ich verstehe.«

»Bitte sei nicht böse.«

»Ich bin nicht böse. Ehrlich gesagt habe ich eine Menge Papierkram zu erledigen. Auf diese Weise komme ich endlich mal dazu.« In letzter Zeit gab sie sich Mühe, sich nicht zu beklagen, wenn er abends ausging. Seinerseits tat er alles, um früher daheim zu sein, und war dann besonders aufmerksam und liebevoll zu ihr.

Aus Dankbarkeit gab er ihr einen Kuss.

Sie küssten sich immer noch, als Gibb zu ihnen stieß, die Bibel fest unter den Arm geklemmt. »Wenn ihr zwei so weitermacht, wird euch der Sheriff noch wegen Erregung öffentlichen Ärgernisses verhaften.«

Er meinte das nicht ernst und schmunzelte, während er sich in den Rücksitz fallen ließ. »Fahren wir. Die Predigt hat sich ganz schön hingezogen, und mein Magen hat die ganze Zeit über geknurrt.«

Matt setzte sich hinters Steuer und ließ den Wagen an. »Gibt's was Neues von Billy Joe Crook, Dad?«

Sofort wurde Kendall hellwach. »Was ist mit ihm?«

»Er wurde auf dem Weg nach Columbia in einen Unfall verwickelt«, erklärte ihr Gibb vom Rücksitz aus. Sie drehte sich um und sah ihn an. »Ein Unfall? Was für ein Unfall? Ist ihm was passiert?«

»Ja, Kendall. Leider.«

Luther kaute an seinen Nägeln und sah verstohlen seinen Bruder an. Henrys einzige Antwort auf Luthers fragenden Blick war ein Schulterzucken, das seine eigene Ratlosigkeit verriet.

Sie waren nervös. Gereizt. Sie wussten nicht, was das alles zu bedeuten hatte.

So still und schweigend hatten sie ihre Mutter noch nie erlebt. Seit gestern Abend war sie so – seit man sie aus dem Gefängnis angerufen und ihnen von Billy Joes Unfall erzählt hatte.

Henry war ans Telefon gegangen. Er hatte kein Wort gesagt, doch bei jedem amtlichen Wort, das durch die Leitung drang, war sein Entsetzen – und seine Wut – größer geworden. »Können wir zu ihm?«

»Noch nicht«, beschied man ihn. »Wir melden uns wieder bei Ihnen.«

Nachdem er aufgelegt hatte, hatte er Luther nach draußen gewinkt und ihm erzählt, was ihrem kleinen Bruder zugestoßen war. Luther hatte eine Tirade lästerlichster Flüche ausgestoßen, eine Hacke genommen und die Klinge tief in die Außenverkleidung ihres Hauses getrieben, um schließlich jenen Satz zu sagen, vor dem sich Henry am allermeisten fürchtete: »Wir müssen es Mama erzählen.«

Luther hatte »wir« gesagt, aber Henry wusste, dass er »du« meinte.

Die Zeit war zu knapp, als dass sie eine ihrer Schwestern um Hilfe bitten konnten. Sie wohnten zu weit weg. Außerdem würden die bloß anfangen zu flennen und einen Riesenzirkus veranstalten, womit niemandem geholfen war.

Als dem Ältesten, dem Mann in der Familie, fiel ihm die Verantwortung zu. So waren er und Luther zurück ins Haus geschlurft, wo er Mama die schlechte Neuigkeit überbracht hatte.

Doch sie verhielt sich ganz anders, als sie erwartet hatten. Sie hatte nicht getobt, geschrien oder gezetert oder mit Gegenständen um sich geschmissen. Nicht mal zu trinken hatte sie angefangen, nicht einen Schluck. Statt dessen war sie in ihren Schaukelstuhl gefallen und hatte zum Fenster rausgestarrt, und da saß sie immer noch, fast vierundzwanzig Stunden später.

Es war, als wäre sie zu Stein erstarrt, und allmählich ging das Henry an die Nieren. Immer noch besser, sie tobte und zeterte, als dass sie so dasaß und höchstens mal die Augen bewegte, wenn sie blinzeln musste. Er wünschte fast, sie würde einen ihrer Anfälle kriegen. Mit denen hatte er wenigstens Erfahrung.

Vor einer Stunde hatte man sie wieder angerufen und ihnen mitgeteilt, dass sie Billy Joe um fünf Uhr besuchen könnten. Bis dahin hätten sie ihn so weit, hatte es geheißen. Jetzt saß Henry in der Patsche. Er musste zu seinem kleinen Bruder, aber konnte Mama nicht allein lassen. Und Luther weigerte sich, bei ihr zu bleiben.

»Ganz allein?« Luthers Stimme war vor Angst ganz dünn und hoch gewesen, als Henry ihm vorgeschlagen hatte, gemeinsam mit Mama zu Hause zu warten. »Scheiße, nein! Ich krieg' eine Gänsehaut, wenn sie so dasitzt und Löcher in die Luft starrt. Ich glaub', sie ist nicht ganz richtig im Kopf, ehrlich. Sie ist einfach verrückt geworden. Jedenfalls bleib' ich nicht allein bei ihr.«

Henry hatte das Problem immer noch nicht gelöst, und langsam wurde die Zeit knapp. Wenn er nicht zum vereinbarten Termin hinkam, würde er Billy Joe vielleicht nicht mehr zu sehen bekommen, bevor …

»Henry!«

Ihm blieb vor Schreck fast das Herz stehen. »Was ist denn, Mama?«

Er wäre beinahe über seine eigenen Füße gestolpert, während er quer durchs Zimmer zu ihrem Schaukelstuhl stürzte. Als er vor ihr stand, war ihr Blick auf ihn gerichtet, und er erkannte sofort, dass Luther sich geirrt hatte. Sie war völlig bei Sinnen.

»Dein Daddy wird sich im Grab rumdrehen, wenn wir sie damit durchkommen lassen«, sagte sie.

»Ganz genau.« Luther kniete, offensichtlich erleichtert, neben ihrem Stuhl nieder. »Nein, Sir. Auf gar keinen Fall. Damit lassen wir sie nicht durch.«

Sie holte aus und versetzte ihm eine Ohrfeige. »Ich hab' nicht den Verstand verloren. Wehe, ich höre dich noch mal so was sagen!«

Tränen standen in Luthers farblosen Augen. Er massierte sich das Ohr, das nächstes Jahr um die gleiche Zeit wahrscheinlich immer noch klingeln würde. »Nein, Madam. Ich meine, ja, Madam.«

»Was sollen wir tun, Madam?« fragte Henry.

Als sie ihren Plan darlegte, wurde ihm klar, dass sie die ganze Zeit, während sie so merkwürdig aus dem Fenster starrte, über nichts anderes nachgedacht hatte.

13. Kapitel

»Der Kaffee riecht köstlich.«

Kendall war so in ihre Gedanken versunken, dass sie nicht gehört hatte, wie er in die Küche trat. Seine Stimme ließ sie herumfahren. Er stand in der Tür, auf Krücken und angezogen, aber unrasiert. Er sah zerknittert, aber ausgeruht aus. Sein Gesicht hatte wieder etwas Farbe angenommen, und die dunklen Ringe unter seinen Augen waren blasser geworden.

»Guten Morgen.« Nervös wischte sie sich die Hände an ihren Shorts ab. »Ich wollte gerade nach dir sehen. Wie geht es?«

»Besser. Aber keinesfalls gut.«

»Hoffentlich bist du nicht von Kevin geweckt worden?«

»Nein. Er schläft immer noch in diesem merkwürdigen Käfig.«

»Dem Ställchen. Setz dich. Ich mach' dir Frühstück.« Sie schenkte ihm eine Tasse Kaffee ein. »Was möchtest du? Pfannkuchen? Eier? Toast mit Ei? Bloß Waffeln kannst du keine haben.«

»Was spricht gegen Waffeln?«

»Wir haben kein Waffeleisen.«

»Ach so. Wo kommt das Essen her? Haben es uns die Heinzelmännchen heute nacht gebracht?«

»Ich war in der Früh einkaufen.«

Das schien ihn zu überraschen. »Ich habe nicht gehört, wie du weggefahren bist.«

»Das solltest du auch nicht.«

»Wie weit ist es zum nächsten Ort?«

»Nicht weit.«

»Hast du zufällig eine Zeitung mitgebracht?«

»Sie liegt auf dem Tisch neben dem Sofa im Wohnzimmer.«

»Danke.«

Sie machte ihm die gewünschten Rühreier mit Speck. Er leerte seinen Teller in Windeseile und ließ nur eine Scheibe Speck übrig. »Willst du?«

»Du weißt doch, ich esse kein Schweinefleisch.«

»Du bleibst bei dieser Geschichte.«

»Es ist keine Geschichte.«

»Ich glaube schon. Ich weiß bloß noch nicht, was für eine. Warum hast du die Gelegenheit heute morgen nicht genutzt und bist abgehauen?«

Warum eigentlich nicht? Die Frage beschäftigte sie schon seit ihrer Rückkehr. Sie hatte vorgehabt, ein für alle Mal zu verschwinden, nachdem sie sich im Morgengrauen aus dem Haus geschlichen hatte. Aber je weiter sie fuhr, desto schlechter wurde ihr Gewissen.

Ihr wollte nicht aus dem Kopf, wie oft er in der Nacht gestöhnt hatte. Er konnte kaum gehen, und seine Gehirnerschütterung war immer noch nicht überstanden. Sie würde nicht mal ein Tier im Stich lassen, wenn es so schwer verletzt war wie er. Sie konnte ihn jetzt genauso wenig allein zurücklassen wie damals an der Unfallstelle.

Das Verantwortungsgefühl, das sie für ihn empfand, war fatal. Und gefährlich, weil es sie daran hinderte, das zu tun, was sie tun müsste. Aber sie wusste, dass sie sich erst davon lösen konnte, wenn sich sein Zustand gebessert hatte und er allein zurechtkam.

Außerdem war ihr eingefallen, dass sie sich hier vielleicht in größerer Sicherheit befand als unterwegs. Auf der morgendlichen Fahrt in die Stadt hatte sie sich entblößt, verwundbar gefühlt. Wohin sollte sie überhaupt fliehen? Sie hatte kein bestimmtes Ziel vor Augen – wollte einfach flüchten. Bis hierher war ihr das gelungen. Solange er dieses Dasein nicht wirklich gefährdete, warum sollte sie da ihr Glück auf die Probe stellen, indem sie verschwand, bevor es unbedingt notwendig war?

Natürlich kam ihr auch der Gedanke, dass diese Argumente nur vorgeschoben sein könnten, weil sie dieses Haus liebte. Hier wollte sie bleiben, denn hier fühlte sie sich daheim.

»Ich verspreche dir, dass ich dich in diesem Zustand nicht allein lasse«, sagte sie.

»Was heißt, dass du mich verlassen wirst, sobald sich mein Zustand bessert.«

»Leg mir keine Worte in den Mund.«

»Du drückst dich so rätselhaft aus, dass ich versuchen muss, mir irgendeinen Sinn zurechtzureimen.«

»Der Sinn wird sich von selbst ergeben, wenn dein Gehirn dazu bereit ist. Der Arzt wollte nicht ausschließen, dass du dein Gedächtnis unbewusst blockierst. Du willst dich einfach nicht erinnern.«

Er faltete die Hände um seine Kaffeetasse und sah ihr tief in die Augen. »Hat er recht, Kendall?«

Zum ersten Mal nannte er sie beim Namen. Ihn aus seinem Mund zu hören, irritierte sie; sie verlor einen Moment den Faden. »Ob er recht hat?«, wiederholte sie. »Das kannst nur du selbst beantworten.«

»Wenn ich mich an nichts erinnern kann, woher soll ich dann wissen, was ich vergessen möchte?« Er verwünschte seinen Zustand und fuhr sich mit den Fingern durchs Haar. Doch hatte er die Nähte vergessen, und die ungestüme Bewegung zerrte an der Narbe. »Autsch!«

»Vorsicht! Lass mich mal sehen.« Sie stellte sich neben ihn und schob seine Hände beiseite. Langsam zog sie das Pflaster ab und besah sich die Wunde. »Sieht nicht nach einer Infektion aus. Die Nähte sind intakt. Ich kann keinen Schaden feststellen.«

»Es juckt«, beschwerte er sich gereizt.

»Das bedeutet, dass es heilt.«

»Wahrscheinlich.« Sie stand immer noch dicht neben ihm. Er sah zu ihr auf. »Woher hast du das Geld zum Einkaufen?«

»Ich habe dir doch gesagt, ich habe es …«

»Verdient. Ich weiß. Als was?«

Sie zögerte, wägte ab, ob sie ihm antworten sollte oder nicht, und gelangte schließlich zu dem Schluss, dass er sowieso keine Ruhe geben würde, bis sie es ihm sagte. »Ich bin Anwältin.«

Er lachte kurz und bellend. »Deine Lügen werden immer ausgefeilter.«

»Pflichtverteidigerin.« Er sah sie an, als würde er ihr immer noch nicht glauben. »Das ist die Wahrheit«, bekräftigte sie.

»Erzähl mir mehr.«

»Was willst du denn wissen?«

»Warst du gut? Ich wette, du warst gut. Du lügst so gut.«

Sie lächelte. »Das hat Ricki Sue auch immer behauptet!«

»Wer ist das?«

»Meine beste und einzige Freundin.«

»Hmm.« Er kaute gedankenverloren auf der letzten Scheibe Speck herum. »Wie gut warst du als Verteidigerin?«

Sie gewann ein paar Sekunden, indem sie sich eine Tasse Kaffee einschenkte, bevor sie sich auf dem Stuhl ihm gegenüber niederließ. »Ich war nicht schlecht. Mehr als mittelmäßig. Zumindest für meinen Fleiß hätte ich eine Eins verdient.

Ich wollte gut sein«, sie erwärmte sich für ihr Thema. »Die Leute, die mich einstellten, glaubten, ein großes Risiko einzugehen, indem sie die Stelle an eine Frau vergaben. Ich musste mich also bewähren. Insgesamt habe ich mich einigermaßen durchgesetzt, aber natürlich nicht alle Fälle gewonnen.«

Er lehnte sich aufmerksam zuhörend zurück, und sie fuhr fort: »Eine Niederlage war besonders bitter. Anfangs sah es ganz nach einem Routinefall aus, aber es endete ... grauenvoll.«

»Was war geschehen?«

»Ich riet einem Sechzehnjährigen, der wegen Diebstahls vor Gericht stand, sich schuldig zu bekennen und auf die Gnade des Gerichts zu vertrauen. Da es sein erstes Vergehen war, erwartete ich, dass der Richter Nachsicht üben würde. Statt dessen benutzte er diesen Jungen, um mich zu demütigen.« Monoton erzählte sie ihm, was damals im Gerichtssaal vorgefallen war.

»Die Sache hatte offenbar ein Nachspiel?«

»Während der Fahrt nach Columbia kam es zu einem schrecklichen Zwischenfall. Er war in Handschellen, du verstehst, und irgendwie müssen sich diese Handschellen bei einer Rastpause verfangen haben, so dass sein Arm ...« Sie hielt inne und schluckte mühsam. »Sein rechter Arm wurde ihm aus der Schulter gerissen, im wahrsten Sinn des Wortes, so als hätte man ihn geviertelt. Er bekam einen Schock und wäre fast verblutet. Man konnte ihn noch retten, aber er wird sich nie wieder ganz erholen, weder physisch noch psychisch.«

Als Kendall an jenem Sonntagmorgen von dem Unfall erfahren hatte, wurde sie von Entsetzen, Schuldgefühlen und Zorn gepackt. Die Geschichte setzte ihr immer noch zu. Billy Joe war ganz bestimmt kein Engel. Aber nach dem Unfall war es so gut wie ausgeschlossen, dass er sich jemals zu einem gesetzestreuen, pflichtbewussten Mitglied der Gesellschaft entwickeln konnte. Er würde, verkrüppelt und verbittert, der ganzen Welt die Schuld an seinem Elend geben. Und die Hauptschuld würde er seiner Verteidigerin anlasten.

Das tat jedenfalls seine Familie.

»Eine echte Katastrophe«, bemerkte er. Er hatte ihr schweigend gegenübergesessen und ihr Zeit gelassen, nochmals das furchtbare Geständnis und seine Konsequenzen zu überdenken.

War es klug, dieses Gespräch weiterzuführen? Erzählte sie zu viel? Aber es tat so gut, das auszusprechen, was ihr seit Monaten das Herz beschwerte.

»Ich habe meine eigene Theorie hinsichtlich des Unfalls«, sagte sie.

»Und die wäre?«

»Dass es überhaupt kein Unfall war.«

»Interessant.« Er beugte sich vor. »Hast du das nachprüfen lassen?«

»Damals kam ich gar nicht auf die Idee.«

»Hast du mit dem Jungen gesprochen?«

»Das habe ich versucht. Ich wollte ihn im Krankenhaus besuchen, aber man sagte mir, er dürfe noch keinen Besuch empfangen.«

»Hat dich das nicht misstrauisch werden lassen?«

»Es hätte mich misstrauisch machen sollen, aber damals klang das ganz einleuchtend. Er schwebte wochenlang in Lebensgefahr. Und dann schickte man mir, ohne dass ich darum gebeten hatte, eine Kopie des Unfallberichtes. Darin war detailliert aufgeführt, was passiert war, alles höchst amtlich und korrekt. Erst viel später kam mir der Gedanke, dass der ›Unfall‹ vielleicht inszeniert worden war. Dass man es auf Billy Joe abgesehen hatte.«

Sie kämmte sich mit den Fingern durchs Haar. Es irritierte sie jedes Mal, wenn sie sich an ihre damalige Naivität erinnerte. »Als ich endlich begriff, dass man ihn absichtlich verstümmelt hatte, war es zu spät, um noch etwas zu unternehmen. Ich hatte schon ...« Sie verstummte, bevor sie zu viel verriet.

»Du hattest schon was?«

»Nichts.«

»Was?«

»Ich glaube, ich höre Kevin weinen.« Sie sprang auf.

»So leicht kommst du mir nicht davon. Er weint nicht. Setz dich.«

»Ich bin doch kein Hund, der ›Sitz‹ macht, wenn du es befiehlst!«

»Warum erzählst du nicht weiter?«

»Weil ich ... ich ...«

»Wieso denn, Kendall? Wovor bist du auf der Flucht? Vor mir?«

»Nein«, schnappte sie.

»Du hattest sehr wohl vor, mich in dem Krankenhaus zurückzulassen, auch wenn du das nie zugeben wirst. Wenn ich dich nicht beim Rausschleichen erwischt hätte, wärst du jetzt weg, verschwunden, unbekannt verzogen. Spar dir das Leugnen, denn ich weiß, dass ich recht habe.

Dann bringst du mich in ein Haus, in dem es kein Telefon, keinen Fernseher, kein funktionierendes Radio gibt. Ganz richtig«, bestätigte er, als sie ihre Überraschung nicht verhehlen konnte. »Ich habe das Radio ausprobiert, das du im Schrank versteckt hast. Ist es von allein kaputtgegangen?«

»Ich wusste, dass es kaputt war, deshalb habe ich es weggeräumt.«

Offensichtlich glaubte er ihr nicht. »Wir sind völlig von der Welt abgeschnitten. Es gibt keine Nachbarn, jedenfalls soweit ich das beurteilen kann. Du hast uns bewusst isoliert.

Irgendwas hältst du vor mir geheim. Du hältst eine Menge vor mir geheim – meine Vergangenheit, deine Vergangenheit, unsere Ehe. Wenn es die gibt.«

Er zog sich am Tisch hoch. »Ich ertrinke in Unwissenheit, und du bist die einzige Verbindung zu meinem Leben vor dem Unfall, wie auch immer es ausgesehen haben mag. Hilf mir. Klär mich auf, bevor ich verrückt werde. Sag mir, was ich wissen will. Bitte.«

Ihre Hände krampften sich so fest um die Rückenlehne ihres Stuhles, dass die Knöchel weiß hervortraten. »Also gut. Was willst du wissen?«

»Erst mal, wieso bist du so sauer auf mich?«

»Wer sagt, dass ich sauer auf dich bin?«

»Das ist für mich die einzig logische Erklärung. Als sich dir ganz unerwartet eine günstige Gelegenheit bot, mich loszuwerden, hast du sie beim Schopf gepackt und wärst auch beinahe damit durchgekommen. Zweitens behauptest du, wir seien verheiratet, aber alle Anzeichen sprechen dagegen. Warum also solltest du so etwas behaupten?«

»Was für Anzeichen?«

»Ich habe dich nackt gesehen. Ich habe dich berührt. Aber wenn wir zusammen sind, empfinde ich keinerlei … Vertrautheit.«

»Wie kommst du darauf?«

»Weil es zu erregend ist.«

Sie trat verlegen auf den anderen Fuß. »Vielleicht erscheint dir das so. Aber nur, weil du dich nicht daran erinnern kannst, mit mir zusammen gewesen zu sein.«

»Und was ist mit dir?«

Sie senkte den Blick und schwieg. Sie konnte nicht antworten.

Er ließ sich nicht beirren. »Du hast die Nacht über neben mir gelegen, aber du hast dich die ganze Zeit gehütet, mich zu berühren, nicht mal versehentlich. Ich habe schlecht genug geschlafen, um mitzukriegen, wie ängstlich du darauf bedacht warst, jeden Hautkontakt mit mir zu vermeiden.«

»Das stimmt nicht. Wir haben uns einen Gutenachtkuss gegeben.«

»Ich habe dich geküsst, aber du nicht mich. Und ich bin hundertprozentig sicher, dass ich dich nie zuvor geküsst habe.«

»Woher willst du das wissen?«

»Weil ich mich nicht daran erinnern kann.«

Sie lachte leise. »Das heißt nur, dass meine Küsse nicht besonders einprägsam sind.«

»Wohl kaum. Ganz im Gegenteil.«

Seine Stimme war so leise und rau, dass sie unwillkürlich den Kopf hob und ihm in die Augen sah. Ihr Gesicht wurde heiß, als würde sein Blick Hitzewellen ausstrahlen. Da ihr weder eine schlagfertige Entgegnung noch ein glaubwürdiges Argument einfallen wollten, zog sie es vor zu schweigen.

Nach einem Moment knüpfte er an seine letzte Bemerkung an. »Nur einmal angenommen, wir seien verheiratet, hatten wir uns dann vor dem Unfall auseinandergelebt?«

»Das habe ich nie behauptet.«

»Brauchst du auch nicht. Wie kam es zu dieser Entfremdung? Habe ich dir übel genommen, dass du deinem Beruf zu viel Zeit widmest?«

»Nicht übermäßig.«

»Haben wir uns gut ergänzt?«

»Wir kamen zurecht.«

»Haben wir uns wegen des Babys gestritten? Irgendwie habe ich die vage Erinnerung, mich übers Kinderkriegen gestritten zu haben.«

Kendall reagierte unwillkürlich. »Wirklich?«, fragte sie überrascht.

»Habe ich ein Kind gewollt?«

»Natürlich.«

Er sah sie verdutzt und verwirrt an; schließlich strich er sich über die Stirn. »Ich glaube nicht.«

»Wie kannst du so etwas sagen!«

»Selbst wenn es wehtut, bleibe ich ehrlich. Auch wenn ich hier damit der Einzige bin.«

Schweigend flehte er sie an, ihm die Wahrheit zu sagen, doch Kendall ließ sich nicht erweichen. Sie musste sich schützen.

»Haben wir uns über Geld gestritten?«, fragte er.

»Nein.«

»Sex?«

Sie senkte den Blick und schüttelte den Kopf.

»Also Sex«, schloss er aus ihrem Verhalten.

»In der Beziehung war unsere Ehe völlig in Ordnung.«

»Dann komm her.«

»Wozu?«

»Komm her.« So leise der Befehl auch war, er duldete keinen Widerspruch.

Wenn sie sich weigerte, würde er ihren Eigensinn vielleicht für Feigheit halten. Und auch wenn er damit gar nicht so falsch lag, durfte er keinesfalls herausfinden, dass sie Angst vor ihm hatte. Deshalb ging sie um den Tisch und schaute ihn trotzig an.

»Ist das ein Test?«

Er sagte: »Sozusagen.«

Er legte die Hand auf ihre Brust und drückte sie.

Ihr stockte der Atem.

Er flüsterte: »Du hast ihn nicht bestanden.«

Wie schon am Abend zuvor, als er sie berührt hatte, kostete

es sie Kraft, sich nichts anmerken zu lassen, aber sie wusste, dass sie andernfalls unglaubwürdig wirken würde. »Es ist lange her, deshalb.«

»Wann war es das letzte Mal?« Er rieb sanft mit der Handfläche über ihre Brustwarze.

»Vor Kevins Geburt.«

»Dann ist es kein Wunder.«

»Was denn?«

Er drängte sich an sie, und als sein Unterleib ihren berührte, wurde deutlich, was er meinte.

Ein Kribbeln überlief sie von Kopf bis Fuß, als er den Kopf senkte und ihre Lippen mit seinen streichelte. Dann küsste er sie richtig. Sein Mund war feucht, offen, sanft. Seine Zunge spielte mit ihrer.

Schwer atmend befreite sie sich aus seinen Armen. »Ich kann nicht.«

»Warum nicht?« Seine Lippen strichen über ihren Hals.

»Ich bin voll.«

»Voll?«

»Meine Milch schießt ein.« Sie stieß seine Hände weg und taumelte ein paar Schritte rückwärts. Unsicher fuhr sie sich über die feuchten, pulsierenden Lippen, den Hals. Ihre Hand strich flüchtig über die nassen Flecken auf ihrem T-Shirt. »Unter den Umständen finde ich es nicht richtig, dass wir … das tun.«

»Wieso?«

»Ich komme mir komisch vor.«

»Warum?«

»Weil uns deine Amnesie praktisch zu Fremden macht.«

»Du behauptest, wir seien verheiratet.«

»Ja.«

»Wir haben ein gemeinsames Kind.«

»Ja.«

»Aber wir sollen Fremde sein? Erklär mir das, Kendall. Und wenn du schon dabei bist ...« Er fasste hinter sich und zog etwas aus seinem Hosenbund. »Erklär mir auch das hier.«

Seine Hand zuckte hoch, und er zielte mit einer Pistole auf sie.

14. Kapitel

»Ich heiße Kendall Burnwood.«

Sie legte ihre Aktentasche auf den Tisch und reichte der Frau die Hand, die allein im Verhörraum saß. Ihr Haar hatte seinen Glanz verloren. Das faszinierende Gesicht war von Schwellungen und blauen Flecken entstellt. Trotzdem erkannte Kendall die Frau, die sie nur ein einziges Mal in der Kirche gesehen hatte, sofort wieder.

»Ich kenne Sie. Ich bin Lottie Lynam.«

Sie schüttelte Kendalls Hand mit sichtlich wenig Begeisterung. Kendall fiel auf, dass ihre Hand trocken, kein nervöser Schweiß zu spüren war. Die Stimme klang ruhig, der Blick war konzentriert, unter den gegebenen Umständen eine fast unbegreifliche Haltung.

Für eine Frau, die ihren Mann ermordet hatte, wirkte sie erstaunlich gefasst.

»Kann ich Ihnen irgendwas bringen, Mrs. Lynam?«

»Ich möchte, dass Sie mich hier rausholen.«

»Damit werde ich mich augenblicklich befassen. Was haben Sie den Polizeibeamten erzählt, von denen Sie verhaftet wurden?«

»Nichts.«

»Ich muss unbedingt alles erfahren, was Sie gesagt haben, seit sie in Polizeigewahrsam sind, selbst wenn Sie es für nebensächlich halten.«

»Ich habe kein Wort gesagt, außer dass Charlie mich verprügelt und vergewaltigt hat und dass ich einen Anwalt will, bevor ich verhört werde.«

»Das ist gut. Sehr gut.«

»Ich schaue ziemlich viel fern«, kommentierte sie trocken.

»Wann wurden Sie verhaftet?«

»Um vier Uhr morgens.«

»Wann hat der Arzt Sie untersucht?«

»Ich wurde gleich hierhergebracht.«

Kendall sah auf ihre Uhr. Es war kurz vor sieben. »Sie sitzen seit drei Stunden hier, in so einer Verfassung? Haben Sie Schmerzen?«

»Es tut ein bisschen weh. Ich kann's aushalten.«

»Ich nicht.« Kendall schob ihren Stuhl geräuschvoll zurück, marschierte durch den Raum, riss zornig die Tür auf und rief in die Wachstation. »Meine Mandantin braucht einen Arzt. Wer fährt uns zum Krankenhaus?«

Auf der kurzen Fahrt, während der Mrs. Lynam kein Wort sprach, saß Kendall neben ihr auf dem Rücksitz des Streifenwagens. Im Krankenhaus wurde eine Untersuchung des Unterleibs vorgenommen. Die Spuren der Vergewaltigung wurden gesichert, was Fotografien von Mrs. Lynams Körper einschloss. Man versprach Kendall, dass sie gleichzeitig mit der Polizei eine Kopie des Berichts erhalten würde, was sie mit einem Nicken zur Kenntnis nahm.

Die Verletzungen in Mrs. Lynams Gesicht waren zwar unansehnlich, aber, wie der Arzt versicherte, »oberflächlich« und würden bald verheilen. Die Kratzer auf Schultern, Brüsten und Schenkeln wurden mit Desinfektionsmittel behandelt. Nach ihrer Rückkehr ins Gerichtsgebäude setzte Kendall durch, dass ihre Mandantin duschen und frühstücken durfte, bevor sie offiziell verhört wurde.

»Rufen Sie mich an, wenn Sie beginnen«, erklärte sie dem ermittelnden Beamten. Bevor sie ging, drückte sie aufmunternd Mrs. Lynams Hand.

Zwei Stunden später saßen sie wieder im Verhörraum. Lottie Lynams Haar war immer noch feucht. Ihr Gesicht wirkte sauber – und unschuldig, wie Kendall feststellte. Ohne Make-up sah sie viel jünger und verletzlicher aus. Sie trug einen formlosen grauen Gefängnisoverall und billige Kunstlederslipper.

»Char – äh, das Opfer wies drei Einschüsse auf«, sagte der Detective zu Kendall. »Wir haben schon Bilder vom Tatort. Kein schöner Anblick.«

»Kann ich sie bitte sehen?«

Er reichte ihr einen braunen Umschlag. Genau wie er gesagt hatte, waren die Farbbilder schaurig.

»Eine Kugel trat durch den Hals ein. Eine wurde in seine Stirn gefeuert, ungefähr hier.« Er zeigte die Stelle an seinem eigenen Kopf an. »Die andere durchschlug seine Wange und trat an der gegenüberliegenden Schläfe wieder aus. Die Waffe wurde aus nächster Nähe abgefeuert. Etwa um drei Uhr dreißig heute morgen. Er starb sofort in seinem eigenen Bett.«

Sein Blick glitt zu Lottie hinüber, die schweigend und mit fest im Schoß gefalteten Händen dabeisaß. Ihre Miene war undurchdringlich. Kendall schoss der Gedanke durch den Kopf, dass diese Ruhe ihnen vor Gericht helfen würde.

Sie dankte dem Polizisten für die Informationen. »Hat der Leichenbeschauer schon den Autopsiebericht fertig?«

»Er wird ihn noch heute Vormittag abfassen. Seiner Meinung nach haben wir ihn bis zum Abend.«

»Ich möchte baldmöglichst eine Kopie davon, bitte.«

»Natürlich. Aber er wird nur bestätigen, was ich Ihnen mitgeteilt habe.«

Kendall ging nicht darauf ein. Stattdessen stellte sie eine schlichte Frage: »Warum wird meine Mandantin wegen Mordverdachts festgehalten?«

Der Assistent, der bis dahin mit gekreuzten Beinen an der Wand gelehnt und mit einem hölzernen Zahnstocher in den

Zähnen gebohrt hatte, hustete los. Er zeigte auf die Pistole, die, in einer Tüte und mit einem Anhänger versehen, auf dem Tisch lag. »Das da ist die Mordwaffe. Sie lag auf dem Boden neben dem Bett, wo Charlie der Schädel weggepustet wurde. Wir haben ihre Fingerabdrücke darauf gefunden, und in der Handfläche hatte sie Pulverspuren. Eindeutiger kann ein Beweis wohl kaum sein.«

»Ach nein?«, fragte Kendall spitz.

Der andere Beamte mischte sich wieder ein. »Als wir eintrafen, saß Lottie am Küchentisch, als wäre gar nichts geschehen, und trank Whisky – pur.«

»Ich könnte mir vorstellen, dass Mrs. Lynam unter Schock stand und einen Drink gebraucht hatte. Schließlich war sie kurz zuvor vergewaltigt worden.«

»Vergewaltigt! Charlie war ihr Mann. Sie waren schon jahrelang verheiratet«, widersprach der Assistent. »Hier handelt es sich eindeutig um Mord. Es gibt keinen Zweifel daran, was passiert ist.«

»Tatsächlich?« Kendalls Einwurf verleitete ihn dazu, seiner Fantasie freien Lauf zu lassen.

»Charlie kam betrunken nach Hause. Das hat Lottie nicht gepasst. Wahrscheinlich hat sie ihn deshalb angemeckert, und er hat ihr ein paar gescheuert. Ich will damit nicht sagen, dass das richtig war«, schränkte er schnell ein. »Jedenfalls war Lottie stinksauer, deshalb hat sie gewartet, bis er eingeschlafen war, hat dann auf ihn geschossen und ihn umgebracht.«

»Haben Sie Zeugen vernommen?«, fragte Kendall.

»Zeugen?«

»Irgendwen, der dabei war und gesehen hat, was vorgefallen ist«, erläuterte sie mit Unschuldsmiene. »Können die Nachbarn bestätigen, dass es zu einem Streit kam? Kann irgendjemand die Anklage erhärten, dass Mrs. Lyman wütend

179

auf ihren Mann war und ihn mit einer Pistole erschossen hat, die sie, nebenbei bemerkt, schon früher hätte einsetzen können?«

Die beiden Beamten sahen sich an. »Es gibt keine Nachbarn«, gestand einer widerstrebend. »Sie wohnen ziemlich weit draußen.«

»Aha. Es hat also niemand etwas von einem Streit mitbekommen. Niemand hat den Mord beobachtet.«

Der Beamte ließ seinen Zahnstocher zu Boden fallen und löste sich von der Wand. »Aber es hat auch niemand eine Vergewaltigung beobachten können.«

Kendall dankte ihnen und bat darum, allein mit ihrer Mandantin sprechen zu dürfen. Als die Polizisten hinausgegangen waren, sprach Lottie zum ersten Mal. »Es war ziemlich genau so, wie sie gesagt haben.«

Das hatte Kendall schon befürchtet, aber sie ließ sich ihre Enttäuschung nicht anmerken. »Da es jetzt schon so viele Beweise gibt, wird man Sie ziemlich sicher wegen Mordes anklagen. Vergessen wir mal den Tanz, den ich eben für die beiden aufführte. Wir wissen beide, dass Sie die Waffe abgefeuert haben, mit der Ihr Mann erschossen wurde. Sie sind nicht unschuldig – daran ist nicht zu rütteln. Schuld ist allerdings ein dehnbarer Begriff. Deshalb werde ich versuchen, all jene Aspekte Ihrer Ehe mit Charles zu erhellen und hervorzuheben, die man als schuldmildernd ansehen könnte.

Bevor ich Sie vor Gericht vertrete, muss ich so viel wie möglich über Sie und Ihre Ehe erfahren, auch wenn ich wahrscheinlich nicht alles davon verwenden kann. Ich bin nicht erpicht auf Überraschungen im Gerichtssaal. Deshalb möchte ich mich schon im voraus dafür entschuldigen, dass ich nach Dingen fragen werde, die eigentlich vertraulich bleiben sollten. Das ist meine unangenehme, aber unerlässliche Pflicht als Anwältin.«

In Lottie machte sich eindeutig Unbehagen breit, aber sie deutete Kendall mit einem Nicken an fortzufahren.

Die Pflichtverteidigerin protokollierte Lottie Lynams Lebenslauf. Sie erfuhr, dass Lottie in Prosper als jüngstes von fünf Kindern auf die Welt gekommen war. Ihre Eltern waren beide tot; die Geschwister lebten längst woanders. Sie hatte die Highschool abgeschlossen und ein Jahr lang das Junior College besucht, bevor sie eine Stelle als Sekretärin in einem Versicherungsbüro antrat.

Charlie Lynam war ein Reisevertreter für Bürobedarf. »Er rief im Geschäft an«, erzählte sie Kendall. »Er begann mit mir zu flirten und wollte mich ausführen. Erst weigerte ich mich, aber schließlich gab ich nach. Von da an sahen wir uns jedes Mal, wenn er in die Stadt kam. Danach führte eines zum anderen.«

Sie waren sieben Jahre verheiratet und hatten keine Kinder. »Ich kann keine Kinder bekommen. Als Teenager hatte ich eine Infektion, und seitdem bin ich steril.«

Lottie Lynam hatte kein sehr erfülltes Leben geführt. Je länger sie erzählte, desto mehr Mitleid bekam Kendall mit ihr; sie ermahnte sich, berufliche Distanz zu wahren. Diese Frau hatte sich nur durch eine Verzweiflungstat von ihrem Mann befreien können, der sie laufend misshandelte; deshalb wollte Kendall ihr unbedingt helfen.

Sie schlug einen Ordner auf. »Ich habe ein paar Nachforschungen angestellt, während Sie geduscht und gefrühstückt haben. In den vergangenen drei Jahren haben Sie siebenmal die Polizei gerufen.« Sie sah auf. »Richtig?«

»Wenn Sie es sagen. Ich hab' nicht mehr mitgezählt.«

»Zweimal wurden Sie bei diesen Anlässen ins Krankenhaus eingeliefert. Einmal mit mehreren Rippenbrüchen. Das andere Mal mit einer Verbrennung auf dem Rücken. Was für eine Verbrennung, Mrs. Lynam?«

»Er hat mich mit meinem Lockenstab gebrandmarkt«, antwortete sie erstaunlich gefasst. »Und ich habe noch Glück gehabt. Eigentlich wollte er – in mich rein. Er sagte, er wollte mich ein für alle Mal besitzen.«

Wieder musste sich Kendall angestrengt auf die Fakten konzentrieren, um sich ihre Gefühle nicht anmerken zu lassen. »War er eifersüchtig?«

»Wahnsinnig – auf alles, was eine Hose trug. Ich konnte nirgendwohin, konnte nichts unternehmen, ohne dass er mir vorgehalten hätte, ich wollte anderen Männern den Kopf verdrehen. Er wollte, dass ich hübsch aussehe, aber wenn ich mich mal zurechtgemacht hatte, fing er an zu toben, sobald ein anderer Mann nur den Kopf hob. Dann hat er sich besoffen und mich verprügelt.«

»Hat er Ihnen jemals mit dem Tod gedroht?«

»Dauernd.«

»Ich möchte, dass Sie sich einige dieser Vorfälle ins Gedächtnis rufen, vor allem solche, bei denen jemand seine Drohungen gehört haben könnte. Haben Sie mit irgendeiner Person über die Misshandlungen gesprochen? Einem Geistlichen? Einem Eheberater vielleicht?« Lottie schüttelte den Kopf. »Es wäre hilfreich, wenn ein anderer bestätigen könnte, dass Sie tatsächlich Angst hatten, er könnte Sie in einem Tobsuchtsanfall umbringen. Haben Sie denn mit niemandem darüber gesprochen?«

Sie zögerte. »Nein.«

»Okay. Was geschah gestern nacht, Mrs. Lynam?«

»Charlie war ein paar Tage unterwegs gewesen. Er kehrte müde und gereizt heim und fing an zu trinken – war dann ziemlich schnell blau.

Er machte einen mordsmäßigen Aufstand und veranstaltete eine furchtbare Sauerei mit dem Essen, das ich ihm gekocht hatte. Schmiss es an die Wand. Warf mit Geschirr.«

»Hat das die Polizei gesehen?«

»Nein. Ich hab's aufgeräumt.«

Das war ausgesprochen falsch. Spuren eines Wutanfalls wären hilfreich gewesen – vorausgesetzt, sie hätte beweisen können, dass es Charlies Wutanfall gewesen war.

»Erzählen Sie weiter«, drängte Kendall.

»Er stürmte aus dem Haus und blieb stundenlang verschwunden. Gegen Mitternacht kam er wieder, noch besoffener und gereizter als vorher. Ich weigerte mich, mit ihm zu schlafen, also hat er mich verprügelt.« Sie wies auf ihr malträtiertes Gesicht. »Ich dachte, es wäre auf jeden Fall eine Vergewaltigung, wenn die Frau nein sagt.«

»Das ist es auch. Sie haben gestern Abend keinen Zweifel daran gelassen, dass Sie keinen Sex haben wollten, richtig?«

Sie nickte. »Er hat mich trotzdem gezwungen, warf mich aufs Bett und drückte mir den Unterarm auf den Hals. Anschließend riss er mir das Höschen runter und drang in mich ein. Es war scheußlich, absichtlich hat er mir wehgetan.«

»Im Krankenhaus hat man Ihre Fingernägel gereinigt. Wird man darunter Hautfetzen oder irgendwelche anderen Hinweise darauf finden, dass Sie sich gewehrt haben?«

»Bestimmt. Ich habe mich mit aller Kraft gewehrt. Als er fertig war, blieb er auf mir hocken. Er beschimpfte mich, und drohte mir, dass er mich umbringen würde.«

»Was genau hat er gesagt?«

»Er hat seine Pistole aus der Nachttischschublade geholt, mir den Lauf zwischen die Zähne gerammt und gesagt, dass er mir den verdammten Kopf wegpusten würde. Vielleicht hätte er mich wirklich umgebracht, aber er ist im Nu eingeschlafen.

Ich bin lange still liegen geblieben vor lauter Müdigkeit, alles hat mir wehgetan, und ich hatte einfach Angst, mich zu bewegen. Ich wusste, dass mir nichts passieren würde, solange er schlief. Aber was war, wenn er aufwachte? Und da hab' ich beschlossen, ihn umzubringen, bevor er mich erledigen würde.«

Sie sah Kendall offen ins Gesicht und gestand: »Ich habe die Pistole genommen und ihn dreimal in den Kopf geschossen, genau wie die Beamten gesagt haben. Es tut mir nicht mal leid. Früher oder später hätte er mich umgebracht. Mein Leben ist vielleicht nicht besonders schön, aber ich hänge trotzdem dran.«

Nach der Rückkehr in ihr Büro schaute Kendall den Regentropfen zu, die wie Maschinengewehrkugeln gegen die Fensterscheibe prasselten. »Gespenstisch«, murmelte sie.

Als sie an jenem Morgen am Gerichtsgebäude angekommen war, hatte Bama Regen prophezeit: »Noch vor heute abend«, dazu nickte der Landstreicher weise.

Kendall hatte zweifelnd zu dem strahlend blauen Himmel aufgeblickt. »Ich sehe nicht eine Wolke am Himmel, Bama. Bist du sicher?«

»Gewitter vor Sonnenuntergang. Jede Wette.«

Er hatte recht behalten. Donner rollte von den fernen Bergen heran, die sich rasch in tiefe Wolken und Nebel hüllten. Während Kendall die Anrufe beantwortete und ihre Post durchsah, versuchte sie, das unangenehme Vorgefühl abzuschütteln, das sie beschlichen hatte.

Unter der Tagespost befand sich ein weiterer Brief der Crooks, in dem es von Beleidigungen, verschleierten Drohungen und Rechtschreibfehlern nur so wimmelte. Es war das fünfte derartige Schreiben, das sie seit Billy Joes Unfall erhalten hatte, aber bei Weitem nicht das Schlimmste. Ein paar Tage nachdem er seinen Arm verloren hatte, traf ein Päckchen mit einer toten Ratte bei ihr ein.

Die Neuigkeit hatte sich wie ein Lauffeuer im Gerichtsgebäude verbreitet. Sie war schließlich bis in die Redaktion der Zeitung zwei Straßen weiter gedrungen. Kurz darauf stand Matt in ihrem Büro und wollte wissen, ob wahr sei, was ihm zu Ohren gekommen war.

Als sie ihm das stinkende Beweisstück zeigte, hatte er sofort eine Bürgerwehr aufstellen wollen, die sich um die Zwillinge und alle anderen aus dem Geschlecht der Crooks kümmern sollte. Gibb hatte die Neuigkeit ebenfalls erfahren und befürwortete seinen Plan.

Kendall hatte sie beschworen, nichts übers Knie zu brechen. »Sie sind wütend wegen Billy Joe. Bis zu einem gewissen Grad kann ich sie verstehen.«

»Verstehen? Du hast für diesen jungen großmäuligen Dieb getan, was du konntest«, ereiferte sich Matt.

»Sogar für ein Lumpenpack gehen die Crooks mit diesen Drohungen entschieden zu weit«, meinte Gibb. »Sie sind Gauner und sollten ein für alle Mal auf ihren Platz verwiesen werden.«

»Es sind sehr einfache Menschen«, warf sie beschwichtigend ein.

»Ich habe dieses Gesindel davor gewarnt, dir auch nur ein Haar zu krümmen …«

»Sie haben mir auch nichts getan. Wenn wir jetzt Vergeltung üben, stellen wir uns auf eine Stufe mit ihnen. Bitte, Matt, Gibb. Überstürzt nichts. Damit könntet ihr mir letzten Endes mehr schaden, als die Crooks es überhaupt vermögen. Ich muss professionell reagieren, und das heißt für mich, diese Briefe zu ignorieren.«

Es war ihr gelungen, die beiden zu zügeln und ihnen das Versprechen abzuringen, keinen Rachefeldzug zu starten. Angesichts ihrer heftigen Reaktion hatte sie ihnen die übrigen Botschaften der Crooks lieber unterschlagen. So hatte sie Matt erklärt, ihre Windschutzscheibe sei zu Bruch gegangen, als ein Laster auf dem Highway einen Stein hochgeschleudert habe. In Wahrheit hatte der Wagen eines Tages nach der Arbeit mit zerschmetterter Scheibe auf dem Parkplatz gestanden. An dem Stein, mit dem die Scheibe eingeworfen worden war, hing eine schriftliche, kaum zu entziffernde Drohung.

Weil sie später vielleicht Beweise brauchen würde, warf sie die Briefe nicht weg, die ihr ins Büro zugestellt wurden, sondern schloss sie in einen Aktenschrank. Sie legte auch den neuesten Brief ab und widmete sich dann wieder Lottie Lynam. Zweifellos würde hauptsächlich dieser Fall sie während der nächsten Monate beanspruchen.

Wie nicht anders zu erwarten, erschien noch am selben Nachmittag Ankläger Dabney Gorn. Er eröffnete das Gespräch mit einer vagen Prophezeiung: »Tja, sieht so aus, als wäre hier in nächster Zeit ganz schön was los.«

»Meinen Sie wirklich?«, fragte Kendall unschuldig. »Kriegen wir endlich einen neuen Aufzug? Unser alter ist so baufällig, dass ich lieber die Treppe nehme.«

Er lachte anerkennend. »Sie brauchen sich nicht dumm zu stellen, Mrs. Burnwood. Sie haben da einen heißen Fall.«

»Stimmt. Ich verbeiße mich gern in so abscheuliche Sachen wie tätlicher Angriff, Körperverletzung und Vergewaltigung.«

»Und wie steht's mit Mord ersten Grades?«

»Mord ersten Grades?« fragte sie scheinbar verständnislos zurück. »Sprechen wir über denselben Fall?«

»Lottie Lynam.«

»Sie wollen sie unter Mordanklage stellen? Ich bin sprachlos.«

»Sie haben dieselben Beweise und Berichte gelesen wie ich.«

»Wie können Ihnen da die Bilder entgangen sein, die man im Krankenhaus von Mrs. Lynam aufgenommen hat, oder die Berichte über ihre früheren Klinikaufenthalte oder die Polizeiberichte über die wiederholten tätlichen Auseinandersetzungen im Hause der Lynams?«

»All das stützt nur meine These, dass die Tat geplant war«, antwortete er. »Lottie hatte allen Grund, es zu tun, und sie hatte reichlich Zeit zum Nachdenken. Man wird sie wegen heimtückischen und vorsätzlichen Mordes verurteilen. Haben Sie sich Hoffnungen auf Totschlag gemacht? Das können Sie vergessen. Ihre Mandantin hat es sich gestern nacht stundenlang überlegt, bevor sie Charlie schließlich abknallte.«

»Sie wissen doch selbst, dass Sie das nicht beweisen können, Dabney. Ich könnte aus dem Stand heraus hundert Gründe für einen berechtigten Einspruch nennen.«

»Also gut, Frau Anwältin, hören wir auf, um den heißen Brei herumzureden«, meinte er nach einer kurzen Pause. »Charlie Lynam ist als Opfer nicht gerade sympathisch. Jeder weiß, dass er zu viel getrunken und Lottie immer wieder durchgewalkt hat. Wir könnten den Steuerzahlern eine Menge Geld und uns eine Menge Arbeit sparen.«

»Wie lautet Ihr Angebot?«, kam sie zum Kern des Gesprächs.

»Sie bringen Lottie dazu, auf vorsätzlichen Totschlag zu plädieren. Sie wird wahrscheinlich zwanzig kriegen, von denen sie höchstens acht absitzen muss.«

»Danke, aber nein danke. Meine Mandantin ist nicht schuldig.«

»Nicht schuldig!« Jetzt klang er bestürzt. »Sie wollen ›nicht schuldig‹ beantragen?«

»Ganz genau.«

»Was wollen Sie vorbringen – Unzurechnungsfähigkeit?«

»Lottie Lynam ist vollkommen zurechnungsfähig. Sie wusste, dass ihr keine andere Wahl blieb, wenn sie ihr Leben retten wollte. Ich gebe zu, es war eine Verzweiflungstat, aber sie musste ihren Mann loswerden – und zwar in Notwehr.«

15. Kapitel

»Mr. Pepperdyne?«

»Hier drinnen!«, rief er.

Der jüngere, unerfahrenere Beamte platzte in die Küche. Pepperdyne sah von Kendall Burnwoods Privatrechnungen auf, die vor ihm ausgebreitet auf dem Tisch lagen.

»Ist was?«

»Ja, Sir. Das hier haben wir im Schlafzimmer gefunden. Es war an die Unterseite einer Schreibtischschublade geklebt.«

Pepperdyne ließ sich von dem nervösen Beamten das Bündel Papiere geben und begann darin zu lesen. Sein Untergebener war zu aufgeregt, um stillsitzen zu können, und tigerte in dem schmalen Zwischenraum zwischen Tisch und Herd auf und ab. »Besonders interessant fand ich die Sache über den Prediger – diesen Bob Whitaker«, sprudelte es aus ihm heraus. »Wussten Sie, dass er nie das Priesterseminar abgeschlossen hat, weil man ihn zuvor wegen seiner unorthodoxen Ansichten ausgeschlossen hatte?«

»Nein«, gab Pepperdyne verdrossen zu.

»Mrs. Burnwood hat es aber gewusst. Sie wollte alles wissen. Und hat alles aufgeschrieben.«

»Hmm. Offenbar war unsere Mrs. Burnwood furchtbar fleißig.«

»Und über den Staatsanwalt in Prosper gibt es ein ganzes Dossier. Nur dass sich diese Leute in South Carolina Ankläger nennen dürfen. Haben Sie das schon gelesen?«

»Fassen Sie es für mich zusammen.«

»Gorn wurde in Louisiana aus der Anwaltskammer ausgeschlossen. Danach zog er nach South Carolina. Ein paar Jahre später wurde er in Prosper County zum Ankläger gewählt. Die Sache hat einen Hautgout, um es vorsichtig auszudrücken. Auch über den Richter gibt es Material. Über Bankbeamte, die Schulverwaltung, die Polizei. Welchen Stützpfeiler der Gemeinde Sie auch nennen – die Dame hat an den Fundamenten gekratzt, bis sie Risse freigelegt hat, durch die man einen Laster schleusen könnte. Und in diesen Unterlagen ist alles festgehalten.«

Pepperdyne musste ihr leider Anerkennung für die gründlichen Nachforschungen zollen, die zum Teil diejenigen seiner Abteilung übertrafen.

»Um so viele Ermittlungen anzustellen, braucht man jede Menge Zeit«, bemerkte sein Kollege. »Und Grips.«

»Oh, das hat sie beides«, bestätigte Pepperdyne. »Und sie ist glatt wie Spucke auf einem Türgriff.«

»Es sind schon fast zwei Wochen vergangen, seit sie aus dem Krankenhaus verschwunden sind, und wir haben immer noch keine Spur.«

»Ich weiß, wie lange es her ist«, blaffte Pepperdyne. Er sprang so unvermittelt auf, dass er um ein Haar den wackligen Küchentisch umgeworfen hätte. Erschrocken floh sein Mitarbeiter aus der Küche, eine Erklärung nuschelnd, er wolle die Suche im Schlafzimmer fortsetzen.

Pepperdyne stellte sich an die Spüle. Auf dem Fensterbrett darüber rang ein müdes Efeupflänzchen der Trockenheit zum Trotz verbissen ums Überleben. Es stand in einem Keramiktopf mit Sonnenblumenmuster. Die Vorhangschlaufen waren ebenfalls wie Sonnenblumen geformt. Pepperdyne ertappte sich dabei, wie er eine betastete, ein versonnenes Lächeln auf den Lippen.

Die gehören einer Kidnapperin, ermahnte er sich selbst. Seine Hand zuckte zurück.

Aber wenigstens keiner Mörderin. Die Autopsie der aus dem Wrack in Georgia geborgenen Leiche hatte ergeben, dass die Tote gleich beim Aufprall umgekommen war. Mrs. Burnwood hatte sie nicht ertrinken lassen. Sie war keine Mörderin. Noch nicht.

Pepperdyne blickte aus dem Fenster und grübelte darüber nach, was diese jüngste Entdeckung über Mrs. Burnwood und über die Menschen aussagte, mit denen sie in South Carolina zu tun gehabt hatte. Je mehr er herausfand, desto weniger verstand er. Jede Antwort zog eine weitere, verzwicktere, beunruhigendere Frage nach sich. Je länger sie vermisst waren, desto kälter wurde ihre Spur.

Er schlug leise fluchend mit der Faust auf das Fensterbrett. »Wo sind Sie, Madam? Und was haben Sie mit ihm angestellt?«

Das Telefon an der Wand klingelte. Pepperdynes Kopf fuhr herum. Er starrte den Apparat an, erneutes Klingeln! Es bestand die winzige Chance, dass jemand Kendall Burnwood anrufen wollte, jemand, der ihnen bei der Suche behilflich sein könnte. Wenn dem so war, wollte er ihn auf keinen Fall verschrecken.

Sein Magen krampfte sich zusammen, als er den Hörer abhob und vorsichtig »Hallo« sagte.

»Mr. Pepperdyne?«

»Am Apparat.« Er entspannte sich.

»Rawlins, Sir. Wir haben etwas.«

Pepperdynes Magen krampfte sich sofort wieder zusammen. Rawlins gehörte zu den Beamten, die in Stephensville, Georgia, geblieben waren. »Ich höre.«

»Wir haben einen Typen aufgetrieben, der sagt, er hätte Kendall Burnwood ein Auto verkauft. Er hat sie auf dem Bild wiedererkannt.«

»Er hat sie identifiziert?«

»Eindeutig.«

»Wo hat der Einfaltspinsel die ganze Zeit gesteckt?«

»Bei seinen Enkeln in Florida. Er ist noch nie geflogen, also hat er sich von dem Geld, das Mrs. Burnwood ihm für das Auto gezahlt hat, ein Flugticket nach Miami gekauft.«

»Sie hat bar bezahlt?«

»Sagt er jedenfalls.«

Zu dumm. Sie würden ihr nicht durch irgendwelche Banktransaktionen auf die Schliche kommen. Nicht, dass er sie für so unvorsichtig gehalten hätte, aber es wäre wenigstens ein Hoffnungsstrahl gewesen.

»Er war verreist, als wir die Einwohner befragten«, erklärte der Beamte weiter. »So, wie er es erzählt, kam er erst gestern Abend heim und hat ihr Bild entdeckt, als er die alten Zeitungen durchblätterte. Er hat den Artikel dazu gelesen und uns angerufen.«

»Geben Sie eine Fahndungsmeldung für den Wagen raus.«

»Schon geschehen, Sir.«

»Gut. Verfolgen Sie die Spur weiter. Ich bin unterwegs!«

16. Kapitel

»Aufhören! Ich halte es nicht mehr aus. Hört auf zu weinen, hört auf zu weinen, hört auf zu weinen! O Jesus! O Gott! Nein!«

Sein eigener Schrei weckte ihn. Er schoss hoch, blieb aufrecht im Bett sitzen und schaute sich gehetzt um. Unwillkürlich tastete er nach der Waffe, die er unter der Matratze versteckt hatte.

»Sie ist nicht mehr da.« Das war Kendalls Stimme. Er konnte sie hören, aber nicht sehen. »Ich habe sie so versteckt, dass du sie bestimmt nicht findest.«

Er schüttelte den Kopf, um ihn klar zu bekommen, suchte das Zimmer nach ihr ab und entdeckte sie schließlich auf dem Boden neben dem Bett. »Was ist los? Wieso liegst du auf dem Boden?«

»Weil du mich vom Bett geschleudert hast. Du hattest einen Albtraum, und ich wollte dich aufwecken. Du hast mir die Faust in die Schulter gerammt.«

»Bist du verletzt?«

»Nein«, sagte sie und rappelte sich hoch.

Sein Herz raste, und er war schweißgebadet. Kraftlos und durcheinander winkelte er sein unverletztes Bein an und ließ die Stirn aufs Knie sinken.

»Das muss ja ein furchtbarer Traum gewesen sein«, bemerkte Kendall. »Weißt du ihn noch?«

Er hob den Kopf und sah sie an. »Zum Glück nicht. Ich hatte eine Scheißangst.«

»Du bist klatschnass. Ich bringe dir einen Waschlappen.«

Während sie sich auf den Weg machte, stand er auf, ging ans Fenster und setzte sich auf den Holzstuhl. Er hob die Jalousie an und stellte resigniert fest, dass die Luft immer noch so staubig und windstill war wie vorhin, als er sich in seine Lethargie ergeben und beschlossen hatte, ein Nickerchen zu machen. Nach den schweren Regenfällen vor zwei Wochen herrschte nun vollkommene Dürre. Die Hitze war zermürbend.

Er warf einen Blick über die nackte Schulter auf die zerwühlten, verschwitzten Laken. »Tut mir leid«, meinte er zu Kendall, als sie zurückkam.

»Das Bettzeug können wir leicht wechseln.« Sie zögerte und meinte dann: »Du hattest den Albtraum nicht zum ersten Mal.«

»Nein?«

»Nein, aber so schlimm wie heute war er noch nie. Geht es dir wieder besser?«

Dankbar nahm er das Glas Limonade entgegen, das sie ihm auf einem Tablett gebracht hatte. Seine Hand zitterte, die eisige Limonade rann in großen Schlucken durch seine Kehle, dann rollte er sich das kalte Glas über die Stirn.

Er war verblüfft, als er den kühlen Lappen auf dem Rücken spürte. Normalerweise gab sie sich alle Mühe, ihn nicht zu berühren.

Jetzt wischte sie mit dem Lappen über seine Schultern, an den Seiten herab über die Rippen und über sein Rückgrat bis zu den Lenden, wo sich der Schweiß gesammelt hatte. Der weiche Stoff war angenehm kühl und beruhigend. Sie berührte ihn nur ganz leicht.

Ebenso behutsam ging sie auch mit ihrem Baby um. Denn eines musste man ihr lassen: Sie war eine wunderbare Mutter. Sanft. Fürsorglich. Aufmerksam. Das Baby zauberte ein hingebungsvolles Lächeln auf ihr Gesicht und brachte ihre Augen zum Leuchten.

Er hatte beobachtet, mit welchem Genuss sie das Kind versorgte, bisweilen war er fast neidisch auf den kleinen Glückspilz. Natürlich konnte er sich nicht an seine Säuglingszeit erinnern, sich auch nicht vorstellen, dass er so gehätschelt worden war. Er glaubte nicht, dass ihn jemals ein Mensch so geliebt hatte, weder als Kind noch als Erwachsener.

Überdies fragte er sich, ob er wohl auch so selbstlos und uneingeschränkt lieben könnte. Die Vorstellung, es nicht zu können, beunruhigte ihn.

»Besser?« Sie rollte den Lappen zu einer Kompresse und drückte ihn in seinen Nacken.

»Ja. Danke.« Wie von selbst fasste seine Hand nach hinten und legte sich auf ihre. Ein paar Sekunden lang hielt er die Kompresse im Nacken fest und spürte ihre Finger zwischen seinen und dem Stoff. »Viel besser.«

»Gut.«

Schließlich löste er seine Hand wieder, und sie zog ihre zurück. Dann rieb er sich mit dem Lappen über Brust und Bauch, den er sich plötzlich fester, härter, jünger wünschte. Als er Kendall dabei ertappte, wie sie ihn beobachtete, wandte sie verlegen den Blick ab.

Sie sprachen gleichzeitig.

»Ich habe dir …«

»Womit habe ich das hier verdient?«

»Gleich«, antwortete sie auf seine Frage. »Komm erst mal zur Ruhe.«

Sie setzte sich aufs Bett und faltete züchtig die Hände im Schoß. Da sie so gut wie immer Shorts trug, waren ihre Schenkel braungebrannt. Er vermutete, dass sie sich bei jedem Bad die seidenweich aussehenden Beine rasierte. Sie sahen seidenweich aus. Er wusste es nicht wirklich, weil er sie seit jenem Morgen, an dem sie sich geküsst hatten, nicht mehr berührt hatte. Aus ihm noch unerfindlichen Gründen ließ sie es zu keiner Vertraulichkeit kommen. Er hatte sich einzureden versucht, dass ihm dieses Tabu nichts ausmachte. Wenn sie es so wollte – na gut.

Aber es war nicht gut. Sein Begehren brachte ihn fast um. Als Ehemann an ihrer Seite zu leben und sich gleichzeitig wie ein Fremder benehmen zu müssen, belastete ihn mit jedem Tag mehr. Mühsam wandte er den Blick von ihren Beinen und den wohlgeformten Füßen ab.

Wer ist diese Frau?

Vor wem war sie auf der Flucht?, fragte er sich. Denn sie war auf der Flucht. Selbst wenn sie das bis zum Jüngsten Tag abstritt, wusste er, dass ihr irgendwas außerhalb der vier Wände dieses Hauses Todesangst einjagte. Jede Nacht stand sie ein paarmal auf, schlich auf Zehenspitzen durchs Haus, linste aus den Fenstern, suchte den Hof vor dem Haus ab. Wonach? Er stellte sich während ihrer nächtlichen Patrouillen regelmäßig schlafend, aber sie entgingen ihm keineswegs. Es wurmte ihn, dass er den Grund für ihre Wachgänge nicht kannte.

Manchmal machte es ihn fast wahnsinnig, dass er so wenig über sie wusste. Warum vertraute sie ihm nicht, warum ließ sie sich nicht von ihm helfen? Er konnte sich nur einen einzigen Grund dafür denken: Er war ein Teil ihres Problems. Es war ein beklemmender Gedanke, den sie mit ein paar schlichten, ehrlichen Antworten entkräften könnte. Von wegen! Seit zwei Wochen schlief er jede Nacht neben ihr, doch sie blieb vor ihm auf der Hut.

Er kannte den Rhythmus ihres Atems im Schlaf, gleichwohl blieb sie ihm fremd. Blind hätte er sie am Geruch und am Klang ihrer Stimme erkannt, aber sie war nicht seine Frau. Darauf hätte er sein Leben verwettet.

»Wie hast du die Pistole gefunden?«, fragte er.

»Einem Mann auf Krücken bieten sich nicht viele Versteckmöglichkeiten.«

Als sie am Morgen nach ihrer Ankunft in der Küche herumgeräumt hatte, hatte er ihre Sachen durchsucht und in dem Wickelkörbchen die Pistole entdeckt – der letzte Ort, an dem man eine todbringende Waffe erwartete. Für ihn hatte sich damit bestätigt, was er ohnehin glaubte – sie hatte ihm nichts als Lügen aufgetischt. Die Situation war längst nicht so harmlos, wie sie ihm weismachen wollte.

Natürlich war Kendall außer sich gewesen, als sie ihn mit der Waffe gesehen hatte. Sie hatte ihm Vorwürfe gemacht, er würde spionieren und sich in ihre Angelegenheiten mischen, was er keineswegs abstritt; aber als sie die Waffe zurückforderte, hatte er nur laut gelacht.

Sie hatte ihm trotzdem ein Schnippchen geschlagen, da sie die Patronen eindeutig woanders aufbewahrte. Die Waffe nutzte ihm nichts. Trotzdem hatte es ihm ein trügerisches Machtgefühl verliehen, sie in seinem Besitz zu wissen. Und zu seiner Überraschung beruhigte es ihn, eine Waffe zu tragen. Das Gewicht in der Hand war ihm vertraut und irritierend normal erschienen. Er empfand keinerlei Scheu vor der Pistole. Zwar besaß er keine Patronen, doch die Kenntnis, wie man sie lädt und feuert; er respektierte die Waffe, aber hatte keine Angst davor. Wann konnte ihm der Umgang mit ihr wohl so vertraut geworden sein? Er hatte versucht, sich daran zu erinnern, ob und wann er eine Waffe eingesetzt hatte, aber sein Gedächtnis ließ ihn immer noch im Stich. Die Pistole war so etwas wie ein Schlüssel zu seiner Vergangenheit gewesen, dessen neuerlicher Verlust ihn rasend machte.

»Ich werde sie wiederfinden«, sagte er jetzt.

»Diesmal nicht.«

»Ich werde so lange suchen, bis ich sie habe.«

»Das wirst du nicht.«

»Wem gehört sie?«

»Mir.«

»Liebende Mütter laufen selten mit einer Pistole herum, Kendall. Wozu brauchst du eine Waffe? Hast du jemanden damit erpresst und mich entführt? Verlangst du Lösegeld für mich?«

Der Gedanke brachte sie zum Lachen. »Was glaubst du denn, wie viel du wert bist? Hast du das Gefühl, reich zu sein?«

Er überlegte einen Moment und schüttelte dann verwirrt den Kopf. »Nein.«

»Vergiss nicht, du wolltest selbst mitkommen. Ich habe dich nicht aus dem Krankenhaus verschleppt.«

Richtig. Das hatte sie nicht. So viel also zu seiner Entführungs- und Lösegeldtheorie. »Hast du die Waffe zusammen mit dem Autoschlüssel versteckt?«

»Warum hast du nach dem Autoschlüssel gesucht?«

»Warum ist er weg?«

»Selbst wenn ich dir den Autoschlüssel auf einem silbernen Tablett servieren würde, was tätest du damit?«, fragte sie. »Mit deinem Bein kannst du unmöglich fahren.«

»Ich könnte es jedenfalls versuchen.«

»Und du würdest Kevin und mich hier allein zurücklassen?«

Das bejahte er uneingeschränkt. »So, wie du mich bei der erstbesten Gelegenheit im Stich lassen willst.«

»Bevor ich verschwinde«, sagte sie sarkastisch, »muss ich allerdings noch etwas erledigen. Also kann ich es genauso gut gleich hinter mich bringen.«

Sie stand auf und langte nach dem Tablett, das sie auf dem Nachttisch abgestellt hatte. Misstrauisch beäugte er die Plastikflasche mit Äthylalkohol, die winzige Schere, die Pinzette. »Was hinter dich bringen?«

»Ich werde dir die Fäden ziehen.«

»Das wirst du nicht.«

»Da ist gar nichts dabei.«

»Das sagst du so. Es sind nicht deine Fäden. Warum gehen wir nicht zum Arzt?«

Sie tränkte einen Wattebausch mit Alkohol. »Das können wir uns sparen. Man muss sie nur durchtrennen und rausziehen. Ich habe schon mal zugeschaut.«

»Und ich habe bei einer Herztransplantation zugeschaut. Das heißt noch lange nicht, dass ich es kann.«

»Wann hast du bei einer Herztransplantation zugeschaut?«

»Das war bildlich gesprochen.« Er deutete auf das Tablett. »Tu das Zeug weg. Und bleib mir mit dieser Schere vom Hals. Wer sagt mir, dass du sie mir nicht in die Gurgel stößt.«

»Wenn ich das vorhätte, hätte ich dich im Schlaf beseitigt, und zwar schon längst.«

Dieses Argument traf. Sie wollte ihn zwar loswerden, aber umbringen wollte sie ihn nicht – das glaubte er wenigstens.

»Also stell dich nicht so an und senk den Kopf.« Sie wollte nach ihm fassen, aber er stoppte ihre Hände.

»Kennst du dich wirklich damit aus?«

»Vertrau mir.«

»Nie im Leben.«

Sie verdrehte die Augen. »Es sind nur ein paar oberflächliche Stiche. Die meisten Fäden liegen unter der Haut. Die haben sich inzwischen aufgelöst.«

»Woher willst du das wissen?«

»Das hat mir der Arzt erklärt.« Sie sah ihn tadelnd an. »Es wird nicht wehtun. Ich verspreche es dir. Die Wunde ist verheilt.«

Das zumindest war richtig. Sie schmerzte seit Tagen nicht mehr; das Dröhnen im Kopf war verschwunden. Er konnte sich wieder die Haare waschen. Die Stiche waren höchstens noch lästig, genau wie die kahl geschorene Stelle um die

Narbe herum. Aber das Haar wuchs bereits nach, und das borstige Stoppelfeld auf seinem Skalp juckte wie verrückt.

Widerwillig ließ er ihre Hände los. »Okay. Aber wenn es wehtut ...«

»Höre ich sofort auf.«

Sie legte die Hände auf seine Wangen und zog seinen Kopf vor, dann betupfte sie die Naht mit Alkohol. »Ruhig bleiben«, mahnte sie, während sie die Watte beiseitelegte und die Nagelschere nahm.

Sie war äußerst behutsam. Wenn er nicht das metallische Schnippen der Schere gehört hätte, hätte er nicht sagen können, wann sie den ersten Faden durchtrennte. Natürlich lenkten ihn andere Reize ab, die viel intensiver waren als der Schmerz – ihr Atem in seinem Haar, die Berührung ihrer Schenkel, ihre Brüste, die so verlockend vor seinen Augen schwebten.

Vielleicht hätte er sie nicht provozieren sollen, sich nackt vor ihm zu zeigen. Damals hatte er das für eine gute Idee und eine narrensichere Methode gehalten, ihre »Ehe«-Geschichte zu überprüfen. Inzwischen befürchtete er, damit ein klassisches Eigentor geschossen zu haben. Denn wenn er seither bemerkte, wie ihre Brüste unter ihrem Nachthemd oder ihrem T-Shirt schaukelten, hatte er jedes Mal ein Bild vor Augen, das einem Mann feuchte Träume bescheren konnte.

»Alles okay?«, fragte sie unvermittelt.

»Ja, klar.«

»Macht dir dein Bein zu schaffen?«

»Nein.«

»Was ist dann los?«

»Nichts.«

»Dann hör auf zu zappeln. Ich schneide daneben, wenn du nicht stillhältst.«

»Tu's einfach, okay?«, fuhr er sie an.

Sie legte die Schere auf das Tablett zurück und nahm die Pinzette. »Jetzt wird es gleich ein bisschen …«

»Autsch!«

»Ziehen.«

»Autsch!«

Sie trat zurück und stemmte die Hände in die Hüften, wobei sich ihr T-Shirt über den Brüsten spannte und ihre Figur dadurch noch mehr betonte. »Willst du es selbst machen?«

Ich will es mit dir machen, brüllte es in seinem Kopf.

»Du brauchst es nur zu sagen, dann hör ich auf.«

»Jetzt hast du es schon so weit getrieben, da kannst du die verdammten Dinger auch rausholen.«

Als sie fertig war, tupfte sie die Stelle wieder mit Alkohol ab. Es brannte leicht, aber er jammerte nicht.

Nach dem letzten Tupfer mit der feuchten Watte erklärte sie: »Sobald dein Haar nachgewachsen ist, bist du wieder wie neu.«

»Nicht ganz.«

»Du meinst die Amnesie? Immer noch keine Erinnerungen?«

»Tu nicht so, als täte dir das leid. Du willst doch gar nicht, dass mir was einfällt. Stimmt's?«

»Natürlich möchte ich das.«

»Warum hilfst du mir dann nicht auf die Sprünge? Du bist ziemlich geizig, was Informationen anbelangt.«

»Der Arzt hat gesagt …«

»Der Arzt hat gesagt, der Arzt hat gesagt«, äffte er sie gehässig nach. »Du hast behauptet, diesem quasselnden, aalglatten Scheißer nicht über den Weg zu trauen, aber das hält dich nicht davon ab, ihn laufend zu zitieren.«

»Der Arzt hat gesagt, ich sollte dein Gehirn nicht mit zu vielen Einzelheiten überfordern.«

Seine schlechte Laune und seine unflätige Ausdrucksweise schienen sie nicht im Geringsten zu beeindrucken. Konnte man diese Frau denn überhaupt nicht in Verlegenheit bringen? Ihr belehrender Tonfall und ihre kühle Arroganz beruhigten ihn keineswegs, sondern reizten ihn nur noch mehr.

»Wenn ich dich dränge, könnte ich dadurch den Wiederherstellungsprozess sogar verlangsamen«, erklärte sie. »Dein Gedächtnis kommt zurück, sobald es will. Wir können es nicht forcieren.«

»Das denkst du dir nur aus.«

Sie gab sich entnervt geschlagen. »Also gut. Was willst du wissen?«

»Von wem hast du dein Baby?«

Endlich! Eine ehrliche, ungeschminkte, unbedachte Reaktion. Sie war wie vor den Kopf geschlagen. Offenbar hatte sie nicht mit einer Frage nach dem Vater ihres Sohnes gerechnet.

»Kevin ist nicht von mir.« Das war seine felsenfeste Überzeugung. »Ich weiß es einfach. Ich spüre nichts, fühle keine Verbindung zu ihm.«

»Woher willst du das wissen? Du rührst ihn nie an, schaust ja kaum hin zu ihm.«

»Ich … ich kann nicht. Er … Kinder ganz allgemein, sie …« Was sollte er sagen? Dass sie ihm Angst machten? Sie würde ihn für verrückt erklären, und er würde ihr das nicht übel nehmen können. Trotzdem war Angst das Wort, das noch am besten beschrieb, was er empfand, wenn er sich in der Nähe des Kindes aufhielt.

Kendall beobachtete ihn neugierig, also musste er etwas sagen. »Ich werde immer unruhig, wenn ich sie weinen und schreien höre.«

Wenn er nur an schreiende Kinder dachte, trat ihm kalter Schweiß auf die Stirn. Bilder aus seinem jüngsten Albtraum zogen ihm durch den Kopf, aber statt davor zu fliehen, schloss er diesmal die Augen, stellte sich ihnen und versuchte, wenigstens an die Ränder seiner Erinnerungen vorzudringen. Und diesmal wurde ihm etwas bewusst, das ihm bisher entgangen war. In seinem Traum hatte er sich gewünscht, die Kinder würden aufhören zu schreien. Jetzt aber wurde ihm klar, dass er ihr Schweigen genauso fürchtete wie ihr Schreien. Weil Schweigen Tod bedeutete. Er wusste es. Und er wusste, dass er irgendwie dafür verantwortlich war. Jesus.

Es dauerte lange, ehe er die Augen wieder öffnete. Er fühlte sich ausgelaugt, zittrig und leer, als hätte er den Albtraum noch mal durchlebt.

Kendall hatte sich nicht von der Stelle gerührt. Sie beobachtete ihn besorgt und aufmerksam zugleich.

»Hatte es was mit deinem Baby zu tun, dass du mich in Stephensville loswerden wolltest?« fragte er. »Habe ich etwas gegen den Kleinen?«

»Nichts.«

»Lüg mich nicht an, Kendall. Ich habe was gegen dein Baby und weiß nicht warum. Entweder bin ich ein herzloses Schwein, oder es muss einen Grund für dieses Gefühl geben. Welchen?«

»Ich weiß es nicht.«

»Sag schon.«

»Ich weiß es nicht!«

17. Kapitel

Ich bin schwanger!

Kendall packte das Steuer ihres Autos mit beiden Händen, um nicht von ihrem Glücksgefühl überwältigt zu werden. Sie lachte laut auf und wiegte ihre Schultern. Bestimmt hielt jeder sie für verrückt, der ihr auf der Straße begegnete, aber sie war zu glücklich, als dass sie sich darum gekümmert hätte.

Ahnte Matt etwas? Wohl kaum. Es war nicht ungewöhnlich, dass sie kurz nach Tagesanbruch aus dem Haus ging. Sie kam oft vor dem offiziellen Arbeitsbeginn ins Büro, um sich ungestört ihren Akten widmen zu können.

An diesem Morgen war sie allerdings in die Praxis ihres Gynäkologen gefahren. Matt wollte sie erst einweihen, nachdem sie die medizinische Bestätigung hatte, dass das langersehnte Burnwood-Baby endlich empfangen worden war.

Sie hatte den Arzt und seine Helferinnen beschworen, ihr Geheimnis zu wahren. In Prosper verbreiteten sich Neuigkeiten in Windeseile. Matt sollte die gute Nachricht nicht von jemand anderem erfahren, ehe sie Gelegenheit hatte, sie selbst zu überbringen.

Vielleicht beim Mittagessen? Ja, sie würde ihn anrufen und sich irgendwo mit ihm treffen. Oder vielleicht würde sie bis heute Abend warten und es ihm bei einem Abendessen im Kerzenschein verraten.

Es war noch früh, als sie am Gericht eintraf. Außer ihrem stand noch kein Wagen auf dem Parkplatz. Als sie ins Gebäude und durch die verlassenen Gänge auf ihr Büro zuging, hatte sie das Gefühl, über dem Boden zu schweben.

Als sie um die Ecke bog, sah sie, dass in ihrem Büro Licht brannte. Auch Roscoe war also schon an der Arbeit. Sie streckte den Kopf durch die offene Tür, aber statt ihm einen guten Morgen zu wünschen, entfuhr ihr: »O mein Gott!«

Der Hausmeister wäre vor Schreck fast gestorben, doch als er Kendall sah, verwandelte sich seine entsetzte Miene in Mitgefühl. »Ich wollte eigentlich alles gereinigt haben, bevor Sie kommen, Mrs. Burnwood.«

Das Büro war verwüstet. Jemand hatte die Glasscheibe in ihrer Tür eingeschlagen, und Splitter übersäten den Boden. Aktenschränke waren aufgebrochen worden, deren Inhalt überall im Raum verstreut lag. Die Gesetzbücher hatte man aus den Regalen gezogen.

Die beiden von ihr liebevoll gepflegten Usambaraveilchen waren kopfüber auf die Schreibunterlage gestürzt worden. Abgesehen von ihren zerfransten Blättern und einem Häufchen schlammiger Blumenerde gähnte Leere auf ihrem Schreibtisch. Alles Arbeitsmaterial war zu Boden gefegt, zerfetzt, zertreten, zerbrochen worden. Aus den Polstern ihres ledernen Schreibtischsessels quoll die Füllung.

»Wer war das?«, wollte sie wissen.

»Glauben Sie, es ist das Werk dieser miesen Crook-Zwillinge?«

Ja, das glaubte sie, aber sie äußerte ihren Verdacht nicht, sondern rief die Polizei. Kurz darauf trafen zwei Beamte ein. Routinemäßig nahmen sie die Ermittlungen auf, Kendall merkte ihnen jedoch an, dass sie diesem Vandalismus keine große Beachtung schenkten. Nachdem sie überall Fingerabdrücke genommen hatten, folgte sie den Beamten in den Flur, wo Roscoe sie nicht hören konnte.

»Haben Sie verwertbare Abdrücke gefunden?«

»Schwer zu sagen«, antwortete der eine. »Bestimmt sind sie nur von Ihnen, Ihrer Sekretärin und dem Schwarzen.«

Der andere Beamte machte eine Kinnbewegung in Richtung Büro. »Woher wollen Sie wissen, dass nicht er es war?«

Kendall war so schockiert über die rassistische Unterstellung, dass sie die Frage erst gar nicht verstand. »Mr. Calloway?«, fragte sie ungläubig. »Was für ein Motiv sollte er denn haben?«

Die Beamten tauschten angesichts solcher Einfalt einen vielsagenden Blick.

Einer meinte: »Wir lassen es Sie wissen, wenn wir irgendwas von Bedeutung rausfinden, Mrs. Burnwood. Haben Sie sich in letzter Zeit Feinde gemacht?«

»Jede Menge«, antwortete sie spitz. »Vor allem unter Ihren Kollegen.«

Sie hatte nichts zu verlieren. Man würde ihre Anzeige routinemäßig aufnehmen und sie dann vergessen. Es würde keine weiteren Nachforschungen geben. Bei der Polizei war sie nicht eben beliebt. Sie hatte zu viele Polizisten im Kreuzverhör zur Strecke gebracht.

»Vielen Dank für Ihre Mühe.«

Noch während sie ihnen nachschaute, wusste sie, dass der Fall damit erledigt wäre, es sei denn, sie würde sich selbst darum kümmern, was sie aber wegen Matt nicht vorhatte. Wenn er von dem Vorfall erfuhr, würde er vielleicht seine Drohungen wahrmachen, den Crooks ernsthaften Schaden zuzufügen.

»Roscoe, helfen Sie mir, hier sauber zu machen?«, fragte sie, als sie wieder ins Büro trat.

»Damit habe ich doch schon angefangen.«

»Danke. Die Akten müssen baldmöglichst wieder sortiert werden.« Dann ergänzte sie: »Ich möchte Sie bitten, diese Sache für sich zu behalten. Bitte sprechen Sie mit niemandem darüber. Nicht einmal mit meinem Mann.«

Gegen Mittag konnte sich Kendall wieder in ihrem Büro bewegen, ohne dass Glas unter ihren Füßen knirschte oder sie über ein Gesetzbuch stolperte. Ihre Sekretärin hatte die Akten notdürftig in Ordnung gebracht, Roscoe ersatzweise einen alten Drehstuhl aufgetrieben, bis sie einen neuen bekam.

Sie hätte gute Lust gehabt, Henry und Luther Crook eigenhändig zu erschießen, falls sie ihr über den Weg laufen sollten, und zwar nicht nur, weil sie ihr Büro zerlegt hatten, sondern weil dieser wunderbare Tag glanzlos geworden war. Nun musste sie sich mit den Folgen ihrer Zerstörungswut herumärgern, statt sich in dem geheimen Wissen ihrer Schwangerschaft zu sonnen und sich auszumalen, wie sie Matt die Neuigkeit am effektvollsten beibrachte.

Natürlich erregte das Chaos in ihrem Büro einiges Aufsehen. Als man sie nach dem Grund fragte, log sie. Sie log sogar Ankläger Gorn an, der hereinschlenderte, als sie eben nach Hause fahren wollte.

Er deutete auf den Handwerker, der gerade eine neue Scheibe in ihre Tür einsetzte. »Was ist denn hier passiert?«

»Ich wollte ein bisschen umräumen.« Ohne ihm eine Gelegenheit zum Nachhaken zu geben, fragte sie: »Was führt Sie zu dieser Tageszeit her, Dabney? Ist im Café der Eistee ausgegangen?«

»Sie haben ein ziemliches freches Mundwerk, Frau Anwältin. Es wundert mich, dass Gibb und Matt Ihnen noch keine besseren Manieren beigebracht haben.«

»Matt ist mein Mann, nicht mein Vormund. Und Gibb hat mir überhaupt nichts zu sagen. Außerdem würde ich ohne mein freches Mundwerk nicht so gut als Stachel in Ihrem Fleische funktionieren. Und diese Rolle genieße ich von Tag zu Tag mehr.«

Sie streckte die Hand nach der Akte aus, die er mitgebracht

hatte und in der sie den Grund für seinen unangemeldeten Besuch vermutete. »Haben Sie was für mich?«

»Unsere Ermittlungsergebnisse im Fall Lynam. Das hier ist alles, was wir zu verwenden gedenken. Sie sollen meiner Abteilung nicht vorwerfen können, wir würden Beweise zurückhalten und Sie im Gerichtssaal damit überfahren. Das haben wir nicht nötig, die Angelegenheit ist sonnenklar.«

Er schob die Daumen unter die breiten roten Hosenträger. »Wir sind bereit für den Prozess. Ich könnte es mit der linken Hand zu einer Verurteilung bringen.«

»Ich nehme Ihnen nicht ab, dass Sie sich Ihrer Sache so sicher sind, Dabney.« Sie stand auf, nahm ihre Handtasche und den Aktenkoffer und ging zur Tür. »Sie würden sich dann nicht bemüßigt fühlen, mich ständig daran zu erinnern. Vielen Dank für die Unterlagen. Und jetzt müssen Sie mich entschuldigen. Ich wollte gerade Feierabend machen, als Sie kamen. Vielleicht lassen Sie sich nächstes Mal lieber einen Termin geben, wenn Sie mich aufsuchen wollen.«

Gibb hatte sie im Lauf des Tages angerufen und das junge Paar zum Abendessen eingeladen. Sie konnte es kaum erwarten, Matt von dem Baby zu erzählen, aber nach dem aufreibenden Tag war ihr nicht nach Kochen oder Ausgehen zumute, deshalb hatte sie ihrem Schwiegervater zugesagt.

Es war ein zwangloses Beisammensein. Sie aßen in seinem Wohnzimmer vom Tablett, direkt unter den bedrohlichen Augen seiner Jagdtrophäen. Erst beim Dessert sprach er sie auf Lottie Lynams bevorstehenden Prozess an.

So, wie es seine Art war, nahm Gibb kein Blatt vor den Mund: »Wie konntest du nur auf ›nicht schuldig‹ plädieren?«

»Über die Einzelheiten meines Falles darf ich nicht mit dir sprechen, Gibb. Das weißt du doch.«

»Ich verstehe ja, dass dich die juristische Schweigepflicht bindet. Aber hier sind wir doch unter uns.« Er lächelte. »Außerdem spreche ich nicht über Einzelheiten. Mir geht es ums Prinzip.«

»Wie jene Prinzipien, über die sich der Bruder Whitaker vergangenen Sonntag ausgelassen hat?«

Der Pfarrer hatte seiner Gemeinde gehörig die Köpfe gewaschen. Kendall war vor Zorn über die Predigt nahezu geplatzt und beschloss, das auch zu sagen, obwohl sie wusste, dass jede Kritik an dem Pastor, von dem Matt und Gibb so viel hielten, auf beide wie ein rotes Tuch wirkte.

»Was hat Bruder Whitakers Predigt mit deinem Fall zu tun?«, fragte Matt.

»Das hat er doch aus reiner Berechnung gemacht, seine Herde ausgerechnet vergangenen Sonntag an die Heiligkeit der Ehe zu erinnern.« Ihre Stimme triefte vor Verachtung. »Eine volle Stunde hat er uns ins Gewissen geredet, dass Frauen ihren Ehemännern blinden Gehorsam schulden.«

»Es steht in der Bibel, dass die Frau dem Manne untertan sein soll.«

»Steht in der Bibel auch, dass eine Frau einem Mann untertan sein soll, der sie mit einem Lockenstab vergewaltigen will?«

»Kein besonders erfreuliches Gesprächsthema beim Essen, meinst du nicht?«

»Dieses Gesprächsthema ist nie erfreulich, Matt«, entgegnete sie hitzig. »Aber um auf die Predigt vom Sonntag zurückzukommen – die kann man nur als voreingenommen und sexistisch bezeichnen. Unter seinen Zuhörern saßen zukünftige Geschworene. Wie können sie unbeeinflusst bleiben?«

»Bob hat es nicht gutgeheißen, Frauen zu prügeln, Kendall«, wandte Matt ein. »Es ist kein Geheimnis, dass Charlie Lynam ein cholerischer, mieser Säufer war.«

»Das gab ihr noch lange nicht das Recht, ihn umzubringen, Sohn«, wies Gibb ihn zurecht, bevor er sich an Kendall wandte. »Ich habe Dabney gesagt, dass du Lottie auf ›nicht schuldig‹ plädieren lässt, weil du ihr wahres Wesen nicht kennst.«

»Was soll das heißen, du hast es Dabney gesagt? Hat er mit dir über den Fall gesprochen? Er kann doch nicht …«

Gibb hob die Hand, um ihr Einhalt zu gebieten. »Dabney und ich kennen uns schon ewig, Kendall. Um genau zu sein, ich habe ihn überredet, sich um das Amt zu bewerben, und mich für seine Wahl eingesetzt. Er hat mich nur als Freund gefragt, was ich davon hielte, dass du auf ›nicht schuldig‹ plädierst, und ich habe es ihm erklärt.

Du kommst nicht von hier. Lottie macht dir was vor. Du kannst nicht wissen, dass sie schon immer eine Nutte war, seit sie zur Frau gereift ist. Durch die Ehe hat sich daran nichts geändert. Sie hat Charlie mit ihrer Hurerei in den Suff getrieben.«

Kendall war fassungslos. Ankläger Gorn hatte auf grobe Weise gegen den Ehrenkodex des Berufsstandes verstoßen, indem er Gibb nach seiner Meinung über ein schwebendes Verfahren gefragt hatte, aber das schien Gibb gar nicht klar zu sein. Er ereiferte sich viel zu sehr darüber, dass seine Schwiegertochter für das Stadtflittchen Partei ergriff.

»Gibb, Mr. Gorn hätte auf gar keinen Fall mit dir darüber sprechen dürfen. Ganz abgesehen davon wird nicht über Mrs. Lynams Moral verhandelt. Du hörst dich beinahe so an, als hätte sie es verdient, verprügelt und vergewaltigt zu werden.«

»Das ist der zweite Punkt«, hakte er ein. »Ganz egal, was dazu in den Gesetzbüchern steht: Wie kann ein Mann seine eigene Frau vergewaltigen?«

Matt mischte sich ein, bevor Kendall auf diese unglaubliche Frage antworten konnte. »Dad, Kendall braucht sich nicht vor uns zu rechtfertigen. Sie ist erschöpft. Lass uns den Abwasch machen, und dann fahre ich sie nach Hause.«

Noch bevor sie Gibbs Grundstück verlassen hatten, nahm Kendall das Gespräch wieder auf. »Am meisten Angst macht mir, dass ein großer Prozentsatz der Leute, die zu Geschworenen ernannt werden, genau wie Gibb die altmodische Auffassung hegen, eine Frau müsse ihrem Mann in jedem Fall gehorchen. Vielleicht werde ich beantragen, dass die Verhandlung an einem anderen Ort geführt wird. In Prosper kann meine Mandantin keinen fairen Prozess bekommen.«

»Dad gehört einer anderen Generation an, Kendall. Du kannst nicht erwarten, dass er und seine Freunde unsere Ansichten über bestimmte gesellschaftliche und ethische Fragen teilen.«

»Wie Prügel und Vergewaltigung in der Ehe?«

»Mit mir brauchst du dich nicht anzulegen«, wehrte er sich gegen ihren gehässigen Unterton. »Ich habe dir nicht widersprochen.«

»Aber du hast mich auch nicht unterstützt.«

»Ich wollte mich nicht in einen sinnlosen Streit verwickeln lassen.«

»Dieser Streit ist nicht sinnlos. Auch Mrs. Lynam hält ihn ganz bestimmt nicht für sinnlos.«

»Ich gehöre nicht zur Jury«, antwortete Matt ruhig. »Du brauchst deine Position nicht vor mir zu vertreten. Und du hättest nicht mit Dad darüber sprechen sollen.«

»Er hatte jedenfalls keine Skrupel, mit Gorn darüber zu diskutieren.« Sie war gleichermaßen wütend und verwirrt. »Eines musst du mir erklären, Matt: Wie kommt Dabney dazu, sich mit Gibb über Rechtsfragen zu unterhalten?«

»Das hat Dad dir doch gesagt. Sie sind alte Freunde und

haben ein bisschen geplaudert. Du misst der Sache viel zu großes Gewicht bei.«

»Das finde ich nicht. Mich stört der Gedanke, dass Dabney petzend zu Gibb gelaufen ist und sich ausgeheult hat, damit mein Schwiegervater Einfluss auf meine Arbeit als Pflichtverteidigerin nimmt.« Das war eine weitere beunruhigende Facette in einem ohnehin heiklen Fall. Sie war überzeugt, dass es einem Wunder gleichkäme, wenn sie in Prosper einen Freispruch erreichte.

»Würde es dir etwas ausmachen, wenn ich Mrs. Lynam für einen Artikel interviewen würde?«

»Was?« Verdutzt sah sie Matt an, dessen Angebot vollkommen unerwartet erfolgte. »Was für einen Artikel?«

»Die Leute sind bisher ziemlich über Mrs. Lynam hergefallen, in der Kirche wie auch auf der Straße. Sogar in meiner Zeitung«, gab er zerknirscht zu. »Sie hat ein bisschen Unterstützung nötig.«

Kendall dankte ihm für das Angebot, äußerte aber Bedenken. Sie hatten das Problem noch nicht ausdiskutiert, als sie zu Hause ankamen. Während sie durch den Flur zum Schlafzimmer gingen, versuchte er weiter, sie für seine Idee zu erwärmen.

»Auf diese Weise kann ich Dads Schnitzer wieder wettmachen. Er ist gewohnt, dass man ihn um Rat fragt, und gibt ihn gerne. Bestimmt war es nicht seine Absicht, dich in eine unhaltbare Position zu bringen, indem er Dabney sagte, was er von der Sache hält. Ich möchte dir beistehen, Kendall, und schwöre dir, dass wir keine Sensationsstory daraus stricken.

Im Gegenteil, ich werde dir vorab eine Fragenliste ausdrucken. Du kannst sie überarbeiten und Mrs. Lynam bei den Antworten beraten. Ich werde mich an diese Fragenliste halten, und du kannst den Artikel korrigieren, bevor wir ihn veröffentlichen. Alles, was dir nicht gefällt, wird gestrichen.«

Angesichts dieser Zugeständnisse sah sie keinen Grund mehr, sein Angebot auszuschlagen. »Na schön. Danke.«

Er breitete die Arme aus. »Du siehst aus, als könntest du ein paar Streicheleinheiten gebrauchen.«

Erleichtert ließ sie sich in seine Umarmung sinken. Er drückte sie an seine Brust und massierte ihr mit seinen starken Händen die Verspannungen aus dem Rücken. Gibbs Einladung zum Essen hatte sie daran gehindert, ihm von dem Baby zu erzählen.

Sie hatte mit dem Gedanken gespielt, es beiden gleichzeitig zu sagen, sich aber dagegen entschieden. Gibb war zu oft der Dritte im Bunde. Diesen ganz besonderen Moment wollte sie allein mit ihrem Mann erleben, ihn mit niemandem teilen.

Endlich waren sie ungestört.

Sie wollte ihn gerade ansprechen, als er ihr zuvorkam. »Kendall?« Er hielt sie von sich weg und strich ihr mit dem Finger über die Wange. »Du warst in letzter Zeit schrecklich zerstreut. Darf ich heute nacht ein paar Stunden um deine ungeteilte Aufmerksamkeit bitten?«

Das war noch besser. Nachdem sie sich geliebt hätten und entspannt beisammen lägen, wäre der ideale Augenblick gekommen, es ihm anzuvertrauen. Sie schlang die Arme um seinen Hals. »Es ist mir ein Vergnügen«, flüsterte sie.

Sie küsste und streichelte ihn am ganzen Leib, labte sich dabei an seinem männlichen Körper und an seiner Kraft. Sie genoss das intime Zusammensein, das sie, wie er richtig bemerkt hatte, in letzter Zeit vernachlässigt hatten.

Aber der Liebesakt erfüllte nicht, was sie sich erhofft hatte. Sie war noch nicht bereit, als er in sie eindrang. Seine Stöße bereiteten ihr Schmerzen und dämpften ihre Lust. Sie hätte sich ein längeres Vorspiel, eine langsame sexuelle Stimulierung gewünscht, bei der ihre Müdigkeit allmählich von der Erregung vertrieben worden wäre.

Hinterher lächelte er sie entschuldigend an. »War es okay?«

Sie log, um ihn nicht zu verletzen.

»Du bist zu abgelenkt, Kendall.« Er konnte seine Enttäuschung nicht verhehlen. »Wir haben das Gefühl füreinander verloren. Uns fehlt der gemeinsame Rhythmus. Dad hat recht.«

Sie stützte sich auf ihren Ellbogen. »Recht womit?«

»Du verbringst zu viel Zeit bei der Arbeit und zu wenig daheim.«

»Du hast mit Gibb darüber gesprochen, was dir an mir nicht passt, bevor du mir auch nur eine Andeutung machtest?«

»Deswegen brauchst du nicht gleich sauer zu werden. Ich habe nicht behauptet, dass es deine Schuld ist. Ich habe ihm erklärt, dass ich offenbar irgendwelche Fehler begehe, sonst wärst du nicht so abweisend.«

»Matt, das ist unfair!«, brauste sie auf. »Als ich dich vorgestern Abend anrief, um dir zu sagen, dass ich länger arbeiten würde, hast du gemeint, das wäre kein Problem, weil du auch zu tun hättest. Als du heimkamst, war ich längst zu Hause und im Bett.«

»Werd nicht wütend.«

»Warum sollte ich nicht wütend werden? Du verdrehst die Tatsachen. Wenn ich später heimkomme, dann deshalb, weil ich Überstunden mache. Du kommst spät heim, weil du mit deinen Freunden und Gibb herumziehst.«

»Du bist neidisch.«

»Das ist kein Neid.«

»Es klingt aber so.«

»Dann bist du neidisch auf meine Arbeit.«

»Das bin ich. Ich gebe es zu. Weil du so verdammt besessen bist von deinem Beruf.«

»Ich bin erfüllt von meinem Beruf. Wenn ich ein Mann wäre, würde man mich für einen echten Siegertyp halten.«

»Du bist aber kein Mann, sondern eine Frau. Und wegen deines Berufs bist du deinen Aufgaben als meine Gattin nicht mehr gewachsen.« Er zog sie an sich, strich ihr übers Haar und meinte besänftigend: »Meine Süße, ich streite so ungern.«

»Ich auch, Matt, aber manchmal muss es sein. Als du mich geheiratet hast, wusstest du genau, dass ich ehrgeizig bin. Ich liebe meinen Beruf. Ich will Gerechtigkeit für …«

»Das weiß ich doch alles«, fiel er ihr ins Wort. »Ich bin ja auch stolz auf dich, aber musst du dich so in deine Arbeit reinsteigern? Willst du dir deshalb alles andere versagen? Du solltest deine Zeit und Kraft auch anderen Bereichen deines Lebens widmen. Vor allem mir. Und ich fände es schön, wenn du dich mehr für die Gemeinde interessieren und dich mehr unter die Frauen unserer Kreise mischen würdest. Weißt du, es spricht viel dafür, zur Gruppe zu gehören, statt immer abseits zu stehen.«

Er drückte seine Lippen auf ihre Schläfe. »Dad meint, wir bräuchten ein Baby. Mit einem Kind wäre dein Leben viel ausgeglichener. Ich finde, er hat recht. Komm, wir machen ein Baby, Kendall. Noch heute nacht.«

In dieser Stimmung wollte Kendall ihm nicht erzählen, dass ein solches bereits unterwegs war. Sie liebten sich noch mal, aber seine befremdlichen Bemerkungen hatten ihr die Lust geraubt. Er war zu sehr damit beschäftigt, sie zu schwängern, als dass ihm ihre Leidenschaftslosigkeit aufgefallen wäre.

18. Kapitel

»Was tust du da?«

»Ich fahre mit dir in die Stadt.« Er saß auf dem Beifahrersitz; die Krücken hatte er vor dem Rücksitz auf dem Boden verstaut.

»Nein, das wirst du nicht.«

»Werde ich doch.«

Sie musste sich zusammenreißen, um keinen Streit vom Zaun zu brechen, der ihn nur noch misstrauischer gestimmt hätte. »Glaub mir, es ist kein so toller Ort.«

»Ich würde mich gern selbst davon überzeugen, denn ich glaube dir kein Wort.«

Verdammt! Warum wollte er sie ausgerechnet heute begleiten? Heute! Hatte der Albtraum von gestern Nachmittag ein paar Erinnerungsfetzen aufgewirbelt? Er hatte im Schlaf Namen gerufen, die ihr das Blut in den Adern gefrieren ließen. Denn wenn er sich an die Menschen erinnerte, die zu diesen Namen gehörten, würde er sich bald an alles erinnern. Und dann helfe ihr Gott.

Deshalb hatte sie beschlossen, heute in den Ort zu fahren und nicht mehr zurückzukommen.

»Es ist so furchtbar heiß«, versuchte sie ihn umzustimmen. »Du wirst dich nur überanstrengen. Warum bleibst du nicht hier und ruhst dich noch einen Tag aus? Wenn du dann immer noch in den Ort möchtest, kann ich dich ja morgen mitnehmen.«

»Es rührt mich, dass dich mein Wohlbefinden so beunruhigt, aber…« Er schüttelte den Kopf. »Du müsstest mich schon aus dem Auto zerren. Und selbst mit einem gebrochenen Bein bin ich stärker als du. Ich fahre mit – basta!«

Irgendwann hatte sie eine solche Meuterei kommen sehen. Er war jeden Tag kräftiger geworden, und ganz allmählich wendete sich das Blatt gegen sie. Je beweglicher er wurde, desto wahrscheinlicher würde er irgendwann die Oberhand gewinnen und von da an über ihr Geschick bestimmen.

Er gab sich nicht mehr mit ihren Ausflüchten zufrieden, in denen gerade genug Wahrheit steckte, um sie plausibel klingen zu lassen. Gestern hatte sie seine Fragen nach seiner Abneigung gegen Kevin pariert, indem sie diese Reaktion auf eine Nebenwirkung der Amnesie geschoben hatte. Aber es war deutlich zu merken, dass sie mit dieser fadenscheinigen Erklärung sein Misstrauen nur vermehrt, nicht vermindert hatte.

Sie wusste, dass ihre Zeit knapp wurde, denn er lernte sie immer besser einzuschätzen. Sie war jetzt länger mit ihm zusammen, als es das Pflichtgefühl erforderte. Wenn er gesund genug war, eine Rebellion zu inszenieren, dann konnte er inzwischen auch allein zurechtkommen, bis Hilfe eintraf.

Zwei Wochen lang hatte sie ihre Furcht, er könnte sein Gedächtnis wiederfinden, gegen die Angst abgewogen, ihr sicheres Versteck zu verlassen. Zwar bot ihr das Haus notdürftig Schutz, aber auf der Straße, wo die Polizei nach ihr suchte, war sie in akuter Gefahr. Bestimmt hatte sich inzwischen der Aufruhr um ihr Verschwinden in Stephensville wieder gelegt. Wahrscheinlich war das Interesse ihrer Verfolger erlahmt oder sogar erloschen: alles in allem der ideale Zeitpunkt, sich davonzumachen.

Jetzt hatte er ihren Plan durchkreuzt.

Andererseits war es vielleicht besser, dass er darauf bestand, heute mit ihr in den Ort zu fahren. Er rechnete damit, dass sie abhauen und nicht zurückkommen würde, aber er würde nicht damit rechnen, dass sie ihm entwischte, seiner Begleitung zum Trotz.

Auf der Fahrt in den Ort konnte sie sich überlegen, wie sie ausreißen würde.

»Wenn du mitkommen willst, meinetwegen.« Sie setzte ein Lächeln auf. »Ich freue mich, wenn du mir Gesellschaft leistest.«

Ihr Passagier erwies sich als kein besonders anregender Beifahrer. Während der ersten zehn Minuten sprach er kein Wort, weil er seine Augen wandern ließ, um sich die Wege einzuprägen und Orientierungspunkte festzuhalten. Ihretwegen hätte er sich den Weg auch aufmalen können. Wenn heute morgen alles klappte, dann würde sein Intensivkurs in Navigation keine Folgen für sie haben.

Schließlich bemerkte er: »Du kennst dich hier aus.«

»Kein Wunder. Hier hat mir meine Großmutter Fahrunterricht erteilt.«

»Du redest oft von ihr, hast sie wirklich geliebt, nicht wahr?«

»Sehr sogar.«

»Wie war sie? Wieso hast du so an ihr gehangen?«

Kendall merkte, dass sie unmöglich in Worte fassen konnte, was sie für Elvie Hancock empfunden hatte, dennoch gab sie sich Mühe, auch wenn die Unzulänglichkeit der Sprache dazwischenstand.

»Großmutter war erfinderisch und lustig; ständig dachte sie sich irgendwelche Unternehmungen aus. Ich habe sie nicht nur geliebt, ich habe sie auch als Mensch bewundert. Sie war ungewöhnlich tolerant und hat andere mit all ihren Fehlern akzeptiert. Mein ganzes Leben lang gab sie mir das Gefühl, jemand Besonderes zu sein. Selbst wenn ich was angestellt hatte und bestraft werden musste, spürte ich ganz deutlich, dass sie mich liebte. Deshalb vermisse ich sie so!«

Inzwischen waren sie am Ortsrand angekommen, Kendall bog auf den Parkplatz eines Supermarktes ein. Er wartete, bis sie den Motor abgestellt hatte, bevor er fragte: »Hast du sie mehr geliebt als mich?«

Kendall war entgeistert. »Was für eine Frage! Das sind doch ganz verschiedene Beziehungen. Man kann sie nicht miteinander vergleichen.«

»Liebe ist Liebe, oder etwa nicht?«

»Keineswegs. Es kommt immer ganz darauf an.«

»Worauf?«

»Auf die beiden Liebenden und wie sie miteinander verknüpft sind.«

»Habe ich dich geliebt? Nein, du brauchst nicht zu antworten«, kam er ihr zuvor. »Du würdest sowieso nur lügen.« Er starrte einen Moment gedankenverloren durch die Windschutzscheibe; dann meinte er nachdenklich: »Ich kann mich nicht erinnern, jemanden geliebt zu haben. Wenn es der Fall gewesen wäre, dann sollte ich mich eigentlich daran erinnern, findest du nicht?«

Darauf fixierte er sie wieder, und Kendall bemerkte die Angst in seinen Augen. Was ging ihm wohl durch den Kopf? Unter anderen Umständen …

Aber die Umstände waren nun einmal so, deshalb grenzte es an Selbstquälerei, über seine geistige Gesundheit zu spekulieren.

Sie stieg schnell aus und holte Kevin aus seinem Babysitz. »Es wird nicht lang dauern«, log sie. »Wartest du hier auf mich?«

»Sicher. Ich lehne mich einfach zurück und genieße die Aussicht.«

Es bestand keine Möglichkeit, an die Vorräte zu kommen, die sie im Kofferraum verstaut hatte. Vielleicht konnte sie auf dem Weg durch den Supermarkt ein paar Sachen zusammenraffen, allerdings blieb ihr nicht viel Zeit. »Kann ich dir was mitbringen?«, bot sie ihm an, um möglichst wenig Verdacht zu erregen.

»Ein Sechserpack Bier wäre nett.«

»Welche Marke?«

»Keine Ahnung. Aber das solltest du wissen, Liebling.«

Sie ging nicht auf seinen Sarkasmus ein. »Ich weiß es auch. Bin gleich wieder da.«

Während sie zum Eingang ging, spürte sie seine Augen wie Punktstrahler im Rücken. Sie zwang sich, langsam zu gehen und sich ihre Eile nicht anmerken zu lassen. Sobald sie im Gebäude war und wusste, dass er sie durch die verspiegelten Scheiben nicht mehr sehen konnte, lief sie an den Münzfernsprecher. Zum Glück hatte sie die Nummer auswendig gelernt.

»Hallo?«

»Mrs. Williams? Hier ist Mary Jo Smith. Ich habe Sie vor ein paar Tagen wegen des Wagens angerufen.«

»Natürlich, ich warte schon auf Sie. Sie haben es sich doch nicht anders überlegt? Weil ich den anderen Interessenten gesagt habe, der Wagen sei schon verkauft.«

»Nein, nein, ich habe es mir nicht anders überlegt. Es ist nur so, dass … Ich habe Ihnen doch erklärt, dass mein Wagen schon aus dem letzten Loch pfeift. Und jetzt ist er mir abgestorben und will einfach nicht mehr anspringen. Ich sitze fest und kann nicht zu Ihnen nach Hause kommen. Ich habe mein Baby dabei und – ach, ich weiß einfach nicht, was ich tun soll.«

Sie ließ ihre Stimme beben, als wäre sie völlig verzweifelt und hilflos.

»Du meine Güte! Also …« Mrs. Williams klang mitfühlend, aber auch misstrauisch. Wahrscheinlich hatte man sie vor Trickbetrügern gewarnt, die sich ältere Witwen als Opfer suchten. »Eigentlich könnte ich mit dem Auto auch zu Ihnen fahren.«

»Aber nein, das kann ich unmöglich verlangen! Nein, nein, am besten, ich … hmm. Lassen Sie mich einen Augenblick überlegen.«

Kendalls Taktik ging auf. »Es macht mir wirklich keine Umstände«, widersprach Mrs. Williams. »Wo sind Sie jetzt?«

Sie gab ihr den Namen der Tankstelle, an der sie soeben vorbeigefahren waren, wenige Meter von dem Supermarkt entfernt.

»Das ist nur fünf Minuten von meinem Haus«, erklärte Mrs. Williams erfreut. »Ich fahre mit dem Auto zu Ihnen, wir schließen den Handel ab, und danach können Sie mich wieder bei mir absetzen.«

»Ich möchte Ihnen wirklich keine Umstände machen.«

»Ach, ist doch nicht der Rede wert. Ich will das Auto doch verkaufen.«

»Und ich möchte es gerne haben. Unbedingt sogar.«

Das zumindest war wahr. Inzwischen hatte Jim Pepperdyne vielleicht den Mann in Stephensville gefunden, von dem sie den jetzigen Wagen hatte. Sie musste ihn loswerden und sich einen anderen zulegen, bevor sie sich auf die Highways durch Dixieland wagte.

Mrs. Williams wiederholte noch einmal Zeit und Ort der Verabredung. »Also gut, ich werde dort sein. In fünf Minuten.« Kendall hängte den Hörer ein und begab sich auf den Weg zum Ausgang auf der Rückseite des Supermarktes.

Die automatische Tür rauschte auf, und Kendall blieb wie angewurzelt stehen.

Sein Bein schmerzte, weil es sich während der langen Fahrt in den Ort verkrampft hatte, aber trotzdem würde er sich diese Gelegenheit nicht entgehen lassen, möglicherweise etwas Licht ins Dunkel zu bringen.

Sobald Kendall außer Sichtweite war, öffnete er seine Tür und tastete nach den Krücken. Er kletterte hinaus und sah sich um.

Sie hatte recht. Es war kein toller Ort. Er konnte eine Markentankstelle mit Werkstatt entdecken, ein Barbecue-Restaurant, einen Friseur und … ein Postamt!

Augenblicklich trat er den Marsch quer über den asphaltierten, glühend heißen Parkplatz an. Binnen nicht mal einer Minute war sein Hemd schweißdurchtränkt, und seine Muskeln zitterten vor Erschöpfung. Herrgott, wie hasste und verabscheute er es, so schwach zu sein!

Aus dem Augenwinkel sah er einen Jungen, der per Fahrrad vorbeizischte. »He, du da!« rief er.

Der Junge, den er auf etwa zwölf Jahre schätzte, drehte eine Pirouette auf dem Vorderrad und flitzte heran.

»Was ist mit Ihrem Bein?«

»Hab' ich mir bei einem Autounfall verletzt.«

»Ihren Kopf auch?«

»Ja, meinen Kopf auch. Wo sind wir hier? Sind wir in Tennessee?«

Der Junge brachte sein Rad abrupt zum Stehen, sah dem Mann erfahren in die Augen und grinste dann breit. »Niedlich. Sie sind high, stimmt's?« Er formte Daumen und Zeigefinger zu einem Ring, drückte die Spitzen gegen die Lippen und sog, als würde er an einem Joint ziehen.

»Ich bin nicht high. Ich will bloß wissen, wo ich mich befinde.«

Die Antwort kam in Bühnenflüsterton. »In Katmandu, Sir. Sagen Sie mal, sind Sie nicht ein bisschen zu alt zum Kiffen? Ich meine, Sie sind doch mindestens vierzig.«

»Ja, uralt, ein Dinosaurier. Also, wie heißt dieses verdammte Nest hier?«

»Mann, Sie sind vielleicht drauf.« Der Junge brachte sein

Fahrrad in sicheren Abstand, stieg wieder auf und raste davon.

»He, warte!«

Der Junge zeigte ihm den Stinkefinger.

Ängstlich sah er sich um, ob jemand den Wortwechsel mitbekommen hatte. Er war nicht sicher, ob er wollte, dass man die Polizei auf einen zerschrammten Fremden hinwies, der komische Fragen stellte. Er wollte nur zum Postamt, um herauszufinden, wo genau er war und ob eines der Fahndungsplakate an der Wand sein Gesicht zur Schau stellte.

Er versuchte, die verbleibende Entfernung abzuschätzen, und gelangte zu dem Ergebnis, dass das Postamt weiter weg war, als er geglaubt hatte. Der Versuch, in der glühenden Hitze den Parkplatz zu überqueren, hatte ihn völlig entkräftet.

Wie viel Zeit blieb ihm, bevor sie zum Auto zurückkehrte? Wie lange würde sie für ihren Einkauf brauchen? Was wollte sie außer seinem Bier noch besorgen? Sie hatte es nicht besonders eilig gehabt, als sie in den Laden verschwand …

Plötzlich sah er Kendall wieder vor sich, bevor sie den Supermarkt betreten hatte. Sie trug Kevin, ihre Handtasche, und die Wickeltasche. Die Wickeltasche. Wozu brauchte sie die Wickeltasche, wenn sie nur ein paar Minuten einkaufen wollte?

Er kehrte um und humpelte zurück, so schnell es seine Krücken erlaubten. »Du gottverdammter Idiot«, schnaufte er. »Wie konntest du sie nur aus den Augen lassen?«

Er hatte die vage Ahnung gehabt, dass sie sich absetzen wollte. Deshalb hatte er darauf bestanden, mitzufahren. Aber wie hatte er nur glauben können, das würde sie davon abhalten, das zu tun, wozu sie offensichtlich fest entschlossen war? Er hatte ihr geradewegs in die heimtückischen kleinen Hände gespielt.

Seine Leichtgläubigkeit und seine Behinderung verfluchend, zwang er sich, schneller zu hüpfen.

»O mein Gott. Mein Gott.« Erst als sie sich wimmern hörte, merkte Kendall, dass sie laut gesprochen hatte.

Mit gesenktem Kopf wich sie von dem Zeitungsstand zurück, weg von dem riesigen Foto ihres Gesichts auf der Titelseite. Dann stürzte sie in Richtung Hinterausgang.

Sie musste das Weite suchen, bevor sie erkannt wurde. Waren die fünf Minuten schon um? Mrs. Williams würde bereits auf sie warten. Kendall war klar, dass die Frau wahrscheinlich wieder abfuhr, wenn sie nicht rechtzeitig am Treffpunkt erschien.

Dann kam ihr ein weiterer, entsetzlicher Gedanke: Was war, wenn Mrs. Williams die Morgenzeitung gelesen hatte und sie entlarvte?

Dieses Risiko würde sie eingehen müssen, beschloss sie. Sie hatte keine andere Wahl. Genau wie sie befürchtet hatte, war die Menschenjagd eröffnet – und sie war die Beute.

Draußen kniff sie die Augen zusammen und hielt sich dicht an der Wand. Er würde sie vom Auto aus nicht sehen können, aber…

»Wohin des Wegs?«

Kendall fiel das Herz in die Hose. Sie wirbelte herum. Er lehnte erschöpft auf seinen Krücken. Seine Brust hob und senkte sich schwer unter den keuchenden Atemzügen. Aus seinem Haar tropfte Schweiß.

»Warum bist du nicht im Wagen geblieben?«

»Warum kommst du zu dieser Tür raus? Das Auto steht auf der anderen Seite.«

»Äh, also, ich habe drinnen wohl die Orientierung verloren.«

»Aha. Und warum hast du nichts gekauft?«

Warum hatte sie nichts gekauft? Denk nach, Kendall!
»Kevin hat Milch gespuckt, sobald wir drinnen waren. Ich glaube, es geht ihm nicht gut. Er ist quengelig und nervös, vielleicht wegen der Hitze.«

»Ich finde, er sieht ganz zufrieden aus.«

Kevin hatte tatsächlich nie gesünder und glücklicher ausgesehen als in diesem Moment. Er glückste fröhlich vor sich hin und spielte mit ihrem Ohrring. »Er ist es aber nicht«, fuhr sie ihn an. »Wir müssen ein andermal wiederkommen.«

Sie marschierte zum Auto, weg von der Tankstelle, wo inzwischen bestimmt eine verwirrte und aufgebrachte Mrs. Williams auf sie wartete.

Heute würde sie kein Auto mehr kaufen.

Und sie würde heute nicht mehr verschwinden.

19. Kapitel

»Ist Li ein chinesischer Name?«

Der Gefängniswärter beantwortete Kendalls Frage, indem er die breiten Schultern hochzog. »Chinese, Japse, keine Ahnung. Für mich sehen die Schlitzaugen alle gleich aus.«

Kendalls zorniger Blick prallte von ihm ab. Er schloss den kleinen Raum auf, in dem sie auf ihren neuesten Mandanten treffen würde. Als sie eintrat, sprang Michael Li, der Vergewaltigung angeklagt, auf.

»Ich bleibe vor der Tür stehen«, knurrte der Wärter den Jungen an.

Kendall machte dem Wachmann die Tür vor der Nase zu, drehte sich um und kam auf Li zu, der so steif vor ihr stand, dass ihr ein »Rührt euch« auf den Lippen lag. Nachdem sie sich vorgestellt und ihm die Hand gegeben hatte, bedeutete sie ihm, sich wieder hinzusetzen. Sie nahm ihm gegenüber Platz.

»Kann ich Ihnen irgendwas holen lassen? Was zum Trinken zum Beispiel?«

»Nein, Madam«, antwortete er gefasst.

Der achtzehnjährige Michael Li hatte ein praktisch bartloses, ebenmäßiges Gesicht und sauber geschnittenes, glattes schwarzes Haar. Er war klein und grazil. Misstrauisch und neugierig zugleich beobachteten seine dunklen Augen, wie sie in ihre Aktentasche fasste und einen Notizblock mit Bleistift herauszog.

»Im Gefängnis ist es nie angenehm«, bemerkte sie. »Und noch während ich das sage, ist mir klar, dass das eindeutig untertrieben ist.«

»Waren Sie jemals inhaftiert?«, fragte er.

»Einmal«, antwortete sie wahrheitsgemäß. »Ich wurde festgenommen, weil ich dagegen protestierte, dass gewisse Bücher aus der örtlichen Bücherei entfernt werden sollten.«

Er nickte scheinbar anerkennend.

»Ich werde sofort Kaution für Sie beantragen.«

»Das kann sich meine Familie nicht leisten.« Er sagte das unbewegt und würdevoll. »Ich will meinen Eltern nicht noch mehr zur Last fallen; dieses bedauerliche Missverständnis ist auch so schon schlimm genug, Mrs. Burnwood.«

»Wir werden bestimmt eine finanzielle Lösung finden.«

»Wenn es geht, möchte ich vor allem weiter zur Schule gehen«, sagte er. »Ich muss meine Prüfungen unbedingt dieses Jahr schaffen.«

»Sie sollen die Abschlussrede halten, stimmt's?«

»Genau.«

»Ihre Eltern sind wahrscheinlich schrecklich stolz auf Sie?«

»Ja, Madam, das sind sie. Mehrere Universitäten wollen mir ein Stipendium gewähren. Ich weiß noch nicht, welches ich annehmen soll.« Er blickte auf seine Hände und zupfte an einem losen Hautfetzen. »Aber nun wird sich dieses Problem vielleicht nicht mehr stellen.«

Kendall hielt es für besser, vorerst nicht weiter über Mr. Lis Zukunft zu sprechen. Der Gedanke daran, was für ihn auf dem Spiel stand, wenn sie Schiffbruch erlitten, könnte ihn demoralisieren. Deshalb lenkte sie den weiteren Verlauf dieses Einführungsgesprächs so, dass sie ein Bild des jungen Mannes erhielt, den sie verteidigen sollte.

»Sie nehmen an vielen schulischen Aktivitäten teil und sind Mitglied in einer ganzen Reihe von Organisationen, die National Honor Society eingeschlossen.«

»Ja, Madam. Kim und ich haben uns sogar auf einer NHS-Reise nach Gatlinburg kennengelernt.«

»Warum fangen Sie nicht einfach damit an und erzählen mir alles der Reihe nach?«

Während sie die Sehenswürdigkeiten der Stadt in den Bergen Tennessees besichtigten, hatten er und seine Klassenkameradin Kimberly Johnson angefangen, »miteinander zu gehen«.

»Danach trafen wir uns regelmäßig. Aber ich habe sie nie von zu Hause abgeholt. Wir haben uns immer irgendwo verabredet. Sie meinte, ihre Eltern würden es nicht gutheißen, dass sie mit mir geht. Sie halten mich für einen Ausländer.«

Plötzlich leuchtete zorniger Stolz in seinen Augen auf. »Ich bin Amerikaner, genau wie Kim. Genau wie Mr. Johnson. Meine Mutter ist gebürtige Amerikanerin. Die Familie meines Vaters wanderte aus, als er noch ein Baby war. Er hat nie Chinesisch gelernt und spricht besser Englisch als Mr. Johnson.«

Das bezweifelte Kendall nicht. Sie kannte Herman Johnson nicht näher, aber war ihm öfter im Country Club begegnet. Meist hatte er getrunken, erzählte lauthals chauvinistische Witze und machte sich selbst zum Clown.

Mr. Li kannte sie noch weniger, aber er und seine Frau verdienten Anerkennung dafür, einen so höflichen, wohlgeratenen Sohn großgezogen zu haben. Soweit sie aus zweiter Hand erfahren hatte, waren die beiden schwer arbeitende Menschen, und die Familie bedeutete ihnen alles.

Im Laufe der Zeit war Michael Lis Beziehung zu Kim Johnson immer enger geworden. »Es ist uns ziemlich ernst«, erklärte er feierlich. Er gestand Kendall, dass sie auch intim verkehrten.

»Aber nur mit Verhütungsmitteln«, betonte er sofort. »Ich habe immer aufgepasst. Und ich schwöre, dass sie jedes Mal einverstanden war. Ich würde Kim niemals wehtun.« Ihm stiegen Tränen in die Augen. »Bestimmt nicht.«

»Ich glaube Ihnen«, versicherte ihm Kendall. »Und jetzt erzählen Sie mir genau, was gestern Abend vorgefallen ist.«

Er und Kim hatten sich zum Lernen in der Bibliothek getroffen. Sie saßen am selben Tisch, gaben sich aber alle Mühe, sich nichts anmerken zu lassen, wenn der gestrenge Blick der Bibliothekarin sie traf.

Sie verließen die Bücherei getrennt, aber wie verabredet erwartete Kim ihren Freund auf dem Parkplatz, wo er in ihren Wagen stieg. Er mied Kendalls Blick, als er ihr gestand, dass sie auf den Rücksitz kletterten, um sich zu lieben.

»Ich weiß, dass Ihnen das peinlich ist, Michael«, ermutigte sie ihn. »Aber wenn die Klage nicht zurückgezogen wird und Sie wegen Vergewaltigung angeklagt werden, müssen sie im Zeugenstand noch viel intimere Fragen beantworten. Der Ankläger wird keine Gnade kennen. Es ist von größter Wichtigkeit, dass Sie von jetzt an völlig offen zu mir sind. Kann ich mich darauf verlassen?«

Er nickte, und sie begann, ihn zur Sache selbst zu befragen.

»Hat Kim sich ausgezogen?«

»Nur ihre Unterhose.«

»Sie trug also einen Rock?«

»Ja.«

»Bluse?«

»Ja.«

»BH?«

»Ja.«

»Und nichts davon hat sie ausgezogen?«

»Sie hat die Sachen aufgemacht, aber wir haben sie nicht ausgezogen.«

»Was ist mit Ihnen?«

»Ich habe nur meine Jeans geöffnet.«

»Haben Sie sich das Hemd ausgezogen?«

»Nein.«

»Es aufgeknöpft?«

»Ja.«

»Als Sie festgenommen wurden, hat Sie da jemand mit offenem Hemd gesehen?«

»Wahrscheinlich schon. Ist das wichtig?«

»Es ist unwahrscheinlich, dass sich ein Vergewaltiger die Zeit nehmen würde, sein Hemd aufzuknöpfen. Das sieht eher nach einem Liebhaber aus.«

Er entspannte sich; schenkte ihr sogar ein zaghaftes Lächeln.

»War der Akt schon abgeschlossen, als Mr. Johnson eintraf?«

»Ja.«

»Sie hatten ejakuliert?«

Er senkte den Blick »In das ... äh ... Kondom.«

»Der Laborbefund stammt also unbestreitbar von Ihnen?«

»Ja.« Er hob den Kopf. »Ich bestreite ja gar nicht, dass Kim und ich Sex gehabt haben, Mrs. Burnwood. Aber es war keine Vergewaltigung, wie Mr. Johnson behauptet. Die Bibliothekarin rief ihn an und erzählte ihm, dass ich Kim gefolgt sei, sie mache sich Sorgen um das Mädchen. Wenn man Schlitzaugen hat, ist man wahrscheinlich automatisch verdächtig«, fügte er grollend hinzu.

»Jedenfalls geriet Mr. Johnson in Panik, als Kim nicht heimkam. Er ging sie suchen und hatte eine Mordswut, als er uns entdeckte. Er zerrte mich aus dem Auto und packte mich an der Gurgel. Ich dachte, er bringt mich um.«

»Was ist mit Kim? Was tat sie?«

»Sie heulte wie ein Schlosshund. Als die Polizei eintraf, holte ein Beamter sie aus dem Auto. Sie hatte sich immer noch nicht wieder angezogen.«

Er schlug die Hände vors Gesicht. »Sie muss sich in Grund und Boden geschämt haben. Die Leute aus der Bücherei waren gekommen, um nachzusehen, was sich draußen abspielte. Alle starrten sie an. Und ich konnte ihr nicht beistehen!«

Kendall legte ihren Stift beiseite und stützte die verschränkten Arme auf den Tisch. »Was wird Kim Ihrer Meinung nach der Polizei erzählen, wenn sie vernommen wird?«

»Dass ich sie nicht vergewaltigt habe!«, rief er aus. »Ich habe sie nie auch nur gedrängt. Das wird sie ihnen erklären, wenn sie es nicht schon getan hat. Sie wird nicht zulassen, dass man mich verurteilt. Sobald die Polizei mit ihr spricht und sich die Wahrheit herausstellt, wird man mich freilassen.«

Kendall teilte sein Vertrauen in Kimberley Johnsons Loyalität nicht. Vielleicht hatte Herman Johnson, als er seine Tochter in flagranti mit Michael Li erwischte, das Mädchen durch seine aggressive Reaktion so eingeschüchtert, dass sie die Polizei, den Staatsanwalt und die Geschworenen anlügen würde, nur um dem Zorn ihres Vaters zu entgehen.

Kendall hatte schon Zeugen zu ihrem eigenen Schutz Meineide schwören sehen, bei denen viel weniger auf dem Spiel stand. Vor allem wenn die Bedenken der Johnsons gegen Michael Li auf rassistische Vorurteile zurückzuführen waren, hatte Kim möglicherweise Angst, von ihrer Familie ausgestoßen zu werden, falls sie zugab, dass sie aus freien Stücken mit Michael geschlafen hatte.

Und selbst wenn Kim ihren Eltern gestand, dass sie Michael liebte, war nicht ausgeschlossen, dass man sie zum Lügen zwingen würde. Vielleicht wollten ihre Eltern nicht, dass sich die Affäre ihrer Tochter mit einem jungen Mann asiatischer Abstammung herumsprach, auch wenn dieser Mann Jahrgangsbester seiner Schule war und eine glänzende Zukunft vor sich hatte.

Kendall schalt sich, weil sie den Johnsons, die sie kaum kannte, Bigotterie unterstellte. Aber sie rechnete mit dem

Schlimmsten. Höchstwahrscheinlich würden sie alles nur Erdenkliche unternehmen, um zu beweisen, dass Michael Li ihre Tochter vergewaltigt hatte. Und Kim würde wahrscheinlich mitmachen, um einen Skandal zu vermeiden und um den drohenden Strafen zu entgehen.

Doch Kendall wollte nicht, dass ihr Mandant ihre bösen Vorahnungen bemerkte. Es war wichtig, der Situation etwas Positives abzugewinnen. »Bestimmt werden Ihre Klassenkameraden aussagen, dass Sie und Kim ein Paar sind. Ihre Lehrer werden sich lobend über Ihren Charakter äußern. Alles in allem spricht eine Menge für uns.«

Sie schob den Notizblock in die Aktentasche und stand auf. »Ich hoffe, dass Mr. Johnson seine Klage zurückzieht. Falls er das nicht tut, werde ich für morgen Ihre Kautionsverhandlung beantragen.«

Der Junge war fest überzeugt, dass es nicht so weit kommen würde. »Kim liebt mich genauso wie ich sie. Sie wird ihnen die Wahrheit sagen. Dann wird ihrem Vater gar nichts anderes übrig bleiben, als die Anzeige zurückzuziehen.«

Kendall wünschte, sie könnte ebenso zuversichtlich sein.

Nie verließ sie das Gerichtsgebäude, ohne an Bama zu denken. Der Obdachlose musste den Ort auf einem Güterzug verlassen haben. Wenigstens hatten sie und Roscoe sich das so zusammengereimt.

»Ich schätze, den hält's nirgendwo lange«, hatte der Hausmeister geantwortet, als Kendall ihn gefragt hatte, ob ihm auch aufgefallen sei, dass Bama nicht mehr auf seinem Posten auf der Treppe vor dem Gericht saß. »Eines Morgens ist er plötzlich von irgendwoher aufgetaucht. Und ich schätze, dahin ist er auch wieder verschwunden. Irgendwohin. Werd' ihn vermissen«, fügte er bedauernd hinzu.

Mittlerweile war Bama schon über eine Woche verschwunden. Als sie nach dem Gespräch mit Michael Li aus dem Gericht kam, wurde sie schmerzlich an die kurzen Wortwechsel mit ihm erinnert. Sie fehlten ihr. Er hatte sie morgens als Erster begrüßt und sie abends als Letzter verabschiedet. Er war ihr fast ein Freund geworden.

An diesem Nachmittag hatte sie das Gefühl, von allen Freunden verlassen zu sein.

Ihr Büro war nach der Randale der Crooks noch nicht wieder völlig instand gesetzt. Sie glaubte immer noch, dass die beiden dahintersteckten, obwohl sie keine Beweise dafür hatte und die Polizei, wie nicht anders zu erwarten, keine weiteren Nachforschungen anstellte.

Die Unordnung in ihrem Büro verursachte ihr plötzlich Platzangst. Das Treffen mit Michael Li hatte sie deprimiert. Deshalb beschloss sie, mit der Beweisakte im Fall Lynam zu Mrs. Lynams Haus zu fahren, um den erdrückenden Mauern zu entfliehen. Die frische Luft würde ihr guttun, hoffte sie, und während der Fahrt hätte sie endlich Zeit, ungestört nachzudenken.

Sie fühlte sich niedergeschlagen. Die Gründe waren weniger beruflicher, eher persönlicher Natur. Vor über vierundzwanzig Stunden hatte sie erfahren, dass sie Matts Kind im Bauch trug und hatte es ihm immer noch nicht gesagt.

In der vergangenen Nacht hatte er ihr die Möglichkeit dazu verbaut, indem er sie mit Ansichten konfrontierte, die sie ihm nie zugetraut hätte. Sie konnte kaum fassen, dass ihr Mann derart veraltete Ansichten über die Ehe und die Rollen äußerte, die beide Partner darin übernehmen sollten.

Wenn er dabei ironisch oder wenigstens zornig geklungen hätte, hätte sie seine unverhohlen sexistischen Behauptungen nicht ernst zu nehmen brauchen. Er hatte sie jedoch so ruhig und überzeugt vorgebracht, dass ihr seine Worte den ganzen Tag nicht aus dem Kopf gegangen waren.

Natürlich äffte er damit Gibb nach. Matt wollte nicht wirklich ein verhuschtes, unterwürfiges Mädchen zur Frau. Andernfalls hätte er sie nie geheiratet. Es irritierte sie jedoch, dass Gibb soviel Einfluss auf Matt hatte – genauso, wie sie die Entdeckung irritiert hatte, dass sich Gibbs Einfluss in diesem Ort auf Gebiete erstreckte, die ihn nicht das Geringste angingen.

Bevor sie jenen euphorischen Zustand von gestern wieder erreichte, als sie von ihrer Schwangerschaft erfuhr, würden Matt und sie sich erst von Neuem darüber verständigen müssen, wie ihre Partnerschaft aussehen sollte – mitsamt Gibb!

Es ärgerte sie, dass sie ihre Zeit, Energie und Emotionen in eine solche Diskussion stecken musste, wo sie doch all ihre Kräfte für Michael Lis und Lottie Lynams Verteidigung brauchte.

Kendall und Ankläger Gorn hatten sich erbittert über Lotties Kaution ereifert, doch zu Kendalls Überraschung hatte Richter Fargo in ihrem Sinne entschieden. Mrs. Lynam hatte die erforderliche Summe aufgebracht, indem sie eine Hypothek auf das Grundstück ihrer Familie aufnahm, das sie allein geerbt hatte, weil keines ihrer Geschwister es wollte.

Kendalls Verteidigungsstrategie stand auf wackeligen Füßen. Sie hoffte, dass Mrs. Lynam in den mitgebrachten Unterlagen irgendeinen nützlichen Hinweis entdeckte. Vielleicht würde sie in den Beweisanträgen der Anklage auf etwas stoßen, das bei den Geschworenen einen berechtigten Zweifel weckte und für eine Notwehrsituation spräche.

Kendall machte sich nichts vor. Die Verhandlung würde schwer werden und ihren vollen Einsatz erfordern. Allein bei dem Gedanken daran spürte sie ein Brennen zwischen ihren Schulterblättern. Ihre Halsmuskeln fühlten sich steinhart an.

Es war nicht gut, wenn ihre Mandantin sie so ängstlich und angespannt sah. Ohne lange nachzudenken, hielt Kendall am

Rand der schmalen Landstraße, von hier aus war es nur noch ein kurzer Marsch. Die Bewegung würde ihr guttun – und dem Baby ebenfalls.

Sie stieg aus und ging zu Fuß weiter. In den Kronen der Bäume leuchtete das frische Grün sprießender Blätter, das den Frühling ankündigte. Genau wie der Embryo, der in ihrem Leib heranwuchs, verhieß das junge Laub einen neuen Anfang, der Kendall Kraft schöpfen ließ. Sie würde sich durchsetzen, beruflich wie privat. Sie war ein enormes Risiko eingegangen, als sie nach Prosper kam, jetzt durfte sie einfach nicht kneifen.

Frisch gestärkt, beschleunigte sie ihren Schritt. Um wie angewurzelt stehenzubleiben, als sie um die Ecke bog und den Wagen entdeckte, der neben Mrs. Lynams Auto vor dem kleinen, baufälligen Haus stand.

Was hatte Matt hier zu suchen?

Hatte er vielleicht bei ihr im Büro angerufen, erfahren, dass sie auf dem Weg zu Mrs. Lynam war, und beschlossen, sie hier zu treffen, um das Interview durchzuführen, über das sie gestern Abend gesprochen hatten?

Nein, das war nicht möglich, denn er hatte ihr noch nicht die versprochene Fragenliste übergeben. Er würde sie doch bestimmt nicht hintergehen und Mrs. Lynam interviewen, bevor Kendall die Antworten mit ihr besprochen hatte?

Aber wenn sie nicht das unbestimmte Gefühl hatte, dass er eigentlich nicht hier sein sollte, wieso marschierte sie dann nicht schnurstracks zur Tür, sondern versteckte sich hinter einer Hecke?

Die Bedeutung dieser Frage war ihr noch nicht aufgegangen, als Matt und Lottie auftauchten. Gemeinsam traten sie aus der Haustür auf die Veranda. Er hatte sich das Sakko lässig über die Schulter gehängt und hielt es mit einem Finger fest. Der andere Arm lag um Lotties Taille.

Sie trug lediglich eine altmodische Schürze mit Rüschen über den Brüsten und einem engen Rock, der ihr nicht ganz bis zu den Knien reichte. Ein Träger war ihr über die Schulter gerutscht und gab den Blick auf eine blasse Brust frei. Ihre Hand lag auf seiner Schulter, ihr Körper schmiegte sich an seinen. Es war unmöglich festzustellen, wer wen stützte, denn einer wirkte so bedürftig und unglücklich wie der andere.

Sie kamen nur bis zur ersten Stufe, dann blieb Lottie stehen und drehte sich zu ihm um. Provozierend drückte sie ihren Leib gegen seinen. Er ließ sein Sakko achtlos auf den Verandaboden gleiten.

Ihre Arme schlangen sich um seinen Hals.

Seine Hände legten sich besitzergreifend um ihren Hintern und zogen sie näher.

Sie legte einen Schenkel hoch über seine Hüfte.

Er presste sein Becken gegen ihres.

Ihr Kopf fiel in den Nacken.

Er stöhnte ihren Namen.

Sein Mund suchte ihren, fand ihn … und dann küsste er sie mit zügelloser Leidenschaft.

20. Kapitel

»Um Gottes willen, was hast du denn mit deinem Haar angestellt?«

Kendall war eben aus dem Bad in den Flur getreten und fasste sich unsicher in den jetzt freiliegenden Nacken, nachdem sie ihre langen Haare abgeschnitten hatte. »Es war zu heiß. Ständig hat es mir im Nacken geklebt. Ich habe es einfach nicht mehr ausgehalten.« Sie blickte vielsagend auf den kreisrunden, halbkahlen Fleck über seiner Schläfe und bemerkte schnippisch: »Außerdem brauchst du dich wirklich nicht über die Frisuren anderer Leute auszulassen.«

Er hatte recht: Sie sah schrecklich aus. Und doch hatte sie zu derart einschneidenden Maßnahmen greifen müssen, nachdem sie ihr Bild auf dem Titelblatt der Zeitung aus Nashville erblickt hatte. Wahrscheinlich wurde das Porträt auch im Fernsehen ausgestrahlt. Sie hoffte, dass ihr neuer Haarschnitt sie anders aussehen ließ.

»Das Baby weint schon eine Weile«, sagte er.

Sie drängte sich an ihm vorbei und trat in das kleine Zimmer, in dem Kevin schlief. »Was ist denn, Kevin? Hmm?«

»Glaubst du, dass er dich überhaupt noch erkennt?«

»Er kennt meine Stimme.« Sie hob den Säugling aus seinem Ställchen und trug ihn zu dem Schreibtisch, den sie zum Wickeltisch zweckentfremdet hatte. »Bist du nass? Bist du deswegen ein kleiner Schreihals?«

Sie hörte am Pochen seiner Krücken, dass er sich näherte. Weil sie sich noch über seine entsetzte Reaktion auf ihr geschorenes Haar ärgerte, ignorierte sie ihn.

»Er ist beschnitten«, bemerkte er.

»Äh, ja.«

»Aus religiösen Gründen?«

»Eigentlich nicht. Wir wollten es einfach so.«

»Warum?«

»Ich weiß nicht«, antwortete sie ungeduldig.

»Wollte ich, dass er so ist wie ich oder dass er nicht so ist wie ich?«

»Wie meinst du das?«

»Bin ich beschnitten oder nicht?«

Sie schnaubte abfällig. »Weißt du das nicht selbst?«

»Doch, ich weiß es.« Er legte seinen Finger unter ihr Kinn und drehte ihr Gesicht zu sich her. »Und du?«

Sie sah ihn so fassungslos an, als hätte er sie mit einem Betäubungsgewehr angeschossen. Schließlich gelang ihr ein nervöses Lachen. »Was für eine lächerliche Frage.« Sie wollte sich wieder ihrem Baby widmen, aber er fasste sie am Handgelenk und hielt es fest, bis sie sich geschlagen gab und ihn wieder ansah.

»Antworte mir, Kendall.«

»Ich hasse es, wenn du mich ins Kreuzverhör nimmst.«

»Und ich hasse es, wenn man mich anlügt. Du behauptest, meine Frau zu sein. Eine Gattin müsste wissen, ob ihr Mann beschnitten ist.«

Er äußerte das mit so verhaltener Ruhe, dass sie die Worte kaum verstand. Sein Blick forschte in ihren Augen, während sein Daumen gemächlich Kreise in ihrer Hand zog.

»Also? Oder haben wir uns immer nur im Dunkeln geliebt?«

»Natürlich nicht.«

»Und haben wir zusammen geduscht?«

Sie versuchte, sich abzuwenden, aber er zog sie am Handgelenk zurück. Sie sah ihn zornig an. »Manchmal.«

»Du hast mich doch bestimmt dabei gewaschen. Lieb-kost.« Er hob ihre Hand an seinen Mund und küsste sie in die Handfläche. Als er weitersprach, kitzelten seine Lippen ihre Haut. »Du wusstest doch bestimmt, wie du mich berühren musst, damit mein Blutdruck steigt.«

Kendall spürte, wie sich ihr Magen leicht wie ein Luftballon hob und wieder absackte. Sie wollte schlucken, aber ihr Mund war ausgetrocknet. Ihr Herzschlag dröhnte bis in die Ohren. »Du hast dich jedenfalls nie beklagt«, flüsterte sie.

»Dann sollte die Frage nicht so schwer zu beantworten sein.«

»Das ist sie auch nicht.«

»Also …«

»Ich finde es albern.«

»Tu's mir zuliebe.«

Sie wusste, dass ihre Stimme dürr und leer wie Spreu klingen würde, aber er wartete immer noch auf ihre Antwort. Es würde die richtige sein müssen.

Sie räusperte sich und schickte ein Stoßgebet gen Himmel.

»Du bist beschnitten.«

Er sah sie lange und eindringlich an, ehe er ihr Handgelenk freigab. Am liebsten wäre sie vor Erleichterung zu Boden gesunken. Ihr war schwindlig vor Freude; sie hätte jauchzen mögen, so euphorisch war sie über die gewährte Gnadenfrist.

Sie nahm Kevin auf, gab ihm einen Gutenachtkuss und legte ihn wieder in sein Ställchen. Da sie ihn vor ihrem Bad gestillt hatte, würde er wohl bald einschlafen. Sie deckte ihn mit einem Baumwolltuch zu.

Als sie sich wieder aufrichtete und umdrehte, stand er beunruhigend dicht hinter ihr. Er fasste sie an den Schultern. Seine Augen wanderten über ihr Gesicht, dann über ihr Haar.

»Warum hast du es abgeschnitten?«

»Sieht es so schrecklich aus?«, fragte sie betroffen.

»Verglichen mit vorher sieht es ziemlich schlimm aus, ja. Warum hast du dir das antun müssen?«

»Ich habe dir doch gesagt, dass ...«

»Du hast mir nicht die Wahrheit gesagt, Kendall. Wenn dich die Haare im Nacken gestört hätten, hättest du sie hochbinden können. Statt dessen hast du dich verstümmelt. Warum?« Er sah sie streng und skeptisch an. »Du wolltest dich heute absetzen, stimmt's?«

»Nein!«

»Hör auf, mich anzulügen. Wenn du nur Lügen erzählen kannst, dann sag lieber gar nichts.« Er zog sie heftig an sich. »Denn allmählich wünsche ich mir, deine Lügen wären wahr. Ich begehre dich so sehr, dass ich wünschte, wir wären verheiratet. Ich wünschte ... ach, Mist.« Er küsste sie leidenschaftlich und gierig.

Kendall ließ sich küssen, ließ es sogar geschehen, dass sie seinen Kuss erwiderte. Plötzlich gestand sie sich ein, was ihr Gewissen schon seit Tagen zu leugnen versuchte – dass sie ihn ebenso begehrte, wie er offenbar sie. Ursprünglich hatte sie ihn für all das gefürchtet und gehasst, wofür er stand. Sie war so geblendet von ihrer Abneigung, dass sie ihn als Menschen gar nicht mehr wahrgenommen hatte. Aber seit sie mit ihm in einem Haus lebte und an seiner Seite schlief, konnte sie sich seiner Anziehungskraft nicht länger entziehen. Sie hatte geglaubt, sie sei immun gegen seine – und ihre – Sinnlichkeit, aber im Gegenteil ...

Und sie begehrte ihn nicht nur mit ihrem Körper. Seine Verletzungen mochten bald heilen, doch in seiner Psyche hatte sie tiefe Wunden entdeckt, die immer noch der Pflege bedurften. Auch wenn er davon wahrscheinlich nichts wusste und sich bestimmt nie darüber auslassen würde, sprach er dadurch ihren Fürsorgeinstinkt an. Sie wollte, dass dieser gehetzte Ausdruck aus seinen Augen verschwand.

Mit jedem Tag, jeder Stunde hatten sie sich auf diesen Augenblick zubewegt. Von Anfang an war kein Entkommen möglich gewesen. Jetzt gab sie es auf, dagegen anzukämpfen, und ließ sich einfach fallen.

Da seine Bewegungsfreiheit eingeschränkt war, schloss sie ihn in die Arme und schmiegte sich an ihn. Er stöhnte leise und legte seine Hände auf ihre Brüste.

»Ich möchte dich berühren«, flüsterte er heiser.

Er streichelte ihre Brustwarzen, die sofort fest wurden. Seine Liebkosungen ließen Feuchtigkeit durch ihr Nachthemd treten. Er warf einen Blick auf die Milchflecken, dann auf seine nassen Fingerspitzen, und seine Miene verhärtete sich vor Begierde.

Er nahm ihren Kopf in seine großen Hände. Seine Daumen strichen über ihre Wangen, über die weichen Lippen. Er senkte seinen Kopf und küsste sie, diesmal überraschend zärtlich. Sein Mund berührte ihren kaum. Er überschüttete sie mit winzigen Küssen. Jedes Mal, wenn sich ihre Lippen trafen, lösten sie sich sofort wieder voneinander, doch allein diese Flüchtigkeit ließ Kendall innerlich schmelzen.

Schließlich belohnte er ihr Warten, sein Kuss forderte Erwiderung; besitzergreifend drang seine Zunge in ihren Mund. Das süße Ziehen in ihrem Bauch wurde langsam unerträglich. Sie spürte, wie das Blut in ihr Geschlecht schoss, spürte es pochen und feucht werden; sie konnte sich nicht erinnern, wann sie sich zum letzten Mal so sinnlich gefühlt hatte. Ihre Brüste waren fest und reagierten auf die leiseste Berührung. Sie verzehrte sich danach, seine Hände, seinen Mund darauf zu spüren.

»Kendall?«

»Hmm?«

»Lass uns zu Bett gehen.«

Bett. Er wollte mit ihr ins Bett, um sie zu lieben. Er würde erwarten, dass sie sich wie seine Frau benahm.

Ohne dass sie es wollte, meldete sich die Vernunft. Kendall konnte ihr genauso wenig entkommen wie einer Lawine, die sie einfing und ernüchterte. Es gab kein Entrinnen.

War sie wahnsinnig? Hatte sie ebenfalls das Gedächtnis verloren? Das durfte nicht geschehen!

»Es tut mir leid. Ich kann nicht.«

Sie löste sich so jäh aus seinen Armen, dass beide beinahe das Gleichgewicht verloren. Sie wich zum Schreibtisch zurück und streckte abwehrend beide Arme von sich. »Bitte, tu das nie wieder.«

Er sah sie frustriert und finster an. Dann fluchte er leise und heiser. »Das ergibt doch keinen Sinn, Kendall. Was hast du denn?«

»Ich will einfach nicht. Und damit Schluss.«

»O nein. Ich habe das Recht auf eine Erklärung.«

»Ich habe es dir schon erklärt.«

»In Rätseln, die nicht mal ein Zauberer lösen könnte.« Er sprach so laut, dass Kevin missbilligend maunzte. Als das Baby wieder eingeschlummert war, presste er sich die Handballen an die Schläfen und atmete stöhnend aus. »Mir will das einfach nicht in den Kopf. Wenn wir Mann und Frau sind, wie du behauptest, wenn wir es beide wollen ...«

»Ich will nicht. Schon lange nicht mehr.«

»Warum nicht?«

»Wegen der Schmerzen.«

»Schmerzen?« Er wurde blass. »Habe ich dich irgendwann verletzt?«

Sie schüttelte den Kopf. »Nicht physisch. Psychisch.« Tränen traten ihr in die Augen. »Ich weiß es noch wie heute, und es tut immer noch weh.«

Wieder spürte sie die Schmerzen und die Demütigung, die

sie an jenem Nachmittag vor Lottie Lynams Haus erfahren hatte. Sie schlang sich die Arme um den Leib, als würde sich alles in ihr verkrampfen.

»Ach, du Scheiße!« Seine Lippen, die sie Sekunden zuvor noch so erotisch bedrängt hatten, zogen sich vor Verbitterung und Reue zu einem dünnen Strich zusammen. »Ich hatte eine andere, war es das?«

21. Kapitel

Kendall saß in dem Schaukelstuhl auf der Veranda und starrte ins Leere. Sie nahm nicht mal die Eichhörnchen wahr, die einander von Baum zu Baum jagten, obwohl sie deren Treiben sonst so gern zuschaute. Sie hörte weder das durchdringende Röhren der Kettensäge, die jemand in der Ferne angeworfen hatte, noch das Zetern des Eichelhähers, in dessen Territorium sie sich niedergelassen hatte.

Ihre Sinne waren völlig betäubt, seit sie beobachtet hatte, wie ihr Mann Lottie Lynam mit größerer Leidenschaft liebte, als er sie je in ihrem Ehebett aufgebracht hatte.

Kendall ärgerte sich, weil sie die beiden nicht gleich zur Rede gestellt hatte. Sie hatte sie in flagranti ertappt, da wäre nichts abzustreiten gewesen. Warum hatte sie den beiden nicht so den Marsch geblasen, wie sie es verdient hatten?

Weil sie in diesem Augenblick nicht die Kraft aufbrachte, irgendetwas zu unternehmen, außer sich zurückzuziehen und ihre Wunden zu lecken. Sekundenlang hatte sie ungläubig auf das Szenario gestarrt und halb darauf gewartet, dass die beiden sich zu ihr umdrehen, lachen und »Ätsch, reingelegt« rufen würden, als hätten sie ihr nur einen grausamen Streich gespielt.

Es war kein Streich. Es war auf schreckliche Weise wahr. Fasziniert und voller Entsetzen klebten ihre Blicke an den beiden Liebenden. Als sie es schließlich nicht mehr aushielt, war sie geduckt auf der ungeteerten Straße davongeschlichen. Bevor sie ihr Auto erreicht hatte, wurde ihr übel, und sie übergab sich auf die im Straßengraben wuchernden

Schlingpflanzen. Irgendwie hatte sie es nach Hause geschafft.

Es vergingen Stunden. Wut hatte sich langsam in ihr aufgestaut und den Schmerz ein kleines bisschen überdeckt. Inzwischen war sie entschlossen, ihren untreuen Mann zur Rede zu stellen, wenn sie auch nicht wusste, wie sie dabei am besten vorgehen sollte. Hier gab es nichts zu planen oder einzustudieren.

Ihr blieb ohnehin keine Zeit dazu; er war heimgekehrt.

Sie sah sein Auto von der Straße abbiegen und die lange Auffahrt zu ihrem Haus heraufkurven. Er hupte zweimal, als er sie auf der Veranda sitzen sah. Lächelnd und offenbar erfreut, sie anzutreffen, stieg er aus.

»Hallo! Ich hab' in deinem Büro angerufen, aber deine Sekretärin meinte, du seist früher gegangen. Wo hast du gesteckt?«

»Ich hatte was zu erledigen.«

Er sprang die Stufen hoch, stellte seine Aktentasche auf der Veranda ab, hängte sein Sakko über die Armlehne des Schaukelstuhls und beugte sich zu ihr hinunter, um ihr einen Kuss auf die Stirn zu geben. Sie musste all ihre Selbstbeherrschung aufbieten, um sich nicht von ihm abzuwenden. Wenigstens küsste er sie nicht auf den Mund. Das hätte sie nicht ertragen.

Er bemerkte ihre leidenschaftslose Reaktion und meinte verständnisvoll: »War es ein anstrengender Tag?«

»Es geht so.«

Es geht so? Schlimmer hätte es unmöglich kommen können. Sie war von ihrem Ehemann und ihrer Mandantin betrogen worden, deren Zukunft in ihrer Hand lag.

Matt löste seine Krawatte und ließ sich in den Stuhl neben ihrem fallen. »Ich habe fast den ganzen Tag damit verbracht, in der Staatskanzlei herumzutelefonieren, um jemanden aufzutreiben, der mit einem schlichten Zeitungsfritzen wie mir über den neuen Schuletat spricht. Wenn du nicht von einer großen Zeitung kommst, gibt dir in Columbia keiner ein Interview.«

Er hatte sich Schuhe und Socken ausgezogen. Jetzt legte er einen Knöchel auf das andere Knie und verabreichte sich selbst eine Fußmassage. »Hast du heute schon mit Dad geredet?«

»Nein.«

»Ich hab' auch den ganzen Tag nichts von ihm gehört. Möchte wissen, was er vorhat. Ich geh' mal rein und ruf ihn an.«

Sie hielt ihn auf, bevor er an der Tür war. »Matt, wann bekomme ich die Fragenliste?«

»Was für eine Fragenliste?«

»Für das Interview mit Mrs. Lynam.«

Er schnippte mit den Fingern. »Ach ja, richtig. Dann bist du einverstanden? Du gibst mir grünes Licht?«

»Mit ihr zu reden oder sie zu vögeln?«

Das war zwar kein besonders eleganter Stoß, aber er traf ihn völlig unerwartet und erfüllte jedenfalls seinen Zweck. Sein Gesicht gefror.

Noch ruhiger, als sie sich erhofft hatte, sagte sie: »Stell dich nicht dumm, denn das wäre nur peinlich für dich und demütigend für mich. Es geht hier nicht um ein infames Gerücht, das ich im Friseursalon aufgeschnappt habe. Ich war heute nachmittag am Haus der Lynams und habe euch beide mit eigenen Augen gesehen. Es gab nur eine mögliche Schlussfolgerung, nichts blieb meiner Fantasie überlassen.«

Er trat an das Verandageländer und blickte in den Garten, mit dem Rücken zu ihr. Ungeduldig wartete Kendall auf eine Reaktion. Sie war kurz davor, ihm verbal das Messer in den

Rücken zu stoßen, als er sich endlich zu ihr umdrehte. Er verschränkte lässig die Arme vor der Brust.

»Was du gesehen hast, hat nichts mit dir zu tun.«

Es war eine kühle, unbeteiligte Feststellung. Dafür traf sie Kendall mit der Wucht einer Keule. »Nichts mit mir zu tun?«, schrie sie auf. »Das hat nichts mit mir zu tun? Ich bin deine Frau.«

»Ganz genau, Kendall. Ich habe dich zur Frau genommen.«

»Und Lottie Lynam zur Geliebten!«

»Stimmt. Vor Jahren schon. Bevor wir uns kennenlernten.«

»Vor Jahren?«

Er drehte ihr wieder den Rücken zu, aber sie sprang aus dem Stuhl, packte ihn am Ärmel und zwang ihn, sich ihr zuzuwenden. »Wie lange schläfst du schon mit ihr, Matt? Sag es mir.«

Wütend befreite er sich aus ihrem Griff. »Seit ich vierzehn bin.«

Entgeistert wich Kendall einen Schritt zurück.

»So. Bist du jetzt zufrieden, Kendall? Fühlst du dich jetzt besser? Natürlich nicht. Du hättest die Sache einfach auf sich beruhen lassen sollen.«

Er jedoch tat nichts dergleichen, beließ es keineswegs bei dieser verblüffenden Auskunft. Nun, da die Affäre ans Licht gekommen war, sprudelte es geradezu aus ihm heraus.

»Schon als wir noch neugierige Kinder waren, war da was zwischen Lottie und mir«, begann er. »Chemie, Karma, nenn es, wie du willst. Ich fühlte mich immer zu ihr hingezogen und sie sich zu mir. Als wir vierzehn waren, haben wir es einfach nicht mehr ausgehalten. Damit fing alles an.«

Kendall presste sich die Finger auf die zitternden Lippen. Die Wirklichkeit übertraf ihre schlimmsten Befürchtungen. Sie hatte es nicht mit einem einmaligen Seitensprung, einem moralischen Fehltritt zu tun, den er ausbügeln würde, um ihn dann zu bereuen und nie zu wiederholen. Ihn und Lottie Lynam verband nicht nur eine Affäre. Sie hatten eine Beziehung miteinander, die bereits länger dauerte als die meisten Ehen.

Kendall hatte sich auf einen Kampf eingestellt, damit gerechnet, dass er erst alles abstreiten und dann gestehen würde, um sie schließlich um Verständnis und Verzeihung anzuflehen. Auf das hier war sie nicht vorbereitet.

»Nach jenem ersten Mal liebten wir uns bei jeder sich bietenden Gelegenheit, wenn auch in aller Heimlichkeit. Ich verabredete mich mit anderen Mädchen. Sie ging mit anderen Jungs aus. Aber das taten wir nur, damit niemand ahnte, was bei uns ablief. Lottie kaufte die Gummis, damit der Drogist mich nicht bei Dad verpetzen konnte. Deshalb war Lottie bald als Flittchen verrufen. Niemand ahnte, dass sie nur einen einzigen Liebhaber hatte.

Natürlich kam irgendwann raus, dass wir uns heimlich trafen. Dad bekam Wind von der Sache. Er fragte mich, ob das Gerücht wahr sei; ich stritt alles ab. Dann ließ er mich ein Wochenende allein, angeblich, weil er auf eine Sportmesse in Memphis wollte. Lottie lag gerade mit mir im Bett, als er hereinstürzte.

Er rief ihren Daddy an, um sie abholen zu lassen. Dad verpasste mir eine Tracht Prügel und eine Lektion darüber, wie niederträchtig Frauen sein können und wie Mädchen von Lotties Stand Jungs wie mich einzufangen versuchten. Dann gab er mir den Namen und die Adresse einer Nutte in Georgia. Er sagte, er würde liebend gern alle Kosten übernehmen, falls ich diese Frau irgendwann mal brauchen sollte. Aber von Asozialen wie Lottie hätte ich mich fernzuhalten. Von einer wie ihr hätte ich nichts Gutes zu erwarten, sagte er.

Eine Weile hatte ich Angst, mich mit ihr zu treffen; Angst, er könnte mir auf die Schliche kommen. Dann ging ich fort, aufs College. Im Lauf der Jahre verblasste die Erinnerung an sie. Ich machte mein Examen, kehrte nach Prosper zurück und begann, auf die Übernahme der Zeitung hinzuarbeiten. Sobald sie mir gehörte, ging ich ins Versicherungsbüro, um das Gebäude und die Einrichtung versichern zu lassen. Und dort saß Lottie.«

Er schwieg kurz, als sähe er sie wieder an ihrem Schreibtisch in der Versicherungsagentur sitzen.

»Wir sahen uns an. Mehr brauchte es nicht. Wir machten dort weiter, wo wir aufgehört hatten. Ein paar Jahre lang lief alles ausgezeichnet. Dann fing sie an, mich zu erpressen. Sie sagte, ich solle sie entweder heiraten oder sie endgültig in Ruhe lassen. Ich dachte, sie würde nur bluffen, und traf mich nicht mehr mit ihr. Drei Monate später heiratete sie Charlie Lynam.«

»Um es dir heimzuzahlen.«

Er nickte. »Seitdem ist sie todunglücklich.«

»Außer wenn sie mit meinem Mann zusammen ist.«

Ungeduldig fuhr er sich mit den Fingern durchs Haar. »Das heute war eine Ausnahme, Kendall. Ich bin nicht mit Lottie zusammen gewesen, seit wir geheiratet haben. Kannst du dir vorstellen, was in mir vorging, als ich erfuhr, dass du sie in diesem Mordfall vertreten würdest? Ich war wirklich nicht begeistert, aber ändern konnte ich auch nichts daran.«

»Warum warst du heute bei ihr?«

»Ich weiß es nicht«, entgegnete er giftig. »Außerdem ist das doch egal.«

»Mir nicht. Du hast dein Ehegelübde gebrochen. Ich will eine Erklärung. Zumindest die habe ich verdient.«

Offensichtlich fühlte er sich in die Enge getrieben. Er sah sie zornig an und kaute auf seiner Wange. »Ich kann es nicht erklären, okay?«

»Nein. Es ist nicht okay.« Es kostete sie viel von ihrem Stolz, doch sie musste einfach fragen: »Liebst du sie, Matt?«

Das stritt er mit einem heftigen Kopfschütteln und einem festen »Nein« ab. »Aber Lottie hat schon immer...«

»Was?« drängte sie. »Was hat sie für dich getan?«

»Sie hat ein ganz besonderes Bedürfnis in mir gestillt!«, brüllte er sie an.

»Das ich nicht stillen kann?«

Er presste die Lippen zusammen und blieb stumm, doch die Antwort war deutlich genug und versetzte Kendalls Selbstbewusstsein einen verheerenden Schlag. Würde sie sich nach diesem Tag jemals wieder für begehrenswert halten können?

Als lese er ihre Gedanken, sagte er: »Ich wollte dir nicht wehtun.«

»Also, dafür ist es ein bisschen spät, Mr. Burnwood, denn du hast mich tief verletzt. Natürlich bin ich auch wütend, aber vor allem bin ich durcheinander. Wenn Lottie deine Bedürfnisse so gut stillen kann, warum hast du diesen Engel dann nicht geheiratet?«

Er reagierte mit einem kurzen, freudlosen und ungläubigen Lachen. »Sie heiraten? Das kam gar nicht in Frage. Dad hätte es nie gestattet.«

»Was soll das heißen, er hätte es nie gestattet? Hat Gibb das zu entscheiden gehabt? Hat er oder hast du mich ausgesucht?«

»Leg mir keine falschen Worte in den Mund, Kendall.«

»Und du hör auf, dich so arrogant aufzuführen.«

»Du bist ja hysterisch.«

»Ich bin nicht hysterisch. Ich bin sauer. Stinksauer. Du hast mich betrogen. Du hast mich zum Narren gehalten.«

Er hob die Hände in einer abwehrenden und unschuldigen Geste. »Inwiefern habe ich dich betrogen?«

»Indem du um mich geworben und so getan hast, als würdest du mich lieben.«

»Ich liebe dich doch. Ich habe jahrelang auf die perfekte Ehefrau gewartet, und die bist du. Ich habe dich zur Frau gewählt, weil du all die Eigenschaften hast, die ich mir gewünscht habe.«

»Wie die Ausstattung bei einem neuen Auto. Du hast das richtige Modell abgewartet, bevor du zugegriffen hast.«

»Du bist unvernünftig, Kendall.«

»Ich finde, es steht mir zu, unvernünftig zu sein.«

»Weil ich ein einziges Mal fremdgegangen bin? Weil ich einen Nachmittag mit einer alten Flamme verbracht habe? Ich weiß gar nicht, worüber du dich so aufregst.«

Sie traute ihren Ohren nicht. Wer war dieser Mann? Kannte sie ihn überhaupt? Kannte er sie? Begriff er nicht, wie viel ihr seine Treue bedeutete? Sie hatten nie ausdrücklich darüber gesprochen, aber bestimmt hatten sie stillschweigend darin übereingestimmt, dass sie einander treu sein wollten.

»Wie hättest du dich gefühlt, wenn ich fremdgegangen wäre?« fragte sie. »Wenn du mich mit einer alten Flamme beim Bumsen erwischt hättest?«

»Das wäre wohl kaum das Gleiche.«

»Inwiefern wäre das was anderes?«

»Es ist was anderes«, erwiderte er störrisch.

»Für die kleinen Jungs gelten dieselben Regeln wie für die kleinen Mädchen, Matt.«

»Dieses Gespräch wird allmählich absurd. Die Angelegenheit ist damit erledigt. Ich werde jetzt ins Haus gehen und mich umziehen.« Er wollte an ihr vorbei, aber sie versperrte ihm den Weg.

»Dieses Gespräch ist keineswegs absurd, und die Angelegenheit ist damit noch lange nicht erledigt. Ich habe dich mit ihr zusammen beobachtet, Matt. Ich habe gesehen, wie du sie umschlungen hast, und ich glaube ehrlich, du machst dir selbst was vor, was deine Gefühle für Lottie angeht. Es sah längst nicht so belanglos aus, wie du behauptest. Ganz im Gegenteil. Ich kann nicht so tun, als wäre nichts geschehen. Ich kann nicht einfach darüber hinwegsehen, dass du Ehebruch begangen hast.«

Ihr versagte die Stimme. Sie atmete tief durch, um die Tränen zurückzuhalten. Sie untergrub ihre Position, wenn sie jetzt Schwäche zeigte.

Sobald sie ihre Stimme wieder unter Kontrolle hatte, sagte sie: »Ich möchte, dass du fürs Erste zu Gibb ziehst. Ich muss Zeit haben, mit dieser Sache klarzukommen. Bis dahin kann ich nicht mit dir im selben Haus leben.«

Er lächelte sie bedauernd an, als fände er sie rührend naiv. »Darauf kannst du lange warten, Kendall«, sagte er leise. »Das hier ist mein Haus. Du bist meine Frau. Ich habe mich nicht mit Lottie getroffen, um dich zu verletzen. Es tut mir leid, dass du uns zusammen gesehen hast, aber von nun an wirst du diesen Vorfall vergessen.«

Er schob sie beiseite und öffnete die Tür. Dann sagte er freundlich, so als hätte ihr Gespräch überhaupt nicht stattgefunden: »Dad und ich müssen heute nach dem Freigehege schauen. Wahrscheinlich komme ich erst sehr spät heim.«

22. Kapitel

In weniger als zehn Minuten hatte Matt seine Arbeitskleider und Stiefel angezogen, seine Jagdausrüstung in einen Leinensack geworfen und das Haus verlassen. Die ergrimmte Miene, mit der sie seinen Abschiedskuss über sich ergehen ließ, schien ihn nur zu amüsieren.

Kendall blieb noch lange, nachdem er verschwunden war, wie gelähmt in ihrem Stuhl auf der Veranda sitzen. Sie wusste nicht, was sie mehr traf: Matts Untreue oder seine unbekümmerte Reaktion auf ihre Vorwürfe.

Erwartete er von ihr, dass sie über seinen Seitensprung hinwegsah, weil es sein erster war? Sollte sie ihm etwa zugute halten, dass er der Versuchung so lange widerstanden hatte? Wie konnte er es wagen, ihren Zorn mit einem derartigen Desinteresse abzutun, statt die gebührende Reue an den Tag zu legen?

Es geschah ihm ganz recht, wenn sie ihre Sachen packte und auszog, solange er nicht da war. Später würde er ihr wohl oder übel umso mehr Aufmerksamkeit widmen müssen!

Aber das war eine impulsive Zornreaktion, keine kluge, wohlüberlegte Handlungsweise. Wenn sie wirklich eine gute Ehe führen wollte, durfte sie nichts überstürzen. Mit seiner Untreue hatte er sie bis in die Grundfesten erschüttert; sie würde sich nie ganz davon erholen. Doch sie wusste, dass Zorn und Stolz genauso verheerend wirken konnten.

Am schwersten fiel es ihr zu akzeptieren, dass Matt Lottie seit Jahren liebte und sie geheiratet hätte, wenn Gibb damit einverstanden gewesen wäre.

Lottie war nicht die Frau, die Gibb an der Seite seines Sohnes sehen wollte, sie entsprach nicht dem Standard der Burnwoods. Mit Kendall Deaton, der kultivierten, gebildeten, beredten Dame von Welt, war der Senior hingegen einverstanden gewesen.

Sie hatte nur ein einziges Manko – sie stillte die Bedürfnisse ihres Mannes nicht, dachte sie bitter.

Hatte Matt oder Gibb sie erwählt?, fragte sie sich. Die Vorstellung, dass Gibb einen derartigen Einfluss auf Matts Entscheidungen ausübte, ängstigte sie. Solange sie in Gibbs Gunst stand, wäre alles in Ordnung. Aber falls sie sich jemals gegen ihren Schwiegervater stellen sollte, würde er zu einem gefährlichen Feind.

Fürs Erste vertagte sie diesen peinigenden Gedanken. Jetzt musste sie sich vor allem klar darüber werden, ob und wie sie ihre Ehe retten wollte.

Wollte sie sie retten? Ja. Wie also sollte sie vorgehen?

Sie hatte zwei entscheidende Vorteile gegenüber Lottie Lynam. Erstens hielt Gibb nichts von Lottie, und Matt stimmte fast immer mit Gibb überein. Zweitens konnte Lottie keine Kinder bekommen. Kendall dagegen ging mit Matts Kind schwanger.

Aber statt Trost aus diesem Umstand zu schöpfen, bereitete ihr das nur noch mehr Kopfzerbrechen. Dies hätte Matts und ihre Nacht werden sollen. Sie hätten das Wunder bestaunen sollen, das ihre Liebe zustande gebracht hatte. Sie hätten über die Entbindung reden, Namen suchen, sich ein strahlendes Heranwachsen für ihr gemeinsames Kind ausmalen sollen.

Statt dessen hatte er sie sitzenlassen, elend, allein und mit seinem und Lotties Bild im Kopf. Während er ganz ungerührt seinen Hobbys frönte.

»Dieser Mistkerl!«, zischte sie. Wie konnte er einfach so

seiner Wege gehen, als wäre nichts passiert? Er hatte ihr nicht einmal einen anständigen Streit zugestanden.

Plötzlich schoss sie aus ihrem Schaukelstuhl hoch und lief ins Haus. Ein paar Sekunden später hatte sie sich ihre Handtasche geschnappt, saß in ihrem Auto und raste die Auffahrt hinunter.

Sie wollte mit Matt verheiratet bleiben. Sie wollte eine Familie haben. Sie wollte zu einer Familie gehören.

Aber nicht, wenn sie dafür ihre Selbstachtung aufgeben musste. So durfte man sie nicht behandeln. Sie würde sich nicht als Fußabstreifer missbrauchen lassen. Matt konnte nicht einfach so tun, als wäre sie nicht außer sich, sondern bloß vorübergehend beleidigt.

Wenn er wollte, dass ihre Ehe Bestand hatte, musste er sich zu seiner Schuld bekennen. Sie verlangte sein Wort darauf, dass es keine weitere Affäre mit Lottie Lynam oder irgendwem sonst geben würde. Was seine eheliche Treue anging, ließ sie nicht mit sich handeln. Wenn er bereit war zuzugeben, dass er einen Fehltritt begangen hatte, würde sie ihm verzeihen.

Doch dieses Angebot galt nur für heute abend.

Sie würde nicht wie ein gehorsames, willenloses, gutes kleines Weibchen zu Hause auf seine Rückkehr warten. Er hatte sich ihrem Streit entzogen, also würde sie ihm den Streit hinterhertragen. Wenn Gibb bei ihm war, umso besser. Sollte Matt ruhig diese schmutzige außereheliche Affäre mit Lottie Lynam auch seinem gestrengen Vater erklären.

Kendall wusste, dass Gibb sie in dieser Beziehung uneingeschränkt unterstützen würde.

Es war dunkel, als sie den Ortsrand erreicht hatte. Bald stellte sich heraus, dass sie Matt nicht so leicht finden würde, wie sie geglaubt hatte. Sobald die Lichter Prospers in der Ferne verglommen, gab es nichts mehr, woran sie sich orientieren konnte.

Sie war nur ein einziges Mal mit Matt im Freigehege gewesen. Eine kleine, schlichte Hütte stand darauf, die er und Gibb eigenhändig gebaut hatten und die er ihr voller Stolz vorgeführt hatte. Jetzt wünschte sie, sie hätte damals besser aufgepasst, wie sie dorthin gelangt waren.

Die Straßen, die sich durch die sanften bewaldeten Hügel rund um Prosper schlängelten, waren ungeteert, schmal und dunkel. Schilder gab es wenige. Nur ein Einheimischer konnte eine von der anderen unterscheiden. Für einen Fremden sahen sie alle gleich aus.

Sie war entschlossen, so lange zu fahren, bis sie sich wieder zurechtfand. Doch als sie an derselben verlassenen Scheune vorbeifuhr, die sie zehn Minuten zuvor passiert hatte, musste sie sich eingestehen, dass sie im Kreise herumirrte.

Sie hielt den Wagen mitten auf der Straße an. »Verdammt!« Tränen standen ihr in den Augen. Sie wollte Matt unbedingt finden. Je eher sie diesen Streit ausfochten, desto eher konnten sie ihn auch beilegen und ihr gewohntes Leben wieder aufnehmen.

Resigniert stieg sie aus und sah sich um, in der Hoffnung, irgendetwas Vertrautes zu erspähen. Um sie herum war nichts als tiefer, düsterer Wald.

Sie stieg wieder ins Auto und fuhr weiter. Früher oder später müsste sie auf eine Straße stoßen, die zurück nach Prosper führte. Den Versuch, das Freigehege zu finden, gab sie allerdings auf.

Jetzt merkte sie, dass das ziellose Herumfahren auch sein Gutes hatte. Sie hatte Zeit gehabt, sich zu beruhigen, bevor sie Matt zur Rede stellte. Nun war Gelegenheit, das Problem von allen Seiten zu beleuchten. Vielleicht konnte sie sogar ergründen, was Matt eigentlich dazu getrieben hatte, die Nähe seiner einstigen Geliebten zu suchen. War sie vielleicht selbst schuld daran?

Sie begann schneller zu fahren, weil sie die Versöhnung herbeisehnte. Als der Wagen über eine Kuppe fuhr, bemerkte sie ungefähr eine halbe Meile entfernt einen rötlichen Schein über den Bäumen. Im ersten Moment befürchtete sie einen Waldbrand. Doch bald verwarf sie diesen furchterregenden Gedanken, denn anscheinend war das Feuer auf einen Fleck beschränkt und schien sich nicht auszubreiten.

Je näher sie der Stelle kam, desto vertrauter wirkte der Wald. Dann wusste sie wieder, wo sie war. Sie war im vergangenen November hier gewesen, an jenem Morgen, als die Schweine geschlachtet wurden. Wenigstens wusste sie, wie sie von hier aus nach Hause kam. Und vielleicht hatte Matt es sich bis dahin anders überlegt und würde sie daheim schon erwarten.

Trotzdem hob sie den Fuß vom Gas und senkte ihn auf die Bremse. Was brannte da?

Vielleicht war ihr erster Gedanke doch richtig gewesen? Hatte jemand sein Lagerfeuer nicht gelöscht? Nirgendwo war ein Auto zu sehen, das darauf schließen ließ, dass sich jemand um das Feuer kümmerte. Es konnte eine Gefahr für den ganzen Wald darstellen.

Sie hielt den Wagen an, ließ aber den Motor laufen. Nachdem sie sich vorsichtig umgesehen hatte, öffnete sie die Tür und stieg aus. Die warme Frühlingsluft roch intensiv, aber nicht unangenehm nach Holzrauch.

Aufmerksam suchte sie den dunklen Wald ab. Vielleicht war es das Beste, so schnell wie möglich in den Ort zu fahren und der Feuerwehr den Brand zu melden.

Aber wenn nun bloß ein paar Teenager Würstchen grillten oder eine Familie abends draußen picknickte? Dann hätte sie umsonst die Pferde scheu gemacht. Und sie würde erneut zur Zielscheibe allgemeinen Spottes werden, wie damals, als sie beim Schweineschlachten in Ohnmacht gefallen war.

Eins jedoch stand fest – sie konnte sich nicht einfach verdrücken, wenn auch nur der geringste Verdacht bestand, dass es sich um einen Waldbrand handelte. Und so nahm sie all ihren Mut zusammen und marschierte los.

Sie trug immer noch das Kostüm und die Stöckelschuhe, die sie am Morgen zur Arbeit angezogen hatte, und war somit kaum für eine Waldwanderung ausgerüstet. Ihre Strumpfhose konnte sie jedenfalls abschreiben. Zweige und Dornen, die nach dem monatelangen Winterschlaf austrieben, rissen ihr an Haaren und Kleidern, zerkratzten ihre Arme und Beine. Etwas raschelte nur ein paar Schritte von ihr entfernt im Unterholz, aber sie eilte weiter, ohne der Sache auf den Grund zu gehen.

Ein Schrei zerriss die Luft.

Kendall erstarrte. Ihr Herz setzte aus. Was in Himmels Namen war das? Ein Tier? Eine Art Wildkatze? Klangen Panther nicht so ähnlich?

Nein, es hatte menschlich geklungen – grauenvoll, entsetzlich menschlich. Was, in aller Welt, spielte sich hier ab?

Dem ersten, gellenden Schrei folgte ein abgehacktes Schmerzgebrüll von Todesqual.

Aufgepeitscht durch den Gedanken, dass jemand ihre Hilfe brauchte, und ungeachtet ihrer Angst, stürzte sie sich abseits des Trampelpfades in die Dunkelheit, um keine Sekunde zu verlieren. Sie kämpfte sich durch dichtes Gehölz, ohne sich darum zu kümmern, dass Zweige ihr die Haut aufrissen und Nesseln und Dornen sie zerstachen.

Dann sah sie vor sich die vertraute Lichtung. Zwischen den Bäumen erkannte sie ein flackerndes Lagerfeuer und menschliche Silhouetten davor.

Es waren weit über zwanzig Menschen. Sie redeten laut durcheinander, wirkten aber weder aufgeregt noch verstört.

Erleichtert blieb sie stehen, um Atem zu schöpfen; sie fürchtete, der panische Marsch durch den Wald könnte ihrer frühen Schwangerschaft geschadet haben. Sie lehnte den Kopf gegen einen Baum, sank in die Knie und atmete tief durch.

Als sie lautes Lachen hörte, sah sie wieder auf. Sie hätte gern gewusst, was es mit dieser seltsamen Versammlung auf sich hatte. Zugleich beschlich sie jedoch das dumpfe Gefühl, dass es besser war, unerkannt zu bleiben. Bis sie herausgefunden hatte, wer da geschrien hatte und warum, war Vorsicht geboten.

Bald erkannte sie, dass die Gruppe ausschließlich aus Männern bestand. Wurde sie Zeugin einer Initiation in eine geheime Bruderschaft? Sie war beinahe zu dem Schluss gekommen, dass es nichts anderes sein konnte, als sie ein Gesicht erspähte, das sie erschreckt Luft holen ließ.

Dabney Gorn. Was hatte der Ankläger hier draußen zu suchen? Und dort war auch Richter Fargo. War das hier eine Art Vereinsversammlung?

Sie entdeckte auch den Vorsitzenden der Schulbehörde, den Postbeamten, Herman Johnson und Bob Whitaker, den Prediger.

Die Männer starrten wie gebannt auf etwas am Boden Liegendes. Sie standen in einem engen Kreis, so dass Kendall nicht erkennen konnte, worum es sich handelte.

Ihr blieb fast das Herz stehen, als wieder ein Schrei gellte. Herman Johnson warf den Kopf in den Nacken und stieß ein schauriges Heulen aus, das Kendall das Blut in den Adern gefrieren ließ, während ein paar seiner Genossen das Objekt aufrichteten, das zuvor am Boden gelegen hatte.

Es war ein Kreuz.

Auf das man Michael Li genagelt hatte.

23. Kapitel

Der junge Mann war nackt.

Wo eigentlich seine Genitalien sein sollten, sprudelte dunkles, rotes Blut. Sein Kopf baumelte leblos auf der schmalen Brust. Er war entweder tot oder bewusstlos.

Kendall war zu entsetzt, um zu schreien. In stummem Grauen beobachtete sie, wie einer der Männer eine Räuberleiter für Mr. Johnsons Fuß formte und ihn hochhob. Sobald Mr. Johnson auf Augenhöhe mit Michael Li war, packte er den Jungen am Schopf, zog den Kopf zurück, zwang seinen Mund auf und stopfte etwas hinein. Kendall konnte sich nur zu gut vorstellen, was.

Als Johnson wieder auf dem Boden stand, begannen die anderen zu johlen. Dann erstarb der Jubel wieder, und die ganze Gruppe verstummte. Sekunden später stimmten die Männer ein Kirchenlied an.

Kendall wurde schlecht. Sie schluckte die ätzenden Magensäfte hinunter, weil sie jedes Geräusch vermeiden wollte, und schlich sich so leise wie möglich rückwärts davon, um auf keinen Fall entdeckt zu werden. Sie hatte mitangesehen, wie eine Art Bürgerwehr, eine Lynchjustizgruppe, einen unschuldigen Jungen hingerichtet hatte. Wenn die Männer merkten, dass sie beobachtet worden waren, hätten sie mit ihr nicht mehr Gnade als mit Michael Li.

Sobald sie sicher war, außer Sichtweite zu sein, drehte sie sich um und floh blindlings durch den Wald. Nun war es ihr vollkommen egal, wie viel Lärm sie dabei machte. Hier draußen würde sie niemand außer den Männern hören können.

Und die sangen weiter unbeirrt den Choral, als wollten sie den frommen Worten des Textes Hohn sprechen.

Eine Schlingpflanze ließ sie stolpern und beinahe stürzen. Automatisch presste sie sich schützend die Hand auf den Bauch. Sie wusste, dass sie auf ihr Baby aufpassen, langsamer gehen musste. Aber zugleich musste sie sich beeilen. Wenn sie die Behörden sofort benachrichtigte, konnten die Männer noch am Ort ihres grausigen Verbrechens verhaftet werden.

»Mein Gott«, hauchte sie, als sie daran dachte, welche Wogen diese Verhaftung in der Gemeinde schlagen würde. Wie hatte Herman Johnson, den die meisten für einen krakeelenden Nichtsnutz hielten, die Honoratioren ihrer Gemeinde dazu überreden können, bei so unfassbarer Unmenschlichkeit mitzumachen?

Schnell, aber nicht mehr kopflos versuchte Kendall den Weg zurückzuverfolgen, den sie gekommen war, aber das verhinderte die Dunkelheit; wegen der sah sie die Mulde auf ihrem Weg auch erst, als es schon zu spät war.

Sie verlor den Tritt, stürzte vornüber, landete auf dem Bauch und schlug hart auf. Der Sturz presste ihr die Luft aus der Lunge, deshalb musste sie ein paar Sekunden liegen bleiben, ehe sie wieder zu Atem kam.

In diesem Augenblick stieg ihr ein widerwärtiger Gestank in die Nase, der sie würgen ließ. Im selben Moment merkte sie, dass sie nicht im Dreck, sondern auf Stoff lag. Sie drückte sich mit den Handballen hoch und richtete sich langsam auf. Und dann sah sie Bama.

Die Hälfte seines Gesichts fehlte, und die andere Hälfte war bereits weitgehend zersetzt. Eine Augenhöhle war leer bis auf die wimmelnden Insekten, die hier ihr Festmahl hielten.

»O mein Gott, o mein Gott.« Kendall wich jämmerlich wimmernd zurück und erbrach sich auf den Boden.

Dann starrte sie, immer noch auf Händen und Knien, auf die verwesende Leiche, die man offensichtlich nicht tief genug vergraben hatte, um sie vor Aasfressern zu schützen. Die Tiere hatten Fleisch von Bamas Skelett gerissen, aber sie hatten ihn nicht getötet. Er war durch einen Schuss gestorben. In der noch vorhandenen Stirnhälfte klaffte ein schwarzes, fliegenumsummtes Loch.

Selbstmord? Wohl kaum. War es Zufall, dass Bamas Leiche so nah an einer Hinrichtungsstätte lag? Kendall hegte wenig Zweifel daran, wer ihn getötet hatte.

Ihre Knie wollten sie nicht mehr tragen, trotzdem zwang sie sich aufzustehen. Sie stieg über Bamas entwürdigte Überreste hinweg und tappte weiter blind durch den Wald, bis sie schließlich die Straße erreichte. Sie war vom Weg abgekommen, doch ihr Wagen befand sich in Sichtweite. Froh, dass sie den Motor hatte laufen lassen, keuchte sie darauf zu. Dadurch würde sie Zeit sparen. Außerdem wusste sie nicht, ob sie mit ihren zitternden Händen den Schlüssel ins Zündschloss bekommen hätte.

Sobald sie gestartet war, begann sie ihr weiteres Vorgehen zu planen. Um in die Ortsmitte zu gelangen, musste sie an ihrem Haus vorbei. Warum rief sie den Sheriff nicht von dort aus an? Vielleicht – bitte, lieber Gott – war Matt schon daheim. Sie brauchte ihn. Gemessen an dem, was sie eben mitangesehen hatte, verblasste sein Seitensprung mit Lottie Lynam zur Bedeutungslosigkeit.

Den Blick starr auf die Straße gerichtet und das Steuer fest umklammert, versuchte sie, sich auf das zu konzentrieren, was vor ihr lag, doch immer wieder schob sich vor ihre Augen das Bild von Michael Li am Kreuz. Wieder und wieder hörte sie die Männer jubeln, als ihm seine Genitalien in den Mund gestopft wurden.

Und Bama. Der gute, freundliche Bama, der für jeden ein

nettes Wort übrig gehabt hatte, der das Wetter so erstaunlich genau vorhersagen konnte. Zweifellos hatte man ihn hingerichtet, weil man ihn als Schandfleck für den Ort betrachtete. Er war eine Belästigung, ein unproduktives Mitglied der Gesellschaft, ein schlechtes Vorbild für die Kinder von Prosper.

Mein Gott, wie viele andere Unerwünschte waren wohl noch auf diese unsägliche, barbarische Weise beseitigt oder bestraft worden?

Billy Joe Crook? Bestimmt! Er war ein Dieb, dafür hatte man ihm den Arm abgetrennt. Wer würde schon die tragische Geschichte von dem unvorhergesehenen Unfall bestreiten? Billy Joe bestimmt nicht, denn dessen Leben war in akuter Gefahr, sollte er enthüllen, dass dieser Unfall in Wahrheit von den entgleisten Herren selbsternannter Richter ausgeheckt worden war.

»Auge um Auge«, lautete ihr Credo. Michael Li hatte sich mit einem weißen Mädchen eingelassen. Darauf standen Kastration und Tod.

Kendall stieß einen erleichterten Schrei aus, als sie Matts Auto vor ihrem Haus stehen sah. Laut rufend rannte sie die Stufen zur Veranda hinauf. Als sie durch den Flur lief, trat er aus dem Schlafzimmer. Offensichtlich war er eben unter der Dusche gewesen. Sein Haar tropfte, um seine Taille trug er ein Handtuch.

»Kendall, wo bist du gewesen? Das Haus war leer, als ich zurückkam. Nach unserem Streit ...«

»Matt, ich bin so froh, dass du da bist.« Sie warf sich in seine Arme und versteckte sich schluchzend an seiner nackten Brust.

Er drückte sie an sich. »Liebling! Kannst du mir verzeihen? Können wir noch mal ganz von vorn anfangen?«

»Ja, natürlich, aber warte, hör mir zu!«

Als sie sich wieder von ihm löste, wurde ihm klar, dass sie sich nicht einfach nur über das Wiedersehen freute. »Was ist denn passiert, um Gottes willen? Du bist ja leichenblass! Und was hängt da in deinem Haar?« Er zupfte einen Zweig heraus und betrachtete ihn aufmerksam.

»Matt, es war so grässlich.« Sie schluchzte. »Ich würde es nicht glauben, wenn ich es nicht mit eigenen Augen gesehen hätte. Sie haben Michael Li … Du kennst ihn wahrscheinlich nicht. Er ist … egal, das erkläre ich dir später. Du musst dich anziehen, und ich verständige sofort die Polizei. Sie können uns hier abholen, weil sie sowieso hier vorbeikommen. Ich führe sie zu …«

»Kendall, beruhige dich doch. Was redest du da, um Himmels willen?« Jetzt, nachdem er sie genauer angesehen hatte, wirkte er fast so entsetzt wie sie. Er strich über ihre Wange, und seine Fingerspitze färbte sich rot. »Du blutest ja. Wo hast du dich so zerkratzt?«

»Mir geht es gut. Wirklich. Aber ich habe Angst.«

»Vor wem?«, wollte er wütend wissen. »Vor den Crook-Zwillingen? Wenn diese Bastarde …«

»Nein, nein!«, übertönte sie ihn. »Hör mir zu, Matt. Sie haben Michael Li umgebracht. Ich glaube wenigstens, dass er tot ist. Sie haben ihn kastriert, und alles war voller Blut. Er und der ganze Boden.« Sie befreite sich aus seinem Griff und stieg über die schmutzige Wäsche am Boden, um zum Telefon zu gelangen. Hastig wählte sie den Notruf.

»Ich verstehe kein Wort, Kendall. Wovon redest du?«

»Von Michael Li«, wiederholte sie schrill. »Einem Jungen, dem man fälschlicherweise vorwirft, Kim Johnson vergewaltigt zu haben. Bama haben sie auch umgebracht. Ich bin über seine Leiche gestolpert, als ich – Hallo? Ja? Hier ist – nein, ich kann nicht warten!«, kreischte sie mit überkippender Stimme in den Hörer.

Matt war mit einem Sprung bei ihr. »Kendall, du bist ja hysterisch.«

»Nein, das bin ich nicht. Ich schwöre es dir.« Sie schluckte und kämpfte mit aller Kraft dagegen an, dass die Hysterie, die sie gerade verleugnet hatte, sie ergriff. Ihre Zähne klapperten. »Bis die Polizei kommt, habe ich mich wieder unter Kontrolle. Ich werde sie direkt dorthin bringen.«

»Direkt wohin?«

»Wo die Schweine geschlachtet werden. Wahrscheinlich verüben sie ihre Morde dort, damit das Blut nicht auffällt«, sprach sie den Gedanken aus, der ihr eben gekommen war. »Sie sind schlau. Und es sind viele. Leute, die wir kennen und denen wir so was nie im Leben zutrauen würden.«

»Was treibst du dich nachts allein im Wald herum?«

»Ich habe dich gesucht.« Heiße, salzige Tränen rollten unter ihren Wimpern hervor und über ihre Wangen. »Ich wollte mit dir reden, damit diese Sache mit Lottie nicht immer weiterschwelt, bis sie schließlich nicht mehr einzudämmen ist. Ich konnte nicht warten, bis du nach Hause kommst, um zwischen uns alles wieder ins Lot zu bringen. Daher versuchte ich, das Freigehege zu finden, und dabei habe ich mich verfahren.«

»Notrufzentrale. Wie kann ich Ihnen helfen?«

»Ja, hallo?« Sie gab Matt ein Zeichen, dass endlich jemand am Apparat war. »Ich muss sofort die Polizei oder das Sheriffbüro sprechen. Ich heiße…«

Matt riss ihr den Hörer aus der Hand und legte auf. Entgeistert starrte sie ihn an. »Warum hast du das getan? Ich muss das doch melden. Ich kann sie hinbringen. Wenn sie sich beeilen …«

»Du gehst nirgendwohin, außer unter die Dusche und dann ins Bett.« Er strich ihr übers Haar. »Wenn man sich da draußen nicht auskennt, kann es im Wald nachts ganz schön gespenstisch sein. Du hast dich verirrt und bist in einer Panikattacke! Nach einer heißen Dusche und einem kühlen Glas Wein wirst du die Sache vergessen haben.«

»Das ist keine Panikattacke!« Da sie mit ihrem Kreischen seine Theorie nur stützte, zwang sie sich, tief durchzuatmen. »Ich bin im Vollbesitz meiner geistigen Kräfte, das kannst du mir glauben. Ich habe furchtbare Angst, aber ich bin nicht verrückt.«

»Ich behaupte ja auch gar nicht, dass du verrückt bist. Aber du hast in letzter Zeit unter ziemlich großem Stress gestanden und…«

Sie schubste ihn beiseite. »Hör auf, dich als mein Erziehungsberechtigter aufzuspielen und hör mir zu. Matt, sie…«

»Wer sind überhaupt diese sie, von denen du ständig redest?«

»So ziemlich alle, die hier in der Gegend Einfluss haben. Ich könnte dir ein Dutzend Namen aufzählen.«

Sie war gerade dabei, ein paar davon herunterzurattern, als er sie wieder unterbrach. »Und du behauptest, dass diese Männer bei einer Kastration und Kreuzigung mitgemacht hätten? Und beim Mord an einem Penner?« Er zog skeptisch die Brauen hoch. »Kendall, nimm Vernunft an. Wie kannst du erwarten, dass ich dir dieses Schauermärchen glaube?«

»Du glaubst es sehr wohl.«

Er legte verwundert den Kopf schief.

Ein Schauder überlief sie. »Ich habe kein Wort von einer Kreuzigung gesagt.«

Ihr Blick fiel auf die schmutzigen Kleider am Boden. An seinen Stiefelsohlen klebte mit Zweigen und Nadeln durchsetzter Dreck. Jetzt fiel ihr auch der leichte Rauchgeruch auf.

Langsam hob sie wieder den Blick. Er betrachtete sie ruhig

und ausdruckslos. »Du warst dort, nicht wahr?«, flüsterte sie heiser. »Du gehörst dazu. Und Gibb auch.«

»Kendall.« Er wollte sie festhalten.

Sie drehte sich um und rannte los, aber sie kam nur ein paar Schritte weit, ehe er ihre Jacke packte und sie festhielt. »Lass mich los!« Sie drehte sich um und versuchte, ihm das Gesicht zu zerkratzen. Es bereitete ihr ein wenig Genugtuung, dass sie ihn vor Schmerz stöhnen hörte.

»Du kannst das Rumschnüffeln einfach nicht lassen, nicht wahr, Miss Marple?«

Sie rammte ihm den Ellbogen in den Magen. Er ließ sie los und presste sich die Hand auf den Bauch. Kendall stürzte zur Tür, aber er holte sie wieder ein.

Sie wehrte sich mit aller Kraft, doch schließlich gelang es ihm, ihre beiden Arme festzuhalten. Sein Gesicht war zornentstellt. Speicheltröpfchen flogen aus seinem Mund, als er sich über sie beugte und die Zähne fletschte: »Du willst mit dem Sheriff reden? Oder dem Polizeichef? Fein. Die sind auch da draußen.«

»Wer seid ihr?«

»Wir sind die Bruderschaft. Wir schaffen Gerechtigkeit, weil die sogenannte Demokratie und die Justiz inzwischen gegen uns Partei ergriffen haben. Sie stehen auf der Seite des Abschaums. Wenn wir Chancengleichheit erreichen wollen, müssen wir die Sache selbst in die Hand nehmen.«

»Ihr bringt Menschen um?«

»Manchmal.«

»Wie viele? Seit wann geht das so?«

»Seit Jahrzehnten.«

Die Knie versagten ihr den Dienst, und hätte er sie nicht gehalten, wäre sie zusammengebrochen. »Wir haben gehofft, dass du eine von uns werden würdest, Kendall. Denn uns bekämpfen kannst du auf keinen Fall.«

»Wetten, dass?«

Sie jagte ihm das Knie in den Unterleib. Fluchend sackte er zusammen. Ohne auch nur nachzudenken, wirbelte Kendall herum, schnappte sich eine Vase mit Rosen von der Kommode und schlug sie ihm mit aller Kraft auf den Kopf. Er kippte vornüber wie ein gefällter Baum und blieb reglos liegen.

Ein paar Sekunden blieb sie über seinem leblosen Körper stehen; sie konnte nicht fassen, was sie da getan hatte. Ihr Atem ging keuchend. Sie dachte an ihr Kind. Würde es diese Nacht überleben? Würde sie überleben?

Nur wenn sie floh.

Sie streifte ihren Ehering ab und ließ ihn auf Matt fallen. Dann rannte sie zur Haustür.

Doch in diesem Moment näherten sich Scheinwerfer dem Haus. Das Fahrzeug hielt an. Gibb stieg aus seinem Pick-up, kam die Stufen hoch und klopfte.

Ohne lang zu überlegen, rannte Kendall zurück ins Schlafzimmer, allerdings nur, um einen Morgenmantel aus dem Schrank zu zerren.

»Ich komme!«, rief sie. Während sie zur Haustür eilte, schob sie ihren Arm in den Mantel und zog ihn fest um sich, damit ihre schmutzigen Kleider und zerkratzten Arme nicht zu sehen waren. Im letzten Moment dachte sie daran, sich die Schuhe von den Füßen zu schleudern. Dann öffnete sie die Tür einen Spaltweit und schielte hinaus.

»Ach, hallo, Gibb.« Hoffentlich würde er ihre Kurzatmigkeit nicht als Angst interpretieren. Er trug Jagdkleidung. Seine Stiefel waren genauso schmutzig wie Matts, und auch er roch nach Rauch. Sein mildes Lächeln ließ nicht erkennen, dass er geradewegs von einem blutigen Handwerk kam.

»Ihr beide seid noch auf?«

Sie warf einen Blick über die Schulter und erwartete halb, Matt aus dem Schlafzimmer taumeln zu sehen, eine Hand auf der klaffenden Kopfwunde.

Wenn er nicht tot war.

Sie setzte ein, wie sie hoffte, schüchternes Lächeln auf und drehte sich wieder zu ihrem Schwiegervater um. »Eigentlich nicht. Ich meine... also, wir haben noch nicht geschlafen. Bloß... du weißt schon.« Sie seufzte wie eine geborene Südstaatenschönheit. »Wenn es wirklich wichtig ist, kann ich Matt natürlich holen.«

Er lachte leise. »Ich glaube nicht, dass es so wichtig ist wie das, was er jetzt macht.«

»Na ja«, meinte sie unsicher, »wir sind gerade dabei, uns zu versöhnen. Wir haben uns gestritten.« Sie spielte ihm eine plötzliche Eingebung vor und fragte: »Hat er dir davon erzählt?«

»Das hat er tatsächlich, aber nicht verraten, weswegen es Ärger gab. Ich wollte nur mal vorbeischauen und fragen, ob ich helfen kann, die Wogen wieder zu glätten.« Er grinste breit und zwinkerte ihr zu. »Wie ich sehe, braucht ihr wohl keinen Friedensstifter. Ich geh' dann heim und überlass' den Rest euch beiden.« Sie fürchtete, sich schon wieder übergeben zu müssen, als er die Hand ausstreckte und ihren Arm drückte. »Geh mal wieder zu deinem Mann. Gute Nacht, Kendall.«

»Gute Nacht.«

Er machte kehrt und stapfte die Stufen hinunter.

Um möglichst unverdächtig zu wirken, rief Kendall ihm nach: »Du kannst ja zum Frühstück kommen, wenn du möchtest. Ich könnte ein paar von deinen berühmten Waffeln vertragen.«

»Um acht bin ich da.«

Sie sah ihm nach, bis die Hecklichter seines Wagens in der Dunkelheit verschwunden waren, dann rannte sie zurück ins

Schlafzimmer. Matt hatte sich nicht gerührt. Sie brachte es nicht über sich, ihn anzufassen oder auch nur seinen Puls zu fühlen. Was für einen Unterschied machte das jetzt noch?

Ob er tot war oder lebte – ihr bisheriges Leben war auf jeden Fall besiegelt.

24. Kapitel

»Ich heiße Kendall Burnwood. Wahrscheinlich werden Sie mir nicht glauben, was ich Ihnen jetzt erzähle. Möglicherweise halten Sie mich für geisteskrank. Glauben Sie mir, ich bin es nicht.« Sie hielt inne, um von der Cola zu trinken, die sie sich aus dem Getränkeautomaten des Motels gezogen hatte.

»Ich höre.«

Agent Braddock vom FBI klang verschlafen und griesgrämig. Wirklich jammerschade! Was sie ihm zu erzählen hatte, würde ihn schon wachrütteln. Um ihrer unglaublichen Geschichte Glaubwürdigkeit zu verleihen, hatte sie sich ihm als Pflichtverteidigerin vorgestellt. Sonst hätte er wohl geglaubt, er hätte es mit einer Spinnerin zu tun.

»Ich wohne und arbeite seit beinahe zwei Jahren in Prosper. Heute abend bin ich auf eine geheime Bürgerwehr gestoßen, die unaussprechliche Verbrechen begeht, darunter auch Morde. Zu dieser Miliz gehören einige der angesehensten Bürger des Ortes. Sie bezeichnen sich selbst als ›die Bruderschaft‹. Mein… Ehemann gehört auch dazu.

Wie er selbst zugegeben hat, bestrafen sie jeden, der das ihrer Meinung nach verdient hat, aber irgendwie durch die Maschen des Gesetzes geschlüpft ist.

Ich habe keine Ahnung, wie viele Menschen sie im Lauf der Jahre getötet haben, aber heute abend habe ich mit eigenen Augen einen Mord beobachtet.« Dann beschrieb sie ihm Michael Lis Hinrichtung und wie sie Bamas Überreste entdeckt hatte. »Er war kein Krimineller, aber ich habe den Verdacht, dass sie ihn ebenfalls umgebracht haben.«

Sie erzählte dem Beamten, was sie im Wald gesehen hatte, bemüht, das Geschehen so sachlich und exakt wie möglich wiederzugeben und immer gefasst zu klingen. »Diese Lichtung befindet sich tief in einem abgelegenen Waldstück. Man schlachtet dort Schweine. Und offenbar«, ergänzte sie mit bebender Stimme, »nicht nur Schweine.«

Weil ihr auffiel, dass er die ganze Zeit über kein Wort gesagt hatte, hielt sie inne. »Sind Sie noch dran?«

»Ja, bin ich. Es ist bloß... Also, Madam, das hört sich ja nach einer ziemlichen Horrormeldung an. Haben Sie die örtliche Polizei über diese angeblichen Morde unterrichtet?«

»Die steckt mit drin.«

»Die Polizei auch? Ich verstehe.«

Offenkundig verstand er überhaupt nichts. Er ließ sie auflaufen. Wie konnte sie ihn nur davon überzeugen, dass sie kein Fall für den Psychiater war? Energisch strich sie sich das Haar zurück und nahm noch einen Schluck Cola. Ihre verspannten Muskeln schmerzten, als hätte ihr jemand ein Messer zwischen die Schultern gerammt. Sie war mehr als hundertfünfzig Meilen gefahren, bevor es ihr sicher genug erschienen war, anzuhalten. Und die ganze Zeit über hatte sie genauso oft in den Rückspiegel wie auf die Straße vor dem Auto geblickt.

Wann würde Matt wieder zu Bewusstsein kommen und die anderen Mitglieder der Bruderschaft warnen, dass sie ihnen auf die Schliche gekommen war? Oder wann würde seine Leiche entdeckt, falls sie ihn mit dieser Vase erschlagen hatte? Hoffentlich nicht vor acht Uhr morgen früh, wenn Gibb eintraf, um Waffeln zu backen. Sie warf einen Blick auf die Uhr. Es war schon nach zwei Uhr nachts. Allmählich wurde die Zeit knapp.

»Ich habe Ihnen gesagt, dass das unglaublich klingen würde.«

»Sie müssen zugeben, dass es sich ein bisschen weit herge-
holt anhört. Soweit ich Prosper kenne, ist es ein netter kleiner
Ort.«

»Das könnte man glauben, aber der unschuldige Schein
trügt. Ich weiß ja, dass Sie sich jeden Tag von irgendwelchen
Verrückten Schauermärchen anhören müssen, aber ich
schwöre Ihnen, dies ist die Wahrheit. Mit eigenen Augen
habe ich gesehen, wie dieser Junge ans Kreuz genagelt
wurde.«

»Beruhigen Sie sich, Mrs. Burnwood. Es bringt uns nicht
weiter, wenn Sie jetzt hysterisch werden.«

»Es bringt uns auch nicht weiter, wenn Sie mir nicht glauben.«

»Ich glaube Ihnen ja…«

»Was werden Sie also unternehmen?«

»Sie haben da ein paar ziemlich wichtige Leute aufge-
zählt«, wand er sich. »Einflussreiche Bürger.«

»Meinen Sie, das wäre mir nicht klar? Ich konnte erst
selbst nicht glauben, wer da alles mit drinsteckt. Aber je länger ich darüber nachdenke, desto logischer erscheint mir der
Tatbestand.«

»Wieso das denn?«

»In dem Ort herrscht eine eigenartig suggestive Atmosphäre. Ich kann sie nicht genau beschreiben, aber ich habe
sie gespürt, seit ich dorthin gezogen bin. Diese Menschen
sind keine herumpöbelnden Skinheads. Sie sind auch nicht
so aggressiv wie die bekannteren Neonazi-Organisationen.
Aber sie pflegen das gleiche Gedankengut.«

»Das klingt beunruhigend.«

»Vor allem, da sie nur verdeckt operieren. Sie sind schwer
zu fassen, man sieht ihnen ihr Wesen nicht an. Es sind Männer in verantwortungsvoller Position, keine kahlgeschore-
nen Schreihälse, die sich Hakenkreuze in die Stirn ritzen. Sie

tragen keine Umhänge oder spitzen Hüte. Sie halten keine Versammlungen ab, auf denen sie rassistische Parolen brüllen und die Herrschaft der Weißen predigen. Wenn ich es mir recht überlege, muss man mehr als nur weiß sein, um ihren Anforderungen zu genügen. Billy Joe Crook ist weiß. Und Bama war es auch.«

»Billy Joe Crook?«

Sie erzählte ihm von dem jugendlichen Straffälligen und seinem »Unfall«. »Ich vermute, in den Augen der Bruderschaft muss man weiß und erwählt sein«, erklärte sie mit kaum verhohlenem Abscheu.

Der FBI-Beamte atmete tief durch. »Sie hören sich eigentlich ganz vernünftig an, Mrs. Burnwood. Ich kann mir nicht vorstellen, dass Sie sich das alles nur ausgedacht haben. Ich werde einen Bericht verfassen und mal sehen, was ich tun kann.«

»Danke, aber ein schriftlicher Bericht wird nicht reichen. Ich kann mich erst wieder sicher fühlen, wenn sie alle hinter Gittern sind.«

»Wahrscheinlich haben Sie recht, aber bevor wir anfangen, die Verdächtigen zusammenzutreiben, werde ich einen Beamten losschicken, der sich die Lichtung ansehen soll, von der Sie mir erzählt haben. Wenn wir jemanden vernehmen würden, Ihren Mann zum Beispiel, würden wir die anderen damit nur aufschrecken. Sie könnten sich verkriechen, untertauchen. Wir brauchen konkrete Beweise, bevor wir irgendwelche Verhaftungen vornehmen, und dann müssen wir schnell und koordiniert zugreifen.«

Natürlich hatte er recht. Das war die beste Strategie. Aber sie würde keine ruhige Minute haben, bis ihr Mann, Gibb und die übrigen in Haft waren. »Wann werden Sie anfangen?«

»Wenn Sie mir den Weg zu der Stelle beschreiben können, schicke ich gleich morgen jemanden hin.«

Sie erklärte ihm, wo sie Bamas Leiche finden konnten. Außerdem war sie sicher, dass Michael Li auch nicht mehr lebte, wenn sie ihn finden würden. Sie fragte sich, wie man seine leere Gefängniszelle in Prosper wohl erklären würde.

Als sie Braddock von ihrem Kampf mit Matt berichtete, hatte sie ihm gestanden, dass sie ihn bewusstlos geschlagen hätte. Sie verschwieg ihm ihre Befürchtung, ihn umgebracht zu haben. Diese Sackgasse würde sie erst beschreiten, wenn es sich nicht mehr vermeiden ließ.

»Wo sind Sie jetzt?«, fragte er. »Wenn wir Beweise finden, die Ihre Geschichte stützen, dann sind Sie die Hauptzeugin und werden staatlichen Schutz brauchen.«

Das erschien ihr logisch. »Ich bin in einem Ort namens Kingwood.« Sie nannte ihm die Nummer des zweispurigen Highways, der durch den Ort führte. »Ich bin im Pleasant View Motel. Es ist nicht zu verfehlen, liegt direkt am Highway. Apartment 103. Wann werden Sie hier sein?«

»Morgen früh um neun.«

In sieben Stunden. Konnte sie es ertragen, so lange allein zu bleiben? Ihr blieb nichts anderes übrig. Sie hatte eine Streitmacht zu Hilfe gerufen; jetzt musste sie warten, bis sie eintraf.

»Bleiben Sie, wo Sie sind«, riet ihr der Beamte. »Machen Sie keine Dummheiten, weil Sie besonders mutig sein wollen. Wenn Sie mir die Wahrheit erzählt haben – und ich beginne das langsam zu glauben –, dann haben wir es mit extrem gefährlichen Leuten zu tun.«

»Glauben Sie mir, das weiß ich nur zu gut. Wenn sie mich finden, werden sie mich töten, ohne mit der Wimper zu zucken.«

»Zum Glück ist Ihnen das klar. Also verlassen Sie unter keinen Umständen Ihr Motel. Ist Ihnen möglicherweise jemand gefolgt?«

»Ziemlich sicher nicht.«

»Sonst weiß niemand, wo Sie sind?«

»Nein. Ich bin wahllos herumgefahren und habe erst angehalten, als ich es für sicher hielt. Außer mit Ihnen habe ich mit niemandem gesprochen.«

»Gut. Ich werde einen Zivilwagen fahren. Einen grauen Sedan.«

»Dann halte ich nach Ihnen Ausschau.«

»Morgen früh um neun bin ich da und werde Sie direkt in unser Hauptbüro in Columbia bringen.«

»Danke, Mr. Braddock.«

Kendall legte auf, hob den Hörer aber wieder ab. Sollte sie ihre Großmutter anrufen? Ein Anruf um diese Uhrzeit würde die alte Dame bestimmt erschrecken. Und dieser besondere Anruf würde ihr eine Höllenangst einjagen.

Sie wählte eine Nummer.

»Ich hoffe, es ist wichtig.«

»Ricki Sue, ich bin's.«

Augenblicklich schlug die vergrätzte Stimme ihrer Freundin um. »Kendall, was…«, fragte sie überrascht.

»Bist du allein?«

»Bin ich die heilige Ulrike-Susanna?«

»Es tut mir wirklich leid. Ich würde dich nicht um diesen Gefallen bitten, wenn es nicht lebenswichtig wäre.«

»Was ist denn los? Ist was passiert?«

»Ja, aber das ist eine längere Geschichte. Kannst du bitte zu Großmutter fahren und die Nacht über bei ihr bleiben?«

»Wie… jetzt gleich?«, fragte Ricki Sue wenig begeistert.

»Jetzt sofort.«

»Kendall, was zum Teufel…«

»Bitte, Ricki Sue. Glaub mir, ich würde dich nicht darum bitten, wenn es nicht unumgänglich wäre. Bleib bei Großmutter, bis ich wieder anrufe. Schließt die Türen ab und macht niemandem auf, nicht mal Matt oder Gibb.«

»Was…«

»Geht nicht ans Telefon, es sei denn, es klingelt vorher zweimal. Dann bin ich es. Okay, Ricki Sue? Sag Großmutter, dass ich sie liebe und dass ich im Moment in Sicherheit bin. Ich rufe an, sobald ich kann. Danke.«

Sie legte auf, bevor Ricki Sue noch etwas einwenden oder weitere Fragen stellen konnte. Falls Matt überlebt hatte und falls er und Gibb schon nach ihr fahndeten, dann würden sie zuallererst in Tennessee nach ihr suchen. Großmutter war in genauso großer Gefahr wie sie. Und wie ihr Kind.

Schlagartig erkannte Kendall, was für weitreichende Konsequenzen sich aus ihrer augenblicklichen Zwangslage ergaben. Im besten Falle würden alle Mitglieder der Bruderschaft gefasst und für ihre Verbrechen vor Gericht gestellt. Sie würde als Hauptzeugin mindestens eines Mordes auftreten. Monatelang, vielleicht jahrelang müsste sie unter Regierungsschutz stehen, während sich die Staatsanwälte durch das Beweismaterial wühlten und den Prozess vorbereiteten. Allein die Ermittlungen konnten Jahre dauern. Danach gäbe es Vertagungen, Verzögerungen, Berufungsverhandlungen, das unermüdliche Mahlen der Rechtsprechungsmaschinerie, das sich bis in alle Ewigkeit hinziehen konnte. Und sie und ihr Kind steckten mittendrin.

Bis der Fall abgeschlossen war, gehörte ihr Leben quasi dem Staat. Jede ihrer Bewegungen würde überwacht. Für jeden Schritt, den sie unternahm, würde sie eine Genehmigung brauchen. Ihr Leben würde demjenigen einer Marionette gleichen.

Sie schlug die Hände vors Gesicht und stöhnte. War das ihre Strafe? Sollte sie so für das büßen, was sie getan hatte, um den Job in Prosper zu bekommen?

Wenn die FBI-Beamten die dunklen Winkel im Leben ihrer Hauptzeugin auszuleuchten begannen, würden sie eine gewaltige Überraschung erleben. Bestimmt würden sie alles über Kendall Deaton herausfinden. Und wie glaubwürdig wäre sie wohl, wenn ihr Geheimnis aufflog?

Sie hatte sich ohne fremdes Zutun in einer selbst gelegten Schlinge verfangen. Am liebsten hätte sie losgeheult, doch sie fürchtete, nicht mehr aufhören zu können, wenn sie erst mal damit anfing. Wenn Agent Braddock sie bei seiner Ankunft in Tränen aufgelöst fand, würde er annehmen, dass sie sich mit ihrem Ehemann gezankt und die ganze Geschichte nur erfunden hatte, um ihn zu blamieren.

Um sich zu beruhigen und ihre schmerzenden, verkrampften Muskeln zu entspannen, nahm sie eine heiße Dusche, allerdings bei offenem Duschvorhang, so dass sie die Tür am anderen Ende des Zimmers im Blick hatte. Mit nichts als den Kleidern auf ihrem Leib hatte sie die Flucht angetreten. Ihr Kostüm war fleckig und zerfetzt, aber sie zog es wieder an und legte sich aufs Bett.

So erschöpft sie auch war, sie fand einfach keinen Schlaf, döste und wachte bei jedem noch so leisen Geräusch auf. Alle paar Minuten blickte sie auf die Uhr.

Es wurde eine lange Nacht.

»Möchten Sie ein Brötchen dazu? Wir haben heute morgen frische Honigbrötchen.«

»Nein danke, nur den Kaffee.«

Es war erst zwanzig nach acht. Kendall trottete seit sechs Uhr auf dem orangefarbenen Teppichboden in ihrem Motelzimmer auf und ab und zählte die dahinkriechenden Minuten. Schließlich konnte ihre überstrapazierte Geduld es keine Sekunde länger im Zimmer aushalten, und sie brauchte unbedingt eine Tasse Kaffee. Also hatte sie Braddocks Befehl

278

missachtet, sich nicht nach draußen zu wagen, und war über die Straße in das kleine Cafe marschiert. Alle paar Schritte hatte sie sich umgesehen, ob sie nicht verfolgt wurde.

Kendall zahlte bei der freundlichen Kassiererin und trat mit ihrem Kaffee auf die Straße. An der Hausecke stand eine Telefonzelle. Noch einen schnellen Anruf in Sheridan, nur um sich zu überzeugen, dass alle wohlauf waren? Natürlich konnte sie auch das Telefon in ihrem Motelzimmer benutzen, aber je weniger Gespräche auf ihrer Rechnung standen, desto besser.

Es war eine altmodische Zelle mit Falttür. Sie zog sie hinter sich zu, warf ein paar Münzen ein und wählte. Nachdem das Telefon zweimal geklingelt hatte, legte sie auf und wählte erneut.

Ricki Sue nahm beim ersten Läuten ab. »Was ist los? Haben sie dich erwischt? Bist du in Schwierigkeiten?«

»Das bin ich«, antwortete Kendall. »Aber aus anderen Gründen, als du glaubst. Wie geht es Großmutter?«

»Gut. Sie macht sich natürlich Sorgen. Wir würden beide ganz gern wissen, was, verflixt noch mal, eigentlich los ist.«

»Hat irgendjemand angerufen und nach mir gefragt?«

»Nein. Wo bist du, Kendall?«

»Ich kann nicht lange sprechen. Ich…«

»Red schon, Kindchen. Ich kann dich kaum hören. Du klingst wie aus einem tiefen Brunnen.«

Ein grauer Sedan bog vom Highway ab auf den Parkplatz vor dem Motel gegenüber. Agent Braddock kam eine halbe Stunde zu früh.

»Kendall? Bist du noch dran?«

»Ja, ich bin dran. Warte mal.« Sie ließ den Wagen nicht aus den Augen, der langsam an den Apartmenttüren vorbeirollte. Vorne saßen zwei Männer. Braddock hatte nichts davon gesagt, dass er jemanden mitbringen wollte, aber arbeiteten FBI-Agenten nicht immer im Team?

»Kendall, deine Oma will mit dir reden.«

»Nein, warte. Bleib dran, Ricki Sue. Hol dir was zu schreiben. Schnell.«

Der Sedan blieb vor Apartment 103 stehen. Ein großer, schlanker, grauhaariger Mann stieg aus. Er trug die typische FBI-Uniform: eine Sonnenbrille und einen dunklen Anzug mit weißem Hemd. Er sah sich um und trat klopfend und wartend an die Zimmertür. Dann drehte er sich zum Wagen um und zuckte mit den Achseln.

»Kendall! Jetzt sag schon, was ist eigentlich los?«

Der zweite Mann stieg auf der Beifahrerseite aus dem Auto. Es war Gibb Burnwood.

»Ricki Sue, hör mir zu. Keine Fragen, bitte. Dafür ist jetzt keine Zeit.« Sie ratterte eine Reihe Anweisungen im Telegrammstil herunter, ohne die beiden Männer aus den Augen zu lassen, die auf der anderen Seite des dicht befahrenen Highways standen. »Hast du das?«

»Ich hab's in Steno mitgeschrieben. Aber kannst du mir nicht verraten…«

»Nicht jetzt.«

Kendall legte auf. Das Herz schlug ihr im Hals. Agent Braddock und Gibb besprachen sich vor ihrem Motelzimmer. Sie hatten sie noch nicht gesehen, aber hatten auch noch nicht richtig Ausschau gehalten. Sie brauchten nur zu dem Café herüberzusehen, um sie zu entdecken.

Der Beamte zog etwas aus seiner Sakkotasche und beugte sich über den Türgriff. Sekunden später schwang die Tür zu Zimmer 103 auf. Die beiden Männer verschwanden.

Kendall stürzte aus der Telefonzelle und tauchte in eine schmale Gasse zwischen dem Café und einem Tierfutterladen. Während sie zwischen den Gebäuden hindurchrannte, störte sie eine Katze auf, die im Müll nach einem Frühstück suchte, aber sonst begegnete ihr niemand. Auf der anderen

Seite mündete der Durchgang in einen kleinen Parkplatz hinter einer Reihe niedriger Gewerbebauten. Dort hatte sie am Abend zuvor ihren Wagen abgestellt. Da war ihr diese Vorsichtsmaßnahme fast übertrieben erschienen. Jetzt dankte sie dem Himmel für ihre Umsicht.

Ängstlich darauf bedacht, weder zu schnell noch zu langsam zu fahren, bog sie ziellos in eine Straße ein. Sie folgte der Straße durch eine Wohngegend, an dem Footballstadion der Fighting Trojans vorbei und dann aus dem Ort hinaus, bis die Straße zu einer Landstraße wurde, die sie irgendwohin führen würde.

Oder nirgendwohin.

25. Kapitel

Sie trafen sich in dem Motel in Chattanooga, das Kendall Ricki Sue während des kurzen Telefonats am Morgen genannt hatte. Ihre Großmutter drückte sie an ihren dürren Leib und strich ihr übers Haar. »Meine Liebe, ich bin ganz krank vor Angst. Was hast du jetzt schon wieder angestellt?«

»Wieso gehst du davon aus, dass ich etwas angestellt habe?«

»Das lehrt mich die Erfahrung.«

Kendall lachte und schloss ihre Großmutter fest in die Arme. Sie war überglücklich, die alte Dame zu sehen, aber es erschreckte sie, wie sehr sie seit ihrem letzten Besuch gealtert war. Ihre Augen strahlten allerdings so hell und lebendig wie eh und je.

Ricki Sue hätte Kendall beinahe zu Tode gequetscht, als sie sich umarmten. »Also«, erklärte sie maulend. »Gestern Abend hast du mich von einem echten Hengst gezerrt. Heute morgen hast du mich mit Maschinengewehr-Feuerbefehlen beschossen. Dann bin ich gefahren, bis mir die Pobacken eingeschlafen sind. Ich möchte wirklich gerne wissen, was, zum Henker, eigentlich los ist.«

»Ich kann verstehen, dass du dich ärgerst. Es tut mir leid, dass ich euch solche Umstände gemacht habe, und danke von tiefstem Herzen für alles, was ihr getan habt. Ich glaube, ihr werdet die Zusammenhänge verstehen, wenn ich es euch erklärt habe. Es braucht allerdings etwas Zeit. Bevor ich damit anfange – seid ihr sicher, dass euch niemand gefolgt ist?«

»Wir sind so oft durch diese Stadt gekurvt, dass uns ganz schwindlig ist. Ich bin hundertprozentig sicher, dass niemand uns auf dem Kieker hat.«

Sie saßen zu dritt auf der Bettkante, während Kendall ihre unglaubliche Geschichte erzählte. Die beiden anderen lauschten aufmerksam; nur hin und wieder fluchte Ricki Sue leise und ungläubig vor sich hin.

»Als ich Agent Braddock heute morgen zusammen mit Gibb sah, wurde mir klar, dass er mir entweder nicht geglaubt und den nächsten Verwandten angerufen hat, um eine Frau zu retten, die offenbar am Rande des Nervenzusammenbruchs steht. Oder dass – und das wäre noch viel schrecklicher – in dem hiesigen Büro des FBI Mitglieder der Bruderschaft sitzen.«

»Herr im Himmel!«, rief Ricki Sue aus. »Wie du's auch wendest, du steckst bis zum Hals in der Tinte.«

»Genau. Ich kann also die Polizei erst wieder alarmieren, wenn ich weit weg bin. Vorläufig scheine ich das einzige Nichtmitglied zu sein, das von der Bruderschaft und ihren schändlichen Aktivitäten weiß. Sie könnten alle im Gefängnis landen, deshalb werden sie sich an meine Fersen heften. Ich muss wohl untertauchen, bis diese Dreckskerle verhaftet, angeklagt und ohne Kaution inhaftiert sind.«

Ihre Großmutter drückte ihr die Hand. Angst kerbte die Falten in ihrem Gesicht tiefer. »Bis dahin bist du in Lebensgefahr. Wie soll es weitergehen?«

»Ich weiß nicht. Aber ich möchte, dass du mit mir kommst. Bitte, Großmutter«, flehte Kendall, als sie sah, dass die alte Dame widersprechen wollte. »Vielleicht muss ich mich monatelang verstecken. Ich will nicht meinetwegen, dass du mich begleitest, sondern deinetwegen. Sie könnten versuchen, mich durch dich zu erpressen. Du musst einfach…«

Über eine Stunde zog sie alle Register, die alte Dame zu überreden, doch Großmutter ließ sich nicht umstimmen. »Ohne mich bist du sicherer.«

Kendall bat Ricki Sue, Elvie Hancock zur Einsicht zu bewegen, aber Ricki Sue nahm für die andere Seite Partei. »Du siehst die Sache falsch, Kleine, deine Oma hat recht. Färb dir die Haare, setz dir eine Brille auf, zieh dich anders an... du hast eine ganze Reihe von Möglichkeiten, dich zu verkleiden. Eine so alte Frau wie unsere Allerbeste hier kannst du schlechter tarnen.«

»Außerdem«, wandte ihre Großmutter ein, »weißt du genau, dass ich daheim sterben und neben deinem Großvater und deinen Eltern beerdigt werden will. Ich könnte die Vorstellung nicht ertragen, in der Fremde unter lauter Unbekannten begraben zu sein.«

Kendall missfiel es zwar, dass ihre Großmutter über ihren Tod sprach, als stünde er unmittelbar bevor, aber sie hatte dem nichts entgegenzusetzen.

In jener Nacht schliefen sie und ihre Großmutter in einem Bett, während vom anderen Ricki Sues Schnarchen herüberdrang. Die ganzen Stunden hindurch hielt Kendall ihre Großmutter im Arm. Flüsternd erzählten sie sich von alten Zeiten. Kichernd durchlebten sie noch einmal die schönen Tage von einst. Sie sprachen voller Schmerz über den Großvater und Kendalls Eltern, an die sie sich nicht erinnern konnte. Sie kannte alle drei nur aus den Schilderungen ihrer Großmutter, die so oft und wirklichkeitsgetreu von ihnen erzählte, dass Kendall eine sehr lebhafte Vorstellung bekommen hatte.

»Wenn man bedenkt, wie schlecht es damals für uns aussah, haben wir uns ganz wacker geschlagen, findest du nicht?«, fragte Elvie, während sie Kendalls Hand tätschelte.

»Viel besser als ganz wacker, Großmutter. Ich habe außergewöhnliches Glück gehabt, mit dir zusammenzuleben.

Du hast mich mehr geliebt als die meisten Eltern ihre Kinder.«

»Ich wünschte, meine Liebe wäre ausreichend gewesen.«

»Das war sie!«, eiferte sich Kendall.

»Nein. Wie jedes Kind hast du dich nach der Liebe und der Anerkennung deiner Eltern gesehnt, und die konnte ich dir nicht bieten.« Sie drehte sich zu Kendall um und legte ihr die kühle, trockene, altersfleckige Hand auf die Wange.

»Du brauchst dich niemandem mehr zu beweisen, meine Kleine. Vor allem ihnen nicht. Du bist genau so, wie sie sich ihr Kind immer gewünscht haben – mehr als das! Sei nicht zu streng zu dir selbst. Genieße dein Leben.«

»Ich glaube nicht, dass ich dazu noch viel Gelegenheit haben werde.«

Ihre Großmutter lächelte begütigend wie eine Wahrsagerin, die etwas Vielversprechendes in ihrer Kristallkugel entdeckt hat. »Dieses Dilemma wirst du schon überleben. Du warst immer neugierig und tapfer, und beide Eigenschaften haben dir gute Dienste geleistet. Als ich dich zum allerersten Mal auf der Entbindungsstation sah, da hast du schon um dich geschaut, statt wie die anderen Babys friedlich in deinem Bettchen zu schlafen. Bereits damals habe ich deiner Mutter gesagt, dass du etwas ganz Besonderes bist, und daran gibt es bis heute nichts zu rütteln.«

Ihre Augen leuchteten. »Du bist einzigartig. Auf dich wartet eine wunderbare Zukunft. Du wirst schon sehen, dass ich recht behalte.«

Am Morgen war die Stimmung gedämpft und niedergeschlagen.

Kendalls Großmutter drückte ihr einen Umschlag mit Geld in die Hand. Es kostete Kendall einigen Stolz, ihn anzunehmen, doch sie hatte keine andere Wahl. »Ich zahle es dir zurück, sobald ich mich irgendwo niedergelassen und einen Job gefunden habe.«

»Was mein ist, ist auch dein, das weißt du doch. Und mach dir keine Gedanken, dass der Betrag irgendwo auf einem Kontoauszug auftauchen könnte. Das Geld war seit Jahren überall im Haus versteckt.«

»Hey! Wie eine echte alte Gangsterbraut!« Ricki Sue schlug ihr auf den Rücken. »Oma, du gefällst mir!«

Es tröstete Kendall, dass sich die beiden angefreundet hatten. Sie hatte keine Bedenken, ihre Großmutter Ricki Sues Obhut anzuvertrauen.

»Ich rufe an, sobald ich kann«, versprach sie ihnen. »Aber wahrscheinlich werde ich mich immer nur kurz melden, sie könnten eure Telefone anzapfen.« Sie bemerkte, wie verstört die beiden dreinschauten, und erläuterte: »Ich traue denen einfach alles zu. Seid bitte vorsichtig.«

Sie hätte ihnen gern von dem Kind in ihrem Bauch erzählt, entschied sich aber dagegen. Die beiden hätten sich nur noch mehr Sorgen bereitet. Außerdem misstraute sie sich selbst. Vielleicht hätten die beiden sie beschworen, nicht so spurlos zu verschwinden, und sie hätte in Versuchung geraten können, bei ihnen zu bleiben.

Schließlich nahte der unvermeidliche Abschied. Kendall umschlang ihre Großmutter mit beiden Armen und prägte sich den Duft und den zerbrechlichen Körper so fest wie möglich ein. »Ich liebe dich, Großmutter. Wir treffen uns, sobald es geht.«

Die alte Dame löste sich aus ihrer Umarmung und sah ihr lange ins Gesicht. »Ich liebe dich auch. Mehr als alles andere. Werde glücklich, mein Kind.« Kendall blickte in die ernsten Augen und begriff, dass dies ein endgültiger Abschied war.

Als ihr klar wurde, dass sie ihre Großmutter wahrscheinlich nie wiedersehen würde, hätte sie sich am liebsten an sie geklammert und nie wieder losgelassen. Doch sie folgte dem würdigen Beispiel, das Elvie Hancock gab, und rang sich ein tapferes, wenn auch zittriges Lächeln ab.

Ricki Sue, die unter lautem und hemmungslosem Heulen bekannte, dass sie für ihren Teil keine mordlüsternen Hinterwäldler oder verräterischen Bullen am Hals haben wollte, scheuchte Großmutter aus dem Zimmer.

Durchs Fenster sah Kendall sie abfahren, dann weinte sie, bis ihr die Kehle schmerzte. Was hatte sie schon von der Bruderschaft zu befürchten? Bevor man sie aufspürte, war sie bestimmt schon an gebrochenem Herzen gestorben.

Sie ließ ihren Wagen auf dem Parkplatz des Motels in Chattanooga stehen und kaufte sich von einem Teil des Geldes, das Großmutter ihr zugesteckt hatte, eine alte Rostlaube, die jemand in einer Kleinanzeige angeboten hatte.

Das Auto brachte sie nach Denver, wo es mit einem letzten Schnaufen verschied. Sie ließ es auf dem belebten Freeway stehen, marschierte zum nächsten McDonald's und sah bei einem Big Mac die Zeitungsinserate nach einer Wohnung durch.

In einem älteren Stadtviertel fand sie genau das, was sie sich vorgestellt hatte. Das Haus gehörte einer Witwe, die ihre Rente aufbesserte, indem sie ein Apartment über der Garage vermietete. Von dort aus konnte man zu Fuß zu der Außenstelle der öffentlichen Bücherei gelangen, in der Kendall eine Aushilfsstellung fand.

Sie arbeitete bis spät in den Abend, schloss keine Freundschaften. Nicht mal einen Telefonanschluss ließ sie sich legen. Als ihre Schwangerschaft nicht mehr zu leugnen war, beantwortete sie höfliche Fragen nach dem Vater so kurz angebunden, dass niemand Lust hatte nachzuhaken.

Soweit sie wusste, war keiner ihrer Anrufe beim FBI auf Interesse gestoßen, ganz zu schweigen davon, dass irgendwelche Ermittlungen geführt worden wären. Alle paar Wochen rief sie in einer anderen Zweigstelle an und berichtete, was sie in Prosper erlebt hatte.

Offenbar hatte man sie als Verrückte abgeschrieben. Sie verfolgte aufmerksam die Nachrichten und durchforstete die politischen Zeitschriften, in der Hoffnung, irgendwo etwas über eine ausgehobene Bürgerwehr in South Carolina zu lesen. Doch nirgendwo stand etwas darüber.

Die Männer der Bruderschaft vollzogen ungestraft ihre Hinrichtungen, und sie konnte nichts dagegen unternehmen, ohne dabei ihr Leben zu riskieren. Aber genauso wenig konnte sie müßig herumsitzen und nichts tun.

Sie verbrachte ihre Freizeit damit, in der Bücherei zu sitzen und Informationen zu sammeln. Durch ein paar gedrückte Tasten gelangte sie in verschiedene Computernetze und machte ausgiebig Gebrauch von dieser Kenntnis. Allmählich stellte sie sich ihr eigenes Archiv zusammen. Darin sammelte sie Fakten über Persönlichkeiten des öffentlichen Lebens in Prosper, über ungelöste Mordfälle, Vermisstenmeldungen … alles, was eines Tages helfen könnte, die Angehörigen der Bürgerwehr ihrer gerechten Strafe zuzuführen.

Kendall hielt es für sicherer, weder Großmutter noch Ricki Sue wissen zu lassen, wo sie sich aufhielt. Deshalb erfuhr sie erst bei einem Routineanruf vom Tod Elvie Hancocks.

»Es tut mir so leid, Kendall.« Ricki Sue weinte, als sie ihr die traurige Nachricht übermittelte. »Es bricht mir das Herz, dir das am Telefon sagen zu müssen.«

»War sie allein?«

»Ja. Ich wollte an jenem Morgen nach ihr sehen, aber sie öffnete nicht. Da fand ich sie in ihrem Bett.«

»Dann ist sie also im Schlaf gestorben. Das ist ein Segen.«

»Was soll ich mit dem Haus machen?«

»Gib ihre Kleider an jemanden weiter, der sie brauchen kann. Steck all ihre persönlichen Sachen und die Wertgegenstände in ein Bankschließfach. Lass sonst alles so, wie es ist, und schließ das Haus gut ab. Die laufenden Rechnungen kannst du übergangsweise von ihrem Bankkonto bezahlen.« Großmutter hatte Ricki Sue eine Vollmacht über ihr Konto gegeben, als Kendall nach Prosper gezogen war.

Die Enkelin konnte ihren Schmerz mit niemandem teilen, deshalb litt sie allein vor sich hin.

Sie arbeitete bis zwei Wochen vor dem errechneten Geburtstermin, dann richtete sie das winzige Apartment für das Baby her. Eines Morgens bekam sie in aller Frühe Wehen und rief vom Telefon ihrer Vermieterin aus ein Taxi, das sie ins Krankenhaus brachte.

Am selben Nachmittag kam ihr Baby zur Welt. Es war ein gesunder, kräftiger Junge mit einem Gewicht von 3710 Gramm, und er hieß Kevin Grant, nach ihrem Vater und Großvater. Sie freute sich so über das Kind, dass sie ihre Freude einfach nicht für sich behalten konnte. Sie musste sie mit jemandem teilen.

»Ein Baby!«, kreischte Ricki Sue. Sosehr sie sich über die Geburt von Kendalls Sohn freute, so entrüstet war sie gleichermaßen, dass Kendall ihr nichts von der Schwangerschaft erzählt hatte.

»Kannst du nicht endlich heimkommen? Mein Gott, wie lange willst du dich denn noch verstecken? Du hast doch nichts getan, um Himmels willen!«

Es beunruhigte Kendall zutiefst, dass niemand aus Prosper versucht hatte, über Ricki Sue oder ihre Großmutter Verbindung mit ihr aufzunehmen. Offenbar hatte Gibb ihre plötzliche Abwesenheit irgendwie vom Tisch gewischt; aber warum wollte er keine Vergeltung? Dass niemand sie aufzuspüren versucht hatte, stimmte sie misstrauischer, als wenn man die Menschen terrorisiert hätte, die ihr nahestanden.

Oder vielleicht wussten sie ja, wo sie steckte, und warteten nur den geeigneten Zeitpunkt ab, um dann zuzuschlagen?

Weil keineswegs auszuschließen war, dass sie plötzlich vor Kendalls Tür auftauchten, tat sie nichts, was Aufmerksamkeit auf sie gelenkt hätte.

Sie begann sich langsam an den Gedanken zu gewöhnen, ihr ganzes Leben auf der Flucht zu verbringen. Sie würde unter einem falschen Namen leben, ihre Karriere als Anwältin aufgeben und Kevin und sich mit einfachen Gelegenheitsjobs über Wasser halten müssen.

Nie mehr würde sie einen verantwortungsvollen Beruf ergreifen können, nie wieder heiraten. Ricki Sue hatte ihr angeboten, unauffällig nachzuforschen, ob Matt an dem Schlag auf den Kopf gestorben war, aber das wollte Kendall gar nicht wissen. Falls er daran gestorben war, dann war abzusehen, dass man sie irgendwann wegen Totschlags vor Gericht stellen würde. Falls er überlebt hatte, war sie immer noch verheiratet. Wie sie es auch drehte, sie blieb an ihn gekettet.

Kevin war drei Monate alt, als sie eines Nachmittags mit ihm auf einer Decke auf dem Rasen vor dem Haus der alten Witwe saß. Denver erblühte an diesem wunderbar warmen Frühlingstag. Der Himmel war blau, doch Kendall ahnte bereits die Ankunft des FBI-Dienstwagens, so wie man spürt, dass die Sonne gleich hinter einer Wolke verschwinden wird. Sie begann unvermittelt zu frösteln und begriff, dass ihre Schonzeit endgültig beendet war.

Der dunkelblaue Sedan hielt am Rinnstein. Zwei Männer stiegen aus und gingen langsam über den Bürgersteig auf sie zu. Der kleinere, untersetztere lächelte freundlich, der größere nicht.

Der Kleine sprach sie an: »Mrs. Burnwood?«

Ihre Vermieterin erschien auf der Türschwelle. Sie kannte Kendall unter einem anderen Namen und sah sie erstaunt an, als Kendall nickte.

Der Mann zog einen ledernen Ausweis aus seiner Sakkotasche und klappte ihn auf, um ihr seine Marke zu zeigen. »Ich bin Agent Jim Pepperdyne. FBI.« Er nickte in Richtung des Mannes mit dem ernsten Mund und der verspiegelten Sonnenbrille. »Und das ist US-Marshal John McGrath.«

26. Kapitel

John McGrath erwachte mit einem vollständig wiederherge-
stellten Gedächtnis.

Er erwachte schlagartig und fühlte sich weder schläfrig
noch orientierungslos. Mit eisiger Klarheit entsann er sich
der kürzlichen und früheren Vergangenheit.

Auf einmal wusste er seinen Namen wieder, erinnerte sich
an seine Kindheit in Raleigh, North Carolina, und an die
Nummer auf dem Footballtrikot, das er in der High-School
getragen hatte.

Er erinnerte sich an seinen Einsatz beim FBI und an die er-
schütternde Tragödie, wegen der er vor zwei Jahren den Job
hingeworfen hatte. Desgleichen erinnerte er sich an seinen
augenblicklichen Auftrag. Ihm fiel wieder ein, dass und warum er nach Denver geschickt worden war.

Der Unfall selbst blieb wahrscheinlich für immer aus seinem Gedächtnis gelöscht, aber er sah die regennasse Landstraße vor sich und den querliegenden Baum. Er wusste wieder, wie hilflos er sich im Angesicht der Katastrophe gefühlt
und dass er schon mit dem Leben abgeschlossen hatte, als
der Wagen über den Straßenrand schoss. Dann war er im
Krankenhaus wieder zu Bewusstsein gelangt, mit Schmerzen
am ganzen Leib. Ihn umgaben lauter Fremde; sogar er selbst
war sich fremd gewesen.

Ganz deutlich erinnerte er sich plötzlich, wie Kendall ihm
ins Gesicht gesehen und erklärt hatte: »Er ist mein Mann.«
John fluchte leise, weil nun auch alles andere in ihm auftauchte, was seither geschehen war.

Vor allem vergangene Nacht.

Seit vergangener Nacht steckte er bis zum Scheitel im Schlamassel.

Vergangene Nacht hatte er mit Kendall Burnwood geschlafen.

Das Kissen neben ihm war leer, aber noch nicht lange. Die Vertiefung, die Kendalls Kopf hinterlassen hatte, war noch zu sehen. Jeder Seufzer, jedes gemurmelte Wort, jedes Gefühl, jeder Geschmack war ihm noch im Gedächtnis. Stöhnend rieb er sich mit den Händen übers Gesicht.

Kein Wunder, dass seine Erinnerung aus ihren Fesseln gerissen worden war! Durch das, was er getan hatte, hatte er alles in den Grundfesten erschüttert, was den Mann John McGrath ausmachte.

Er schlug erneut die Hände vor die Augen, diesmal, um die Handballen auf die Augäpfel zu pressen. Wie sollte er das Pepperdyne gegenüber rechtfertigen? Oder sich selbst? Wenigstens war er keiner anderen Frau untreu geworden. Er und Lisa …

Lisa. Lisa Frank. So wie alles andere hatte sein Gedächtnis auch sie bis zu diesem Augenblick getilgt. Jetzt stürzten die Erinnerungen über ihn herein. Und wie es sich so ergab, galt sein erster Gedanke nicht den schönen Zeiten, die sie miteinander verbracht hatten, sondern einem Streit.

John war von einer Reise nach Frankreich zurückgekehrt, von wo er einen entflohenen Straftäter in die Vereinigten Staaten zu transportieren hatte. Er war erschöpft, verschwitzt und litt unter dem Jetlag, am liebsten hätte er dreißig Stunden durchgeschlafen. Noch während er den Schlüssel ins Schloss schob, hoffte er, dass Lisa verreist sei.

Doch sie war in der Wohnung. Überdreht. Und streitlustig, weil sich irgendein Passagier in der ersten Klasse auf ihrem Nachmittagsflug wie ein Idiot aufgeführt hatte.

»Tut mir leid, dass du einen so schlechten Tag hattest.« Er gab sich alle Mühe, verständnisvoll zu klingen. »Aber meiner war auch nicht gerade ein Spaziergang. Ich muss erst mal unter die Dusche, und dann gehen wir ins Bett und schlafen einfach drüber, okay?«

Doch Fügsamkeit gehörte nicht zu Lisas hervorstechenden Eigenschaften. Sie hielt ihm ein Handtuch bereit, als er aus der Duschkabine trat, und als er ins Schlafzimmer kam, wartete sie verführerisch lächelnd im Bett auf ihn.

Von dem Zeitpunkt an, an dem er die erfreulichen Unterschiede zwischen Jungen und Mädchen entdeckt hatte, hatte der Anblick einer nackten Frau noch nie seine Wirkung auf ihn verfehlt. Trotzdem widmete er sich ihr in dieser Nacht eher lustlos, und Lisa vermisste seine übliche Finesse.

Sie knipste die Nachttischlampe an. »John, wir müssen miteinander reden.«

»Bitte nicht jetzt, Lisa. Ich bin total erschöpft.« Er erkannte schon an ihrem Tonfall, dass es eines dieser »Unsere-Beziehung-hat-keine-Zukunft«-Gespräche werden würde, und dazu war er einfach zu müde. Selbst in besseren Nächten als dieser konnte er sich wenig für derartige Beziehungsanalysen erwärmen.

Ungeachtet seines ausgepumpten Zustands setzte sie zu der vertrauten Litanei über die unbefriedigenden Aspekte ihrer Beziehung an, die zufälligerweise genau mit jenen Details übereinstimmten, die ihm daran gefielen.

Sie sahen einander nicht oft genug, meinte sie. Als Stewardess bei einer großen Fluglinie arbeitete sie zu unregelmäßigen Zeiten und war oft weg. In seinem Job musste er ausgedehnte Reisen unternehmen. Sie trafen sich oft genug in ihrem Apartment, um ihre Gelüste zu stillen, aber nicht so oft, als dass sie voneinander abhängig geworden wären. John war das so am liebsten, Lisa wollte mehr.

»Du willst dich einfach nicht einbringen«, beschwerte sie sich.

Er sagte, das sei nicht wahr, während er ihr insgeheim zustimmen musste. Ihm gefiel ihr Arrangement – er betrachtete es nicht einmal als »Beziehung« – so, wie es war. Es erforderte von seiner Seite nur wenig Zeit, Anstrengung und Aufmerksamkeit. Er wollte, dass das so blieb.

Aber in jener Nacht hackte Lisa auf seinen Fehlern herum, bis er schließlich wütend wurde. »Ich werde heute nacht nicht darüber reden, Lisa.« Er schaltete das Licht aus und grub seinen Kopf ins Kissen.

Sie murmelte: »Du Scheißkerl«, aber er reagierte nicht.

Am nächsten Morgen wachte er vor ihr auf. Während er so neben ihr lag und die Schlafende betrachtete, begriff er, dass Lisa Frank ihm immer noch genauso fremd war wie an jenem Tag, an dem sie nach einem Flug, auf dem sie ihn bedient hatte, die Telefonnummern ausgetauscht hatten.

Er war oft intim mit ihr gewesen, kannte sie aber kaum. Sie kannte ihn kaum. Denn John McGrath ließ niemanden nahe an sich heran. Wahrscheinlich wäre es fairer gewesen, ihr das von Anfang an zu sagen. Statt dessen hatte er zugelassen, dass sie unaufhaltsam auf den letzten Showdown und die unwiderrufliche Trennung zutrieben.

Seine Tagträume rissen ab, als er Kendall nebenan ein Kinderlied für Kevin singen hörte. Wahrscheinlich war das das erste Stillen heute. John stellte sich vor, wie sie das Baby in ihren Armen hielt, es anlächelte, mit den Fingerspitzen über sein kleines Gesicht strich und es ihre Mutterliebe spüren ließ.

Dieses Bild hatte sie auch abgegeben, als sie auf ihrer Decke vor dem Haus in Denver gesessen hatte und er ihr zum ersten Mal begegnet war. Sie hatte fast erleichtert ausgesehen, als Jim Pepperdyne ihr seinen Ausweis zeigte, so als hätte sie darauf gewartet, gefunden zu werden, und deshalb keine Angst davor verspürt.

Sie hatten ihr Zeit gelassen, die Sachen für sich und das Baby zu holen, bevor sie mit ihr zum Auto gegangen waren. Ehe sie einstieg, hatte sie innegehalten. Ihr Blick war ängstlich zwischen ihm und Jim hin und her geflogen. »Bringen Sie mich zurück nach South Carolina?«

»Ja. Madam«, hatte Jim geantwortet. »Sie müssen dorthin zurück.«

Im Laufe seiner beruflichen Laufbahn hatte John fast jede emotionale Reaktion beobachtet, die ein Mensch überhaupt ausdrücken kann. Er hatte alle Reflexe studiert, konditionierte wie unwillkürliche, und war ein Experte darin, selbst die kleinsten Veränderungen im Tonfall und in der Mimik wahrzunehmen. Er konnte mit erstaunlicher Genauigkeit Wahrheit von Lügen unterscheiden. Dazu war er berufen. Man verließ sich auf seine Menschenkenntnis.

Deshalb glaubte John, dass Kendall Deaton aus tiefster Überzeugung sprach, als Jim ihr ihre Absicht erklärte, sie in den Staat zurückzubringen, aus dem sie geflohen war. Sie hielt ihm, mit aufsteigenden Tränen und das Baby instinktiv an ihre Brust gedrückt, vor Augen: »Wenn Sie mich dorthin zurückbringen, wird man mich töten.«

John hatte schon früher mit Jim Pepperdyne in einem Geiselrettungsteam zusammengearbeitet. Pepperdyne war ein hervorragender Polizist; John betrachtete ihn als einen seiner wenigen wahren Freunde. Obwohl John nicht mehr offiziell beim FBI war, hatte Pepperdyne ihm angeboten, der Vernehmung von Mrs. Burnwood beizuwohnen.

»Nur als Beobachter«, hatte er beiläufig erklärt, während sie durch den Flur auf das Büro zuhielten, in dem Kendall wartete. »Es könnte dich interessieren, wie es weitergeht.

Außerdem muss ich wissen, ob sie vertrauenswürdig ist. Erzählt sie uns die Wahrheit oder nur einen Haufen Lügen?«

»Du weißt doch, dass sie die Wahrheit sagt.«

»Aber ihre Aussage muss so bombenfest sein, dass sie die Geschworenen von etwas überzeugen kann, das sie für schlichtweg unglaublich halten werden. Du bist ein kaltschnäuziger Hund«, hatte Pepperdyne ihm freundlich erklärt. »Du bist gerissener und zynischer als fast jeder Geschworene. Wenn sie dich überzeugt, dann haben wir so gut wie gewonnen.«

»Ich arbeite nicht mehr auf dem Gebiet«, hatte John ihm geantwortet, als sie vor dem Büro standen.

Pepperdyne hatte die Hand auf den Knauf gelegt und John einen schrägen Blick zugeworfen: »Quatsch.«

27. Kapitel

Sie war allein im Büro, nachdem sie einen Rechtsbeistand abgelehnt und erklärt hatte, dass sie sich selbst vertreten werde. Um ihren Sohn kümmerte sich vorübergehend eine Beamtin. Mrs. Burnwood wirkte nicht im geringsten verängstigt, nicht mal, als Pepperdyne ihr den Haftbefehl überreichte.

Sie überflog ihn und sah dann verblüfft zu ihnen auf. »Darin wird Beugehaft für eine Zeugin angeordnet.«

»Was haben Sie denn erwartet?«, fragte Pepperdyne. »Einen Haftbefehl wegen Mordes vielleicht?«

»Ist er tot?«

»Matt Burnwood? Nein.«

Sie presste die Lippen zusammen, aber John konnte nicht erkennen, ob sie eher erleichtert oder bestürzt war. »Ich dachte, ich hätte ihn umgebracht.«

»Falls Mr. Burnwood für das verurteilt wird, weswegen er angeklagt ist, wird er sich wahrscheinlich wünschen, er wäre tot.«

Sie tippte sich mit einem Finger an die Stirn. Ihre Verunsicherung lag auf der Hand. »Moment mal. Das verstehe ich nicht. Heißt das etwa, dass Matt verhaftet und unter Anklage gestellt worden ist?«

»Er, sein Vater und einige andere, die Sie als Mitglieder dieser Bürgerwehr benannt haben.« Pepperdyne reichte ihr eine Namensliste. »Die Anklagepunkte reichen von der Bildung einer kriminellen Vereinigung bis zum Mord ersten Grades. Da der Bezirksrichter sowie der Staatsanwalt unter Anklage stehen, haben frisch ernannte Vertreter ihre Ämter übernommen. Sie sind alle in Haft, Mrs. Burnwood. Und keiner hat Kaution bekommen.«

»Ich kann es einfach nicht glauben«, flüsterte sie leise. »Endlich hat jemand meine Anrufe ernst genommen.«

»Wir hätten diese von Anfang an ernst genommen, wenn sie das zuständige Büro erreicht hätten.« Pepperdyne setzte sich auf die Schreibtischecke. »Jemand im Justizministerium hatte schon länger den Verdacht, dass da unten irgendwas faul ist. Zu viele Gefangene starben oder verletzten sich ganz unerwartet, während sie im Gefängnis von Prosper einsaßen. Die Urteile waren außerordentlich streng.«

»Man hatte bereits ermittelt?«

»Noch bevor Sie als Pflichtverteidigerin eingestellt wurden«, antwortete Jim. »Wir hatten einen verdeckten Ermittler da unten. Allerdings verschwand er spurlos, bevor er eindeutige Beweise gegen einen der Verdächtigen zusammentragen konnte.«

Er schlug einen Hefter auf und reichte ihr ein Foto. »Wahrscheinlich werden Sie ihn wiedererkennen.«

»Bama! O mein Gott!«

Pepperdyne warf John einen Blick zu, und der nickte. Ihr Entsetzen war nicht gespielt.

»Als ich damals beobachtete, wie Michael Li umgebracht wurde, entdeckte ich auch seine Leiche«, bekannte sie. »Da war er seit ungefähr einer Woche verschwunden.«

»Soweit es uns betrifft, wird er immer noch vermisst. Wir haben die Gegend abgesucht, aber keine Spur von der Stelle gefunden, die Sie bei Ihren Anrufen erwähnten. Glauben Sie, Sie würden sie wiedererkennen?«

»Wahrscheinlich nicht. Das ist über ein Jahr her, und es war stockfinster. Ich hatte mich verfahren und war völlig am Ende; bin im wahrsten Sinne des Wortes über seine Leiche gestolpert und dann um mein Leben gerannt. Selbst wenn ich

Sie zu der Stelle führen könnte, hätte die Zeit inzwischen alle Beweise vernichtet.«

»Vielleicht würden wir trotzdem auf irgendwas stoßen.«

Sie presste ihre Finger auf die Lippen, um sich nicht anmerken zu lassen, wie sehr sie zitterten. »Ich kann einfach nicht glauben, dass Bama für das FBI gearbeitet hat.«

»Agent Robert McCoy. Offenbar ist seine Tarnung aufgeflogen, und er hat dafür mit dem Leben bezahlt.«

»Eher etwas anderes. Vielleicht hat die Bruderschaft nur ihren Frühjahrsputz veranstaltet und beschlossen, dass die Treppe zum Gericht mal wieder gesäubert werden musste. Das war für diese Leute Grund genug, einen Menschen zu beseitigen.«

Sie stand auf und ging ans Fenster. Die Arme um den Bauch geschlungen und die Schultern vorgebeugt, suchte sie irgendwie Schutz. John fand, dass sie sehr verletzlich und verloren aussah.

Ihre Stimme war nur noch ein Flüstern. »Sie können sich gar nicht vorstellen, wozu die fähig sind.«

»Doch, dazu sind wir sehr wohl imstande«, widersprach Pepperdyne. »Können Sie sich noch an den stellvertretenden Chefredakteur Ihres Mannes erinnern?«

»Ich bin ihm nur einmal begegnet. Er starb plötzlich, während Matt und ich verlobt waren.«

»Wir glauben nicht, dass er eines ›natürlichen Todes‹ starb, wie im Totenschein steht. Es war allgemein bekannt, dass er mit den Auffassungen Ihres Mannes nicht übereinstimmte. Wir lassen zur Zeit seine Leiche exhumieren, um sie einer forensischen Untersuchung zu unterziehen.« Pepperdyne sah sie grimmig an: »Nein, Madam, wir haben diese Bande nicht unterschätzt.«

»Ich fürchte, selbst Ihr Büro wurde unterwandert. Ein Agent Braddock…«

»Sitzt zusammen mit den Übrigen im Gefängnis. Damit ist die Sache erledigt.«

»Wirklich? Woher wollen Sie wissen, dass Braddock der Einzige war? Wie viele Mitglieder hat die Bruderschaft überhaupt? Wissen Sie das?« Vor Erregung wurde sie immer lauter. »Wenn ich gegen sie aussage, werden sie mich umbringen. Sie finden bestimmt einen Weg.«

»Wir werden Sie beschützen.« Pepperdyne machte eine Geste zu John hin, doch sie musterte ihn mit einem Blick, der keinen Zweifel daran ließ, dass sie ihm das nicht zutraute.

»Sie können mich nicht beschützen. Ganz egal, welche Maßnahmen Sie treffen, man kommt nicht gegen diese Leute an.«

»Allein Ihre Aussage wird über den Verlauf des Prozesses entscheiden, Mrs. Burnwood.«

»Wer wird sonst noch gegen sie aussagen?« Als Pepperdyne keinen weiteren Namen nennen konnte, lachte sie bitter. »Ich bin die Einzige, stimmt's? Und Sie glauben, Sie könnten ausgerechnet mit meiner Aussage den Fall gewinnen? Der Verteidiger wird mich in Stücke reißen. Er wird behaupten, ich hätte diese Gräuel nur erfunden, um mich an meinen Feinden in Prosper zu rächen.«

»Was ist mit Matt Burnwood? Ist er ebenfalls Ihr Feind?«

John war froh, dass Jim das fragte. Den Berichten zufolge hatte sie versucht, dem Kerl mit einer Kristallvase den Schädel zu zertrümmern. John hätte gern gewusst, warum.

»Sind Sie bereit, gegen ihn auszusagen, Mrs. Burnwood?«

»Ja, das bin ich. Nur habe ich Matt nicht am Tatort der Hinrichtungen gesehen. Genauso wenig wie meinen Schwiegervater. Aber sie waren meiner Überzeugung nach dort.«

»Das glauben wir auch.« Pepperdyne schlug den nächsten Hefter auf und deutete auf die Schriftstücke darin. »Wenn Gibb Burnwood nicht dabei gewesen wäre, hätte die Bruderschaft keinen Ritualmord ausgeführt. Schließlich ist er ihr Gründer und Hohepriester.«

Sie sog die Luft zwischen den Zähnen ein und äußerte dann erbittert: »Hätte ich mir denken können!«

»Wie viel wissen Sie über die Vergangenheit Ihres Schwiegervaters?«

Sie zählte ein paar Fakten auf und meinte dann: »Nicht gerade viel, wie?«

Pepperdyne gab ihr eine Zusammenfassung des dicken Dossiers, das er über Gibb Burnwood angelegt hatte. »Sein Vater diente während des Zweiten Weltkriegs bei den Marines im Südpazifik. Er und eine Handvoll anderer Männer meldeten sich freiwillig für einen Sonderauftrag. Die anderen wurden im Lauf der ersten Woche getötet, nur er überlebte acht Monate lang auf einer winzigen, häufig von Japanern angelaufenen Insel; die meiste Zeit ernährte er sich von rohem Fisch, den er mit bloßen Händen fing. Er tötete fünfzig feindliche Soldaten, ohne dass er gefangen genommen worden wäre. Als die Marines die Insel zurückeroberten, wurde er in die Heimat geflogen, wo man ihn als Held feierte.

Er konnte es nicht verwinden, dass der Krieg endete, ehe er wieder daran teilnehmen konnte. Eines Tages im Oktober 1947 putzte er sein Gewehr blitzblank, steckte sich die Mündung in den Mund und drückte mit dem großen Zeh den Abzug durch.

Der kleine Gibb vergötterte seinen Vater, obwohl er sich umgebracht hatte, und tat alles, um in seine Fußstapfen zu treten. Er ging zu den Marines und kämpfte eine Zeitlang in Korea, doch der Krieg ging auch für seinen Geschmack zu schnell zu Ende. Als es in Vietnam krachte, war er bereits zu alt. Alle guten Kriege hatte er verpasst, deshalb begann er, seinen eigenen zu inszenieren. Matt war von Anfang an sein Adjutant.

Genau wie sein Vater war auch Gibb Mitglied im Ku-Klux-Klan, doch Anfang der sechziger Jahre kam es zur Trennung. Offensichtlich fand Gibb Burnwood den Klan zu zahm. Er beschloss, seine eigene blindergebene Gruppe zu bilden, die nur handverlesenen Mitgliedern vorbehalten war, so dass er niemandem mehr Rechenschaft schuldete. Wir vermuten, dass es irgendwann Mitte der sechziger Jahre zur Gründung der Bruderschaft kam. Natürlich hat er Matt als Nachfolger für die Zeit nach seinem Tod vorgesehen.

Wir sind ihm schon seit dreißig Monaten auf den Fersen, haben aber immer noch keine konkreten Beweise, lediglich Vermutungen in der Hand. Sie allein, Mrs. Burnwood, können uns helfen, diesen Kerl zur Strecke zu bringen. Sobald er gefallen ist, werden die anderen umkippen wie Dominosteine.«

Ohne einen Mucks hatte Kendall Pepperdynes langem Vortrag gelauscht. Als er die Burnwood-Akte beiseitelegte, meinte sie: »Sie können immer noch nicht beweisen, dass er oder Matt an dem Mord an Michael Li beteiligt waren. Die Bruderschaft hatte ein Jahr lang Zeit, alle Indizien zu vernichten. Ein guter Verteidiger – und Matt und Gibb werden sich den allerbesten nehmen – wird behaupten, meine Aussage sei nur die Rache dafür, dass Matt eine Affäre mit meiner Mandantin hatte.«

»Er hatte eine Affäre mit Ihrer Mandantin?«

»Ja.«

Pepperdyne verzog das Gesicht, kratzte sich am Kopf und blickte hilfesuchend zu John.

»Ich fürchte, sie hat recht, Jim«, meinte der. »Wenn das bei der Verhandlung herauskommt, wird man sie für eine verbitterte Ehefrau halten. Es würde den Prozess ziemlich beeinträchtigen.«

»Mist.«

»Macht sowieso keinen Unterschied, Mr. Pepperdyne«, platzte es zornig aus ihr heraus. »Diese ganze Diskussion ist vollkommen sinnlos. Ich bin tot, bevor es zu einer Verhandlung kommt. Die Bruderschaft hätte keine dreißig Jahre bestehen können, wenn ihre Mitglieder und deren Familien nicht absolut loyal gewesen wären. Glauben Sie im Ernst, man lässt mich am Leben?

Ich habe mitangesehen, wie sie einen jungen Mann mit großer Zukunft kastriert und gekreuzigt haben, nur weil er asiatischer Abstammung war und die Unverschämtheit besaß, die Tochter eines Mitglieds zu lieben. Mein Verbrechen ist in ihren Augen noch tausendmal schlimmer. Selbst wenn ich die Aussage verweigern würde, würde man mich für meinen Verrat töten. Man würde mich ohne Bedenken und Skrupel umbringen, denn das wirklich Erschreckende an diesen Menschen ist, dass sie tatsächlich glauben, im Recht zu sein, dass sie überzeugt sind, Gott stehe auf ihrer Seite. Sie sind auserlesen. Alles, was sie tun, tun sie in seinem Namen. Sie sangen Kirchenlieder, während Michael Li verblutete. Für diese Leute bin ich eine Ketzerin. Es wäre ihre heilige Pflicht, mich zu töten.

Und angenommen, ich würde lange genug leben, um aussagen zu können, aber diese Leute kämen frei? Angenommen, die Beweise, die Sie vorbringen, reichen in Verbindung mit der unbelegbaren Aussage einer verschmähten Ehefrau nicht für eine Verurteilung aus, und die Burnwoods & Co. gehen als freie Menschen aus dem Gerichtssaal? Falls Matt nicht dafür sorgt, dass ich ermordet werde, so wird er mir doch zumindest böswilliges Verlassen vorwerfen und versuchen, das Sorgerecht für Kevin zu erzwingen.«

Pepperdyne schnaubte verlegen. »Vielleicht sollten Sie wissen, dass er sich bereits hat scheiden lassen, Mrs. Burnwood. Wegen körperlicher Grausamkeit.«

»Weil ich mich verteidigt und ihn niedergeschlagen habe?«
Pepperdyne zuckte mit den Achseln. »Er hat die Klage eingereicht. Sie haben nicht innerhalb der vorgeschriebenen Frist reagiert, also sprach das Gericht die Scheidung aus.«

»Richter Fargo?«

»Derselbe.«

John registrierte genau, wie sie die Tatsache verdaute, dass das Gesetz die Scheidung von Matt Burnwood ausgesprochen hatte. Es war ihr anzusehen, dass diese Nachricht sie nicht besonders rührte, doch ihre Braue zuckte nervös.

Ihre nächste Frage erklärte ihre Unruhe: »Weiß mein Ex-Ehemann von Kevin?«

»Nicht von uns«, antwortete Pepperdyne. »Bevor wir Sie entdeckt haben, wussten wir selbst nicht, dass Sie ein Baby haben. Natürlich besteht die Möglichkeit, dass er aus einer anderen Quelle von ihm erfahren hat.«

Sie sank in den Stuhl zurück, rieb sich die Ellbogen und wiegte sich langsam vor und zurück. »Er wird alles tun, mich aus dem Weg zu schaffen und Kevin bei einem Mitglied der Bruderschaft zur Pflege unterzubringen. Nein«, entschied sie. »Ich kann nicht zurück. Ich werde nicht mitkommen.«

Pepperdyne sah sie an. »Sie wissen genauso gut wie ich, dass Ihnen gar nichts anderes übrig bleibt, Mrs. Burnwood. Sie sind aus einem Bezirk geflüchtet, in dem mehrere Kapitalverbrechen begangen wurden. Indem Sie geflohen sind, um nicht aussagen zu müssen, haben Sie gegen ein Bundesgesetz verstoßen.

Sie werden in einer halben Stunde einem Haftrichter vorgeführt. Er wird anordnen, dass Sie als Hauptzeugin in Sicherungsverwahrung genommen werden und unter Bewachung dem Bezirk überstellt werden sollen, in dem die Verbrechen begangen wurden. Sie können sich jetzt natürlich einen Anwalt nehmen, wenn Sie möchten.«

»Ich kenne die Gesetze, Mr. Pepperdyne«, entgegnete sie kühl. »Und ich werde mich weiterhin selbst vertreten.«

»Wir sind gewillt, die Anklagepunkte gegen Sie fallen zu lassen, wenn Sie uns helfen, diese Leute zu überführen.« Er wartete auf eine Antwort, doch sie schwieg. »Als Sie herkamen, glaubten Sie, wir hätten Sie wegen Mordes verhaftet. Eigentlich sollten Sie erleichtert sein.«

Sie schüttelte traurig den Kopf. »Sie wollen mich einfach nicht verstehen. Man wird dafür sorgen, dass ich getötet werde.«

»Wir fahren noch heute abend.« Pepperdyne ließ sich nicht umstimmen.

John wusste, dass sich sein Freund durchaus in ihre Notlage versetzen konnte, aber Jim war ein Mann des Gesetzes. Er würde nie gegen die Vorschriften verstoßen, die sein Job waren, und diesen Job würde er erledigen.

»Unser Flug geht um drei«, sagte er. »Sie werden nach Columbia gebracht, wo Sie bis zur ersten Verhandlung in einer sicheren Unterkunft bleiben. Ich fliege bis Dallas mit, von dort aus werden eine Beamtin und Marshal McGrath Sie begleiten.«

John fühlte sich, als hätte man ihm den Boden unter den Füßen weggezogen. Er folgte Pepperdyne in den Flur und stellte ihn dort zur Rede. »Was soll das heißen?«

»Was?«

»Ich soll sie nach Columbia begleiten? Ich?«

Pepperdynes Miene wies pure Unschuld auf. »So lautet dein Auftrag, John.«

»Es ist überhaupt nicht mein Auftrag. Stewart sollte das übernehmen, nicht ich. Er hat sich bloß in letzter Minute krank gemeldet, deshalb hat man mich an seiner Stelle geschickt.«

»Da hast du wohl einfach Pech gehabt.«

»Jim!« Er packte seinen Freund am Ärmel und zwang ihn, stehen zu bleiben. »Ich konnte doch nicht wissen, dass sie ein Kind hat.«

»Das hat keiner von uns gewusst, John.«

»Ich kann den Auftrag nicht übernehmen. Das... das stehe ich nicht durch. Und du weißt es genau.«

»Du hast Schiss?«

»Stimmt.«

»Vor einem Baby?«

Selbst in seinen Ohren klang das lächerlich. Trotzdem war es die Wahrheit. »Du weißt, was ich nach diesem Fiasko in New Mexico durchgemacht habe. Mir reichen meine Albträume weiß Gott.«

Pepperdyne hätte ihn wegen seiner irrationalen Ängste auslachen können. Es bedeutete John sehr viel, dass er das nicht tat. Statt dessen versuchte Pepperdyne unverdrossen, ihn zu überzeugen.

»John, ich habe dich mit den miesesten Kerlen verhandeln sehen, die auf Gottes weitem Erdenrund wandeln. Du hast Terroristen dazu gebracht, die Waffen niederzulegen, die geglaubt hatten, nicht in den Himmel zu kommen, wenn sie aufgeben. Du bist ein Meister der Überredung.«

»Das war ich vielleicht mal. Aber die Dinge haben sich geändert.«

»Du hattest einen einzigen schlechten Tag, und da ging alles schief.«

»Einen schlechten Tag? Du nennst das, was da passiert ist, einen schlechten Tag?«

»Ich will die Sache nicht herunterspielen. Aber niemand hat dir die Schuld daran gegeben, niemand, John. Du hast nicht wissen können, dass dieser Irrsinnige seine Drohung ausführen würde.«

»Ich hätte es aber spüren müssen, oder nicht? Schließlich hat man mich genau dafür ausgebildet und trainiert. Genau das habe ich an der Uni studiert. Darauf kam es an, wie weit ich gehen konnte und wann ich nachlassen musste.«

»Du bist der Beste in deinem Job, John. Ich hoffe, dass du dir eines Tages für New Mexico vergeben und zurückkommen wirst, denn wir brauchen dich noch.« Pepperdyne legte ihm die Hand auf die Schulter. »Du hast Nerven wie Drahtseile. Sieh es mal realistisch: Was kann ein winzig kleines, zahnloses Baby schon anrichten?«

28. Kapitel

Als sie in Denver ins Flugzeug stiegen, hatte John das unbestimmte Gefühl, dass sie auf eine Katastrophe zusteuerten. Ihn überkam die starke Vorahnung, dass diese Reise unter einem schlechten Stern stand.

Nun lag er Wochen später mit gebrochenem Bein, einer Narbe auf dem Kopf und frisch von einem endlosen Gedächtnisverlust genesen in dem Bett, das er mit seiner Gefangenen geteilt hatte, und fragte sich, wie und ob der Lauf der Ereignisse überhaupt änderbar gewesen wäre.

Er hätte nichts dagegen unternehmen können, dass sie in das Flugzeug stiegen. Pepperdyne hätte ihn für völlig verrückt erklärt, wenn er ihn beiseitegenommen und ihm mitgeteilt hätte, dass das mit dem Flug keine gute Idee sei und dass ihm sein Instinkt riete, sich die Sache noch mal zu überlegen und sie anders anzugehen.

Pepperdyne sollte in Dallas bleiben, während John und seine Partnerin Ruthie Fordham, eine sympathische, eher stille Hispano-Amerikanerin, mit Mrs. Burnwood nach Raleigh-Durham weiterfliegen sollten, von wo sie einen Anschlussflug nach Columbia nehmen würden.

So war es geplant.

Aber das Schicksal griff ein.

Kurz nach dem Start in Denver bekam Kendall Probleme mit ihren Ohren. Die Beamtin Fordham rief die Stewardess, die Kendall versicherte, dass die Schmerzen nachlassen würden, sobald das Flugzeug seine Reisehöhe erreicht hätte. Sie hörten nicht auf.

Während des gesamten, eine Stunde und vierzig Minuten dauernden Fluges litt sie Höllenqualen. Das Baby spürte, dass es seiner Mutter schlecht ging, und greinte. John, der auf der anderen Seite des Mittelganges saß, krampfte die Hände um die Armlehnen und betete, dass das Kind endlich zu heulen aufhören möge. Doch je inniger John flehte, desto lauter plärrte der Kleine.

»Vielleicht solltest du dir einen Drink genehmigen«, riet Pepperdyne, als er die Schweißperlen auf Johns Stirn bemerkte.

»Ich bin im Dienst.«

»Pfeif auf den Dienst. Du bist schon ganz grün im Gesicht.«

»Es geht mir gut.« Das war gelogen, doch er konzentrierte sich auf eine Niete in der Kabinenverkleidung über ihm und versuchte, das Babygeschrei auszublenden.

Die Fahrt von der Rollbahn zum Flughafengebäude schien beinahe noch einmal so lange zu dauern wie der Flug selbst. Als das Flugzeug endlich stand, drängelte sich John rücksichtslos an den anderen Passagieren vorbei, um so schnell wie möglich ins Freie zu gelangen. Sobald sie die Passagierschleuse hinter sich gelassen hatten, schob Ruthie Kendall in die nächste Damentoilette. Pepperdyne trug währenddessen Kevin auf dem Arm und wirkte gar nicht glücklich in seiner neuen Rolle als Babysitter. Zu jedem anderen Zeitpunkt hätte John sich fröhlich über die Hilflosigkeit seines unverheirateten Freundes ausgelassen. Jetzt brachte er nicht mal ein Lächeln oder eine ironische Bemerkung zustande.

»Dieser Kerl, mit dem sie verheiratet war – wie ist er?«, fragte er. Es interessierte ihn nicht wirklich, er redete bloß, um sich von dem Baby in Pepperdynes Arm abzulenken.

»Ich hatte noch nicht das Vergnügen, ihm zu begegnen.« Kevin hatte aufgehört zu weinen. Pepperdyne wiegte ihn eif-

310

rig hin und her. »Soweit ich gehört habe, ist Matt Burnwood der typische arrogante weiße Rassist im Maßanzug. Er sieht gut aus, ist eloquent, gebildet und kultiviert. Aber er ist auch ein Waffenexperte, ein begeisterter Survival-Fan und ein unbelehrbarer Fanatiker. Er glaubt, sein Daddy stehe mit Gott auf du und du. Gibb sagt: ›Spring‹, und alles, was er fragt, ist: ›Wie hoch?‹« Jim machte eine kurze Pause. »Wer sich ihnen in den Weg stellt, ist so gut wie tot.«

John sah ihn skeptisch an.

»Sie hat recht, John.« Pepperdyne wusste genau, was seinem Freund durch den Kopf ging. »Wenn die beiden oder einer ihrer Handlanger sie in die Finger kriegen, hat sie keine Chance.«

»Ich fahre also nicht bloß zum Händchenhalten mit.«

»Keineswegs. Auch wenn die Burnwoods hinter Gittern sitzen, reichen ihre Tentakel weit. Manche – vielleicht die meisten – kennen wir noch gar nicht.«

»Jesus.«

»Du darfst sie keine Sekunde aus den Augen lassen. Jeder, der in ihre Nähe kommt, ist verdächtig.«

Ein paar Minuten später gesellten sich die Frauen wieder zu ihnen. Kendall nahm Pepperdyne das Baby ab. Marshal Fordham teilte ihnen die alles ändernde Nachricht mit: »Mrs. Burnwood kann nicht weiterfliegen, ehe ihre Ohren von einem Arzt untersucht werden.«

»Ich hatte vor kurzem einen allergischen Schub«, erläuterte Kendall. »Offenbar hat sich die Entzündung in meinen Ohren festgesetzt. Der Druckabfall im Flugzeug hat mir höllische Schmerzen bereitet.«

Pepperdyne spielte John den Ball zu. »Du bist dran.«

McGrath schaute sie an; zum ersten Mal sahen sie sich in die Augen. Er wusste nicht, warum er den Augenkontakt bis dahin vermieden hatte. Vielleicht aus Angst vor dem, was er in ihren Augen sehen und was es für ihn bedeuten könnte.

Lisa war weg. Während er einen Auftrag erledigt hatte, war sie ausgezogen, mit all ihren Sachen und ein paar von seinen dazu. Sie hatte keine Nachricht, keine Telefonnummer, keine Nachsendeadresse hinterlassen. Nichts. Peng. Das Einzige, was ihn daran gestört hatte, war, dass sie nun nicht mehr erfuhr, wie wenig er sie vermisste. Seit ihrer Trennung hatte er seine Einsamkeit genossen. Fürs Erste würde er sich mit keiner Frau mehr einlassen.

Aber die hier hatte etwas an sich…

Sie erwiderte seinen Blick.

Damals hatte er zum ersten Mal vermutet, dass sie eine begnadete Lügnerin war. Ihr Blick war zu fest, um wirklich aufrichtig zu sein. Eine derartige Gewieftheit ließ auf langes Training schließen.

Er vermutete, dass ihre Ohrenschmerzen nur ein Vorwand waren, um den Weiterflug zu verzögern. Vielleicht würde sie sogar versuchen zu entkommen, in der Masse der Reisenden auf dem Flughafen Dallas-Fort Worth unterzutauchen.

Da dennoch die verschwindend kleine Möglichkeit bestand, dass sie tatsächlich Schmerzen hatte, musste er sie zu einem Arzt bringen und ihren Flug umbuchen.

Vor dem Terminal verabschiedete sich Pepperdyne von ihnen.

Bevor er sich von ihnen trennte, schlug er John noch einmal auf den Rücken. »Viel Spaß, Kumpel.«

»Leck mich«, knurrte John. Sein Freund lachte nur und stieg in ein wartendes Taxi.

Kurz darauf steckte John zusammen mit einem in der Landessprache radebrechenden Fahrer, zwei Frauen und einem quäkenden Baby in einem anderen Taxi. Mit wenigen Worten und vielen Gesten machte er dem verwirrten Fahrer klar, dass sie ins nächste Krankenhaus gebracht werden wollten.

Dort angekommen, blieb Marshal Fordham mit dem Baby im Warteraum. John begleitete Kendall ins Untersuchungszimmer.

Eine Schwester maß Kendalls Blutdruck und die Temperatur, stellte ein paar indiskrete Fragen und ließ sie beide dann allein.

Sie setzte sich auf den gepolsterten Untersuchungstisch und ließ die Füße baumeln. John schob die Hände in die Hosentaschen, wandte ihr den Rücken zu und studierte ein Poster mit einer farbigen Darstellung des menschlichen Blutkreislaufs.

»Haben Sie Angst, ich könnte Ihnen abhauen?«

Er drehte sich um. »Verzeihung?«

»Sind Sie mit mir zusammen reingekommen, weil Sie glauben, ich könnte durch die Hintertür entwischen?« Er antwortete nicht, aber das war auch nicht nötig. Sie lachte. »Glauben Sie, ich würde mein Baby zurücklassen?«

»Keine Ahnung. Würden Sie?«

Ihre freundliche Miene versteinerte. Das »Niemals« klang wie ein Hieb.

»Ich habe die Aufgabe, Sie zu beschützen, Mrs. Burnwood.«

»Und mich dann den Behörden in South Carolina zu übergeben.«

»Ganz recht.«

»Wo ich voraussichtlich umgebracht werde. Begreifen Sie nicht, wie absurd das ist? Sie wollen mein Leben schützen und schleifen mich ausgerechnet an jenen Ort, an dem mir die größte Gefahr droht?«

Er sah sehr wohl, wie absurd das war. Aber zur Hölle, er erledigte bloß seinen Auftrag und wurde schließlich nicht dafür bezahlt, irgendwelche Vor- und Nachteile abzuwägen.

»Solange Sie in meiner Obhut sind, werde ich Sie nicht aus den Augen lassen«, verkündete er steif.

Als der Arzt erschien, sah er John neugierig an. »Sind Sie Mr. Burnwood?«, fragte er, wobei er auf das Formular tippte, das man Kendall vor der Untersuchung zum Ausfüllen gegeben hatte.

Er zeigte dem Doktor seine Marke.

»Ein US-Marshal? Wirklich? Ist sie Ihre Gefangene? Was hat sie angestellt?«

»Sie hat im Flugzeug Ohrenschmerzen bekommen«, bellte John. »Werden Sie sie jetzt untersuchen?«

Der Arzt hörte ihre Lunge ab, befühlte die Mandeln, stellte fest, dass sie leicht geschwollen waren, dann untersuchte er ihre Ohren, woraufhin er bestätigte, dass der Bereich hinter beiden Trommelfellen stark entzündet sei.

»Darf sie fliegen?«, fragte John.

»Kommt gar nicht in Frage. Es sei denn, Sie wollen das Risiko eingehen, dass ihr die Trommelfelle platzen.«

Er wartete im Gang, während ihr eine Krankenschwester Antibiotika spritzte. Nach einiger Zeit erschien Kendall wieder; während sie den Korridor zum Warteraum hinuntergingen, überraschte sie ihn mit der Bemerkung: »Sie haben geglaubt, ich lüge, nicht wahr?«

»Es kam mir in den Sinn.«

»Ich würde keine Lüge riskieren, wenn sie so leicht widerlegt werden kann.«

»Das heißt, Sie sparen sich Ihre Lügen für die Gelegenheiten auf, bei denen Sie wahrscheinlich damit durchkommen?«

Sie blieb stehen und sah ihn an »Sie haben es erfasst, Mr. McGrath.«

»So schlimm ist es doch nicht.«

»Du hast leicht reden.« John war schlecht gelaunt und ärgerte sich über Pepperdynes Gleichgültigkeit. »Du musst schließlich keine tausend Meilen fahren.«

Nachdem er die beiden Frauen und das Baby in einem Motel untergebracht hatte, war er gleich weitergefahren, um Pepperdyne Bericht zu erstatten, der gerade Mrs. Burnwoods Überstellung mit dem Büro des US-Marshals in Columbia koordinieren wollte.

»Es hilft nichts, John«, antwortete Pepperdyne geduldig. »Der Arzt hat gesagt, sie darf mindestens einen Monat lang nicht fliegen. So lange können wir nicht warten. Die Fahrt dauert höchstens drei Tage, mit zwei Übernachtungen dazwischen.«

»Ich könnte es in zwei Tagen schaffen.«

»Allein. Nicht mit Mitfahrern. Vor allem den Säugling nicht zu vergessen! Ihr werdet ungefähr dreihundert Meilen am Tag schaffen. Es wird nicht gerade ein Vergnügen, geht aber vorüber.«

Ohne sich von Johns gequälter Miene beeindrucken zu lassen, überreichte ihm Pepperdyne eine Routenbeschreibung und eine Straßenkarte. »Ihr fahrt morgen früh los und verbringt die erste Nacht in Monroe, Louisiana. Die zweite Nacht in Birmingham. Von da aus fahrt ihr durch bis Columbia.«

Würde er die Fahrt überleben? »Wenigstens ist Ruthie Fordham dabei«, versuchte er, der Reise etwas Positives abzugewinnen. »Sie scheint mit den beiden ganz gut klarzukommen.«

»Ruthie bleibt bei Mrs. Burnwood und dem Baby. Wir haben dafür gesorgt, dass du in beiden Motels das Zimmer nebenan bekommst.«

John warf einen Blick auf die Routenbeschreibung. »Mir

graut vor jeder einzelnen Meile. Glaubst du, wir können uns darauf verlassen, dass sie keine Dummheiten anstellt?«

»Wie etwa einen Fluchtversuch, meinst du?«

»Sie hat wirklich Angst, Jim.«

Pepperdyne grinste. »Du konntest es dir nicht verkneifen, stimmt's? Du musstest sie einfach analysieren.«

»Dazu braucht man sie nicht zu analysieren. Ein Blinder kann sehen, wie verschreckt sie ist.«

»Ohne ihr Kind wird sie bestimmt nicht abhauen. Es wäre ziemlich schwierig für sie, dich und Mrs. Fordham zu überwältigen und dann mit Kevin auf dem Arm zu verduften.«

»Wahrscheinlich hast du recht, aber die Dame hat Grips. Und noch etwas solltest du wissen: Sie ist eine Lügnerin.«

»Eine Lügnerin?« wiederholte Pepperdyne lachend. »Wie meinst du das?«

»Ich meine«, John lächelte schief, »dass sie gern Märchen erzählt.«

»Du glaubst doch nicht etwa, dass sie sich das alles ausgedacht...«

»Nein. Was die Bruderschaft betrifft, da sagt sie die Wahrheit. Das bestätigen die Beweise, die du hast. Aber Mrs. Burnwood lässt sich nicht in die Karten blicken. Sie verbirgt irgendwas. Sie ist nicht ehrlich.«

»Sie ist Anwältin.«

Mit seinem abfälligen Kommentar brachte Pepperdyne einen Beamten zum Lachen, der am anderen Ende des Zimmers vor einem Computerdrucker saß. Pepperdyne wandte sich an ihn. »Gibt's schon was?«

»Nix.«

Pepperdyne sagte zu John: »Wir checken routinemäßig ihre Vergangenheit durch, obwohl bisher alles tadellos aussieht. Ihrer Quote von verlorenen und gewonnenen Fällen nach zu urteilen, war sie eine gewitzte Pflichtverteidigerin und hat den alten Kumpanen im Gericht von Prosper ordentlich zu kauen gegeben. Angesichts dessen, was wir über die Leute wissen, die dort am Drücker saßen, muss sie wirklich gut gewesen sein, um so lange zu überleben.«

»Wo liegt also das Problem?«, fragte John mit einer Kopfbewegung zu dem Computer hin, der an verschiedene nationale und internationale Datennetze angeschlossen war.

»Irgendwie scheint in unserem System was faul zu sein. Die Daten, die wir kriegen, ergeben keinen Sinn. Er versucht gerade, das hinzubiegen.«

»Lass es mich wissen, wenn was dabei rauskommt.«

Jim lachte. »Dr. McGrath möchte zu gern wissen, was in ihr vorgeht, wie?«

»Du brauchst deswegen keine Stielaugen zu kriegen, Jim«, erwiderte John im Gehen. »Einfach eine alte Gewohnheit, sonst nichts.«

»Kannst deinen Job wiederhaben, wann immer du willst. Ich würde mich freuen, wenn du in meine Abteilung zurückkämst.«

Pepperdyne meinte das ernst, und John war seinem Exkollegen dankbar für das ausgesprochene Vertrauen, aber seine Antwort lautete dennoch nein. »Zu viel Druck. In meinem augenblicklichen Job habe ich weniger Stress.«

Dann warf er einen Blick auf die Straßenkarte, auf der die Route von Texas nach South Carolina eingezeichnet war, und ergänzte grimmig: »Bis jetzt.«

Johns Erinnerung führte ihn wieder zu dem Unfallmorgen zurück. Bei der Abfahrt aus Birmingham war er mürrisch gewesen und hatte es kaum erwarten können, Mrs. Burnwood und ihr Baby loszuwerden. Er schätzte, dass sie gegen Abend in der Hauptstadt South Carolinas ankommen würden. Sobald sie in dem Café des Motels gefrühstückt hatten, scheuchte er sie durch den Nieselregen zum Auto.

Je weiter sie nach Osten fuhren, desto heftiger schüttete es; gegen Mittag lagen seine Nerven bloß. Er umklammerte das Lenkrad so fest, dass seine Schultern schmerzten, und fluchte insgeheim auf die Lastwagen, die ihn mit einem Tempo überholten, das sogar auf einem großen Highway gefährlich war. Und natürlich machte einer von ihnen einen Fehler.

John merkte das daran, dass der Verkehr auf allen Spuren langsamer wurde. Schließlich krochen sie nur noch dahin. Er drehte den Polizeifunkempfänger laut, mit dem das Auto ausgerüstet war, und lauschte zunehmend ungeduldig den Diskussionen der Polizisten über die Massenkarambolage, die den Stau verursacht hatte.

Der Unfall war eine weitere Folge der festgefressenen Wetterlage, die den Südosten des Landes mit immer neuem Regen überzog und schon zu Überflutungen geführt hatte.

Johns grober Schätzung zufolge lagen zwischen ihnen und der Unfallstelle noch mehrere Meilen. Der Verkehr wurde gestoppt, um die Rettungsfahrzeuge durchzulassen. Die Menschen, die in die Kollision verwickelt waren, taten ihm leid, trotzdem ärgerte ihn die Verzögerung.

Ruthie Fordham saß neben ihm auf dem Beifahrersitz. Er reichte ihr die Karte und fragte sie, ob sie eine Ausweichroute sehe. Es gebe eine, ihr Finger glitt über die bunten Linien, doch sei das ein Umweg. Er zog es vor, ein paar Meilen zusätzlich zu fahren, statt untätig herumzusitzen. Die nächste Ausfahrt nahm er also.

Sie gelangten auf die Landstraße, die das Schicksal mit einem Baumstamm belegt hatte. Seine Entscheidung, die vereinbarte Route zu verlassen, hatte Ruthie Fordham das Leben gekostet. In dieser abgelegenen Gegend funktionierte das Autotelefon nicht, deshalb konnte er das Büro in Columbia nicht informieren. Der Polizeifunk war wegen des Unfalls bereits überlastet, und er wollte das dort herrschende Chaos nicht noch vergrößern.

Sobald sie den Highway verlassen hatten, wollte er an einer Telefonzelle halten und anrufen. Es gab aber keine Telefonzellen weit und breit. Deshalb wusste niemand, wo sie steckten.

Wie lange hatte man wohl in Columbia auf sie gewartet, bevor eine Suchmeldung durchgegeben wurde? Inzwischen hatten Jims Männer ihre Spur bestimmt schon bis zu dem Krankenhaus in Stephensville verfolgt. Ruthie Fordham war höchstwahrscheinlich tot. Hatte sie Familie? Weil er eine ungeduldige Entscheidung gefällt hatte, war eine Kollegin gestorben. Eine weitere Kerbe in McGraths Colt.

Natürlich hatte der Arzt Jim über seine Verletzungen in Kenntnis gesetzt, aber mehr konnte er ihm auch nicht erzählen.

Verdammt, Kendall Burnwood war wirklich gewitzt. Jetzt fiel John auf, dass sie keinen Hinweis hinterlassen hatte. Es gab keinerlei Fährte. Wer ihr Verschwinden erklären wollte, würde glauben, er, Kendall und das Baby hätten sich in Luft aufgelöst.

Sie sang nun nicht mehr; er hörte die Wasserleitung in den Wänden klopfen und begriff, dass sie die Dusche angedreht hatte. Ihm blieben noch ein paar Minuten, bevor sie entdeckte, dass er wach war.

Es war ein genialer Schachzug gewesen, ihn als ihren Ehemann auszugeben. Auf diese Weise hatte sie für ihn sprechen können, solange sein Gedächtnis verschüttet war. Aber sowie sie diese Lüge ausgesprochen hatte, war sie selbst daran gefesselt gewesen und auch damit geschickt zu Rande gekommen.

Die Antworten auf all seine Fragen hatten beinahe der Wahrheit entsprochen. Genau wie die Schilderungen ihres

Hochzeitstages, ihrer Hochzeitsnacht, Matts Affäre. Alles beruhte auf Tatsachen, einschließlich ihrem Eheleben mit Burnwood: Wenn sie da die Wahrheit berichtete, statt eine Geschichte zu erfinden, konnte sie sich nicht so leicht in Widersprüche verwickeln. Sie hatte ihn auch bei seinem wahren Namen genannt, um Versprecher zu vermeiden. Sie war wirklich gut.

So gut, dass sich John zu fragen begann, ob er die vergangene Nacht auch nur als Schachzug auffassen sollte.

29. Kapitel

In dieser Nacht hatte ihn schon wieder ein Albtraum geweckt. Er war weniger grauenvoll gewesen als die vorigen, aber noch beängstigend genug, um ihn aus dem Schlaf zu reißen. Rastlos und verschwitzt hatte er sich aus der nassen, klebrigen Decke gewühlt und aufgesetzt.

Kendalls Seite des Bettes war leer, aber das beunruhigte ihn nicht besonders. Sie stand öfters nachts auf, um nach dem Baby zu sehen. Ihr ausgeprägter Mutterinstinkt weckte sie jedes Mal, wenn dem Kind etwas fehlte. Manchmal ahnte sie seine Bedürfnisse sogar vorher, was ihn immer wieder in Erstaunen versetzte.

Die Krücken unter die Achseln geklemmt, hoppelte er über den Flur ins andere Zimmer. Das Ställchen war leer, das Zimmer auch. Eine ausgesprochen unmännliche Angst und Bestürzung überfielen ihn. Hatte sie sich davongeschlichen? Den ganzen Tag hatte sie ausgesprochen still und bedrückt gewirkt, die Vorzeichen einer erneuten Flucht?

Er wirbelte herum und rannte, falls man das rennen nennen konnte, auf Krücken ins Wohnzimmer, wo er so unvermittelt stehenblieb, dass er beinahe ausgerutscht und der Länge nach hingeschlagen wäre.

Bis auf das Mondlicht, das durch die dünnen Vorhänge vor den offenen Fenstern fiel, war das Zimmer dunkel. In der kühlen Brise, die Kendall wahrscheinlich gesucht hatte, bauschten sich die Gardinen wie Segel ins Zimmer.

Sie saß im Schaukelstuhl, Kevin in ihren Armen. Den Träger ihres Nachthemdes hatte sie zum Stillen über die Schulter gezogen. Sein winziger Mund drückte sich auf ihre Brustwarze. Alle paar Sekunden nuckelte er ein bisschen, und die pummeligen Bäckchen bliesen sich auf wie Blasebälge, dann entspannten sich die Lippen wieder.

Beide schliefen.

Jetzt, im Rückblick, musste sich John eingestehen, dass es nicht die feine Art gewesen war, die beiden so zu begaffen, sondern im Gegenteil eine grobe Verletzung ihrer Intimsphäre. Trotzdem konnte er sich einfach nicht losreißen, nicht still davonschleichen und ins Schlafzimmer zurückkehren. Er war vor Lust wie gebannt.

Ihr Kopf ruhte auf der Stuhllehne, und nicht mal die zerraufte Frisur konnte die Schönheit des Bildes beeinträchtigen, das sie abgab. Weiches Mondlicht schien auf ihren Hals und die kleine Mulde überm Schlüsselbein. Die Furche zwischen ihren Brüsten lag in tiefem, geheimnisvollem Schatten. Wie gern hätte er dieses bezaubernde Tal erforscht. Er stellte sich vor, wie seine Lippen es durchwanderten, und allein die Vorstellung war so verführerisch, dass er unwillkürlich aufstöhnte.

Augenblicklich unterdrückte er den Laut, weil er sie auf keinen Fall wecken wollte. Er war zu alt, um verstohlen auf eine weibliche nackte Brust zu starren. Sich klammheimlich von einer spärlich bekleideten Frau am anderen Ende des Zimmers erregen zu lassen war lächerlich, unreif und so ichbezogen wie Onanie.

Angewidert von sich selbst, wollte er sich abwenden, aber das brachte er nicht fertig. Er sah auf ihre Lippen, diesen vollen Schmollmund, der ihn immer wieder aus dem Konzept brachte, und verzehrte sich danach, ihn zu küssen. Er wollte die Fülle ihres Busens kosten, die exotischen Gefilde ihres Schoßes erforschen, ihren Geschmack auf seiner Zunge spüren. Er wollte…

Plötzlich zerriss ein schrilles Pfeifen die Stille.

Sie erwachte augenblicklich.

Er erstarrte vor Schreck, eine Krücke fiel klappernd zu Boden.

Ein paar Sekunden verharrten sie so, wie eine antike Skulptur. Er war erregt und schämte und ärgerte sich darüber, dass sie ihn ertappt hatte.

»Was ist das denn Fürchterliches?«

»Der Wasserkessel«, sagte sie verschlafen. Hastig schob sie sich den Träger des Nachthemds wieder über die Schulter. Das Baby wand sich und beschwerte sich quengelnd, als sie es von ihrer Brust nahm und an ihre Schulter legte. »Ich habe Wasser aufgesetzt, bevor ich Kevin zu stillen begann. Wieso bist du auf?«

»Es ist einfach zu heiß zum Schlafen.«

»Ich habe gemerkt, dass du schlecht geschlafen hast. Möchtest du einen Tee?« Der Kessel pfiff immer noch voller Zorn. »Kräutertee. Ohne Teein.«

»Nein danke.«

Sie trat auf ihn zu. »Kannst du Kevin halten, bis ich mir eine Tasse aufgegossen habe?«

Sie drückte ihm das Kind im Vorbeigehen in die Arme und entschwebte dann durch den Flur in die Küche. Ein paar Sekunden lang tat er überhaupt nichts. Er bemühte sich, das Gehirn abzuschalten, keinerlei Empfindungen zuzulassen. Dann ließ er vorsichtig ein paar vereinzelte Impulse durch die doppelte Mauer aus Abneigung und Entsetzen dringen.

Kevin war ein molliges Baby. Darum überraschte es ihn, dass er so leicht war. Auch wie weich seine Haut war, erstaunte ihn. Oder vielleicht kam sie ihm nur so weich vor, weil sie an seine haarige Brust rührte.

Schließlich hatte er genug Mut gesammelt, um das Kind anzusehen. Die Augen des Babys waren beunruhigend fest auf ihn gerichtet. Er hielt den Atem an. Bestimmt würde der Kleine zu weinen anfangen, wenn er feststellte, dass ihn ein Fremder in den Armen hielt.

Statt dessen öffnete sich Kevins Mund zu einem weiten Gähnen, so dass John die Zunge und die zahnlosen Kiefer sehen konnte. Dann ließ das Baby drei kleine Pupse folgen, ein Trio winziger Explosionen, die John durch die Windel hindurch spüren konnte.

Unwillkürlich musste er lachen.

»Ich hatte so ein Gefühl, dass ihr beiden gut miteinander klarkommen würdet, sobald du ein bisschen lockerer wärst.«

Er hatte Kendall nicht bemerkt, ehe sie ihn ansprach. Mit einem Blick stellte er fest, dass sie ihn über eine dampfende, nach Orangen duftende Tasse Tee hinweg beobachtete.

»Ich glaube, er ist ganz okay.«

»Er ist wunderbar und mag dich, das weißt du ganz genau.«

»Woher willst du das wissen?«

»Er macht Bläschen. Das tut er nur, wenn er sich wohl fühlt.«

Dem Baby lief tatsächlich Speichel über Mund und Kinn; seine Ärmchen wedelten aufgeregt. Der Kleine wirkte ganz zufrieden, aber John war immer noch nicht überzeugt. »Nimm ihn lieber wieder.«

Das schien sie zu amüsieren, doch sie stellte wortlos ihre Tasse auf dem Tisch ab, nahm das Baby und trug es in sein Zimmer. »Er ist augenblicklich wieder eingeschlafen«, bemerkte sie, als sie zurückkam. »Warum hat man es als Erwachsener so viel schwerer?«

»Uns geht zu viel im Kopf rum.«

»Geht dir was im Kopf rum?«

Er horchte, ob in ihrem Tonfall Ironie mitschwang, konnte aber keine entdecken. Sie hatte die Frage ganz ernst gemeint, deshalb beantwortete er sie auch so. »Ja, mir geht was im Kopf rum. Es will gar nicht mehr aufhören.«

Mehr brauchte er nicht zu sagen. Ihr Blick verklärte sich, und ihre Stimme wurde heiser. »Ich muss auch ständig daran denken.«

Er glaubte nicht, dass er es überleben würde, wenn sie ihn noch mal zurückwies, aber nach ihrer Antwort konnte er einfach nicht anders, als den Arm nach ihr auszustrecken. Sie ließ sich widerstandslos von ihm heranziehen. Ihre Finger gruben sich in sein Brusthaar, während sie den Kopf in den Nacken legte. Die andere Krücke polterte zu Boden. Noch während sie fiel, schob er seine Hand in ihr abgemähtes Haar und hielt ihren Kopf fest.

Sie öffnete ihren Mund halb und nachgiebig. Weil sie kurz zuvor Tee getrunken hatte, schmeckte ihr Mund heiß und süß. Immer wieder tauchte seine Zunge in die Tiefe. Er küsste sie so hingebungsvoll, dass sie, als er sie schließlich wieder freigab, atemlos die Wange an seine Brust legte.

»Nicht so heftig, John. Ich kriege kaum noch Luft.«

»Egal«, brummte er leise. »Atmen ist überflüssig.«

Sie lachte leise und strich mit den Händen über seine Schultern. »Ich kann gar nicht fassen, dass ich dich tatsächlich berühre. Ich habe solche Sehnsucht nach dir gehabt.«

»Du darfst mich anfassen, so oft du magst.«

Von mehr als einem langen Kuss, um seinen Hunger zu stillen, hatte er nicht zu träumen gewagt. Sie nur einmal zu schmecken, um die Nacht zu überstehen. Deshalb hatte ihre Reaktion, in Worten wie in Taten, seine kühnsten Hoffnungen übertroffen. Die Wirklichkeit war berauschender als alle Fantasien, die er sich zusammengesponnen hatte. Sie fühlte sich einfach überwältigend an – äußerlich kühl wie Alabaster, aber innen kochend heiß.

Als sein Mund gar nicht mehr von ihren Lippen lassen wollte, legten sich ihre Arme um seinen Hals. Er schob seine Hände in ihre Achselhöhlen, wanderte dann mit den Handflächen an ihren Rippen entlang und umschloss die Seiten ihrer Brüste. Er spürten ihren festen Busen an seinem Bauch, und die Berührung entfachte ein Feuer in seinem Leib.

Er senkte den Kopf und rieb mit seiner stachligen Wange über die weißen Hügel. Er küsste sie durch das weiche Nachthemd hindurch und zerrte dann ungeduldig den Stoff beiseite, bis sie frei unter seinen Lippen, seinem Mund, seiner Zunge lagen.

Der milchige Moschusgeschmack bezauberte und benebelte ihn. Er drückte die Brustwarze an seinen Gaumen und sog daran.

»O Gott.« Die gehauchten, von einem kleinen Seufzer gefolgten Worte waren der erotischste Laut, den er je vernommen hatte. Er küsste sie auf den Hals. Liebevoll knabberte er unter den rabiat abgeschorenen Haaren an ihrem Nacken.

Sie drehte sich langsam zur Seite, immer weiter, bis sie mit dem Gesicht zur Wand stand, die Stirn an das Rosenmuster der Tapete gepresst. Er hob ihre Arme über ihren Kopf, drückte die Unterarme vom Ellbogen bis zu den Fingerspitzen gegen die kühle Wand.

Nun raffte er den Stoff ihres Nachthemdes, verknotete ihn und steckte ihn fest. Er schob seine Hände unter ihr Höschen und knetete ihren Po. Dann fuhr eine Hand über ihren Bauch und schloss sich um eine Brust, während die andere abwärts über ihr Schamhaar glitt und zwischen ihren Schenkeln versank.

Sie war nass. Ihm wurde schwindlig vor Lust. Er liebkoste sie mit zwei Fingern, arbeitete sich sanft zwischen die Schamlippen vor und fand schließlich ihren Eingang.

Und er wusste, dass er dieses Gefühl zeit seines Lebens nicht vergessen würde: so warm und innig umschlossen zu sein.

Er schob die Hüfte vor und drückte sein erigiertes Glied in die Spalte zwischen ihren Pobacken. Er strich federleicht über ihre straffe Brustwarze, spielte mit ihr, während sich seine Finger behutsam in ihr bewegten. Bald begann sie mit ihrem Schoß über seine Hand zu reiben, bis er sich schließlich völlig ruhig hielt und alle Bewegung von ihren kreisenden Hüften ausging. Die Hände auf dem Rosenmuster der Tapete schlossen sich zu festen, trommelnden Fäusten.

Sie kam leise, aber gewaltig. Sobald der Schauer verebbt war, zog er seine Hand zurück, drehte Kendall um und schloss sie in die Arme. Erschöpft und schwer atmend lag sie an seiner Brust.

Nach einer Weile legte er ihr einen Finger unters Kinn, so dass sie ihn ansehen musste. »Wenn ich könnte, würde ich dich ins Bett tragen.«

Sie verstand. Sie hob seine Krücken auf, reichte sie ihm und führte ihn dann durch den Flur ins Schlafzimmer. Er zog seine Boxershorts aus und stieg ins Bett.

Dann zögerte sie plötzlich. Trotz der unglaublich sinnlichen Erfahrung, die sie eben miteinander geteilt hatten, hatte sie unschlüssig und fast unschuldig ausgesehen, wie sie so neben dem Bett stand.

Jetzt, am Morgen danach, verstand er, warum sie noch nicht ganz bereit war. Während der vergangenen Wochen hatten sie beinahe jede Minute zusammen verbracht, aber trotzdem waren sie einander im Grunde fremd geblieben. Er war nicht ihr Ehemann. Sie ging zum ersten Mal mit ihm ins Bett.

Tief im Innersten hatte er das gewusst.

Aber er hatte der leisen Warnstimme kein Gehör geschenkt, sich taub gestellt, als sein Gewissen protestieren wollte. Ohne auf seine Intuition zu achten, die ihm sagte, dass da irgendwas nicht in Ordnung war, hatte er sie bei der Hand genommen und sie neben sich gezogen.

»Leg dich hin.«

»Kannst du... mit deinem Gips...?«

»Kein Problem.«

Er drückte sie in die Kissen, zog ihr das Nachthemd aus und ließ es auf den Boden fallen, dann liebkosten seine Hände ihren Busen und ihren Bauch. Ihre Haut glühte noch nach dem Orgasmus.

Während John ihre Hand an sein Geschlecht führte, beobachtete er aufmerksam jede Regung in ihrem Gesicht. Einen Wimpernschlag lang hielt sie inne. Dann strich ihre Hand von der Wurzel bis zur Spitze über seinen Penis. Wieder und wieder.

Er gab einen leisen, unartikulierten Laut von sich, teilte ihre Schenkel und senkte sich zwischen sie. Erst jetzt fiel ihm die blassrosa Kaiserschnittnarbe wieder auf, die waagerecht über ihrem Schamhaar verlief. Stirnrunzelnd fuhr er die Spur mit der Fingerspitze nach, so wie damals in der ersten Nacht in diesem Haus. »Bist du sicher, dass es okay ist, wenn wir...«

Sie lächelte und legte die Hände auf seine Brust. »Es ist okay.«

Wegen des eingegipsten Beines musste er sein ganzes Gewicht mit den Armen abstützen. Sein Blick verband sich mit ihrem, als er langsam und behutsam in sie eindrang.

Er versenkte sich in sie, so tief es nur ging. Dann beugte er den Kopf herab und küsste sie auf den Mund. Als sich ihre Lippen endlich voneinander lösten, flüsterte er: »Du hast mich angelogen, Kendall.«

Sie sah ihn erschrocken an.

Er begann, sich in perfekter Übereinstimmung mit ihren kreisenden Hüften vor und zurück zu bewegen. »Ich habe noch nie mit dir geschlafen.« Die Worte purzelten ihm aus dem Mund, während er versuchte, die unaufhaltsam entgleitende Kontrolle zu behalten. »Das hätte ich bestimmt nicht vergessen.«

Sie klammerte sich fester an ihn, trieb ihn wieder an. »Hör nicht auf.«

»Ich würde mich an dich erinnern, an das hier. Wer bist du, verflucht noch mal?« Presste er zwischen zusammengebissenen Zähne hervor.

Sie bog den Rücken durch. »Bitte, hör nicht auf.«

Das hätte er sowieso nicht können. Gegenseitig schaukelten sie sich zu einem stürmischen Orgasmus hoch. Ihre Körper harmonierten in einer Weise, wie er es noch nie erlebt hatte.

Als er sich von ihr herunterrollte, wechselte sie ihre Position und ließ sich halb über seine Brust sinken. »Halt mich fest«, flüsterte sie. »Ganz fest.«

Nur zu gern erfüllte er ihre Bitte. Seit Wochen hatte er davon geträumt, jene Schätze berühren zu dürfen, die sich seinen Augen boten.

Erfüllt und halb schläfrig murmelte sie: »Ich weiß gar nicht, wieso ich überhaupt keine Scheu vor dir habe.«

»Das wäre auch eigenartig. Schließlich bin ich dein Ehemann.«

Sie hatte ihm nicht mehr geantwortet, denn schon war sie eingeschlafen. Nun fragte er sich, ob sie ihre Gedanken unbewusst laut ausgesprochen hatte. Sie hatte ihre Sinnlichkeit völlig hemmungslos mit einem Mann ausgelebt, mit dem sie nie zuvor im Bett gewesen war, und hatte wissen wollen, wieso.

John hätte das selbst gern gewusst.

Aber er konnte es sich nicht erlauben, seinen persönlichen Gedanken nachzuhängen. Er musste darüber nachdenken, was sich aus der unerhörten Tatsache ergab, dass er mit einer Hauptzeugin intim war, die man ihm anvertraut hatte. Mit einer traumatischen Amnesie war das nicht zu entschuldigen. Er hatte es gewusst. Verdammt, er hatte die ganze Zeit über gewusst, dass sie ihn anlog.

Aber trotzdem hatte er mit ihr geschlafen. Und es war noch dazu ganz fantastisch gewesen, so elektrisierend, dass dadurch sein Gedächtnis wieder angesprungen war. Er wusste wieder, dass er im Auftrag des FBI arbeitete. Von FBI-Agenten wurde erwartet, dass sie nicht mit den Frauen schliefen, auf die sie aufpassen sollten. Vom Präsidenten persönlich abwärts sah das keiner gern.

Was sollte er jetzt tun?

Weder in seiner Ausbildung als Psychologe noch in der als FBI-Agent oder US-Marshal war er auf eine derartige Situation vorbereitet worden. Er konnte nicht beweisen, wer er war, denn er hatte keine Marke und keinen Ausweis mehr. Und wem sollte er das auch beweisen? Er wusste nicht mal genau, wo sie sich befanden.

Noch dazu hatte er ein gebrochenes Bein. Wie weit würde er auf zwei Krücken wohl kommen? Sie passte auf wie ein Luchs, dass ihm die Autoschlüssel nicht in die Hände fielen. Falls er es doch schaffen sollte, sich aus dem Haus zu schleichen und das Auto in Gang zu setzen, wäre sie bestimmt nicht mehr da, wenn er zurückkehrte. Sie hatte jedenfalls allen Grund, wieder unterzutauchen, und es mangelte ihr nicht an Ideen. Sie würde einen Weg finden, wie sie und Kevin vom Erdboden verschwinden konnten.

Wo war eigentlich seine Pistole, verdammt noch mal? Sie hatte erklärt, diesmal würde er sie nicht mehr finden, und bis jetzt hatte sie recht behalten. Er hatte das ganze Haus vergebens auf den Kopf gestellt, sobald er allein gewesen war.

Sie brüstete sich stets, nichts dem Zufall zu überlassen und ständig zwei Schritte im Voraus zu planen. Bis jetzt hatte sie aufgrund seiner Amnesie leichtes Spiel gehabt. Na gut, dachte er bei sich, vielleicht war Marshal John McGrath während der vergangenen Wochen weder körperlich noch geistig zu gebrauchen gewesen, aber von diesem Augenblick an war er wieder im Dienst.

Er stieg aus dem Bett und hüpfte zur Kommode, um sich einen frischen Slip zu holen. Sie hatte seine Wäsche säuberlich zusammengefaltet in die Schublade gelegt, direkt neben die Socken. Ganz die liebende Ehefrau, spöttelte er lautlos und knallte die Schublade zu.

Das Geräusch hallte wie ein Kanonenschlag durch das stille Haus. Er schnitt eine Grimasse, hielt lauschend inne und stellte erleichtert fest, dass die Dusche immer noch an war. Ihm blieben einige weitere Minuten, um nach der Waffe zu suchen.

Sie war schlau, zu schlau, um sie wegzuwerfen. Selbst wenn sie nicht beabsichtigte, sie gegen ihn zu verwenden – was durchaus möglich wäre, dachte er illusionslos –, dann würde sie sie dennoch zu ihrem Schutz behalten. Vielleicht hatte die Bruderschaft längst ein paar Mitglieder nach ihr ausgeschickt. Sie würde nicht ohne Weiteres auf die Waffe verzichten.

John stöberte ihre Schubladen durch, immer bemüht, die ordentlich angeordneten Höschen und BHs nicht durcheinanderzubringen. Als er in ihrem Schrank nichts fand, kehrte er zum Bett zurück und fuhr mit der Hand zwischen Matratze und Lattenrost, obwohl er kaum erwartete, dort fündig zu werden, da zuerst er dieses reichlich fantasielose Versteck genutzt hatte.

Er suchte das Regalfach oben im Schrank ab, krabbelte über den Boden und tastete nach losen Dielen, unter denen man etwas verbergen konnte. Die Schubladen im Nachtkästchen waren leer.

Die Dusche ging aus.

Frustriert und voller Selbstzweifel fuhr sich John mit den Händen durchs Haar. Was sollte er nur tun? Er musste eine Entscheidung fällen. Schnell. Auf der Stelle.

Kendall Deaton hatte er ganz richtig eingeschätzt – sie war eine versierte Lügnerin. Zudem war sie skrupellos und mutig genug, die gewagtesten Pläne durchzuführen, selbst wenn sie beinhalteten, dass sie mit einem Mann, der eigentlich ihr Bewacher war, mit allen Konsequenzen eine falsche Ehe führen musste.

Davon abgesehen war sie eine Mutter, die um das Leben ihres Kindes, ebenso wie um ihr eigenes, bangte. Sie würde jedes Risiko eingehen, um ihr Baby zu schützen.

Aber nicht mal das rechtfertigte die Entführung eines Bundespolizisten. Sie hatte mehr Gesetze gebrochen, als ihm aus dem Stand einfielen. Es war seine Pflicht, sie den zuständigen Behörden zu überstellen. Und genau das würde er tun. Um welchen Preis auch immer.

Er trat in den Flur. Die Tür zum Bad stand einen Spaltbreit offen. Er schlich sich so leise wie möglich heran und drückte sie vorsichtig auf. Ohne jeden Laut schwang sie auf.

Kendall stand am Waschbecken. Sie hatte sich das Haar mit dem Handtuch abgetrocknet; jetzt stand es ihr in nassen Stacheln vom Kopf ab. Bis auf das Höschen war sie nackt. Einen Arm über den Kopf erhoben, stäubte sie Puder unter die Achsel.

Sie summte unmelodisch und bezaubernd falsch vor sich hin.

Er gestattete sich kein Lächeln. Er gestattete sich keinen zärtlichen Gedanken.

Mein Gott, wie sollte er das nur durchstehen?

Es war richtig. Es war notwendig. Aber es würde auch verdammt schwer werden, vielleicht die schwerste Aufgabe in seiner ganzen Laufbahn. In beiden Laufbahnen.

Obwohl ihn tausend Instinkte zurückzuhalten versuchten, drängte es ihn, einen Schritt nach vorn zu machen. Er fürchtete, sie könnte ihn im Spiegel sehen, aber sie bemerkte ihn nicht, nicht mal, als er direkt neben ihr stand. Ganz vorsichtig zog er die Krücke unter seinem Arm hervor und hielt sie gut fest. Dann packte er Kendall mit der anderen Hand am Oberarm und riss sie herum.

30. Kapitel

»Was soll das heißen, sie ist verschwunden?« Gibb Burnwood nahm die Nachricht nicht gut auf. Seine Stimme war so
mordlustig wie sein Blick.

Den Anwalt der Burnwoods schien das nicht im Geringsten zu beeindrucken. Mit seinen dürren, übereinanderge-
schlagenen Stöckelbeinen und den langen, schmalen, im
Schoß gefalteten Händen wirkte Quincy Lamar wie eine Stu-
die in Südstaateneleganz und Beherrschtheit.

Er sah aus, als wäre er in seinem ganzen Leben noch nie
ins Schwitzen geraten. Sein maßgeschneiderter Anzug saß tadellos, die Manschetten seines Hemds wurden von diaman-
tenbesetzten Knöpfen zusammengehalten. Das Haar glänzte
ölig, die Nägel waren frisch manikürt.

Gibb wurde bei soviel Affektiertheit ganz schlecht. Er
hätte kein Wort mit Lamar gewechselt, wäre der nicht der
raffinierteste Strafverteidiger weit und breit, der gewieftseste,
bestechlichste Anwalt, den man für Geld kaufen konnte. Ein
paar der größten Halunken des ganzen Südens verdankten
Quincy Lamar ihre Freiheit.

»Wie ist sie entwischt? Und wann?«, fragte Gibb.

»Soweit ich erfahren konnte, wird sie schon über zwei Wochen vermisst.«

»Zwei Wochen!«, tobte Gibb. »Und wir erfahren das erst
jetzt? Warum hat man uns das nicht früher gesagt?«

»Das ist noch lange kein Grund, mich anzubrüllen,
Mr. Burnwood. Ich habe alles an Sie weitergegeben, was ich
weiß, und zwar sobald ich es erfuhr.«

Lamars Stimme war glatt wie ein Schluck Whisky. Und genau wie das tückische Getränk wirkte sie honigweich und völlig harmlos. Doch sie vermochte die Geschworenen oder einen Gegner vor Gericht einzuspinnen und ihn unerbittlich in die Knie zu zwingen.

»Mrs. Burnwood wurde in Denver in Gewahrsam genommen. Sie sollte nach South Carolina überführt werden, wo sie als Zeugin in Ihrem Prozess auszusagen hätte.«

Zum ersten Mal meldete sich Matt zu Wort. »Schade, dass ich mich von ihr habe scheiden lassen. Da hätte man sie nicht zwingen können, gegen mich auszusagen.«

»Ich bin ziemlich sicher, dass man sie nicht zu zwingen braucht«, entgegnete Lamar glatt. Er hielt inne, um sich einen imaginären Fussel vom Ärmel zu schnipsen. »Irgendwo unterwegs ist Mrs. Burnwood ihnen entkommen...«

»Ihnen? Sie hat mehrere US-Marshals überwältigt und ausgetrickst?«

Lamar warf Matt einen scharfen Blick zu. »Möchten Sie, dass ich fortfahre? Oder wollen Sie mich weiterhin ständig unterbrechen?«

»Verzeihung«, antwortete Matt gepresst.

Der Anwalt ließ sich Zeit, ehe er den Faden wieder aufnahm. Er gab Gibb mit einem abfälligen Blick zu verstehen, dass er seinem Sohn bessere Manieren beibringen sollte. Gibb hätte den Anwalt mit Leichtigkeit in seine Schranken weisen können, aber er war genauso gespannt wie Matt auf die Fortsetzung.

»Einer der Marshals war eine Frau«, erläuterte Lamar. Er erzählte ihnen von Kendalls Innenohrentzündung, weshalb man notgedrungen auf ein Auto umgestiegen war und ein paar zusätzliche Übernachtungen eingeplant hatte.

Dann meinte er in einem Nachsatz: »Wahrscheinlich musste die Beamtin Mrs. Burnwood begleiten, um ihre Intim-

335

sphäre zu wahren und ihren Schutz zu garantieren, wenn sie sich um das Baby kümmerte.«

Gibb und Matt sahen einander an und schossen dann gleichzeitig aus ihren Stühlen hoch. Gibb labte sich an der entsetzten Miene des Anwalts, als er ihn an seiner lavendelfarbenen Krawatte packte und aus seinem Stuhl zerrte. »Was sagen Sie da?«

Der Gefängnisaufseher stürzte herein, eine Hand an der Pistole in seinem Hüftholster. »Lassen Sie ihn los!«, brüllte er Gibb an.

Gibb gab Lamar frei, dessen knochiger Hintern hart auf der Sitzfläche des Holzstuhles landete. Der Anwalt drehte den Hals hin und her, als wolle er sich davon überzeugen, ob sein Kopf immer noch daraufsaß.

»Schon gut«, erklärte er dem Wachmann, während er sich die Frisur glättete. »Mein Mandant ist lediglich ein bisschen überreizt. Es wird nicht wieder passieren.«

Der Wachmann wartete, bis er sicher sein konnte, dass der Anwalt alles unter Kontrolle hatte, dann verließ er den Besuchsraum wieder und schloss die Tür hinter sich ab.

»Kendall hat ein Baby?«

»Junge oder Mädchen? Wie alt?«

Lamar starrte Gibb bedrohlich und reglos wie ein Krododil an, ohne ihre Fragen zu beantworten. »Wenn Sie mich noch einmal anrühren, dann sind Sie mich los und können zusammen mit Ihren faschistischen Freunden auf dem elektrischen Stuhl schmoren. Haben wir uns verstanden, Mr. Burnwood?«

Einem gewöhnlichen Menschen hätte seine zischende Stimme eine Gänsehaut über den Rücken gejagt, aber Gibb hatte sich noch nie für einen gewöhnlichen Menschen gehalten. Er beugte sich so weit über den Tisch, dass sein Gesicht nur Zentimeter vor der scharfen Nase des Anwalts schwebte.

»Drohen Sie mir nicht, Sie schwanzlutschende Tunte. Mich können Sie mit Ihren dämlichen Anzügen, Ihrem fettigen Haar und Ihren Seidenkrawatten nicht vom Hocker reißen. Und ich hasse dieses Grünzeug.« Er riss die frische Nelke aus Lamars Aufschlag, die in seiner Faust verendete.

»Wenn ich will, kann ich Sie zerquetschen wie eine Laus. Und jetzt erzählen Sie, was das für ein Baby ist, das meine Schwiegertochter mit sich herumschleppt, sonst reiße ich Ihnen die Kehle raus und verfüttere sie an die Fische. Haben wir uns verstanden?«

Quincy Lamar, dem der Ruf vorauseilte, gegnerische Zeugen vor Angst in Wackelpudding zu verwandeln, war sprachlos. Seine Augen flogen kurz zu Matt hinüber, dessen eisiger Blick die Drohung seines Vaters nur noch unterstrich. Sein hervorstechender Adamsapfel hüpfte auf und ab, als der Anwalt trocken schluckte.

Schließlich fuhr er fort: »Mrs. Burnwood hat einen kleinen Jungen.« Er zog eine Kopie der Geburtsurkunde aus seinem Aktenkoffer und reichte sie den beiden. »Ich nehme an, das Kind ist…«

»Von mir!«, rief Matt begeistert aus, nachdem er einen Blick auf das Geburtsdatum geworfen hatte. »Es ist von mir!«

Gibb schloss Matt in die Arme und klopfte ihm auf den Rücken. »Ich bin sehr stolz auf dich, mein Sohn. Dem Herrn sei Dank, endlich habe ich einen Enkel!« Ihre Freude war jedoch nur von kurzer Dauer. Gibb donnerte mit der Faust auf den Tisch. »Diese Schlampe!«

Matt wandte sich an Lamar. »Hören Sie zu, ich will meinen Sohn haben. Tun Sie alles Notwendige, damit ich ihn kriege und behalten kann. Ich habe nicht gewusst, dass sie schwanger ist, als ich mich scheiden ließ. Sie hat nicht nur versucht, mich umzubringen, und mich böswillig verlassen, sondern mir auch noch meinen Sohn verheimlicht. Es sollte also nicht allzu schwierig sein, dass ich das alleinige Sorgerecht bekomme.«

Lamar sah nervös zu Gibb. »Nehmen Sie Vernunft an, Mr. Burnwood. Sie sind mehrerer Kapitalverbrechen angeklagt. Sollten wir uns nicht darauf konzentrieren, erst Ihren Freispruch zu erreichen, bevor wir weitere rechtliche Schritte unternehmen?«

»Niemand kann beweisen, dass Dad und ich dabei waren, als der junge Li umgebracht wurde. Oder dass wir etwas mit dem Tod dieses Penners zu tun haben, den sie uns seit neuestem ankreiden.«

»Dieser ›Penner‹ war zufällig ein FBI-Agent«, korrigierte ihn der Anwalt ernst.

»Ganz egal, was er war, wir haben nichts damit zu tun, dass man ihn in den Kopf geschossen und irgendwo draußen im Wald verscharrt hat. Es gibt ja nicht mal eine Leiche, man kann also gar nicht beweisen, dass er überhaupt tot ist. Der Typ ist einfach weitergezogen, so wie er eines Tages in unserem Ort aufgetaucht ist.«

»Was ist mit Michael Lis Verschwinden aus dem Gefängnis?«

»Offenbar ist er entwischt. Seine Leiche hat man ebenso wenig gefunden, und man wird sie auch niemals finden. Er wird bestimmt nicht wieder auftauchen – denn sonst müsste er wegen Vergewaltigung vor Gericht. Deshalb bleibt er lieber untergetaucht, während man Dad und mir zwei Morde in die Schuhe schiebt, die überhaupt nie stattgefunden haben.«

»Wie erklären Sie dann die Geschichte, die Mrs. Burnwood den Behörden erzählt hat?«, fragte Lamar.

»Sie hat sich im Wald verlaufen, ist in Panik geraten und hat irgendwelche Gespenster gesehen. Gleichzeitig wollte sie sich damit an mir für meine Affäre mit Lottie Lynam rächen.«

Gibb biss die Zähne zusammen. Es war ein konditionierter Reflex, der jedes Mal einsetzte, wenn Matt Lotties Namen aussprach. Gibb hatte es fast am selben Tag erfahren, als Matt seine Affäre mit ihr wieder aufleben ließ. Er fand es unbegreiflich, dass sein im allgemeinen so gehorsamer und leicht zu führender Sohn eine solche Schwäche für dieses rothaarige Luder zeigte.

Der Senior war natürlich alles andere als einverstanden, aber um des lieben Friedens willen hatte er beide Augen zugedrückt. Schließlich war Lottie verheiratet. Und er brauchte keine Katastrophe zu befürchten – etwa ein Kind. Schon vor Jahren hatte er dafür gesorgt, dass es zu keiner ungewollten Schwangerschaft kommen konnte.

Als Gibb Wind von der heimlichen Liebe zwischen seinem sechzehnjährigen Sohn und Lottie bekommen hatte, hatte er ihrem Vater einen Besuch abgestattet. Der war mit Gibb einer Meinung gewesen, vorzusorgen, dass sich diese verrückten Kinder nicht in Schwierigkeiten brachten. Für fünfundsiebzig Dollar hatte Gibb dem Alten das Versprechen abgenommen, eine Pille in Lotties Milch zu schmuggeln. Es war ein völlig unbedenkliches Betäubungsmittel, hatte Gibb ihm versichert; der Arzt hatte es ihm persönlich gegeben.

Die Pille hatte Lotties Krämpfe hervorgerufen, die derselbe Doktor dann als Blinddarmentzündung diagnostizierte. Gibb hatte weitere zweihundert Dollar investieren müssen, um den Arzt zu bestechen, sowie die Kosten für die Operation, bei der Lotties kerngesunder Blinddarm herausgeschnitten – und ihre Eileiter abgebunden wurden. Für weniger als tausend Dollar hatte Gibb sichergestellt, dass Lottie keinen Burnwood-Bastard zur Welt bringen würde. Bis zum heutigen Tag war er überzeugt, dass es die beste Investition seines Lebens gewesen war.

Gibb huldigte der Auffassung, dass es nichts schadete, wenn Matt sich mit Lottie traf, sobald ihr versoffener Mann nicht in der Stadt war – solange das Matt nicht daran hinderte, zu heiraten und einen ehelichen Erben zu zeugen.

Aber er wollte keinesfalls, dass die Affäre bekannt wurde. Für Matt Burnwood, den Thronfolger in der Bruderschaft, machte es sich nicht gut, ein billiges weißes Flittchen zu lieben. Wenn er Matt zubilligte, gegen den strikten Ehrenkodex der Bruderschaft zu verstoßen, dann würden die anderen ebenfalls Sonderregeln einfordern. Und Vermischung mit minderwertigen Elementen oder anderen Rassen war das oberste, wichtigste Tabu.

Deshalb missfiel es Gibb so außerordentlich, dass die Affäre seines Sohnes während der Verhandlung ans Licht kommen würde. Sie ganz zu verschweigen, schied aus. Quincy Lamar hatte sogar vorgeschlagen, Matt solle Lottie als Alibi für jenen Abend benennen, an dem Michael Li rätselhafterweise aus dem Gefängnis verschwunden war, ohne dass man je wieder von ihm gehört hätte.

Wenn Mrs. Lynam unter Eid aussagte, dass Matt in jener Nacht bei ihr gewesen sei, dann könnte das eine wankelmütige Jury umstimmen. Lamar riet Matt, sich zu dem kleineren der beiden Vergehen zu bekennen. Ehebruch war eine Sünde, aber er stand nicht unter Todesstrafe. Wenigstens nicht in Amerika.

Matt und Gibb hatten über die Optionen diskutiert, waren aber noch zu keinem Schluss gekommen. Gibb wollte alle anderen Alternativen ausreizen, ehe Matt öffentlich mit dieser Frau in Verbindung gebracht wurde. Wenn die Affäre bekannt wurde, würden sich die Menschen vor allem daran erinnern, nicht an die anderen, lobenswerteren Taten seines Sohnes.

Dagegen sprach, dass sich ihre Verteidigung bislang darauf beschränkte, einfach alles abzustreiten. Gibb war klar, dass es töricht wäre, nicht jede sich bietende Möglichkeit zur Verteidigung zu nutzen, so geschmacklos sie auch sein mochte. Die Nachricht, dass er einen Enkel hatte, brachte eine neue Dimension ins Spiel. Die Prioritäten verschoben sich, das Ziel hatte sich geändert. Vielleicht sollte er seine strikte Weigerung, Lottie Lynam ins Spiel zu bringen, noch einmal überdenken.

Obwohl ihm allerhand anderes durch den Kopf ging, war Gibb der Auseinandersetzung zwischen Matt und ihrem Anwalt gefolgt. Ihre verbalen Attacken führten nicht weiter. Schließlich meldete sich Gibb zu Wort und brachte sie mit seiner dröhnenden Stimme zum Schweigen.

»Mein Sohn möchte damit ausdrücken, dass wir das Baby wiederhaben wollen, Mr. Lamar. Es steht uns zu. Und wir pochen darauf.«

»Ganz genau«, bestätigte Matt.

Lamar hob beide Hände, als wollte er einen Angriff abwehren. »Lassen Sie sich eines gesagt sein, Gentlemen. Sie machen sich da falsche Hoffnungen.«

Der Einwand des Anwalts änderte nichts an Matts Entschluss. »Ich werde alle notwendigen Schritte unternehmen, damit mein Sohn von seiner Mutter getrennt wird. Kendall ist beileibe nicht in der Lage, einen Burnwood großzuziehen. Sie wird ihm keine gute Mutter sein; schließlich war sie nicht mal eine gute Ehefrau.

Ich habe ihr jede Freiheit gelassen, ihrem Beruf nachzugehen, doch sie hat sich alle Chancen verbaut, indem sie sich Feinde unter ihren Kollegen machte. Ich war in Gelddingen immer großzügig. Ich habe sie gut behandelt und mich nie vor meiner Verantwortung als Ehemann gedrückt. Da können Sie fragen, wen Sie wollen. Jeder wird Ihnen erzählen, dass wir eine harmonische Ehe führten.

Und so dankt sie es mir. Indem sie gemeine Lügen über mich und meinen Vater verbreitet. Indem sie mich in unserer

Heimstatt halbtot schlägt und mich einfach liegen lässt, obwohl ich hätte sterben können. Sie hat mich verlassen. Und nun, über ein Jahr später, erfahre ich, dass ich einen Sohn habe! Er ist drei Monate alt, und bis eben wusste ich nicht mal, dass es ihn gibt! Was für ein Monster sie doch ist – mir meinen eigenen Sohn vorzuenthalten!«

Geduldig hatte Quincy Lamar seinem Mandanten gelauscht. Jetzt klappte er gelassen seinen Aktenkoffer zu und stand auf. »Eine ausgezeichnete Rede, Mr. Burnwood. Machtvoll im Inhalt. Überzeugend in der Darbietung. Voller Leidenschaft. Sie haben mich überzeugt, dass Sie nicht nur schuldlos an den Verbrechen sind, die Ihnen zur Last gelegt werden, sondern dass Sie noch dazu Mrs. Burnwoods unaussprechlichen Lügen zum Opfer gefallen sind. Sehen Sie zu, dass Sie das im Kreuzverhör genauso gut hinkriegen.«

Er klopfte an die Tür, um das Ende der Besprechung anzuzeigen. Während er darauf wartete, dass der Wachmann aufschloss, fügte er hinzu: »Solange sich Mrs. Burnwood nicht dazu äußert, wird niemand Ihre herzzerreißende Geschichte bestreiten. Wenn man sie findet – und Sie können darauf wetten, dass das FBI die gesamten Südstaaten nach ihr abgrast –, werden wir vielleicht ein paar Korrekturen vornehmen müssen.«

Nach seinem Weggang blieben Gibb und Matt nur noch ein paar Sekunden allein, bevor sie zu ihren Zellen zurückgebracht wurden.

»Dad, ich habe einen Sohn! Einen Jungen!«

Gibb packte Matt bei den Schultern. »Das ist fantastisch, meinen Glückwunsch! Ich bin begeistert. Aber das Feiern müssen wir auf später verschieben. Leider bleibt uns jetzt keine Zeit dafür. Ich traue diesem schmalärschigen Anwalt nicht mal so weit, wie ich ihn schmeißen könnte.«

»Mir gefällt er auch nicht. Willst du ihn feuern und einen anderen engagieren?«

Gibb schüttelte den Kopf. »In irgendeiner Hinsicht sind alle Anwälte unfähig. Sie sind falsch und unloyal, selbst wenn sie zur Familie gehören«, meinte er trocken. »Wir hätten uns nie darauf verlassen sollen, dass er oder irgendwer sonst für uns denkt oder handelt.«

Matt sah ihn verwirrt an. »Auf was willst du hinaus, Dad?«

»Es wird Zeit, dass wir die Sache selbst in die Hand nehmen.«

Lottie las den Brief ein zweites Mal. Dann ein drittes Mal. Die Botschaft war knapp, klar und unmissverständlich.

Sie knüllte das Blatt zusammen und ließ es auf den Boden fallen. Fluchend trat sie ans Fenster und sah hinaus in den verwilderten Garten. Er verkündete so deutlich wie ein weithin sichtbares Schild: Hier wohnt eine Asoziale. Charlie war nicht nur ein erbärmlicher Ehemann, sondern auch ein miserabler Geldverdiener gewesen. Sie hatten nie genug übrig gehabt, das Haus ein bisschen aufzumöbeln und zu verschönern.

Was erwartete die junge Lottie denn? Dass die Ehe Wunder vollbringen würde?

Sie kam aus dem Elend und würde immer eine Asoziale bleiben, wie sie wusste. Charlie auch. Und Matt. Er hatte sie sogar so genannt bei ihrer ersten Begegnung.

Sie waren in der vierten Klasse, als er sie eines Nachmittags auf dem Heimweg von der Schule aufgehalten hatte. Er jagte ihr einen Höllenschrecken ein, indem er sich aus dem Geäst eines Baumes fallen ließ und ihr den Weg verstellte.

»Du hältst dich wohl für was ganz Besonderes, Rotschopf?«, provozierte er sie. »Bist du aber nicht. Mein Papa sagt, ihr seid nichts als Asoziale und dass ich mit Leuten wie euch nichts zu tun haben soll.«

»Und du und dein Daddy, ihr seid doch bloß Hühner-scheiße. Ich bin froh, wenn ich nichts mit dir zu tun habe, Matt Burnwood. Und jetzt lass mich vorbei.«

Sie wollte weitergehen, aber er parierte mit einem Ausfall-schritt nach links und packte sie an den Schultern. »Wieso so eilig?« Er versuchte, sie zu küssen. Sie stieß ihm das Knie zwischen die Beine und rannte weg.

Er brauchte ein paar Jahre, ehe er wieder den Mut auf-brachte, sie küssen zu wollen. Diesmal ließ sie es zu. Von je-nem Tag an nahmen sie einander bewusst wahr, doch ge-nauso bewusst waren sie sich der Tatsache, dass sich eine ernsthafte Beziehung zwischen ihnen niemals verwirklichen ließe. Obwohl sie noch Kinder waren, spürten sie genau den tiefen Graben zwischen ihren Gesellschaftklassen. Sie wur-den durch den ganzen Ort getrennt, im übertragenen wie im wörtlichen Sinn. Diese Kluft war unüberbrückbar.

Trotzdem hatten sie miteinander geflirtet und ausprobiert, wie ihre Reize auf den jeweils anderen wirkten; ihre erwa-chende Sexualität blieb allerdings unbefriedigt, bis sie einan-der an einem schwülen Sommernachmittag an einem Bach in den Bergen begegneten. In der Unterwäsche planschten sie im Wasser herum. Matt schlug eine Wette vor, wer am längs-ten unter Wasser bleiben konnte.

Natürlich gewann er. Als Siegerpreis forderte er, sie solle ihren BH abnehmen und ihm ihre Brüste zeigen. Hinter sei-ner arroganten Art spürte sie eine sie anrührende Verletzbar-keit.

Der BH fiel.

Er schaute.

Dem Blick folgte eine Berührung. Seine Hand war unsi-cher und sanft. Deshalb gestattete sie ihm Freiheiten, die sie den anderen Jungen vorenthielt. Bald berührte sie ihn ,eben-falls.

Beim ersten Mal war es peinlich und nicht besonders angenehm gewesen. Matt war ungeschickt und zu gierig; sie hätte alles getan, um ihm zu gefallen. Aber sie erinnerte sich immer noch an die fiebrige Hitze ihrer Haut, an ihren schweren Atem, der sich mit seinem mischte, an das Klopfen ihrer Herzen, an ihre glücklichen Seufzer. Ihre Lust war zügellos und ungehemmt, übersprudelnd und explosiv gewesen. Und in vieler Hinsicht unschuldig.

Jetzt ließ Lottie den Kopf an die schmierige Fensterscheibe sinken. Tränen rollten ihr über die Wangen. Damals hatte sie Matt Burnwood aus tiefstem Herzen geliebt. Wie heute noch. Und wie wohl bis in alle Ewigkeit.

Deshalb ließ sie sich von ihm ausnutzen. Sie erkannte und reagierte auf die Verzweiflung, die hinter seiner Begierde steckte. Sie stillte ein tiefes Bedürfnis in ihm und ahnte, dass dieses Bedürfnis nicht nur sexueller Natur war.

Sie war Matthew Burnwoods heimliche Rebellion gegen sein Leben als Matthew Burnwood. Er hatte alles erreicht, was sein Vater für ihn gewollt hatte, erfüllte all die Erwartungen, die andere Menschen in ihn setzten. Sein Handeln stimmte stets mit den väterlichen Erwartungen überein. Die Affäre mit ihr war seine einzige Schwäche, die er sich gestattete.

Dass es geheim gehalten werden musste, machte ihr Verhältnis nur noch reizvoller für ihn. Sie entsprach in keiner Beziehung der Frau, die man an Matts Seite zu sehen wünschte. Wäre sie in den gesellschaftlichen Kreisen, in denen die Burnwoods verkehrten, auch nur im Entferntesten akzeptabel gewesen, hätte Matt wahrscheinlich schon vor Jahren das Interesse an ihr verloren. Nur weil sie einen verlockenden Kontrast darstellte, war er über all die Jahre immer wieder zu ihr zurückgekehrt.

Und doch wusste sie, dass Matt sie auf eine ganz eigene Art liebte. Er würde ohnehin nie einen Menschen so lieben können wie seinen Vater. Niemandem wäre er je so loyal ergeben, wie er es Gibb gegenüber war.

Aus diesem Grund hatte Lottie Mitleid mit Kendall Deaton, die so ahnungslos optimistisch diese Ehe eingegangen war. Offenbar hatte sich Kendall nicht damit abfinden wollen, weit abgeschlagen an zweiter Stelle hinter ihrem Schwiegervater zu rangieren, was die Zuneigung ihres Mannes betraf, und mit ihren Empfindungen nicht hinter dem Berg gehalten. Schon bevor er sich von ihr hatte scheiden lassen, hatte sich Matt oft darüber beklagt, dass Kendall entschieden zu vorlaut sei.

Was war dann Lottie? Ein Fußabstreifer? Eine gehorsame, duldsame, immer verfügbare Geliebte?

Die Antwort ergab sich überdeutlich aus dem Brief, den sie heute von Matt erhalten hatte. Sie bückte sich, hob ihn vom Boden auf, legte ihn auf den Tisch und strich die Falten von vorhin glatt, als sie das Papier zusammengeknüllt hatte.

Matt brauchte sie mehr als je zuvor und dringender, als er sie je wieder brauchen würde.

Sie ließ den Blick über die altersschwachen, verblichenen Möbel schweifen, über die wasserfleckige Decke, den verschrammten Holzboden, der bei jedem Schritt knarzte.

Mehr kann ich von diesem Leben nicht erwarten, dachte sie traurig.

Nach Kendalls Verschwinden war Lotties Mordprozess vertagt worden, bis ein neuer Anwalt sie vertrat. Man hatte ihr einen Pflichtverteidiger zugewiesen, der sofort eine weitere Vertagung beantragt und sich Zeit ausgebeten hatte, um sich in den Fall ein- und eine Strategie auszuarbeiten. Das Gericht hatte seinem Antrag entsprochen. Angesichts der inzwischen anstehenden Justizlawine konnten noch Monate vergehen, ehe es zu einer neuen Verhandlung kam.

Doch Lottie wollte die Sache so schnell wie möglich hinter

sich bringen. Ganz egal, wie der Prozess ausging, bis man die Beurteilung von Charlies Tod ausgesprochen hatte, hing sie in der Luft. Sie saß nicht im Gefängnis, aber von Freiheit konnte auch nicht die Rede sein.

Sie hatte keinen Mann, keine Kinder, keine Familie, nur ein Haus, aber das war ein Obdach, kein Heim, und sie hatte keinerlei Ansehen in der Gemeinde.

Nur in Matt Burnwoods Armen war sie glücklich gewesen. Sie liebte ihn, obwohl sie um seine Schwächen und seine Vorurteile wusste.

Noch einmal las sie den Brief, den er ihr aus seiner Zelle geschrieben hatte. Er bat sie um einen riesigen Gefallen. Falls sie ihn gewährte, spielte sie mit ihrem Leben.

Doch nachdem sie all die Jahre noch einmal Revue passieren ließ, wurde ihr klar, dass sie sowieso nichts zu verlieren hatte.

31. Kapitel

»Sie sind weg!«

Überbracht wurde diese sensationelle Nachricht von einem Hilfssheriff, dessen Aufgabengebiet sich darauf beschränkte, Besuchern, die irgendetwas im Gerichtsgebäude von Prosper County zu erledigen hatten, den Weg zu weisen oder anderweitig zur Verfügung zu stehen.

In seiner genetischen Anlage waren die retardierenden Gene überproportional vertreten, und zwar besonders stark im Bereich Intelligenz. Den Aufnahmetest für den Job hatte er mit Mühe und Not bestanden. Aber er hatte ihn bestanden, und seither trug er voller Stolz die khakifarbene Uniform und den Sheriffstern. Der steife Hemdkragen war viel zu weit für seinen mageren Hals, auf dem ein kleiner, spitzer Kopf wie auf einem schwankenden Fahnenmast wackelte.

Er hieß Lee Simon Crook, ein Cousin Billy Joe Crooks und der Zwillinge.

Luther Crook hatte sich eben den Queue zurechtgelegt, als Lee Simon in die Poolhalle platzte und die Nachricht herausposaunte, wegen der er die zwei Blocks vom Gericht hergelaufen war. Luther fuhr streitlustig mit geballten Fäusten herum und fluchte laut, weil er den Stoß verpatzt hatte, mit dem er seine zuvor verlorenen zehn Dollar hätte wiedergewinnen können.

»Lee Simon, du Pissnelke! Ich sollte dich zu Brei hauen. Ich hätte gerade…«

»Halt den Rand, Luther«, fuhr Henry ihm von seinem Barhocker aus über den Mund. »Was hast du da eben gesagt, Lee Simon?«

»Sie sind entwischt. Aus dem Gefängnis.«

Luther packte seinen Cousin am Uniformärmel und wirbelte ihn herum. »Wer ist entwischt, du Schnarchsack?«

»Die B-B-Burnwoods.«

»Was sagst du da?«

»Ich schwöre es.« Er schlug ein Kreuz über seinem eingesunkenen Brustkorb. »Sie sind weg, vor zehn Minuten. Da drüben ist der Teufel los. Ich hab' mich in dem ganzen Durcheinander einfach rausgeschlichen und bin hergerast, so schnell ich konnte.«

Selbst am helllichten Tag lungerten immer ein paar Männer in der Billardhalle herum – Drückeberger, die ihr Leben damit zubrachten, Bier zu trinken und sich darüber zu beschweren, dass die Post ihnen ihre Wohlfahrtsschecks zu spät aushändigte.

Grimmig bedeutete Henry seinem Bruder, ihnen zu folgen, und zerrte seinen Cousin an einen Tisch in einer dunklen, verqualmten Ecke.

»Gibst du auf?«, fragte Luthers Spielpartner.

Luther warf einen zweiten Zehndollarschein auf den Filz, stellte sein Queue in den Ständer und rutschte neben seinem Bruder auf die Bank, so dass sie beide ihrem Cousin gegenübersaßen, den sie sein Leben lang gepiesackt hatten. Die aufsässigen Zwillinge hatten dem physisch unterlegenen Kind, das der Bruder ihres Vaters in dritter Ehe gezeugt hatte, jedes Familientreffen zur Hölle gemacht.

Ihre ständigen Misshandlungen hatten ihnen paradoxerweise Lee Simons unerschütterliche Zuneigung, Bewunderung und Ergebenheit eingebracht. Dass sich seine Vettern oft auf der anderen Seite des Gesetzes bewegten, schien Lee Simon nur noch mehr für sie einzunehmen.

»Ihr habt doch immer gesagt, ich soll drüben die Augen offen halten«, begann er, wobei er mit dem Daumen ungefähr in Richtung Gerichtsgebäude deutete. »Und das hab' ich auch gemacht. Aber ich hätt' bestimmt nie geglaubt, dass so was Unerhörtes mal passiert.«

»Was denn?«

»Sie sind ausgebrochen. Matt und sein Alter. Am helllichten Tag.«

»Wie? Haben sie einen Wachmann umgelegt?«

»Flachgelegt trifft's eher«, prustete Lee Simon los.

»Hä?«

»Mrs. Lottie Lynam…«

»Ja?«, fragten die Zwillinge im Chor.

»Also, in den letzten Tagen hat sie Matt ziemlich regelmäßig besucht. Ihm Cheeseburger und Kokoskuchen aus dem Café mitgebracht. Zeitschriften, Bücher, all so 'n Kram.«

Er beugte sich vor und bemühte sich, besonders männlich zu wirken. »Ihr wisst doch, wie gut sie gebaut ist? Also, sie kommt ins Gefängnis scharwenzelt, als wär' sie die Königin von Saba persönlich. Macht alle da drin tierisch an, wie ihr euch denken könnt. Die Wachleute eingeschlossen. Sogar mich. Scheiße, wir tragen vielleicht 'ne Uniform, aber drunter sind wir schließlich Männer, oder etwa nicht?«

»Stimmt, mit ihren Titten könnte die einen erschlagen«, bestätigte Luther ungeduldig. »Also weiter, erzähl.«

Lee Simon leckte sich den Speichel weg, der sich immer wieder in seinen Mundwinkeln sammelte. »Also, Lottie kommt heute wieder reingetänzelt, und zwar in einem verdammt engen Kleid. Und sie sorgt dafür, dass jeder sie sieht, der alte Wiley Jones eingeschlossen.«

Aufgeregt rückte er an die Kante seiner Sitzbank vor. Neuer Speichel sammelte sich. »Wiley führt sie ins Besucherzimmer, wo sie stolpert und ihr die Tasche runterfällt. Sie geht auf alle viere runter, um ihr Zeug aufzusammeln, und Wiley wären fast die Augen aus dem Kopf gefallen, hab' ich

gehört. Ich hab' auch gehört, dass sie keine Unterwäsche an-
gehabt hat, aber vielleicht ist das bloß ein Gerücht. Oder ein
Traum.«

»Wenn du nicht bald zur Sache kommst...«

»Okay, okay. Ich will bloß nichts auslassen.« Er atmete
kurz durch. »Ihr wisst doch, was für einen Tanz sie alle um
Gibb Burnwood aufführen? Finden ihn einen tollen Hecht
und so. Also, die meisten Wachmänner meinen, dass er nicht
ins Gefängnis gehört, und nehmen's mit den Sicherheitsbe-
stimmungen für ihn und Matt nicht so genau, um 's mal so zu
sagen.

Als Miss Lottie die Tasche runterfällt, verlässt Wiley seinen
Posten und hilft ihr. Während er ihren Lippenstift und Kau-
gummi aufsammelt, schleichen sich Matt und Gibb, die im
Zimmer auf Lottie gewartet haben, leise wie zwei Mäuschen
aus der Tür.

Lottie dankt Wiley dafür, dass er ihr geholfen hat, und sagt
dann ganz entsetzt: ›Mein Gott, so kann ich doch nicht vor
meine Freunde treten!‹ Sie richtet sich das Haar, fährt sich
mit der Hand übers Kleid, als würd' sie's glattstreichen wollen und so.

Dann stöckelt sie los aufs nächste Damenklo, wo Matt und
Gibb schon auf sie warten. Sie verschließt die Tür, und sie
ziehen sich die Sachen an, die sie zuvor dort verstaut hat;
dann spazieren sie zu dritt aus dem Gerichtsgebäude, steigen
in ihr Auto und fahren davon. Weg sind sie.

Ein paar Leute haben sie herauskommen sehen. Die Burnwoods haben gegrinst, Hände geschüttelt, erklärt, sie sind
eben auf Kaution freigekommen, ist das nicht toll? Die Gerechtigkeit hat doch noch gesiegt. Das System funktioniert.
So 'n Zeug. Diese beiden haben einfach Nerven aus Stahl.

Wiley, der arme Idiot, hat gar nicht gemerkt, was da passiert war. Als die Kacke zu dampfen anfängt, sitzt er noch

seelenruhig in seinem Stuhl, wartet darauf, dass Miss Lottie sich frisch gemacht hat und wieder aus dem Frauenklo kommt, und träumt von dem Blick, den er unter ihr Kleid geworfen hat. Er war so total weg, dass er nicht mal gemerkt hat, dass seine Gefangenen verschwunden waren!«

»Wo sind sie jetzt?«

»Wie lange sind sie schon weg?«

»Moment mal, die Herren. Eins nach dem anderen. Außerdem könnten meine Stimmbänder eine Ölung gebrauchen.« Lee Simon blickte vielsagend zur Bar.

Henry gab dem Barkeeper ein Zeichen, der dem Hilfssheriff ein Bier brachte. »Ich darf eigentlich nicht trinken, wenn ich im Dienst bin, aber bei dem Tohuwabohu heute wird das wohl niemandem auffallen.« Er schlürfte den Schaum von seinem Bier.

»Ich hab' ihn nicht selbst gesehen, hab' aber gehört, dieser FBI-Agent, dieser Pepperdyne – was für'n Name, he? –, ich hab' gehört, er hat fast 'n Anfall gekriegt, als er von dem Ausbruch hörte. Er will wissen, wie's kommt, dass so ein alter blöder Knacker so wichtige Gefangene bewacht. Ich hab' gehört, wenn Worte töten könnten, wären alle da drüben mauseratzetot, die Leute in Pepperdynes Mannschaft eingeschlossen. Er ist auf dem Kriegspfad.«

»Wie hat Lottie sie aus der Stadt geschmuggelt?« fragte Henry.

»So wie's aussieht, hatten sie irgendwo ein zweites Auto stehen. Gerade als ich mich verdrücken wollte, hab' ich gehört, sie hätten das von Mrs. Lynam unter einer Brücke draußen am Highway gefunden. Niemand hat sie umsteigen sehen. Und sie haben auch keines von den Burnwood-Autos genommen. Lottie muss irgendwo ein Auto organisiert haben, aber niemand weiß, was für eins. So wie ich es sehe, sind sie über alle Berge.«

»Wohin?«

Lee Simon zuckte mit den knochigen Achseln. »Das weiß keiner, schätze ich.«

»Keinen Tipp?«, fragte Luther

»Also, im Gericht hört man so manches. Das meiste ist Gequatsche.« Wieder schlürfte er geräuschvoll an seinem Bier. »Die meisten meinen, sie sind hinter Matts Ex her, um sie zum Schweigen zu bringen. Deshalb hat dieser Pepperdyne so einen Scheißanfall gekriegt. Sie ist es nämlich, die behauptet, sie hätten das Schlitzauge umgelegt, das aus dem Gefängnis abhanden gekommen ist. Stellt euch das mal vor – sie hat gesagt, sie hätten ihm den Schniedelwutz abgehackt und ihn gekreuzigt«, flüsterte er.

Henry und Luther kommentierten die Unfähigkeit des FBIs mit einem angewiderten Blick. Henry sagte: »Wir haben gehört, sie ist den Marshals durchgebrannt, die sie zurückbringen sollten, damit sie hier aussagt.«

»Das stimmt. Niemand weiß, wo sie steckt.« Lee Simon senkte die Stimme. »Ich wette, ihr würdet das auch gern wissen.«

»Wie recht du hast, Lee Simon. Du bist gar nicht so blöd, wie du hässlich bist.«

Dieses Lob von seinen älteren, zäheren, durchtriebeneren Cousins ließ Lee Simon erstrahlen. »Meine Ma meint, ihr gebt Mrs. Burnwood die Schuld dafür, dass Billy Joe im Knast sitzt. Sie meint, eure Mama ist immer noch nicht drüber weg.«

Billy Joe hatte sich schließlich von seiner Verletzung erholt und war in eine Rehabilitationsklinik verlegt worden, wo man ihm eine Prothese angepasst hatte. Er konnte noch gar nicht richtig damit umgehen, als er einen seiner Therapeuten angriff. Mit dem mechanischen Arm als Waffe hatte er dem Mann eine schwere Kopfverletzung zugefügt.

Diesmal kam sein Fall vor ein Erwachsenengericht: Er wurde verurteilt und saß zur Zeit seine Strafe in der Strafvollzugsanstalt ab. Billy Joes Missgeschick war direkt auf die Pflichtverteidigerin in Prosper zurückzuführen, die die Familie so hinterhältig getäuscht hatte.

»Wir hätten ihr nie vertrauen dürfen«, erklärte Henry hasserfüllt und verbittert. »Was weiß ein Weib schon vom Anwaltsein?«

»Rein gar nichts«, sekundierte Luther, »sonst wär' unser kleiner Bruder nicht im Gefängnis.«

»Und er hätte immer noch seinen rechten Arm.«

Lee Simon leerte sein Glas und rülpste laut, um seine Cousins zu beeindrucken. »Ich mach' mich lieber wieder auf die Socken, wollte euch das bloß schnell erzählen.«

Gedankenverloren verabschiedeten ihn die Zwillinge. Luther stand auf und setzte sich seinem Bruder gegenüber auf Lee Simons Platz. Sie starrten einander an, bis Luther nach einer Weile fragte: »Was denkst du, Henry?«

»Was denkst du?«

»Ich hab' zuerst gefragt.«

Henry rieb sich übers Kinn wie ein Gelehrter, der ein verzwicktes physikalisches Problem wälzt. »Es wär' doch eine Affenschande, wenn jemand – und dann ausgerechnet Gibb und Matt – Mrs. Burnwood erledigt, bevor wir sie fertigmachen.«

»Eine verdammte Affenschande.«

»Ich könnte nicht mehr in den Spiegel schauen.«

»Da geht's um den Familienstolz.«

»Die Ehre.«

»Wir haben Ma geschworen, dass wir Kendall Burnwood alles heimzahlen, was sie Billy Joe angetan hat.«

»Sie hätte sich besser nie mit uns Crooks angelegt!«

»Wenn wir unser Versprechen halten wollen…«

»Dann müssen wir sie vor ihnen finden.« Henry rutschte von der Bank und gab seinem Bruder ein Zeichen, ihm zu folgen. »Sehen wir mal, was Mama davon hält.«

Mrs. Crook hielt das für eine ausgezeichnete Idee. Sie wusste sogar einen zusätzlichen Anreiz, auf den die Zwillinge noch gar nicht gekommen waren, der ihnen jedoch ein weiteres Motiv lieferte, Kendall Burnwood aufzuspüren.

Mit einem triumphierenden Glänzen in den Augen stellte Mama den Zwillingen eine Frage: »Was wird der alte Burnwood wohl davon halten, wenn wir dieses Problem für ihn erledigen? Er hat doch jede Menge Geld, oder?«

Henry begriff als Erster, worauf Mama hinauswollte, und zwinkerte seinem Bruder zu. »Ich wette, er würde ordentlich was abdrücken, wenn er nicht mehr antreten müsste vor Gericht.«

Als die Wahrheit über die Bruderschaft ans Licht gekommen war und die Crooks erfahren hatten, dass direkt neben ihnen eine Bürgerwehr operierte, hatten sie sich zutiefst darüber entrüstet – aber nur, weil niemand sie eingeladen hatte mitzumachen. Sie hielten es für ein großartiges Programm, Prosper rassisch rein und fremdenfrei zu halten, und es wollte ihnen nicht in den Kopf, wie man jemanden dafür bestrafen konnte.

Natürlich überstieg es ihre Vorstellungskraft, dass Richter Fargo persönlich angeordnet hatte, Billy Joe Crooks Arm abzutrennen, um ihm wie auch Kendall Burnwood eine Lektion in Sachen Respekt zu erteilen. Und ebenso wenig ahnten sie, dass sie ebenfalls für eine Strafaktion vorgesehen waren, weil sie es gewagt hatten, eine Burnwood zu bedrohen. Allerdings hatte die Bruderschaft diese Sache aufgrund dringenderer Feldzüge vorübergehend auf Eis gelegt.

Der Crook-Clan hing dem Irrglauben an, Kendall sei an ihren Schwierigkeiten schuld. Seit jenem Tag, an dem man ihnen Billy Joe weggenommen hatte, planten sie Rache. Die eingeschlagene Windschutzscheibe, die Drohbriefe und die tote Ratte sollten nur der Anfang sein.

Bei der Zerlegung ihres Büros hatten sie Lee Simons Hilfe in Anspruch genommen, der sie nach Dienstschluss ins Gerichtsgebäude ließ. Als Gegenleistung hatten ihm die Zwillinge eine Frau zugeschanzt, die für zwanzig Dollar eine ganze Nacht mit ihm verbrachte. In den Augen der Zwillinge war das ein gutes Geschäft, und ihr Cousin bebte vor Freude.

Ihr von Mama ausgetüftelter Plan hatte darin bestanden, Mrs. Burnwood immer weiter zuzusetzen, bis sie schließlich einem tödlichen »Unfall« zum Opfer fiele. Erst ein paar Sekunden vor ihrem Tod sollte sie erfahren, dass die Crooks Gerechtigkeit geübt hätten.

Leider war es Mrs. Burnwood gelungen, noch bevor das große Finale in Szene gesetzt werden konnte, den Ort mit unbekanntem Reiseziel zu verlassen. Angesichts dieses Rückschlags hatten sich die enttäuschten und frustrierten Zwillinge bis fast zur Bewusstlosigkeit betrunken und dann eine Scheune abgefackelt, um ihren Gefühlen Ausdruck zu verleihen.

Doch ihr Racheschwur war keineswegs vergessen. Ihr Hass auf Kendall Burnwood hatte sich in dem Jahr seit ihrem Verschwinden kein bisschen verringert. Als Henry und Luther erfuhren, dass man sie in Colorado aufgespürt hatte und jetzt nach South Carolina zurücktransportierte, hatten sie diese Nachricht mit einem weiteren Besäufnis und der Entjungferung einer zwölfjährigen Nichte gefeiert.

Sie hatten sich kaum von ihrem Kater erholt, als die Nachricht eintraf, dass ihre Nemesis den US-Marshals entschlüpft und wieder auf freiem Fuße war. Erneut sanken die Zwillinge in tiefe Verzweiflung.

Doch jetzt hatte Lee Simon mit den von ihm überbrachten Nachrichten ihren Racheschwur wiederbelebt. Dazu kam

Mamas heißer Tipp, wie sie sich dabei die Taschen füllen konnten. Sie ließen sich mit einer Flasche Whisky am Küchentisch nieder, um auf die guten Geschäfte anzustoßen und sich einen Plan zurechtzulegen.

»Aber ich hab' gehört, sie hat ein Kind«, bemerkte Luther, dessen Braue nervös zuckte. »Was machen wir mit dem Baby, wenn wir sie aus dem Weg geräumt haben?«

Mama verpasste ihm eine Ohrfeige. »Trottel! Das Baby bringt ihr natürlich dem alten Burnwood. Wahrscheinlich legt er für seinen Enkel noch mal was drauf.«

Die Zwillinge grinsten sich an. Wenn es ums Geldverdienen ging, war Mama ein echtes Genie.

32. Kapitel

»Ich höre das Baby!«

Kendall bewegte sich. »Hmm?«

»Kevin weint.«

»Er hat länger geschlafen, als ich erwartet hätte, also kann ich mich nicht beklagen.« Sie stand auf und zog sich einen Morgenmantel über. »Macht es dir was aus, wenn ich ihn herbringe?«

»Äh... nein.«

Was war wohl der Grund für Johns Abneigung gegen Kinder?, fragte sie sich, während sie in Kevins Zimmer ging. In seinem Albtraum hatte er gebrüllt, sie sollten aufhören zu schreien. Hörte er in seinem Traum Kinder schreien? Und was hatten Kinder mit seiner Arbeit zu tun? Was war das für ein Vorfall, der ihn so schrecklich quälte?

Es war nur eine von Millionen Fragen, die sie ihm unter anderen Umständen gestellt hätte. Welche Ironie, dass seine Amnesie ihr einziger schwacher Schutz davor war, entdeckt zu werden, und zugleich eine undurchdringliche Barriere darstellte, die es ihr verwehrte, auch nur das Geringste über John McGrath zu erfahren. Sie wusste nichts aus seiner Vergangenheit, nicht einmal seinen Geburtstag oder seinen zweiten Vornamen.

Er war ihr fremd. Und doch so vertraut.

Sie kannte seine Stimme in allen Nuancen, ihre Färbung, ihren Klang, doch über seine Weltanschauung wusste sie nichts. Jedem Mal und jeder Narbe auf seinem Körper war sie inzwischen begegnet, aber woher hatte er sie? Ihre Fingerspitzen hatten jeden Zentimeter seines Körpers erforscht, aber es fehlte ihr jegliche Ahnung, wie viele Frauen seine Haut vor ihr liebkost hatten.

Vielleicht war er sogar verheiratet.

Eilig verdrängte sie diesen lästigen Gedanken. Sie wollte sich keinesfalls damit auseinandersetzen, wen er wohl liebte, wen er vielleicht betrog, indem er mit ihr schlief. Niemand konnte ihn für seine Taten verantwortlich machen, solange er an Gedächtnisverlust litt, rechtfertigte sie sich.

Die Schuld lag ganz allein bei ihr, und sie war bereit, sie zu tragen. Aus einer plötzlichen Eingebung heraus hatte sie ihn als ihren Ehemann ausgegeben, weil sie das für eine geniale Methode gehalten hatte, Zeit zu gewinnen für ihre Flucht. Sie hatte nicht vorgehabt, ihn zu entführen und wochenlang mit ihm unter einem Dach zu leben. Keineswegs hatte sie damit gerechnet, dass er sich so verändern würde, wenn er mit ihr und Kevin zusammen war, dass er so fürsorglich, so wenig abweisend und liebenswert sein konnte.

Und zuallerletzt wäre sie auf die Idee verfallen, sich in ihn zu verlieben.

An jenem Morgen, nachdem sie sich erstmals geliebt hatten, überfiel sie einen Moment lang panische Angst. Er hatte sich heimlich angeschlichen, während sie im Bad am Waschbecken stand. Als er sie grob am Arm packte und herumriss, hatte ein solcher Zorn in seinen Augen gebrannt, dass sie überzeugt war, er hätte sein Gedächtnis wiedergefunden.

Aber was sie für Zorn gehalten hatte, war in Wahrheit Leidenschaft. Er hatte sie stürmisch geküsst, und allmählich hatte sich ihre Angst wieder gelegt. John würde nie gegen seine Pflichten als FBI-Beamter verstoßen. Ihr war klar, dass er außer sich geriete, wenn seine Erinnerung erst zurückkehrte. Er würde alles tun, um sie nach South Carolina zu schaffen. Davon war sie so überzeugt, dass sie darüber lieber nicht nachdachte.

Als sie Kevin gewickelt hatte, kehrte sie zusammen mit dem Baby ins Bett zurück. John stützte sich auf einen Ellbogen und sah zu, wie sie den Säugling anlegte. Kevin bearbeitete ihre Brust mit seiner winzigen Faust, während sein Mund blind nach der Milchquelle tastete. Sie hielt sie ihm entgegen, und augenblicklich schlossen sich seine Lippen darüber.

»Gieriger kleiner Säufer«, bemerkte John.

»Er hat einen gesunden Appetit.«

»Warum kam er mit einem Kaiserschnitt zur Welt?«

Sie strich über den Pfirsichflaum auf Kevins Kopf. »Er war schon vor seiner Geburt ein Freiheitskämpfer«, antwortete sie lächelnd, »und wollte einfach nicht in die richtige Geburtsposition. Mein Frauenarzt versuchte, ihn zu drehen, aber davon hielt er nichts. Ich glaube, er ist einfach eitel, wollte wahrscheinlich nicht, dass sein Kopf bei der Geburt verdrückt wird.«

Zaghaft streckte John die Hand aus und berührte Kevins Schläfe, wo unter der durchscheinenden Haut eine kräftige Ader pochte. Dann legte er behutsam die Hand auf den Babykopf und spürte die weiche Fontanelle unter seiner Handfläche. »Ein hübsches Kind.«

»Danke.«

»Er sieht dir ähnlich.«

»Wirklich?«

»Wirklich. Und du bist schön.«

Ihre Blicke trafen sich. »Findest du?«

»Ja.«

»Vor allem mein Haar, wie?«

Er warf einen Blick auf die brutal gelichtete Pracht. »Vielleicht begründest du eine neue Mode.«

»Coiffure von John Deere.«

»Wer ist das?«

»Spielt keine Rolle.« Sie lachte leise.

»Genau, völlig egal. Trotzdem bist du schön.«

Sie wusste, dass er es ehrlich meinte. In ihren Augen war er ebenfalls schön. Nicht im klassischen Sinne. Doch sein Gesicht wirkte, von den ausdrucksvollen Brauen bis zu dem markanten Kinn, einnehmend und ausgesprochen männlich.

Eigentlich war es merkwürdig, dass sie ihn so anziehend fand, denn körperlich war er exakt das Gegenteil von Matt, den sie für den bestaussehenden Mann ihres Lebens gehalten hatte.

Matt war groß und schlank gebaut. John war genauso groß, aber sein Körper wirkte massig. Matts Haare waren blond, die von John dunkel und schon grau gesprenkelt. Matt hatte edle, vornehme, aber beinahe zu regelmäßige Züge. In Johns Gesicht fanden sich allerlei Furchen, und es strahlte Charakter aus.

Außerdem liebte sie seine Augen, diese atemberaubende Mischung von Grün und Braun. Sie veränderten sich je nach Stimmungslage, fast wie die Kristalle in einem Kaleidoskop.

Er konnte ausgesprochen mürrisch sein, aber dadurch wirkten sein seltenes Lächeln und sein trockener Humor nur noch bestechender. Verletzend war er auch manchmal, was sie auf eine unglückliche Kindheit zurückführte, vermutlich hatte er als Junge wenig Zärtlichkeiten erfahren. Er hatte nicht gelernt, seine Gefühle und Zuneigung auszudrücken, war deshalb etwas unbeholfen in zwischenmenschlichen Belangen. Aber er war zu tiefen Gefühlen fähig und hatte keine Skrupel, nach ihnen zu handeln. Seit sie gesehen hatte, wie er damals an der Tankstelle mit den Jugendlichen fertiggeworden war, wusste sie, dass er sich mit aller Kraft für sie einsetzen würde.

Er war hart, konnte jedoch unglaublich sanft sein, so wie in der vergangenen Nacht, als sein Blick über ihrem Gesicht zu schweben schien wie leichter Waldnebel.

Mit sandpapierrauer Stimme hatte er gefragt: »Hast du das schon mal getan?«

»Was?«

»Mich so angemacht?«

Das Blut schoss ihr ins Gesicht. Sie vergrub es an seiner Schulter und schüttelte den Kopf.

»Warum nicht?«

Sie stellte sich seinem Blick. »Weil ich das noch nie wollte.«

Daraufhin hatte er ihr unendlich lange auf seine typisch durchdringende Art in die Augen gesehen, dann leise geflucht, sie fest umarmt und ihren Kopf unter seinem Kinn geborgen.

Nach einer Weile fragte sie schüchtern: »War das verkehrt?«

Er stöhnte nur leise. »O nein. Du hast das ganz ausgezeichnet gemacht.«

Er hatte sie weiter gehalten, ihr über den Rücken und die Hüften gestreichelt, ihre Lust geweckt. Schließlich hob er sie auf seinen Schoß und sein erigiertes Schwert.

»Das habe ich auch noch nie gemacht«, gestand sie ihm.

»Du brauchst überhaupt nichts zu tun, lass dich einfach gehen.«

Er umschloss ihr Kinn mit seiner Hand, zeichnete mit dem Daumen die Lippen nach, öffnete sie, strich über ihre Vorderzähne und berührte ihre Zunge. Dann wanderten seine Hände über ihre Brust und umfassten ihren Busen. Während er sie drückte und streichelte und formte, hatte sie ihn immer schneller, immer leidenschaftlicher geritten.

»Jesus«, hatte er geflüstert und sie um die Taille gefasst, um sie zu halten und zu lenken.

Dann schlüpfte seine Hand zwischen ihre Leiber. Sein Mittelfinger rieb kraftvoll die kleine Perle, bis eine so überwältigende Woge von Lust durch Kendalls Körper schoss, dass sie meinte, sterben zu müssen.

Jetzt empfand sie eine ganz andere Wonne, die aber genauso intensiv und vielleicht sogar noch erfüllter war. Wenn Kevin so trank und John dabei zusah, konnte sie sich fast vorgaukeln, sie seien eine richtige Familie.

Einen Mann, der sie liebte, ein Kind, eine Familie – das hatte sie sich immer gewünscht und nie gehabt. Anscheinend wollte ihr das Schicksal diesen einfachen Traum versagen, deshalb musste sie sich darauf beschränken, ihn nachzuspielen. Wenigstens für eine kurze Weile.

Dauern würde dieses Glück nicht, jeden Moment konnte es als Illusion verwehen. Vielleicht fand John plötzlich sein Gedächtnis wieder. Oder das FBI entdeckte sie und platzte zur Tür herein, um sie festzunehmen. Oder – und diese Möglichkeit schreckte sie am allermeisten – die Burnwoods spürten sie auf.

Sie waren Jäger und wussten, wie man ein Opfer zur Strecke bringt. Die Trophäen ihrer erfolgreichen Streifzüge hingen ausgestopft an Gibbs Wohnzimmerwand. Sie fühlte mit den armen Tieren, die ins Visier der beiden Schlächter geraten waren. Sie hatte Angst, dass sie und Kevin als nächste Beute in ihre Hände fallen könnten.

Jedenfalls würde es bei dieser Romanze kein Happy End geben. Das Beste, was sie sich erhoffen konnte, war, John zu entkommen, ihn nie wiederzusehen und für den Rest ihres Lebens auf der Flucht zu bleiben.

Eigentlich müsste sie ihn umgehend verlassen, bevor er seine Erinnerung wiederfand und ihm einfiel, dass sie seine Gefangene war. Wenn er erst begriff, dass sie ihn zu einem ahnungslosen Akteur in einem kurzfristigen Märchen gemacht hatte, würde er sie hassen. Ihr war ein unverzeihlicher Fehler unterlaufen: Sie hatte zugelassen, dass er sie und Kevin ins Herz schloss, ihrem Wissen zum Trotz, dass sie irgendwann abtauchen und er allein die Konsequenzen ihres Täuschungsmanövers ausbaden musste. Er würde sie in seiner Eigenschaft als Polizist hassen – und noch mehr als Mann.

Sie hoffte, bis dahin verschwunden und seiner Verachtung niemals ausgeliefert zu sein. Alles, nur das nicht. Mochte Gott geben, dass er niemals auch nur für einen flüchtigen Augenblick glaubte, sie hätte ihm im Bett ebenfalls etwas vorgespielt.

Aber wie sollte sie es über sich bringen, ihn zu verlassen, wenn er sie so ansah wie gerade jetzt? Wenn er so wie jetzt seine Hand auf ihre Wange legte und ihr einen langen, innigen Kuss raubte?

Um nicht laut zu schluchzen, packte Kendall ihn am Haar und küsste ihn mit einer Verzweiflung, aus der ihre ganze Liebe und Angst sprachen. Ohne dass das Baby aufgehört hätte zu nuckeln, zog er sie und Kevin in seine Arme und hielt sie fest. Sie wünschte sich, dieser traute Augenblick möge nie vergehen.

Was unmöglich war… Sie musste weiterziehen.

Aber nicht in dieser Nacht.

33. Kapitel

»Was soll nur aus uns werden, Matt? Wie wird das alles enden?«

Er strich mit der Hand über Lotties Hüfte. »Mach dir keine Sorgen. Daddy wird alles regeln.«

Sie rollte von ihm weg und setzte sich auf. »Natürlich mache ich mir Sorgen, Matt. Ich habe gegen das Gesetz verstoßen. Ich bin auf der Flucht.«

»Dad hat sich das alles genau überlegt.«

Sie fuhr sich mit der Hand durch das rotbraune Haar und lachte freudlos. »Dein Daddy ist wahnsinnig, Matt. Begreifst du das nicht?«

»Psst! Er wird dich hören.«

Er warf einen nervösen Blick auf die Wand, die Gibbs Motelzimmer von jenem trennte, in dem er und Lottie lagen. Es war eine armselige Absteige, eine Aneinanderreihung schäbiger Zimmer mit dünnen Wänden und abgewetztem Teppichboden, ein Ort, an dem sich heimliche Liebespaare auf ein Schäferstündchen treffen mochten, wenn sie sich nichts Besseres leisten konnten.

Matt betrachtete sich und Lottie nicht als heimliches Liebespaar. Bei ihnen erfüllte sich eine Liebe, die schon erwacht war, als ihre Hormone noch verrückt gespielt hatten. Damals wäre es ihm nicht im Traum eingefallen, dass das Mädchen, nach dem er sich verzehrte, jene Frau werden würde, die er sein Leben lang lieben sollte.

Vor zwei Tagen hatte Matt Burnwood die Liste von Verbrechen, deren er angeklagt – und auch schuldig – war, um einen

Gefängnisausbruch erweitert, aber trotzdem war er noch nie so glücklich gewesen: endlich er und Lottie vereint, in aller Öffentlichkeit, mit Billigung seines Vaters.

Er wusste, dass sie und wahrscheinlich jeder andere ihn für naiv hielten, weil er seinem Vater so rückhaltlos vertraute. Unerschütterlich war er davon überzeugt, dass Gibb die Sache wieder ins Lot bringen würde. Gibb hatte gesagt, er würde sich um alles kümmern, und er brach sein Wort nie, auch irrte er sich nie. Solange Matt sich erinnern konnte, hatte sein Vater immer recht behalten. Er war der Inbegriff des wahren amerikanischen Helden.

Genau wie Opa Burnwood es gewesen war. Matt hatte seinen Großvater nicht gekannt, doch er wusste alles über ihn. Gibb hatte ihm von Opas unvergleichlichen Kampfkünsten erzählt. Tatsächlich wusste Gibb bis ins letzte Detail, welche Torturen sein Vater im Südpazifik hatte durchstehen müssen und wie er gegen jede Wahrscheinlichkeit überlebt hatte.

Genau wie Gibb glaubte, dass sein Vater über jeden Tadel erhaben war, vertraute Matt seinem Vater aus tiefstem Herzen. Er hatte ihn noch nie fehlgeleitet.

Gut, vielleicht hatte er Kendall falsch eingeschätzt, Gibb hatte ihn gedrängt, sie zu heiraten. Er meinte, Kendall wäre die perfekte Tarnung für die Aktivitäten der Bruderschaft. Durch sie hätten sie leichter Zugriff auf jene Individuen, die, wenn man sie nicht ausrottete, das Fundament untergraben würden, auf dem Amerika ruhte.

Theoretisch war es ein Geniestreich gewesen, die Pflichtverteidigerin zu heiraten, die sie aber irrtümlich für korrumpierbar gehalten und dabei Kendalls Unabhängigkeitssinn unterschätzt hatten. Sie war bei Weitem nicht so nachgiebig, wie sie erwartet oder gehofft hatten, aber das war ihr Fehler, nicht Gibbs.

Matt musste einräumen, dass man seinen Vater leicht missverstehen konnte. Er war besessen von dem Drang, alles unter Kontrolle zu behalten. Wenn er übergangen wurde, hatte er das Gedächtnis eines Elefanten; er vergaß oder vergab nie. Sobald jemand einmal gegen ihn Widerstand leistete, betrachtete ihn Gibb als Feind. Er war mitunter dogmatisch und unbelehrbar, wenn er im Recht zu sein meinte. Und wenn er sich etwas in den Kopf gesetzt hatte, dann verfolgte er sein Ziel mit einer Sturheit, die weit über normale Beharrlichkeit hinausging.

Matt empfand diese Charakterzüge als Tugenden, nicht als Fehler. Es kam auf den Blickwinkel an. Wo andere Gibb für einen Fanatiker hielten, bewunderte ihn Matt für seine Hingabe, seinen Mut und seine Konsequenz. Gibb hatte seine Überzeugung noch nie verraten. Matt wünschte, er wäre so stark wie sein Vater und Großvater.

Andererseits hätte er Lottie nicht so lieben können, wie er es tat, wenn er so ein Recke wäre wie sie. Falls seine Liebe zu ihr Schwäche war, dann strebte er in dieser Hinsicht nicht nach Stärke.

»Bitte reg dich nicht auf«, flüsterte er und tastete wieder nach ihr. Erst wehrte sie ihn ab, doch schließlich ließ sie sich zurück in seine Arme ziehen.

Er küsste sie in den Nacken. Wie liebte er den Geschmack ihrer Haut! Er liebte alles an ihr. So oft er ihren Körper auch erforscht hatte, er hatte noch keinen einzigen Makel entdecken können. Sie war perfekt.

Bis auf diese eine Sache – ihre Unfruchtbarkeit. Wenn sie nicht unfruchtbar gewesen wäre, hätte er sich wahrscheinlich schon vor Jahren ein Herz gefasst, seinem Vater zu erklären, dass er diese Frau liebe, und sie geheiratet.

Sie lächelte traurig. »Du willst es einfach nicht sehen, oder, Matt?«

»Was – dass du schön bist? Natürlich sehe ich das. Jeder findet dich schön.«

»Man hat dir eine Gehirnwäsche verpasst, mein Liebling, und du merkst es nicht mal.« Sie zögerte und fragte dann: »Matt, stimmt es, was man über dich und deinen Vater und die anderen erzählt? Dass ihr Menschen umgebracht habt? Habt ihr den kleinen Li tatsächlich verstümmelt und gekreuzigt?«

Er küsste sie. »Das hat doch nichts mit uns zu tun, Lottie.«

»Habt ihr?«

»Was immer wir getan haben, wir haben es in Gottes Namen verrichtet.«

»Dann stimmt es also.« Sie seufzte. »Mein Gott, Matt. Ist dir klar, dass wir auf einer Einbahnstraße ins Verderben rasen?«

Er hauchte ihr einen Kuss auf die Nasenspitze. »Du bist eine Pessimistin.«

»Und du bist ein Narr.«

»Wenn du das wirklich glaubst, warum hast du uns dann bei unserem Ausbruch geholfen? Warum bist du mitgekommen?«

Sie grub die Finger in sein Haar und krallte sich so darin fest, dass es fast schmerzte. »Du Idiot. Du armer, dummer, schöner Idiot.« Zu seiner Verblüffung entdeckte Matt Tränen in ihren Augen. »Ich liebe dich«, beschwor sie ihn heiser. »Das einzig Schöne in meinem ganzen Leben war meine Liebe zu dir. Deshalb werde ich dich lieben, solange ich kann.«

Sie ließ sich zurück in die Matratze sinken und zog ihn mit sich herunter.

Lottie schloss den Wasserhahn und trat aus der Duschkabine. Sie fasste nach dem grauen, abgewetzten Handtuch, doch plötzlich spürte sie etwas hinter sich, drehte sich um und schrie erschrocken auf.

»Guten Morgen, Lottie«, sagte Gibb. »Hast du gut geschlafen?«

»Was tust du hier?«

»Natürlich hast du gut geschlafen. Schließlich hast du bis zur Erschöpfung mit meinem Sohn Unzucht getrieben.«

Lottie presste sich das fadenscheinige Handtuch vor den Leib. Ihre Zähne begannen zu klappern. »Raus hier. Wenn Matt dich hier findet...«

»Das wird er nicht. Wie du weißt, ist er Kaffee und Donuts holen gegangen. Er hat mich angerufen, um mich zu fragen, was ich möchte, bevor er losging. Er war immer ein so umsichtiger, gehorsamer Sohn. Abgesehen von der Sache mit dir.«

Gibb hatte ihr zu der Courage gratuliert, mit der sie ihnen bei der Flucht geholfen hatte, und sie für die Beherztheit und Selbstbeherrschung gelobt, mit der sie den tollkühnen Plan in die Tat umsetzte.

Aber sein Lob klang unaufrichtig. Sein Blick war kalt geblieben, als er mit ihr sprach. Und jetzt zitterte sie nicht nur, weil sie nass und nackt vor ihm stand. Sie hatte grauenvolle Angst.

Gibb Burnwood war ihr von Anfang an unheimlich gewesen. Schon als kleines Mädchen war sie nur ungern mit ihrem Vater in Gibbs Laden gekommen. Es handelte sich um eine instinktive, fast animalische Abneigung. So, wie Haustiere manchmal aus keinem offensichtlichen Grund ein Familienmitglied ablehnen, hatte sie sich von Gibb Burnwood abgestoßen gefühlt, aber soweit sie wusste, hatte niemand ihr Gefühl geteilt.

Seit dem gestrigen Gespräch mit Matt wusste sie, warum sie Gibb nicht leiden konnte. Er war durch und durch böse und hatte seinen Sohn mit seiner verquasten, bigotten und brutalen Weltsicht indoktriniert.

»Bitte, ich möchte mich anziehen.« Sie gab sich Mühe, ihre Stimme normal klingen zu lassen, und wusste doch, dass ihm als erfahrenem Jäger ihre Angst nicht entgehen würde.

»Warum? Du warst doch immer stolz auf deinen Körper. Jedenfalls hast du ihn jahrelang vor meinem Sohn zur Schau gestellt und ihn damit qualvoll herausgefordert. Wieso solltest du plötzlich so schamhaft tun?«

»Pass auf, ich weiß nicht, was du vorhast, aber mir gefällt das nicht. Und Matt wird es genauso wenig gefallen, glaub mir.«

»Ich weiß, was gut für Matt ist.«

»Ihn zu einem gemeinen Mörder zu machen? Das soll gut für deinen Sohn sein? Das soll Liebe sein?«

Er schlug ihr mit dem Handrücken ins Gesicht. Sie taumelte gegen das Waschbecken und klammerte sich an das kalte Porzellan, um nicht hinzufallen. Die Wände schienen seitwärts abzukippen, und grelle Sterne explodierten vor einem schwarzen Hintergrund. Der Schmerz kam mit einer Verspätung von mehreren Sekunden. Doch dann meldete er sich mit der Wucht einer Rakete.

»Du Hure! Wie kannst du es wagen, so scheinheilig zu tun!«

Er packte sie an den Schultern und drückte sie in die Knie.

»Bitte«, flüsterte sie. »Nicht. Egal, was…«

Sie wusste, dass Betteln nichts nutzen würde, deshalb schloss sie die Augen und begann zum ersten Mal in ihrem Leben zu beten. Sie betete darum, bewusstlos zu werden.

Doch er packte ihr nasses Haar und riss ihren Kopf zurück. Die Schmerzen und die Erniedrigung, die er ihr zufügte, waren so grauenvoll, dass sie nicht mal in Ohnmacht fallen konnte.

Wie Gibb ihm geraten hatte, war Matt in einen überfüllten Laden gegangen, in dem die Angestellten und Kunden zu beschäftigt waren, um auf irgendwen zu achten.

Er füllte an einer Selbstbedienungstheke drei Styroporbecher mit Kaffee und kaufte sechs Donuts an der Kasse. Niemand schien ihn zu beachten.

Dad hat immer recht.

Er schloss das Motelzimmer selbst auf. »Hi, Dad«, sagte er, als er Gibb in dem einzigen Sessel sitzen sah. »Ich dachte, du wärst noch drüben. Du hast doch gesagt…«

Er schrie auf und ließ die Tüte mit dem Frühstück fallen. Die Deckel platzten von den Styroporbechern. Brühendheißer Kaffee ergoss sich über Matts Hose, aber er merkte nichts mehr.

»Mach die Tür zu, Matt.«

Matt stierte mit Entsetzen auf das Bett, auf dem Lottie lag – nackt, mit gespreizten Beinen und unbestreitbar tot. In ihren offenen Augen stand kaltes Grauen. Die Kehle war durchtrennt. Frisch. Immer noch pumpte träge fließendes Blut aus der Wunde; die Laken waren rot und nass. Aus einer durchschnittenen Schlagader war Blut auf die Wand hinter dem Bett gespritzt und hatte das kitschige Bild eines blühenden Hartriegelstrauches bekleckert.

Gibb stand auf, ging an seinem zur Salzsäule erstarrten Sohn vorbei und schloss ganz ruhig die Tür. Ein Kaffeebecher war zugeblieben. Gibb hob ihn auf, zog den Deckel ab und nahm einen Schluck.

Matt taumelte vor und wollte sich schon über Lotties Leiche werfen, als Gibb ihn von hinten packte und festhielt.

»Wir hatten keine andere Wahl, Sohn«, sagte er beschwörend. »Das weißt du doch. Sie hat kaltblütig ihren Mann umgebracht, hat ihn beschuldigt, sie vergewaltigt zu haben, und ihn dann im Schlaf erschossen. Sollen sich die jungen Frauen daran ein Beispiel nehmen? Sollen unsere Frauen glauben, sie können ihre Männer ermorden, nur weil die ihr gottgegebenes Recht geltend machen und ihre ehelichen Pflichten einfordern?

Die Bruderschaft hatte bereits über sie geurteilt. Nur aus Respekt vor dir hatte man deiner Bitte um Aufschub entsprochen, doch ihre Hinrichtung war nur noch eine Frage der Zeit. Im Grunde habe ich ihr einen Gefallen getan. Ich war gnädig und schnell. Und als sie starb, tat sie, was sie am liebsten tat.«

Matts Augen waren so tot wie die von Lottie.

»Ganz recht, Sohn. Sie starb, während ich auf ihr lag. Ich habe sie auf die Probe gestellt, so wie der Satan unseren Herrn in der Wüste auf die Probe stellte. Anders als Jesus blieb sie nicht standhaft.« Er schaute auf die Leiche.

Matt sagte nichts. Seit seinem ersten Ausruf der Qual hatte er keinen Laut mehr von sich gegeben.

»Sich windend und bettelnd wie eine Metze«, dröhnte Gibb weiter, »öffnete sie mir ihre Beine. Sie machte mich schwach und trieb mich in die Sünde, so wie sie dich all die Jahre in die Sünde trieb. Sieh nur, wie sich dein Samen in ihrem Schoß mit meinem mischt. Nur eine Hure würde einen solchen Frevel begehen.«

Ohne auch nur zu blinzeln, blickte Matt auf den obszön daliegenden Körper. Gibb legte seinem Sohn die Hand auf die Schulter. »Sie war mit dem Satan im Bunde, Matthew. Eine Dienerin der Hölle. Wenn ich ihr nicht Einhalt geboten hätte, dann hätte sie weiterhin die Lust der Männer geschürt und dich gänzlich verdorben. Das konnte ich nicht gestatten.«

Matt schluckte. »Aber…«

»Denk an deinen Sohn. Bald wird er bei uns sein. Wir konnten es nicht so weit kommen lassen, dass sie auch ihn vergiftet.«

»Das... das hätte sie nicht getan. Lottie war ein guter Mensch.«

»Ach, Matt, du irrst dich. Ich weiß, dass das jetzt schwer zu verstehen ist, aber irgendwann wirst du einsehen, dass ich recht habe. Weißt du noch, wie schwer es für uns war, als deine Mutter von uns gehen musste?«

Matt nickte dumpf.

»Ich habe diese Frau geliebt, Sohn. Ich habe Laurelann aus tiefstem Herzen geliebt, doch sie hatte ihre Grenzen übertreten. Sie hatte zu viel über die Bruderschaft erfahren und wollte uns an jene verraten, die unsere Mission nicht verstehen können. Wir mussten sie zum Schweigen bringen, Matt. Damals habe ich geweint. Du auch. Weißt du noch?«

»Ja, Sir.«

»Es war schmerzhaft, aber notwendig. Du warst noch ein kleiner Junge, aber schon damals hast du verstanden, dass uns keine andere Wahl blieb, nicht wahr, mein Sohn?«

»Ja, Sir.«

»Schließlich ließ der Schmerz nach, so wie ich es dir vorhergesagt hatte. Dein Geist heilte. Du hast gelernt, deine Mutter nicht mehr zu vermissen. Glaub mir, Sohn, ohne diesen schädlichen Einfluss auf dein Leben bist du besser dran. Wenn die Hure da dich nicht verführt hätte, wäre möglicherweise sogar deine Ehe mit Kendall intakt geblieben, und wir wären nicht in dieser unangenehmen Lage.

Ich glaube, wenn Kendall unsere Ziele erst einmal wirklich begriffen hätte, hätte sie die Bruderschaft akzeptiert. Mit Lottie dagegen hätte sie sich nie abgefunden, dazu war sie zu stolz. Und zu Recht. Du hast Ehebruch begangen, Sohn. Es war nicht deine Schuld. Das weiß ich.« Er deutete auf die Leiche. »Der Teufel hat ihren Leib erschaffen, um dich zu verführen. Sie allein trägt die Schuld. Sie hat dich in Versuchung geführt, bis du schließlich nicht mehr widerstehen konntest. Du brauchst nicht um sie zu weinen.«

Er schlug Matt auf den Rücken. »Und jetzt sollten wir unser Gepäck zum Auto bringen. Wir dürfen uns durch diese Sache nicht von unserem Ziel abbringen lassen – deinen Sohn zu finden.«

34. Kapitel

Das Haus lag ein gutes Stück abseits der Straße und war nur über einen schmalen, mit dichtem Gebüsch bestandenen Kiesweg zu erreichen. Äste hingen über dem Weg und bildeten ein fast undurchdringliches Dach, durch das kein Mondlicht fiel.

Für ihre Zwecke lag das Haus einfach ideal.

Mitternacht war lange vorbei und seit über einer Stunde kein einziges Auto mehr auf der Straße vorbeigekommen. Sie hatten die Scheinwerfer abgestellt und waren mehrere Male langsam an der Einfahrt vorbeigefahren, ehe sie schließlich den Wagen am Rand eines Grabens abstellten und den Motor ausschalteten. Dann hatten sie in aller Stille gewartet, ob irgendetwas darauf hindeutete, dass jemand ihre Ankunft bemerkt hätte. Seit über sechzig Minuten hatte sich nichts geregt.

»Glaubst du, sie ist daheim?«

»Das wissen wir erst, wenn wir drin sind. Sie wird kein Schild raushängen.«

Sie stiegen aus und arbeiteten sich im Schutz der Dunkelheit entlang des Weges vor. Wie zwei große Schatten, die mit unzähligen anderen verschmolzen, schlugen sie sich durch das Dickicht. Dreißig Meter vor der Veranda versteckten sie sich im Gebüsch und beobachteten das Haus, das früher einmal Kendalls Großmutter Elvie Hancock gehört hatte.

Wortlos verständigten sie sich darauf, sich zu trennen. Einer verschwand in einem weiten Bogen nach links, der andere nach rechts. Im Schatten des Waldes, der das Grundstück umgab, umkreisten sie die Lichtung. Hinter dem Haus trafen sie wieder zusammen und zogen sich zu einem Lagerschuppen zurück.

»Hast du irgendwas bemerkt?«

»Still wie ein Grab.«

»Das heißt nicht, dass sie nicht drin ist mit ihrem Baby.«

»Und McGrath?«

»Wer weiß?«

Unentschlossen sahen sie einander an. Schließlich fragte einer den anderen: »Bist du bereit?«

»Also los.«

Sie hatten alles dabei, um die Hintertür zu knacken, aber sie war nicht verschlossen, sondern quietschte bloß leise, als sie aufgezogen wurde. Sie schlichen in die Gerätekammer und traten dann, ohne ein Geräusch zu verursachen, durch die Verbindungstür in die Küche.

Soweit sie erkennen konnten, war alles blitzblank aufgeräumt. In der Spüle standen keine Teller, und die Arbeitsfläche war ordentlich gewischt. Einer zog die Kühlschranktür auf, um einen Blick hineinzuwerfen, doch als die Lampe anging und der Motor zu brummen begann, drückte er sie hastig wieder zu.

Kendall fuhr hoch. »Was war das?«

»Was?«

Etwas hatte sie aufgeweckt, und sie zitterte. »Hast du was gehört?« flüsterte sie.

John hob den Kopf und lauschte. Im Haus war alles still. »Ich höre nichts. Was war denn?«

»Ich weiß nicht. Tut mir leid, dass ich dich geweckt habe. Wahrscheinlich habe ich geträumt.«

»Ein Albtraum?«

»Anzunehmen.«

Er ließ den Kopf wieder aufs Kissen sinken und kuschelte sich an ihre Schulter. »Das Baby schläft?«

»Tief und fest.«

Sie hatten Kevin nach dem letzten Stillen im Bett behalten. Er lag zusammengerollt an Kendalls Brust. Sie wiederum lag an Johns Körper geschmiegt, mit ihrem Po an seinem Bauch, ihrem Schenkel an seinem. Er legte den Arm über sie und Kevin. Sie zwang sich zu entspannen. In Johns Umarmung fühlte sie sich sicher und geborgen.

Trotzdem war sie froh, dass die Pistole immer noch in dem Versteck lag, das John unmöglich finden konnte. Sie hasste Waffen. Bamas Totenmaske war ihr als grauenvolle Mahnung geblieben, was man damit Entsetzliches anrichten konnte. Obwohl Matt immer wieder angeboten hatte, ihr das Schießen beizubringen, hatte sie noch nie eine Waffe abgefeuert.

Aber wenn Kevin und John in Gefahr waren, würde sie keinen Moment zögern, die Pistole auf einen Menschen zu richten.

Nun schlichen sie schon mehr als fünf Minuten auf Zehenspitzen durchs Haus und wussten immer noch nicht, ob ihr Opfer sich hier versteckt hatte.

Während sie durch das Wohnzimmer tappten, versuchten sie vergeblich zu erkennen, ob das Zimmer bewohnt aussah. Sie hätten eine Taschenlampe einschalten müssen, um nach verräterischen persönlichen Gegenständen Ausschau zu halten, aber das wagten sie nicht, aus Angst, sich zu verraten.

Nachdem sie ein paar Minuten weitergesucht hatten, drehte sich einer der beiden zum anderen um und zog übertrieben deutlich die Achseln hoch. Der andere gab ihm ein Zeichen, in den Schlafzimmern nachzusehen, wo sich ihr Opfer zu dieser Stunde am allerwahrscheinlichsten aufhalten würde.

Hintereinander traten sie in den Flur. Drei Türen gingen davon ab. Sie wollten gerade ins erste Zimmer treten, als der Vordere um ein Haar über etwas gestolpert wäre. Er bückte sich und hob den Gegenstand auf.

Es war ein Teddybär.

Er hielt ihn seinem Partner hin. Sie grinsten einander an. Der Vordere deutete auf das Zimmer auf der anderen Seite des Flurs und erhielt ein bestätigendes Nicken zur Antwort. Die Tür war nur angelehnt. Sie gaben ihr einen vorsichtigen Schubs. Langsam und geräuschlos schwang sie auf.

Sie pressten sich beiderseits neben der Tür an die Wand und zählten bis drei, dann stürzten sie hinein.

Kendall warf die erforderliche Anzahl Münzen in den Schlitz. Das Ferngespräch wurde durchgestellt, und das Telefon am anderen Ende begann zu läuten. Mit schweißnassen Händen umklammerte sie den Hörer.

Ricki Sue ging beim zweiten Läuten an den Apparat. »Bristol und Mathers.«

»Ich bin's. Sag nichts. Kannst du reden?«

»Heiliger Jesus, du lebst noch! Ich war krank vor Angst um dich. Du bist die brutalste Diät, der ich mich je unterzogen habe.«

»Ich weiß, dass du dir Sorgen machst, aber ich konnte einfach nicht früher anrufen, sollte es nicht mal jetzt tun.«

»Hast du wirklich einen US-Marshal gekidnappt?«, fragte Ricki Sue leise und eindringlich.

»Irgendwie schon.«

»Was soll das heißen? Hast du, oder hast du nicht? Herrje, wo steckst du?«

»Das kann ich dir um deinetwillen nicht sagen, und wir können auch nicht lange miteinander reden. Wahrscheinlich haben sie das Telefon angezapft.«

»Das würde mich nicht wundern. In Sheridan wimmelt's von FBI-Agenten, die alle nach dir suchen, Mädel.«

Das überraschte Kendall nicht. Trotzdem sackte ihr das Herz vollends in die Hose, als sie ihre Ängste so bestätigt hörte.

»Die Bullen waren auch schon ein paarmal in der Kanzlei«, erklärte ihr Ricki Sue. »Und sie haben sich alles zu Gemüte geführt, was irgendwie mit Kendall Deaton zu tun hat.«

»O Gott.«

»Sie haben sogar ein paar Leute im Haus deiner Großmutter postiert.«

»Drinnen?« Kendall wurde beinahe übel. Es wäre ihrer Großmutter zutiefst zuwider gewesen, dass man ihre Privatsphäre derart verletzte. »Das ist doch idiotisch – und völlig überflüssig dazu. Würde doch jedes Kind wissen, dass sie dort zuallererst nach mir suchen, deshalb wage ich mich nicht mal in seine Nähe.«

»Nicht nur das FBI ist der Meinung, du könntest vielleicht trotzdem aufkreuzen. Gestern Abend sind zwei Männer eingebrochen, die offensichtlich damit gerechnet haben, dich dort zu finden.«

»Zwei Männer? Was für zwei Männer?«

»Das FBI hatte eine Falle ausgelegt, aber die ist nicht zugeschnappt. Die Einbrecher sind entwischt, bevor jemand sie identifizieren konnte. Sie sind durch einen mörderischen Kugelhagel zu ihrem Auto gerannt, aber wie man hört, wurden sie nicht mal verwundet.«

»Aber wer…«

»Gerate nicht gleich in Panik, Kleine, aber es könnten dein Mann und sein Daddy gewesen sein.«

»Die sitzen doch im Gefängnis«, protestierte Kendall zaghaft.

»Nicht mehr. Sie sind vor drei Tagen entwischt.«

Kendall legte augenblicklich auf, klammerte sich aber mit beiden Händen an den Hörer wie an eine Rettungsleine. Sie hatte Angst davor, dass sie sich nur umzudrehen brauchte, um Matt und Gibb gegenüberzustehen, die mit einem zynischen Lächeln auf sie warteten.

»Sind Sie fertig, junge Dame?«

Kendall zuckte zusammen und sah sich hastig um. Ein Mann in Baseballkleidung und Sportschuhen wartete ungeduldig darauf, dass sie das Telefon freigab.

»Tut mir leid.«

Sie eilte mit gesenktem Kopf davon. An der Tankstelle schien alles seinen gewohnten Gang zu gehen. Ein Kunde betankte seinen Wagen. Ein zweiter warf Münzen in den Zigarettenautomaten ein. Zwei Mechaniker standen unter einem Auto auf der Hebebühne und berieten sich mit dem Autobesitzer.

Niemand schenkte der burschikosen jungen Frau in Jeans und Turnschuhen auch nur die geringste Beachtung; und tatsächlich hatte diese Frau keinerlei Ähnlichkeit mehr mit den Fahndungsfotos von Kendall Burnwood, der vermissten Pflichtverteidigerin.

Überall in den Südstaaten würde die Polizei nach dem Wagen Ausschau halten, mit dem sie aus Stephensville verschwunden war. Das Auto stellte eine fahrende Zielscheibe dar, und sie ging bei jeder Fahrt ein enormes Risiko ein. Aber sie hatte unbedingt herausfinden müssen, wie ihre Verfolger vorankamen und wie dicht sie ihr auf den Fersen waren.

Sie eilte zurück zum Auto. Zumindest die Nummernschilder sollte sie so schnell wie möglich wechseln. Die Hitze im Auto wollte sie versengen, aber Kendall schlotterte, als sie auf den Highway einbog und nach Hause fuhr.

Nach Hause?

Ja. Diese Adresse war genauso ihr Zuhause wie Großmutters in Sheridan. Ihr Großvater hatte den Bauernhof einst von einem Onkel geerbt. Er selbst fand kaum mehr die Gelegenheit, sein Erbe vor seinem Tod zu genießen, doch Kendall und ihre Großmutter hatten jeden Sommer dort verbracht.

Sowie die Schulferien begannen, fuhren sie hinaus aufs Land, wo sie in die idyllischen Tage hineinfaulenzten. Manchmal gingen sie angeln, manchmal machten sie Obst ein, das sie am Straßenrand gekauft hatten, manchmal taten sie gar nichts, außer sich gegenseitig Gesellschaft zu leisten. Abends lasen sie sich Geschichten vor, wanden auf der Veranda Gänseblümchenkränze oder gingen an ihrer Lieblingsstelle beim Wasserfall picknicken.

Nie hatten sie dort Gäste empfangen. Niemand hatte ihnen je bei dieser sommerlichen Atempause Gesellschaft geleistet. Ihre Freunde wussten, dass sie jedes Jahr Anfang Juni aus Sheridan verschwanden und erst Anfang September wieder auftauchten, aber keiner hätte sagen können, wohin sie sich zurückzogen. Deshalb hatte Kendall gewusst, dass sie dort in Sicherheit waren.

Aber wie sicher konnten sie jetzt noch sein, da Matt und Gibb sich frei bewegten?

Pepperdyne war wahrscheinlich am Verzweifeln. Er hatte seine Hauptzeugin verloren, seinen Freund John McGrath und jetzt auch noch die Hauptverdächtigen. Kendall hatte ihn als guten Kerl mit rauer Schale empfunden. Sie konnte es ihm nicht übel nehmen, dass er sich an seine Pflichten hielt. Aber sie würde alles in ihrer Macht Stehende unternehmen, damit er sie nicht erwischte.

Trotzdem wäre es immer noch besser, verhaftet als von Matt und Gibb gefunden zu werden. Und sie würden sie finden. Sie hatte nur eine Chance: Sie musste ihnen immer einen

Schritt voraus bleiben, bis man die beiden wieder gefasst und ins Gefängnis verfrachtet hatte. Sie wusste, dass sie Kevin einpacken und noch in dieser Nacht verschwinden musste.

Aber was sollte dann aus John werden?

Er brauchte zwar immer noch eine Krücke, war im übrigen jedoch fast vollkommen wiederhergestellt. Sie konnte ihn mit gutem Gewissen verlassen. Die Sache hatte nur einen Haken – sie wollte nicht.

Wenn sie ihn hingegen liebte, musste sie ihn dann nicht erst recht verlassen? Solange er bei ihr war, schwebten sie alle drei in Gefahr. Er würde nicht zulassen, dass die Burnwoods ihr oder Kevin, mit dem er täglich besser zurechtkam, ein Haar krümmten. Wenn er versuchte, sie zu beschützen, konnte ihn das sein Leben kosten, und er würde sterben, ohne letzten Endes zu wissen, warum.

Das durfte nicht geschehen. Sie konnte nicht mit ihm zusammenbleiben, doch auch wenn sie ihr Leben ohne ihn verbringen musste, so wollte sie doch sichergehen, dass er nicht umkam. Was sollte sie also tun? Sich stellen?

Sofort verwarf sie den Gedanken. Ricki Sue hatte gesagt, dass das FBI in der Kanzlei herumgeschnüffelt und ihre Vergangenheit ausspioniert hätte. Wenn man die Wahrheit über sie herausfand, war ihre Glaubwürdigkeit gleich Null.

Sie wäre nicht mehr als Zeugin zu gebrauchen, und was ergab sich daraus? Entweder würde man sie deswegen verklagen, dass sie John entführt hatte, und hinter Gitter bringen, oder man würde sie laufen lassen und sie damit Matt, seinem Vater und ihren Jüngern ausliefern.

Ihre einzige Chance war, einmal mehr zu fliehen. Jetzt ärgerte sie sich, dass sie Kevin bei John gelassen hatte. Hätte sie das Baby dabeigehabt, hätte sie einfach weiterfahren können. Es hätte ihr das Herz gebrochen, John nicht mitzunehmen, sich nicht von ihm verabschiedet zu haben – doch davonzulaufen, nachdem sie ihn noch einmal gesehen hatte, würde noch mehr Kraft erfordern.

Ihr blieb leider keine Wahl.

»Wer hat das verbockt?«

Die Beamten wanden sich unter Pepperdynes unheilverkündendem Blick, sagten aber kein Wort. Sie wagten nicht mal zu atmen. »Also?« Seine Stimme ließ die Fensterscheiben des Polizeireviers in Sheridan, Tennessee, erklirren, wo er seit kurzem Posten bezogen hatte.

Einer der beiden Beamten, die an dem vermasselten Einsatz in der vergangenen Nacht beteiligt gewesen waren, brachte schließlich den Mut zu einer Antwort auf. »Wir haben das Haus beschattet, seit sie verschwunden ist, Sir, ohne dass sich jemals irgendwas gerührt hätte.«

»Und?«

»Und wir… äh… haben's verbockt«, vollendete der Beamte seine Erklärung betreten.

»Sir?«, meldete sich der andere schüchtern zu Wort. »Wir haben nicht auf die Flüchtigen gezielt, weil wir Angst hatten, es könnte vielleicht doch Mrs. Burnwood sein. Oder Marshal McGrath.«

»Genau, Sir«, stimmte sein Partner ein, dankbar für jede noch so dürftige Entschuldigung. »Was, wenn es die beiden gewesen wären, und sie hätten das Baby dabeigehabt?«

»Wir wissen aber nicht, ob es die beiden gewesen sind. Vielleicht waren es ja auch Rotkäppchen und der große böse Wolf. Wir wissen nicht, wer es war, richtig? Weil Sie weder die Eindringlinge noch ihr Auto identifiziert haben.«

»Mrs. Burnwood war es tatsächlich nicht«, räumte der Erste ein. »Es waren hundertprozentig zwei Männer.«

»Ach so, hundertprozentig zwei Männer. Das hilft uns ja enorm weiter. Vielleicht waren es Batman und Robin.«

Pepperdyne atmete tief aus und machte dabei einem Strom von Obszönitäten Luft. »Sie beide werden heute eine Stunde auf der heißesten, sonnigsten Schießanlage in ganz Tennessee trainieren. Und Sie werden schießen, bis Ihnen die Finger rauchen. Weil Sie gestern Abend nicht einmal eine Kuh auf zwei Meter Entfernung getroffen hätten.« Einer der Beamten musste dummerweise grinsen. »Sie finden das lustig?«, brüllte Pepperdyne. »Sie üben zwei Stunden. Und jetzt aus meinen Augen, bevor ich wirklich wütend werde.«

Hastig preschten sie aus dem Raum und zogen die Tür hinter sich zu. Pepperdyne ließ sich in seinen Schreibtischsessel fallen und raufte sich die Haare. Der Optimismus, den er bei seiner Rückkehr nach Stephensville empfunden hatte, wo man ihm die Beschreibung des Autos vorlegte, war längst verflogen.

Seit er diesen Fall bearbeitete – damals, als sie irrtümlich geglaubt hatten, es mit einem Computerfehler zu tun zu haben –, hatte er keine ruhige Minute mehr gehabt. Wenn der Computerfritze die gemeldeten Daten nicht für unsinnig erklärt hätte, wäre Ruthie Fordham noch am Leben und Mrs. Burnwood nicht zusammen mit John verschwunden. Bis sie ihren Irrtum bemerkt und das Datenpuzzle aufgelöst hatten, war John schon geradewegs auf dem Weg ins Verderben gewesen. Sie hatten noch versucht, ihn über das Autotelefon zu erreichen, doch ohne Erfolg. Es war zu dem Unfall mit dem gefällten Baum gekommen und sein Gedächtnis ausradiert worden.

Herrgott. Wie bizarr.

Der Ausbruch der Burnwoods aus dem Gefängnis von Prosper war die nächste Niederlage. Jetzt musste er Mrs. Burnwood und John nicht nur finden, sondern er musste sie unbedingt aufspüren, bevor diese Wahnsinnigen sie fanden. Keine leichte Aufgabe. In Denver war sie ein ganzes Jahr lang untergetaucht, ehe sie sie dort aufstöberten.

Sie war nicht so dumm, in ihren Heimatort zurückzukehren, aber irgendwer nahm das offenbar an. Und diese Leute hatten gestern Nacht im Haus ihrer Großmutter nach ihr gesucht.

Pepperdyne war das Debakel einerseits peinlich, andererseits machte es ihm Angst. Er fürchtete, die beiden Eindringlinge zu kennen – Gibb und Matt Burnwood.

Er sah auf das Foto von Mrs. Burnwood, das man an alle Polizeistationen übermittelt hatte. Dann schaute er auf die Polizeifotos, die ihm vor nicht mal einer Stunde gefaxt worden waren. Beim Anblick von Lottie Lynams blutiger, nackter Leiche drehte sich ihm der Magen um.

Den Blick auf das Foto von Matt Burnwoods Frau gerichtet, murmelte er: »Madam, Sie können nur hoffen, dass ich Sie finde, bevor er und sein Vater es tun.«

Und was, zum Teufel, trieb John eigentlich die ganze Zeit?

35. Kapitel

John beobachtete von der Haustür aus, wie Kendall wegfuhr, dann humpelte er ins Schlafzimmer zurück, wo Kevin auf dem Rücken in seinem Ställchen lag.

»Äh, pass auf, mir bleibt nicht viel Zeit. Du musst also mithelfen, okay? Du bleibst fein hier. Ich bin nicht lange fort… bestimmt nicht! Also entspann dich einfach, bis ich zurückkomme.«

Er zögerte, als könnte ihm das Baby vielleicht widersprechen. Kevin blubberte Bläschen und fuchtelte mit den Fäusten. Nichts deutete darauf hin, dass er was dagegen hatte, allein gelassen zu werden.

»Also gut«, sagte John und wandte sich um.

Er war schon aus dem Haus, als er stehenblieb, weil er glaubte, etwas gehört zu haben. Ein Husten? Ein Wimmern? Eine Reihe grauenvoller Möglichkeiten schoss ihm durch den Kopf. Feuer. Wilde Tiere. Insekten. Kindstod.

»Scheiße.«

Mühsam humpelte er zurück. »Also gut, Sportsfreund. Hoffentlich stehst du das durch.« Dann murmelte er vor sich hin: »Hoffentlich stehe ich das durch.«

Er legte das Babytuch um, mit dem Kendall das Kind manchmal vor ihrer Brust trug. Die Krücken lehnte er gegen das Gitter des Ställchens und hob Kevin, auf einem Bein balancierend, heraus.

»Ja, ja, das wird ein Riesenspaß«, knurrte er, als Kevin fröhlich gurgelte. Sobald Kevin bequem verstaut war, nahm er die Krücken wieder auf und marschierte erneut los.

»Aber deine Mutter erfährt nichts davon, kapiert? Sie ist schwer auf Draht, deine Mutter. Sie hat mir meine Waffe wieder weggenommen, deshalb kann ich sie nicht dazu zwingen, dass sie uns hier rausfährt. Ich könnte ja selbst fahren, aber bis ich wieder da wäre, wäre sie bestimmt verschwunden.«

Er schaute auf das Kind hinunter. »Du weißt nicht zufällig, wo sie meine Waffe versteckt hat, oder? Sie ist zu gerissen, um sie wegzuwerfen, aber meinst du, ich finde das Scheiß… Verzeihung, das blöde Ding? Ich habe das ganze Haus auf den Kopf gestellt.«

Bald waren sie an der Hauptstraße, wo er kurz innehielt, um Luft zu holen. Schon jetzt war er klatschnass. Schweiß tropfte ihm von der Stirn und brannte ihm in den Augen. Er konnte ihn kaum wegwischen, weil er beide Hände an den Krücken brauchte. Ihm war von Anfang an klar gewesen, dass diese Expedition ein kräftezehrendes Unternehmen sein würde, und dabei hatte er Kevins zusätzliche fünfzehn Pfund nicht einkalkuliert.

Er marschierte in Richtung des Hauses, das ihm damals bei einer Stadtfahrt mit Kendall aufgefallen war. »Ganz ehrlich, deine Mutter ist gewitzter, als gut für sie ist«, schnaufte er. »Sie sollte mir die Pistole zurückgeben. Ich kann besser damit umgehen, falls das irgendwann notwendig werden sollte.«

Er redete, um nicht daran denken zu müssen, wie weit dieser Ausflug noch von einem erfolgreichen Abschluss entfernt war. Ihm fehlte die Kondition, deshalb keuchte er jetzt schon. Der Nachmittag war heiß und schwül. Er hielt sich zwar im Schatten, so gut das ging, aber auch das brachte kaum Erleichterung.

Es blieb wenig Zeit. Er musste vor Kendall wieder im Haus sein und hatte keine Ahnung, wie lange sie wegbleiben würde. Als er damals mit ihr in den Ort gefahren war, hatte er im Geist die Entfernung abgeschätzt. Alles in allem mochten es vielleicht zwölf Meilen pro Fahrt gewesen sein. Wenn er die kurvigen Straßen und die Zeit für die Einkäufe mit einrechnete, konnte sie unmöglich früher als in einer halben Stunde zurück sein. Solange hatte er höchstens Zeit, Hilfe zu holen.

Aber er kam nur langsam voran und war außer Form. Wenn er Glück hatte, würde ihn ein Auto bis zum nächsten Telefon mitnehmen. Mehr brauchte er nicht – nur eine Minute bei einem Telefon.

Er warf einen Blick auf seine Armbanduhr. Sieben Minuten, seit sie losgefahren war. Die Muskeln in seinem Rücken und seinen Armen brannten, aber er zwang sich, schneller zu humpeln.

Seine Bemühungen wurden belohnt, als er eine Hügelkuppe erklomm und das Haus erblickte, das er sich damals eingeprägt hatte. Es lag eine Viertelmeile weit weg, vielleicht weniger. Die Entfernung war schwer zu schätzen, weil Hitze vom Asphalt aufstieg und das Bild verschwimmen ließ.

»Wenn ich alles gebe, könnte ich es in vier Minuten schaffen«, erklärte er Kevin. »Höchstens fünf. Jedenfalls bin ich verrückt. Wieso unterhalte ich mich eigentlich mit jemandem, der mich unmöglich verstehen kann? Vielleicht liege ich ja noch im Koma und habe einen Wahnsinnsalbtraum. Das ist es. Du bist nur ein Traum. Du…«

Plötzlich musste John lachen. »Du pinkelst mich an, stimmt's?« Der heiße Bach rann ihm über die Brust. »Eine schlagende Methode, mir zu beweisen, dass du kein Traum bist.«

Die einseitige Konversation hatte dazu beigetragen, ihn von seinen schmerzenden Muskeln, der schwelenden Hitze und der Entfernung vor ihm abzulenken. Er war überglücklich, als er die Zufahrt zu dem Haus erreicht hatte. Die Steigung hinauf kostete ihn die letzten Kräfte. Als er die Veranda erreicht hatte, wurde ihm schwarz vor Augen.

Er lehnte sich erschöpft an einen Balken und rief: »Hallo?« Zu seiner eigenen Überraschung drang nur ein heiseres Krächzen aus seiner Kehle. Er atmete ein paarmal tief durch, schluckte so viel Speichel, wie er noch sammeln konnte, und versuchte es abermals: »Hallo?«

Kevin begann zu weinen. »Psst. Ich meine doch nicht dich.« Aufmunternd tätschelte er Kevins Popo. Das Baby verstummte, wirkte aber angespannt. Seine Mundwinkel waren nach unten gezogen, und Tränen schimmerten in seinen Augen.

»Ich weiß, wie du dich fühlst, Kumpel. Mir ist auch zum Heulen zumute.«

Jetzt, als er das Haus näher inspizierte, wurde ihm klar, dass niemand daheim und auch schon länger niemand mehr hier gewesen war. Die Topfpflanzen auf der Veranda dorrten als braune, leblose Stängel vor sich hin. Alle Fensterläden waren zu. In den Türwinkeln hatten sich Spinnen häuslich eingerichtet.

Und jetzt? Seine Kleider tropften vor Schweiß. Er brauchte Wasser, bevor er sich auf den Rückweg begab. Und das Baby…

Herr Jesus! Wenn er sich schon ausgetrocknet fühlte, dann musste es Kevin noch schlimmer gehen. Er erinnerte sich, gehört zu haben, dass Babys eine höhere Körpertemperatur hatten als Erwachsene. Er presste die Hand auf Kevins Stirn. Sie glühte: Er schien innerlich zu verbrennen.

Augenblicklich schob sich John eine Krücke unter den Arm und richtete sich wieder auf. Mit einem Blumentopf schlug er eine Scheibe in der Haustür ein, fasste hinein, schob den Riegel beiseite und öffnete die Tür.

Es war ihm gleichgültig, ob dadurch bei der Ortspolizei Alarm ausgelöst wurde. Er hatte nichts dagegen, festgenommen zu werden, seit er wusste, dass er kein Krimineller auf der Flucht war. Bis dahin brauchten er und das Baby vor allem Flüssigkeit.

Es war kein großes Haus. Die Zimmer sahen schon lange nicht mehr bewohnt aus und zeigten deutliche Spuren der Vernachlässigung. Aber John hastete so schnell durch die Räume, dass er kaum etwas wahrnahm. Innerhalb weniger Sekunden hatte er die Küche entdeckt, war ans Waschbecken getreten und hatte den Wasserhahn aufgedreht. Nichts.

»Verdammt!«

Doch dann hörte er ein Klopfen, Rasseln und Zischen, und plötzlich sprudelte Wasser aus dem Hahn. Anfangs war es rostig, doch nach einiger Zeit wurde der Strahl klar. John schöpfte es mit der Hand und schluckte gierig. Dann ließ er es sich über den Nacken laufen.

Mit der nächsten Handvoll benetzte er Kevins Kopf. »Besser so? Kühler?« Er wusch die roten Babywangen ab.

Aber Kevin brauchte die Flüssigkeit vor allem innerlich. Plötzlich ging John auf, dass er nichts hatte, um dem Kind das Wasser einzuflößen. Kendall gab ihm manchmal Wasser oder Saft aus einem Fläschchen zu trinken, aber natürlich hatte John nicht daran gedacht, eine Flasche mitzunehmen. In den Schränken standen Gläser, aber wenn er versuchte, Kevin das Wasser aus einem Glas zu geben, dann würde er sich vielleicht verschlucken. Das Kind konnte nur saugen, wie also…

Ohne lange nachzudenken, hielt er den Zeigefinger unter den Wasserhahn. Dann fuhr er mit der tropfenden Fingerspitze an Kevins Mund und presste sie auf die kleinen Lippen. Augenblicklich begann Kevin zu saugen.

Das Gefühl war fremdartig und irgendwie beunruhigend, aber zugleich eigenartig befriedigend. »Nicht gerade Muttermilch, was, mein Kleiner?«, murmelte er, während er den

Finger erneut nass machte und Kevin das Wasser wieder ablutschen ließ.

John fragte sich, was seine Freunde und Kollegen wohl denken würden, wenn sie ihn so sähen. Wahrscheinlich würden sie ihren Augen nicht trauen.

Und Lisa? Vergiss es. Lisa hatte ihn als selbstsüchtigen Hurensohn bezeichnet, weil er sich geweigert hatte, mit ihr ein Kind zu zeugen. Er hatte sich sogar geweigert, auch nur darüber zu diskutieren. An dieser Auseinandersetzung war ihre Beziehung endgültig zerbrochen.

»Meine biologische Uhr läuft langsam ab«, hatte sie eines Abends verkündet.

»Dann zieh sie wieder auf«, knurrte er hinter seiner Zeitung hervor.

Sie schleuderte ein Kissen auf ihn. Er ließ die Zeitung sinken, denn er ahnte, dass sie kurz vor der Entscheidungsschlacht standen, dem Waterloo ihrer Beziehung. Sie hatte das Thema schon öfter angeschnitten, doch er war jedes Mal ausgewichen. Diesmal griff sie direkt an.

»Ich möchte ein Baby, John. Und ich möchte, dass du der Vater bist.«

»Ich fühle mich geschmeichelt, aber nein, danke. Ich will kein Baby. Hab' nie eins gewollt. Und werde nie eins wollen.«

»Warum nicht?«

»Dafür gibt es tausend Gründe.«

Sie vergrub sich tiefer im Sessel, wie ein Soldat, der sich in seinem Schützengraben verbarrikadiert und sich für den Kampf Mann gegen Mann bereit macht. »Ich hab's nicht eilig. Fang einfach an.«

»Erstens«, sagte er, »kann das nicht funktionieren. Wir sind beide viel auf Reisen und selten daheim.«

»Ich würde Erziehungsurlaub nehmen. Was ist das nächste Hindernis?« Ihre kecke Antwort irritierte ihn.

»Also, genug…«

Fast hätte er gesagt, dass er sie nicht genug liebte. Er war der festen Überzeugung, dass jedes Kind es wenigstens verdient hatte, von zwei Menschen gezeugt zu werden, die sich liebten.

John war noch vor seinem zweiten Geburtstag selbst zum Scheidungsopfer geworden und hatte nie in einer richtigen Familie gelebt. Bis er alt genug war, um auf sich selbst aufzupassen, war er zwischen zwei vielbeschäftigten Individuen hin und her geschoben worden, für die er ein lästiges Anhängsel und das lebende Mahnmal ihrer missglückten Ehe war.

Seine Eltern hatten sich eifrig und auch erfolgreich ihren jeweiligen Karrieren gewidmet. Sein Vater hatte eine Professur in der geisteswissenschaftlichen Fakultät einer äußerst angesehenen Universität übernommen. Die Mutter war stellvertretende Direktorin eines großen Architekturbüros.

Doch als Eltern hatten beide hoffnungslos versagt. Abgesehen von den obligatorischen Anrufen an hohen Feiertagen, hatte er kaum mehr Kontakt mit ihnen. Ganz bestimmt beeinflussten sie sein Leben in keiner Weise und hätten das auch gar nicht gewollt. Ihre seltenen Gespräche verliefen höflich, aber distanziert. Von Geburt an war er sich wie ein Eindringling vorgekommen. Und an dieser Selbsteinschätzung hatte sich in den vergangenen dreiundvierzig Jahren nichts geändert.

Darum hegte er auch eine gewisse Verachtung für Heim und Herd. Aufgrund seiner zerrissenen Familie hatte er es nie gelernt, Beziehungen länger aufrechtzuerhalten, und nie den Wunsch entwickelt, Vater zu werden. Ganz im Gegenteil.

Er lehnte Kinder nicht prinzipiell ab. Tatsächlich hatte er Mitleid mit ihnen. Allzu oft war hilfloser Nachwuchs kranken Eltern ausgeliefert. Wenn jemand von vornherein wusste, dass er mit Sicherheit ein lausiger Vater werden würde, warum sollte er dann ein Baby zeugen?

Während seiner Psychologie-Ausbildung hatte er gelernt, wie sehr Eltern die emotionale Entwicklung eines Kindes behindern konnten. Ein ganz normales Baby konnten sie durchaus in einen nicht anpassungsfähigen Erwachsenen und schlimmstenfalls in einen Massenmörder verwandeln. Und die Eltern brauchten nicht einmal böswillig zu sein oder ihr Kind zu misshandeln, um grauenvolle Fehler zu begehen – dazu reichte schon Selbstsucht aus.

Deshalb hatte er sich geweigert, ein Baby mit Lisa zu zeugen – denn so egoistisch war er nicht. Er bezweifelte aufrichtig, dass er und Lisa zusammen alt werden wollten. Es war unverantwortlich, ein Kind zu zeugen, wenn sich einigermaßen deutlich vorhersehen ließ, dass man es unglücklich machen würde.

Hinzu kam das Fiasko, dessentwegen er das FBI verlassen hatte. Als hätte sie seine Gedanken gelesen, rührte Lisa an genau diese Wunde. »Hat das irgendwas mit dem zu tun, was da unten in New Mexico passiert ist?«

»Nein.«

»Ich glaube schon.«

»Nein.«

»Wenn du nur darüber reden würdest, John, dann würdest du dich besser fühlen.«

»Ich will nicht darüber reden, und ich will kein Baby. Basta. Ende der Diskussion.«

»Du selbstsüchtiger Hurensohn!«

Sie schmollte tagelang, ehe sie sich dazu herabließ, wieder mit ihm zu sprechen. Er traute ihr zu, dass sie sich ohne seine Zustimmung von ihm schwängern ließ, deshalb ließ er sich einen Termin für eine Sterilisation geben und benutzte bis dahin Kondome.

Ehe die Operation stattfinden konnte, hatte Lisa die Kondome satt und verschwand für immer aus seinem Leben. Kurz danach war er nach Denver gerufen worden, um eine Zeugin nach South Carolina zu überführen.

Und jetzt stand er hier und gab einem Baby zu trinken, indem er es an seinem Zeigefinger nuckeln ließ. Vor drei Wochen hätte er sich nicht mal in die Nähe eines Säuglings gewagt, selbst wenn es um sein Leben gegangen wäre. Und erst recht hätte er keines berührt oder gar mit einem geredet. Was er jetzt gerade tat, befand sich jenseits seiner bisherigen Weltanschauung.

»So kann das Leben spielen, was, Kevin?«

Das Baby wirkte jetzt zufrieden und still. John warf einen Blick auf die Uhr. Scheiße. Schon dreiundzwanzig Minuten, seit Kendall losgefahren war. Sie durfte auf gar keinen Fall vor ihm zurückkommen. Solange sie glaubte, dass er immer noch unter der Amnesie litt, war er im Vorteil. Wenn sie herausfand, dass er das Haus verlassen hatte, um ein...

Telefon!

Vor lauter Eile, dem Baby möglichst schnell etwas zu trinken zu geben, hatte er total vergessen, weshalb er eigentlich hier war. Er drehte das Wasser ab und stelzte ins Wohnzimmer zurück. Da stand es, direkt neben dem Sofa, ein altmodischer Wählscheibenapparat.

John lachte, als er den Hörer abhob. Dann merkte er, dass die Leitung tot war. Er drückte ein paarmal auf die Gabel, in der Hoffnung, dass das Telefon wie die Wasserleitung vielleicht bloß eingerostet war. Doch nichts tat sich, und jetzt vergeudete er seine Zeit.

Mit Kevin in dem Tragetuch vor der Brust, zog John die Eingangstür fest hinter sich zu. »Tut mir leid wegen der Scheibe«, entschuldigte er sich bei den abwesenden Besitzern, während er sich die Stufen hinunterließ und die Krücke aufhob, die er auf der Veranda hatte liegen lassen.

Wenigstens ging es auf dem Rückweg bergab, aber die Hitze war lähmend, und seine Muskeln, die gewöhnlich jede Woche durch zwei oder drei ausgiebige Besuche im Fitnesszentrum auf Trab gehalten wurden, fühlten sich an wie mit Nadeln gespicktes Gelee.

Als er den Briefkasten am Anfang der Auffahrt erreichte, lehnte er sich erschöpft dagegen und sog Luft in seine brennende Lunge. Der Metallbehälter glühte und brannte nach ein paar Sekunden ein Mal auf seinen Oberarm.

Leg eine Nachricht in den Briefkasten, du Trottel!

Die Eingebung wog alle Schmerzen auf. Er konnte heute abend eine Nachricht schreiben, sich rausschleichen und sie zum Postkasten bringen. Am besten adressierte er sie an den Briefträger und bäte ihn, die Polizei zu informieren. Außerdem würde er die Telefonnummer seines Büros und die von Pepperdyne draufschreiben, falls der Postbote den Brief für einen Lausbubenstreich hielt und die Sache erst überprüfen wollte. Dann würde er die rote Fahne hochstellen, die dem Briefträger anzeigte, dass etwas mitzunehmen war. Mit ein bisschen Glück würde der gute Mann sie morgen bemerken und anhalten. Vielleicht könnte er ihn ja sogar persönlich abfangen.

Der Plan weckte neue Energie in John. Die letzte Strecke zum Haus legte er in doppeltem Tempo zurück. Trotzdem hörte er, als er die Veranda erreicht hatte, in der Ferne Räder knirschen.

Er ließ eine Krücke im Wohnzimmer fallen und humpelte über den Flur ins Bad. Rasch drehte er den Türknauf von innen zu und lehnte sich mit dem Kopf dagegen. Seine Muskeln im ganzen Körper tobten auf, sein Atem rasselte wie eine Dreschmaschine. Hemd und Hose waren klitschnass, er stank.

Wenn Kendall ihn so sah, würde sie sofort merken, dass da etwas im Busch war.

Obwohl er vor Erschöpfung zitterte, hob er Kevin aus dem Tragetuch und legte ihn auf die Badematte am Boden. »Du steckst genauso mit drin!« Er drückte den Stöpsel in den Abfluss und drehte das Wasser auf.

Er hörte ihre Schritte auf der Veranda.

»John?«

Panisch strampelte er sich aus seinen Kleidern, stopfte seine verschwitzten Sachen in den Wäschesack und nahm sich dann Kevin vor.

»John?«

»Ja?«

Bis auf die Windel war Kevin nackt.

»Wo steckst du?«

»Kendall?« Weg mit der Windel! »Bist du schon wieder zurück?«

John hängte das Gipsbein über den Wannenrand und ließ sich vorsichtig ins Wasser sinken. Es war nicht einfach, aber schließlich schaffte er es, sich so weit vorzubeugen, dass er den Kopf unter den Hahn hängen und sein Haar nass machen konnte. Dann fischte er das nackte Baby vom Badezimmerboden auf.

»Du bist ein echter Kumpel«, flüsterte er, während er sich zurücksinken ließ und das Baby auf seine Brust bettete. »Das Tuch kriegen wir auch noch weg.«

»John, was treibst du denn? Wo ist Kevin?«

»Was? Ich kann dich nicht verstehen, Kendall. Das Wasser rauscht so.«

»Wo ist Kevin?«

»Hier bei mir.« Er ließ Wasser über das Baby laufen, das vor Freude jauchzte und mit den Händchen auf Johns Brust patschte.

»Bei dir?«

»Natürlich. Was glaubst du denn?«

Sie drehte am Türknauf. »Du hast die Tür abgeschlossen.«

»Oh, ganz aus Gewohnheit«, log er.

»Mach auf.«

»Ich liege schon in der Wanne. Und es ist verdammt kompliziert, mit diesem Gips rauszusteigen.«

»Dann komme ich rein.«

Das hatte er nicht anders erwartet. Die Panik in ihrer Stimme hörte er genau. Vielleicht waren sie inzwischen ein Liebespaar, aber das hieß nicht, dass sie ihm vertraute.

Kluges Mädchen.

Hätte er heute die Möglichkeit dazu gehabt, hätte er sie verpfiffen. Hätte jemand in dem Haus gewohnt, hätte das Telefon funktioniert, hätte er einen Wagen anhalten können… wären jetzt schon Polizeistaffeln unterwegs, um sie wieder zu verhaften.

Heute hatte er keinen Erfolg gehabt, aber er würde es immer wieder probieren, morgen und übermorgen, egal, wie lange es dauerte. Ohne seine Waffe und mit dem kaputten Bein konnte er ihr kaum Rückendeckung bieten, falls Mitglieder der Bruderschaft nach ihr suchten.

Ihre Aussage wurde gebraucht, um die Burnwoods dingfest zu machen. Außerdem hatte sie ohne den Schutz der Regierung keine Chance gegen die geheime Miliz. Er würde dafür sorgen, dass sie diesen Schutz erhielt, auch wenn er damit ihren Hass heraufbeschwor.

Schlösser mit Haarnadeln zu knacken, hatte sie im College gelernt. Kendall platzte herein und blieb wie angewurzelt stehen, als sie die beiden in der Wanne liegen sah. Sie gaben ein einigermaßen wunderliches Bild ab – er mit einem Gipsbein über dem Badewannenrand und Kevin, der klein und rosa auf seiner Brust zappelte.

»Du kannst dich gleich zu uns gesellen«, bot er scheinheilig an. »Obwohl es vielleicht ein bisschen eng wird. Kannst du bitte das Wasser abdrehen? Ich glaube, es ist inzwischen tief genug.«

»Was tust du da?« Ihre Stimme klang schrill vor Angst, so als hätte sie seine freundliche Begrüßung überhaupt nicht wahrgenommen.

Er sah sie verwirrt an. »Ich bade.«

»Mit Kevin?«

»Warum nicht? Ich dachte, es würde ihm auch gefallen.«

»Das Haus sah so verlassen aus, als ich heimkam. Ich hatte keine Ahnung, wo ihr seid. Kevin lag nicht in seinem Ställchen. Ich dachte... ich weiß nicht, was ich dachte.«

Sie ließ sich auf dem Deckel der Badezimmerkommode nieder und konnte die Tränen kaum zurückhalten; ihr Gesicht war bleich und die Lippen völlig blutleer. Sie senkte den Kopf und massierte sich die Schläfen. Irgendwie wirkte sie verstört, und John glaubte nicht, dass das einzig darauf zurückzuführen war, dass sie einen Moment lang Kevin nicht fand...

Es musste etwas vorgefallen sein.

Was? Sie wirkte noch erschütterter als neulich, was mit ihrer Rasur geendet hatte, um sich wenigstens notdürftig zu tarnen. Er musste wissen, was diesmal los war. Hatte sie neue Informationen? Und wieso wühlten diese sie so auf?

Sie ließ die Hand in den Schoß sinken und hob den Kopf. »Bitte jag mir nie wieder solche Angst ein, John.«

Ihr Blick und das Beben in ihrer Stimme gaben ihm das Gefühl, ein astreiner Schweinehund zu sein. »Ich wollte dir keine Angst einjagen.«

Um nicht völlig zu kapitulieren, rief er sich ins Gedächtnis, dass diese Frau, so erbarmungswürdig sie auch mit ihrer verzweifelten Miene und dem zerwühlten Haar aussah, zweimal gegen Bundesgesetze verstoßen hatte – erstens seine Entführrung und zweitens ihre Flucht, um nicht aussagen zu müssen.

Es war seine Pflicht als Marshal, alle erforderlichen Maßnahmen zu ergreifen, um sie unverletzt vor Gericht zu bringen. Gut, seine Vorgehensweise war vielleicht ein bisschen unorthodox, aber nirgendwo im Ausbildungshandbuch stand etwas darüber, wie man sich unter diesen besonderen Umständen zu verhalten hatte. Er schlug sich durch, so gut er konnte.

Um diesen Auftrag hatte er nie gebeten. Erst hatte ihn Jim, dann Kendall in die Sache reingeritten. Es war also nicht seine Schuld, wenn er die Regeln während des Spiels ein paarmal ändern musste. In diesem Fall erforderte es sein Job, sein wiedergefundenes Gedächtnis geheimzuhalten, sich mit dem Baby anzufreunden und mit Kendall zu schlafen.

Tolle Ansprache, McGrath. Wenn er sich das oft genug vorsagte, würde er es am Ende sogar selber glauben.

36. Kapitel

Ricki Sue zupfte ungeduldig an einem Stück Haut, das von ihrem Daumen wegstand. Als der alte Bristol persönlich vor ihrem Schreibtisch erschienen war und sie gebeten hatte, ihm zu folgen, hatte sie so getan, als würde der oberste Chef sie jeden zweiten Tag zu sich bitten.

Ohne auf die neugierigen Blicke der Angestellten und juristischen Assistenten zu reagieren, folgte sie dem vorauswatschelnden Bristol mit durchgedrückten Schultern und hoch erhobenem Kopf über den mit Teppichboden ausgelegten Gang in den Konferenzraum, wo er ihr die massive Holztür aufhielt.

»Bitte warten Sie hier, Miss Robb. Man wird gleich zu Ihnen kommen.«

Na klar, dachte sie.

Inzwischen saß sie hier seit über einer halben Stunde, und »man« war immer noch nicht da. Der Konferenzraum wurde selten benutzt und wirkte so fröhlich wie ein Mausoleum. Es herrschte die Temperatur der Vorratskammer einer Fleischerei. Aus Goldrahmen starrten sie finstere Porträts längst vergangener Teilhaber an. Die abweisenden Mienen wirkten überheblich und äußerst missbilligend.

Einen kurzen Moment hatte sie gute Lust, den alten Knackern die Zunge rauszustrecken, aber sie hielt sich zurück.

Den Chefs von Bristol und Mathers war es durchaus zuzutrauen, dass sie ihre Angestellten mit versteckten Kameras überwachten. Schließlich hatten sie auch Kendall erwischt.

Ricki Sue hätte das nicht mal unter Folter zugegeben, aber sie war nervös. Mehrmals schon hatten FBI-Agenten sie verhört, öfter als jeden anderen in der Firma. Offensichtlich war ihre Freundschaft mit Mrs. Burnwood bekannt.

Natürlich hatte sie ihnen nichts erzählt. Und sie würde sich weiterhin dumm stellen, selbst wenn man ihr Bambusspreißel unter die Fingernägel trieb.

Plötzlich flog die Tür auf, und ein Mann marschierte herein, gefolgt von zwei weiteren Beamten. Alle drei trugen dunkle Anzüge und weiße Hemden, aber es stand außer Frage, wer von ihnen das Sagen hatte. Sein Auftreten war, wie sein Gang, geradeheraus und direkt.

»Miss Robb? Ich bin Sonderbeauftragter Pepperdyne.«

Er stellte ihr seine Begleiter vor, aber Ricki Sue war von Pepperdynes autoritärer Ausstrahlung so gefesselt, dass sie an seine Adjutanten kaum einen Blick verschwendete. Außerdem kannte sie die beiden bereits, von ihnen war sie letztes Mal verhört worden.

Offenbar hatte sie es heute mit dem Obermops persönlich zu tun. Pepperdyne. Er war irgendwie süß und verstand es jedenfalls, seinen Auftritt in Szene zu setzen. Sie wünschte, der alte Bristol hätte ihr Zeit gelassen, sich die Frisur zu richten und den Lippenstift nachzuziehen.

Pepperdyne redete nicht lange um den heißen Brei herum: »Ich habe wenig Zeit, Miss Robb, lassen Sie uns also gleich zum Kern der Sache kommen.«

Er setzte sich auf die Ecke des Konferenztisches und ließ einen schweren Schnellhefter auf die blankpolierte Platte fallen. Ein paar Dokumente rutschten heraus, aber Ricki Sue brauchte sie nicht zu lesen, um zu wissen, worum es ging.

»Als wir unseren Computer das erste Mal nach Kendall Deatons Vergangenheit abfragten, kam ein ganz schönes

Kuddelmuddel heraus. Wir haben eine Weile gebraucht, um uns da durchzuarbeiten. Jetzt wissen wir alles.«

»Ach, wirklich?«

»In der Tat.« Er überflog einige der Dokumente, obwohl er vermutlich ebenso gut wusste wie sie, was darin stand. »Veruntreuung von Beweismaterial ist eine ziemlich schwerwiegende Anschuldigung für einen Anwalt.«

»Die Anschuldigung wurde nie bewiesen«, entgegnete Ricki Sue. »Und gilt man in Amerika nicht so lange als unschuldig, wie die Schuld nicht bewiesen ist?«

Seine Faust donnerte auf den Tisch, und ein erotischer Schauer überlief sie. Sie hätte diesen Burschen gern mal im Bett erlebt, wenn er wirklich aufdrehte.

»Diese Mappe ist zum Bersten voll mit Berichten über Lügen, Vertuschungen und weitergegebene vertrauliche Informationen. Ins Detail brauche ich wohl nicht zu gehen, denn Sie wissen das ohnehin alles, nicht wahr?«

»Wieso wollten Sie mich dann allein sprechen?« Ihre Stimme senkte sich verführerisch. »Oder soll dieses Treffen gar nicht beruflich sein?«

Die beiden anderen Agenten kicherten, doch Pepperdyne ließ sich nicht aus dem Konzept bringen. Er brachte seine Untergebenen mit einem scharfen Blick zum Schweigen und fixierte dann wieder Ricki Sue.

»Ihnen fehlt offenbar der nötige Ernst, Miss Robb. Während Sie hier Witze reißen und unerhörte Anspielungen äußern, schwebt Mrs. Burnwood in größter Gefahr. Ein Bundesbeamter wird vermisst, und sie ist offenbar die einzige Person auf diesem Planeten, die wissen könnte, wo er steckt. Ich will sie alle beide, und Sie werden mir dabei helfen.«

»Warum sollte ich?« Sie machte eine wegwerfende Handbewegung zu der Akte hin. »Wenn Sie doch sowieso alles zu wissen glauben – warum sollte ich Ihnen helfen?«

»Weil Sie ausgesagt haben, Mrs. Burnwoods Freundin zu sein, und weil ich allen Grund zu der Befürchtung habe, dass sie nicht mehr lange leben wird.«

Sie sprach die beiden anderen Agenten an. »Sie können gerne die ›guten Bullen‹ spielen.« Dann sah sie wieder Pepperdyne an. »Sie spielen den bösen Bullen, stimmt's? Wollen mich einschüchtern, um mich zum Reden zu bringen? Auf diesen Mist falle ich bestimmt nicht rein. Halten Sie mich für ein Baby? Ich bin schon weit über zwanzig. Ehrlich gesagt, sogar schon über dreißig, aber das bleibt unter uns.«

Pepperdyne kniff die Augen zusammen. »Sie halten das hier immer noch für lustig? Glauben Sie mir, ich scherze nicht! Ihre Freundin hat einen US-Marshal entführt. Es ist gut möglich, dass sie John McGrath umgebracht und seine Leiche irgendwo verscharrt hat.«

»Das würde sie nie tun!«

»Sie hat Marshal Fordham schließlich auch mit dem Auto untergehen lassen«, wetterte er.

»Die Frau war schon tot«, fauchte Ricki Sue zurück. »Das stand in der Zeitung. Ich habe genau wie Sie den Bericht des Leichenbeschauers gelesen, also hören Sie auf zu bluffen. Meine Freundin könnte keiner Fliege was zuleide tun. Und schon gar nicht einem Mann mit gebrochenem Bein und einer Amnesie, Herrgott noch mal. Im Gegenteil, ich wette, sie verlässt sich auf seine Loyalität.«

»Dann ist sie in noch größerer Gefahr, als Sie sich vorstellen können.« Pepperdynes Stimme wurde überraschend ruhig, aber klang so bedrohlich, dass sich die Härchen auf Ricki Sues Arm aufstellten. »Denn wenn sich Mrs. Burnwood mit einem Menschen nicht anlegen sollte, dann mit John McGrath.«

Ricki Sue sah misstrauisch zu den beiden anderen Agenten hinüber, aber die schwiegen stoisch und respektvoll.

»Vor zwei Jahren«, begann ihr Vorgesetzter, »stürzte in irgendeinem Scheißloch in New Mexico – ich weiß nicht mal mehr, wie das Nest hieß – eines Morgens ein Mann mit zwei automatischen Gewehren und ein paar hundert Schuss Munition in eine Bank. Er verlangte, mit seiner Exfrau zu sprechen, weil er sie überreden wollte, zu ihm zurückzukehren.

Seine Frau arbeitete in dieser Bank am Schalter, doch sie hatte sich an jenem Tag krank gemeldet, was der Typ allerdings nicht wusste. Als der Wahnsinnige seinen Fehler begriff, wurde er noch wahnsinniger und dachte sich: Scheiß drauf! Jetzt war er schon mal da, bis an die Zähne bewaffnet, also würde er einfach rumballern, bis er alle in seiner Reichweite umgebracht hatte oder bis seine Ex mit dem Versprechen auftauchte, zu ihm zurückzukehren, je nachdem…«

Ricki Sue setzte eine gelangweilte Miene auf. Sie rutschte in ihrem Sessel herum und seufzte: »Eine wirklich tolle Geschichte, Mr. Pepperdyne, aber…«

»Halten Sie den Mund und hören Sie zu.«

»Also gut, ich höre.« Sie verschränkte die Arme vor den großen Brüsten. »Aber wehe, mir wird die Zeit, die ich nicht an meinem Schreibtisch sitze, auf meine Pause angerechnet! Dann setzt's was!«

Ohne auf ihren Einwand einzugehen, fuhr Pepperdyne fort: »Im Laufe des Tages spitzte sich die Situation für die Geiseln in der Bank zu. Die Polizei versuchte, den Amokläufer zur Räson zu bringen, aber der wurde immer gereizter und sein Zeigefinger immer nervöser.

Nur um zu demonstrieren, dass er es ernst meinte, erschoss er einen Wachmann und warf die Leiche aus einem Fenster im ersten Stock. Da hat man mich gerufen. Ich flog rüber, zusammen mit dem besten Psychologen, den das FBI damals hatte. Dr. John McGrath.«

Ricki Sue riss die Augen auf.

404

»Ganz recht, Dr. John McGrath. Er hat promoviert in Psychologie und Kriminologie. Wie dem auch sei, bis wir eintrafen, hatte man bereits Verbindung mit dem Kerl aufgenommen. John fragte den Typen ganz höflich, ob er mit ihm telefonieren würde. Er machte ihm alle Zusagen, die wir in solchen Pattsituationen gewöhnlich geben, und kam so gut voran, dass ich schon glaubte, wir würden Erfolg haben.

John redete mit ihm über seine Frau. Ob er wohl ernsthaft erwarte, dass er mit einer solchen Aktion ihr Herz gewinnen würde? Ob sie ihn wohl zurückhaben wollte, wenn er noch mehr Leute umbrächte? Und so weiter. Der Typ wurde allmählich unsicher. John bearbeitete ihn immer weiter. Wir begannen uns schon Hoffnungen zu machen, dass wir die Sache zu Ende bringen könnten, ohne einen weiteren Toten.

Unter den Geiseln war eine Frau mit zwei Kindern, einem Säugling und einem Kleinkind von etwa zwei Jahren. Um es kurz zu machen, das Baby fing an zu weinen. Dann setzte das Zweijährige ein. Der Krach ließ den Typen nervös werden. Er befahl der Mutter, die beiden zum Schweigen zu bringen.

Sie versuchte ihr Bestes, aber die Kinder waren müde und hungrig. Sie konnten ja nicht verstehen, in welcher Gefahr sie schwebten, also weinten und heulten sie weiter. Der Typ drohte, sie zu erschießen, wenn sie keine Ruhe gäben. Ich kann Ihnen nicht beschreiben, wie wir uns fühlten, als wir das Kindergeheul und das Flehen der Mutter hörten, sie zu verschonen.

Ich weiß ehrlich nicht, wie John es schaffte, so ruhig zu wirken. Alle anderen fluchten oder liefen auf und ab, nur John blieb ganz cool. Er ging aufs Ganze, versprach dem Wahnsinnigen das Blaue vom Himmel herunter, wenn er die Mutter und ihre beiden Kinder freiließe. Gefasst und souverän, klang er wie ein Hypnotiseur, dabei war er genauso nervös wie wir anderen. Nie zuvor und nie danach habe ich einen Mann so schwitzen gesehen. Er hat sich fast die Haare ausgerauft, während er mit dem Kerl verhandelte, wollte um jeden Preis die Kinder retten.«

Der Sonderbeauftragte verstummte, und Ricki Sue ahnte, dass er nach innen schaute, sich erinnerte. Sie schluckte schwer. »Was geschah dann?«

Pepperdynes Blick nagelte sie an den gepolsterten Ledersessel. »Der Typ erschoss sie. Kaltblütig und aus nächster Nähe, Miss Robb. Die Mutter. Das Baby. Den kleinen Jungen, Mit drei sauberen Schüssen. Im selben Moment stürmte ein Einsatzkommando das Gebäude und schoss den Kerl in Fetzen, aber da hatte er die junge Frau und ihre Kinder bereits ermordet.

Die Geschichte setzte uns allen zu, aber keinem machte sie so zu schaffen wie John. Ich musste zusehen, wie mein Freund und Kollege innerlich zerbrach. Ein paar Monate nach dem Vorfall verließ er das FBI und arbeitete von da an als US-Marshal.

Bis heute ist er über diese Tragödie nicht hinweggekommen. Er glaubt, dass er versagt und seinetwegen ein junger Mann seine ganze Familie verloren hat. John konnte um nichts in der Welt mehr tun oder sagen, er hat nie beschwörender auf jemanden eingeredet, aber alle seine Anstrengungen waren vergebens. Das Leben dieser drei Menschen vermochte er nicht zu retten, und er wird seither von Schuldgefühlen gemartert.«

Stille lastete über ihnen. Ricki Sue welkte unter Pepperdynes loderndem Blick dahin. Schließlich fragte sie: »Warum erzählen Sie mir das?«

»Um Ihnen klarzumachen, dass sich Ihre Freundin vielleicht besonders schlau vorkommt, John mitzunehmen – dass sie aber in Wahrheit auf einem Drahtseil tanzt, ohne es zu ahnen. Er ist emotional labil, vor allem, was Babys betrifft.«

Der FBI-Boss beugte sich vor, bis seine Nase beinahe ihre berührte. »Begreifen Sie, worauf ich hinauswill, Ricki Sue?«, fragte er vertraulich. »Mrs. Burnwood und ihr Baby sind in Gefahr.«

Ricki Sue war so von der erotischen Ausstrahlung gebannt, die ihr aus Pepperdynes Augen entgegenschlug, dass sie im ersten Moment überhaupt nicht reagierte. Schließlich blinzelte sie und zog den Kopf zurück, aus seinem Bannkreis. »Sie wollen mir schon wieder einen Bären aufbinden. Das klappt nicht.«

Er wandte sich an die beiden anderen Agenten. »Binde ich ihr einen Bären auf?«

Sie schüttelten feierlich die Köpfe. Pepperdyne sah sie wieder an. »John hat zwar bei dem Unfall sein Gedächtnis verloren, aber glauben Sie mir, diese Kinderphobie sitzt tief in seinem Unterbewusstsein. Er klinkt aus, wenn er auch nur in die Nähe eines Kindes gerät. Sie hätten ihn sehen sollen, als wir zusammen von Denver nach Dallas flogen. Er flippte aus, sobald er ein Baby schreien hörte.«

»Wie konnten Sie ihm überhaupt eine solche Aufgabe übertragen, wenn er so labil ist, wie Sie behaupten?«, fragte sie scharf.

»Ich konnte ja nicht ahnen, dass sie einen Unfall bauen würden oder dass Deputy Fordham sterben würde. Wenn John durchdreht und irgendwas anstellt, werde ich allein die Verantwortung dafür übernehmen müssen. Ich habe in bestem Glauben gehandelt. Ich dachte, es wäre eine gute Therapie für ihn, Mrs. Burnwood und ihr Baby zu begleiten. Natürlich konnte ich nicht vorhersagen, dass sie etwas so Verrücktes tun würde.

Ehrlich gesagt«, meinte er mit unschuldig ausgebreiteten Armen, »kann ich nicht mal garantieren, ob John nicht schon durchgeknallt ist und sie beide erledigt hat.«

»Das hat er nicht. Es geht ihnen gut.« Ricki Sue fluchte insgeheim, als sie ihren Fehler bemerkte.

Pepperdyne stieß sofort zu. »Sie haben also mit ihr gesprochen?«

»Nein. Nein, habe ich nicht.«

»Wo ist sie?«

»Das weiß ich nicht.«

»Ricki Sue, Sie tun ihr keinen Gefallen, wenn Sie ihren Aufenthaltsort geheim halten.«

»Ich schwöre, dass ich nicht weiß, wo sie ist.« Sie merkte, dass sie blinzelte, ein verräterisches Zeichen dafür, dass sie log. »Also gut, ich habe mit ihr gesprochen. Heute morgen. Sie hat hier im Büro angerufen, weil sie wusste, dass ich ans Telefon gehen würde. Sie sagte, es gehe ihr und Kevin gut, dann hat sie aufgelegt. Das Reden dauerte nur ein paar Sekunden, weil sie Angst hatte, Sie könnten alle eingehenden Anrufe zurückverfolgen.«

Schweigend hielt er ihrem Blick stand. »Ihr habt tatsächlich die Telefone angezapft! Und meins zu Hause wahrscheinlich auch!« Sie sprang auf. »Sie gottverdammte Ratte! Wenn Sie schon wissen, dass ich mit ihr gesprochen habe, warum versuchen Sie dann, mich einzuschüchtern?«

»Setzen Sie sich.«

»Sie können mich mal.«

»Setzen Sie sich.« Pepperdyne drückte sie zurück in den Sessel. Ricki Sue war so wütend, dass sie ihm am liebsten die Visage zerkratzt hätte, aber zugleich war sie fasziniert. Seine Attraktivität wuchs, wenn er wütend wurde.

»Sie sind ihre beste Freundin, Ricki Sue. Sie müssen wenigstens eine Ahnung haben, wo sie steckt.«

»Sie haben doch gelauscht und gehört, wie ich sie gefragt habe, wo sie sich aufhält. Sie hat es mir nicht verraten.«

»Trotzdem müssen Sie eine Ahnung haben.«

»Habe ich nicht.«

»Wenn ich herausfinde, dass Sie mich angelogen haben, dann zeige ich Sie wegen Mittäterschaft und Behinderung der Polizeiarbeit an.«

»Huch, wie schrecklich.« Sie fasste sich an den Ellbogen und schüttelte sich.

»Neckisch.«

»Finden Sie?«, zwinkerte sie den beiden anderen Agenten zu. Pepperdyne sah aus, als wolle er ihr gleich an die Gurgel springen – was sie sich unter Umständen ganz reizvoll vorstellte.

»Ich habe ja nicht mal gewusst, wo sie steckt, als sie ein ganzes Jahr lang in Denver wohnte«, sagte sie. »So wahr mir Gott helfe. Sie hat damals weder mir noch ihrer Großmutter verraten, wo sie lebte. Es sei zu unserem eigenen Schutz, meinte sie. Sie wollte nicht, dass wir lügen müssten, wenn jemand nach ihr suchen würde.« Ricki Sue grinste frech. »Sie ist ziemlich schlau, wenn es um so was geht.«

»Schlauer als Sie.« Pepperdyne stützte sich mit den Händen auf den Armlehnen ihres Sessels ab und beugte sich über sie. »Sie ist in Gesellschaft eines Mannes, der ausflippt, sobald er ein Baby weinen hört. Mrs. Burnwood hat ein Baby.«

Ricki Sue gab einen Laut von sich, der wie das Summen bei einem Quiz klang, wenn ein Kandidat die falsche Antwort gibt. »Wohl kaum. McGrath kann unmöglich so labil sein, sonst würde er überhaupt nicht arbeiten. Dieser Bulle-Schrägstrich-Seelenklempner wird ihr und Kevin nichts tun.«

Pepperdynes Blick ruhte scheinbar eine Ewigkeit auf ihr. »Vielleicht nicht. Aber Johns geistige Verfassung ist nicht ihr einziges Problem.«

Er streckte einem der beiden anderen Agenten die Hand hin, der ihm zuverlässig wie eine OP-Schwester, die dem

Chirurgen das Skalpell reicht, einen manilabraunen Umschlag in die Hand drückte. Ohne jeden Kommentar gab er ihn an sie weiter.

Ricki Sue warf einen Blick hinein und stieß einen kurzen Schrei aus. Sie würgte und schlug die Hand vor den Mund. Plötzlich hoben sich die Sommersprossen überdeutlich von ihrem bleichen Gesicht ab.

»Das ist das Werk von Gibb und Matt Burnwood an Matts Geliebter Lottie Lynam, die ihnen geholfen hat, aus dem Gefängnis auszubrechen. Der Schnitt war so tief, dass ihr Kopf gleichsam abgetrennt wurde.«

»Bitte!« Ricki Sue schnappte nach Luft und hob abwehrend eine schlaffe Hand.

»Bitte? Bitte aufhören? Bitte nicht weiterreden?« Er wurde lauter. »Ich werde sehr wohl weiterreden, wenn ich Ihnen damit auch nur eine einzige Information abringen kann.«

»Ich habe Ihnen doch erklärt, dass ich nicht weiß, wo Kendall ist«, wimmerte sie.

»Sie scheinen nicht zu begreifen, Ricki Sue. Ausbruch aus dem Gefängnis ist ein schweres Verbrechen. Genau wie Vergewaltigung und Mord. Ja, wir glauben, dass Mrs. Lynam vergewaltigt wurde, bevor man ihr den Hals durchschnitt. Wir haben es hier mit Wahnsinnigen zu tun. Ganz offensichtlich schrecken die Burnwoods vor nichts zurück. Inzwischen gibt es keinen Ausweg mehr für sie. Sie wissen genau, dass sie nie wieder das Leben führen können wie zuvor, es gibt nichts mehr zu verlieren.

Aber gerade ein Wahnsinniger sieht so etwas niemals ein, zumal er glaubt, er sei auf einer heiligen Mission.« Pepperdyne beugte sich weiter über sie und flüsterte: »Und was glauben Sie wohl, ist das für eine Mission?«

»Sie… zu finden.«

»Ganz recht.« Er nickte langsam.

»Geht der Einbruch in das Haus ihrer Großmutter auf ihr Konto?«

»Das nehmen wir an. Alarmierend, wie?«

»So dicht sind sie ihr auf den Fersen?«

»Sie sind so besessen. Zumindest Gibb, und offenbar findet Matt alles gut, was sein Vater sagt oder tut.«

Ricki Sue nickte. Diesen Eindruck hatte sie von Anfang an gehabt, und alles, was Kendall über ihre Ehe verlauten ließ, hatte ihn bestätigt.

»Für die beiden geht es um alles oder nichts«, sagte Pepperdyne. »Den Burnwoods ist es im Grunde egal, ob sie erwischt werden, solange sie den Menschen zum Schweigen bringen, der sich ihnen und ihren Zielen in den Weg gestellt hat. Sie sind der Auffassung, dass Kendall Verrat beging, halten sie für eine Abtrünnige. Es erzürnt sie zutiefst, dass sie gewagt hat, ihre Methoden in Frage zu stellen und sie zu bekämpfen. Und vergessen Sie nicht, dass Matt Burnwood bis vor wenigen Tagen noch nichts von seinem Sohn ahnte. Es wird ihm wohl kaum gefallen, dass ihm seine Exfrau diesen Jungen so lange verschwiegen hat.«

Ein winziges Lächeln blitzte auf. »Sie haben das Baby auch noch nicht gesehen, stimmt's, Ricki Sue? Ich habe es gesehen. Und im Arm gehalten. Ein netter kleiner Kerl. Seiner Mutter – Ihrer besten Freundin – wie aus dem Gesicht geschnitten.«

»Hören Sie auf.«

Er sprach völlig sachlich und leidenschaftslos weiter. »Im Laufe meiner Karriere habe ich bei einer ganzen Reihe unsäglicher Verbrechen ermittelt. Aber glauben Sie mir, bei dem, was ich in den letzten Tagen über die Burnwoods und die Bruderschaft erfahren habe, läuft es mir eiskalt den Rücken runter. Und vorläufig ist es nicht mehr als ein Kratzen an der Oberfläche gewesen.«

Er beugte sich wieder heran, so dass sein Gesicht nur Zentimeter über ihrem schwebte. »Ich sehe schon vor mir, wie die Verrückten das Baby in einem Ritualmord töten, nur um zu beweisen, dass sie auserwählt sind: Heilig! Über allen menschlichen Gesetzen stehen; und über denen Gottes. Wollen Sie, dass der kleine Kevin irgendwann so endet?« Er hielt ihr das Foto von Lottie Lynam vors Gesicht.

»Hören Sie auf!« Ricki Sue schlug ihm das Foto aus der Hand und sprang hoch.

Pepperdyne drückte sie wieder zurück in den Sessel. »Falls Sie Mrs. Burnwoods Versteck kennen, dann können Sie ihr das Leben retten, indem Sie es mir verraten.«

»Ehrenwort, ich weiß es nicht«, schluchzte Ricki Sue.

»Denken Sie nach! Wohin würde sie verschwinden?«

»Keinen Schimmer!«

Pepperdyne richtete sich auf und seufzte müde. »Also gut, Ricki Sue. Sie wollen mir also nicht vertrauen und es mir nicht verraten. Aber mit Ihrem Schweigen bringen Sie zwei Menschen in höchste Gefahr – von Marshal McGrath ganz zu schweigen.«

Er legte seine Visitenkarte auf den Tisch. »Ich habe hinten die Nummer draufgeschrieben, unter der Sie mich hier erreichen können. Wir haben uns vorübergehend bei der Polizeidienststelle in Sheridan eingenistet. Dort weiß man zu jeder Tages- oder Nachtzeit, wo ich erreichbar bin. Falls Mrs. Burnwood anruft, dann richten Sie ihr aus, sie soll herkommen. Flehen Sie sie an. Wir werden sie beschützen, das verspreche ich Ihnen.«

Ricki Sue wischte sich mit dem Handrücken die laufende Nase ab. »Sie werden sie beschützen? So wie bisher?«

Es bereitete ihr Genugtuung, wenigstens das letzte Wort behalten zu haben. Mit finsterer Miene stürmte der Sonderbeauftragte hinaus.

37. Kapitel

»Mama führt sich auf wie 'n Huhn im Brunnen.« Betreten hängte Henry den Hörer des öffentlichen Telefons ein und drehte sich zu seinem Bruder um.

Luther war damit beschäftigt, ein Bohnen-Burrito zu essen und ein Big Red zu trinken. Gedankenverloren hielt er Henry das Burrito hin und schaute offenen Mundes den drei jungen Mädchen zu, die an der Selbstdienungs-Tankstelle vor dem Supermarkt ihr Kabrio auftankten.

»Die sollten nicht so nackig rumlaufen.« Luther nahm einen Schluck von seiner Limonade. »Denen ihre Höschen sind ja so kurz, dass man den halben Arsch sieht. Und schau dir bloß die winzigen Fetzen an, die die als Blusen tragen. Aber wenn jemand wie ich was von dem haben möchte, was die da vorführen, dann kommt ihn das teuer zu stehen. Echter Knastköder«, knurrte er.

Henry sah kurz zu den Mädchen hinüber, war aber zu geknickt, um den Anblick genießen zu können. Er hatte eben eine von Mamas Gardinenpredigten über sich ergehen lassen müssen, und die waren fast so schmerzhaft wie die Prügel, die ihm sein Vater früher mit der Gerte verabreicht hatte. Mamas spitze Zunge konnte einem regelrechte Striemen zufügen. »Hast du mir überhaupt zugehört, Luther? Mama ist stinksauer auf uns.«

Luther ließ mit einem riesigen Bissen das Burrito verschwinden, knüllte die Serviette zusammen und pfefferte sie in die Ecke. »Wieso?«

»Wegen der Sache gestern nacht.«

»Woher hätten wir denn wissen sollen, dass die Bullen bei der alten Dame im Haus sitzen? Ich fand es total schlau, die Spur von Mrs. Burnwood bis zu dem Haus zu verfolgen. Hast du das Mama gesagt?«

»Hab' ich versucht. Aber ich weiß nicht, ob sie mich gehört hat, so hat sie geschrien. Du kennst sie ja. Wenn sie mal in Fahrt ist, dann lässt sie keinen Einwand gelten.«

Luther nickte. Die Mädchen gingen an ihm vorbei ins Gebäude. Sie waren so mit Kichern beschäftigt, dass sie ihn überhaupt nicht bemerkten. Von reichen Mädchen wie denen hier, denen ihre Daddys zum sechzehnten Geburtstag ein neues Auto schenkten, trennten ihn Welten. Sie schauten durch ihn hindurch, als wäre er unsichtbar, bloß Abfall. Das ärgerte Luther.

»Es sollte ein Gesetz dagegen geben, dass sie ihre Titten so rumschaukeln lassen«, brummte er. »Mal ehrlich! Die wissen doch ganz genau, was sie damit bei den Kerlen anrichten.«

»Lass endlich dein Gewichse und hör mir zu!«, fuhr Henry ihn an.

Henry war nur ein paar Minuten älter als sein Zwilling, aber erfüllte die Rolle des großen Bruders von ganzem Herzen. Er schmiedete die Pläne, kümmerte sich um alles. Auseinandersetzungen hatte es deswegen zwischen ihnen nie gegeben. Luther ordnete sich der Führung seines Bruders bedingungslos unter. Er zog es vor, keine Verantwortung zu tragen, und tat, was man ihm sagte. Bei jedem Unternehmen, legal oder illegal, konnte man sich auf ihn verlassen, aber er war nur körperlich bei der Sache, nicht geistig.

Henry hatte sich von Mamas Strafgewitter immer noch nicht erholt. »Sie hat gesagt, selbst wenn man unsere Gehirne zusammennimmt, kommt nicht genug dabei raus. Sie hat gesagt, jedem Trottel hätte klar sein müssen, dass Mrs. Burnwood nicht in das Haus ihrer Oma zurückkommt, weil dort jeder zuallererst nach ihr suchen würde.«

»Kann ich dir was verraten, Henry?«, fragte Luther. »Versprichst du mir, dass du's niemandem weitersagst, vor allem nicht Mama?«

»Was denn?«

»Ich hab' mir in die Hosen gemacht, als diese Bullen auf uns geschossen haben, hab' noch nie so viel Angst gehabt!«

»Ich auch nicht. Es war enormes Glück, sonst säßen wir jetzt im Knast.«

Bei diesem Wort fiel ihnen augenblicklich Billy Joe ein, der nur durch die Schuld jener Frau, die sie suchten, immer neues Leid erdulden musste. Gelegentlich drohte ihr Eifer zu erlahmen, wurden sie müde oder dieses schwierigen Auftrags überdrüssig.

Aber wenn sie dann an ihren kleinen Bruder dachten, der umgeben von Schwulen und allen möglichen Irren hinter Gittern saß und zeit seines Lebens ein einarmiger Sonderling bleiben würde, loderte ihr Hass wieder auf und fachte ihre Racheschwüre erneut an.

»Jedenfalls verplempern wir unsere Zeit, wenn wir hier rumstehen«, erkannte Henry. »Die Spur wird mit jeder Minute kälter.«

»Bin gleich wieder da.« Luther war schon auf dem Weg in den Laden. »Ich hol' mir noch einen Burrito.«

Henry packte ihn am Hemdkragen und schleifte ihn zum Auto. »Na klar, noch ein Burrito. Du willst bloß diese Mädels anglotzen.«

»Das ist schließlich nicht verboten, oder?«

Über eine Stunde kreuzten sie durch Sheridans Straßen, voller Hoffnung, dass irgendetwas in Kendall Burnwoods Heimatstadt ihnen einen Geistesblitz eingäbe oder dass sie auf wundersame Weise einen Hinweis empfangen könnten,

415

wo sich Kendall versteckte. Dass sie sich nicht im Haus ihrer verstorbenen Großmutter in der dünn besiedelten Gegend außerhalb des Ortes verkrochen hatte, hatten sie bereits schmerzhaft erfahren.

Niemals wäre es ihnen in den Sinn gekommen, dass sie so schwer zu finden sein würde. Sie waren mutlos und hatten Heimweh. Doch in Prosper wartete die tobende Mama. Wenn sie nicht bald irgendwas vorweisen konnten, würde sie ihnen hundertprozentig das Fell über die Ohren ziehen.

Nachdem sie eine Stunde lang ziellos durch den Ort gefahren waren, bog Henry auf den Parkplatz vor dem Gericht ein.

»Verdammt, was willst du hier, Henry?« Luther sah sich nervös um. »Hier gibt's mehr Bullen als Fliegen auf einem toten Oppossum.«

»Sie haben uns und unser Auto nicht erkennen können. In der Zeitung steht, dass wir ›unbekannte Eindringlinge‹ sind. Die wissen nicht mal, ob der Einbruch nicht vielleicht auf das Konto von ein paar Kids auf der Suche nach einer Stereoanlage geht, die sie für ein bisschen Dope verhökern können.«

Die Erklärung beruhigte Luther nicht. »Ich kapier's trotzdem nicht. Was machen wir hier?«

»Wir warten.«

»Worauf?«

»Ob sich was tut. Vielleicht fällt uns ja was auf. Ich habe keine Ahnung, wie wir die Schlampe allein finden sollen. Irgendwer muss uns zu ihr bringen.«

Luther räkelte sich in seinem Sitz, legte den Kopf zurück und schloss die Augen. Er pfiff eine tonlose Melodie vor sich hin und erging sich in farbenfrohen Fantasien darüber, wie ihm die drei jungen Mädchen in ihren leckeren Shorts und engen Tops jeden Wunsch erfüllten. Er musste darüber eingedöst sein, denn er schreckte hoch, als Henry ihm den Ellbogen in die Rippen rammte.

»Los, du Schlafmütze.«

Er setzte sich auf und gähnte. »Wohin?«

»Siehst du die Männer, die da hinten über die Straße gehen?«

Luthers Blick folgte Henrys ausgestrecktem Zeigefinger. »Die in den dunklen Anzügen?«

»Sie sind eben aus dem Gericht gekommen. Wofür würdest du sie halten?«

»Für FBI-Leute, aber hundertprozentig.«

»M-hm.«

»Ist das nicht das Gebäude, in dem Mrs. Burnwood früher gearbeitet hat? Die scheinen's ja ziemlich eilig zu haben.«

»Und deshalb glaube ich, dass das wichtig für uns sein könnte«, bestätigte Henry.

Sie stiegen aus, eilten über die Straße und dann den FBI-Agenten hinterher in das Haus, in dem sich die Kanzlei von Bristol und Mathers befand. Dort hatten sie schon auf eigene Faust herumgeschnüffelt, waren aber auf nichts gestoßen, was sie näher an ihr Opfer herangeführt hätte.

»Sie sind hochgefahren«, bemerkte Henry, als sie in die Lobby traten. »Siehst du, wo der Lift hält? Im fünften.«

Sie hingen in der Lobby herum und gaben sich alle Mühe, nicht aufzufallen. Allerdings waren sie einander so ähnlich, dass beinahe jeder, der das Gebäude betrat, bei ihrem Anblick unwillkürlich stutzte.

Nach einer Weile wurde Luther das Wacheschieben langweilig, und er begann zu nörgeln, doch Henry blieb eisern. Eine halbe Stunde später zahlte sich ihr Warten aus. Der Lift spuckte die drei offensichtlich wütenden Herren in die Lobby. Einer redete im Gehen auf die anderen ein.

»Ich bin immer noch der Auffassung, dass sie uns was verheimlicht. Sie hat viel mehr Angst davor, ihre Freundin zu verraten, als vor uns.«

Mehr bekamen die Crooks nicht mit, dann waren die drei

417

schon durch die Drehtür hinaus. Die Zwillinge schauten sich an. »Worüber haben die wohl geredet?«, fragte Luther.

Wie zur Antwort ging die Aufzugtür wieder auf, und eine mächtige, vollbusige Schönheit mit einem Turmbau an rotem Haar auf dem Kopf stolzierte heraus. Ihr Gesicht war fleckig, die Augen waren verquollen und rot; ganz offensichtlich hatte sie geweint.

Unter Luthers und Henrys gebanntem Blick drückte sie sich ein Taschentuch unter die Nase und schnäuzte sich geräuschvoll. Die Zwillinge bemerkte sie überhaupt nicht, denn sie hatte nur Augen für das FBI-Trio, das jetzt über die Straße auf das Gericht zuhielt. Sobald sie aus dem Gebäude trat, zeigte sie ihnen einen Vogel. Die Beamten bemerkten die Geste zwar nicht, trotzdem schien sie ihr immense Befriedigung zu bereiten.

»Kennst du die Fette?«

»Nein«, antwortete Henry nachdenklich. »Aber sie und die Bullen können sich nicht leiden, richtig? Und woran könnten sie wohl interessiert gewesen sein, wenn nicht an Kendall Burnwood?«

»Widerwärtig.«

Gibb fegte den Playgirl-Stapel von Ricki Sues Couchtisch. »Schmutz und Schund. Aber was soll man im Haus einer Hure schon anderes erwarten?«

Matt starrte auf die am Boden liegenden Zeitschriften, aber falls er sie genauso abstoßend fand wie sein Vater, dann ließ er das nicht erkennen. Er hatte kaum eine Gefühlsregung gezeigt, seit sie das Motel verlassen hatten, wo nun Lotties schauerlicher Leichnam lag.

»Dieses vulgäre, aufdringliche Weib. Mit ihren ständigen unzüchtigen Anspielungen. Weißt du noch, wie sie uns bei deiner Hochzeit blamiert hat?«

»Ja, Sir.«

»Wahrlich keine passende Freundin für die Frau eines Burnwood.«

»Nein, Sir.«

»Aber wie sich herausgestellt hat, warst du ja auch mit einer Verräterin verheiratet.«

»Ja, Sir.«

Schon seit mehreren Stunden durchsuchten sie Ricki Sues Haus nach einem Hinweis auf Kendalls Versteck. Sie hatten jede Schublade ausgeleert, jeden Fetzen Papier im Haus gelesen, egal, ob es sich dabei um einen Brief vom Finanzamt, Rickis Tagebuch oder einen Notizzettel handelte.

Bislang hatten sie rein gar nichts über Kendall erfahren, dafür einen tieferen Einblick in Ricki Sues Leben gewonnen. Abgesehen von dem wohl größten Sortiment an Schönheitsmittelchen, das man außerhalb einer Drogerie finden konnte, besaß sie eine gutsortierte Kollektion erotischer Bücher und Videos.

In ihrer Nachttischschublade hatten sie einen Kondomvorrat zutage gefördert, der einer Apotheke zur Ehre gereicht hätte.

Sie hatte eine Schwäche für süßes, schweres Parfüm und Badeschaum. Wahre Berge von Wäsche stauten sich in den Schubladen, darunter ein bodenlanges kariertes Flanellnachthemd und zwei Höschen mit offenem Schritt.

Ihre Küchenschränke quollen über von Keksen, Kartoffelchips und Diätlimonaden. Im Kühlschrank dagegen kümmerten nur ein halber Liter Milch, vier Sechserpack Bier und ein trüb gewordenes Glas Oliven vor sich hin.

Ricki Sue war nicht gerade eine geborene Hausfrau, doch als Matt und Gibb ihre Suche abgeschlossen hatten, machte das keinen Unterschied mehr. Sie hatten einen Riesenwirrwarr veranstaltet. Jetzt wanderten sie ein letztes Mal durch

die Trümmer, um sich zu vergewissern, dass ihnen nichts entgangen war.

»Hast du unter dem Bett nachgesehen?« fragte Gibb.

»Nein, Sir.«

Sie hatten die Laken weggezerrt, um die Matratze zu
untersuchen, aber keiner von beiden konnte sich entsinnen,
unters Bett geschaut zu haben. Matt kniete nieder: »Da unten
ist eine Schachtel.«

Gibb war sofort hellwach. »Was für eine Schachtel?«

Matt zog die gewöhnliche Schuhschachtel hervor und hob
den staubigen Deckel. Er zeigte Gibb den Stapel persönlicher
Briefe und Postkarten, den sie enthielt. »Vielleicht finden wir
was von Kendall darunter«, erklärte Gibb aufgeregt. »Fangen
wir an.«

Sie gingen ins Wohnzimmer, wo sie mehr Platz hatten, die
Briefe auszubreiten. Doch bevor sie mit der Lektüre begannen, hob Gibb warnend die Hand. Er schlich sich geduckt
ans Vorderfenster und spähte hinaus. »Sie ist da. Ihr Wagen
fährt eben die Auffahrt hoch.«

Er bedachte die Kollektion pornografischer Bücher mit
einem angewiderten Blick, hob dann langsam den Kopf
und sah Matt an. »Wir müssen die Gunst der Stunde nutzen, Matthew. Deswegen hat Gott uns hergesandt. Es ist uns
so bestimmt. Warum sollte sie sonst ganz unerwartet nach
Hause kommen, Stunden vor Büroschluss? Begreifst du, was
ich damit sagen will?«

Matt nickte ohne ein Wort des Widerspruchs, ohne jeden
Einwand. »Ja, Sir.«

Gibb gab ihm ein Zeichen, sich hinter der Tür zu verstecken. Burnwood sen. trat in die Eßnische, wo er nicht zu sehen war, aber freien Blick auf die Haustür hatte. Beide starrten gebannt auf den Türknauf, während Ricki Sue von außen
den Schlüssel ins Schloss schob.

»Hey, Rotschopf!«

Der Ruf ertönte von der Straße her.

Hilfesuchend sah Matt seinen Vater an, als könnte der ihm die unerwartete Wendung der Ereignisse erklären. Gibb schielte zwischen den Jalousien hinaus und mühte sich zu erkennen, was Ricki Sue abgelenkt hatte.

»Hey, was?« Sie ließ den Schlüssel stecken und sah sich um, wer da nach ihr gerufen hatte.

»Wir suchen die Sunset Street. Weiß du, wo die ist?«

»Vielleicht, vielleicht auch nicht«, antwortete sie mürrisch.

»Könntest du herkommen und sie uns zeigen?«

Gibbs Miene verzerrte sich vor Zorn. Mit einem wütenden Wink bedeutete er Matt, ebenfalls nach draußen zu schauen. Ein alter Camaro hatte am Straßenrand gehalten. Im Wagen saßen Henry und Luther Crook.

»Was haben die hier zu suchen?«, flüsterte Gibb.

Ricki Sue war zum Auto geschlendert und dabei, den beiden, halb ins Fahrerfenster gebeugt, den Weg zur Sunset Street zu beschreiben. Sie begann zu flirten, und ganz offensichtlich waren die Zwillinge von ihrer Üppigkeit durchaus eingenommen.

»Sie haben bestimmt das Gleiche im Sinn wie wir«, erkannte Gibb nach einem Moment. »Sie versuchen, Kendall zu finden, wegen Billy Joe, geben ihr die Schuld an seinem bedauerlichen Unfall.« Er lachte leise.

»Wenn sie sich an Kendall rächen wollen, müssen sie sie vor der Polizei finden.« Er sah Matt an. »Genau wie wir. Nur dass ihnen im Gegensatz zu uns nicht der Herr persönlich zur Seite steht. Wahrscheinlich waren es diese beiden, die dem FBI im Haus von Kendalls Großmutter in die Falle getappt sind. Die Zeitungen hatten uns im Verdacht. Als wären wir so naiv!«

Matt hörte schweigend zu und nickte mechanisch.

Ricki Sue erklärte den Zwillingen mit ausufernden Gesten, wie sie in die Sunset Street gelangten.

Gibb trat zu Matt und legte ihm die Hand auf die Schulter. »Gehen wir. Offenbar hat der Herr es sich anders überlegt. Es ist ein schlechter Zeitpunkt. Er wird uns wissen lassen, wann wir drankommen. Nimm die Schachtel mit.«

Gibb zog los in Richtung Schlafzimmer und zu dem Fenster auf der Rückseite des Hauses, durch das sie eingebrochen waren. Matt folgte ihm stumm.

38. Kapitel

Der Ortspolizist trat in Pepperdynes provisorisches Büro. »Da ist jemand für Sie am Apparat, Sir. Sie wollte mit keinem anderen sprechen. Leitung drei.«

»Sie?« Mrs. Burnwood? Pepperdyne spürte Hoffnung aufkeimen, als er den Hörer nahm und den blinkenden Knopf drückte. »Pepperdyne am Apparat.«

»Sie Drecksack!«

»Verzeihung?«

»Sie haben ganz richtig verstanden, Sie verlogener, hinterfotziger Drecksack! Und das ist erst der Anfang. Wenn ich mit den englischen Schimpfworten durch bin, dann werde ich einfach so lange alle fremdsprachigen nehmen, bis Sie eine ungefähre Ahnung davon bekommen, wie widerwärtig ich Sie finde.«

Pepperdyne seufzte. »Ich kann es mir schon jetzt vorstellen, Miss Robb. Möchten Sie mir vielleicht erklären, was Sie zu diesem obszönen Anruf getrieben hat?«

»Als ob Sie das nicht wüssten, Sie elender Schwanzlutscher!«

Sie brüllte so laut, dass die anderen Beamten im Raum mithören konnten. Sie hielten in ihrer Arbeit inne und sahen verstohlen zu Pepperdyne hinüber. Die meisten wünschten sich vermutlich, sie hätten Ricki Sue Robbs Nerven.

»Diese Mistschweine haben mein Haus auseinandergenommen«, gellte sie.

»Was für Mistschweine?«

»Ihre Mistschweine! Sie haben meine Schubladen umgegraben. Meine Unterwäsche liegt überall am Boden...«

423

»Einen Moment.« Pepperdyne schoss in seinem Stuhl vor, bis er halb über dem Schreibtisch lag. »Ihr Haus wurde verwüstet?«

»Gut erkannt, Sherlock.«

»Und Sie glauben, das waren meine Leute?«

»Verkaufen Sie mich nicht für blöd, Sie...«

»Bin schon unterwegs.« Er legte einfach auf. Noch während er sein Sakko von der Garderobe riss und zum nächsten Ausgang rannte, blaffte er zwei seiner Leute an mitzukommen.

Fünf Minuten später stand er Ricki Sue an ihrer Haustür gegenüber. Sie war so aufgebracht, dass die Haarskulptur unter ihrem Zornesbeben zu zerfallen drohte.

»Man sollte Ihnen mal Manieren beibringen beim FBI, und zwar schleunigst, Agent Pepperdyne. Erst schicken Sie mir ein paar Perverse, die meine Wohnung zerlegen, und dann legen Sie einfach mitten im Gespräch auf. Ich zahle keinen Cent Steuern mehr, wenn Ihr beschissenes FBI keine besseren...«

»Meine ›Perversen‹ haben Ihre Wohnung nicht zerlegt.« Er schob sie beiseite, trat ins Haus und begann, sie mit Fragen zu bombardieren. »Haben Sie die Wohnung genauso vorgefunden? Wann haben Sie den Einbruch bemerkt? Ist Ihnen aufgefallen, dass etwas fehlt? Was haben Sie alles angefasst?«

Während die beiden anderen Agenten durch das Haus pflügten, um das Ausmaß des Schadens abzuschätzen, aber ohne irgendetwas anzurühren, das später als Beweis gebraucht werden könnte, baute sich Ricki Sue in ihrem Wohnzimmer auf und stemmte die Fäuste in die kompakten Hüften.

»Wollen Sie mich verarschen, Pepperdyne?«

»Nein«, antwortete er. »Vor einer Durchsuchung hätten wir Ihnen den Durchsuchungsbefehl gezeigt. Wir spielen hier genau nach den Regeln, damit später kein Richter, bei dem Befangenheit über dem Denken oder der Moral steht, den Fall wegen eines Verfahrensfehlers abweisen kann. Eines können Sie mir glauben: Wer immer das war, kam nicht aus meinem Büro, dem Büro des US-Marshals oder von der Polizei in Sheridan.«

»Welche Halunken waren es dann?«

»Ich weiß es nicht. Aber ich gedenke, das herauszufinden«, röhrte er. »Fehlt irgendwas?«

»Mir ist noch nichts aufgefallen, aber ich habe auch noch nicht wirklich gesucht. Ich bin heimgekommen, habe das Chaos gesehen und wurde so sauer, dass ich nicht erst lange Inventur gemacht habe, ehe ich Sie anrief.«

»Sehen Sie sich um.«

Das tat sie auch, während seine Leute sich ans Telefon hängten und unverzüglich einen Spurensicherungstrupp anforderten. Taten- und hilflos musste Ricki mitansehen, wie ihre Wohnung zum zweiten Mal an diesem Tag auf den Kopf gestellt wurde, diesmal von Polizisten auf der Suche nach Hinweisen, wer ihre Bleibe beim ersten Mal überfallen hatte.

»Wissen Sie, wir haben es hier nicht mit normalen Einbrechern zu tun«, erklärte Pepperdyne, als ihre erbitterten Proteste in Beleidigungen ausarteten. »Wir arbeiten hier an einem FBI-Fall, und aufgrund Ihrer engen persönlichen Beziehung zu Mrs. Burnwood sind Sie dabei eine Schlüsselfigur.«

»Und wenn das doch bloß ein ganz gewöhnlicher Einbruch war, der nichts mit der Sache zu tun hat?«

»Das glauben Sie genauso wenig wie ich.« Er vermutete, dass sie mit ihren Zornausbrüchen nur ihre wachsende Angst überspielen wollte. Ihre Beschimpfungen fielen nun etwas gemäßigter aus. Gut so. Wenn er sie schon nicht so weit einschüchtern konnte, dass sie ihnen half, ihre Freundin zu finden, würde sie ihnen ja vielleicht aus Angst ein paar Geheimnisse offenbaren.

»Wer immer das war, kam nicht zum Stehlen her«, erläuterte er. »Die Wertsachen sind alle noch da – Fernseher, Kameras, die Stereoanlage. Er hat nach was anderem gesucht.«

»Zum Beispiel?«

»Zum Beispiel nach einem Anhaltspunkt für Mrs. Burnwoods Unterschlupf.«

»Dann werden sie sich jetzt in den Arsch beißen vor Wut.«

Pepperdyne überhörte die vulgäre Bemerkung und hakte an einer anderen Stelle ein. »Ich wette, es war kein Einzeltäter. Und Sie glauben das auch nicht. Warum sollten Sie sonst in der Mehrzahl sprechen, wenn Sie von den Einbrechern reden?«

»Flippen Sie nicht gleich aus, Pepperdyne. Ich habe nur gesagt, was mir in den Sinn gekommen ist.«

»Aber es kam Ihnen nicht grundlos in den Sinn. Sie denken an jemand Bestimmten, richtig? Genau wie ich.«

Plötzlich wurde sie nervös. »Sie meinen, es könnten Matt Burnwood und sein Vater gewesen sein?« Sie fuhr sich mit der Zunge über die Lippen.

»Möglich.«

»Ach, du Scheiße!« Sie stöhnte. »Mit diesen Säcken will ich nichts zu tun haben.«

»Bei meinem Eintreffen bezeichneten Sie die Einbrecher als ›Perverse‹. Warum?«, fragte Pepperdyne. »Es sei denn, Sie meinen damit, das sie Ihre Wäscheschubladen ausgeleert haben. Das tun alle Diebe, wenn sie nach Wertsachen suchen.«

»Das war es nicht.« Sie nahm ihn am Arm und zog ihn quer durchs Wohnzimmer zum Couchtisch. »Sehen Sie sich die Zeitschriften an.«

Ein nackter, muskelbepackter Tarzan grinste betörend aus

einem aufgeschlagenen Playgirl-Heft zu Pepperdyne auf. »Ganz ordentlich ausgestattet. Und?«

»Ganz ordentlich ausgestattet trifft's. Warum sollte ich also mit dem Absatz drauftreten und das Bild ruinieren?«

In der Mitte des Bildes war das Papier zerknüllt; die Falten strahlten in einem Wirbel vom Zentrum aus, tatsächlich so, als hätte jemand seinen Absatz auf das Papier gestellt und hin und her gedreht. »Könnte ein Versehen gewesen sein.«

Ricki Sue schüttelte die halb aufgelöste Frisur. »Das glaube ich nicht, denn da drüben ist noch mal so was. Und deswegen bin ich wirklich sauer. Dieses Buch hat mich fünfzig Mäuse gekostet. Es war das einzige Souvenir, das ich mir aus San Francisco mitgebracht habe, wo ich vor zwei Jahren meinen Urlaub verbrachte.«

Sie führte ihn hinter das Sofa. Bücher und Videos waren aus den Regalfächern gefegt und achtlos am Boden liegen gelassen worden. Pepperdyne kniete nieder, um sich das fragliche Exemplar genauer anzusehen. Der erotische Bildband war auf einer Seite aufgeschlagen, die ein Paar beim Liebesakt zeigte. Quer über das Foto zogen sich Schleifspuren, als hätte jemand seine Schuhe daran abgewischt.

»Nicht gerade die Missionarsposition«, merkte Pepperdyne an.

»Deshalb war es auch das beste Bild im ganzen Buch. Jack, der Schlangenmensch, der Mann meiner Träume. Dieses Bild allein war die fünfzig Dollar wert.«

»Ich kaufe Ihnen ein neues«, meinte Pepperdyne beim Aufstehen. »Eine gottverdammte Bibliothek voller Schweinkram kaufe ich Ihnen, wenn Sie mir verraten, wo Mrs. Burnwood steckt.«

»Sie sind schwerhörig, wie? Dann lesen Sie's mir von den Lippen ab, Sie Arschloch! Ich weiß es nicht!« Sie breitete die Arme in einer Geste aus, die das verheerte Haus umfasste.

»Ich weiß nicht, wer bei mir eingebrochen ist und in meiner Wohnung gewütet hat, weil er einen ›Hinweis‹ suchte, aber er pinkelt genau wie Sie den falschen Baum an.«

»Sir, es waren tatsächlich die Gesuchten. Die Fingerabdrücke passen.«

Pepperdyne dankte dem Beamten, der ihm den Bericht sofort nach dem Abfassen überbracht hatte, dann wirbelte er zu dem Captain der Ortspolizei herum.

»Sie haben es gehört. Gibb und Matt Burnwood haben heute nachmittag Miss Robbs Haus überfallen. Sie sind hier im Ort. Trommeln Sie alle Ihre Leute zusammen. Meine Männer stehen zu Ihrer Verfügung, und Verstärkung ist schon unterwegs. Ich will, dass diese Dreckskerle gefunden werden. Noch heute nacht. Sofort.«

Der Polizeibeamte wollte losstürzen, um Pepperdynes Bitte zu erfüllen, doch der FBI-Agent richtete noch einmal das Wort an ihn: »Diese Menschen sind echte Schweinehunde. Erklären Sie Ihren Leuten, sie sollen sich nicht durch ihr gutes Aussehen und sogenannte Manieren täuschen lassen. Wir haben es hier mit Fanatikern zu tun, die glauben, sie seien auf einer göttlichen Mission. Sie werden jeden umbringen, der sich ihnen in den Weg stellt. Sagen Sie ihren Leuten, sie sollen es extrem vorsichtig angehen, wenn sie die beiden sichten.«

»Ja, Sir.«

Pepperdyne ließ sich in den Schreibtischstuhl zurückfallen und presste die Handballen auf die müden Augen. Sich seiner Müdigkeit zu ergeben, war ein Luxus, der ihm noch nicht zustand. Seit John vermisst wurde, hatte er sich auf gelegentliche Nickerchen beschränkt. Er würde keine Nacht durchschlafen, ehe sie seinen Freund und Mrs. Burnwood gefunden hatten und Matt und Gibb Burnwood entweder tot waren oder doppelt bewacht und eingekerkert.

Er hatte dieser rothaarigen Furie vorhin die Wahrheit gesagt – in der Tat fühlte er sich dafür verantwortlich, dass John so in der Patsche steckte.

Anfangs war es nur ein Spaß gewesen, wenn auch ein ziemlich grober.

Er hatte geglaubt, es wäre eine gute Therapie für John: Ein paar Tage in Gesellschaft von Mrs. Burnwoods Baby könnten vielleicht den Schaden mindern, den die schlimme Geschichte in New Mexico bei ihm angerichtet hatte.

Dieser Gedankengang hatte Pepperdyne dazu verleitet, die beiden Johns Obhut anzuvertrauen. Nicht einmal in seinen wildesten Träumen hätte er sich vorstellen können, dass sein Freund deshalb eine der Hauptrollen in einem der bizarrsten Verbrechen des Jahrzehnts spielen würde.

Je mehr das Büro über die Bruderschaft erfuhr, desto mehr Angst bekam Pepperdyne um John und Mrs. Burnwood. Ritualmorde und Verstümmelungen, Hymnen und geheime Losungen, Blutvergießen und Folterungen, gegen die sich der Marquis de Sade wie ein Amateur ausnahm – das waren die Markenzeichen dieser obskuren Verbindung.

Niedergeschlagen stand Pepperdyne auf und streckte das schmerzende Rückgrat durch. Er ging ans Fenster und sah hinaus auf den Ort. Es war dunkel geworden. In der Nacht hatten es die Burnwoods leichter, sich zu verstecken. Irgendwo da draußen mussten sie sein.

Aber wo?

Irgendwo da draußen waren auch Mrs. Burnwood und sein Freund John McGrath. Niemand konnte sich vollkommen vom Erdboden verschlucken lassen – nicht mal, wenn er oder sie so gerissen war wie Mrs. Burnwood. Es müsste sie jemand gesehen haben – und zwar in diesem Land.

»Aber wo, verdammt noch mal?« tobte Pepperdyne unbeherrscht.

Er wusste nicht, wo er mit der Suche anfangen sollte.

Nur eines wusste der Sonderbeauftragte mit Sicherheit: Wenn Matt Burnwood seine Exfrau vor der Polizei fand, dann brauchte sie sich keine Sorgen mehr zu machen, ob sie für ihre Delikte zur Rechenschaft gezogen werden könnte.

Dann war sie so gut wie tot.

39. Kapitel

»... und die Frau starb, ehe ihr Fall vor Gericht kam. Sie starb an Aids; es war ein würdeloser und schmerzvoller Tod. Trotzdem zählte nur eines für sie: Sie wollte sich von ihren Kindern verabschieden... selbst das hat man ihr verwehrt.«

Kendall sprach nun auch mit John über die Geschichte, die sie Matt und Gibb in einem scheinbar anderen Leben erzählt hatte. Es war allerdings ein anderes Leben gewesen, unendlich weit von diesem kleinen Schlafzimmer im Bauernhaus ihres Großvaters im Südosten Tennessees entfernt.

»Deshalb nehme ich es mir jedes Mal zu Herzen, wenn ich vor Gericht verliere. Dann habe ich das Gefühl, ich hätte sie schon wieder enttäuscht.«

»Darum hast du dir also einen der schwierigsten Jobs auf deinem Gebiet ausgesucht.«

»Wahrscheinlich.«

»Das war bestimmt ein einschneidender Prozess, aber ich glaube nicht, dass er allein ausschlaggebend war. Ich glaube, schon bevor du Anwältin wurdest und den Fall der Aids-Patientin übernahmst, warst du sehr ehrgeizig.«

Sie hob den Kopf von seiner Schulter. »Warum möchtest du über meine Vergangenheit reden? Ist die so wichtig?«

»Bis auf das, was passiert ist, seit ich wieder zu Bewusstsein kam, weiß ich nichts über dich. Ja, es ist wichtig.«

Seufzend lehnte sie sich wieder an ihn. Im Grunde war es ihr gar nicht so unangenehm, von sich zu erzählen. Seine ruhige Art verführte zu persönlichen Geständnissen, und sie wollte, dass er sie im Gedächtnis behielt. Danach.

»Warum bist du so besessen, Kendall?«

»Wer sagt, dass ich besessen bin?«

»He«, schalt er sie, »keine Gegenfragen. Was ist mit deinen Eltern?«

»Sie starben bei einem Absturz auf dem Flug nach Colorado, wo sie Skiurlaub machen wollten.«

»Wie waren sie?«

»Vital. Kraftvoll. Witzig. Liebevoll – zueinander und zu mir. Ich hielt sie für die zwei wunderbarsten Menschen auf Gottes Erde. Ich liebte sie über alles.«

»Sie starben viel zu früh. Darum hast du das Gefühl, dass du das Leben für sie leben und all das nachholen musst, was ihnen verwehrt wurde. Das treibt dich so um.«

Wieder riss sie den Kopf hoch. »Du hörst dich an wie eine Briefkastentante.« Sie meinte das ironisch, aber er blieb ernst.

»Wodurch bist du so entschlossen und dickköpfig geworden, Kendall?«

»Ich habe dir doch gesagt…«

»Das reicht mir nicht.«

»Also gut, wenn du unbedingt Psychiater spielen willst, meinetwegen.« Sie seufzte resigniert. »An jenem Morgen, an dem sie nach Colorado flogen, sagte mein Dad zum Abschied, während wir uns alle umarmten: ›Sieh zu, dass dein Zimmer in Ordnung ist, wenn wir zurückkommen. Wir möchten doch stolz auf dich sein.‹ Bloß kamen sie nie zurück. Ich schätze, irgendwie möchte ich immer noch, dass sie stolz auf mich sind.«

»Knapp, aber trotzdem recht aufschlussreich.«

»Vielen Dank. Können wir uns jetzt etwas Erholsamerem zuwenden? Weißt du, es gibt viel interessantere Arten, Untersuchungen vorzunehmen.«

»Die Toten kann man nicht beeindrucken, Kendall. Du brauchst nicht überall die Beste zu sein.«

»Das habe ich schon öfter gehört.«

»Von wem?«

»Von meinem Mann.«

Er sah sie scharf an, und Kendalls Herz setzte einen Schlag aus. Sie geriet in Panik, wusste aber, dass sie weitersprechen, eine Erklärung nachliefern musste. »Du hast dich so verändert, dass du in meinem Kopf oft einfach nicht mehr der Mann bist, der mich betrogen hat.«

»Ich bin jemand anderer, nicht wahr?«

»Ja, das bist du«, flüsterte sie heiser. »Seit wir hier sind, hast du dich von Grund auf geändert. Du hast nicht mehr die geringste Ähnlichkeit mit dem Mann, den ich geheiratet habe. Er gehört zu einem Albtraum, den ich vor langer Zeit und an einem anderen Ort durchlebt habe.«

Er sah sie lange an, bevor er das Gespräch wieder aufnahm. »Als deine Eltern starben, hast du mit dem Lügen angefangen, stimmt's?«

»Ich lüge nicht.«

»Darüber gibt es keine Diskussion, Kendall. Immerhin stellst du dich ziemlich geschickt dabei an.«

»Wenn ich so geschickt wäre, dann würdest du doch nicht glauben, dass alles gelogen ist, was ich dir erzähle.«

»Nicht alles. Aber vieles. Du musst jahrelange Übung haben.«

»Ich wollte die Dinge immer ein bisschen schöner machen, als sie in Wahrheit waren. Als Kind habe ich öfter… die Wirklichkeit ein bisschen umgestaltet, sie angenehmer gemacht. Um kein Waisenkind mehr zu sein, erfand ich faszinierende Eltern, die sagenhafte Dinge taten und deswegen nicht mit mir zusammenleben konnten.

In einem Jahr waren sie Filmstars, die mich nicht der verdorbenen Atmosphäre in Hollywood aussetzen wollten. Im nächsten Jahr arbeiteten sie als Polarforscher. Dann wieder waren sie Missionare in einem Ostblockland, die sonntags verlorene Seelen retteten und wochentags ihr Leben für die CIA aufs Spiel setzten.«

»Äußerst fantasievoll.«

Sie lächelte versonnen. »Meine Lehrer konnten sich leider nicht für meine Einbildungskraft begeistern. Ich bekam immer wieder Schwierigkeiten, weil sie für Lügen hielten, was für mich nur eine notwendige Korrektur an den Fakten war, um eine unerträgliche Situation erträglich werden zu lassen.«

»Und später, als Erwachsene? Hast du da auch die Fakten korrigiert, wenn eine unerträgliche Situation eintrat?«

»Was meinst du damit?«, fragte sie vorsichtig.

»Ich meine, wenn dein Mann sein Gedächtnis verloren hätte und sich weder an dich noch an eure Beziehung erinnern könnte – würdest du dann irgendwelche Gefühle heucheln?«

Tränen traten ihr in die Augen. Sie schüttelte den Kopf. »Du hast recht, ich habe viel zu oft gelogen. Meist, um unangenehme Situationen zu entschärfen. Manchmal auch, um meinen Kopf durchzusetzen, das gebe ich zu.«

Sie strich über sein Haar, seine Wimpern, seine Lippen. »Aber manche Sachen kann man nicht vortäuschen. Und dazu gehört die Liebe. Wenn ich dich nicht lieben würde, könnte ich auch nicht so tun, als ob. Meinst du nicht, dass du selbst unter der Amnesie die Wahrheit ahnen würdest? Du würdest sie fühlen.«

Sie drückte seine Hand auf ihr Herz und hielt sie dort fest. »Wenn du dein Gedächtnis wiederfindest, dann wirst du möglicherweise eine andere Art von Gedächtnisverlust erleiden, bei dem alles ausgelöscht wird, was seit dem Unfall passiert ist. Du wirst die Zeit mit mir, in diesem Haus, vielleicht vergessen.«

Sie nahm sein Gesicht zwischen ihre Hände. »Aber wenn du auch sonst alles vergisst, so sollst du dich doch daran erinnern, dass ich dich geliebt habe, solange wir hier waren.« Sie küsste ihn, um dieses Geständnis zu besiegeln.

Er erwiderte den Kuss. Bald verschmolzen ihre Lippen. Allmählich begannen seine Hände, über die weichen Konturen ihres Körpers zu wandern. Ihr Knie drückte herausfordernd gegen sein Geschlecht.

»Noch mal«, flüsterte er.

Wieder presste sie ihr Knie auf seinen weichen, warmen Schoß, bis sie eine Erektion spürte. Dann nahm sie sein Glied in die Hand und massierte den langen, samtigen Schaft.

Sein Mund wanderte langsam abwärts, während er sie gleichzeitig in die Kissen drückte. Sie spürte seine Zähne an ihrem Bauch, dann an ihrem Venushügel. Er streichelte ihre Schenkel, teilte sie behutsam, aber bestimmt.

Dann senkte sich sein Mund.

Kendall gab sich ganz den atemberaubenden Gefühlen hin. Ohne Scham oder falsche Selbstbeherrschung ließ sie sich von den Empfindungen hinwegtragen, die er in ihrem Bauch und ihren Brüsten auslöste. Zärtlich kreiste und presste und streichelte und liebkoste seine Zunge, bis sie vor Lust aufsprang wie eine Meeresmuschel.

Er verharrte über ihr und küsste sie erst auf den Mund, ehe er in sie eindrang. Als sie ihm ihre Hüften entgegenhob, schloss er die Augen und brummte leise.

Kendall grub die Finger in sein Haar und zog seinen Kopf zu sich herab. »Mach die Augen auf, John. Sieh mich an«, drängte sie ihn leise. »Sieh mir ins Gesicht. Vergiss mich nicht.«

Er erfüllte ihre Bitte, während er sich unbeirrt mit tiefen, regelmäßigen Stößen in sie versenkte. Als er kam, rief er heiser und abgehackt ihren Namen und gab sich dann ganz dem

Orgasmus hin, der nicht nur seinen Körper, sondern seine ganze Welt erschütterte.

Später ließ er sich sanft auf sie sinken, nahm sie in die Arme, barg sein Gesicht an ihrem Hals. Kendall klammerte sich an ihm fest, strich ihm von Zeit zu Zeit übers Haar und flüsterte: »Vergiss mich nicht, John. Vergiss mich nicht.«

40. Kapitel

Ein Mann rutschte Ricki Sue gegenüber in die Bank. »Hi.«

»Verpiss dich.«

»Das ist aber keine nette Begrüßung. Haben Sie mich schon vergessen? Mein Bruder und ich haben Sie heute nach dem Weg gefragt.«

Während der vergangenen halben Stunde hatte Ricki Sue allein vor sich hin getrunken und sich die Wunden geleckt, die Pepperdynes scharfe Vorhaltungen gerissen hatten.

Falls Mrs. Burnwood und ihrem Baby etwas Schreckliches zustieße, hatte er gesagt, dann sei das allein Ricki Sues Schuld.

Wenn sie ihre beste Freundin lebendig wiedersehen wolle, solle sie lieber alles verraten, was sie wusste.

Wenn die beiden starben, hätte sie für alle Zeit ihren Tod auf dem Gewissen. Das Leben der beiden liege in ihrer Hand.

Er hatte gar nicht mehr aufgehört und so viele düstere Aussichten beschworen, dass schließlich nur noch der Wunsch sie beseelte, seiner Stimme zu entfliehen. Kaum war er weg, fühlte sie sich in ihrer eigenen Wohnung gefangen. Das Haus war immer noch ein einziges Chaos. Pepperdyne hatte versprochen, morgen einen Aufräumtrupp zu schicken, der den schwarzen Spurensicherungspuder beseitigen sollte, aber sie ertrug das Durcheinander keine Sekunde länger.

Sie fühlte sich verwundbar, weil sie ständig daran denken musste, dass jemand in ihre Intimsphäre eingedrungen war und in ihren persönlichsten Dingen geschnüffelt hatte. Außerdem – und das hätte sie Pepperdyne niemals gestanden – hatte sie Angst, allein zu Hause zu bleiben.

Sie musste raus. Und so war sie in dieser Bar gelandet. Sie kam nicht oft hierher. Doch weil sie heute abend allein bleiben wollte, hatte sie die Clubs gemieden, wo man sie kannte und sie wahrscheinlich auf irgendwelche Freunde getroffen wäre, die sich mit ihr unterhalten wollten.

Heute abend war ihr nach einem Schwips zumute. Allein. Ein paar Männer hatten sie bereits prüfend gemustert, aber sie hatte alle Annäherungsversuche mit feindseligen Blicken abgewehrt. Bis jetzt hatte niemand gewagt, sich zu ihr zu setzen.

Sobald sie den Kopf hob und den Mann an ihrem Tisch in Augenschein nahm, erkannte sie ihn wieder. Ihr Herz machte einen winzigen Satz. Die brüske Standardabfuhr erstarb ihr auf den Lippen. Ihr finsterer Blick hellte sich zu einem Lächeln auf.

»Haben Sie die Sunset Street gefunden?«

»Yeah, und das haben wir Ihnen zu verdanken. Aber der Freund, den wir besuchen wollten, ist umgezogen. In eine andere Stadt.« Henry Crook zuckte gleichgültig mit den Achseln. »Auch egal. Wir sind bloß zufällig vorbeigekommen und haben uns gedacht, wir schaun mal bei ihm rein.«

»Wo ist Ihr Bruder?«

»Er heißt Luther. Und ich bin Henry.«

»Ich bin Ricki Sue. Ricki Sue Robb.«

»Komisch, dass wir uns gleich zweimal am selben Tag über den Weg laufen. Muss Schicksal sein oder so.«

»Bestimmt«, stimmte Ricki Sue zu.

Seine Augen waren so unglaublich blau. Hübsches blondes Haar hatte er auch. Er war kein Geistesriese, aber wen kümmerte das? Pepperdyne besaß sicher einen höheren IQ, aber stellte eine absolute Nervensäge dar.

Außerdem fühlte sie sich in Gesellschaft von irgendwelchen Superhirnen immer fehl am Platz. Sie zog Männer vor, die ihr intellektuell ebenbürtig waren. Normalerweise hätte sie eine so ungehobelte Ausdrucksweise abgeschreckt, aber Henry und sein Bruder hatten etwas Hartes, Raubeiniges an sich, das ihr irgendwie zusagte.

Sie klimperte mit den Wimpern. »Ich hab' gleich ausgetrunken.«

»Darf ich dir noch einen spendieren?«

»Fände ich toll. Whisky mit Soda bitte.«

Er ging an die Bar und bestellte. Als er sich zu ihr umdrehte, blitzte ein schüchternes, jungenhaftes Lächeln in seinem Gesicht auf, bei dem ihr der Atem stockte. Schüchterne Männer machten sie einfach an. Man konnte ihnen so viel beibringen!

Er kam mit zwei Drinks zurück. Nach dem ersten Schluck fragte sie: »Wo seid ihr her?«

»Äh, West Virginia.«

»Hmm. Du klingst, als kämst du aus dem heißen Süden.«

»Wir haben früher in South Carolina gewohnt, aber als ich und Luther in der Highschool waren, sind wir umgezogen.«

»Wovon lebt ihr?«

»Wir sind im Autogeschäft.«

»Wie interessant!«, rief sie mit großen Augen aus. »Autos und Motoren und so faszinieren mich total!«

Das taten sie nicht im Geringsten, aber diese akute Begeisterung gab ihr Gelegenheit, sich vorzubeugen und Henry einen tiefen Einblick in ihr Dekolleté zu gewähren. Sie trug ein schwarzes, halbdurchsichtiges Top über einem schwarzen BH, der mehr verriet als verhüllte.

Henry war von dem Anblick so gebannt, dass er den Schaum von seinem Bier verschüttete, als er das Glas an den Mund heben wollte. »Mein Bruder und ich sind noch mal zurückgefahren, weil wir dich treffen wollten, weißt du?«

»Ehrlich? Wann?«

»Nachdem wir gemerkt haben, dass unser Freund nicht mehr da wohnt. Hat ausgesehen, als wäre dein ganzes Haus voller Bullen.«

Ricki Sue runzelte die Stirn. »Das war es auch. Jemand hat bei mir eingebrochen.«

»Ohne Scheiß? Was hat er geklaut?«

Sie beugte sich weiter vor. »Henry, Süßer, macht es dir was aus, wenn wir über was anderes reden? Ich rege mich einfach zu sehr darüber auf.« Sie fasste seine Hand, und er drückte sie.

»Überrascht mich nicht. Ich und Luther haben uns schon gedacht, dass da was mächtig faul sein muss, nachdem diese Zivilbullen dein Haus von gegenüber aus observierten.«

Ricki Sues Reaktion wurde durch den Alkohol in ihrem Blut gedämpft, trotzdem war sie augenblicklich hellwach. Sie riss ihre Hand wieder zurück. »Was für Zivilbullen? Wovon redest du?«

»Hoppla, ich wollte dich nicht nervös machen. Ich und Luther haben gedacht, dass wahrscheinlich dein Ex sie auf dich angesetzt hat.«

»Ich habe keinen Ex.«

»Oh.« Er stutzte verdattert. »Na ja, ich weiß nicht, wer dich beschatten lässt, aber er macht keine halben Sachen. Sie sind dir hierher gefolgt.«

Die Burnwoods! Sie waren hier! Sie hatten sie im Visier! Ihr Hinterkopf lag im Fadenkreuz eines dieser grausigen Jagdgewehre, von denen Kendall ihr erzählt hatte!

»Wo?«, krächzte sie.

»Gleich da hinten beim Zigarettenautomaten.« Er nickte an ihrem Kopf vorbei. »Du kannst dich ruhig umdrehen. Sie schauen gerade nicht her.«

Sie warf einen hastigen Blick in Richtung Zigarettenautomat. Einer der Männer gehörte zu Pepperdynes Leuten. Den zweiten kannte sie noch nicht, aber zweifelsohne war auch er ein FBI-Agent. Sie sahen einfach lächerlich aus unter ihren neuen, sauberen Schirmmützen, die ihnen das Aussehen von Einheimischen geben sollten

»Dieses Arschloch!«, zischte sie. »Es ist doch nicht zu fassen. Er lässt mich beschatten, als hätte ich was ausgefressen.«

»Wer? Was ist los? Was für ein Arschloch? Willst du, dass Luther und ich ein Wörtchen mit ihm reden?«

»Nein, nein. Es ist alles halb so wild, ehrlich, bloß…«

»Hör mal, wenn du in Schwierigkeiten steckst…«

»Ich nicht, aber eine Freundin. Diese Kerle sind vom FBI. Sie glauben, ich wüsste was und würde es ihnen nicht verraten.«

»Und, weißt du was?«

»Wenn ich was wüsste, dann würde ich es denen bestimmt nicht auf die Nase binden.«

Es war riskant, einen potenziellen Liebhaber wissen zu lassen, dass sie in eine Sache verwickelt war, mit der sich sogar das FBI befasste. Aber Henry trat keineswegs vorsichtig den Rückzug an, sondern wirkte im Gegenteil beeindruckt.

»Wow! Bei dir geht ja ganz schön was ab, Lady!«

Ricki Sue ließ sich ihre Erleichterung nicht anmerken, statt dessen grinste sie boshaft. »Du hast ja keine Ahnung, was alles bei mir abgeht, Süßer!«

»Aber ich würd's gern erfahren.«

»Dann lass uns verschwinden.« Sie fällte spontan eine Entscheidung. Wenn sie je ein bisschen Erholung und Entspannung gebraucht hatte, dann heute abend. »Ich kenne ein paar Orte, an denen wir uns wesentlich besser unterhalten können.«

Sie schüttete ihren Drink hinunter und wollte gerade aus ihrer Bank rutschen, als ihr Pepperdynes Observierungsteam wieder einfiel. »Mist! Die will ich wirklich nicht dabeihaben.«

Henry sann kurz über dieses Problem nach. »Ich hab' ne Idee. Mein Bruder spielt hinten Billard. Wir könnten ja zusammen zu ihm gehen. Ich bleibe 'ne Weile dort, dann komm ich wieder vor und tu so, als hätte ich bei dir nicht landen können. Und du schleichst solange mit Luther hinten raus, klar? Ich mach' mich später durch die Vordertür davon. Ehe sie neugierig werden und hinten nach dir suchen, bist du längst über alle Berge.«

»Brillant!« Sie schwankte beim Aufstehen. »Huch! Schon halb hinüber!« Sie kicherte.

Henry stützte sie mit einem Arm um ihre Taille. »Mann, du bist ganz bestimmt nicht hinüber. Du weißt einfach, wie man sich amüsiert.«

Sie lehnte sich an ihn. »Das wird bestimmt eine Höllennacht, kannste drauf wetten!«

Henrys Plan, die Agenten abzuhängen, klappte. Nicht mal eine halbe Stunde später traf er sie und Luther an der verabredeten Straßenecke. Er kam zu Fuß und sprang auf den Beifahrersitz des Camaros, noch ehe das Auto richtig hielt. Luther trat das Gaspedal durch, und sie rasten mit quietschenden Reifen davon.

Ricki Sue fand Luther genauso süß und schnuckelig wie seinen Zwillingsbruder. Da sie sich zu dritt auf den Vordersitz quetschten, musste sie auf der Mittelkonsole reiten, was eine Salve zweideutiger Witze und Kommentare auslöste. Wenn das Auto über Schlaglöcher setzte, stieß sie mit dem Kopf an das Verdeck, was weiteres Gelächter hervorrief.

Sie hatte eben eine Flasche Jack Daniels angesetzt, als sie über die Eisenbahnschienen fuhren. Der Whisky ergoss sich über ihr Kleid. »Da seht ihr mal, was ihr mit mir anstellt!«, prustete sie los. Sie lachte so laut, dass sie kaum mehr Luft bekam.

»He, Luther«, grölte Henry, »du fährst so wild, dass sich die Lady schon ganz nass gemacht hat.«

»Dann sollten wir ihr wenigstens beim Wegwischen helfen.«

»Allerwenigstens.«

Ricki Sue hieb beide auf die Schenkel. »Ihr seid vielleicht ungezogen! Ich weiß genau, was ihr vorhabt.«

Henry beugte sich zu ihr hinüber und fuhr mit der Zunge über ihren Hals. »Ach ja? Und was haben wir denn vor?«

Ricki Sues Kopf kippte in den Nacken; sie begann leise zu stöhnen.

»Das ist gemein«, quengelte Luther. »Ich muss schließlich fahren.« Aber schließlich schaffte er es, mit einer Hand zu lenken, während er die andere zwischen ihre Schenkel versenkte.

Später hätte Ricki Sue nicht mehr sagen können, wer eigentlich vorgeschlagen hatte, bei dem Motel zu halten. Vielleicht war sie es gewesen. Jedenfalls kehrte sie nicht zum ersten Mal dort ein. Der Kerl an der Rezeption war ein alter Kiffer. Er war ständig stoned und scherte sich keinen Deut darum, wer und ob sich überhaupt jemand in die Gästeliste eintrug, solange ein Zwanziger auf der Theke lag.

Allerdings war sie noch nie mit Zwillingen dort – oder woanders – eingekehrt. Die Vorfreude erregte sie zusätzlich, als sie in das gemietete Zimmer stolperte.

Luther oder vielleicht auch Henry – je mehr sie trank, desto schlechter konnte sie die beiden auseinanderhalten – kippte sie auf das Bett.

Luther legte sich auf der einen Seite neben sie, Henry auf der anderen. Einer küsste sie. Dann der andere. Dann wieder

der Erste. Und so ging es weiter und weiter, bis sie die Münder nicht mehr voneinander unterscheiden konnte.

Sie wehrte sich lachend und schob die beiden zur Seite. »Halt! Moment mal! Eine Sekunde! Stopp, hab' ich gesagt!«

Sie schubste sie weg und kämpfte sich hoch, bis sie halbwegs aufrecht saß. Das Zimmer drehte sich, und sie legte die Hand an die Wange, um das Gleichgewicht wiederzufinden. Mit jener majestätischen Würde, zu der heillos Betrunkene unnachahmlich fähig sind, sagte sie: »Immer langsam, Jungs. Von hier an nur noch mit Gummi.«

Während die Zwillinge die verpackten Kondome aufzureißen begannen, die sie aus ihrer Handtasche gezaubert hatte, lagerte Ricki Sue am wackligen Kopfende des Bettes und stellte sich vor, wie sich morgen früh alle an der Kaffeemaschine um sie drängen würden. Denen könnte sie vielleicht was erzählen!

41. Kapitel

Matt fuhr, bis Gibb ihn anwies, auf einem Parkplatz am Straßenrand zu halten. Gibb war der Meinung, dass sie inzwischen weit genug entfernt waren, um ohne Bedenken pausieren zu können. Die ganze Zeit hatten sie sich streng an alle Verkehrsregeln und an die vorgeschriebene Geschwindigkeit gehalten.

Gibb wollte endlich wissen, ob sie in der Schuhschachtel, die sie unter Ricki Sues Bett hervorgezogen hatten, etwas Aufschlussreiches fänden. Er leerte die Karten und Briefe auf die Sitzfläche zwischen ihnen. Sie teilten den Haufen in zwei Hälften und begannen zu lesen.

Es stellte sich bald heraus, dass Ricki Sue jedes Schriftstück aufbewahrt hatte, dass ihr je ein Mann geschickt hatte. Die Lektüre wurde ermüdend, Matt begann sich zu langweilen.

»Da finden wir sowieso nichts.«

»Wir müssen jeden einzelnen Brief überprüfen«, widersprach sein Vater eigensinnig. »Vielleicht bringt uns irgendeiner davon weiter.«

Unter den verblassten Briefen ehemaliger Liebhaber fand sich eine krakelige, in Blockschrift abgefasste Nachricht von einem Mitschüler aus der Grundschule mit Namen Jeff, der Ricki Sue fragte, ob sie ihm ihr Höschen zeigen würde. Ein weiterer, langatmiger, launiger Brief stammte von ihrem Cousin Joe, der seinem Vaterland auf dem Flugzeugträger John F. Kennedy gedient hatte und der ihr versprach, ihre Adresse an seine einsamen Mitmatrosen weiterzugeben. Sie stießen auf eine Postkarte von ihrem Lehrer in der Sonntagsschule, Mr. Howard, der ihr mitteilte, dass er sie am vergangenen Sonntag vermisst habe.

Dann zog Matt eine Postkarte aus dem Haufen, deren Handschrift er augenblicklich wiedererkannte. »Die hier ist von Kendall.«

Er stellte das ohne jede Begeisterung fest. Seit einiger Zeit befand er sich auf Fernsteuerung und schien nicht in der Lage, das Ruder wieder zu übernehmen. Es war einfacher, nur das zu tun, was man ihm befahl. Die Willenlosigkeit dämpfte den Schmerz ein wenig.

So ging es ihm seit Lotties Tod.

Er hatte das Gefühl, selbst dabei gestorben zu sein. Noch einmal einen Leitartikel zu schreiben, noch eine Ausgabe seiner Zeitung herauszubringen, konnte er sich einfach nicht vorstellen, genauso wenig, wie jemals wieder Freude zu empfinden – am Essen, Trinken, Jagen, der Bruderschaft, dem Leben überhaupt. Lotties Tod hatte eine Lücke gerissen, die nie wieder geschlossen werden konnte. Dad hatte ihm prophezeit, dass sich seine Gefühle ändern würden, sobald er seinen Sohn gefunden hätte, aber das erschien Matt unvorstellbar.

Natürlich hatte es ihm auch damals fast das Herz gebrochen, als er und Lottie noch jung gewesen waren und sein Vater ihm untersagte, sie je wiederzusehen; aber damals hatte er immer noch den winzigen Hoffnungsschimmer im Herzen bewahrt, dass sie eines Tages doch einen Weg zueinander finden würden. An diese Hoffnung hatte er sich geklammert, sie hatte ihn aufrecht gehalten, wenn er meinte, vor Sehnsucht nach ihr zu vergehen.

Jetzt, nachdem sie ihm endgültig genommen war, hielt die Zukunft nichts mehr für ihn bereit. Sein Vater hatte ihn mit der Erklärung trösten wollen, ihre wahre Belohnung würde sie im Himmel erwarten, aber für Matt war Lottie der Himmel gewesen. Er war unschlüssig, ob er alt werden wollte, da das bedeutete, alt zu werden ohne Lottie.

Kendall hatte Lotties Tod herbeigeführt, wie sein Vater ihm unermüdlich erklärte. Wenn Kendall ihre Nase nicht in Sachen gesteckt hätte, die sie nichts angingen, wenn sie sich in ihre Bestimmung gefügt hätte und ihm eine willige, gehorsame Gemahlin gewesen wäre, dann wäre all das nicht passiert. Lottie lebte noch und würde auf ihn warten, mit ihrem Lächeln, ihren Küssen und ihren Umarmungen, die sein Glück waren.

Immer wenn er daran dachte, was er verloren hatte, erstickte er fast an seinem Hass auf Kendall. Sie würde dafür bezahlen, dafür würde er sorgen. Genau wie all die anderen, die von der Bruderschaft zur Rechenschaft gezogen worden waren, hatte sich Kendall ihr Urteil selbst zuzuschreiben.

Er starrte auf die Postkarte, und er ekelte sich davor, weil sie von ihr war. »Ich erkenne ihre Handschrift.«

»Von wann ist sie?«

Matt hielt sie unter das Leselicht im Auto. »Die Briefmarke ist verschmiert, sieht aber alt aus. Der Rand ist schon ganz vergilbt.«

»Lies sie trotzdem.«

»›Abgesehen von der Hitze und den Moskitos verbringen wir hier ein paar wundervolle Wochen. Gestern haben G und ich an unserem Lieblingsplatz gepicknickt.‹«

»G steht bestimmt für Großmutter«, vermutete Gibb. »Noch was?«

»Ihr ging der Platz aus. Den Rest hat sie reingekrakelt.« Matt beugte sich über die winzigen Buchstaben. »Ich habe dir davon erzählt, CSA-Kanone, Wasserfall usw. Bis bald.‹ Das ist alles. Sie hat ein kleines Herzchen gezeichnet, statt zu unterschreiben.«

»CSA? Wie Confederate States Army? Auf ihrem Lieblingsplatz steht also eine Kanone der ehemaligen Südstaatenarmee. Hat sie dir je von diesem Fleck erzählt?«

Matt kramte in seinem Gedächtnis, doch die Erinnerung an Lotties leblose Augen blendete alles andere aus. »Vielleicht. Ich glaube schon. Sie hat mir erzählt, dass sie und ihre Großmutter den Sommer immer in einem alten Farmhaus verbracht haben.«

»Ein altes Farmhaus in der Nähe einer Konföderiertenkanone und eines Wasserfalls.« Aufgeregt klappte Gibb das Handschuhfach auf, holte die Straßenkarte von Tennessee heraus und breitete sie sich über den Schoß.

»Was weißt du über die Tiere, Matthew?« fragte er. »Was tut ein Tier, wenn es verwundet oder verängstigt ist? Wohin verkriecht es sich?«

»In seinen Bau.«

»Mit anderen Worten, daheim«, bestätigte Gibb. »Kendall ist nicht heimgeflüchtet. Das konnte sie nicht. Also hat sie vielleicht das zweitbeste Versteck aufgesucht. Es muss irgendwo einen Wasserfall in der Nähe einer Gedenkstätte aus dem Bürgerkrieg geben.«

Seine Augen glänzten. »Stell dir nur vor, mein Sohn, schon morgen früh könntest du deinen kleinen Sohn in den Armen halten.«

Matt lenkte seine Gedanken auf dieses Bild. Er versuchte, sich vorzustellen, wie er seinen Sohn auf den Knien reiten ließ – sich auszumalen, wie er lachen und sich fröhlich und frei fühlen würde. Frei? Ja, das müsste es sein: In seinem ganzen Leben hatte er sich nie frei gefühlt.

Und noch nie so eingekerkert wie jetzt.

Kendall entzog sich Johns Umarmung. Er murmelte eine unverständliche Frage.

»Ich muss mal«, flüsterte sie. »Bin gleich wieder da.«

Er versank wieder in Schlaf. Sie beugte sich vor, küsste ihn auf die Stirn, blieb dann stehen und betrachtete sein Gesicht, um es sich in allen Einzelheiten einzuprägen.

Wenn alles glatt ging, würde sie ihn nie wiedersehen.

Sie spürte, wie sich ihre Kehle zuschnürte. Sie schluckte schwer, schlüpfte aus dem Bett und zog sich leise und behände im Dunkeln an.

Von dem Moment an, als Ricki Sue ihr von Matts und Gibbs Flucht aus dem Gefängnis erzählt hatte, war Kendall klar gewesen, dass sie fliehen musste. Sie durfte keine Zeit verlieren. Sie hatte schon zu lange gezögert. Obwohl sie das einen wertvollen Vorsprung gekostet hatte, hatte sie sich eine letzte Nacht mit John zugestanden.

Matt und Gibb würden sie aufspüren. Ganz bestimmt. Sie traute ihrem Jagdinstinkt wesentlich mehr zu als dem FBI mit seinen Hochleistungscomputern und seiner Armee von Ermittlern.

Wäre es nur um ihr eigenes Leben gegangen, hätte sie es riskiert, bei John zu bleiben. Aber da war schließlich Kevin. Falls die Burnwoods sie fanden, würden sie sie umbringen und ihn mitnehmen. Die Vorstellung war zu grauenvoll, um sie auch nur zu denken. Selbst wenn man Gibb und Matt irgendwann verhaften würde, wäre Kevin eine Waise, über dessen Zukunft ein Komitee von Fremden zu entscheiden hätte.

Sie musste ihr Kind beschützen, selbst wenn das die Trennung von dem Mann bedeutete, den sie liebte. Sie würde ihn ohne eine Erklärung, ohne ein Wort des Abschieds verlassen. Wenn er morgen früh entdeckte, dass sie verschwunden war, würde er die Welt nicht mehr verstehen und sie auf ewig hassen. Aber das würde vergehen.

Sie schrieb ihm eine Nachricht, in der sie ihm versicherte, dass Hilfe unterwegs sei. Bevor sie am Nachmittag aus der

Stadt zurückgekehrt war, hatte sie eine Postkarte an die Polizei abgeschickt, auf der stand, wo man den vermissten US-Marshal John McGrath finden würde.

Sobald morgen früh die Post ausgetragen war, würde man jemanden zur Farm hinausschicken. Johns Freund Jim Pepperdyne würde ihm die beste neurologische Behandlung angedeihen lassen. Irgendwann kehrte sein Gedächtnis zurück. Es brach ihr das Herz, dass er sich dann vielleicht nicht mehr an die idyllische Zeit erinnern würde, die sie gemeinsam durchlebt hatten.

So traurig sie der Gedanke auch stimmte, sie wusste doch, dass es das Beste war, wenn er alles wieder vergaß. Niemand konnte ihn für das verantwortlich machen, was zwischen ihnen vorgefallen war – weder seine Vorgesetzten noch er selbst.

Lautlos trat sie in Kevins Zimmer und holte die Tasche, in die sie seine Kleidung, Windeln und ein paar notwendige Utensilien gepackt hatte. Sie wollte sich nicht mit überflüssigem Gepäck belasten.

Kevin ließ sie vorerst in seinem Ställchen liegen. Ein Blick ins Schlafzimmer verriet ihr, dass John immer noch in tiefem Schlummer lag. Sie schlich durchs Haus und verschwand durch die Hintertür.

Es waren noch Stunden bis zum Morgengrauen, doch jetzt zählte jede Minute. Sie legte die Tasche ins Auto. Vor einer Weile hatte sie etwas Farbe im Schuppen hinter dem Haus gefunden und die zwei Dreier auf dem Nummernschild in Achter verwandelt. Bei kritischer Betrachtung fiel die Korrektur natürlich auf, doch vielleicht wurde sie auf diese Weise nicht aufgehalten, bis sie den Wagen abgestoßen und einen neuen erworben hatte.

Sie kehrte ins Haus zurück und trat in die Speisekammer, wo sie bereits einige Tüten mit Konserven und Wasserflaschen bereitgestellt hatte. So konnte sie im Fahren essen und trinken und brauchte nur anzuhalten, wenn sie Kevin stillen oder auf die Toilette musste. Sie würde in abgelegenen Motels nächtigen, wo sie mit Barzahlung keinen Verdacht erregte.

Wenn sie mehr Geld brauchte, würde sie sich wie schon öfter mit Ricki Sue in Verbindung setzen. Sie vertraute Ricki Sue voll und ganz, doch um ihre Freundin zu schützen, wollte Kendall den Anruf so lange wie irgend möglich hinauszögern.

Nachdem sie den Proviant im Auto verstaut hatte, kehrte sie ein letztes Mal ins Haus zurück und verschwand im Wohnzimmer. Sie kniete vor dem Kamin nieder, langte in den Abzug und zog die Pistole heraus.

Die Waffe war ihr einziger wirklicher Schutz, falls Matt und Gibb sie finden sollten, trotzdem fasste sie sie nur äußerst ungern an. Übervorsichtig schob sie die Pistole in die Rocktasche.

Dann kam ihr ein beunruhigender Gedanken. Was war, wenn die Burnwoods dieses Versteck aufspürten, ehe John gerettet werden konnte? Bestimmt wussten sie, dass er der Marshal war, den sie aus dem Krankenhaus in Stephensville »entführt« hatte. Sie würden ihn ohne den geringsten Vorbehalt erschießen.

Daher holte sie die Waffe wieder aus der Tasche und brachte sie in die Küche. Sie legte den Brief mit ihrer Nachricht auf den Tisch unter die Pistole. Wie passend, dass sie ihm als Letztes zurückgab, was sie ihm als Erstes weggenommen hatte, während er bewusstlos auf der regendurchtränkten Erde lag.

Wie viel war seitdem geschehen!

Sie hielt mühsam die Tränen zurück, während sie auf Zehenspitzen in Kevins Zimmer schlich und ihn aus seinem

Ställchen hob. Er krähte empört, schlief aber sofort wieder ein, als sie ihn an ihre Schulter legte.

Einen letzten Blick genehmigte sie sich in das dunkle Schlafzimmer; John hatte sich nicht gerührt. Eilig schlich sie über den Flur und durch die Küche. Obwohl sie sich verboten hatte zu weinen, stahl sich eine Träne über ihre Wange.

Dies waren die letzten Sekunden in ihrem Haus, wo so viele schöne Erinnerungen wohnten. Nachdem das Versteck erst einmal entdeckt war, würde sie hier nie wieder untertauchen können, diese Zimmer betreten, in denen sie noch Großmutters Lachen zu hören glaubte. Hier hatte sie erst von Elvie Hancock, dann mit John gelernt, was lieben heißt.

Wieso musste sie immer alles verlieren, was ihr teuer war?

Kevin räkelte sich an ihrer Brust. »Nicht alles«, flüsterte sie, gab ihm einen Kuss auf das Köpfchen und strebte der Tür zu. Sie wollte sie eben aufziehen, als das Küchenlicht anging.

Sie wirbelte herum, doch die plötzliche Helligkeit blendete sie so, dass sie nur noch erkennen konnte, wie sich ein mannshoher Schatten auf sie und Kevin stürzte.

42. Kapitel

Die Gebrüder Crook hatten sich ins Bad zurückgezogen und beratschlagten, wie sie aus dieser Zwickmühle herauskamen. Sie mussten der rothaarigen Dicken genug Alkohol einflößen, um ihr die Zunge zu lösen, jedoch nicht so viel, dass sie sich bewusstlos trank.

»Hey, ihr beiden«, lallte sie halb singend vom Bett aus. »Was macht ihr eigentlich da drinnen, he?«

»Ich glaub' nicht, dass ich ihn noch mal hochkrieg'.« Luther sah resigniert auf seinen schlaffen Penis. »Ich hab' noch keine Frau erlebt, die so viel verträgt. Meinst du, sie ist ein Monster oder so?«

»Hör auf zu jammern. Wir müssen sie dazu überreden, was von Kendall zu erzählen.«

Luther massierte sich wehleidig die Hoden. »Und wie willst du das anstellen, Henry? Sie hat schon fast 'ne ganze Flasche weggeputzt und ist bloß noch geiler dadurch geworden.«

Henry grübelte. Ricki Sue rief schon wieder vom Schlafzimmer aus nach ihnen. »Wir sollten lieber wieder reingehen, bevor sie misstrauisch wird. Ich denk' mir was aus. Und du spielst einfach mit, egal, was ich sage.«

Ricki Sue lag immer noch ausgestreckt auf dem Bett. Sie schmollte. »Ich hab' schon gedacht, ihr würdet da drin ohne mich feiern.«

Henry fiel auf, dass sie undeutlicher sprach als vorhin. Er gab Luther heimlich ein Daumen-hoch-Zeichen, bevor er sich neben Ricki Sue ausstreckte. »Nee. Ohne unser Partygirl können wir doch gar keinen Spaß haben, oder, Luther?«

»Nee, Sir. Können wir nicht. Wisst ihr was? Ich glaube, es ist mal wieder Zeit für einen Drink.«

Er tat so, als würde er einen tiefen Schluck aus der Flasche nehmen, bevor er sie an Ricki Sue weiterreichte. Sie sah die beiden misstrauisch an. »Wollt ihr mich eigentlich verscheißern oder was?«

Bevor ihr jemand antworten konnte, bellte sie ein kehliges Lachen und hob die Flasche an den Mund. Henry zwinkerte seinem Bruder zu.

»Ehrlich, Ricki Sue, ich kenn' keine, die so trinken kann wie du. Stimmt's, Luther?«

»Stimmt.«

»Ich finde, du bist überhaupt eine tolle Frau. Zum Beispiel, wie du die Bullen ausgetrickst hast. Das war echt gut. Geschieht ihnen recht, wieso mischen die sich auch in alles ein.«

Sie schnaubte verächtlich. »Dieser Pepperdyne glaubt, wenn er scheißt, riecht's nach Rosen. ›Sie wissen, wo Mrs. Burnwood ist‹, so geht das ständig. ›Sie wissen dies, Sie wissen das‹«, äffte sie ihn nach. »Woher will er wissen, was ich weiß, wo doch nur ich weiß, was ich weiß?«

»Genau«, stimmte ihr Luther zu. »Wie kommt er dazu, dich nach deiner besten Freundin auszufragen?«

Henry schoss seinem Bruder einen giftigen Blick zu. Warum konnte Luther nicht einfach seine Klappe halten? Mama hatte recht – sein Bruder war so blöd, dass es schon verboten gehörte. Mit seiner Bemerkung hätte er Ricki Sue darauf stoßen können, dass sie nicht nur auf ein Schäferstündchen aus waren.

Aber sie war viel zu betrunken, als dass ihr Luthers Neugierde aufgefallen wäre. »Ich will Kendall schützen«, schluchzte sie. »Sie is' meine Freundin. Ich würde diesem Pepperdyne ganz bestimmt nich' erzählen, wo sie ist, selbst wenn ich's wüsste, und ich weiß es nich'.«

Sie trank nochmals und verschluckte sich beinahe, weil sie unvermittelt zu lachen begann. Mit erhobenem Finger verkündete sie: »Aber ich kann's mir ziem-lich gut vor-stel-len!« Sie trennte die Silben und betonte jede einzelne.

»Ach was, uns brauchst du doch nichts vorzumachen, Ricki Sue. Wir sind schließlich keine Bullen, was, Luther?«

»Nee, Mann, wirklich nicht.«

Henry begann ihr den Hals zu streicheln. »Vergiss doch diesen Pepperdyne. Komm, wir feiern noch ein bisschen.«

Ricki Sue schubste ihn weg. »Ich mach' euch nichts vor. Ich weiß wirklich, wo sie sein könnte.«

»Klar doch, Süße. Wir glauben dir. Oder etwa nicht, Luther?« Er zwinkerte seinem Bruder verschwörerisch zu, aber Luther konnte ihm nicht mehr folgen. Dieser psychologische Salto war ihm einfach zu hoch.

»Äh… äh ja. Stimmt genau, was Henry da sagt.«

»…'s is' die Wahrheit«, versteifte sich Ricki Sue, während sie sich hochkämpfte. »Ich wette, sie is' in der Farm, wo sie immer im Sommer mit ihrer Oma hingefahrn is'.«

»Schon okay, Baby.« Henry tätschelte ihr wohlwollend den Schenkel. »Wenn du meinst.«

Sie schlug mit der Faust auf die Matratze. »Ich weiß, wo sie is'. Na ja, vielleicht nich' genau. Aber es is' irgendwo in der Nähe von Morton. Und es gibt einen…«

»Einen was?«

»Einen Wassafah.«

»Wasserfall?«

Sie legte hoheitsvoll den Kopf in den Nacken und blickte verächtlich auf Henry hinunter. »Hab' ich das nich' eben gesagt?«

»Klar doch, Süße. Ich wollte dir nicht widersprechen.«

»Und es gibt da so 'ne große… Dings. Wie heißt das noch? Auf Rädern. Zum Schießen.«

»Eine Kanone?«

Sie bohrte den Zeigefingernagel in Henrys Brust. »Genau! Du has' gewonnen! Du kriegs' den ersten Preis!« Sie breitete die Arme aus und bot ihm ihren Körper als Gewinn. Dann verdrehte sie die Augen und kippte bewusstlos rückwärts aufs Bett.

»Heiliges Kanonenrohr!«, jubelte Henry. »Es hat geklappt! Wir fahren nach Morton.«

»Wo ist das?«

»Keine Ahnung. Aber es muss auf irgendeiner Karte sein. Mach los, Luther, zieh dich an.«

»Was ist mit ihr?«

»Du weißt, was Mama gesagt hat.«

Luther sah auf Ricki Sue hinunter und schmatzte bedauernd mit den Lippen. »Verdammt schade um die Kleine. Hab' noch nie so 'ne Feuerrote gehabt.«

»Wie bitte?« Pepperdyne knirschte mit den Zähnen und packte den Hörer so fest, dass seine Knöchel weiß hervortraten. »Würden Sie das noch mal wiederholen?«

»Wir, also, wir haben sie verloren, Sir. Sie ist in eine Bar gegangen, eigentlich eine echte Absteige. Sie hat ganz allein an ihrem Tisch gesessen und wie ein alter Säufer einen Whisky nach dem anderen runtergekippt.«

»Weiter.«

»Ja, Sir. Dieser Typ…«

»Was für ein Typ?«

»Irgendein Typ. Ein großer, schlaksiger Weißer mit strohblondem Haar und irrem Blick. Er hat sich zu ihr gesetzt. Er spendiert ihr einen Drink. Sie sitzen zusammen und schwatzen.«

»Haben Sie versucht, den Namen des Mannes herauszufinden?«

»Natürlich, Sir. In der Kneipe kennt ihn keiner.«

»Auto?«

»Wir haben auch danach gefragt. Niemand hat gesehen, wie er und sein Bruder gekommen sind, deshalb haben wir auch keine Beschreibung des Wagens.«

»Haben Sie ›Bruder‹ gesagt? Er hatte einen Bruder?«

»Ja, Sir. Einen Zwillingsbruder.«

»Jesus!«

Pepperdyne warf zwei Aspirin ein und spülte sie mit einem Schluck Maalox-Magenmittel hinunter. Warum war alles nur so gottverdammt kompliziert? Nicht nur einen Bruder, was schon schwierig genug gewesen wäre. Sondern einen Zwilling.

»Eineiige Zwillinge?«

»Soweit wir wissen. Angeblich kann man sie kaum auseinanderhalten.«

»Auch das noch!«

»Den zweiten haben wir gar nicht zu Gesicht bekommen. Er war hinten im Billardraum.« Der Agent erklärte, wie Ricki Sue und ihre Begleiter sie abgehängt hatten.

»Wie hat er für die Drinks bezahlt?«

»Bar.«

»Wie nicht anders zu erwarten«, knurrte Pepperdyne. »Und niemand kannte diese Männer?«

»Nein, Sir. Kein Name, nichts. Offenbar sind sie nicht von hier.« Pepperdynes Untergebener hielt inne, als wollte er sich auf das Gewitter gefasst machen, das gleich über ihn hereinbrechen würde. Als sein Chef nichts sagte, schlug er vor: »Also, Sir, meiner Meinung nach hat sie die Typen dort getroffen und ist mit ihnen weg.«

»Sieht so aus, oder?«

»Ich meine damit, Sir, dass ich nicht glaube, dass die beiden was mit dem Einbruch heute nachmittag zu tun haben.

Jedenfalls waren es bestimmt nicht Matt und Gibb Burnwood. Mir kam es vor, als hätte sie sich abschleppen lassen. Laut einigen Zeugen ist Miss Robb mit den beiden ziemlich schnell auf Tuchfühlung gegangen, wenn Sie verstehen.

Einer der Gäste hat uns ein bisschen was über sie erzählt. Er sagt – und ein paar andere bestätigten das –, dass sie eine notorische Aufreißerin ist. Eine heiße Nummer. Es komme öfter vor, dass sie mit einem Fremden abzieht, sagte er.«

Pepperdyne riss der Geduldsfaden. »Passen Sie auf. Meinetwegen kann Miss Robb jeden Samstagmittag mit hundert Männern auf dem Rathausplatz vögeln. Sie ist eine Bürgerin unseres Staates, und selbst wenn sie uns Informationen vorenthält, so ist es unsere Pflicht, sie zu schützen.

Sie hatten den Befehl, sie nicht aus den Augen zu lassen, und haben alles verpatzt! Jetzt wird sie also vermisst. Wir wissen nicht, bei wem oder wo sie ist, während irgendwo zwei Wahnsinnige herumziehen, die sich für Gottes rechte Hand halten, jeden Störenfried umlegen, der ihnen in die Quere kommt – Miss Robb eingeschlossen, denn schließlich sind sie hinter ihrer besten Freundin und Vertrauten her!« Er hörte auf zu brüllen und holte tief Luft. Leise klang seine Stimme noch bedrohlicher. »Verstehen Sie mich?«

»Ja, Sir. Ich glaube schon, Sir.«

»Lassen Sie mich die Sache noch einmal klarstellen, damit keine Missverständnisse bleiben: Falls Ricki Sue Robb irgendetwas zustoßen sollte, dann werde ich Sie mit den Eiern am Boden festnageln und anzünden.«

»Ja, Sir.«

»Weitermachen.«

»Ja, Sir.«

Pepperdyne knallte den Hörer auf die Gabel. Er schickte noch mehr Leute in die Bar, die die Spur der unbekannten Zwillinge aufnehmen sollten. Er gab ihnen eine knappe Beschreibung. »Groß, schlaksig, strohblondes Haar. Einigermaßen irrer Blick. Eineiig. Die Frau ist ein stämmiger Rotschopf. Wer sie gesehen hat, kann sie unmöglich vergessen, also fragt die Leute nach ihr.«

Aus seiner Maalox-Magenmedizinflasche schlürfend, ächzte Pepperdyne in seinem Büro auf und ab und dachte nach. War es Zufall, dass am selben Tag Ricki Sues Haus von den Burnwoods auf den Kopf gestellt und sie in einer Spelunke von unbekannten Zwillingen abgeschleppt wurde?

Welche Verbindung konnte zwischen den beiden Vorfällen bestehen? Waren diese Zwillinge Mitglieder der Bruderschaft und führten als Adjutanten der Burnwoods deren Befehle aus? Oder verhielt es sich so, wie der Beamte vermutet hatte: dass der eine Vorfall nichts mit dem anderen zu tun hatte?

Pepperdynes Instinkt riet ihm, auf das Schlimmste gefasst zu sein. Falls diese Zwillinge mit den Burnwoods unter einer Decke steckten oder sonst wie in den Fall verwickelt waren, dann musste er sich jetzt um vier Menschen sorgen: John; Mrs. Burnwood samt Baby; und Ricki Sue Robb.

Wenn die Burnwoods einen davon vor seinen Männern aufspürten…

Das durfte nicht geschehen. So einfach war das.

Ricki Sue aus dem Motelzimmer in den Camaro zu befördern war kein leichtes Unterfangen, aber sie schafften es, ohne sie aufzuwecken. Als sie versuchten, sie wieder aus dem Auto herauszuzerren, hatten sie weniger Glück.

Sobald sie zu sich kam, begann sie sich mit aller Kraft zu wehren. »Hey, was ist denn los?«, beschwerte sie sich, während sie sich zu orientieren versuchte. Der Wagen parkte am Straßengraben einer dunklen Nebenstraße. »Himmeldonnerwetter, wo sind wir? Was tun wir hier? Wo sind meine Sachen?«

Luthers Antwort auf ihre Fragen war sein obligatorisches, begriffsstutziges Glotzen.

Henry mischte sich ein. »Wir dachten, äh, dass du vielleicht schwimmen gehen willst.«

Luther starrte seinen Bruder an und begann dann eifrig zu nicken. »Ein bisschen planschen, du weißt schon.«

»Schwimmen?« Sie sah sich misstrauisch um. »Wir sind hier doch am Ende der Welt.«

»Wir wissen genau, wo wir sind«, widersprach Henry energisch. »Ich und Luther kennen die Gegend. Ungefähr fünfzig Meter weiter im Wald fließt ein netter kleiner Bach.«

Ricki Sues Blick folgte seinem Finger, doch was sie sah, war nicht eben einladend: ein tiefer, dunkler, unheimlicher Wald. Mitten in der Nacht splitternackt durch die Finsternis zu tapsen entsprach nicht gerade dem, was sie sich unter einem gelungenen Abend vorstellte. Sie war immer für Abenteuer zu haben, doch sollten diese Abenteuer nach Möglichkeit in festen vier Wänden stattfinden.

Noch nie war sie ein Naturfreund gewesen. Die Sonne brachte ihr nichts als Sommersprossen und Sonnenbrand ein. Sie war allergisch gegen manche Efeuarten und Moskitostiche, die erst zu roten Flecken aufquollen, dann meist eiterten und schließlich mit Antibiotika behandelt werden mussten.

Andererseits hatten es ihr die mageren, geschmeidigen Körper der Zwillinge wirklich angetan. Zwischen ihnen zu liegen hatte alles bisher Dagewesene um Längen geschlagen. Unter Wasser würden sich ihre nackten Körper wie glatte Aale um ihre vollen Rundungen schlängeln.

Sie erschauderte vor Lust. »Lauft ihr voran.«

»Am besten gehen wir im Gänsemarsch«, schlug Henry vor. »Luther, du als Erster, ich komme als Letzter.« Er legte seine Hände auf ihre nackten Hinterbacken und drückte kraftvoll zu.

460

Ricki Sue quiekte entzückt und nahm ihren Platz zwischen den Zwillingen ein. Henry folgte ihr auf dem Fuß. Sie fasste Luther um die Taille, während sie durch den Wald marschierten.

Als sie am Bach angelangt waren und sie das sanfte Plätschern des Wassers hörte, seufzte sie. »Das wird bestimmt wahnsinnig romantisch. Oder bin ich bloß so blau?«

Henry hatte in weiser Voraussicht für eine weitere Flasche Sorge getragen. »Du bist bestimmt nicht blau. Nach dieser Wanderung könnten wir alle noch Nachschub gebrauchen, schätze ich.«

Die Flasche kreiste, alle nahmen einen Schluck. Aber der Alkohol schien die aufgekratzten Zwillinge kaum zu beruhigen. Selbst Ricki Sue fiel ihre Nervosität auf, vor allem als sie die beiden an der Hand fasste und in Richtung Bach zog.

»Was ist denn los, Jungs? Habt ihr Bammel? Glaubt ihr, ich bin euch über, sogar zu zweit?«

»Also, äh, unser kleiner Bruder ist als Baby ertrunken«, platzte Henry heraus. »Wir waren noch Kinder, aber die Sache sitzt uns ziemlich in den Knochen. Deshalb sind wir beide etwas wasserscheu.«

Wenn ihr Kopf nur ein bisschen klarer gewesen wäre, hätte sie sich gefragt, warum die beiden wohl eine Wasserorgie vorgeschlagen hatten, wenn sie sich davor fürchteten. Statt dessen wurde ihr Mitleid geweckt. »Ach, ihr Armen. Kommt zu Ricki Sue.«

Ganz zufällig hatte Henry Ricki Sues heimlichsten Wunsch getroffen. Niemand wusste von ihrer Sehnsucht, vor allem weil keinerlei Aussicht auf jemalige Erfüllung bestand. Sie sehnte sich danach, für jemanden zu sorgen, Trost und Wärme spenden zu können – einem Mann, einem Kind oder wenigstens einem Elternteil, das stolz auf sie war, statt sie nur zu verachten. Sie hatte ein fast unerschöpfliches Reservoir an

Liebe, aber nie hatte jemand diese gewollt, sie musste sie also in ihrem Herzen vergraben.

Darum reagierte sie jetzt so emotional auf Henrys erfundenen toten Bruder. Tränen traten ihr in die Augen. Sie zog die beiden an ihren Busen und streichelte ihnen über die Köpfe. Während sie ihnen murmelnd Trost spendete. »Ich werde euch helfen. Macht euch keine Gedanken wegen eures Bruders. Seine kleine Seele ist im Himmel.«

Bald jedoch hatte der Körperkontakt den beabsichtigten Effekt – er wurde erotisch. Sie drückte die beiden fester an sich. »Keine Angst, ihr Süßen«, hauchte sie. »Noch heute nacht werdet ihr lernen, wie schön Wasserspiele sein können. Überlasst das nur Ricki Sue.«

Sie watete ins Wasser, doch als ihr die beiden folgen wollten, hob sie überrascht die Hand. »Wieso bin ich eigentlich als Einzige nackt?«

Luther sah Henry an, der sich achselzuckend auszuziehen begann und seine Kleider achtlos auf dem schlammigen Ufer liegen ließ. Luther folgte seinem Beispiel. Henry watete als Erster los und stellte sich neben Ricki Sue ins knietiefe Wasser.

»Mein süßes Baby.« Sie hielt ihn fest und spielte mit seinem Geschlecht, doch das regte sich nicht.

»Tut mir leid«, meinte er. »Wahrscheinlich hast du ihn im Motel einfach überbeansprucht. Wahrscheinlich wär's am besten, wenn du ihn anders aufzumuntern versuchst.«

Sie lachte rauchig und ließ sich auf die Knie nieder. »Kein Wort mehr. Wenn das alles ist…« Der Schlamm am Bachboden war kühl und glitschig. Erfrischend schwappte das Wasser an ihre Haut, lächelnd drückte sie ihre Brüste gegen Henrys Schenkel.

Sie spürte sogar den Luftzug über ihrem Kopf und hörte das eklige, wie das Platzen einer Melone klingende Geräusch,

462

ehe der Schmerz folgte. Dann schoss er durch ihren Schädel. Sie schnappte nach Luft. Whisky schwappte aus ihrem Magen in ihren Mund. Als sie aufzuschreien versuchte, floss er ihr übers Kinn. Sie kippte schwer zur Seite und klatschte ins Wasser.

Benommen und am Rande einer Ohnmacht sah sie auf und erblickte Luther, der über ihr stand. In seinen Händen hielt er einen kurzen, dicken Knüppel. Sie sah, wie er ihn über den Kopf erhob und dann mit aller Kraft zuschlug.

Es ging zu schnell, als dass Ricki Sue Angst gehabt hätte; alles, was sie erfüllte, war Überlebenswille.

43. Kapitel

Der Schrei erstarb Kendall in der Kehle.

»John!«

»Ja, John. Wie schlau von dir, meinen wahren Namen zu verwenden. Das hat es leichter gemacht, richtig?«

Die Erkenntnis ließ sie erbleichen. »Du hast dein Gedächtnis wieder.«

»Ja. Ich bin aufgewacht und wusste Bescheid!«

Sie starrten einander an, und der Abstand zwischen ihnen schien viel größer, als er in Wahrheit war. Bis zu diesem Moment hatte alles für sie gesprochen. Jetzt war das Gleichgewicht umgeschlagen.

»Ich… ich habe geglaubt, du schläfst.«

»Das solltest du auch glauben.«

»Du hast gewusst, dass ich wegwollte?«

»Dein Lieblingssport, das Weglaufen, wie?«

Unter dem grellen Küchenlicht wirkte ihr Gesicht kalkweiß. Sie presste Kevin mit beiden Armen fest an ihre Brust. Oder vielleicht benutzte sie das Baby auch als Schild für den Fall, dass er beschloss, ihr wehzutun. Er war so wütend, dass er gute Lust dazu hatte.

Statt dessen ergriff er den Revolver, den sie auf den Tisch gelegt hatte, und schob ihn sich unter die Shorts, die er schnell übergezogen hatte, bevor er leise aus dem Schlafzimmer getreten war. »Wieso wolltest du mir die Waffe dalassen?«

»Ich dachte, du bräuchtest sie vielleicht zu deiner Sicherheit.«

»Wie gütig von dir.« Er stützte sich auf eine Krücke, riss einen Stuhl unter dem Küchentisch hervor und schubste ihn ihr hin. »Setz dich.«

»John, bitte hör mir nur einmal…«

»Setz dich hin!«, donnerte er.

Ohne ihn auch nur eine Sekunde aus den Augen zu lassen, ging sie auf den Stuhl zu und ließ sich zögernd darauf nieder. »Du erinnerst dich an alles?«

»An alles«, bestätigte er. »An mein Leben vor der Amnesie und an alles, was danach passiert ist. John McGrath. Zweiter Vorname Leland, wie auch der Mädchenname meiner Mutter lautet. Geboren am 23. Mai 1952 in Raleigh, North Carolina. Schulbesuch daselbst. Achtzehn Jahre später Universitätsabschluss. 1979 machte ich den Doktor in Psychologie.«

»Psychologie? Du bist Psychologe?«

Er überging das einstweilen. »Meine Dissertation befasste sich mit verzögerten Stressreaktionen, daneben forschte ich ausgiebig im Bethesda-Klinikzentrum. Dadurch wurde das FBI in Gestalt von Agent Jim Pepperdyne auf mich aufmerksam, der mich für sein Geiselrettungsteam rekrutierte. Wir arbeiteten oft zusammen.

Vor zwei Jahren verließ ich das FBI und betätigte mich von da an als US-Marshal.« Nach einer längeren Pause ergänzte er: »Am zwölften Juli 1994 wurde ich entführt. Aber das Datum kennst du ja, oder?«

»John, ich kann dir alles erklären.«

»Das kannst du ganz bestimmt und wirst es auch. Aber erst solltest du dich um Kevin kümmern.«

Das Baby hatte zu jammern begonnen. John wollte keinerlei Ablenkung während dieses Gesprächs. Vor allem aber wollte er nicht, dass sich das Baby unwohl fühlte.

»Er ist nass. Ich muss ihn wickeln.«

Sie stand auf und wollte an John vorbei, doch er hielt sie am Arm zurück. »Netter Versuch, aber das kommt gar nicht in Frage. Du wickelst ihn hier.«

»Auf dem Küchentisch?«

»Wir werden hier sowieso nicht mehr essen, bleib da.«

Sie breitete Kevins Wickeldecke über den Tisch und zog ihm die nasse Windel aus. »Frische Windeln sind im Auto.«

»Hol sie.«

»Hast du keine Angst, dass ich weglaufen könnte?«, fragte sie schnippisch.

»Nicht ohne Kevin. Und der bleibt bei mir. Mach schnell.«

Sie sah erst ihr Kind, dann ihn an. »Entweder du holst jetzt die Windeln aus dem Auto«, sagte er, »oder Kevin geht unten ohne. Ich glaube, ihm ist das egal, und mir schon gleich zweimal.«

Diesmal knallte sie die Küchentür hinter sich zu.

Also war er aufgewacht, als sie aus dem Bett schlich. Er hatte damit gerechnet, dass sie abhauen und Teil zwei ihres Planes in die Tat umsetzen würde, wie immer dieser Teil zwei auch aussehen mochte.

Es überraschte ihn nicht, dass sie wieder türmen wollte. Was ihn überraschte, war der Schmerz, den sie ihm mit ihrem hinterhältigen Aufbruch zufügte. Er war wütend, aber vor allem verletzt.

Natürlich durfte er sein Urteil nicht durch persönliche Erwägungen beeinflussen lassen. Die Situation verlangte pragmatisches, emotionsloses, professionelles Handeln. Das war seine Pflicht, und die hatte er in den vergangenen Wochen weiß Gott genug vernachlässigt, angefangen bei der nicht gemeldeten Routenänderung bis zum Liebesakt mit einer Gefangenen vor kaum zwei Stunden.

Kendall kehrte mit einer Packung Windeln zurück und legte Kevin hastig eine an. Sie nahm ihn auf den Arm, ging zum Stuhl zurück und setzte sich. »Und, Marshal McGrath, stecken Sie mich jetzt in die Zelle, bei Wasser und Brot?«

»Spar dir die süffisanten Kommentare, Kendall. Das hier ist keine Komödie. Ich würde dich mit Handschellen an den Stuhl fesseln, wenn du sie mir nicht gestohlen hättest. Du musst sie zusammen mit meiner Waffe versteckt haben.«

»Ich konnte ja schlecht mit einer Polizeiausrüstung in der Hand im Krankenhaus aufkreuzen, oder?«

»Nein, wohl nicht. Das hätte Fragen zur Folge gehabt, auf die du keine Antwort wusstest. Deshalb hast du eine möglichst einfache Geschichte erzählt.«

»Ich habe es jedenfalls versucht.«

»Wann hast du beschlossen, ihnen zu erzählen, ich sei dein Mann? In der Notaufnahme?«

»Nein. Ich hatte keine Ahnung, was ich ihnen erzählen würde. Als der Arzt mich fragte, wer du seist, kam mir das einfach in den Sinn. Es klang vernünftig. Ich hatte ein kleines Kind. Wir reisten zusammen. Vom Alter her passen wir zusammen.« Sie sah ihn an und zuckte mit den Achseln, als läge die Zweckmäßigkeit dieser Lüge auf der Hand.

»Und ich konnte das nicht bestreiten.«

»Genau. Die Unfallfolgen…«

»Als meine Frau konntest du über vieles bestimmen.«

»Das hat mich dazu veranlasst.«

»Was hast du ihnen über Marshal Fordham erzählt?«

»Dass sie deine Schwester sei.«

»Wie hast du ihnen das weisgemacht?«

»Es wurde einfach geglaubt.«

»Sie war hispanischer Abstammung.«

»Das wussten sie zu dem Zeitpunkt noch nicht.«

»Ach so. Stimmt. Wegen der Überschwemmung konnten sie ja das Auto nicht bergen.«

»Was sich ebenfalls zu meinem Vorteil auswirkte.«

»Ja, für dich ging alles nach Plan. Gut, dass Miss Fordham tot war, wie?«

»Das ist gemein!«, fuhr sie ihn an.

»War sie tot?«

»Wie?«

»War sie schon tot, als das Auto in den Fluss stürzte?«

Sie wandte den Kopf ab und starrte lange die Wand am anderen Ende der Küche an. Er sah, wie sie kochte. Ihr Kiefer mahlte, und in ihren Augen standen Zornestränen, als sie wieder zu ihm blickte. »Fick dich.«

»Das hast du«, antwortete er nicht weniger verächtlich. »Oft sogar.« Ihre gehässigen Blicke trafen aufeinander. »Hast du Ruthie Fordham ertrinken lassen?«

Sie schwieg.

»Antworte mir, verdammt noch mal!«, brüllte er. »War sie schon tot, als…«

»Ja! Ja! Sie starb bei dem Aufprall. Die Autopsie wird das bestätigen.«

Er wollte ihr so gern glauben, sie schien die Wahrheit zu sagen. Insgeheim betete er, dass sie es tat. Aber der Kriminologe in ihm misstraute ihr. Sie war eine verdammt gute Lügnerin.

»Warum hast du mich nicht in dem Auto ertrinken lassen?«, fragte er. »Du hättest einfach weggehen können. Vielleicht hätte man unsere Leichen erst Tage später entdeckt, viele Meilen vom Unfallort entfernt. Es hätte noch eine Weile gedauert, bis man uns identifiziert hätte. Bis dahin hättest du längst über alle Berge sein können, Kendall, und die Spur wäre schon eiskalt gewesen. Warum hast du mich aus dem Wrack gezogen?«

Sie leckte eine Träne weg, die ihr in den Mundwinkel geflossen war, sah aber nicht mehr so wütend aus. Das hier waren Reuetränen. »Du hast mit mir geschlafen, mich geliebt, und fragst mich, warum ich dir das Leben gerettet habe? Ein Menschenleben? Glaubst du tatsächlich, ich wäre fähig, einfach wegzulaufen und einen Verletzten sterben zu lassen? Kennst du mich so schlecht?«

Er beugte sich über sie. »Ich kenne dich überhaupt nicht. Du bist mir fremd, genauso fremd wie damals, als ich in deinen Garten in Denver spazierte und dich zum ersten Mal sah.«

Sie schüttelte den Kopf, als würde sie jedes seiner Worte zurückweisen.

»Du hast so oft gelogen, Kendall, du hast mir so viele Märchen erzählt, dass ich nicht mehr weiß, was wahr und was erfunden ist.«

»Kevin will trinken.«

Er fuhr auf. »Was?«

Das Baby kaute an Kendalls Busen herum und zupfte an ihrer Bluse. Seine Wut war mit einem Schlag verflogen. »Ach so. Mach schon.«

Noch vor wenigen Stunden hatte er sie geliebt. Ihren Leib mit Händen und Lippen erforscht. Doch jetzt brachte er es kaum fertig zuzusehen, wie sie die Bluse öffnete und dem hungrigen Säugling ihre Brust reichte. Sein Gewissen war so schlecht wie das eines Teenagers, der im Beichtstuhl eine Erektion bekommt, während er dem Priester von seinen fleischlichen Sünden erzählt.

Es war fast unmöglich, distanziert zu bleiben, wenn er gleichzeitig zusehen musste, wie sie ihr Baby stillte. Glücklicherweise brauchte er das auch nicht, weil ihn Kendall nun ihrerseits mit einer Frage aus dem Konzept brachte.

»Wer ist Lisa?«

»Woher kennst du sie?«

»Du sprichst im Schlaf. Ein paarmal hast du ihren Namen gemurmelt. Wer ist sie? Deine Frau? Bist du verheiratet?«

Es kam ihm komisch vor, dass sie sich deswegen den Kopf zerbrach, aber sein Lachen verebbte sofort wieder. »Du entführst einen Bundesbeamten und machst dir Sorgen, ob du Ehebruch begehst?«

»Bist du verheiratet?«

»Nein.«

»Wer ist Lisa dann?«

»Sie ist… eine Frau.« Kendall sah ihn weiter an, wartete auf eine Ergänzung. Er gab ihr einen kurzen Abriss dieser Beziehung. »Sie ist einfach verschwunden.« Er schnippte mit den Fingern. »Und es hat mir nichts bedeutet, genau wie damals, als ich sie kennenlernte.«

»Bloß ein warmer Körper fürs Bett.«

Augenblicklich ging er in die Defensive. »Ganz genau. Unsere Beziehung war so locker, wie eine Beziehung nur sein kann. Außerdem war es dir egal, ich habe im Schlaf von ihr gesprochen, aber das hat dich nicht davon abgehalten, mit mir zu bumsen.«

»Daran bist du genauso schuld wie ich.«

»Wohl kaum. Ich habe nicht darum gebeten, dass du mich in dein Leben hineinziehst. Im Gegenteil, ich habe Jim die Hölle heißgemacht, weil er dich mir aufgehalst hat. Wenn es nach mir gegangen wäre, hätte ich dich schon in Dallas abgehängt. Warum hast du mich da reingezogen, Kendall?«

»Mir blieb nichts anderes übrig, hast du das vergessen?«, fauchte sie zurück. »Ich habe versucht, mich aus dem Krankenhaus zu schleichen, aber du hast mich aufgehalten und darauf bestanden mitzukommen.«

»Du hattest oft genug Gelegenheit, mich loszuwerden, bevor wir hier gelandet sind. Jedes Mal, wenn ich auf dem Klo war, zum Beispiel. Warum bist du da nicht einfach losgefahren?«

»Weil ich es nach längerem Nachdenken für zweckmäßig hielt, dich mitzunehmen. Selbst auf Krücken hast du mir und Kevin einen gewissen Schutz geboten.«

»Ich wollte ihn nicht mal anrühren, ich habe mich nicht in seine Nähe gewagt.«

»Das habe ich erst gemerkt, als wir hier waren.« Sie sah ihn nachdenklich an. »Es wollte mir einfach nicht in den Kopf. Wie kommt's, dass du Kevin vom ersten Augenblick an abgelehnt hast?«

»Nicht nur Kevin. Jedes Baby.«

»Warum?«

Er schüttelte störrisch den Kopf, um ihr anzudeuten, dass er darüber nicht zu sprechen wünschte. »Wo sind wir hier genau? Wie heißt der Ort?«

»Morton. Wir sind im Osten von Tennessee, nahe der Grenze zu North Carolina.« Sie klärte ihn über das Haus auf. »Niemand außer Großmutter und mir kam je her. Ich wusste, dass das hier ein gutes Versteck wäre.« Sie sah zu ihm auf und fügte ernst hinzu: »John, ich kann auf keinen Fall nach South Carolina zurückkehren und gegen Gibb und Matt aussagen.«

»Ohne deine Aussage wird man sie nicht verurteilen können.«

Sie widersprach ihm mit einem energischen Schnauben. »Inzwischen hat Pepperdyne ein paar Akten in meinem Apartment in Denver gefunden. Ich hatte ein Jahr Zeit, sie zusammenzustellen. Sie sind vollständig, und sie enthalten eine Menge belastender Informationen über die führenden Mitglieder der Bruderschaft. Falls die Regierung sie nicht wegen Mordes verurteilen kann, dann kann man sie mit einer Reihe anderer Straftaten drankriegen. So wie damals, als sie Al Capone wegen Steuerhinterziehung verknackt haben.

Ich habe mitangesehen, was sie taten, John, und Worte

können dieses Grauen gar nicht beschreiben. Noch wenige Stunden vor seinem Tod habe ich mit Michael Li gesprochen. Er war ein kluger, sanfter, wohlerzogener junger Mann. Wenn ich mir vorstelle, welches Entsetzen und welche Qualen er ausstehen musste…«

Sie senkte den Blick und starrte traurig ins Leere. Dann sah sie ihm wieder in die Augen. »Ich habe einen hohen Preis bezahlt, John. Ihretwegen wurde ich zum Flüchtling, wurde ich selbst zur Kriminellen. Ich werde nie wieder als Anwältin arbeiten können. Und ich war gut«, betonte sie. Tränen rannen ihr über die Wangen. »Ich habe an meine Arbeit geglaubt, wollte den Menschen helfen, wollte etwas bewirken. Wegen den Burnwoods kann ich das nicht mehr.

Glaub mir, mir liegt mehr als jedem anderen daran, dass diese Monster bis an ihr Lebensende hinter Gittern sitzen. Ich bin bereit, meine Pflicht als Bürgerin zu erfüllen, aber ich bin nicht bereit, dafür zu sterben.«

Sie hielt inne, um ihren Worten Nachdruck zu verleihen, und drückte ihr Baby fester an die Brust. »Ich will nicht, dass Kevin wie ich als Waise aufwachsen muss. Wenn ich auch nur in Matts oder Gibbs Nähe gerate, werden sie mich zweifellos umbringen. Und ich werde einen Foltertod sterben.«

John konnte sie verstehen. Ihre Reaktion war ganz normal. »Sie können dir nichts mehr tun, Kendall«, sagte er leise. »Sie sitzen im Gefängnis.«

»Nicht mehr. Vor drei Tagen sind sie ausgebrochen.«

Erst war John baff, dann wurde er misstrauisch. Log sie schon wieder? »Woher weißt du das?«

»Ricki Sue hat es mir erzählt, als ich sie angerufen habe.«
»Wann?«

»Heute.«

»Deshalb warst du so aufgeregt, als du aus der Stadt zurückkamst?«

Sie nickte. »Ich weiß nichts Genaues, weil ich sofort aufgelegt habe, nachdem sie mir den Ausbruch mitteilte.«

Er pflügte sich mit den Fingern durchs Haar und wanderte ein paarmal in der Küche auf und ab, während er die tausendundeine Konsequenz zu überblicken versuchte, die sich aus dem Ausbruch der Burnwoods ergab. Als er sich wieder vor Kendall aufbaute, knöpfte sie sich gerade die Bluse zu. Kevin schlief in ihrem Arm.

»Wie weit sind wir von deinem Heimatort entfernt? Sheridan heißt er, richtig?«

»Etwa neunzig Meilen.«

»So nah?«

»Und sie waren dort.« Sie erzählte ihm von dem misslungenen Hinterhalt des FBIs im Haus ihrer Großmutter. »Die Eindringlinge wurden nicht identifiziert, aber wahrscheinlich waren es Matt und Gibb.«

»Kein Wunder, dass du heute nacht fortwolltest. Wenn ich gewusst hätte, dass sie geflohen sind, hätte ich euch schon vor Tagen hier rausgeschafft. Aber so…«

»Moment! Was hast du da gesagt?« Ganz langsam stand Kendall auf. »Du hättest uns schon vor Tagen hier rausgeschafft?« Er konnte nur hilflos mitansehen, wie sich ihre Miene veränderte, während sie allmählich verarbeitete, was er eben gesagt hatte.

»Dann ist dein Gedächtnis… nicht eben erst zurückgekehrt? Du hast gewusst…« Sie schlug die Hand vor den Mund und erstickte einen Schreckenslaut. »Du hast es gewusst und trotzdem… du Schwein!« Sie schlug ihm mit aller Kraft ins Gesicht. »Seit wann weißt du es?«

Er packte ihr Handgelenk, ehe sie ihn noch mal schlagen konnte. »Halt, Kendall! Wir haben keine Zeit, uns jetzt zu streiten!«

»O doch, die haben wir, Dr. McGrath.« Sie lachte höhnisch.

»Ich bräuchte mich ja bloß auf die Couch zu legen, damit Sie sich weiterhin als Psychologe betätigen können. Für dich bin ich doch nichts weiter als eine Fallstudie auf zwei Beinen. Du kannst es gar nicht erwarten, in meinen Kopf reinzuschauen und nachzusehen, was mich so umtreibt. Du kannst das Analysieren einfach nicht lassen – und am besten arbeitest du ja wohl im Liegen.«

»Ganz zu schweigen davon, wie gut du im Liegen bist«, schnauzte er zurück.

»Du Drecksack.«

»Schließlich wolltest du selbst Mann und Frau mit mir spielen – mit einem Fremden, den du entführt hast. Dass wir verheiratet sind, hast allein du dir ausgedacht. Und du warst verdammt überzeugend, das muss ich dir lassen. Du kannst es mir nicht verübeln, dass ich wie ein Ehemann reagierte.«

Er lehnte die Krücke an den Tisch, fasste sie an den Schultern und zog sie an sich, so dass Kevin zwischen ihnen lag. »Du kannst mir höchstens vorwerfen, dass ich die Rolle angenommen habe, die du mir zuerteilt hast, Kendall.«

»Du hast mitgespielt, um mich auszuforschen und mich mit meinen eigenen Waffen zu schlagen. Damit du deinem Freund Pepperdyne alles über mich erzählen kannst. Damit ihr über mich diskutieren und mich analysieren könnte! Ihr habt mich manipuliert.«

»Nicht mehr als du mich«, brauste er auf.

»Seit wann hast du dein Gedächtnis wieder? Sag schon. Seit wann?«

Seine Finger krallten sich tiefer in ihre Arme. »Du merkst nicht einmal jetzt, wie schlecht ich mich zum Mann und Papa eigne. Dagegen hast du deine Rolle glänzend gespielt – das leidgeprüfte Weib, das bei seinem verletzten Mann bleibt, obwohl er sein Ehegelübde gebrochen und sie mit einer anderen betrogen hat. Du hast dich leidend und aufopferungsvoll gegeben, während du zugleich mit Vergebung und Versöhnung locktest.

Du warst erhaben, aber nicht unerreichbar. Zurückhaltend, aber zugänglich. Die sexy Madonna, der kein Mann widerstehen kann. Verdammt noch mal, du hast mich nach allen Regeln der Kunst verführt, Kendall, hast mich dazu gebracht, dich zu begehren. Ich wollte, dass du mir gehörst... wollte, dass Kevin zu mir gehört. Zum ersten Mal in meinem Leben wollte ich so eng mit jemandem verbunden sein.

Ich war nie gut in Beziehungen, musst du wissen. Ehrlich gesagt, war ich sogar mies, habe niemanden wirklich an mich herankommen lassen. Aber ich glaube, die Amnesie hat mich verändert. Seit ich weiß, wie es ist, jemanden zu brauchen und gebraucht zu werden, will ich nicht mehr so leben wie bisher.«

Seine Stimme brach, und er ließ seine Stirn gegen ihre sinken, als hätte ihn das Reden völlig ausgelaugt. »Als ich dich liebte, habe ich damit, weiß Gott, wie viele Regeln, Vorschriften und Gesetze gebrochen. Sie schmeißen mich raus, sobald diese Geschichte vorbei ist. Ich werde behaupten, ich hätte nur meine Pflicht erfüllt, so gut es mir unter den gegebenen Umständen möglich war, aber das kaufen sie mir wohl kaum ab.«

Er hob den Kopf und sah ihr tief in die Augen. »Ja, ich habe dich belogen, aber nur, um mich selbst noch mehr zu belügen. Vergiss das Geschwätz über meine Pflicht. Ich habe dich nur aus einem Grund jede Nacht geliebt: weil ich es wollte. Nein, weil ich es brauchte.«

Er glaubte nicht, dass sie begriff, was diese Erklärung für ihn bedeutete. Noch nie hatte er einem Menschen seine Liebe so offen gestanden.

Aber vielleicht ahnte sie doch das Gewicht seiner Worte, denn auch ihr Zorn schien mit einemmal verraucht zu sein. Sie sah mit tränenverhangenen Augen zu ihm auf, hob die

Hand und strich über seine Lippen. »Ich habe dich rücksichtslos ausgenutzt, das stimmt. Aber ich schwöre dir bei Kevins Leben, dass das zwischen uns was Richtiges war.«

Sie küssten sich, zärtlich und liebevoll. Und verharrten, als der Kuss geendet hatte, als könnten sie sich nicht voneinander lösen. Sie murmelte unter seinen Lippen: »Ich liebe dich, John, aber ich muss Kevin beschützen. Und dich. Und das werde ich auch tun, selbst wenn du mir das nie verzeihen wirst.«

Bevor er begriff, wie ihm geschah, hatte sie ihm die Pistole aus dem Hosenbund gerissen und ihn weggeschubst. Er stürzte rückwärts gegen den Küchenherd. Völlig aus dem Gleichgewicht gebracht, fiel er mit einem zornigen Schmerzensschrei zu Boden.

Kendall kickte die Krücke außer Reichweite. »Verzeih mir, John.« Sie schluchzte. »Verzeih mir, aber ich kann nicht erlauben, dass du mich zurückbringst.«

Sie floh durch die Fliegentür hinaus, die hinter ihr zuschlug.

Der Schmerz in seinem Schienbein fuhr durch den Oberschenkel in den Unterleib und den Bauch hinauf, bis er mit der Kraft eines Vulkanausbruchs seine Schädeldecke zu sprengen schien. Er presste die Hände auf das pochende Bein und drückte es an die Brust.

»Kendall!«, rief er ihr keuchend nach. Dann lauter: »Kendall!«

Er glaubte keine Sekunde lang, dass sie zurückkommen würde. Deshalb traute er seinen Ohren kaum, als er hörte, wie die Fliegentür quietschend aufging.

Blinzelnd riss er die Augen auf, bis er sie wieder erkennen konnte.

Sie war zurückgekehrt. Aber nicht allein. Und nicht freiwillig.

44. Kapitel

Man konnte die Uhr nach Elmo Carney stellen.

Jeden Morgen stand er um vier Uhr dreißig auf, trank eine Tasse Kaffee und ging dann bei jedem Wetter, ob Hagel oder Hitzewelle, in den Stall, um seine paar Kühe zu melken. Um Punkt fünf Uhr fünfundfünfzig setzte er sich in seinen Pickup und fuhr die zwei Meilen in den Ort, wo er im Café frühstückte, das ab sechs Uhr auf war.

So verfuhr Elmo jeden Morgen von Montag bis Freitag, seit seine Frau gestorben war. Er hasste den Samstag, an dem das Café erst um sieben Uhr öffnete, und den Sonntag, an dem er nach dem Melken den Overall aus- und seinen Anzug mit Krawatte anziehen musste, um in die Kirche zu gehen. Während der Andacht begann regelmäßig sein Magen zu knurren.

Dieser Morgen begann genau wie alle anderen. Er melkte die Kühe und machte sich dann auf den Weg in den Ort, ohne auch nur im Entferntesten zu ahnen, was ihn hinter der nächsten Kurve erwarten würde. Er träumte gerade von Waffeln und Würstchen, als vor seinem Kühlergrill eine Fata Morgana auftauchte.

Sie erhob sich aus dem staubigen Gestrüpp längs des Straßengrabens, pflanzte sich mitten auf die Fahrbahn und winkte aufgeregt.

Elmo sprang praktisch mit den Füßen auf Brems- und Kupplungspedal. Die Reifen suchten nach Halt, die alten Bremsen protestierten wie rheumatische Gelenke. Der Wagen schlitterte noch ein paar Meter und blieb kaum eine Handbreit vor dem Phantom stehen.

Elmo begann das Herz im Hals zu schlagen, als die Erscheinung zur Beifahrerseite rannte und die Tür aufriss. »Gott sei Dank sind Sie gekommen, Mister.«

Sie kletterte in die Kabine und knallte die Tür zu. »Ich warte schon seit Stunden«, schimpfte sie. »Hier draußen lebt wohl keine Laus. Und wo, zum Teufel, sind wir eigentlich? Ich wohne mein ganzes Leben in Sheridan, aber kann mich nicht erinnern, jemals in dieser Wildnis gewesen zu sein. Jedenfalls will ich nie wieder her, das steht fest!«

Sie hielt inne, sah ihn an und deutete dann auf den Ganghebel. »Worauf warten Sie denn? Drück auf die Tube, Opi. Ich muss in die Stadt, und zwar p-r-o-n-t-o.«

Elmo glotzte sie fassungslos an. Seine Hände schienen am Lenkrad festgeschweißt. Die Erscheinung bewegte sich und redete. Er konnte sie sogar riechen. Aber er konnte immer noch nicht glauben, dass sie aus Fleisch und Blut war.

»Na toll«, stöhnte das Phantom verzweifelt. »Als hätte ich noch nicht genug durchgemacht. Jetzt halte ich auch noch einen Schwachkopf an. Was für eine Scheißwoche.«

Sie wedelte mit der Hand vor Elmos glasigen Augen herum. »Juhu, Opi? Ist jemand daheim? Blinzeln Sie doch wenigstens. Tun Sie irgendwas. Was ist denn los? Haben Sie noch nie eine nackte Frau gesehen? Oder bloß keine Rothaarige?«

Pepperdyne wurde von Lärm im Revier geweckt. Eine Stunde zuvor hatte er vor Erschöpfung kapituliert und sich auf das Feldbett gelegt, das die Polizei von Sheridan in seinem Büro aufgestellt hatte.

Er wollte sich eigentlich nur kurz ausruhen, weil er sowieso nicht damit rechnete, einschlafen zu können. Doch offenbar hatte er tief und fest geschlummert. Obwohl er abrupt aus dem Schlaf gerissen wurde, fühlte er sich erfrischt.

Er setzte sich auf und hatte gerade die Füße auf den Boden gestellt, als ein Polizist in sein Büro rumpelte. »Mr. Pepperdyne, Sie sollten mal rauskommen.«

»Was ist los? Hat man sie gefunden?«

»Sie« hätte sich dabei auf eine ganze Reihe von Menschen beziehen können, doch Pepperdyne wurde nicht deutlicher, sondern folgte dem Beamten in die Wachstube, wo ein Polizist mit einem knochigen Bauern im Overall sprach, während die anderen diensthabenden Beamten sich vor dem Fenster drängelten, das auf den Rasen vor dem Gerichtsgebäude schaute.

»Was, zum Teufel, ist hier los?«

Sein Zornesausbruch ließ alle Anwesenden zusammenzucken, den Bauer eingeschlossen, der auf ihn zueilte und unterwürfig die Baseballkappe schwenkte.

»Sind Sie Mr. Pepperdyne?«

»Der bin ich. Und Sie?«

»Elmo Carney heiße ich. Sie hat gesagt, ich soll reingehen und Mr. Pepperdyne holen. Niemanden sonst, hat sie gesagt. Aber ich schwöre beim Grab meiner seligen Frau, dass ich nichts Unanständiges oder Verbotenes getan habe. Ich war auf dem Weg zum Frühstücken, und da stand sie rumsbums mitten auf der Straße, pudelnackt, und hat mit den Armen rumgefuchtelt. Ich hätte fast 'n Herzanfall gekriegt. Dann ist sie einfach so in meinen Truck geklettert…«

»Verzeihung. Wer?«

»Die rothaarige Lady. Sie ist 'n bisschen pummelig. Und sie hat gesagt, Sie…«

Weiter kam er nicht, denn Pepperdyne war schon auf dem Weg zur Tür. »Ist sie verletzt?«

»Ja, Sir, aber ich hab' schon gesagt, ich war's nicht.«

»Ich brauche einen Mantel. Oder eine Jacke. Irgendwas!«

Ein Beamter kam mit einer gelben Öljacke angelaufen. Pepperdyne schnappte sie ihm aus der Hand und rannte aus der Wachstube. Er hastete den Gang entlang, durch die Eingangstür, die Stufen hinunter und hielt erst an, als er vor dem ausgebleichten blauen Pick-up angekommen war, der an einer Parkuhr stand.

»Wieso haben Sie so lange gebraucht?« Fauchend stieß Ricki Sue die Beifahrertür auf und riss ihm die Öljacke aus der Hand. »Diesen Idioten sind fast die Augen rausgefallen.« Sie sah verächtlich zu den Fenstern hinauf, hinter denen immer noch ein paar glotzende Gesichter klebten.

Pepperdyne folgte ihrem Blick. Seine unheilverheißende Miene ließ die Gesichter sofort verschwinden. Er drehte sich wieder zu Ricki Sue um; im Grunde konnte er den Männern keine Vorwürfe machen. Pudelnackt – wie der Bauer es ausgedrückt hatte – bot sie einen durchaus sehenswerten Anblick.

Doch sobald er seine automatisch männliche Reaktion auf so viel strotzendes Fleisch überwunden hatte, kehrte sein Berufsethos zurück. Er stellte mehrere Dinge zugleich fest. Ihre Füße und Beine waren schlammverkrustet. Sie hatte am ganzen Leib Kratzer und blaue Flecken, und ihre Frisur war keine mehr. Jetzt floss ihr das rote Haar über die nackten Schultern und vollen Brüste, die eine professionelle Distanz gewissermaßen erschwerten. Ihr Hinterkopf war mit einer Masse verklebt, die wie getrocknetes Blut aussah.

»Sie brauchen einen Arzt«, stellte er fest.

»Das kann warten. Wir müssen uns unterhalten.«

»Aber Sie sind verletzt.«

»Und Sie, Pepperdyne, sind ein Genie«, verkündete sie sarkastisch. Ricki Sue breitete die Arme aus und bot ihm nochmals einen ungehinderten Blick auf ihren üppigen Körper.

»Ich bin sowieso keine umwerfende Schönheit. Und so früh am Morgen auch meistens noch ziemlich außer Form. Aber ganz schlecht sehe ich trotzdem nie aus. Natürlich bin ich verletzt, Sie Trottel«, schnauzte sie ihn an. »Die wollten mich umbringen.«

»Die Zwillinge?«

»Ihre Jungs haben also geplaudert.«

»Ja, das haben sie.«

»Macht Sie das an, andere Leute zu beschatten, Pepperdyne? Sind Sie ein verkappter Perverser?«

»Ich habe Sie zu Ihrem eigenen Schutz observieren lassen.«

»Das hat ja wohl nicht geklappt, wie?«

»Es hätte geklappt, wenn Sie nicht zwei Fremde in einer Bar aufgelesen hätten. Wie kann man als Frau heutzutage eigentlich so dumm sein?«

»Ich wusste doch nicht…« Plötzlich verflog ihre Angriffslust, ihr Gesicht verzog sich, und sie begann zu weinen. »Ich wusste doch nicht, dass sie mir was tun würden.«

Er fingerte verlegen in seiner Hosentasche herum und förderte ein verknittertes Taschentuch zutage. Sie nahm es. »Ist es sauber?«

»Keine Ahnung.«

Es schien ihr egal zu sein. Sie wischte sich die Augen trocken und schnäuzte sich. Ohne zu weinen, aber immer noch eingeschüchtert, knabberte sie an ihrer Unterlippe. Pepperdyne fand ihren Mund ohne den grellen Lippenstift viel hübscher.

»Ich könnte tot sein«, flüsterte sie bebend. »Die haben allen Ernstes versucht, mich umzubringen.«

»Wer denn, Ricki Sue?«

»Henry und Luther. Mehr weiß ich nicht.« Sie erzählte ihm von dem Motel, dem Alkohol. »Ich kam zu mir, als sie mich gerade aus dem Auto schleiften. Spätestens da hätte ich es merken müssen... aber ich war zu betrunken. Jedenfalls wateten wir in den Bach. Und plötzlich haut mir einer, ich glaube Luther, einen Knüppel auf den Kopf.

Dem zweiten Schlag konnte ich ausweichen. Ich hab' mein Bein um seine Wade geschlungen und ihn umgerissen. Sie haben nicht damit gerechnet, dass ich mich wehren würde. Und das war auch gar nicht so leicht, weil mir der Schädel saumäßig gedröhnt hat. Ein paarmal wäre ich fast ohnmächtig geworden. Jedenfalls hab' ich sie daran gehindert, mir die Birne einzuhauen.«

»Wohin sind die beiden verschwunden?«

»Verschwunden?« Sie lachte kehlig. »Einen Dreck sind sie... Sie sitzen immer noch da draußen. Jedenfalls saßen sie dort, als ich weg bin. Ich habe alle beide bewusstlos geprügelt und sie mit ihren Hosen an zwei Bäume gefesselt.«

Pepperdyne musste lachen. Es war unpassend, das wusste er, aber er konnte einfach nicht anders. »Miss Robb, das FBI könnte ein paar tausend Leute von Ihrem Kaliber brauchen.«

Sie ließ sich von seinem Frohsinn nicht anstecken, sondern kaute weiter unglücklich auf ihrer Unterlippe herum. »Das glaube ich nicht, Mr. Pepperdyne. Ich fürchte, ich habe mein Geheimnis nicht besser gehütet als meine Unschuld.«

Er verstummte augenblicklich. »Was für ein Geheimnis?«

»Ich glaube, die beiden geklonten Arschlöcher haben was mit der Burnwood-Sache zu tun.«

»Inwiefern?«

»Kurz bevor ich den Einbruch entdeckte, hielten sie vor meinem Haus an und fragten mich nach dem Weg.«

»Und Sie haben mir nichts von den beiden erzählt?«

»Ich habe da keine Verbindung gesehen. Und schreien Sie mich nicht so an. Mir brummt das Hirn.«

»Haben die beiden gestern Abend nach Mrs. Burnwoods Versteck gefragt?«

»Ich bin immer noch ein bisschen benebelt und kann mich nicht genau erinnern, aber ich glaube, sie wollten mich betrunken machen, um mich zum Reden zu bringen. Vielleicht hätten Sie es damit auch versuchen sollen, Pepperdyne, statt sich allein auf Ihren Charme zu verlassen«, meinte sie zynisch.

»Haben die beiden mit einem Dritten gesprochen? Oder irgendwen angerufen?«

»Nein. Nicht, soweit ich weiß jedenfalls.«

»Was haben Sie ihnen erzählt, Ricki Sue? Ich muss es wissen.«

»Nicht so schnell. Wenn Sie Kendall finden, stecken Sie sie dann ins Gefängnis?«

»Das habe nicht ich zu entscheiden.«

Ricki Sue verschränkte die Arme vor der Brust und stellte sich bockig. Pepperdyne mahlte mit den Zähnen und überlegte. »Ich werde sehen, was ich für sie tun kann.«

»Das reicht nicht, Pepperdyne. Ich will nicht, dass meine Freundin eingesperrt wird, nur weil sie ihre Haut retten will.«

»Also gut, ich werde alles in meiner Macht tun, um einen Deal für sie auszuhandeln. Mehr kann ich nicht versprechen, und auch das hängt noch davon ab, in welcher Verfassung wir John vorfinden.«

Sie musterte ihn einen Moment und sagte dann: »Wenn sie verletzt wird oder dem Baby was passiert…«

»Genau das versuche ich doch zu verhindern. Mir geht es vor allem um das Leben der beiden. Bitte. Sagen Sie's mir, Ricki Sue.«

»Das wird Sie was kosten.«

»Ich zahle jeden Preis.«

»Dinner und Tanzen?«

»Sie und ich?«

»Nein, Ginger und Fred.« Sie warf ihm einen niederschmetternden Blick zu.

Er nickte hastig. »Einverstanden. Reden Sie.«

45. Kapitel

Zwei Männer führten Kendall zurück in die Küche, aus der sie vor wenigen Sekunden geflohen war.

Matt hatte ihr Kevin abgenommen. Gibb brachte sie mit einem Stoß in den Rücken zum Stürzen. Sie fiel praktisch auf John.

»Sie geht nirgendwohin, Marshal McGrath. Ihr habt nämlich alle zusammen Besuch bekommen.« Gibb Burnwood lächelte freundlich auf sie hinunter, als wäre dies einer jener Morgen, an denen er unangemeldet hereingeschneit war, um das Frühstück zu bereiten.

»Du solltest uns einen Kaffee machen, Kendall. Es war eine lange, anstrengende Nacht. Ich könnte einen brauchen, und Matt bestimmt auch.«

Eine starke, böse Aura umgab ihn; war die immer schon da gewesen? Hatte Kendall sie bloß nie bemerkt, weil sie nie darauf geachtet hatte? Oder war die Verdorbenheit seiner Seele erst jetzt so deutlich zu spüren?

Seine Augen leuchteten eisig. Sie musste an Michael Lis Exekution, diesen Albtraum, denken und wollte ihn angreifen, ihm die Gletscheraugen auskratzen – doch solange Matt Kevin in seinen Armen hielt, war das Risiko zu groß. Im Gegenteil, ihr blieb nichts anderes übrig, als genau das zu tun, was ihr befohlen wurde.

Vor Angst waren ihre Muskeln wie aus Wasser, trotzdem brachte sie es fertig, aufzustehen und wie in Trance eine Kanne Kaffee zu kochen. Während der Kaffee durch den Filter tropfte, setzte sich Gibb auf einen Küchenstuhl und legte die 30.06-Kaliber-Hirschflinte quer über seinen Schoß. Er sah John an, der immer noch auf dem Boden saß.

»Ich bin Gibb Burnwood. Wir sind uns noch nie begegnet, aber man hört in letzter Zeit so viel von Ihnen, dass ich das Gefühl habe, Sie schon ewig zu kennen. Sehr erfreut.«

John starrte den Alten unbewegt an. Er konnte nicht wissen, dass Gibb seine Weigerung, die höfliche Begrüßung zu erwidern, als grobe Unverschämtheit empfand.

»Offenbar sind Sie wenig erfreut, uns zu sehen«, meinte Kendalls Ex-Schwiegervater schmallippig. »Obwohl ich nicht recht verstehe, warum. Wir haben Sie im wahrsten Sinne vor meiner geistig verwirrten Schwiegertochter gerettet. Aber es spielt keine Rolle, ob Sie uns dafür danken oder nicht. Je feindseliger Sie sich verhalten, desto leichter wird es uns fallen, Sie zum gegebenen Zeitpunkt zu liquidieren.«

Er schlug sich auf den Schenkel, als wäre diese wichtige Angelegenheit damit zu seiner Zufriedenheit geklärt. »Kendall, ist der Kaffee fertig?«

Sein freundlicher Ton und sein höfliches Benehmen machten ihr weitaus mehr Angst als wenn er sich tobend und eifernd die Haare ausgerissen hätte. Mörder, die so viel Selbstbeherrschung zeigten, töteten meist ohne Gewissensbisse und Skrupel.

Gibb wirkte vollkommen vernünftig, doch er hatte jede Verbindung zur Wirklichkeit verloren. Andere Mitglieder der Bruderschaft hatten ihren geistigen Überbau zu einer bizarren Rechtfertigung benötigt, um ihr Gewissen von den begangenen Morden und Verbrechen reinzuwaschen.

Gibb dagegen glaubte an das, was er predigte, und zwar ohne Wenn und Aber. Er war seiner eigenen fanatischen Volksverhetzung zum Opfer gefallen, hielt sich für ein Wesen, das mit der übrigen menschlichen Rasse nichts mehr gemein hatte.

Er war eine todbringende Gefahr.

Kendall näherte sich ihm mit der dampfenden Kaffeetasse. Sie fragte sich, was wohl geschehen würde, wenn sie den Kaffee über ihn verschüttete. Sicher würde er automatisch aufspringen. In diesem Augenblick konnte sie Kevin aus Matts Armen reißen, und John konnte sich auf Gibb stürzen. Sie warf John einen Blick zu. Er beobachtete sie genau und ahnte ihre Gedanken.

Doch Gibb ahnte sie auch. Ohne auch nur den Kopf zu wenden oder sie anzusehen, warnte er: »Mach keine Dummheiten, Kendall.« Erst dann drehte er sich um und schaute sie an. »Du hast uns in jeder Hinsicht enttäuscht, nur in einer nicht – du bist verdammt gerissen. Zu gerissen sogar. Mit etwas weniger Neugier und Verstand wärst du wesentlich besser gefahren. Enttäusch mich jetzt nicht, indem du etwas Dummes versuchst. Weil ich ansonsten deinen Freund hier erschießen muss.«

»Den kannst du ruhig erschießen.« Trotzig knallte sie den Kaffeebecher vor ihm auf den Tisch. »Er ist nicht mein Freund. Wenn ich eine Waffe gehabt hätte, hätte ich ihn selbst abgeknallt.«

Sie musterte John voller Verachtung. »Er hat mich reingelegt, hatte bei dem Unfall sein Gedächtnis verloren; aber er hat mir nicht verraten, dass er seine Erinnerung längst wiedergefunden hat und die ganze Zeit versuchte, mir eine Falle zu stellen.«

Johns Krücke war immer noch außer Reichweite, deshalb zog er sich an einem Stuhl vom Boden hoch.

»Dad?« Matt trat vorsichtshalber einen Schritt auf John zu.

Gibb hob die Hand. »Schon gut, Matt. Er ist wehrlos.«

Erst jetzt meldete sich John zu Wort. »Genau, Burnwood. Ich bin wehrlos. Und das bin ich schon, seit sie mich entführt hat.« Er feixte. »Sie hat mich hierherverschleppt und mir was vorgespielt.«

Er sah Matt an und fuhr reumütig fort: »Sie hat mir vorgemacht, ich wäre ihr Mann. Ich habe keine Ahnung, warum sie das getan hat, wo sie doch die Möglichkeit hatte, mich einfach sitzenzulassen und zu verduften.«

»Sie wollte abwarten, bis die Polizei die Suche nach ihr einstellen und sich anderen Dingen zuwenden würde«, mutmaßte Gibb.

»Wahrscheinlich war es so«, stimmte John zu. »Jedenfalls konnte ich keiner ihrer Geschichten widersprechen, weil ich mich an absolut gar nichts erinnerte. Und so nahm ich den Platz des Ehemanns ein. In jeder Beziehung.«

Matt trat zornig einen Schritt vor, aber wieder hielt Gibb ihn mit einer Geste zurück. »Marshal McGrath trägt keine Schuld, Matthew. Sondern sie.«

»Ganz genau, Matt«, pflichtete John bei. »Ich bin nur auf ihre Lügen eingegangen. Woher hätte ich denn wissen sollen, dass wir nicht verheiratet waren?«

»Du hast es gewusst!«, brüllte Kendall ihn an. »Du hast es längst gewusst. Du hast dein Gedächtnis wiedergefunden, aber…«

»Da hattest du mich schon längst am Haken«, fiel John ihr ins Wort. Er sah immer noch Matt an. »Ich brauche Ihnen ja nicht zu erzählen, wie gut sie im Bett ist. Wenigstens war sie das bei mir. Vielleicht hat die Mutterschaft ja ihre Säfte zum Fließen gebracht. Hormone oder so. Also glauben Sie mir, sie konnte einfach nicht genug bekommen…«

»Du liederliches Flittchen.« Matt drehte sich unversehens zu Kendall um und brüllte sie an. »Hast du dein Lotterleben etwa vor den Augen meines Sohnes geführt?«

»Meistens war er mit uns zusammen im Bett«, erwiderte John.

Ein Zorneslaut entrang sich Matts Brust. Kendall hatte Johns Spiel mitgespielt, ohne zu wissen, wohin es wohl führen würde, aber weder sie noch John hatten mit einer derartig explosiven Reaktion gerechnet.

Matt schlug sie mit dem Handrücken ins Gesicht.

Sie hatte den Schlag nicht kommen sehen und erhielt ihn mit voller Wucht. Mit einem lauten Aufschrei kippte sie vornüber auf den Tisch. Matt hob die Hand, um sie noch mal zu schlagen, aber in diesem Moment sprang John ihn an und versuchte, seine Hände um Matts Kehle zu schließen.

»Du Irrer!«, keuchte er. »Wenn du sie noch einmal berührst, bringe ich dich um.«

John kämpfte mit aller Kraft, aber der Kampf war aussichtslos. Gibb hob die Krücke auf und zog sie über Johns Rücken, genau auf die Nieren. Kendall hörte John jämmerlich stöhnen und sah seine Knie einknicken. Er landete auf allen vieren; sein Kopf baumelte kraftlos zwischen den Schultern.

Durch das Gerangel und Geschrei wurde Kevin aufgeschreckt und begann zu weinen. Gibb nahm ihn aus Matts Arm, legte ihn an seine Schulter und begann in Babysprache auf ihn einzureden, als säßen sie beim Kaffeeklatsch zusammen. Aber Kevin ließ sich von Gibbs Gesäusel nicht irreführen. Er brüllte aus Leibeskräften.

Kendall konnte rein gar nichts für ihr Kind tun. Gibb würde ihr Kevin nicht geben, deshalb kniete sie nieder und schlang die Arme um John. »Es tut mir leid«, flüsterte sie ihm ins Ohr. »Es tut mir leid.«

Sie hatte ihn mit ihren Lügen in diese Lage gebracht. Ihretwegen würde er sterben. Daran hatte Gibb keinen Zweifel gelassen. Ihr und sein Leben würden hier und jetzt enden, und sie konnten nichts daran ändern. Aber sie würde den Burnwoods nicht zeigen, wie mutlos sie war.

Blut rann über ihr Kinn, als sie aufsah und Matt ohnmächtig vor Wut anstarrte. Sie hatte ihn zum Mann genommen und seinen Namen getragen, aber er war ein Fremder von Nirgendwo im Vergleich mit John. Ehe sie starb, sollte er erfahren, was für einen elenden Ehemann und Liebhaber er abgegeben hatte.

»Während der wenigen Wochen mit diesem Mann habe ich mehr Erfüllung und Liebe erfahren, als während meiner ganzen Ehe mit dir.«

»Vor Gott bist du immer noch mein Weib.«

»Du Heuchler.« Sie grinste höhnisch. »Du hast dich doch scheiden lassen.«

»Weil du mich verlassen hattest.«

»Ich bin weggelaufen, um mich und mein Baby zu retten.«

»Er ist mein Baby.«

»Du würdest einen tollen Vater abgeben – wahrscheinlich würdest du mehr Zeit mit der Bruderschaft oder deiner Geliebten verbringen als mit ihm.«

Matts Schultern hoben und senkten sich unter einem tiefen Atemzug, der sich wie ein Klagelaut anhörte. »Lottie ist tot.«

Fassungslos beobachtete Kendall, wie er die Hände vors Gesicht schlug und abgehackt zu schluchzen begann. John setzte sich mit schmerzverzerrtem Gesicht auf und lehnte sich an den Küchenschrank.

Er fing Kendalls Blick auf. Sie konnte sehen, dass Matts Gefühlsausbruch ihn ebenso überraschte wie sie.

»Matt, hör auf!« Er reagierte nicht gleich auf Gibbs scharfen Befehl, deshalb wiederholte Gibb seine Worte.

Als Matt die Hände sinken ließ, kam ein verquollenes und tränenüberströmtes Gesicht zum Vorschein. »Warum musstest du sie umbringen?«

Kendall stockte der Atem. Gibb hatte Lottie Lynam umgebracht? Wann? Und wieso?

»Du flennst wie ein Weib«, schalt Gibb seinen Sohn. »Dein Verhalten ist unmännlich und widerwärtig. Hör augenblicklich auf damit.«

»Du hättest sie nicht töten müssen.«

»Wir haben das bereits besprochen, Matt, hast du das schon vergessen? Sie war ein Werkzeug des Teufels. Wir haben nur unsere Pflicht getan. Dienst an der Gerechtigkeit Gottes ist immer mit Opfern verbunden.«

»Aber ich habe sie geliebt.« Matt hatte sich heiser geheult. »Sie war… sie war…«

»… eine Schlampe!«

»Sprich nicht so über sie!«, schrie Matt ihn an.

Innerhalb weniger Sekunden war er psychisch und physisch in Stücke zersprungen. Er zitterte am ganzen Leib. Seine Haut war kalkweiß, und bei jedem Wort sprühte Speichel aus seinem Mund. Immer noch strömten ihm Tränen aus den Augen, und er schien gar nicht zu merken, dass ihm die Nase lief. Sein Zusammenbruch war grausig mitanzusehen und dabei so dramatisch, dass man die Augen nicht abwenden konnte.

»Ich habe sie geliebt«, flüsterte er tonlos. »Wirklich geliebt. Ich habe Lottie geliebt, und sie hat mich geliebt, und jetzt ist sie tot. Sie war die Einzige, die mich verstanden hat.«

»Das stimmt nicht, mein Sohn«, salbaderte Gibb, »ich verstehe dich.«

Dann schwenkte er den Gewehrlauf auf Matts Brust und drückte ab.

Die Kugel zerriss ihm das Herz; er war tot, ehe sein Gesicht auch nur Überraschung ausdrücken konnte. Gibb sah zu, wie die Leiche seines Sohnes zu Boden sank, und legte die Waffe wieder in seine Armbeuge zurück. Kevin lag kreischend auf seinem Schoß.

Völlig gefasst wandte er sich an seine entsetzten Zuschauer. »Ich habe Matthew tatsächlich verstanden, müsst ihr wissen.

Diese Frau hat meinen Sohn angesteckt, sie hat ihn ausge-höhlt. Und wir dürfen keine Schwäche dulden, nicht einmal bei jenen, die wir lieben.« Ohne jedes Gefühl blickte er auf Matts Leichnam.

»In jeder anderen Hinsicht war er ein idealer Sohn, gehor-sam, ein vorbildliches Mitglied der Bruderschaft. Er schrieb, was ich ihm diktierte, und er schrieb gut. Man konnte ihn als einen ausgezeichneten Jäger, einen guten Kämpfer für unsere Sache bezeichnen.«

»Ja, ein echter Prinz«, meinte John sarkastisch. »Und ein begnadeter Frauenschläger.«

Gibbs eisiger Blick richtete sich auf ihn. »Sie vergeuden nur Ihre Kraft, wenn Sie mich zu provozieren suchen, Marshal McGrath. Bei meinem Sohn hatten Sie damit Erfolg, aber mich können Sie nicht beeindrucken. Matthew hat nie begriffen, wann er manipuliert wurde. Ich schon.« Er lächelte. »Trotz-dem finde ich es bewundernswert, dass Sie es probieren.«

Dann sah er Kendall an: »Und was dich betrifft, ist es mir mehr als gleichgültig, mit wem du deinen Haushalt teilst. Ich bin allein an diesem Thronfolger interessiert.«

Er hielt Kevin hoch. Das Baby hatte während der letzten Minuten ununterbrochen geschrien, so dass sie sich über sein Gebrüll hinweg anfahren mussten.

»Ein schneidiger kleiner Krakeeler. Je lauter die Stimme, desto kräftiger der Junge. Sieh dir nur diese Fäuste an.« Gibb lachte stolz. »Ich werde ihn zu einem echten Mann erziehen.«

»Niemals«, schwor Kendall.

Plötzlich hatte sie keine Angst mehr vor ihm. Ihr Mut brauchte nicht lange vorzuhalten, er rührte aus ihrer Todes-angst. Sie ließ sich davon leiten, weil ihr keine andere Mög-lichkeit geblieben war, sich gegen den Untergang zu stemmen.

Um ihre Lippen spielte sogar ein winziges Lächeln, als sie erklärte: »Du wirst Kevin höchstens zum Waisen machen.

Denn nachdem du uns getötet hast, Gibb, werden sie dich finden. Ein FBI-Agent namens Jim Pepperdyne wird dich jagen, bis er dich hat.

Falls du die Gefangennahme überleben solltest, wird man dir Kevin wegnehmen, und du wirst ihn nie wiedersehen. Es tut mir weh, dass mein Sohn mich nie richtig kennenlernt. Aber ich danke Gott, dass er auch nie dich kennenlernen wird. Du wirst keine Gelegenheit haben, ihm deine bigotte Philosophie einzuimpfen, wirst nicht lange genug mit ihm zusammen sein, um ihn mit deinen Ideen zu vergiften, ihn Hass zu lehren und in einen herzlosen Schlächter zu verwandeln, wie du einer bist.

Selbst bei Matt hast du versagt. Denn im Grunde war er nicht der hirnlose, gehorsame Automat, den du dir gewünscht hättest. Er war ein menschliches Wesen mit den gleichen Schwächen und Gefühlen wie wir alle. Er liebte Lottie. Vielleicht mehr als dich. Und genau das konntest du nicht ertragen.

Und bei Kevin wirst du dein Werk nicht mal beginnen können, er wird niemals deinen Namen tragen. Und ich danke dem Herrn, dass er ihn nie kennenlernen wird.«

»Du klingst genau wie mein seliges Weib«, meinte Gibb. »Genau wie du hat sich Laurelann an unseren nächtlichen Ausflügen in den Wald gestoßen und schließlich die Bruderschaft entdeckt. Leider fehlte auch ihr die Gabe des Verstehens, hat getönt, sie würde mich anzeigen. Sie schwor, Matthew fortzubringen und dafür zu sorgen, dass ich ihn nie wiedersähe, aber ihre Drohungen verpufften genauso wie deine.« Er nickte in Richtung eines Stuhls. »Setz dich. Mein Enkel braucht seine Mutter.«

Kendall zögerte. Einerseits drängte sie der Wunsch, ihm ihren Sohn wegzunehmen, andererseits fürchtete sie eine neue Falle. Sie wollte sich nur ungern von John entfernen, solange sie nicht wusste, was Gibb als Nächstes vorhatte.

Aber schließlich siegte der Mutterinstinkt. Sie stand auf und nahm Kevin von Gibbs Schoß. Sie drückte das Baby an ihre Brust und fuhr mit der Hand über den kleinen Rücken, als wollte sie in der kurzen Zeit, die ihr noch blieb, möglichst viel von ihrem Kind berühren. Kevin beruhigte sich augenblicklich.

Das bemerkte auch Gibb. »Ich werde dich vor die Wahl stellen, Kendall«, sagte er. »Unter den gegebenen Umständen bin ich damit wohl großzügiger, als du es verdienst.

Ich könnte das Baby in ein paar Tagen auf die Flasche umgewöhnen. Bis dahin wärst du wahrscheinlich für immer aus seiner Erinnerung getilgt. Er hätte sich an mich gewöhnt und würde sich in jeder Beziehung auf mich verlassen. Ich könnte – und ich werde – ihn ganz und gar zu meinem Kind machen.

Aber bedauerlicherweise braucht er in dieser Entwicklungsphase eine Mutter. Darum überlasse ich dir die Entscheidung. Du kannst entweder gleich gemeinsam mit deinem Buhler sterben, oder du kannst mit mir kommen und noch eine Weile für dein Kind sorgen.

Irgendwann wirst du auf jeden Fall mit deinem Leben für deine fleischlichen Sünden und deinen Verrat bezahlen, doch bis dahin wird dir noch etwas Zeit mit deinem Jungen bleiben. Ich mache dir dieses Angebot nicht, weil es dir zukommt, sondern weil ich das Beste für meinen Enkel möchte.«

»Und zwischen diesen beiden Möglichkeiten kann ich wählen?«

»Du musst dich beeilen. Das FBI mag zwar reichlich schwerfällig sein, aber vielleicht wird man dein Versteck trotzdem bald aufstöbern.«

»Ich komme mit dir, Gibb, und werde mit dir zusammenarbeiten«, versprach sie. »Ich könnte dir sogar von Nutzen sein. Wie du weißt, bin ich ziemlich gut im Untertauchen. Aber lass John am Leben.«

Gibbs Brauen zogen sich zusammen. »Sein Leben steht nicht zur Disposition. Er hat mit der Frau meines Sohnes Ehebruch begangen. Dafür muss er sterben.«

»Ich war doch gar nicht mehr mit Matt verheiratet. Er hat sich scheiden lassen.«

»Das tut nichts zur Sache. Wie Matt schon gesagt hat, vor Gott…«

Er zielte mit dem Gewehr auf John.

»Halt, warte!«, schrie Kendall.

»Hör auf, diesen Hurensohn um mein Leben anzubetteln«, mischte John sich ein. »Ich lasse mich lieber von so einem Schwein erschießen, als ihn um irgendwas zu bitten.«

»John wusste doch gar nicht, dass ich verheiratet bin oder war. Hast du das vergessen, Gibb?« Kendall ließ nicht locker. »Er hatte eine Amnesie. Ich habe ihn angelogen und ihm weisgemacht, er sei mein Ehemann. Ich bin an allem schuld.«

»Aber er hat sein Gedächtnis wiedergefunden«, widersprach Gibb. »Das hast du selbst gesagt.«

»Ich habe das doch nur gesagt, um mich vor Matt zu rechtfertigen. John hat sich erst heute morgen wieder an alles erinnert.«

»Das stimmt nicht, Burnwood«, erklärte John. »Ich weiß schon über eine Woche, wer ich bin und wer sie ist. Ich habe nur zum Vergnügen weiter mit ihr geschlafen.«

»Er lügt, Gibb.«

»Warum sollte er lügen?«

»Um dich abzulenken. Er hofft, dass er Kevin und mich dadurch am Leben erhalten kann. Er hat diese Pflicht selbst erkoren, uns zu beschützen. Und erfüllt sie, ganz gleich, was das für ihn bedeutet.«

»Sie wissen, was für eine Lügnerin sie ist, Burnwood«, sagte John. »Sie wären schön blöd, ihr zu glauben.«

»Ich lüge nicht, Gibb. Er hat sein Gedächtnis heute morgen wiedergefunden. Er war außer sich, als ihm aufging, wie ich ihn an der Nase herumgeführt habe. Er wollte mich den Behörden übergeben, weil ich ihn entführt hatte. Ich war dabei zu fliehen, als ihr plötzlich aufgetaucht seid.« Sie redete beschwörend auf ihren Schwiegervater ein. »Wenn du ihn tötest, ermordest du damit einen Unschuldigen, der nur seine Aufgabe erledigt hat. Das würdest du doch nicht wollen, oder? Johns Ehrenkodex ist deinem ganz ähnlich. Er glaubt an das, was er tut, und wird sich auf keinen Fall davon abhalten lassen, demgemäß zu handeln. Bitte, Gibb. Das ist die Wahrheit, ich schwöre es dir. Er wusste nicht, dass ich vor Gott immer noch Matts Ehefrau war.«

Er sah John lange und nachdenklich an.

Schließlich seufzte er schwer. »Kendall, du hast wirklich schon überzeugender gelogen. Ich glaube dir kein Wort. Der Mann, der meinen Sohn zum Hahnrei gemacht hat, muss sterben.«

Er krümmte den Finger um den Abzug, aber ein plötzlicher unerwarteter Laut hielt ihn noch einmal zurück. Wenn Gibb ein Geräusch sofort erkannte, dann das Klicken eines gespannten Abzugs. Er erstarrte und sah zu Kendall hinüber.

»Wenn du ihn tötest, drücke ich ab.« Kendalls Stimme klang nicht mehr dünn und hysterisch, sondern stahlhart vor Entschlossenheit.

»Mein Gott«, flüsterte Gibb. Die Farbe wich aus seinen roten Wangen.

»Ganz recht, Gibb. Auch Kevin werde ich vor dir beschützen, selbst wenn ich das nur auf diese Weise tun kann. Er soll lieber sterben, als eine Minute allein mit dir verbringen.«

Kevin war, völlig erschöpft vom Schreien, an ihrer Brust eingeschlafen, doch an seinen Wimpern glitzerte immer noch eine Träne. Die Lippen hatte er leicht geteilt und vorgeschoben.

An seiner Schläfe lag der Lauf von Johns Pistole.

Auf den Zusammenprall an der Küchentür waren die Burnwoods genauso wenig gefasst gewesen wie Kendall. Während die Männer sie in die Küche zurückgescheucht hatten, hatte sie die Pistole in ihrer Rocktasche verschwinden lassen. Allerdings war ihr bis zu diesem Augenblick nicht klar, wie sie die Waffe einsetzen würde.

Gibb hatte die Fassung wiedergefunden. Er belächelte ihren Auftritt sogar. »Das würdest du nie tun.«

»O doch.«

»Dafür liebst du ihn zu sehr, Kendall. Alles, was du getan hast – nach Denver zu fliehen, den Marshals zu entkommen und dich hier zu verstecken –, hast du nur auf dich genommen, um ihn zu schützen.«

»Genau – vor dir! Falls du John erschießt…«

Der Knall riss sie hoch. Sie sprang so unvermittelt aus ihrem Stuhl hoch, dass er nach hinten kippte und zu Boden fiel.

»Und was ist, wenn ich John erschieße?«, höhnte Gibb.

Entsetzt taumelte Kendall rückwärts, bis sie an die Anrichte stieß. Ungläubig starrte sie auf Johns zusammengekrümmten Körper. Er war zur Seite gekippt und lag mit der Wange auf dem Boden. Unter ihm sammelte sich Blut.

»Und?« Gibb war aufgestanden. Er trat einen Schritt auf sie zu. »Gib mir meinen Enkel.«

Irgendwie hatte sie es geschafft, Kevin nicht fallen zu lassen, als sie aus dem Stuhl hochgeschreckt war. Doch sie hatte ihn dadurch rüde aus dem Schlaf gerissen, und er weinte wieder. Die Pistole hing bleischwer in ihrer kraftlosen Hand. Leblos baumelte ihr Arm herab.

John bewegt sich nicht mehr. John blutet so stark. John ist tot. Er hat John umgebracht.

Sein scharfer Jagdinstinkt ließ Gibb ahnen, dass seine Beute sich gleich ergeben würde. Er glitt näher.

Sie hob den Arm. Ihre Hand zitterte so stark, dass es so aussah, als hätte sich die Pistole darin festgefressen, und sie versuchte, sie abzuschütteln. »Zwing mich nicht dazu, Gibb. Bitte.«

»Du würdest dein Baby nicht umbringen, Kendall.«

»Stimmt. Ich würde mein Baby nicht umbringen.«

Sie schwenkte die Waffe auf Gibb, und ein dritter Schuss hallte durch das kleine Haus.

46. Kapitel

»John!«

Kendall machte einen Satz über Gibbs Leiche und kniete neben John nieder. »John? John?« Sie drehte ihn behutsam auf den Rücken.

»Ist die Bestie tot?«

»Gott sei Dank, du lebst.« Sie bückte sich und drückte ihn so fest an sich, dass sie Kevin beinahe zwischen ihren Körpern zerquetschte. »Gott sei Dank! Ich dachte schon, er hätte dich umgebracht.«

»Ist er tot?«

Sie warf einen Blick auf die sterblichen Überreste Gibb Burnwoods. »Ja.«

»Gut.«

Sie hätte am liebsten vor Erleichterung gelacht, als sie ihn sprechen hörte, aber ihre Tränenflut hinderte sie daran. »O John, o mein Gott. Du bist schwer verletzt.«

»Ich bin okay.« Das war gelogen. Jedes Wort kam wie ein schwaches Zischen. »Wie geht es Kevin? Ist ihm was passiert? Wurde er getroffen?«

Kevin jaulte inzwischen in den höchsten Tönen. »Er hat einen ziemlich anstrengenden Morgen hinter sich.«

John verzog ächzend die Mundwinkel. »Haben wir das nicht alle?«

Inzwischen fegten FBI-Agenten durch die Tür.

Pepperdyne stampfte, wie die anderen in voller Kampfmontur, herein.

Er warf einen einzigen Blick auf John, fluchte blumenreich,

steckte dann zwei Finger in den Mund und stieß einen ohrenbetäubenden Pfiff aus. »Die Sanitäter sollen herkommen, und zwar express!«

»Wieso habt ihr so verdammt lange gebraucht?«, beschwerte sich John, als sein Freund neben ihm niederkniete. »Ich dachte, ich verblute noch, ehe ihr zuschlagt. Erst seid ihr draußen rumgetrampelt wie eine Herde Büffel und hocken geblieben, habt euch die Eier gekratzt und seelenruhig zugesehen, wie dieser Hundsfott mich abknallt.«

Pepperdyne schob sich den Helm in den Nacken und lachte. »Spar dir die Lobeshymnen, John. Wir wissen, wie dankbar du uns bist.«

Kendall war fassungslos. »Du hast gewusst, dass sie da sind, John?«

Er nickte. »Ich habe gesehen, wie sich hinter dem Fliegengitter was bewegt hat, und gewusst – gehofft –, dass sie es sind. Deshalb wollte ich die Burnwoods auch um jeden Preis ablenken.«

»Du hättest Matt nicht angreifen dürfen. Das hätte dich das Leben kosten können.«

»Ich hab' einfach nicht drüber nachgedacht. Als er dich schlug... Ehrlich gesagt wünschte ich, ich hätte ihn selbst erschossen.«

Sie sahen einander lange in die Augen, bis ein Sanitäter eine Infusionsnadel in seinen Arm versenkte. »Autsch! Scheiße! Das tut weh.«

»Wer von euch möchte mich endlich aufklären?«, fragte Pepperdyne. »Ich will genau wissen, was vorgefallen ist.«

Kendall beobachtete, wie die Sanitäter Matts Leiche vergeblich auf ein Lebenszeichen hin untersuchten. Sie konnte nicht um ihren ehemaligen Gatten trauern, aber er tat ihr wegen seines verpfuschten Lebens leid. »Gibb hat Matt erschossen.«

»Das haben wir gesehen«, sagte Pepperdyne. »Wegen Mrs. Lynam?«

»Ja. Matt sagte, Gibb habe sie getötet.«

»Sie wurde mit durchgeschnittener Kehle in einem Motelzimmer gefunden«, erklärte ihnen Pepperdyne.

»Matt hat sie wirklich geliebt«, sagte Kendall bedrückt. »Und durfte niemals glücklich sein. Nicht mit Gibb als Vater.«

»Einer unserer Scharfschützen hätte den Alten abservieren können, als er Matt erschoss«, erläuterte Pepperdyne, »aber da hatte er noch das Baby im Arm. Es wäre zu riskant gewesen.«

»Sie hatten ihn die ganze Zeit über im Visier?«

»Ja. Dann haben Sie sich mit Ihrem Baby auf den Stuhl da gesetzt« – er deutete darauf – »und befanden sich genau in der Schusslinie. Nachdem er auf John geschossen hat...«

»Nicht der Rede wert«, stöhnte John, der eben von den Sanitätern auf eine Bahre gehoben wurde.

Pepperdyne fuhr ihm über den Mund, nicht so rumzujammern, aber Kendall entging nicht, dass die beiden alten Freunde ausgesprochenes Vergnügen daran fanden, zu frotzeln und sich gegenseitig zu hänseln.

Pepperdyne nahm den Faden wieder auf. »Nachdem Burnwood auf John schoss, fuhren Sie zurück gegen die Anrichte«, sagte er zu Kendall. »Wir konnten nur hoffen, dass Sie blufften, als Sie dem Baby die Pistole an die Schläfe hielten.«

»Natürlich habe ich geblufft, das hat auch Gibb gewusst. Aber plötzlich merkte ich, dass er nach dem Schuss auf John das Gewehr auf dem Tisch liegengelassen hatte. Er war nicht mehr bewaffnet. Ich drohte ihm mit Johns Waffe und hätte ihn auch erschossen.«

»Nur dass unser Mann seinen Schuss zuerst abgab. Und genau in den Kopf traf.«

Die grauenvolle Szene, wie Gibbs Kopf vor ihren Augen explodierte, würde Kendall noch lange verfolgen. Sie schauderte und drückte Kevin heftig an sich.

»Wieso hatten Sie Johns Waffe?«, fragte Pepperdyne.

Sie warf John einen Blick zu.

»Ich habe sie ihr gegeben.«

»Ja«, bestätigte sie eilig. »Er hat sie mir gegeben, damit ich darauf aufpasse.«

»Warum hast du sie auf deine Waffe aufpassen lassen?«, wollte der FBI-Chef wissen. »Wobei mir einfällt, hast du nicht eigentlich eine Amnesie? Das habe ich in der Aufregung total vergessen. Was für ein Witz. Wann hast du dein Gedächtnis wiedergefunden?«

»Mach mal Pause, Jim«, stöhnte John. »Kendall kann das alles zu Protokoll geben. Jetzt muss sie sich erst mal um das Baby kümmern, und ich darf mir ein paar Stiche verpassen lassen.«

Pepperdyne bahnte ihnen einen Weg durch das Haus und sah zu, wie John zu einem der wartenden Krankenwagen getragen wurde. »Schaffst du es?«, fragte Kendall ängstlich.

»Na klar«, versicherte er ihr. Er tätschelte Kevin den Po. »Wird er drüber wegkommen?«

»Dafür sorge ich schon.«

»Ich werde nichts davon vergessen«, sagte er leise. »Von Anfang bis Ende nicht.«

Die Sanitäter klappten die Beine der Rollbahre ein und schoben sie in den Krankenwagen. Sie und Pepperdyne blickten dem Fahrzeug nach, bis es von der Auffahrt auf die Straße einbog.

»Mrs. Burnwood.« Pepperdyne legte ihr die Hand auf den Arm. »Mein Wagen steht da drüben; ich bringe Sie in die Stadt.«

»Danke.«

Er setzte sich neben sie in den Fond, während ein anderer Beamter chauffierte. »John ist ein zäher Bursche. Er wird es überleben.«

Sie lächelte zaghaft. »Ich weiß.«

»Dass er zäh ist oder dass er es schaffen wird?«

»Beides.«

»Hmm. Er scheint Ihren Kleinen ja wirklich ins Herz geschlossen zu haben.« Der Sonderbeauftragte deutete in Kevins Richtung. »Ich hätte nie geglaubt, dass John so entspannt mit einem Baby umgehen kann.«

»Warum?«

Nun erfuhr Kendall, was damals in New Mexico vorgefallen war. »Er gibt sich immer noch die Schuld daran.«

»Ja. Das sieht ihm ähnlich.« Sie nickte nachdenklich. »Er übernimmt seine Verantwortung voll und ganz.«

»Verantwortung verpasst sich John in einer Überdosis. Und zwar täglich. Wenn er erst mal Zeit zum Nachdenken gefunden hat, wird er sich bestimmt auch die Schuld an Ruthie Fordhams Tod geben.«

»Hoffentlich nicht. Das wäre furchtbar.«

Pepperdyne schwieg vorübergehend und betrachtete sie neugierig. »Ich muss Sie leider daran erinnern, dass Sie immer noch eine wichtige Tatzeugin sind und unter Aufsicht der Staatsanwaltschaft stehen.«

»Ich werde aussagen, was ich an jenem Abend im Wald gesehen habe, Mr. Pepperdyne.«

»Die Aufzeichnungen in Ihrem Apartment in Denver haben sich für unsere Vorbereitung auf den Prozess bereits als äußerst wertvoll erwiesen.«

»Gut. Wenn es darum geht, der Bruderschaft das Handwerk zu legen, dürfen wir gegenüber ihren Mitgliedern keine Nachsicht walten lassen. Ich werde alles tun, damit diese Leute hinter Gitter wandern. Egal, was es mich kostet.«

Er nickte und sah kurz aus dem Fenster. »Dann wäre da noch diese Entführung eines Bundesbeamten …«

»Das stimmt. Das habe ich getan.«

»Hm. Also, die Regierung sieht so was gar nicht gerne.«

Sie sah ihm fest in die Augen. »Ich hatte Todesangst vor meinem Exmann und seinem Vater, und wie wir beide wissen, vollkommen zu Recht.

Es war meine Überzeugung, ich könnte mich und Kevin nur in Sicherheit bringen, wenn ich verschwand und bis an mein Lebensende untertauchte. Zu bereuen habe ich nichts. Ich würde wieder genauso handeln, außer der Verwicklung Johns in die Sache. Es ist unverzeihlich, dass ich ihn in Lebensgefahr gebracht habe.«

»Er hat seine Pflicht getan.«

»Ja. Seine Pflicht.«

»Mrs. Burnwood, wann hat er sein Gedächtnis wiedergefunden?«

»Das möchte ich selbst gern wissen«, kam es tief aus ihrem Herzen.

»Mrs. Burnwood …«

»Ich hasse diesen Namen. Bitte nennen Sie mich nicht mehr so.«

Pepperdyne sah sie grübelnd an: »Wie soll ich Sie denn sonst nennen?«

»Das sind die Crooks.«

Ricki Sue hatte Kevin auf dem Schoß und ließ ihn an den Purpurperlen ihrer Kette nuckeln. »Diese Schurken wollten mich umbringen. Sie als Gauner zu bezeichnen, ist viel zu milde.«

»Nein, sie heißen wirklich so«, erklärte Kendall.

Sie blickte von den Karteifotos auf und sah Pepperdyne an, der sie gefragt hatte, ob sie die beiden Männer kenne, die jetzt im Gefängnis von Sheridan saßen. Man hatte sie an der von Ricki Sue beschriebenen Stelle gefunden: an je einen Baum gefesselt, nackt und mit Moskitostichen übersät.

»Henry und Luther.« Sie erzählte ihnen von dem Fiasko mit Billy Joe Crook. »Seine Familie wollte sich an mir rächen, daher beteiligten sie sich wohl an der Jagd, um mich noch vor Matt und Gibb aufzuspüren.«

»Und ich hätte ihnen fast dabei geholfen.« Ricki Sue traten Tränen in die Augen. »Ich darf gar nicht daran denken, was hätte geschehen können, nur weil ich blau war und meine große Klappe nicht halten konnte.«

Kendall beugte sich über Pepperdynes mit Papieren gepflasterten Schreibtisch und drückte ihr aufmunternd den Arm.

»Im Gegenteil, wenn du nicht gewesen wärst, dann wären Agent Pepperdyne und seine Leute zu spät gekommen. Bis sie eintrafen, hat John … Dr. McGrath die beiden geschickt hingehalten.« Sie wurde rot.

John hatte sich geweigert, länger als eine Nacht im Krankenhaus zu bleiben, und hing jetzt neben ihr, auf eine Krücke gestützt, totenbleich, mit seiner Narbe an der Stirn, das gebrochene rechte Bein immer noch eingegipst und den linken Arm in einer Schlinge. Die Kugel aus Gibbs Gewehr hatte seine Schulter durchschlagen und war am Rücken wieder ausgetreten. Sie hatte seine Schlagader um Haaresbreite verfehlt. Immer wenn Kendall daran dachte, wie knapp er dem Tod entronnen war, schnürte sich ihr die Kehle zu.

Pepperdyne ließ ein Räuspern vernehmen, um die gefühlsbeladene Stille zu durchbrechen. »Die Regierung ist bereit, für Ihre Aussage gegen die Mitglieder der Bruderschaft im Gegenzug alle Anklagen gegen Sie fallenzulassen.«

»Das ist sehr großzügig«, stellte sie fest.

»Na ja, eine Entführung lässt sich nur schwer beweisen, wenn das Entführungsopfer das Geständnis verweigert, ab

wann es mit dem Täter gemeinsame Sache gemacht hat.«
Pepperdyne warf John einen finsteren Blick zu.

»Ich kann mich nicht erinnern«, antwortete der mit Engels-
miene.

»Sehr witzig.« Pepperdyne schlug die Akte zu und erhob
sich, um das Gespräch zu beenden. »Miss Robb, ich danke
Ihnen für Ihre Hilfe.«

»Glauben Sie bloß nicht, dass Sie mich so leicht loswerden, Pepperdyne«, antwortete Ricki Sue. »Sie bleiben doch
bis zum Ende des Prozesses in South Carolina, richtig?«

»Mit Unterbrechungen, ja.«

»Ich werde auch dort sein.« Sie feixte. »Ich soll mitkommen und mich um Kevin kümmern, während Kendall ihre
Verhandlungen absolviert.«

»Aha.«

»Sparen Sie sich die Schreckensmiene. Und vergessen Sie
nicht, dass Sie mir noch einen Abend schulden.«

»Wie könnte ich das vergessen, wo Sie mich doch alle zehn
Minuten dran erinnern?«

Plötzlich flog die Bürotür auf, und ein junger Mann stürzte
herein.

Kendall erbleichte.

Ricki Sue stöhnte. »O nein. Jetzt ist die Kacke wirklich am
Dampfen.«

Der junge Mann sah die beiden Frauen an. »Hallo, ihr beiden.«

»Hi.«

»Hi.«

»Wie geht's so?«

»Gut.«

»Gut.«

»Wer ist das?«, fragte John.

»Wer ist hier der Boss?« bellte der Neuankömmling.

506

Pepperdyne trat einen Schritt vor. »Ich.«

»Was soll hier eigentlich dieser Zirkus? Ich kapiere gar nichts mehr. Was habe ich damit zu schaffen? Ich dachte, über die Sache wäre längst Gras gewachsen.«

»Beruhigen Sie sich«, beschwichtigte ihn Pepperdyne.

»Mich beruhigen? Von wegen. Ich sitze ahnungslos in meinem Apartment in Rom und lasse mir gerade meine Pasta schmecken, als plötzlich diese zwei Knallchargen aufkreuzen und mir ihre US-Marshal-Ausweise unter die Nase klemmen. Ehe ich mich versehe, hat mich Onkel Sam mit einem Flugzeug in die Staaten verfrachtet.«

Tief enttäuscht stemmte er die Hände in die Hüften und keifte in die Runde: »Also, was ist jetzt?«

»Ich glaube, bis auf John kennen Sie hier alle.« Pepperdyne wandte sich an seinen Freund und sagte: »John, darf ich dir Kendall Deaton vorstellen?«

47. Kapitel

»Das ist nicht so einfach zu erklären.«

»Versuch's trotzdem.«

Sie und John waren allein im Büro. Ricki Sue hatte den wahren Kendall Deaton bei der Hand gepackt und ihn auf den Korridor geschleift. Er verlangte immer noch lautstark nach einer Erklärung, die sie ihm auch zu geben versprach, sobald er endlich einmal sein Maul halten und sie ein paar Worte sagen lassen würde. Pepperdyne und die Marshals waren den beiden nach draußen gefolgt.

»Kendall war Anwalt bei Bristol und Mathers«, begann Johns Gefährtin der letzten Wochen. »Er bekam Ärger mit den Seniorpartnern, als die Staatsanwaltschaft ihm vorwarf, Beweismaterial veruntreut zu haben. Die Anschuldigung wurde nie bewiesen, aber alle waren sicher, dass er irgendwie gegen den Anwaltskodex verstoßen hätte. Er wurde nicht angeklagt, aber entlassen.

Danach schickte er monatelang Bewerbungen raus, aber niemand war an einem Anwalt mit einem solchen Fleck auf der Weste interessiert. Kendall verlor schließlich den Mut und beschloss, sich für einige Zeit nach Europa abzusetzen. Er bat mich, seine Post nachzuschicken.

Ein paar Monate nach seiner Abreise kam ein Brief aus Prosper, South Carolina. Weil es ganz nach einer Antwort auf seine Bewerbung aussah, schickte ich ihm den Brief augenblicklich nach. Er rief mich an, dankte mir und bestätigte, dass es tatsächlich ein Stellenangebot, er aber nicht interessiert sei. Der fröhliche Junggeselle in Rom arbeitete als

Rechtsberater in einer Marketing-Firma und hatte keine Lust zurückzukommen. Da beschloss ich, mein Glück zu versuchen.«

Sie sah ihn an, hoffte auf Verständnis, doch John ließ sich keinerlei Gemütsbewegung anmerken. »Ich hatte den drittbesten Abschluss meines Jahrgangs, John, war die beste neue Kraft bei Bristol und Mathers, aber man überließ mir immer nur den Ausschuss. Ich spürte keinen Funken Interesse, fühlte mich unterfordert – bis zu dem Fall, von dem ich dir erzählt habe, der Aids-Kranken, die dringend meine Hilfe brauchte.

Da wurde mir klar, dass ich in einer großen, gewinnorientierten Kanzlei fehl am Platz bin. Ich wollte den Menschen beistehen, wollte den Rechtlosen zu ihrem Recht verhelfen. Also begann ich, mich in jenen Bundesstaaten zu bewerben, in denen es Pflichtverteidiger gibt, allerdings ohne eine positive Antwort zu erhalten. Als Kendall das Angebot in Prosper ausschlug, kam mir das wie ein … Zeichen vor.

Großmutter und Ricki Sue hielten mich natürlich für verrückt, aber ich antwortete auf den Brief und gab mich dabei als Kendall aus. Es ist gar nicht so schwer, einen fremden Namen anzunehmen – allerdings bin ich inzwischen dahintergekommen, warum man Kendall Deaton in Prosper anstellte, ohne genauere Auskünfte einzuholen«, ergänzte sie trocken.

»Man wollte eine erpressbare Persönlichkeit«, sagte John.

»Ganz genau. Der Schmutz auf seiner Weste sagte ihnen besonders zu. Anfänglich waren sie ziemlich reserviert, weil ich eine Frau war. Doch wahrscheinlich kamen sie nach genauerer Überlegung zu dem Schluss, dass eine Frau noch leichter zu beeinflussen sei. Oder zu verletzen.«

Sie dachte kurz nach und fuhr dann fort: »Vielleicht waren meine Motive, Pflichtverteidigerin zu werden, gar nicht so altruistisch, wie ich den Leuten gern weisgemacht hätte oder persönlich gern glauben wollte. Vielleicht war ich einfach nur eingebildet. Ich wollte es allen beweisen, allen zeigen, wie schlau ich bin, wollte meinen Eltern gefallen … ein unmögliches Unterfangen, wie das Gespräch mir gezeigt hat, das ich damals mit dir führte.

Jedenfalls habe ich mich letzten Endes möglicherweise selbst betrogen, weil meine Motive nicht so uneigennützig waren, wie ich dachte. Großmutter hat mich gewarnt, dass eine Lüge zu nichts Gutem führen könne. Sie hat recht behalten.«

Sie setzte sich auf die Ecke von Pepperdynes Schreibtisch. Kevin schlief in seiner Kinderwippe. Sie hörte Johns inzwischen vertrauten Gang, das Wechselspiel von Krücke und Fuß.

Er trat hinter sie, streckte die Hand aus und gab der Wippe einen leichten Stoß, so dass sie sanft zu schaukeln begann. Er streichelte Kevins Wange. Ihr ging das Herz auf, als sie seinen braunen Männerfinger an Kevins zarter Haut sah. Denn das bewies nicht nur, wie lieb er das Baby gewonnen hatte, sondern auch, dass er das Übel in sich selbst bezwungen hatte.

»Dir war klar, dass dir weder die Polizei noch irgendwelche Geschworenen Vertrauen schenkten, wenn man erst einmal herausfand, dass du unter falschem Namen lebst«, sagte er.

»Wer würde jemandem, dessen ganze Existenz auf einer Täuschung beruht, solche Geschehnisse abkaufen? Mir blieb nichts anderes übrig, als zu fliehen und unterzutauchen. Erst in Denver, und dann …« Sie sah über ihre Schulter und ihn an. »Mit dir.«

Er drehte sie zu sich her. Seine Finger gruben sich in ihr kurzgeschorenes Haar, und seine Augen wanderten über ihr Gesicht. Dann zog er sie mit einer fast schmerzhaft plötzlichen Bewegung an seine Brust und hielt sie fest.

»Sie hätten dich umbringen können«, sagte er zornig. »Ich dachte schon, ich müsste zusehen, wie du stirbst.«

Die Arme um seinen Leib geschlungen, barg sie ihr Gesicht an seiner Schulter. »Und wenn du meinetwegen gestorben wärst, John? Wenn du nicht mehr lebtest?«

Sie blieben lange so stehen. Schließlich ließ er sie wieder los. »Fühl dich nicht schuld an dem, was mir zugestoßen ist!«

»Nur wenn du dir nicht die Schuld an Marshal Fordhams Tod gibst.«

Trauer überflog sein Gesicht. »Das wird nicht leicht sein, aber gemeinsam können wir es schaffen.«

»Gemeinsam?«

»Ich glaube, wir drei könnten sogar eine echte Familie auf die Beine stellen, was hältst du davon?«

»Ich denke, dass wir beide dich brauchen, Kevin und ich. Und du uns …« Sie streichelte sein Gesicht, fuhr zärtlich über die Narbe, aus der sie die Fäden gezogen hatte. »Du weißt, dass das die Wahrheit ist, weil ich jetzt mit einer Lüge nichts mehr gewinnen würde. Ich liebe dich, John.«

»Ich liebe dich auch.« Er musste sich unerwartet räuspern. »Ich würde gern wissen, wie du heißt.«

»Ich werde dir sagen, wie ich heiße, wenn du mir verrätst, seit wann dein Gedächtnis tatsächlich zurückgekehrt ist.«

Langsam breitete sich ein Lächeln auf seinem Gesicht aus. Er senkte den Kopf und gab ihr einen innigen, warmen Kuss. Sie hätte sich leicht darin verlieren können, legte jedoch den Kopf zurück und sah herausfordernd zu ihm auf.

»Und, John?«

Lächelnd küsste er sie genüsslich weiter.